CXV

LE COUP DU PÈRE FRANÇOIS

Gobsky et Rita avançaient lentement; celle-ci, l'œil constamment fixé sur le long ruban du chemin, s'attendant à voir d'un moment à l'autre déboucher le fiacre sauveur qui l'arracherait à cet odieux voisinage, à cette infâme promiscuité; celui-là ne perdant pas de vue Ivan, arrêté sur le seuil de la porte comme si un secret pressentiment l'avertissait de ne pas la franchir.

Sans la comprendre il suivait la conversation et le jeu des physionomies des deux hommes, se doutant bien que Nicolaï machinait encore quelque scélératesse.

Il ne se décida à rentrer dans la bicoque que quand il vit Gobsky et Rita s'en approcher.

Malgré les instances du Polonais, Rita refusa d'en franchir le seuil, elle se disposait à s'asseoir à terre sur le talus, quand le cabaretier se hâta de lui apporter une chaise.

A ses offres de service, elle répondit en demandant une tasse de lait; cette longue marche à jeun après les fatigues et les émotions de la nuit l'avaient fatiguée; elle se sentait prise de fièvre, dévorée de soif.

Il y avait justement une chèvre attachée à une vingtaine de mètres plus loin, broutant l'herbe du talus, en concordance avec le dicton « où la chèvre est attachée, il faut qu'elle broute. »

Rita vit bientôt une petite fille sortir de la *Bibine*, un gobelet de fer battu à la main, et aller traire la chèvre. Elle la trouva gracieuse et jolie, avec une petite mine éveillée et étrange, et se promettait de lui faire un petit présent et une caresse, mais comme l'enfant venait pour lui apporter le lait, Pieter Snip courut au-devant d'elle, lui prit le gobelet des mains et lui fit à voix basse quelques recommandations à la suite de quoi l'enfant partit aussitôt en se hâtant dans la direction d'où Nicolaï était venu le matin même.

Puis le cabaretier, étant rentré dans sa cahute, en sortit peu de temps après, présentant à la jeune fille le lait, qu'il avait transvasé dans une tasse enluminée d'un faux paysage japonais.

— Voilà! — dit-il. — Cette gamine allait vous servir ça dans un gobelet!

Elle ne sait pas encore que le fer donne un mauvais goût au lait. Mais c'est jeune, ça a besoin d'apprendre à vivre.

Rita, sans répondre à cet homme dont l'aspect n'avait rien de sympathique, vida la tasse presque d'un trait.

— J'ai envoyé la gosseline chercher une voiture, — continua Pieter Snip. — Il faut qu'elle coure jusqu'à la station. C'est un peu loin... Si mademoiselle veut, en attendant, prendre quelque chose de plus substantiel...

— Merci, — répondit Rita, — je n'ai besoin de rien.

— Et monsieur? — demanda-t-il à Gobsky.

— Moi non plus.

— A votre aise, prenez le frais. C'est une consommation qui ne vous coûtera rien.

Là-dessus il rentra et Rita dit à Gobsky :

— Je regrette que cette enfant soit partie si vite. Si j'avais su qu'elle allait à la station, je l'eusse chargée d'un télégramme pour rassurer ma famille, dire aux miens qu'avant deux heures je serai près d'eux.

— Je puis m'en charger.

— Non, je ne veux pas rester seule avec ces hommes. Ce Nicolaï m'épouvante encore plus que le meurtrier. Tous deux me font une égale horreur, mais le second n'est que le grossier instrument de la scélératesse du premier.

Elle attendit quelques minutes encore; le tourment de savoir ses parents dans l'inquiétude la harcelait.

— Partons, — dit-elle, — je suis reposée maintenant; j'ai hâte de rassurer les miens par un télégramme. Si tard qu'il leur parvienne, il me précédera toujours d'une heure et ce sera une heure de désolation de moins pour ma mère et mon père et ma chère Nadine.

— Soit! partons! — fit avec un regret visible Gobsky.

Elle essaya de se lever, mais il lui sembla que ses jambes étaient rivées au sol et qu'elle avait un poids énorme à ses pieds. Cette lourdeur gagnait tous ses membres.

Elle se rassit pour ne pas tomber.

— Mon Dieu! — s'exclama-t-elle. — Il me semble que du plomb coule dans mes veines.

Sa main, qu'elle porta à son front brûlant, lui sembla lourde comme un boulet.

— Oh! monsieur! — dit-elle, — je sens courir en moi un mal étrange... Emmenez-moi! Emmenez-moi! je ne veux pas rester ici.

De nouveau elle essaya de se lever et retomba sur sa chaise.

Ses yeux se fermaient.

— Hôtelier! — cria le Polonais qui lui soutenait la tête. — De l'eau! de l'eau! la demoiselle se trouve mal.

Mais l'hôtelier ne répondait pas à l'appel.

On entendait dans l'intérieur une sorte de piétinement, comme une lutte, une voix étouffée, puis un bruit de porte fermée avec fracas, puis le silence.

Enfin Pieter Snip parut.

Sa respiration était haletante, comme celle d'un homme qui vient de soulever un fardeau, de lutter ou de courir.

— Vite, vite, — murmurait Rita à Gobsky qui de ses bras la retenait pour l'empêcher de tomber, — partez... partez!... le télégramme... Gayrouan... Grand-Hôtel... Je me sens mourir...

Elle referma aussitôt ses paupières alourdies qu'elle avait péniblement soulevées et resta sans mouvement.

— De l'eau! de l'eau-de-vie! des sels! quelque chose! Dépêchez-vous! — cria Gobsky.

— Qu'est-ce qu'elle a? — fit tranquillement le cabaretier manifestant une grande surprise, et sans se troubler autrement. — C'est peut-être le lait, voyez-vous, qu'elle ne digère pas... C'est quelquefois lourd sur l'estomac quand on est à jeun.

Et secouant l'un de ses bras inertes :

— Eh! mademoiselle. Eh bien quoi? Ça ne va donc pas comme vous voulez?

— Ne la secouez donc pas ainsi! — dit le vieillard.

— Au contraire! Ça lui remettra le sang en circulation. C'est rien du tout... des vapeurs... la nouvelle lune peut-être... Ces filles, on ne sait jamais ce que ça a... Etes-vous son parent?

— Non, — dit Gobsky.

— Sans quoi je vous dirais : « Mariez-la! mariez-la! » C'est là leur plus grande maladie, à toutes ces petites gerces, la privation d'un gigolo. Mais faut pas la laisser là. Elle attirerait le monde. On dirait que je lui ai donné du mauvais bouillon ou du sale riquiqui... Aidez-moi, papa Lenglumé, à la porter sur le pieu... Elle sera mieux roulée dans le torchon que sur cet escabeau. Houp-là! allons-y! houp!

Il la saisissait par les jambes et Gobsky n'eut que le temps de la soutenir par les épaules pour l'empêcher de tomber.

Et, sans passer par le rez-de-chaussée, ils firent le tour de la maison, et Pieter Snip, guidant la marche, ils la montèrent à l'étage supérieur par l'escalier de bois.

On traversa l'une des deux misérables chambres dont nous avons parlé dans un des précédents chapitres, et l'hôte de céans ouvrit la porte d'une troisième chambre assez confortablement meublée du nécessaire, de laquelle il passa dans une quatrième, simple mais proprette, contenant un petit lit en fer, une table de toilette, une petite glace, deux chaises, un panier à ouvrage et différents petits volumes à 20 centimes sur une planchette de bois blanc.

— C'est la piaule de la gosseline... Elle sera tranquille ici... personne ne la dérangera... Allons, vieux dur à cuire... Un coup de biceps!... Là, ça y est!

Ils l'étendirent sur le lit, la dégrafèrent.

Pieter Snip, très obligeant, voulut lui déboutonner ses bottines.

— Ce n'est pas la peine, — dit le Polonais. — Nous la mettrons dans le fiacre aussitôt qu'il arrivera... Ah! à propos, pendant que nous sommes seuls... La police s'est-elle informée de nous?

— Pas encore, mais ça viendra. Tranquillisez-vous là-dessus, papa Lantimèche.

— Ne serait-ce pas ce monsieur qui est en bas qui a payé notre déjeuner?

— Ça, c'est un secret. Demandez-le à lui-même. Descendons.

Avant de descendre, le comte Gobsky jeta un dernier coup d'œil dans la chambre. La fenêtre ouverte donnait sur la route, ce qui le rassura un peu. De là, la jeune fille pouvait appeler. Les passants, il est vrai, étaient rares, mais enfin, il y en avait. A quelque distance, des ouvriers travaillaient à la réparation du pont; puis il y avait le garage où l'on voyait les péniches alignées avec les mariniers allant çà et là sur la rive.

Actuellement, le plus pressé était de courir au bureau télégraphique, c'est-à-dire à la station, pour prévenir Gayrouan de l'endroit où était sa fille. Mais comment s'absenter? Nicolaï était homme à lui barrer la route, pis encore, à lui faire un mauvais parti.

Cependant il se décida, et, arrivé au bar, laissant Pieter Snip passer devant lui, au lieu de le suivre dans la salle du rez-de-chaussée, il tourna la maison et gagna le chemin.

Mais sa manœuvre n'était pas passée inaperçue.

— Où allez-vous? — lui cria le cabaretier paraissant à la porte de la salle du comptoir.

— Chercher un médecin.

— Un médecin! pourquoi faire? La demoiselle n'a pas besoin de médecin, mais de repos. Vous voulez donc la rendre tout à fait malade! Restez donc, papa Dequoijememêle.

Nicolaï la prit sur ses genoux.

— Je me mêle de ce qui me regarde, — **ripos**ta le vieillard.
Et comme il continuait son chemin :

— Eh! monsieur le Russe! Vous ne savez pas seulement où il y en a,
des médecins, attendez donc qu'on vous en indique.

— Je trouverai bien.

— Vous ne trouverez pas. Allons, venez, je vais vous donner l'adresse du plus proche.

Pour ne pas inspirer de soupçons, il rentra, suivit Pieter Snip dans la seconde salle.

— Venez, venez. L'adresse est là, quelque part.

Il vit Nicolaï debout dans un coin, faisant tournoyer un foulard et chercha des yeux son compagnon de route.

Ne le voyant pas, il demanda :

— Où est le Russe? où est Ivan?

— Pas perdu, votre ami! — répliqua le cabaretier fouillant parmi un tas de papiers épars sur la cheminée.

— Où est-il?

— Est-il assez obstiné, le vieux! Il est là, si vous voulez le savoir, là derrière, occupé à une besogne où vous ne pouvez pas l'aider... Tenez, enfin, la voici cette sacrée adresse.

Le Polonais s'avança vers le cabaretier, tendant la main et tournant le dos à Nicolaï.

Mais aussitôt il fut saisi par le cou, étranglé, et en même temps, perdant pied, il se sentait enlevé comme par une bascule.

Son cou, serré comme dans un étau, empêchait l'air de circuler; il essaya de crier au secours, mais il ne put même faire sortir de son gosier le moindre gémissement.

On lâcha prise, et il tomba sur le sol.

— Pas mal! — s'exclama Pieter Snip. — Tu as retenu tes leçons de la Nouvelle et n'as pas oublié le coup du père François. Une riche idée! Pas de sang, pas de trace !

— Presto! — fit Nicolaï, — la corde aux jambes, vite.

Ils soulevèrent les battants d'une trappe qui se trouvait près de la porte de derrière et, au moyen d'une corde, descendirent le comte par l'ouverture béante et noire.

CXVI

UN « SALON » PARISIEN

Arsène Houssaye, dans ses *Souvenirs de jeunesse*, raconte qu'au commencement du second Empire, c'est-à-dire, voici bientôt un demi-siècle, l'esprit de Paris était gouverné dans les salons par des femmes incomparables.

Et il cite la comtesse de Castellane, la princesse Mathilde, la comtesse Le Hon, Mme de Girardin, Mlle Rachel et « quelques autres dignes
de survivre dans le souvenir impérissable de la beauté dans l'art et de
l'esprit avant la lettre ».

« C'était un vrai plaisir, — ajoute-t-il, — de franchir le seuil de ces
salons toujours fermés aux non-valeurs, toujours ouverts aux grands
artistes, aux grands poètes, aux grands mondains. »

C'est justement le contraire que l'on pourrait écrire des *Salons* de Mme La
Motte-Picon, veuve Baluchon, née Filendru — car elle disait mes *salons*
— ouverts à tout le menu fretin de la presse, aux ratés et aux intrigants de
la politique, de la littérature, de l'art, à la finance véreuse, au cosmopolitisme et, conséquence naturelle et inévitable, à la police de tous les pays.

Nous y avons rencontré déjà et nous y retrouvons le pseudo-journaliste Émile Nazeau dit Paloignon ou l'Ane d'Apulée, le jeune Plumassier,
fils d'un portier de la rue de Charonne, gommeux excessif qui signait des
articles sportiques et mondains sous le nom de baron de Boistouffu ; le
caporal fourrier Founasson *alias* commandant XXX, qui, après une année
de services effectifs dans les bureaux de son sergent-major, s'était vu
bombardé officier de territoriale et tartinier militaire ; l'ancienne prostituée Luciana, devenue comtesse de Ladra, et l'ancien forçat Nicolaï, son
pseudo-époux ; le renégat policier William Von Hermann et d'autres
personnages de la même farine : rastaquouères aux boutonnières fleuries
de rosettes exotiques, députés au passé louche, politiciens suspects,
farouches démocrates à vendre, pots-de-viniers cyniques, orateurs de
réunions publiques, plats flagorneurs du *populo*, prêts à renier l'idole
pour une sinécure ou un bureau de tabac. On y voyait aussi le petit clan
des demoiselles à marier, celles d'un placement particulièrement difficile :
bas-bleus prétentieux, enragées flirteuses, lauréates des concours qui
auraient pu gagner leur vie et trouver un mari, comme modistes, fleuristes
ou couturières, mais qui, munies de diplômes, végétaient à la recherche
d'une place et d'un amant, faute de mari.

— Mais, — disait au commandant Troisix, Mme Oscar de la Motte-
Picon, — les amants deviennent de plus en plus durs à la détente.

— Que voulez-vous, c'est la faute des belles petites. Elles ont trop
abusé de la générosité masculine.

— On serait bien naïf de payer ce qu'on peut avoir si facilement pour
rien ! — ajoutait Boistouffu.

— Je suis de l'avis de Boistouffu, — dit Troisix.

— Voyez-vous ces don Juan ! — s'exclama la grosse dame, donnant
aux deux impertinents un petit coup d'éventail.

— Sans être don Juan, ni Lovelace, ni Faublas, nous savons ce que nous valons... — dit Troisix.

— Et c'est pourquoi vous ne payez pas vos maîtresses?

— Parfaitement... Nous laissons ce soin aux vieux.

— C'est la morale dite fin de siècle.

— Si ce n'est pas la morale, c'est la sagesse, belle dame. Du moment que vous payez une maîtresse, elle vous trompe. Alors, vous êtes un imbécile de *casquer*... Laissez casquer l'autre, le vieux.

— Mais cela s'appelle d'un certain nom?

— Naturellement... Tout a un nom. Mais que sont les noms?... des mots, des paroles. *Verba, verba!* Et les paroles sont des femelles, et nous des mâles... Oui, belle dame, des mâles!... Or, le mâle est aussi nécessaire à la femelle que la femelle au mâle. Échange de procédés. Donnant, donnant. Nous sommes quittes.

— Vous dites des balivernes, mon cher Troisix, aussi grosses que vos tartines militaires. J'aime encore mieux Boistouffu et ses citations. Comme ça ne vient pas de lui, c'est quelquefois spirituel.

— Eh! Eh! j'ai le mérite de l'à-propos... Ne cite pas à propos qui veut... Cela exige tact et mémoire, chère madame, tact et mémoire.

— Deux qualités alors qui manquent à votre ami Paloignon qui raconte là-bas pour la vingtième fois au moins, ce soir, avec autant de variantes, sa terrible aventure avec les bandits de la Seine.

— Non, de la Marne.

— En effet, c'est sur la Marne que Croisillon a logé sa précieuse sœur!

— Ce qui fait dire à Paloignon, en se gonflant : « Ma villa des bords de la Marne. »

On entendait, en effet, la grosse voix de *l'Ane d'Apulée*, raconter au milieu d'un cercle de jupes les émouvantes péripéties de son attaque de la veille. Il gesticulait, se tapait sur les cuisses pour souligner ses effets :

— Tout bien compté, j'ai dû en démolir quatre, car j'ai tiré mes cinq coups de revolver et j'allais lâcher le sixième, quand deux solides gaillards m'ont attaqué par derrière. J'ai été aussitôt renversé, lié, garrotté.

— Comment! on vous a garrotté?

— C'est-à-dire qu'ils me tenaient rivé au sol pendant que des femmes fouillaient mes poches.

— Et l'on vous a pris vos vêtements?

— Tout, mademoiselle. Quand je suis revenu à moi, car j'avais perdu connaissance, j'étais dans le costume de notre premier père... avant le péché.

— Oh! l'horreur! — s'exclamèrent plusieurs des auditrices.

— Eh! eh! — fit Paloignon avec fatuité. — Vous n'auriez peut-être pas dit cela.

Expression de pudeur effarouchée, protestations, rires étouffés.

— Ce Nazeau est cyniquement fat, — disaient ces demoiselles.

— Il n'a pas conscience de sa bêtise.

— Et vous êtes retourné chez vous dans ce costume?

— Oui, mesdemoiselles, et ce qu'il y a de plus triste, c'est que n'ayant pas la clef qui était naturellement partie avec mes vêtements, j'ai dû attendre le retour de ma sœur à la porte.

— La nuit heureusement vous couvrait de ses voiles, — dit une des muses de la troupe.

— Pas du tout, il faisait clair de lune et pour comble, ma sœur était accompagnée d'une jeune personne...

— Qui vous a jeté son manteau.

— Pas elle, mais ma sœur qui m'a prêté un de ses jupons pour pouvoir décemment escalader la grille.

— Décemment est joli.

— Et la jeune personne qui accompagnait votre sœur dut être quelque peu surprise de ce spectacle que l'on peut appeler naturaliste?

— Pas trop, c'est une Russe; vous savez, les Russes sont moins collets-montés que les Françaises.

— Monsieur Nazeau, — appela une voix d'homme. — Pardon, mesdemoiselles, si je vous arrache pour deux minutes le héros du jour, mais j'ai deux mots à lui dire, affaire des plus sérieuses.

— La Banque coloniale?

— Comme vous le dites... La Banque coloniale...

C'était Nicolaï qui venait d'entrer depuis dix minutes et s'était rapproché du groupe dont le frère de Clarinette formait le point central.

— Vous êtes fou, — lui dit-il quand il le tint à part dans un coin, — qu'avez-vous besoin de raconter vos histoires à cet essaim de bavardes? Tout le monde va savoir qu'une jeune fille Russe se trouvait hier chez votre sœur.

— Qu'est-ce que cela peut faire? Nous n'avons fait à cette jeune fille aucun mal.

— Il est probable que si votre sœur l'a conduite chez elle dans le plus grand secret, c'est qu'elle y avait quelque intérêt majeur. Ne vous en a-t-elle pas parlé?

— Oui, elle n'a parlé de dix mille francs...

— Les dix mille francs sont chez elle.

— Ah ! la veinarde !... Et les miens ?

— Les vôtres sont à gagner... Vous avez, paraît-il, du moins à ce que prétendent les dames, des qualités inappréciables... mais il vous manque la discrétion.

— Je tâcherai de l'ajouter aux autres...

— Rentrez-vous ce soir chez votre sœur ?

— Jamais, ah ! non, par exemple, je sors d'en prendre, mon aventure d'hier me suffit. Je n'y rentrerai qu'en plein jour.

— Avez-vous parlé de cette aventure que j'ignorais totalement, ailleurs qu'ici ?

— Je vous crois ! — répliqua Paloignon, étonné de cette question. — Toute la presse relatera demain matin mon attaque nocturne... Je suis arrivé trop tard pour les journaux du soir.

— Triple idiot ! — murmura Nicolaï.

— Eh ! pourquoi, idiot ? — riposta Emile Nazeau qui saisit l'apostrophe au passage. — Vous êtes fameux, vous !... Ça fait de la réclame pour moi !... On voit bien que vous n'êtes pas journaliste, vous !... Comment ! je suis attaqué par des vauriens qui me dévalisent, me dépouillent de mes vêtements, m'assassinent et me jettent à l'eau me croyant mort... J'en réchappe par miracle... et vous voulez que je me taise ! C'est trop fort !

— Ce qui est trop fort, c'est votre bêtise.

— Monsieur !

— Votre sœur ne vous a donc pas fait comprendre qu'il était de votre intérêt à tous deux de ne pas parler de cette affaire... immédiatement, du moins ?

— Sans doute, Clary m'en a parlé, mais Clary n'est pas dans le journalisme..., elle ne se rend pas compte de la bonne réclame que cela fait autour de mon nom.

— Et pour la vanité de voir votre nom figurer dans un entrefilet, vous n'hésitez pas à compromettre votre sœur !

— Comment cela ?

— Mais, jeune Nicodème, demain la police fera chez vous une enquête, et la jeune fille...

— Ah ! écoutez, monsieur le comte, — interrompit Paloignon, — ne parlons pas de cette jeune fille... J'en suis, quand j'y pense, dans une colère bleue. On ne m'a pas consulté, qu'on se débrouille. Si Clary s'est mise dans de sales draps, qu'elle les lave... Mais qu'elle ne vienne pas me chercher pour l'aider dans la lessive.

— D'après ce que j'ai ouï dire, il me semble cependant que votre sœur vous rend quelques services.

— Des services? Eh bien après? Est-ce que je ne lui en rends pas, moi! Grâce à qui vous connaît-elle?... Grâce à moi! Vous avez manigancé vos petites affaires ensemble, continuez à vous arranger.

— Allons, je vois que vous êtes encore plus crétin que je ne vous avais jugé.

— Monsieur!

— Parfaitement! Je dis le mot... crétin!

— C'est une insulte!

— Croyez-vous?

— Vous m'en rendrez raison.

— Eh! fichez-moi la paix!

— Je puis vous perdre, savez-vous?

— Vous en êtes bien capable.

— Je n'ai qu'un mot à dire.

— Mais vous perdez en même temps votre sœur.

Et Nicolaï lui tourna le dos.

Cette discussion, bien que faite à voix basse, avait attiré l'attention de quelques personnes, entre autres d'un groupe de messieurs décorés de divers ordres qui surprirent çà et là plusieurs mots :

— Tiens! — fit l'un d'eux, — l'*Ane d'Apulée* s'empoigne avec le directeur de la *Banque coloniale*. Les affaires seraient-elles en baisse, ou ne lui a-t-on pas assez graissé la patte?

— Graisser la patte à ce jeune idiot! Pourquoi faire? Il est de nulle valeur et sa feuille de chou tire à peine à deux mille.

— Ils ont dû faire quelque coup de concert, puisque le crétin le menace. J'ai entendu qu'il disait : « Je puis vous perdre. »

— Il parlait de sa sœur. Il l'aura procurée au banquier qui n'aura pas payé le prix convenu.

— Chut!... le voici!

Paloignon s'approchait du groupe; on l'interpella.

— Eh bien, monsieur Nazeau, le *Sens moral* a-t-il donc des démêlés avec la *Banque coloniale?* Ce serait fâcheux pour tous deux!

— Non, messieurs, non... Mon journal n'a rien à voir dans l'explication qui vient d'avoir lieu entre M. le comte de Ladra et moi... Elle est d'un ordre tout privé.

— C'est bien ce que nous pensions. Eh! eh! histoire de femme alors, monsieur Nazeau!

— Vous avez mis le nez dessus.

— C'est que nous avons le flair... quand il s'agit de la jupe... Mais méfiez-vous, monsieur Nazeau, le comte de Ladra est, — dit-on, — d'une jalousie féroce.

— Ah! ah! — s'exclama Paloignon, intérieurement flatté qu'on le supposât rival de l'opulent brasseur d'affaires.

— Mais oui. Ne fréquentez pas trop l'hôtel du parc Monceau.

— Messieurs, croyez que je n'ai jamais eu avec la comtesse de Ladra que des rapports... des rapports...

— Nous ne vous demandons pas vos secrets, jeune séducteur.

Paloignon sourit d'un air fat et se dirigea vers Mme Oscar de la Motte-Picon, qui lui faisait signe d'approcher.

Nicolaï, qui avait suivi de loin la conversation, s'avança vers le groupe à son tour, avec son audace coutumière :

— Je crois que je viens d'être sur le tapis, messieurs, et que ce spirituel membre de la presse parisienne s'est amusé à casser du sucre sur mon pauvre crâne... Il est très intelligent, ce garçon!

Cette dernière phrase fut dite d'un ton si sérieux que les messieurs décorés se regardèrent.

— Oui, — continua Nicolaï, baissant la voix, — ce n'est un mystère pour personne, c'est pourquoi je vous en parle... Il sait très habilement profiter de sa sœur!

— Oh! quant à cela, il a des sentiments de famille que l'on trouve encore parfois dans notre société moderne, mais qui étaient plus spéciaux chez les vieux patriarches.

— Ah! vraiment, c'est poussé jusque-là.

— On le dit. Nous n'avons pas, vous le comprenez, vérifié la chose. Nos moyens ne nous permettent pas la satisfaction de ces petites curiosités. Mais vous, monsieur le banquier..., vous qui n'avez qu'à vous baisser pour ramasser des pépites d'or et qu'à vouloir étendre la main pour saisir, complaisantes et dociles, les plus jolies femmes de Paris...

— J'ai la mienne, messieurs... Elle me suffit.

— Je vous comprends, monsieur le comte.

Nicolaï quitta ses interlocuteurs, cherchant des yeux Luciana. Elle jouait de la prunelle et de l'éventail au milieu d'un groupe de jeunes gens qui papillonnaient et marivaudaient, dissimulant à peine leurs convoitises.

William Von Hermann, appuyé au mur, à quelques pas, surveillait d'un air soucieux le manège de sa maîtresse.

— Tiens! — fit Nicolaï, — voilà la jalousie qui le travaille à son tour. Rage, mon bonhomme, rage! Tu n'as pas fini de rager.

Il s'approcha de l'essaim des petits rastaquouères :

— T'as l'air de sortir d'un bocal !...

— Eh ! messieurs ! je vous y prends !... je crois que vous faites la cour
à ma femme.

— Mais, assurément, comte. Que pourrait-on faire autre près de
madame, si ce n'est de lui présenter ses hommages les plus respectueux
et l'expression de son admiration !

— Allez-y, messieurs, que je ne vous gêne nullement... Je ne suis pas un mari jaloux... N'est-ce pas, ma chère ?

— Mais, vous n'avez, je le suppose, aucune raison de l'être?

— C'est bien ce que je dis ! Ma chère Luciana, je vais me retirer... J'ai passé la nuit dernière courbé sur des colonnes de chiffres... Je vais me reposer et vous confier à ces messieurs. J'espère que vous ne vous plaindrez pas.

— Comte, nous vous prenons au mot.

Et faisant un geste amical à Luciana :

— N'en abusez pas, ma chère, et ne rentrez pas trop tard.

Elle essaya de lui sourire.

— Vous êtes le modèle des maris, — dit-elle.

— Ce n'est pas en France que l'on en trouve de pareils ! — s'exclama un vieux bas-bleu.

— Et on le disait jaloux !

— Plaignez-vous, ma chère comtesse !

Luciana se mordait les lèvres. On lui avait changé son Nicolaï. Elle ne le reconnaissait plus. Sans doute il méditait quelque coup de traîtrise.

Et elle se tourna du côté de Von Hermann qui souriait.

CXVII

CHEZ LA « GOSSELINE »

Sidonie, la Gosseline « comme on l'appelait » était assise dans sa chambrette, sur une chaise, à côté du lit de Rita toujours plongée dans une sorte de léthargie, le lourd sommeil causé par la pilule narcotique que Nicolaï avait laissé tomber dans la tasse de lait.

L'enfant regardait avec une admiration mélée de pitié et de tendresse cette belle étrangère qui occupait sa couche, attentive, prête à se lever au moindre mouvement, au moindre appel.

— Oh ! qu'elle est belle ! — murmurait-elle dans son enthousiasme naïf, — c'est comme une sainte Vierge !

Et elle se rappelait que dans l'église où elle avait fait sa première communion, il y avait dans le chœur un tableau représentant une Vierge à laquelle ressemblait la blonde étrangère.

Elle n'avait pas été médiocrement surprise, revenue de la course que sous le premier prétexte venu lui avait fait faire Pieter Snip, de trouver sa chambre et son lit occupés par cette belle demoiselle.

Pieter Snip, on s'en souvient, fidèle à son principe que le meilleur moyen de garder un secret est de l'ignorer, avait éloigné la petite fille pour l'empêcher d'être témoin de ce qui pouvait se passer.

Il le lui avait déclaré dès le début :

« Quand on ne sait rien, le juge a beau vous retourner, on ne court pas le risque de vendre les autres. En ce cas, ignorance vaut mieux que discrétion. »

— Monte dans ta chambre, — lui avait-il dit quand elle fut de retour. — Tu y trouveras de la compagnie.

— Les messieurs sont là-haut?

— Non pas les messieurs... une belle demoiselle. Elle s'est trouvée tout d'un coup malade et nous l'avons portée sur ton lit. Reste près d'elle. Je la confie à tes soins. Quand elle s'éveillera, tu me feras signe.

— Elle dort donc?

— Oui, elle dort. Elle est fatiguée, cette fille. Elle se repose. File

— Et où sont les autres? — demanda l'enfant, — voyant la salle vide.

— Les autres? quels autres?... Tu veux parler des Russes?

— Oui, patron.

— Eh bien..., ils sont à leurs affaires... Partis... Ça ne me regarde pas... Tu avais quelque chose à leur dire?

— Moi, patron?... Mais...

— Mais quoi?

— Le... le monsieur?

— Le monsieur à sale trombine?... Ah! c'est ce qui te tourmente... Tu veux dire ton papa...

— C'est vous qui l'avez dit, patron.

— Eh bien, ton papa..., il est parti avec ses camarades.

— Ah!

— Oui... Ça te défrise!... Tu aurais voulu qu'il t'emmène!... Tu aurais lâché pour lui, salement lâché ce pauvre papa Pierre qui te donne à manger!... Je vois ça d'ici..., tu veux avoir de belles robes, de beaux chapeaux, comme celle qui roupille là-haut..., faire la demoiselle... Eh bien! mais, c'est tout naturel, je ne t'en blâme pas, gosseline, tn as une binette à porter cela.... comme les autres..., sans compter que les trois quarts des grues bien attifées qu'on rencontre ne sont pas si girondes que toi... Eh bien, mais... ne te fais pas de bile, ça viendra!...

— Est-ce qu'il reviendra?

— Qui?

— Le mons... mon papa?

— Oui, à une condition.

— Laquelle, patron?

— C'est que si jamais la police, ou le juge, ou ta tante Culot, n'importe qui venait à t'interroger à son sujet..., ni vu ni connu. Tu entends?

— Est-ce que la police le cherche aussi, lui?

— On ne sait pas. La police cherche tout le monde. Elle a bien cherché et trouvé ton brave homme de grand-père qui n'aurait pas, par bonté d'âme, écrasé une puce. Oui, on est venu le chercher un beau matin, celui-ci, lui, alors qu'il était paisiblement couché à côté de ta grand'mère, sans songer à mal. Et si on ne lui a pas flanqué douze balles dans le ventre à ce moment-là, au saut du lit, c'est qu'on en avait trop tué déjà, et qu'on n'osait plus le faire en plein jour..., mais on l'a envoyé à la Nouvelle, où il a crevé à côté de moi, et c'est *kif kif bourrico!* Alors donc, si tu as quelque chose dont tu doives te méfier, c'est de la rousse.

« D'un moment à l'autre, elle peut mettre le grappin sur n'importe qui... Et crac, on est coffré; et quand on y est, on y est bien... Innocent ou non, on s'explique après... quand ça prend fantaisie au justiciard de vous écouter. Ma pauvre gosseline, ne tombe jamais sous les griffes de la sainte confrérie des Flicards. Si tu les vois venir, tire-toi les flûtes, c'est encore le plus sûr. Si tu es prise, dis toujours: « Non, je ne sais pas... je n'ai rien vu... je n'étais pas là... » à toutes les questions. Sans quoi, tu es arquepincée et vivement... On te mêle dans l'affaire... on t'emballe dans le panier à salade..., tu sais, cette grande machine toute noire avec un *cipal* au bout... et on te fourre à Saint-Lazare... Et une fois qu'on y est, le diable seul sait quand on en sort... Et je ne te dis que ça!

Il inspirait ainsi une terreur salutaire à l'enfant, qui se serait fait couper en quatre plutôt que de rien raconter des scènes dont le hasard pouvait la rendre témoin.

— Et maintenant, monte là-haut... Reste près de la donzelle, et quand elle s'éveillera, n'oublie pas la consigne... préviens-moi.

Elle monta dans sa chambre où elle trouva, comme je l'ai dit, Rita plongée dans un lourd sommeil.

Elle fut épouvantée d'abord, la croyant morte tant elle était pâle; bientôt sa respiration faible mais régulière la rassura et elle resta longtemps assise près d'elle, ne descendant qu'à l'appel de Pieter Snip, pour préparer le repas.

Le soir, suivant son habitude, elle remonta dans sa chambre, trouvant Rita encore plongée dans le sommeil.

— Comme elle dort longtemps, la pauvre demoiselle ! A la place du patron, j'enverrais chercher le médecin.

Elle lui en avait parlé timidement au dîner, mais il répondit avec colère :

— Fiche-moi la paix avec tes médecins !

Le temps passait, le crépuscule vint, puis la nuit.

On entendait monter d'en bas un bruit confus de voix, comme à l'ordinaire, des chants, des rires, des disputes, puis les clients se retirèrent peu à peu.

Tout bruit cessa.

Sidonie tombait de sommeil ; jamais elle n'avait veillé si tard.

Elle s'assoupit sur sa chaise à côté du lit.

La porte brusquement ouverte la réveilla en sursaut.

Sa chandelle était entièrement consumée, il ne restait dans le suif en fusion qu'un bout de mèche qui jetait une lueur faible et vacillante.

Elle eut un moment peur, elle se rassura, voyant Pieter Snip une lanterne à la main.

Mais sur le mur de la pièce voisine, elle vit passer rapidement une ombre projetée par le feu de la lanterne et il lui sembla reconnaître le « Monsieur... », son père.

Peut-être venait-il la chercher ?... Mais pourquoi au milieu de la nuit ? Ah ! c'est qu'elle était mal mise, elle était une pauvresse, une petite servante de cabaret, et il ne voulait sans doute pas se montrer avec elle en plein jour !

— Tu ne dors donc pas ? — lui dit brutalement Pieter Snip.

— C'est-à-dire, patron, que je dormais ; vous m'avez réveillée.

— Qu'est-ce que tu fais là sur cette chaise ? Couche-toi.

— Avec la demoiselle ?

— Oui, déshabille-toi... Allonge-toi à côté. Tu n'es pas si grosse... Tu ne la gêneras pas. Allez, houp !

Elle se déshabilla lentement ; son père ne venait donc pas la chercher ? Pourquoi n'entrait-il pas ? Elle avait pourtant bien vu une ombre se profiler sur le mur...

— Le monsieur n'est pas venu ? — demanda-t-elle à Pieter Snip, qui, debout au pied du lit, contemplait Rita.

— Le monsieur ? Ah çà ! tu m'embêtes avec ton monsieur... Ça devient une scie... Que veux-tu qu'il vienne faire à minuit ?... T'enlever ?... Tu vas rêver de lui, c'est sûr !... Il viendra te chercher demain, le monsieur ! Es-tu contente. Allons, haut le gigot, vite au pieu... et roupille.

— Vous allez vous coucher, patron ?

— Mais... ça ne va pas tarder. Il faut d'abord que je ferme la cambuse...
Ne t'inquiète pas de moi.

Avec de grandes précautions, l'enfant se glissa sous la couverture, à
côté de sa compagne improvisée.

Pieter Snip enleva, de ses doigts, le lumignon qui brûlait encore dans
le chandelier, l'écrasa sous son pied et sortit de la chambre.

Elle entendit son pas résonner dans l'escalier de bois, puis se perdre
dans la salle dont il referma la porte.

— Je me suis trompée, — fit-elle, — ce n'est pas le monsieur... mon
papa...

Et elle s'endormit dans des rêves d'or, se voyant couverte de soie et
de dentelle.

CXVIII

LE SOUPIRAIL

Un bruit sourd, continu, régulier, la réveilla.

Il semblait partir de l'intérieur de la maison, avec un son étouffé,
lointain.

Il ne venait ni du comptoir, ni de la salle.

Elle crut un instant que c'étaient les ouvriers employés aux réparations
du pont, mais on ne travaille pas la nuit, et il était nuit noire.

Sa compagne dormait toujours.

Elle se leva, souleva le rideau de sa fenêtre.

Pas une étoile au ciel, pas une lumière autour d'elle, ni dans la
direction du pont.

Le bruit partait donc de l'intérieur du cabaret.

Du reste, il n'y avait pas à en douter, les murs de plâtras, de vieilles
briques, subissaient une secousse chaque fois que montait le bruit.

Qu'est-ce que cela pouvait être? Des cambrioleurs cherchant à forcer
les volets ou la porte?

Comment Pieter Snip n'avait-il pas entendu?

Elle ouvrit la porte de sa chambre :

— Patron, — fit-elle, — patron,... entendez-vous?

Ne recevant pas de réponse et n'osant élever la voix, elle approcha du
lit.

— Patron! Il y a du monde en bas pour sûr! Entendez-vous le bruit... Vous dormez?

Elle passa doucement la main sur le lit et le trouva vide.

Un peu rassurée, mais fort intriguée, elle fit flamber une allumette pour consulter la grosse montre d'argent que le cabaretier accrochait à la tête de son lit.

Une heure du matin!

Il y avait donc encore des clients dans la salle? Cependant, à part les coups sourds, nul autre bruit ne montait jusqu'à elle.

Elle ouvrit la seconde chambre, celle donnant accès sur l'escalier, et, penchée sur la rampe, écouta de nouveau.

Du dehors, le bruit était moins distinct; il partait à coup sûr de l'intérieur de la maison.

Elle descendit alors, telle qu'elle était sortie du lit, nu-pieds, en chemise, arriva à la porte du bas, celle ouvrant sur le jardinet à côté de l'escalier.

La trouvant close, elle fit le tour de la maison pour arriver à l'autre porte, celle d'entrée du cabaret... fermée également

Elle revint à la première et écouta.

Elle perçut alors plus distinctement le bruit; c'était comme des pelletées de terre que l'on jetait sur le sol; mais ce qui l'étonnait, c'est que nulle lumière ne filtrait au dehors.

Une obscurité profonde s'étendait dans la salle. Par les fissures du bois, par le trou de la serrure, tout était noir.

C'est de la cave que partait le bruit.

Dans le jardinet, à côté d'une large caisse couverte d'une toile goudronnée qui servait de cabane à la chèvre, s'ouvrait le soupirail de la cave.

Poussée par une curiosité plus forte que les recommandations de Pieter Snip, la petite fille se glissa jusqu'au soupirail, mais elle s'aperçut qu'on y avait roulé une barrique vide qui en couvrait complètement l'ouverture.

La barrique touchait le mur par son milieu, mais laissait un intervalle allant en s'évasant près du sol.

Sidonie essaya de passer la tête dans cet espace libre; n'y réussissant pas, elle allongea le bras jusqu'au soupirail, et sentit sous ses doigts un morceau de toile d'emballage qui le bouchait entièrement.

Sa curiosité n'en fut que plus surexcitée, d'autant plus que presque au même instant, elle entendit très distinctement une voix qu'elle reconnut pour celle du « monsieur », de « son père », dont elle avait attendu si anxieusement le retour.

— Je crois, — disait-il, — que le trou est assez profond.

— C'est mon idée, — répondit Pieter Snip. — Nous n'avons pas besoin de tant nous esquinter, puisque nous leur ferons prendre un bain de chaux vive.

— Ça les blanchira, — répliqua Nicolaï, — de tous leurs péchés.

— Et nous, des nôtres !

— Ainsi soit-il !

L'enfant fut prise d'une indicible terreur.

— Que font-ils là, dans cette cave ? — se dit-elle.

Mais la curiosité l'emporta sur la prudence. Elle voulait voir !

Et réunissant toutes ses forces, elle parvint à déplacer de quelques pouces le lourd barril, et couchée sur le côté, réussit à passer sa tête jusqu'au soupirail d'où elle retira avec précaution un petit coin de la toile.

A la vue de la scène dont elle fut témoin, elle faillit laisser échapper un cri d'horreur.

Pieter Snip et Nicolaï, nus tous deux, sans doute pour ne laisser sur leurs vêtements aucune trace de souillure, disparaissaient jusqu'aux épaules dans une fosse semblable à celles où l'on met les morts.

D'un côté de la fosse, l'amas des gravats, des cailloux, de la terre qu'ils venaient de retirer.

De l'autre, deux cadavres allongés.

A la lueur de la lanterne accrochée à la muraille, elle n'eut pas de peine à reconnaître les voyageurs qui avaient couché la nuit dernière dans la Bibine et qui étaient revenus le jour même en compagnie de la « demoiselle » et de Nicolaï.

A l'encontre des sinistres fossoyeurs, ils étaient habillés comme elle les avait vus, avec leurs chapeaux sur la poitrine.

Elle resta comme fascinée par l'horrible spectacle, ne pouvant détacher ses regards des cadavres sur lesquels tombait en plein la lueur blafarde de la lanterne, du visage maigre et si caractéristique avec ses longs cheveux, sa longue moustache blanche, du vieux Polonais, qui avait été si généreux pour elle...

Puis, elle vit les deux fossoyeurs se hisser avec efforts, ruisselants de sueur, hors de la fosse, après avoir posé sur les bords l'un sa pioche, l'autre sa pelle...

Puis, elle les vit saisir, l'un par les jambes, l'autre par les épaules, le jeune d'abord qu'ils soulevèrent au-dessus de la fosse.

— Y es-tu ?

— Vas-y !

Le corps tomba, rendant un son sec.

Deux agents se rendirent au parc Montceau questionner adroitement les gens.

— Et d'un! — fit Pieter Snip.

Ils prirent le second, le vieux, comme ils avaient fait du premier.

Ils le soulevèrent et il tomba sur l'autre, gisant au fond, avec un bruit creux, un bruit de linge mouillé.

— C'est ça! Tassez-vous bien! — s'exclama Nicolaï.

— La chaux, maintenant! — dit Pieter Snip.

— C'est dommage, — fit Nicolaï, — qu'il n'y en ait pas un troisième, pendant que nous y sommes...

— En effet, — répliqua Pieter Snip, — le trou pourrait servir aussi bien à trois...

Il se baissait pour prendre un seau plein de chaux, tournant le dos à son complice qui, la pioche à la main, attendait.

— Et il servira à trois! — cria Nicolaï, assénant un coup formidable sur la tête du cabaretier qui s'affaissa sans pousser une plainte tant le coup avait été rapide et mortel.

« Je le disais bien... — ricana l'assassin.

La petite fille vit un flot rouge jaillir du crâne; elle vit encore, comme en un songe, son « père » se baisser, tâter le corps, le tirer à lui par les jambes jusqu'au bord de la fosse, puis le pousser dans le trou.

— Et de trois! — fit-il se dressant sinistre et hideux.

Elle n'en vit ni n'en entendit davantage.

Ses yeux, agrandis par l'épouvante et l'horreur, se fermèrent soudain. Le cœur lui manquait, elle s'évanouit.

. . . .

Un coup vigoureux, une claque plutôt appliquée sur la partie charnue de son corps grêle de fillette qui grandit, la rappela à elle-même, tandis qu'une voix qui ne lui était pas inconnue l'interpellait :

— C'est la gosseline ! le diable me brûle, c'est la gosseline !... Qu'est-ce que tu trafiques-là, moucheronne?... Qu'est-ce que tu reluques dans ce sacré coin?

Et une forte poussée qui fit chavirer la futaille et l'envoya rouler sur les choux du potager de Pieter Snip la découvrit complètement.

Sidonie se releva, effarée, se demandant où elle était, ce qu'elle faisait là, couchée sur le sol, en chemise au milieu de la nuit.

Puis, tout à coup, elle se souvint, prise de terreur, pensant avoir été surprise par cet homme, cet assassin dont elle ignorait le nom, ce père abominable.

Elle respira. Non, ce n'était pas lui. Elle distinguait devant elle la silhouette de deux individus, dont l'un sautillait, gesticulait des jambes, des bras et des épaules. Elle se rappelait aussi sa voix qui se mêlait à la première.

Il fredonnait :

En vous voyant sous l'habit militaire
J'ai reconnu que vous étiez soldat,
J'ai reconnu que vous étiez soldat.

Tous deux paraissaient sinon complètement ivres, mais avoir absorbé assez de liquide pour être en joyeuse humeur

— Ce n'est pas que j'aie reconnu en toi un soldat, gosseline, mais t'ayant palpée et trouvée en tenue de combat, et comme les amazones ne courent guère par ces chemins, j'ai dit dans ma jugeotte : « C'est la petite gerce au mastroquet ! Elle a choisie un drôle de pieu pour s'allonger. Est-elle saoûle ou défunte? »

— Et à seule fin de m'assurer si tu n'étais pas défunte, — ajouta celui qui avait parlé le premier, — je me suis adressé directement à maître Luc. C'est un paroissien qui répond toujours à l'appel... Mais tu ne nous dis pas ce que tu faisais, le nez dans ce trou?

— Les rats ! j'écoutais les rats ! — répondit la petite fille encore suffoquée, et ne sachant que dire.

— Les rats ! Tu t'amuses donc à courir la nuit après les rats? C'est dangereux, petite gonzesse. En faisant la chasse aux rats, tu peux tomber sur le loup.

> Gardez-vous bien du loup, fillettes,
> Il court le soir, au coin du bois.

— Tais donc ton bec !

« Où est le patron, gibier de Saint-Lazare?

— Je ne sais pas, — fit-elle.

— Ne blague pas, et n'essaye pas de nous blouser, ou nous allons dégourdir nos arpions sur ton verre de montre.

— Il est sans doute dans son lit.

— Des navets ! Nous avons frappé devant, nous avons cogné derrière : nisco ! Nous avons grimpé l'échelle : gueule de bois. S'il est au pieu, il s'est barricadé, le salaud ! Mais puisque te voilà, tu feras la commission Tu lui diras de la part de Riz-de-Veau et de la Sauterelle qu'il s'est payé notre fiole et que c'est une vache !

— N'y manque pas, — ajouta la Sauterelle, — et dis-lui que l'Hercule veut s'asseoir sur sa margoulette.

Et saisissant la petite fille par la taille, il l'entraîna un instant dans un pas de valse :

> Viens, ma chérie,
> L'instant charmant !
> Dans la prairie
> Courir gaiement.
> Viens, ah! viens vite!
> L'air parfumé,
> Tout nous invite
> A nous aimer,
> A nous aimer!

Oh! quand tu auras quinze ans!... Quelle chouette petite marmite!
— Y a beau temps qu'elle sera bouclée!

> Les ch'veux frisés,
> Les seins blasés,
> Les reins brisés,
> Les pieds usés!

continua La Sauterelle, qui semblait connaître par cœur tout le répertoire du *Mirliton*.

— Allons, interrompit Riz-de-Veau, as-tu fini tes rengaines? Décanillons.

— Je te suis!

Et les deux jeunes bandits gagnèrent le large.

La « gosseline » resta pendant quelque temps anéantie.

Le froid la saisissait; un tremblement nerveux agitait tous ses membres.

Elle se frappa plusieurs fois le front comme pour se demander si elle ne rêvait pas, si la scène horrible à laquelle elle avait assisté était bien réelle.

Maintes fois, dans ses nuits agitées, elle avait eu d'affreux cauchemars, elle avait vu des tueries, des batailles entre voyous où le couteau sortait rouge des gorges, échos des tapages nocturnes de la taverne, des conversations surprises, des mots d'argot plutôt devinés que compris.

Et elle espérait avoir encore rêvé.

Mais son état de nudité, le bruit des pas précipités de ces deux hommes s'éloignant dans l'ombre, la brise matinale qui la fouettait, tout lui disait qu'elle était bien éveillée et qu'il lui fallait se vêtir.

Elle monta rapidement, souleva le cliquet de la porte, mais la porte résista; elle était fermée et cependant elle se souvenait bien l'avoir laissée ouverte quand elle était sortie pour écouter les bruits mystérieux..., les bruits de la fosse qu'on creusait... et qui, maintenant, contenait trois cadavres.

Qui donc avait fermé cette porte?

Il y avait sans nul doute quelqu'un dans la maison. Ce ne pouvait être que le sinistre assassin qu'elle avait vu accomplir avec son patron sa lugubre besogne, puis se défaire d'un complice gênant.

Ah! le pauvre Pieter Snip..., si bon pour elle!

Peut-être ces deux hommes qu'on avait ensevelis dans la cave avaient-ils été tués dans une rixe?

Pourquoi Pieter Snip les aurait-il tués?

Et elle lui avait demandé quelques jours auparavant : « Est-ce que je verrai tuer quelqu'un? » et c'était lui qu'elle avait vu tuer et jeter sur deux autres cadavres... et par son père, par celui qui s'avouait son père.

Et une foule de pensées sinistres l'assaillaient, passaient rapides dans son cerveau de petite fille affolée.

Un instant elle s'accroupit près de cette porte, ramenant sur ses jambes sa chemise, se pelotonnant, sentant venir le froid du matin.

Mais elle ne pouvait rester ainsi, elle ne voulait pas. Elle ne voulait pas qu'au jour les passants la surprennent accroupie à cette porte à demi nue. Et les terrassiers qui venaient prendre « la goutte » avant de se mettre au travail! Ah! il lui fallait ses effets, il lui fallait fuir, fuir les questions, fuir les agents, fuir les juges.

Que répondrait-elle? La croirait-on? Ne serait-elle pas considérée comme complice? Et sa terreur, grossie par les avertissements du cabaretier, la rendait presque folle.

Elle se leva, heurta de nouveau de son petit poing la porte.

La demoiselle entendrait peut-être, se réveillerait. Elle devait être encore là.

Mais si c'était l'homme?... l'homme hideux?... l'assassin nu... son père?

Il lui demanderait ce qu'elle faisait dehors, en chemise, au milieu de la nuit... Il se douterait qu'elle a tout vu, et sans doute il la tuerait aussi comme il avait tué son maître.

Alors, pour donner le change, pour faire croire qu'elle ne savait rien, elle appela en frémissant l'homme qu'elle avait vu assassiner :

— Patron! patron! Monsieur Pierre!... ouvrez... c'est moi, Sidonie!... Je suis sortie pour un besoin!...

Rien ne répondit à son appel.

Rassurée, elle se dit que l'*homme* n'était pas là, et qu'il fallait réveiller la demoiselle.

Peut-être qu'en faisant un grand bruit, en cassant un carreau, elle réussirait.

Elle allait descendre chercher une grosse pierre lorsqu'il lui sembla entendre un bruit dans l'intérieur, tout près de la porte.

Elle recommença à frapper :

— Patron! ouvrez... c'est moi! J'étais sortie pour un besoin... Mademoiselle, est-ce vous?

— Qui est-là? — demanda la voix de Rita.

— C'est moi, mademoiselle..., Sidonie, la petite servante..., j'étais sortie un instant et l'on a fermé la porte.

— Qui est avec vous?

— Personne, mademoiselle. Je suis seule.

— Où est votre maître?

— Il n'est pas avec moi... personne n'est avec moi.

Rita ouvrit pour recevoir dans ses bras la petite fille, à demi morte d'émotion et de froid, et referma vivement la porte.

CXIX

SECONDE NUIT

Quand l'effet soporifique de la pilule glissée par Nicolaï dans sa tasse de lait eut fait son œuvre, Rita, qui dormait depuis douze heures, se réveilla.

Elle se crut d'abord encore couchée dans la villa des Lauriers-Roses, mais le lit lui sembla plus dur, les draps plus grossiers; elle tâta autour d'elle et se sentit dans un endroit inconnu.

Cherchant à rappeler ses esprits, son épouvante redoubla.

La mémoire de ce qui s'était passé lui revint tout à coup.

Elle se rappela les deux étrangers, dont l'un était l'assassin de son père, venir en quelque sorte miraculeusement à son aide, la discussion avec la prétendue comtesse qui voulait la retenir, l'arrivée soudaine du sinistre Nicolaï, la marche le long du canal et enfin la halte à la porte du cabaret malfamé, hanté par des bandits.

Elle se rappelait avoir demandé une tasse de lait, elle avait vu une petite fille traire la chèvre, puis l'homme lui avait apporté la tasse, elle avait bu... puis s'était sentie prise soudain d'un étrange étourdissement... et depuis lors ne se rappelait plus de rien.

Où était-elle?

Sans doute dans les mains, au pouvoir de cet abominable Nicolaï?

Cette pensée la fit frémir... et le silence qui l'entourait augmentait son épouvante.

Elle s'assit sur sa couche, tâtonna autour d'elle, et rencontra sous sa main une chaise avec un paquet d'effets qu'elle reconnut pour des vêtements de petite fille.

Puis ses pieds heurtèrent des souliers d'enfant.

Il y avait donc un enfant, une petite fille dans la chambre? Cette découverte la rassura un peu.

Alors, étant évanouie, on l'avait couchée dans ce cabinet, elle était dans le lit de l'enfant, de la jolie fillette qu'elle avait aperçue et qui, sans doute, était en quelque coin dans la chambre.

Elle appela à voix basse:

— Petite! Petite!

Et, ne recevant pas de réponse, elle alla à tâtons, trouva une porte ouverte.

— Peut-être le vieux Polonais est-il couché là! — se dit-elle.

Et elle appela de nouveau :

— Comte? Comte Gobsky?

Le plus grand silence régnait. Pas un souffle. Elle s'enhardit, s'approcha du lit comme avait fait une heure ou deux avant Sidonie, passa légèrement la main sur les couvertures et le trouva vide.

De plus en plus effrayée et intriguée, elle rentra dans sa chambre et distingua alors la fenêtre donnant sur la campagne noire.

Elle l'ouvrit avec précaution, écouta.

Il lui semblait entendre des pas lointains, mais au même instant, elle perçut très distinctement un bruit faible au-dessous d'elle, comme une porte que l'on referme doucement et dont on retire la clef. Puis une ombre frôla le mur, et elle entendit gravir lourdement, du pas de quelqu'un accablé de fatigue, l'escalier de bois.

Effrayée, elle regagna vivement, par un mouvement plutôt instinctif que raisonné, sa couche et s'étendit sous les couvertures.

Deux secondes après, l'homme pénétrait dans sa chambre. Il tâtonna lui aussi les murailles, le lit, comme s'il entrait dans un endroit qui lui était peu familier, et Rita eut un frissonnement d'horreur en sentant deux mains palper d'abord ses jambes, puis remonter sur le haut de son corps.

Puis ce fut les côtés du lit qu'on explora.

Il y eut comme une exclamation de surprise, et une voix qu'elle reconnut aussitôt, la voix exécrable de Nicolaï, se fit entendre lasse et tremblante :

— Sidonie! Sidonie!... Gosseline, où es-tu?

Puis Nicolaï s'éloigna de la couchette, fit flamber une allumette, et elle le vit se diriger dans la chambre voisine, appelant encore :

— Sidonie! Sidonie! où diable est-elle fourrée, la petite drôlesse! N'aie pas peur, Sidonie, c'est moi... c'est ton papa qui vient te chercher! Où te caches-tu donc, petite mâtine?

Mais tout à coup, il s'arrêta, se tut, écoutant :

Par la fenêtre que Rita avait laissée ouverte, montaient maintenant très distincts les bruits de pas perçus par la jeune fille et auxquels se mêlaient des éclats de voix, ou plutôt des jurons et des apostrophes.

Les mots : « Ah! la vache! ah! le salaud! » revinrent à plusieurs reprises avec cette variante d'un refrain connu :

> On va lui couper l' sifflet
> Ah! que n's allons rire,
> On va lui couper l' sifflet
> Au vieux mastroquet!

A ces apostrophes, à ces accents, Nicolaï avait répondu par une série de malédictions étouffées ; puis, revenant au lit de la jeune fille qu'il croyait toujours endormie, il arracha, d'un mouvement brusque, draps et couvertures, fit à nouveau flamber une allumette, la contempla un instant à demi nue, chercha des yeux autour de la chambre, aperçut le chandelier et poussa une exclamation de fureur et de dépit en voyant qu'il était vide.

Alors, sans perdre une minute, il gagna la porte, descendit l'escalier, et Rita, qui s'était levée d'un bond, l'entendit s'éloigner rapidement dans la direction d'où venaient les voix, qu'elle reconnaissait maintenant pour celles des bandits qui prenaient leurs ébats au même endroit la nuit précédente.

Certaine d'être seule dans les chambres du haut, elle se précipita sur la porte de l'escalier que Nicolaï avait laissée grande ouverte, trouva la clef sur la serrure, la ferma à double tour et poussa derrière une table, des chaises, tout ce qu'elle sentit à sa portée.

Tous ces incidents s'étaient succédé si rapidement depuis son réveil, qu'elle n'avait pas eu le temps de la réflexion.

Elle avait en quelque sorte agi d'instinct, poussée par le sentiment de la conservation qui ne nous abandonne jamais.

C'était lui, c'était l'effroi que lui inspirait le scélérat, complice d'Hauser, qui, plus fort, plus impérieux encore que sa pudeur innée, avait paralysé ses membres, lorsque, se sentant découverte sous sa main brutale, elle avait eu le mouvement de ramener sur elle ses couvertures, mouvement heureusement non suivi d'effet, et que, dans l'obscurité, il n'avait pu apercevoir.

Maintenant il partait, il fuyait dans l'ombre, la laissant seule dans cette maison qui paraissait abandonnée, la livrant à ces forbans qui, la sachant là, elle le croyait du moins, allaient sans doute en faire le siège.

Aussi, tremblante, pleine d'anxiété, retenant sa respiration haletante, comme si elle craignait qu'ils pussent l'entendre d'en bas, elle suivit leurs allées et venues, leurs mouvements.

Ils frappèrent d'abord à la porte d'entrée, celle ouvrant sur le chemin, puis, ne recevant pas de réponse, firent le tour de la maison et heurtèrent la seconde porte.

— Tu vois bien qu'il n'y a personne en bas, — dit l'un des gredins, — il est couché.

— Faut lui sonner le réveil alors, — répliqua l'autre. — Il n'est pas permis de se payer la poire des zigues comme il l'a fait.

— Vous êtes fou ! — lui dit-il, quand il le tint à part.

— T'as raison, Riz-de-Veau. Il dira pourquoi ou gare à sa peau... à
moins qu'il ne nous rince les crochets jusqu'à l'aurore :

> Mais quand viendra la pâle aurooore
> On entendra de vagues sons ;
> C'est la Sauterelle qui lichera encooorô
> Avec son copain Paloignon
> Du mastroquet le vieux pietou !

— Houp! à l'assaut!

Ils escaladèrent l'escalier en trébuchant et heurtèrent la porte à grands coups de pied.

— Hé l'enflé! à boire, salaud! assez roupiller.

— Tu vas nous rendre des comptes, vache!

— Tu t'es payé nos fioles, faut déboucher des litrons!

— Allons, grouille-toi!

— Envoie-nous la gosseline, alors.

— Hé! Sidonie!

— Papa Pierre!

Rita, toute frémissante de peur, blottie derrière la porte, écoutait ces apostrophes, ces appels suivis de menaces.

Enfin, las de crier, de frapper et d'injurier, ils descendirent.

Puis elle les entendit encore parler en bas et enfin s'éloigner en suivant le bord du canal.

C'est alors que Sidonie à son tour monta pour appeler et heurter la porte.

Rita n'osa répondre tout d'abord; craignant quelque embûche; enfin, s'étant assurée que la petite fille était seule, elle ouvrit.

CXX

EXPÉDITION DE NUIT

« Le sage — disait Jean-Jacques Rousseau — doit toujours être prêt pour parer à tous les événements de la vie. »

Cet axiome que donne l'amant de Mme de Warens et qu'il se garda, suivant la coutume, d'appliquer lui-même, était aussi celui de Nicolaï.

En ce cas, l'on pourrait affirmer qu'il était un sage, car depuis que nous le suivons dans sa carrière, nous ne l'avons jamais vu se laisser prendre au dépourvu.

Dans les circonstances les plus critiques il savait toujours trouver quelque expédient au fond de son sac.

Ce n'est pas qu'il n'eût commis une foule de maladresses ou que voulant parer à celles de son complice Karl Hauser, il ne tombât souvent de Charybde en Scylla, mais il avait toujours tranché les difficultés, comme Alexandre de Macédoine tranchait le nœud gordien.

Détruire l'ennemi, c'était le plus prompt comme le plus sûr.

Au moment où tout semblait aller comme sur des roulettes ; où l'enlèvement de Rita s'était effectué en dépit des obstacles dans des conditions favorables, Ivan Petrowith qu'il croyait encore à Londres venait se jeter bêtement dans son échiquier ; il faisait disparaître Ivan.

Mais il y avait là le Polonais, ce comte Gobsky qui pouvait demander compte de la disparition de son compagnon de route ; il y avait urgence à supprimer le Polonais, d'autant mieux qu'il était porteur de papiers qui pouvaient servir au besoin.

Dans les conditions où se trouvait l'habile gredin, aucune quantité n'est négligeable.

Le noble Polonais ayant rejoint dans la fosse égalitaire le paysan russe, restait le complice qui l'avait aidé à la double besogne.

Or si un complice est toujours gênant et redoutable, celui-ci l'était par-dessus tout, puisqu'il connaissait le passé de son ancien compagnon de chaîne. Il pouvait, à un moment donné, commencer contre lui un système de chantage qui n'eût plus eu de fin.

C'était un boulet rivé à sa jambe, plus lourd et plus encombrant que celui du bagne.

De plus, il lui avait compté les dix mille francs promis avant d'entrer en besogne.

En le faisant disparaître il rentrait dans ses dix mille francs : c'était tout économie.

Une occasion superbe se présentait dans la cave, près de cette fosse ouverte, dans le silence et la solitude de la nuit...

Ce n'est pas Nicolaï qui l'eût laissée échapper.

Je ne dis pas que le coup avait été prémédité, mais il avait en cela suivi son premier mouvement, qu'on dit être le bon.

Et de trois, qui ne parleront plus !

Mais il n'était pas sauf pour cela.

Loin de là, il le savait bien. Il se trouvait, au contraire, dans une situation capable d'embarrasser les plus retors et les plus audacieux, de leur faire jeter le manche et prendre prudemment la fuite.

Il y avait Rita, mais pour elle il avait ses plans.

Restait Clarinette, restait son inepte frère.

Tous deux pouvaient le perdre. Tous deux ignoraient, il est vrai, Nicolaï, mais le connaissaient sous le nom de comte de Ladra.

Il eût été facile, à la rigueur, d'acheter le silence de Clarinette, mais le bavard imbécile et présomptueux, comment cadenasser sa langue.?

C'était lui qui, par son ineptie, allait attirer le lendemain matin la police, soulever une enquête, amener une perquisition chez la maîtresse du peintre Croisillon.

Rita n'y était plus heureusement! A quelque chose malheur est bon... Mais Clarinette parlerait..., toutes les femmes effrayées parlent.

Il fallait faire disparaître Clarinette.

Rien de plus facile, dans cette villa isolée où elle était seule, sans servante, sans son frère qui ne devait pas rentrer de Paris.

C'est à quoi il songeait après avoir quitté le salon de la grosse La Motte-Picon; il revint dare-dare au cabaret de la Bibine, où Pieter Snip l'attendait impatiemment pour enterrer les morts.

Encore une fois le hasard le favorisait.

Tandis qu'il mettait rapidement Pieter Snip au courant de la situation, lui détaillant l'isolement de Clarinette, seule dans la villa des Lauriers-Roses, la somme importante qu'il prétendit avoir vue dans son secrétaire, quinze mille francs au moins, en or et en bons billets de banque, regrettant de n'avoir personne sous la main pour tenter le coup, Riz-de-Veau et la Sauterelle arrivaient sur ces entrefaites.

Il n'eut que le temps de s'esquiver par la porte de derrière et de se cacher sous l'escalier extérieur.

Tout en servant ses clients, Pieter Snip, leur indiqua la bonne aubaine, le *chopin* comme il disait, ce qui mit de suite la Sauterelle en bonne humeur.

> Travaillant d'ordinaire
> La *sorgue* dans Pantin,
> Dans mainte et mainte affaire
> Nous faisons bon *chopin.*

— Eh bien! va donc le faire, — interrompit le mastroquet, — et tais ton bec.

— Combien d'*aubert*, dis-tu qu'il y a?

— Quinze mille balles!

— D'où le sais-tu? — demanda Riz-de-Veau.

— C'est mon affaire.

— J'insiste pas... Combien réclames-tu de bénef?

— Rien. Vous êtes des bons clients... Tout ce que je réclame c'est que vous ne boulottiez pas tout ailleurs et que quand vous aurez le gousset lesté vous n'oubliez pas le chemin de la *Bibine.*

— Pour ça, jamais! — déclara la Sauterelle en levant la main au ciel; puis la mettant sur son cœur en regardant Riz-de-Veau :

> Viens, ma sirène,
> Comme autrefois,
> Courir, ma reine,
> Au fond des bois.

— Ferme ton plomb... Tu as ton surin?

— Est-ce que tu veux lui faire bailler le colas, à cette gonzesse?

— On ne sait pas... Si e!le est rétive.

— Allons, en route.

Et Nicolaï ne sortit de sa cachette que lorsqu'il eut entendu le bruit de leurs pas s'éloigner dans la direction de la villa des Lauriers-Roses.

— *Presto !* — dit Pieter Snip. — Tout va bien. Vite, à la fosse!

Mais, avant de descendre à la cave, ils montèrent pour s'assurer si Rita était toujours sans connaissance et si la gosseline dormait.

. . . .

Cambrioler une femme seule dans une maison isolée où il n'y avait ni chien ni servante était jeu d'enfant pour deux experts tels que la Sauterelle et Riz-de-Veau.

Aussi allaient-il gaiement à la besogne, munis de tout l'attirail nécessaire en pareil cas, pinces-monseigneur, rossignols et l'indispensable couteau à virole. On ne sait pas ce qui peut arrriver.

Ils avaient un instant songé à mettre l'Hercule du Nord en tiers dans l'affaire.

C'était une homme sûr et de poigne solide, et qui avait pour principe de ne *saigner* qu'à la dernière extrémité.

— Autant que possible, pas de raisiné, disait-il, ce grappin suffit!

Et il montrait son énorme main, vraie serre d'étrangleur, large comme un battoir.

Mais outre qu'on n'avait pas le temps de le prévenir, ils réfléchirent qu'ils feraient aussi bien le coup à deux, sans l'aide de personne, et que le concours de l'Hercule diminuerait d'un tiers leur part.

— Quinze mille balles! — s'exclamait la Sauterelle — sept mille cinq cent chacun! Quelles ripailles! noces et festins! en avant les amours!

Stimulé par l'espoir de ce butin, pour eux aussi légitime que celui qu'apportent les conquêtes militaires, ils arrivèrent en moins de vingt-cinq minutes devant la grille de la villa qu'ils s'étaient fait indiquer avec soin.

Ainsi que des généraux qui examinent attentivement les abords d'une place qu'ils se proposent d'assiéger, ils firent au préalable le tour de la propriété, à l'exception du côté ouvert sur le bras de la rivière.

Les volets étaient hermétiquement clos, mais Clarinette ne devait pas être encore couchée, ou du moins elle gardait de la lumière dans une des pièces, sa chambre à coucher sans doute, car un filet clarteux glissait par des rayures de l'un des volets.

La maîtresse du peintre ne dormait pas, en effet; allongée sur son lit,

un livre ouvert près d'elle, elle avait essayé de lire pour chasser ses
noires pensées.

Dévorée d'inquiétudes, appréhendant ce qui pouvait résulter pour elle
de fâcheux à la suite du détournement de cette jeune fille, elle songeait à
quitter la villa dès le lendemain matin, et elle l'aurait quittée le soir même
sans l'absence de son frère.

Elle avait longtemps attendu son retour, mais la nuit venue, elle n'y
comptait plus guère, connaissant l'extrême prudence du jeune godelureau,
surtout après sa mésaventure de la nuit précédente.

Puis pour partir, il lui eût fallu de l'argent; non seulement le comte
de Ladra ne lui avait pas donné les dix mille francs promis, mais son frère
avait emporté la somme qu'il disait avoir gagnée pour un article de journal.
Elle restait donc avec une dizaine de francs à peine et ce n'est pas avec
cette somme qu'elle pouvait aller rejoindre son amant sur la côte
d'azur.

Toutefois elle était bien décidée à partir pour Paris le lendemain matin, à aller relancer le comte de Ladra, exiger la prime promise.

Mais le comte de Ladra lui inspirait non seulement une invincible
répugnance, mais une crainte horrible.

Superstitieuse comme toutes les névrosées, elle ne pouvait s'ôter de
l'idée que cet homme avait le « mauvais œil » et lui porterait malheur.
Aussi ne voulait-elle pas se rendre chez lui seule et comptait-elle se faire
accompagner par son frère en l'absence de son amant en titre, son protecteur naturel.

Son frère ne rentrant pas, il était vraisemblable qu'il ne reviendrait
pas dans la matinée et peut-être de toute la journée du lendemain, aussi se
morfondait-elle et se répandait-elle en imprécations contre le jeune
ingrat, lorsqu'elle entendit un coup de sonnette.

Espérant que c'était enfin son frère, elle courut à la grille, mais au
lieu d'Émile Nazeau, elle vit une femme.

— Êtes vous seule ? — lui demanda la femme.

— Pourquoi cette question ?

— Votre frère est-il avec vous ?... Hâtez-vous de me répondre... Je
viens en amie.

— Il me semble reconnaître votre voix.

— C'est moi que vous avez rencontrée hier, à peu près à cette heure, au
cabaret qui est là-bas...

— En effet, je vous remets... Et c'est vous qui êtes venue dans la
journée causer à mon frère.

« Eh bien ?...

— Eh bien, madame, si vous êtes seule dans votre maison, hâtez-vous d'en sortir.

— Et pourquoi, s'il vous plaît ?

— Parce que les bandits que vous avez vus hier vont venir chez vous et vous tuer si vous faites résistance.

— Que me dites-vous là ?

— La vérité, madame ; vous n'avez que le temps de prendre vos valeurs et de fuir.

— Mais, — objecta Clarinette partagée entre la peur et la méfiance, — je ne veux pas abandonner ma maison.

— Restez alors... Et si vous avez un revolver servez-vous-en.

— Ah ! mon Dieu ! Je crois que mon frère a emporté le revolver.

— Alors fuyez...

— Mais, je crierai..., j'appellerai au secours...

— Ah ! si vous croyez que les bourgeois du voisinage accourront à votre aide !... moi, j'ai fait ce que j'ai dû... Tenez... écoutez... les entendez-vous ?

Clarinette prêta l'oreille.

Un bruit arrivait, assez proche, grandissant.

C'était la Sauterelle, mis en gaîté par l'espoir de l'aubaine autant que par les libations faites à la Bibine, qui entonnait tout en marchant un de ses airs favoris :

> Le riche a ses titres en caisse,
> Nous avons nos valeurs en jupon,
> Et malgré la hausse et la baisse.
> Chaque soir on touche un coupon.

Et tous deux reprenaient en chœur :

> V'là les Dos ! Vivent les Dos !
> A nous les marmites
> Grandes ou petites ;
> C'est les dos, les gros, les beaux
> A nous les marmites !
> Et vivent les Dos !

CXXI

CHOU BLANC

J'ai dit qu'en explorant les abords de la villa des Lauriers-Roses, la Sauterelle et Riz-de-Veau avaient aperçu la lumière filtrant par les fissures des volets d'une fenêtre du rez-de-chaussée.

— Il faut ouvrir l'œil, — observa Riz-de-Veau, — la gerce ne pionce pas.

— Bah! — répondit son compagnon, — il y en a qui roupillent comme ça toute la nuit avec une camoufle allumée pour faire croire qu'ils batifolent... Alors on peut attendre longtemps... Faut pas se laisser jobarder...

— Dépense donc pas ta salive, — interrompit Riz-de-Veau, — et escaladons la grille.

Ce fut pour eux l'affaire d'un instant, et doucement, sur la pointe des pieds, ils arrivèrent au volet d'où partaient des raies de lumière.

Le cou tendu, ils écoutèrent une minute :

— On n'entend nib.

— Tape au volet, — dit tout bas La Sauterelle qui se tenait à deux ou trois pas de son compagnon, l'oreille aux écoutes sur le chemin.

Riz-de-Veau frappa de l'index plusieurs petits coups secs. Rien ne bougea dans l'intérieur.

Il frappa de nouveau.

Les deux bandits attendirent quelque temps.

Nul bruit n'arrivant à eux, ils allèrent à la porte donnant sur le jardin.

Sortant alors leurs outils, ils se mirent immédiatement en devoir de la forcer.

Cette opération prit quelque temps.

La porte était munie de deux fortes serrures dont l'une *dite* de sûreté... Mais sous des mains expertes, les serrures de sûreté sautent comme celles qui ne le sont pas, et après cinq ou six minutes d'effort, ils pénétraient dans le vestibule.

— Tu as ton coupe-sifflet prêt? — demanda tout bas Riz-de-Veau.

— Pas de coupe-sifflet autant que possible, la poigne... Je suis comme l'Hercule, j'aime pas le raisiné.

Elle jouait de la prunelle et de l'éventail au milieu d'un groupe de jeunes gens.

— Va donc, alors !

Ils traversèrent le vestibule, rencontrèrent une porte dont ils tournèrent doucement le bouton.

C'était celle de l'atelier du peintre Croisillon ; ils y entrèrent à tâtons, mains tendues, mais La Sauterelle se heurta tout à coup à un chevalet

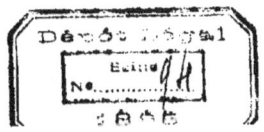

qui tomba avec sa toile, ce qui, dans le silence ambiant, causa un épouvantable vacarme.

Ils s'arrêtèrent tous deux, poussant à demi-voix un juron énergique, et restèrent quelque temps immobiles, retenant leur respiration.

Mais aucun bruit ne répondit à ce vacarme; le silence continuait partout; ni pas, ni craquement de meuble indiquant qu'on avait entendu; la maison semblait vide.

— Après ce coup-là, — fit Riz-de-Veau, — si elle roupille encore, c'est qu'elle a le sommeil dur.

La lumière perçue du dehors venait, nous l'avons dit, de la chambre de Clarinette.

On se souvient que cette chambre, où avait couché Rita la veille, attenait à l'atelier.

Le tapis empêchait la lumière de filtrer au bas de la porte, mais comme ils approchaient et se trouvaient juste en face, ils virent le jet lumineux jaillir du trou de la serrure.

— C'est là! — fit La Sauterelle. — Ne nous blousons pas, ma vieille... attention!

— Allons-y carrément! — dit Riz-de-Veau.

Et d'un brusque mouvement, il tourna le bouton, poussa rapidement la porte et se recula en poussant une exclamation de surprise et d'effroi.

— Quoi! quoi! — demanda La Sauterelle, s'avançant, le cou tendu.

— La Noire!

Et La Sauterelle répéta :

— Nom de Dieu! La Noire!

Debout, derrière une table, les bras croisés sur sa poitrine, un revolver bien visible dans la main droite, Sarah les regardait, un sourire moqueur aux lèvres.

La lampe posée sur la table qui la séparait des bandits, éclairait son visage énergique et d'une sauvage beauté.

Émergeant crûment sur un fond de draperies orientales, elle avait pour ces bandits de barrière, d'ailleurs stupéfaits de cette rencontre, quelque chose d'extraordinaire et de fantastique.

Aussi furent-ils quelques secondes à se remettre de leur surprise doublée d'épouvante.

La Sauterelle, le premier, reprit son aplomb :

— Tiens! tiens! Comme on se retrouve! — s'exclama-t-il.

— Elle est bonne, celle-là! — appuya Riz-de-Veau.

— Tu as donc quitté Londres? — demanda La Sauterelle.

— Vous aussi? — répondit Sarah.

— Qu'est-ce que tu f... iches icigo?

— Et vous?...

— Nous boulottons... Nous essayons de gagner notre pauvre existence. Toujours dans la même partie, comme tu vois... Nous n'avons pas changé de turbin. Nous ne nous reposerons que quand nous aurons des douilles en suffisance pour attendre notre crevaison en qualité de marguilliers dans nos paroisses...

— Honorés des fligues...

— Et pleurés de nos concierges...

— En attendant, — reprit Riz-de-Veau, — nous sommes des zigues, francs du collier... Nous ne laissons pas les camarluches en plan à l'ousto pour nous tirer les flûtes...

— Et, — ajouta La Sauterelle, — nous ne les faisons pas venir à Londres, pour les lâcher et pisser à l'anglaise... pour barbotter dans le même pot que les roussins...

— Je n'ai jamais barbotté avec les roussins, — répliqua La Noire, — et je défends à quiconque de m'en accuser.

— Faudra voir, comme dit l'Hercule...

— Quand vous voudrez.

— Oh! on tirera l'affaire au clair.

— Et ton meg?

— Oui... le fameux Roland, le fendeur de naseaux?

— Eh bien?

— Où est-il?

— Je comptais justement vous demander de ses nouvelles.

— Oh! cette chaleur!

— Alors, vous avez éventé le chopin, La Noire? — demanda Riz-de-Veau. — Parle sérieusement... Roland est ici, embusqué... Si nous arrivons trop tard... nous nous retirons. L'honnêteté avant tout!

— Non, — fit La Sauterelle. — Part à quatre! Il y a quinze mille balles, c'est à partager. Est-ce que vous avez nettoyé la daronne?

— Quinze mille balles? — interrogea La Noire. — D'où viens-tu? où sont les quinze mille balles? Il n'y a pas seulement quinze liards dans la boîte. Il restait à peine dix francs, madame les a pris pour aller à Paris.

— Madame?... T'es donc installée dans l'établissement?

— Mais oui... Qu'est-ce que vous croyez que je manigançais ici?

— Ah! elle est bonne, celle-là! Alors, tu es toute seule, sans Roland? — s'écria La Sauterelle. — Nous sommes les maîtres dans la cambuse... on peut barbotter à l'aise...

— Barbotte, idiot!... Qu'est-ce que tu veux barbotter? A moins d'emporter les tableaux et les chevalets sur tes épaules?

— Tu es sûre qu'il n'y a pas d'*aubert*.

— S'il y en avait, est-ce qu'on m'aurait laissée seule ici... Madame ne me connaît pas, après tout.

— Le fait est que si elle te connaissait! — fit La Sauterelle en s'esclaffant.

— Depuis quand es-tu dans la turne?

— Depuis aujourd'hui.

— Comme bonne?

— A tout faire.

— Comme ça tombe à pic... Nous qui venions cambrioler la cambuse.

— A moins d'emporter le mobilier... rien à frire, mes pauvres cochons.

— Papa Pierre nous a pourtant affirmé qu'il y avait au moins quinze mille balles.

— Ah! je sais, — fit Sarah! — Madame attendait en effet des monacos aujourd'hui... mais rien n'est venu... c'est pour ça qu'elle est partie ce soir pour Paris.

— Alors t'as eu la venette quand tu as entendu forcer les serrures... tu as pris ton rigolot...

— Vous avez dû voir que la frousse ne me donnait pas des coliques...

— C'est vrai, tu t'es bien tenue... T'étais belle, sais-tu, La Noire, les bras croisés sur tes nichons, avec ce rigolot qui montrait un bout de gueule.

— Alors, t'as pas de nouvelles de ton meg?

— Il n'est plus mon meg.

— Lâchée!

— C'est moi qui l'ai lâché.

— Un muffe?

— Pire qu'un muffe! Et je compte sur vous pour le retrouver.

— On y pensera... En attendant tu vas nous rincer les crochets.

— Que voulez-vous boire?

— Du picton..., de l'eau d'aff..., tout ce qu'il y a. Ça doit être chenu ici?

— Oh! il y a tout juste! Les artistes, vous savez..., ça boulotte tout..., ça va tant que ça dure..., après ça claque du bec.

— Où est le micheton?

— J'en sais rien.

— C'est lui qui aboule les quinze mille balles?

— Je ne pense pas. Madame en a d'autres que lui.

— Alors, dans ces tiroirs?....

— Rien... Vous pouvez fouiller.

— Les bijoux?

— Au clou !

— Ah ! la vache !

— Qui ça, vache?

— Le troquet de la *Bibine*, le père Pierre !

— Il s'est payé vos fioles !

— Mais toi, La Noire. Est-ce que tu ne te les payes pas un peu ?

— Je vous répète que vous pouvez fouiller.

— Pourquoi gardes-tu ton rigolot?

— Je me méfie de vos intentions !

— Tu vois bien qu'elles sont bonnes...

> Nos intentions sont pures.
> Donnez-nous votre main.
> Les cerises sont mûres.
> Venez par le chemin...

— F... iche-nous la paix avec tes cerises... — cria Riz-de-Veau, — c'est du *schnik* que nous voulons.

Mais il n'était pas facile d'arrêter La Sauterelle quand il se sentait d'humeur poétique, et l'affreux môme, encerclant La Noire de ses longs bras osseux, reprenait une autre sérénade :

> Tu m'as promis ton baiser
> Pour ce soir, ma brune ;
> Et je viens de me griser
> D'un rayon de lune.
> Mais nous fuirons sa clarté,
> Pour peu que tu veuilles ;
> Elle a l'air, les nuits d'été,
> De voir sous les feuilles...

Et c'était un singulier contraste que d'entendre ces jolies paroles de *Severo Torelli* sortir de la bouche tordue du hideux gredin.

La Noire s'échappa en riant de son étreinte et revint avec une bouteille de rhum, du sucre et un saladier où elle coupa des tranches de citron.

Elle connaissait les goûts de ses convives.

— C'est tout de même chic, — s'écria Riz-de-Veau, — d'avoir pour copine une bobonne de bourgeois... Nous pourrons venir de temps à autre licher et boustifailler à l'œil au compte des pantes...

— Sans compter la rafle de la bonne galette quand elle rappliquera...
Tu nous feras signe, La Noire.

— Il ne faut pas tuer la poule aux œufs d'or, — répliqua-t-elle. —
Mais, causons, puisque nous voilà tous trois. Vous avez cru que vous
étiez lâchés par moi à Londres !... Je suis toujours la même et d'attaque... mais Roland nous a roulés tous.

— C'est ce que nous avons toujours dit.

— Néanmoins, il y a une chose certaine, c'est que nous avons été
rudement filés par la rousse et que je le suis encore.

— Hein ! — fit La Sauterelle. — Alors, c'est pas sûr ici ?

— Si peu sûr, qu'il est venu ce matin deux individus que vous avez
dû voir à Londres, et dont l'un est de la rousse....

— Qui ça ? qui ça ? — firent les deux bandits alarmés.

— Celui que je soupçonne en être est un Russe que nous avons vu à
Londres en compagnie d'un autre Russe que Riz-de-Veau connaît au
moins de vue.

— Dimitri !

— C'est le nom, je crois. Quant à l'autre, c'est un vieux Polonais qui
est venu agoniser Roland au café du Star, en l'appelant voleur.

— J'étais présent, — fit Riz-de-Veau. — C'est ce jour-là que tu t'es
crêpé le chignon avec Paméla, et le père Montretout, comme on l'appelait,
a reçu un rude gnon de ton meg... Eh bien ?

— Eh bien ! ils sont tous deux ici. Et ils m'ont suivie ce matin.

— Tu leur as donné du poivre ?

— Avec un toupet du diable ; ils ont frappé à la boîte, sont entrés et
j'ai dû traverser l'eau...

— En v'là un aplomb ! — fit La Sauterelle.

— Ce sont eux alors qui ont couché à la *Bibine*, — dit Riz-de-Veau. —
Le micheton à la Verrue m'a dit ce matin qu'il avait entendu deux types,
un jeune et un vieux, jaspiner dans un drôle de jargon dans la cambriole
à côté de la sienne.

— Ce sont eux.

— Pestailles ! — s'écria La Sauterelle, — mais alors il faut ouvrir l'œil,
La Noire !

— Et le bon !

— J'ai dans l'idée qu'ils ne me relançaient que pour être sur la piste
de Roland..., mais comme je n'avais rien à leur dire, je me suis esquivée...
Or, en suivant ce Russe et ce Polonais, peut-être nous conduiraient-ils
au bon endroit.

— Et qu'est-ce que ça nous fiche, Roland ? — demanda Riz-de-Veau.

— C'est la clef d'une mine d'or... Vous ne connaissez pas l'individu... ni moi non plus d'ailleurs... c'est-à-dire, je ne sais rien de son passé... Mais il doit y numéroter pas mal de cadavres... Quant à son présent, tout me fait croire que c'est un bourgeois étoffé... Il y a donc gros à gagner à savoir où il perche.

— Nous ne pouvons pourtant pas fréquenter les banques et les salons d'ambassade.

— Non, mais on peut chercher. Je vous jure que le jour ou vous le trouverez, vous n'aurez pas perdu votre temps.

— Et nous te préviendrons.

— Je me charge du reste... Maintenant, si j'ai besoin de vous, où vous trouverais-je?

— Dame! nous n'avons pas encore acheté de propriété où nous pourrions nous fixer et donner notre adresse; à Paris, on nous trouve quelquefois chez la mère Clampart, quelquefois aux *Trois-Marmites*, enfin aux endroits distingués, et quand nous sommes fatigués du luxe de la capitale, nous venons en villégiature à la *Bibine*.

— Où est l'Hercule?

— Pas loin d'ici. Nous l'avons vu hier.

— Et la Casserole?

— Pigé! On l'a ramassé à Londres où il est logé, nourri et habillé aux frais des contribuables.

— Et les autres copains?

— Oh! à part la Casserole, la société est au complet.

— Eh bien, si je suis obligée de quitter cette boîte... on ne sait pas ce qui peut arriver... je vous laisserai mon adresse.

— Entendu.

— Et maintenant, mes amours, que vous vous êtes gargarisé le goulot, décarrez... Le frère de madame pourrait revenir de Paris.

— Ah! *Madame* a un frérot... Est-ce qu'il a le sac, le micheton? — demanda La Sauterelle qui, sans attendre la reprise, entonna :

> Et viv'nt les mich'tons!
> C'est leur bonn' galette
> Qui fait fair' risette
> A nos p'tits mectons!

— Tais donc ta gueule! — fit Riz-de-Veau.

— Le sac, — reprit La Noire. — Je crois au contraire qu'il bat la dèche...

— Un purotin comme nous alors, un copain!

— Et sa galette, c'est madame qui la casque.

— Un double copain! Qu'il rapplique, cet amour, qu'on lui fasse risette.

— C'est celui à qui, hier, vous avez fait prendre un bain.

— Lui? Pas possible! Oh! alors il n'est pas dangereux! En avait-il une frousse!

— Ce n'est pas ce qu'il m'a raconté. Il est allé à Paris porter plainte... Ainsi, filez..., il n'est que temps, si vous ne tenez pas à revoir la trombine des fliques.

Les bandits, obéissant à La Noire par un reste d'habitude, se levèrent un peu trébuchants.

— Où allez-vous de ce pas?

— A la *Bibine*, parbleu! Nous allons tirer les esgourdes au père Machinkoff, — dit l'avorton. — Ah! la vache! Il nous a monté le coup.

— Il s'est trompé, cet homme!... Plaignez-vous puisque vous m'avez rencontrée.

— Nous te portons tendrement dans nos cœurs, La Noire, mais pour te parler franchement, nous aurions mieux aimé rencontrer quinze mille balles!

— Tu n'es pas galant, La Sauterelle! Toi si gentil d'ordinaire... Mais ne vous désespérez pas, mes chéris, ça viendra! Et peut-être que ma rencontre vous rapportera mieux..., surtout si vous parvenez à découvrir Roland.

— Le muffe!

— Le roussin!

— Non, le baron, le malin, le richard!

— En attendant, nous allons faire charivari au vieux troquet.

— Allez, mes mignons, mais gentiment!

Et les deux jeunes bandits s'en allèrent bras dessus, bras dessous, un peu zigzaguant, après avoir donné une chaude accolade à l'ex-maîtresse du mystérieux Roland.

Elle les accompagna jusqu'à la grille et écouta quelque temps le bruit de leurs voix et de leurs pas se perdre le long du canal.

Elle appela alors :

— Venez, madame, c'est fini... Ils ne reviendront plus..., cette nuit du moins.

Et Clarinette, plus morte que vive, sortit d'un buisson épais, celui-là même qui avait servi de cachette à son frère la veille, lorsqu'il attendait grelottant son retour dans le costume le plus primitif.

Elle rentra avec un certain effroi, s'attendant à trouver la maison au

— Tu ne dors donc pas? dit brutalement Pieter Snip.

pillage, et fut fort surprise de ne voir sur la table qu'une bouteille de
rhum vide, des verres et le saladier qui avait servi au punch.

— Je vous le disais bien, madame, ils n'ont rien pris, rien emporté,
vous pouvez visiter vos tiroirs... Cela ne vous coûte qu'une bouteille de
vieux rhum.

— Oh! que de reconnaissance je vous dois! — répondit Clarinette,

non sans regarder cette fille avec une bien légitime défiance. — Mais comment se fait-il?... Vous connaissez donc ces malfaiteurs?

— Assurément, — répliqua audacieusement La Noire. — Sans quoi me serais-je hasardée? J'ai reconnu leurs voix. Ces jeunes gens, car ce sont des jeunes gens, demeuraient autrefois dans la même maison que ma mère... Ils sont d'honnêtes familles d'artisans. Les fréquentations, les mauvaises femmes, la paresse les ont poussés là.

— C'est affreux! fit Clarinette.

— C'eût été bien plus affreux s'ils avaient trouvé la maison vide. Ils auraient tout brisé, tout cassé, tout chambardé, comme ils disent.

— Ils auraient pu vous tuer aussi.

— Sans doute, mais à quoi cela leur eût-il servi?

— Cet endroit n'est pas sûr. Mon mari a eu une singulière idée de louer cette villa et de m'y laisser seule... Mais aussi, dès demain, je déménage.

— Il est certain que ces malfaiteurs sont venus parce qu'ils vous croyaient seule. Quelqu'un a dû les renseigner. On leur a même dit que vous aviez une quinzaine de mille francs dans votre secrétaire. Ils me l'ont avoué, et c'est ce qui vous a procuré leur visite.

Clarinette se perdit en conjectures.

Qui renseignait ainsi les rôdeurs, les membres de l'armée du crime? Il est certain qu'on avait su qu'elle devait toucher une somme... et elle se félicitait de n'avoir pas reçu les dix mille francs de Nicolaï. Sans aucun doute, les amis de cette singulière fille auraient fait main basse sur les espèces, tandis qu'il lui restait la ressource d'aller les réclamer au comte de Ladra.

Elle n'eût pas osé y aller seule, mais maintenant, en compagnie de cette gaillarde qui, suivant l'expression populaire, « n'avait pas froid aux yeux » et venait de le prouver, elle se sentait plus hardie, et devant ce témoin sur lequel il ne comptait pas, ce détourneur de mineures serait obligé de tenir sa promesse.

— Nous partirons demain matin pour Paris à la première heure, — dit-elle à Sarah avant de se coucher. — Cela vous va-t-il? C'est une affaire importante et je vous expliquerai la chose en chemin.

— Je suis à vos ordres, madame.

CXXII

Lorsque Rita eut ouvert la porte à Sidonie et qu'elle se fut assurée qu'elle était bien seule, elle l'interrogea. Comment se trouvait-elle dans ce cabaret au milieu de la nuit?

Mais la petite fille ne pouvait rien répondre si ce n'est qu'au retour de la commission que son maître l'avait envoyée faire, elle n'avait plus revu les messieurs qui l'avaient accompagnée... et que le patron lui avait dit que la demoiselle était couchée dans son lit, à elle, et qu'il fallait rester près d'elle parce qu'elle était malade.

Le récit de la gosseline avait un air de véracité qui frappa Rita.

L'enfant chercha des allumettes et se procura de la lumière.

Rita s'aperçut alors qu'elle était en chemise.

— J'ai entendu du bruit en bas, — dit l'enfant, — j'ai été pour réveiller mon maître et, ne le trouvant pas, je suis descendue pour voir... où il était.

— Et où est-il?

— Je ne sais pas.

Elle tremblait de tous ses petits membres et Rita entendait ses dents claquer.

— Tu es gelée, ma pauvre petite. Mets-toi au lit.

Elle-même tremblait, tressaillait au moindre bruit, et il n'y avait actuellement d'autre bruit que celui que faisait la chèvre en heurtant les parois de son étroite cabane.

Ce que Rita ne pouvait comprendre, c'est le départ inexplicable du comte Gobsky, qui avait juré de la protéger, de la conduire à son père, en même temps que celui de Nicolaï et du maître du cabaret.

Pourquoi l'avoir laissée seule avec cette enfant?

Elle craignait quelque abominable guet-apens, une de ces machinations infernales comme il ne pouvait en sortir que de la cervelle des scélérats, bourreaux de sa famille.

Laissant la petite fille couchée, elle s'habilla comme prête à partir, décidée à s'enfuir de ce lieu dès que paraîtrait le jour.

L'enfant s'était vite endormie d'un sommeil agité, plein de secousses et de fièvre.

Elle avait des tressaillements soudains, gémissait, murmurait des paroles inintelligibles parmi lesquelles Rita, qui écoutait, surprit distinctement cette phrase :

— Non, pas lui... pas lui..., il les as tués ; je ne veux pas de lui pour papa.

Puis quelques instants après :

— Ils sont dans le trou, dans le grand trou..., tous les trois dans le grand trou.

Enfin l'aube parut, dissipa ces terreurs.

Elle réveilla la petite fille.

— Je m'en vais, ma mignonne..., adieu !

Sidonie ouvrit des yeux effarés, cherchant à rassembler ses esprits :

— Oh! non, mademoiselle, non, ne vous en allez pas sans moi... Je vous en supplie, emmenez-moi..., ne me laissez pas ici.

— Comment, tu veux venir avec moi?

— Oui, je vous en prie.

— Mais ton maître.... ton maître te réclamera? Je n'ai pas le droit de t'emmener...

— Non, mademoiselle, il ne me réclamera pas.

De grosses larmes coulaient le long de ses joues, et elle s'habillait à la hâte, voyant Rita prête.

— Je ne veux pas rester ici, je ne veux pas rester! — redisait-elle en sanglotant.

— Ton maître te maltraite donc? Il est méchant pour toi ?

— Non, mademoiselle, il ne me *maltraitait* pas..., il n'a jamais été méchant pour moi, mais je ne veux pas rester. Laissez-moi partir avec vous.

— Mais quand ton maître rentrera, que dira-t-il en ne te trouvant pas chez lui?

— Il ne rentrera pas, mademoiselle...

Puis, se reprenant, voyant qu'elle avait commis une imprudence, qu'elle avait trop parlé :

— Il sait où ma mère demeure, s'il veut de moi, il viendra me chercher.

— Ta mère habite Paris?

— Oui, mademoiselle.

— Alors, c'est différent... Je veux bien te prendre avec moi, mais si nous rencontrons en chemin ton maître et qu'il te réclame, je serai bien obligée de te rendre à lui.

Ceci parut rassurer complètement la petite fille, bien certaine que l'on ne rencontrerait plus jamais son patron.

Ses sanglots avaient cessé.

Elle était prête maintenant.

Rita ouvrit la fenêtre, regarda au dehors.

Elle réfléchissait. Elle se souciait peu d'emmener cette gamine, qu'elle tenait toujours un peu, en dépit d'elle-même, en une sorte de suspicion.

Qui sait si ce n'était pas une machination nouvelle pour la faire tomber en quelque piège?

L'enfant n'était-il pas peut-être, sans s'en douter même, l'instrument de ses ennemis?

— Non, — se dit-elle, — réflexion faite, je ne puis, je ne dois pas emmener cette petite.

« Je vais adoucir mon refus.

Elle fouilla dans ses poches, cherchant une pièce pour la lui donner; mais, à son effroi, elle s'aperçut qu'elle était sans argent.

Elle crut d'abord à un vol, mais elle se rappela que dans sa précipation à suivre la fausse comtesse, elle avait oublié son porte-monnaie.

Non seulement elle ne pouvait rien donner, mais elle ne pouvait pas prendre le train.

Sidonie, qui ne quittait pas ses mouvements des yeux, s'aperçut de son désarroi.

— Mademoiselle, — fit-elle timidement, — j'ai de l'argent... assez pour nous deux.

Et, toute joyeuse, elle courut à sa cachette, une tirelire en plâtre, qu'elle brisa et en sortit une quarantaine de francs, en argent et en cuivre, plus la pièce d'or que lui avait donnée Nicolaï.

— Tenez, mademoiselle, prenez tout. Vous prendrez les billets et me rendrez le reste à Paris.

— Bonne petite fille! — dit Rita.

Elle ne pouvait plus hésiter.

— Partons, — fit-elle.

Au même moment des bruits de pas se firent entendre au dehors.

On s'arrêta devant la porte que l'on se mit à heurter du poing.

— Hé! patron.

— Encore dans le pieu.

— Ouvre, feignant!

— Il a fait la noce, il a mal aux cheveux!

— Un verre de tord-boyau avec nous, ça déridera ta gueule de bois.

— Hé! la gosseline, est-ce que ton singe a cassé sa pipe?

C'étaient des terrassiers qui se rendaient sur le chantier, clients du matin, ils connaissaient la petite fille qui les servait quelquefois, et n'avaient rien de commun avec la clientèle du soir.

La gosseline, naturellement, fit la sourde oreille. Les ouvriers s'en allèrent en maugréant et Rita attendit qu'ils fussent un peu loin pour sortir avec sa petite compagne du cabaret de la *Bibine*.

. . . .

Depuis la disparition de Rita, la famille du commandant Gayrouan était plongée dans un désespoir qui s'augmentait d'heure en heure.

La police avait vainement fouillé tout ce qu'il y avait à fouiller dans Paris, et lugubre détail, Gayrouan s'était rendu matin et soir à la Morgue dans l'horrible appréhension d'y trouver étendu sur la funèbre dalle, en compagnie des noyés et des assassinés, le cadavre de son enfant.

Bien qu'il eût la certitude que les banqueroutiers fugitifs de Saint-Pétersbourg étaient les auteurs de la disparition de sa fille, ce n'était qu'une certitude morale que n'appuyait aucune preuve matérielle, et il avait jusqu'ici, en homme d'honneur, gardé sa parole et n'avait donné ni le véritable nom d'Alexandre Béréneff ni celui du faux comte de Ladra.

Une autre cause le retenait encore.

Si Rita était entre les mains des forbans, il était bien certain, connaissant leur scélératesse, qu'ils se vengeraient sur elle de sa dénonciation.

C'est bien sur cette crainte qu'avait compté Nicolaï.

Dès le lendemain de la disparition de sa fille, Gayrouan avait télégraphié à Saint-Aubin, qui avait répondu immédiatement qu'il allait demander une permission de huit jours pour aider son oncle dans ses recherches, et on l'attendait d'un moment à l'autre dans le petit appartement du Grand-Hôtel.

La désolation de Gayrouan n'avait d'égale que celle de sa femme et de Nadine, désolation qu'augmentait encore la conscience de se sentir inutiles et impuissantes dans ce grand Paris qu'elles ne connaissaient pas.

Leur temps s'écoulait à attendre des nouvelles, à guetter le retour de Gayrouan, à tressaillir au moindre bruit, à passer successivement de l'espoir au désespoir.

Maintes fois Gayrouan avait eu l'idée d'aller chez Nicolaï, de le saisir à la gorge, le sommer de lui dire où il avait caché sa fille, et d'en faire une loque de chair morte.

Mais le moyen ? Le comte de Ladra était invisible.

Invisible aussi le directeur de la *Banque coloniale*. Que faire ? du scandale ? à quoi bon ?

Le préfet de police, le chef de la Sûreté lui avaient recommandé de se tenir coi.

Se tenir coi ? Cela leur était facile à dire ! Mais lui, le père, pouvait-il ne pas s'agiter, se morfondre, s'arracher les cheveux songeant que sa fille lui était enlevée et qu'à l'heure actuelle elle se débattait peut-être sous d'ignobles mains !

— Oh ! non. Ils n'oseraient pas, ils n'oseraient pas accomplir ce crime infâme ! — se disait-il. — Ils savent trop que, cette fois, je les poursuivrais jusqu'au bout du monde pour les écharper.

Mais en attendant un mystère étrange enveloppait cette disparition.

C'est ainsi que les problèmes les plus simples paraissent extraordinaires et impossibles à résoudre quand on n'en a pas la clef.

Il était huit heures du matin, la famille déjeunait tristement dans le petit salon attenant à la chambre à coucher.

Gayrouan avait passé une partie de la nuit dehors, comptant que quelque incident, le hasard le mettrait sur les traces de sa fille. Il savait que le hasard fait plus pour la découverte des crimes que toutes les habiletés et les recherches policières, et il était rentré désespéré, depuis une heure à peine, pour attendre le résultat des démarches des agents de sa police privée.

— Voici la deuxième nuit, — disait-il, — la deuxième que notre pauvre enfant est absente... Où a-t-elle passé ces nuits?... Ah ! je n'ose y arrêter ma pensée.

— Qu'on la retrouve seulement, — répondait sa femme, — voilà l'essentiel.

— Pauvre chère Rita, — murmurait Nadine dont les yeux rougis et cerclés de bistre comme ceux de sa mère annonçaient qu'elle aussi avait passé une nuit sans sommeil.

— Ah ! je voudrais être morte ! — s'exclama la fille du comte Ivanoff.

Puis se reprenant aussitôt et saisissant la main du commandant :

— Pardonne-moi, mon ami, pardonne ce désir coupable, ce mot qui vient de m'échapper... non, je veux vivre, puisque je t'ai près de moi, puisqu'il me reste ma petite Nadine...

— Mais je te reste aussi, moi, mère, — fit une voix joyeuse qui sonna aux oreilles de tous comme la plus délicieuse des musiques.

Et Rita, qui était entrée sans bruit par la porte de la chambre à coucher de sa mère, courut se jeter dans ses bras... puis dans ceux de son père qui radieux, lui ouvrait les siens, puis enfin dans ceux de Nadine.

Ah ! les délicieuses étreintes, les transports d'ivresse, les baisers donnés, rendus, repris pour être donnés encore.

— Qu'on tue le veau gras ! — criait Gayrouan fou de bonheur, riant et pleurant à la fois. — Qu'on tue le veau gras ! L'enfant perdue est retrouvée !

— Mais je ne suis pas l'enfant prodigue, — répondait Rita, — car je n'avais pas un sou... Tenez, voilà mon petit banquier, voici celle qui m'a prêté de l'argent, payé mon voyage en première classe, et la voiture aussi, pour que je sois plus vite de retour.

Tous les regards s'étaient tournés vers la petite Sidonie qu'on n'avait pas aperçue d'abord.

Elle se tenait timidement à la porte sans oser faire un pas et souriait, un peu tristement, devant cette joie.

Elle aussi sans doute eût bien aimé voir saluer ainsi son retour sous le toit familial, mais elle savait que sa venue apporterait la désolation au lieu de la joie, car ce serait pour sa mère une bouche de plus à nourrir.

— Quelle est cette enfant? — demandèrent Gayrouan et sa femme.

— Je vous le dis, ma compagne de voyage et de lit.

— De lit?... — fit le père poussant un soupir de soulagement.

— Mais oui... pour quelques heures seulement... Je vais tout vous raconter, — ajouta-t-elle voyant l'anxiété, la légitime curiosité peintes sur tous les visages, l'envie d'interroger suspendue aux lèvres et retenue là par la crainte d'apprendre l'irréparable. — Je vais tout vous raconter mais il faut faire place à table à côté de moi, à cette enfant... Approche, ma mignonne, n'aie pas peur, c'est mon papa, ma maman et ma sœur Nadine. Tu es la bienvenue.

— Oh! certainement, — se hâta d'ajouter Mᵐᵉ Gayrouan. — Venez, ma bonne petite fille.

On l'assit entre Rita et Nadine, on servit des gâteaux et du thé, et Rita, après avoir bu quelques gorgées, commença le récit de ses aventures.

Entendant parler de la fausse comtesse qui était venue la chercher avec une lettre de son père, Gayrouan bondit :

— Mais je n'ai jamais rien écrit, — fit-il, — et je n'ai jamais vu cette prétendue comtesse.

Il échangea un regard avec sa femme :

— Je reconnais là le faussaire, une infamie nouvelle de Nicolaï... Où est cette lettre?

— Je ne l'ai plus retrouvée. Elle m'a été volée dans ma poche, soit chez la comtesse, soit dans la taverne où j'ai passé la nuit.

— Comment, tu as passé la nuit dans une taverne?

— Et de la pire espèce — répondit Rita.

Et elle raconta tout, jusqu'à la visite nocturne du frère de sa geôlière, l'intervention des deux hommes venus en quelque sorte miraculeusement à son aide et dont l'un est un Polonais, qui avait connu son grand-père Ivanoff, le comte Gobsky.

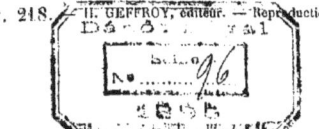

A l'encontre des sinistres fossoyeurs, ils étaient habillés comme elle les avait vus, avec leurs chapeaux sur la poitrine.

— Gobsky! —s'écria Mme Gayrouan. — Mais je me souviens, en effet; il occupait une haute situation à Moscou... C'est lui qui a épousé mon amie de pension, cette Tatiana qui fut si dure pour moi... au début de mes malheurs, et me refusa sa porte.

— Eh bien, mère, je ne crois pas que sa dureté de cœur lui ait porté bonheur, car son mari est ruiné et m'a avoué avoir entrepris à Londres les métiers les plus bizarres pour gagner sa misérable vie.

— Et l'autre homme? — demanda Gayrouan.

— L'autre est un Russe, un moujick, — répondit Rita regardant fixement son père. — Il s'appelle Ivan Petrowith.

— Il est de l'Ukraine, — dit Marie Ivanoff. — Il est né sur le domaine de mon père. C'était, si je m'en souviens bien, un enfant détestable et vicieux, la terreur des paysans, le compagnon de jeux de la fameuse Luciana, la Bohémienne.

— Et, — continua Rita, — l'assassin de mon père... celui qui l'a frappé d'un coup de poignard.

— Que dis-tu?

— Ce que le comte Gobsky m'a déclaré lui-même en sa présence et il a baissé la tête sans même essayer de nier son crime.

— Mais où est-il? — s'écria Gayrouan très excité; — où as-tu laissé cet homme? Il faut le retrouver. C'est le salut de ta tante Olga. C'est sa délivrance!

« C'est sa réhabilitation.

— Oh! Dieu soit loué! — fit à son tour Marie Ivanoff. — Ainsi les armes dont se servaient ces scélérats pour nous perdre se tournent contre eux. Ils essayent de nous voler notre enfant, et la jettent sur la piste de l'assassin qu'ils ont soudoyé.

— Mais où est-il? Où est-il? Où l'as-tu laissé?

— Je l'ai laissé, — dit Rita, — à la taverne où j'ai passé la nuit. Il était avec Nicolaï.

— Comment? tu as vu Nicolaï?

— Mieux que cela... je lui ai causé... bien malgré moi, avec répugnance et dégoût.

— Parle, ma chérie, parle, mon enfant... Nous les tenons maintenant, nous les tenons tous.

Rita continua son récit; elle n'omit rien... elle raconta même l'apparition nocturne du complice de Karl Hauser... le mouvement qu'il fit près de son lit... sa retraite précipitée.

Gayrouan frémissait d'indignation.

— Mais cette enfant? — demanda-t-il, désignant la petite fille qui écoutait attentive. — Où était cette enfant?

— En bas, monsieur... dans le jardin.

— Et que faisais-tu dans le jardin au milieu de la nuit?

Sidonie hésita avant de reprendre.

— J'étais... j'étais descendue... pour un besoin.

— Cette enfant cache quelque chose, — pensa Gayrouan.

Il se mit à la questionner:

— Où était ton maître, quand l'homme est monté dans ta chambre?

— Je ne sais pas, monsieur.

— Avait-il l'habitude de sortir la nuit?

— Non, je ne crois pas.

— L'homme dont nous parlons, ce Nicolaï, le connaissait-il?

— Je crois qu'ils se connaissaient.

— Venait-il chez lui pour la première fois?

— Je ne l'y ai jamais vu avant.

— Comment sais-tu s'ils se connaissaient?

— Parce qu'ils se parlaient amicalement.

— Comment s'appelle ton patron?

— On l'appelle M. Pierre, — répondit la petite fille, — sûre de ne pas compromettre l'homme qu'elle avait vu assassiné et enfoui sous terre, mais son nom vrai est Pieter, Pieter Snip.

— *Pieter Snip!* — s'écria Gayrouan, — mais c'est le nom du second du *Yacht Rouge*, le complice de Gluckstein, dont la peine de mort a été commuée en travaux forcés, parce qu'il a arraché deux jeunes Anglaises à un sort terrible que leur réservait le forban Gluckstein... On le disait mort au bagne... Tu es bien sûre de ce nom, Pieter Snip?

— Oui, — dit l'enfant.

— Et les autres, les deux étrangers, le Russe et le Polonais, où sont-ils?

— Quand je suis revenue de la commission que mon maître m'avait envoyée faire, je ne les ai plus revus...

— Et tu ne sais pas où ils sont allés? Quelle direction ils ont prise?

— Mon maître m'a envoyée garder mademoiselle qu'on avait couchée dans ma chambre, en me disant de ne pas la quitter.

— Qui l'a portée dans ta chambre?

— Je ne sais pas. Je n'étais pas là.

— Et quels sont les deux individus venus au milieu de la nuit frapper à la porte et qui t'ont parlé?

— C'est deux clients de la maison.

— Pourquoi, lorsqu'ils sont arrivés, ne leur as-tu pas parlé de suite et les as-tu laissés frapper et faire du tapage.

— Parce que ce sont de vilaines gens et que j'avais peur d'eux.

Gayrouan, quoique persuadé que l'enfant en savait plus long qu'elle n'en voulait dire, ne crut pas devoir insister.

Ce n'était pas son affaire d'ailleurs de se poser en juge d'instruction.

L'essentiel était que non seulement Rita était retrouvée, mais qu'on avait maintenant des preuves évidentes, palpables en quelque sorte de la culpabilité de Nicolaï, et outre cela qu'on tenait son assassin, celui dont Olga Ivanoff payait le crime dans les bagnes profonds de la Sibérie.

On tenait son assassin? Non... pas encore, avant de le tenir, il fallait le trouver, et pour cela, pas de temps à perdre.

Il se leva :

— Gardez cette petite fille, — dit-il à sa femme et à ses filles, — amusez-la, ayez-en soin, mais ne la laissez pas sortir. C'est un témoin précieux. Je vais de ce pas à la Préfecture de police... et peut-être viendrai-je la chercher si l'on a besoin d'elle.

Il regardait en même temps la petite servante de la *Bibine* et remarqua qu'au mot de police elle avait visiblement pâli.

Il n'en fut que plus affirmé dans sa presque certitude que cette enfant n'avait pas avoué tout ce qu'elle savait.

Il prit rapidement congé des siens, sortit de l'hôtel et sauta dans un fiacre :

— A la Préfecture de police, — dit-il au cocher.

CXXIII

SIDONIE PERPLEXE

Restée seule avec la mère et les jeunes filles, Sidonie fut prise d'appréhensions.

Elle se sentait là dans un milieu si différent de celui où elle avait vécu jusqu'alors, un monde qui lui était inconnu; puis, qu'allait-il résulter pour elle?

Le monsieur avait parlé de police, de juge, et elle était née, avait grandi dans la sainte terreur des juges et de la police.

Qu'allait-elle répondre si on l'interrogeait, et on ne manquerait pas de l'interroger, de l'assaillir de questions...

Elle répondrait: «Je ne sais pas... Je n'ai rien vu!», suivant les conseils de son infortuné patron, mais les juges se contenteraient-ils de ses réponses?

Ne l'enfermerait-on pas? Ne la torturerait-on pas? Ne la priverait-on pas d'air et de lumière, de manger et de boire, comme le lui affirmait Pieter Snip, jusqu'à ce qu'elle eût donné une réponse qui satisfasse les magistrats?

Mais alors, que répondre? Que trois cadavres gisaient sous la cave de la *Bibine?*

Il lui faudrait dénoncer ce sinistre et terrible homme, son père, qui lui inspirait une si grande peur... Et s'il allait la tuer après cette dénonciation !

Puis elle avait entrevu un instant une trouée lumineuse dans sa nuit, non pour elle... à cet âge on calcule peu pour soi-même, mais pour sa mère, pour ses frères et sœurs plongés dans la misère noire.

Non, elle ne dénoncerait pas cet homme ! Il était riche, il pouvait, par elle, être utile aux siens.

Puis Pieter Snip lui avait répété tant de fois que la dénonciation était chose abominable, qu'il ne fallait jamais se mêler de ce qui ne vous regardait pas, et surtout ne jamais interférer dans les affaires de la police, que les agents étaient payés pour être agents, qu'ils gagnaient leur vie à ce sale métier, mais que celui qui, n'y étant forcé ni par devoir professionnel, ni par vengeance personnelle, se faisait mouchard, ne fût-ce qu'une fois, était digne de tous les crachats et de tous les coups de botte non seulement de la pègre, mais de tous les gens de cœur.

Il était tant de fois revenu sur ce sujet, — craignant sans doute pour lui-même, — il avait rempli sa jeune âme de telles épouvantes qu'elle était bien décidée à se taire.

Cet assassin était son père; les assassinés, à part Pieter Snip, ne la touchaient en rien, et encore Pieter Snip était lui-même un assassin. Il avait subi la peine de son crime, de son double crime. Que la Justice se débrouille avec celui qui l'en avait puni !

Mme Gayrouan et ses filles observaient le silence de la petite fille, remarquaient son air sombre et soucieux.

On lui avait donné pour l'occuper quelques livres, quelques journaux à images, et elle feuilletait le tout d'un œil distrait, tournant les pages sans rien voir.

Rita lui demanda :

— Tu regrettes le cabaret du bord de l'eau?

— Non, fit l'enfant.

— Pourquoi es-tu triste? Tu t'ennuies donc avec nous?

— Je voudrais aller chez ma mère.

— Eh bien! nous t'y conduirons chez ta mère, mais plus tard... après déjeuner, quand tu auras vu le magistrat.

— Il va venir ici? — demanda l'enfant avec un effroi visible.

— Non, l'on te conduira chez lui. Est-ce que tu as peur?

— Pourquoi aurais-je peur? Je n'ai rien fait de mal

— Mais ce n'est pas parce que l'on te soupçonne d'avoir fait quelque chose de mal... mais pour que tu lui dises ce que tu sais, ce que tu as entendu, ce que tu as vu.

— Je ne sais rien, je n'ai rien vu, — répliqua vivement la petite fille. — Non, je n'ai rien à dire au juge... Les juges sont de méchantes gens, laissez-moi m'en aller... Je ne veux pas le voir.

Cette peur d'être interrogée frappa les femmes.

Rita, d'ailleurs, avait remarqué une contradiction dans les réponses que l'enfant avait faites à elle et à son père, au sujet de son absence pendant la nuit. A son père elle avait dit être sortie pour satisfaire un besoin, et à elle pour chercher son maître.

Elle se rappelait aussi les étranges paroles échappées dans son sommeil :

« Pas lui, pas lui, je ne veux pas de lui pour papa! »

Et celles-ci, tout à fait sinistres :

« Ils sont dans le trou, le grand trou..., tous trois dans le trou. »

Puis, ce qui était plus caractéristique encore, son désir de quitter le cabaret, ses supplications pour qu'elle l'emmenât, bien qu'elle eût déclaré que son maître ne la brutalisait jamais.

Elle fit part en russe de ses impressions à sa mère et à sa sœur, qui furent comme elle d'avis que l'enfant avait été témoin d'actes qu'on lui avait ordonné de tenir secrets, peut-être même d'un crime.

Ce qui les surprit encore, c'est qu'ayant demandé à la petite fille l'adresse de sa mère, elle ne fit que des réponses évasives :

— Oh ! ce n'est pas dans ce quartier... c'est loin d'ici... bien loin... bien loin.

— Mais enfin en quel endroit?

— Vous ne connaissez pas l'endroit.

— Quel est le nom de la rue?

— Je ne me rappelle pas exactement.

— Il y a donc longtemps que tu n'as vu ta mère?

— La dernière fois que je l'ai vue, elle ne demeurait pas là.

— Mais, mon enfant, pour t'y conduire, nous prendrons une voiture... il faudra bien donner l'adresse au cocher.

— Je lui indiquerai le quartier et une fois dans le quartier, je trouverai bien.

Elles ne purent rien tirer de plus.

Gayrouan resta près de deux heures absent.

Il avait vu le préfet de police, le chef de la Sûreté et envoyé une plainte au parquet.

Il avait su par le préfet de police qu'une tentative criminelle avait été faite l'avant-veille, la nuit même de la disparition de sa fille, près de l'endroit qu'il désignait, sur un reporter de journal dont la sœur cohabitait avec un peintre dans une villa des bords de la Marne.

— Mais, s'écria Rita, — la maison où l'on m'a cachée contenait un atelier de peintre et le frère de la prétendue comtesse, venait, quand nous sommes arrivées, d'être attaqué par des rôdeurs qui lui avaient pris ses vêtements et l'avaient jeté dans le canal.

— C'est bien cela, — fit Gayrouan, joyeux. — Nous les tenons tous ?

Le Préfet lui avait aussi parlé de ces malfaiteurs nocturnes.

Depuis quelque temps, les riverains alarmés avaient remarqué une bande de rôdeurs fréquentant le soir le cabaret de la *Bibine*, puis se répandant dans les environs pour cambrioler les maisons isolées ou mal gardées.

Gayrouan ajouta qu'à l'heure même une descente de police devait avoir lieu dans le dit cabaret.

Quant à Nicolaï, ou plutôt au comte de Ladra, car c'est sous ce nom qu'il le désignait dans sa plainte, un mandat d'arrêt allait être lancé contre lui.

— Et la petite fille? — demanda Rita.

— La petite fille, nous devons la garder et la tenir à la disposition du parquet ou de la Préfecture de police, on m'a même fait le reproche de ne pas l'avoir amenée, on l'aurait retenue là-bas.

Toute la conversation précédente s'était faite en russe, mais Sidonie s'était bien aperçue qu'il était en dernier lieu question d'elle et cette langue inconnue dont on se servait évidemment pour qu'elle ignorât ce qui se passait ne fit qu'augmenter ses appréhensions.

— L'enfant refuse de nous donner l'adresse de sa mère, — dit Mᵐᵉ Gayrouan, n'est-ce pas étrange?

— Peut-être habite-t-elle dans quelque bouge dont elle a honte?

— C'est encore possible.

— Je vais la questionner.

— Essayez, mon ami, mais je ne crois pas que vous obtiendrez plus que nous.

Le commandant essaya, mais, comme le prévoyait sa femme, sans rien tirer de plus.

— Que fait ton père? — demanda alors brusquement Gayrouan.

L'enfant pâlit à ce nom.

Son père? Sa pensée depuis la veille ne quittait pas Nicolaï. Elle ne pouvait se détacher un instant de son image qui se présentait à elle sous une forme triple, l'homme riche, le père, l'assassin.

Elle le revoyait vêtu de ses habits annonçant l'opulence, ce qui l'avait d'autant plus frappée qu'elle détonnait avec la pauvreté de la blouse prolétaire ou le débraillement crapuleux des hôtes de la *Bibine*; elle entendait ses dénégations railleuses au sujet de sa paternité; puis, changeant soudain de ton, la prenant sur ses genoux, l'embrassant, la couvrant de caresses, puis enfin, l'assassin nu enfouissant avec son complice les deux cadavres et, la besogne faite, frappant d'un coup lâche et mortel ce même complice pour le faire ensuite disparaître dans le trou commun.

Et c'était son père, cet assassin! Elle n'en doutait plus. Pourquoi? Elle n'aurait pu l'expliquer, elle ne le comprenait pas elle-même, mais elle n'en doutait plus.

Et c'est pourquoi elle pâlit quand Gayrouan lui demanda ce que faisait son père.

— Il est mort, dit-elle.

Et, en effet, ne valait-il pas mieux être mort qu'assassin, et pouvait-elle dire qu'il était assassin ?

CXXIV

A L'HOTEL DU PARC MONCEAU

Quelque habile et prudent que l'on soit, il n'est pas possible de tout prévoir, et les combinaisons les mieux machinées s'écroulent devant le plus futile incident.

Il est certain que nombre de scélérats échappent à la prison, au bagne, au couperet ou à la corde, mais c'est à la chance, plutôt qu'à leurs calculs qu'ils doivent attribuer de terminer leurs jours, paisibles et parfois honorés, puisque, je le répète, c'est moins la clairvoyance de la justice que le simple hasard qui fait découvrir, en bien des cas, les auteurs des plus noirs forfaits.

Nicolaï, enhardi par une longue impunité, avait, dans sa carrière si bien remplie, entassé crime sur crime... pas pour son plaisir assurément!

Malgré sa perversité et sa nature portée naturellement vers le mal, il eût préféré vivre en bon bourgeois, siroter son grog au coin du feu, en compagnie de quelque aimable jouvencelle de facile vertu, que de courir, comme il le faisait depuis quelque temps, dans les plus invraisemblables

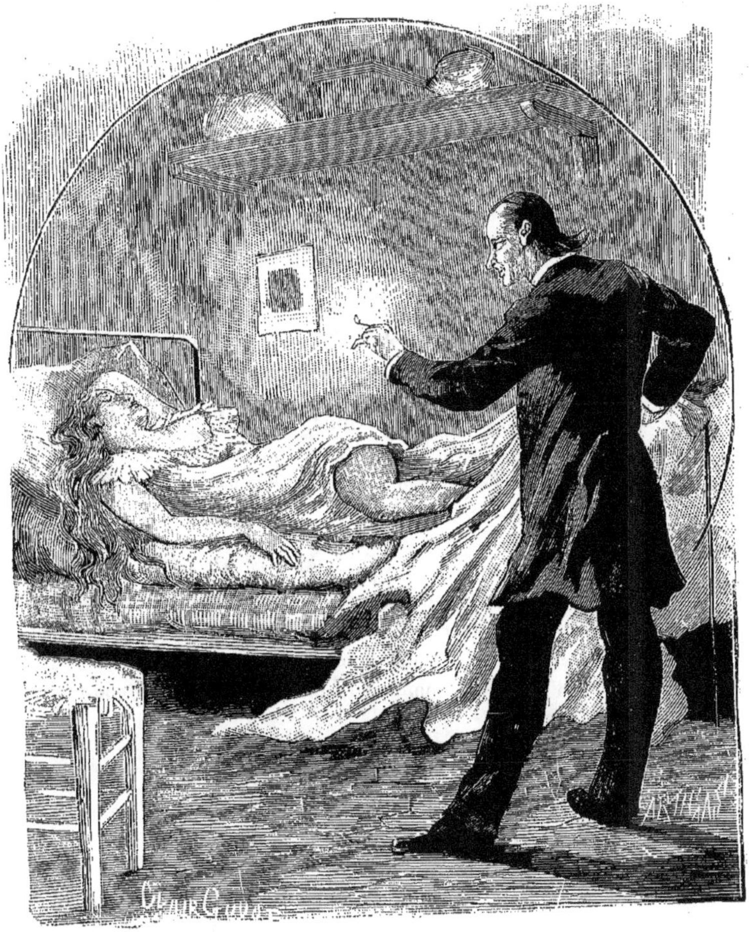

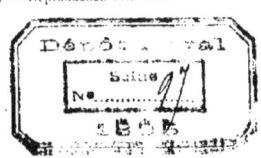

Il arracha, d'un mouvement brusque, draps et couvertures, fit à nouveau flamber une allumette, la contempla un instant à demi-nue.

aventures et les situations les plus bizarres pour sa réputation de gros brasseur d'affaires.

Certes, si l'un des gogos qui lui avait avec empressement confié le fruit de ses épargnes l'avait aperçu, tantôt sur le siège d'un cocher, tantôt le compère et compagnon du patron d'un cabaret de voyous de barrières, il se fût empressé, s'il en était temps encore, de lui retirer ses fonds.

Mais un crime en entraîne un autre. Pour dissimuler un premier cadavre, il faut souvent en faire un second, et pour voler une caisse, il est parfois nécessaire d'occire le caissier, quand on n'est pas caissier soi-même.

En entendant la Sauterelle et Riz-de-Veau se plaindre chez Pieter Snip du mauvais état de leurs finances, Nicolaï s'était dit:

— Bonne affaire! Voici mes hommes! Ils vont me débarrasser gentiment et sans bruit de la belle Clarinette, en leur faisant entrevoir le petit magot imaginaire caché quelque part, dans un secrétaire ou son armoire à glace.

Ces deux gentilshommes de nuit n'étaient pas évidemment altérés de carnage; ils n'en voulaient pas malemort à cette femme qu'ils n'avaient jamais vue; ils allaient paisiblement se livrer à leur genre d'affaires, commettre un vol avec effraction, le plus doucement, le plus silencieusement possible, prenant bien garde de ne pas réveiller la gonzesse. Mais si elle se réveillait malgré leurs précautions, si elle appelait, si elle criait, il faudrait bien la faire taire! Dame! il y allait d'un certain nombre d'années de géôle! Et la liberté avant tout, même avant la vie des voisins.

Et le surin aurait joué; et c'est sur quoi comptait Nicolaï.

A la suite de l'aventure, ne trouvant pas de magot, ils seraient revenus interpeller Pieter Snip, lui adresser de violents reproches.

Pieter Snip, dûment sous terre, n'aurait pu répondre de son trou... Alors ils montaient, trouvaient les chambres vides, et, à la place de la gosseline, qu'il avait l'intention d'emmener, une fort jolie fille demi-nue et endormie.

Inutile d'insister sur la scène qui se serait passée alors, et sur les conséquences qui ne pouvaient que favoriser ses plans.

Mais voilà! Les imprévus s'étaient dressés; les grains de sable jetés par le vent du hasard avaient fait dévier sa roue de la voie où il l'avait lancée.

Il avait compté sans l'intervention de Sarah la Noire, que, d'ailleurs, il ne connaissait pas, et sans la disparition de Sidonie, témoin inattendu de son nouveau crime.

Rentré chez lui au petit jour, dans son hôtel du parc Monceau, par la porte de service et sans réveiller personne, il se jeta tout habillé sur son lit, et, accablé de fatigue, dormit d'un profond sommeil, du sommeil du juste, en dépit des dires qui affirment que le remords trouble le repos des criminels.

Il faisait depuis longtemps grand jour quand il se réveilla. La pendule marquait dix heures. Il sauta hors du lit, et prit rapidement connaissance de son courrier que son valet de chambre avait, suivant sa coutume, posé sur la table, ainsi que quelques journaux du matin.

Il les ouvrit rapidement.

Il y trouva relatée l'aventure du frère de Clarinette.

« La Justice informe », concluait-on.

On allait donc opérer une descente de police à la villa des *Lauriers-Roses* et à la *Bibine*.

Il ne savait encore si l'on trouverait un cadavre dans la première, il l'espérait, il y comptait. Quant à la seconde, selon toute probabilité, l'on n'irait pas chercher Pieter Snip dans sa cave... On le soupçonnerait du coup, s'il avait été fait à la villa, et, tandis qu'il dormait dans la paix du Seigneur, la police serait sur les dents à sa recherche.

Restait Sidonie ! Voilà le problème dont la solution l'inquiétait le plus ! Comment et pourquoi était-elle partie? Avait-elle entendu, vu quelque chose?

Le sommeil prolongé de cette inconnue couchée dans son lit, la disparition de son maître, tout cela l'avait-il effrayée, et avait-elle quitté subitement le cabaret pour se réfugier chez sa tante Culot ou encore chez sa mère?

Il se reprochait de ne pas s'être enquis de l'adresse de celle-ci. Quant à la mère Culot, si l'enfant était chez elle, il savait la bonne femme prête à la lui rendre pour une somme raisonnable.

En ce qui concernait la disparition d'Ivan Petrowith et du comte Gobsky, personne ne s'en préoccuperait, pour le moment du moins...

Mais le plus terrible, le plus redoutable des points d'interrogation était Jean Gayrouan ; celui-là, il fallait l'éviter coûte que coûte.

Il ouvrait justement dans son courrier une lettre de Karl Hauser.

« Tout va bien, — disait celui-ci, — les fonds de G. ont fait des petits. J'ai vu le ministre. Je lui ai graissé la patte. Il s'est montré exigeant et ça a fait un trou. Mais il faut graisser pour blanchir. Venez dès que vous le pourrez. »

Sur ces entrefaites, Luciana entra.

— Ah ! vous voici! D'où sortez-vous? Ou plutôt, on le devine à votre mine. Vous êtes vieilli de dix ans, mon cher. Quelle vie de bâtons de chaise menez-vous ? Vous vous tuez avec les femmes !

— Les hommes ne vous tuent pas, vous, — riposta-t-il en ricanant.
— Vous êtes solide !

— Est-ce une querelle d'Allemand que vous me cherchez?

— Non, je ne me germanise pas: je n'en ai pas le temps. Le baron William Vou...

— Laissez le baron tranquille, je le déteste autant que vous..., ce n'est pas peu dire.

— Ah ! qui le remplace ?

— Un des jeunes gens à qui vous m'avez confiée hier soir.

— Déjà !

— Vous savez que je suis expéditive.

— Serait-ce le beau Paloignon, surnommé par les dames, l'*Ane d'Apulée*.

— Non, il est trop bête.

— Mais il a des qualités qui font oublier sa bêtise.

— Je n'ai pas encore été à même de juger... Mais trève de balivernes... Où avez-vous passé la nuit?... Vous comprenez que si je vous le demande, c'est qu'il y a une raison majeure... ce n'est pas par jalousie, croyez-le bien.

— J'en suis convaincu.

— Alors?...

— Je vous l'ai dit. J'ai passé la nuit au travail avec Hauser... C'est demain que nous frappons le grand coup... J'étais tellement las que je me suis jeté, en rentrant, tout habillé sur mon lit.

— Je le sais. On m'a dit cela. Mais vous manquez de mémoire; vous m'avez dit hier, en me quittant chez Mme La Motte-Picon, que vous alliez vous mettre au lit.

— Inutile de rendre des comptes aux gens. Les anciens disaient que la maison du sage doit être de verre... Elle doit être, au contraire, bien murée et bien capitonnée... Si vous laissiez plonger des regards indiscrets dans votre intérieur, vous deviendriez l'objet des risées, la proie des aigrefins... N'est-ce pas votre avis, belle comtesse ?

— Je n'ai rien à cacher, — fit Luciana avec cet aplomb qu'ont les femmes qui ont, au contraire, le plus à cacher. — Tant que je porterai votre nom, je veux dire celui de comtesse de Ladra, tant que je vivrai sous votre toit, que je passerai pour votre femme, ma conduite sera exemplaire.. Après, c'est autre chose...

— Oh ! vous êtes une femme hors ligne.

— Je sais ce que je vaux... En attendant, comment vont les affaires? Vous êtes satisfait ?

— Au delà de ce que j'avais espéré. Il y a bien quelques cabales contre nous. Je viens de voir, par exemple, que, ce matin, l'*Intransigeant* nous traite des voleurs... mais il sonne creux; aucune feuille ne lui fait écho.

— Comment ! — s'exclama Luciana en riant, — on vous appelle *voleurs*. Quelle infamie !

— Riez, ma belle, riez. Est-ce que tout le monde n'est pas plus ou moins voleur ? Les uns volent dix sous... on les coffre. Les autres volent des millions... on les décore.

— Combien de millions as-tu volés, mon chéri ?

— Ah ! tu te fais câline ! Combien de millions j'ai volés ?...

— Oui, dis-le moi.

— Mais, je compte bien pour ma part en avoir une dizaine.

— Ta part, c'est part à deux ?

— Naturellement.

— Les as-tu ?

— Ça vient.

— Tant mieux. Dépêche-toi, car veux-tu que je te dise ?...

— Parle.

— J'ai une peur atroce de voir avant venir les gendarmes.

— Qu'ils viennent, c'est prévu ! archi-prévu ! Mais ils viendraient non pas *avant*, mais après, mais trop tard !

— Tu comptes filer bientôt alors ?

— Ah çà ! pourquoi ces questions ? As-tu flairé quelque danger

— Depuis tes deux jours d'absence, je ne fais que flairer la police. Nous sommes, mon cher, entourés d'agents. Tiens, avance-toi, regarde dans le parc... En voilà deux qui ne quittent pas la maison des yeux... Dans la rue, c'est la même chose. Je ne te parle pas des questions faites à mes domestiques... jusqu'à ma femme de chambre qui a été arrêtée par un monsieur bien mis qui, sous prétexte de lui conter fleurette, l'a interrogée sur tes allées et venues... De plus, j'ai remarqué un individu au teint basané, aux allures de marin, qui répond au signalement que tu m'as donné de ton fameux commandant Gayrouan.

— Ça ne m'étonne pas, — fit tranquillement Nicolaï, — puisque nous sommes en train de barboter sa fortune... Il a eu sans doute l'éveil.

— Tu sais, je ne tiens nullement à être compromise à nouveau dans une vilaine histoire. Tu parlais tout à l'heure de William Von Hermann...

— Eh bien ?

— Eh bien ? sais-tu ce qu'il m'a dit William Von Hermann ?

— Je m'en doute, beaucoup de douceurs...

— Il m'a dit que tu filais un mauvais coton..., et, tu le sais..., il est à bonne source pour les renseignements.

— Il y a longtemps que je file un mauvais coton, ma chère, c'est depuis le jour où tu m'as ensorcelé. Néanmoins, je te remercie de l'avis... D'ailleurs, mes dispositions sont prises

— Tu comptes quitter Paris?

— Oh! pour quelques jours seulement..., et je reviendrai faire mes malles.

— Et où irez-vous?

— Cela dépendra du vent... Ne t'étonne donc pas si je m'absente sans crier gare..., sans prévenir personne autre que toi. Si l'on me demande, tu feras répondre : « Absent..., en voyage ».

— Et ce voyage durera?...

— Une huitaine au plus.

— Avec une brune ou une blonde?

— Une brune, — répondit en riant l'assassin pensant aux yeux noirs et aux cheveux aile de corbeau de la petite Sidonie.

Son intention était, en effet, de l'enlever, de la faire disparaître, de la mettre en lieu sûr à l'étranger, dans quelque pension d'Allemagne ou d'Angleterre, car si l'idée de la faire disparaître autrement, dans le sens radical du mot, en la supprimant comme il avait supprimé Ivan, Gobsky et Pieter Snip, lui était un moment venue, il repoussa aussitôt cette pensée, non que dans son âme scélérate, il lui eût répugné d'attenter à la vie d'une enfant à laquelle il n'avait jamais songé, dont il ignorait même, il y a deux jours, l'existence et qu'on lui avait dit être sienne, mais parce que la gamine était jolie, lui plaisait, avait fait entrer comme un rayon de soleil dans les profondeurs de son âme de boue.

Où était-elle? qu'était-elle devenue?

Elle pouvait être contre lui un témoin à charge terrible, non qu'il soupçonnât qu'elle avait pu assister au drame sinistre de la cave, mais elle l'avait vu au cabaret de Pieter Snip, elle avait été témoin de son intimité avec l'ancien forçat, et par sa mère mettrait sur les traces de son passé.

Cependant il fallait avant tout s'assurer du résultat de l'expédition des deux souteneurs lancés sur la villa des Lauriers-Roses et revenus à la *Bibine.*

Il se reprochait maintenant de n'avoir pas attendu ce résultat, mais dans sa hâte de quitter le lieu du triple crime, dans sa crainte d'être vu, son désir de constituer un alibi en cas de besoin, il était bien vite revenu à Paris, toujours dans la voiture que William Von Hermann mettait avec tant de complaisance à sa disposition.

Cette voiture, portant les armes de l'ambassade allemande, passait partout sans entraves, car l'on sait qu'à un moment donné, le ministère avait commandé aux fonctionnaires de toutes les administrations la plus exquise courtoisie pour tout ce qui touchait de près ou de loin au gouver-

nement de l'empire d'Allemagne. Un sujet de l'empereur Guillaume qui,
sous le manteau d'Alsacien, exerçait l'espionnage avec sécurité, prêtait
officieusement sa remise au coupé de Nicolaï et eût prêté sa femme, au
besoin, avec le même empressement.

Un aide précieux lui était arrivé. C'était le traître Remy, l'ancien
garçon chassé de chez Vérine et que nos lecteurs n'ont sans doute pas
oublié. La dernière fois que nous l'avons rencontré, c'était en la boutique
du juif Isaac Simonneff, à qui il venait demander de lui procurer un passeport, le territoire de la Sainte-Russie devenant pour lui dangereux.

Venu à Paris, sa première visite avait été pour William Von Hermann,
qui sur sa demande de voir utiliser ses capacités policières l'avait immédiatement mis au service de Nicolaï.

C'est lui qui conduisait le coupé de l'ambassade, jusqu'à un endroit
désigné; c'est lui qui avait ramené le faux comte de Ladra jusqu'à la porte
de son hôtel. Aussi est-ce à lui que songea Nicolaï, pour aller aux informations du côté la villa des Lauriers-Roses.

Comme il se préparait à sortir pour envoyer un télégramme au
mouchard, son valet de chambre lui annonça la visite de trois personnes
qui refusaient de se nommer, tout en prétextant une affaire importante.

Son visage blême prit aussitôt une teinte cadavérique.

— Viendrait-on déjà m'arrêter? — dit-il.

Il tâta machinalement ses poches pour s'assurer de la présence de son
revolver et répondit :

— Dites que je ne reçois personne sans qu'on me fasse passer le nom.

— Je crois que monsieur le comte connaît l'une d'elles, — dit le valet,
— C'est un monsieur qui est déjà venu..., il est accompagné d'une dame
et d'une autre personne très... modestement vêtue.

— Faites entrer, alors.

Le valet sortit et introduisit l'instant d'après Émile Nazeau, Clarinette
et La Noire.

— Que venez-vous faire ici? — ne put s'empêcher de s'exclamer Nicolaï
avec un geste d'impatience, apostrophant à la fois Clarinette et Nazeau.
— Ce n'est pas ici que je vous avais dit de venir.

Puis, se reprenant, voyant ce que son exclamation avait d'offensant
pour des gens qu'il devait ménager, il la rectifia.

— Si je croyais au diable, je dirais que c'est lui qui vous envoie.

— Voilà qui est flatteur, — riposta Clarinette.

— Merci du compliment, — ajouta Paloignon.

— Je ne suis l'homme ni des flatteries ni des compliments, il n'y en a
pas en affaires et vous venez pour affaires, n'est-ce pas ?

— Justement.

— Mais ce n'est pas ici mon bureau d'affaires... N'importe, puisque vous voici, vous m'évitez une course.... Je pensais à vous et j'avais hâte d'avoir des nouvelles.

— Quelles nouvelles? — demanda Clarinette. — Les nouvelles, vous les avez eues en dernier lieu, puisque la demoiselle... votre protégée est partie avec vous.

— Je veux dire si vous avez reçu quelque visite depuis que je vous ai quittée... un peu précipitamment.

— Trop précipitamment même, — appuya la jeune femme, se sentant enhardie par la présence de son frère et de La Noire, — puisque c'est cette précipitation qui m'oblige à venir...

— Je comprends... mais avant d'aller plus loin, quelle est cette jeune femme ?

— Ma servante, — dit Clarinette.

— Ah ! — fit Nicolaï, — je ne m'explique pas très bien la présence de cette personne.

— Je vais vous expliquer, monsieur le comte... Vous me demandez si j'ai reçu des visites depuis votre départ?...

— Eh bien?

— Eh bien! j'ai reçu une visite tout à fait inattendue.

— Et qui donc?... Le père de ma protégée?

— Elle n'eût pas été inattendue, car je craignais à chaque instant le voir arriver... et comme je n'avais aucune instruction à ce sujet, je me trouvais assez perplexe... Non, c'est une autre tout aussi désagréable.

— Expliquez-vous donc, — fit Nicolaï, jouant l'étonnement.

— J'ai reçu de onze heures à minuit la visite de deux cambrioleurs.

— Qui vous ont dévalisée ?

— Heureusement non... grâce à mademoiselle.

— En vérité ! — dit Nicolaï regardant Sarah. — Et ils ne vous ont pas fait de mal ?

— Je n'ai eu garde de me montrer.

— Votre frère était donc absent?

— Oh ! mon frère est toujours absent quand on a besoin de lui, — fit Clarinette avec amertume.

— Pardon, pardon, ma sœur, — rectifia Paloignon, — et la preuve, c'est que me voici.

— Mais comment mademoiselle, qui n'était pas, que je sache, votre servante hier matin, s'est-elle trouvée à point pour empêcher le cambriolage?... Elle a donc une formule magique pour éloigner les voleurs ?

Tout en servant ses clients, Pieter Snip leur indiqua la bonne aubaine.

— Je n'ai d'autre magie que mon sang-froid, — dit Sarah regardant Nicolaï en face, — et un revolver que je tenais à la main.

— Un compagnon qui ne la quitte jamais, — fit Paloignon avec un gros rire.

— Cette gaillarde n'a pas l'air d'avoir froid aux yeux, — se dit en lui-même Nicolaï. — Peste ! quelle étincelle! où Clarinette l'a-t-elle dénichée?

— Il faut dire, — ajouta Clarinette, — cherchant à atténuer le mérite que s'attribuait Sarah, — que mademoiselle connaissait les bandits.

— Excellente connaissance et bonne recommandation, — dit Nicolaï de plus en plus surpris.

— Ils demeuraient autrefois dans notre maison, — reprit Sarah continuant la fable qu'elle avait racontée à Clarinette, — nous avons été à l'école ensemble, fait ensemble notre première communion... ils ont depuis mal tourné... Je les ai reconnus à leur voix d'abord, comme ils m'ont reconnue eux-mêmes, et, par le fait, comme il n'y avait rien à voler chez madame, ni argent, ni valeurs, je suis parvenue à les éloigner en leur promettant une meilleure aubaine une autre fois.

— C'est très habile... c'est-à-dire que vous leur avez dit que quand le tiroir serait garni, vous les préviendriez.

— Justement.

— Et ils vous ont crue sur parole?

— Je les ai laissés libres de fouiller partout s'ils le voulaient... les bijoux de madame étaient en lieu sûr, et, de mon côté, j'étais bien certaine qu'ils n'emporteraient ni les tableaux ni les meubles...

— Ah ! mais... vous paraissez experte...

— Il le faut bien.... J'ai été élevée à bonne école.

— Et vous êtes au service de madame depuis hier seulement ?

— Depuis hier soir.

— J'ai engagé Sarah provisoirement... pour plusieurs raisons, — commença Clarinette.

— Sarah! — s'exclama Nicolaï. — Mademoiselle ne serait-elle pas cette Sarah qu'on surnomme *La Noire ?*

— Précisément. Je vois qu'on a dit mon nom à monsieur le comte.

— Deux personnes de votre connaissance... et que vous ne teniez pas à rencontrer, paraît-il ?

— Vous pouvez parler, monsieur; j'ai tout raconté à Mme Croisillon.

— Tout raconté ? Mais je ne sais rien, moi, sinon que deux étrangers, deux Russes, que j'ai vus par hasard chez madame, y étaient entrés cherchant à vous voir... Ah! c'est donc vous !

— Oui, c'est moi Sarah La Noire ! L'un de ces étrangers est un comte polonais, ou du moins se disant tel, qui traînait la misère à Londres; l'autre, dont j'ignore même le nom, est, m'a-t-on dit, un paysan russe.

— C'est, en effet, ce qu'ils m'ont raconté... Et c'est à Londres qu'ils vous auraient rencontrée... en compagnie... dois-je achever ?

— Achevez, monsieur.

— De gens suspects... Il paraît que vous en connaissez dans tous les pays... Sont-ce aussi des camarades de catéchisme avec qui vous avez fait votre première communion ?

— Mon Dieu ! monsieur le comte, si j'eusse craint vos questions, je n'aurais pas accompagné madame ici... rien ne m'y obligeait...

— Parlez ! parlez !

— J'étais à Londres avec mon amant... il est permis à toute fille majeure d'avoir un amant, je le suppose....

— Et même aux mineures, — fit Paloignon.

Nicolaï prit un air grave :

— Le mariage est une institution qu'il faut respecter, — dit-il.

— Eh ! je le respecte... je n'en dis pas de mal... je n'en use pas... voilà tout.

— Vous êtes une fille à théories libres, une fille fin de siècle.

— J'aime mon indépendance...

— Continuez, belle enfant.

— Donc, je me trouvais à Londres avec mon amant. Il avait quelque argent et m'avait offert ce voyage. Quand on ne connaît pas un pays, on risque de s'égarer, de tomber en de mauvais endroits... c'est ce qui nous est arrivé... Nous sommes entrés par hasard dans un café où des Français, des compatriotes, nous ont cherché dispute... une femme m'a insultée... Pourquoi ? Je n'en sais rien. Je suppose qu'ils étaient tous ivres... puis les brouillards de Londres rendent maussade et vous mettent de méchante humeur. Toujours le ciel gris... Ce n'est pas gai. Bref, mon amant s'est fâché... s'est levé de table, et, comme il est doué d'une belle force musculaire, il s'est mis à distribuer quelques coups de poing à droite et à gauche, qui ont tous porté.

— Ah ! il est fort, votre amant?

— Très fort, oui, monsieur le comte. D'une force même peu commune. Voyant qu'on lui assommait ses clients, le patron de l'établissement a fait appeler la police... On a conduit tout le monde au poste... Le comte Gobsky était présent au moment de la bagarre, je ne sais pas trop s'il n'a pas reçu quelque éclaboussure... Voilà pourquoi il a pu vous dire m'avoir vue en mauvaise compagnie... Cela peut arriver à tout étranger entrant dans un établissement public d'avoir maille à partir avec des voyous.

— Oh! parfaitement.

— Ainsi le frère de madame, qui a été attaqué, dépouillé et jeté dans le canal par une bande de rôdeurs...

— Non sans en avoir laissé plusieurs sur le carreau, — dit fièrement Paloignon...

— On connaît votre bravoure, — ricana Nicolaï.

— Cependant, tout cela est à cause de vous, monsieur le comte.

— En vérité?

— N'est-ce pas en allant au-devant de ma sœur, arrêtée avec cette demoiselle que vous vouliez...

— Je vous dispense de continuer, mon jeune ami... je sais le reste... mais vous ne m'avez pas encore fait savoir le motif qui me procure le plaisir de votre visite.

— Voici, en deux mots, monsieur le comte, — se hâta de reprendre Clarinette pour prévenir toute nouvelle gaffe de son frère. — Je ne puis, après ce qui s'est passé, rester dans la villa des *Lauriers-Roses*... Vous comprenez la *double* raison... et je ne puis cependant la laisser seule à la disposition des malfaiteurs...

— Mais votre frère?...

— Elle est forte! — se récria le frère, — je n'ai pas plus que ma sœur envie de me faire occire.

— C'est tout naturel... et vous voulez mettre quelqu'un de confiance à votre place... mademoiselle, par exemple.

— Je n'ai pas le choix... La mère Culot, à qui je m'étais adressée d'abord, refuse d'y passer la nuit... Mademoiselle m'a prouvé qu'elle n'avait pas peur. D'ailleurs elle s'offre... et me donne de bonnes références.

Nicolaï ne put s'empêcher de rire.

— C'est très bien... c'est parfait... Mais en quoi, diable! puis-je vous être utile?

— Mais, monsieur le comte, je viens réclamer l'exécution de nos conventions... J'ai rempli fidèlement mon mandat... et si tout n'a pas été selon vos désirs, vous avouerez que ce n'est pas ma faute.

— Je le reconnais... la faute, bien involontaire, du reste, incombe à mademoiselle La Noire, puisque c'est en suivant ses pas, pour quel motif? cela ne me regarde en rien... que ces gêneurs sont entrés chez vous... Mais, d'après ce que je vois, vous avez cru devoir la mettre en tiers dans notre petit et innocent complot?...

— Nullement, monsieur le comte.

— Cependant?...

— Elle sait que j'étais avec une jeune fille qui s'enfuit de la maison paternelle pour épouser celui qu'elle aime... C'est tout ce qu'elle sait.

— Eh bien! mais, il n'y en pas davantage.

— Elle nous avait vues la veille, c'est elle qui nous a conseillé la prudence près de ce vilain cabaret...

— Je vois, — dit Nicolaï, — que mademoiselle ne redoute pas plus les promenades nocturnes que les voleurs de nuit.

— J'ai expliqué à madame, — répondit Sarah, — comment je me trouvais dehors à pareille heure. Je demeure dans l'une des péniches amarrées au quai du canal. Les bateliers sont des parents qui me donnaient l'hospitalité en attendant que j'eusse trouvé une place. Je revenais de Paris, d'un bureau de placement, et à pied depuis la station, quand j'ai rencontré madame. Rien de plus simple. Elle est d'ailleurs allée aux informations sur la péniche.

— Tout s'explique de la façon la plus naturelle ; mais vous avez donc rompu avec votre amant, que vous cherchiez une place?

— Oui, monsieur, — répondit Sarah dont le front se rembrunit.

— Quelle est la profession de cet amant?

— Il vit de ses rentes.

— C'est un gros, n'est-ce pas, avec de fortes moustaches blondes qui commencent à grisonner?

— Je vois que le comte Gobsky vous en a fait la description.

— Oui, il m'a dit qu'il s'appelait Roland et aussi Karl Hauser.

— Il est mieux renseigné que moi, car je ne le connais que sous le nom de Roland.

— Le motif qui vous a fait rompre est-il bien grave?

— Pas précisément.

— Vient-il de lui ou de vous?

— De moi... C'est pourquoi je voudrais le retrouver.

— Eh! eh! eh! c'est preuve que vous tenez à lui... Eh bien! mais, ma chère enfant... je connais, moi, une personne de ce nom... et il n'est pas impossible que je vous conduise à elle...

— Oh! vous feriez cela, monsieur? — s'écria La Noire dont l'œil s'alluma d'un tel éclair que Nicolaï en fut surpris.

— Je dis « il est possible », entendez-moi bien.

Puis, se tournant vers Clarinette :

— Alors, vous voulez la petite somme?

— Un désir bien légitime.

— Veuillez donc m'accompagner.

Et laissant Émile Nazeau et Sarah dans la pièce servant d'antichambre, il passa avec Clarinette dans un appartement privé.

— Asseyez-vous, belle dame, — fit-il, lui montrant une ottomane et allant pousser le verrou de la porte communiquant à la pièce voisine, — ne vous effrayez pas de me voir condamner cette porte... mais ce que j'ai à vous dire est très sérieux... D'abord, voici les épingles que vous avez si bien gagnées...

Il ouvrit sa caisse, sortit dix billets de mille francs qu'il compta en les posant sur les genoux de la maîtresse du peintre, dont les yeux brillèrent de plaisir.

— Est-ce cela?

— Oui, monsieur le comte, merci mille fois.

Il referma sa caisse et vint s'asseoir à côté de la jeune femme.

Il lui prit la main, qu'elle lui abandonna.

— Vous avez agi comme une enfant, — lui dit-il, — en m'amenant cette fille. Pourquoi n'être pas venue seule?

— A la vérité, j'avais peur de vous.

— Peur de moi! Ah! je ne croyais pas faire peur aux dames à mon âge... Vous me flattez. Soit! vous aviez peur de moi... Mais un défenseur du genre de cette gaillarde suffisait... Pourquoi votre frère?

— J'ai pris Sarah pour m'accompagner chez M. Johnson, le nom que vous m'avez donné. N'y trouvant personne, je suis allée à la recherche de mon frère, à son journal, pour avoir votre adresse... Il ne m'a plus lâchée et a insisté pour m'escorter ici.

— Cela est fâcheux, car la comtesse de Ladra est très jalouse.

— Mais je ne vois pas en quoi nous excitons sa jalousie?

— J'eusse préféré vous voir à mon autre domicile... nous y causerons affaires sérieusement. D'abord, avant tout, il ne faut pas songer à retourner à votre villa. A l'heure qu'il est, on vous cherche.

— C'est bien ce que je craignais.

— Il ne peut rien vous arriver de fâcheux, si ce n'est d'être interrogée par un juge d'instruction.

— Vous m'effrayez!

— C'est pourquoi il faut nous concerter.

— Je ne demande pas mieux.

— Mais voilà! votre frère, votre gaffeur de frère..., il va se jeter comme une grosse mouche dans notre toile habilement tissée.

— Comment l'en empêcher?

— En l'éloignant. Est-ce qu'il aime les voyages?...

— Mais oui... quand ça ne lui coûte rien.

— Je vais lui en procurer un qui ne lui coûtera rien. Mais il faut qu'il parte de suite.

— Aujourd'hui même?

— De suite, je vous en préviens. Vous allez lui remettre mille francs et vous lui direz... — Il s'interrompit, réfléchit un instant:

« Parle-t-il un peu allemand?

— Assez bien, pour un Belge.

— Vous lui direz qu'il en recevra autant dès qu'il annoncera son arrivée à Berlin à une adresse que je vais vous donner.

— Entendu.

— Vous comprenez l'urgence du départ pour vous et pour moi?

— Oh! parfaitement.

— Suivez bien mes instructions. Je vais vous donner une lettre pour mon correspondant de Berlin, vous la remettrez à votre frère, l'accompagnerez à la gare de l'Est, le mettrez dans le train et viendrez rendre à M. Johnson, chez M. Johnson, compte de votre mission... Et il y aura encore pour vous quelques bons billets de mille. Faites vite, maintenant.

— Et ma servante, et Sarah?

— Sarah? J'ai à lui causer... je la garde ici.

CXXV

LA LETTRE DE WILHELM

Karl Hauser, ou plutôt Alexandre Bereneff, puisque nous le trouvons dans son rôle de gouverneur de la *Banque coloniale française,* se promenait de long en large dans le magnifique bureau, somptueusement meublé avec l'argent des actionnaires.

Comme l'empereur Napoléon Ier, il tenait ses mains derrière le dos, et semblait préoccupé, sombre et soucieux.

De quoi se plaignait-il?

Tout marchait à merveille, la moitié au moins des petits rentiers de France s'étaient hâtés de lui envoyer leurs épargnes; une grande partie même s'étaient soumis au régime du fromage et du hareng saur, avaient supprimé le café et le petit verre, subissaient la portion congrue pour arriver à parfaire la somme nécessaire à l'achat de ces mirobolantes actions. Les millions affluaient. Encore quelques mois et, au moment du payement des coupons et des fortes primes, il allait pouvoir lever le pied, le portefeuille bien garni du produit des tirelires des campagnes et des villes.

De quoi se plaignait-il donc?

Sur sa large poitrine s'étalait, insolente, défiant les suspicions et appelant la confiance publique, la rouge rosette, ce signe des braves, qu'ont annobli des légions de héros, autrefois la marque de l'honneur, et que des ministres prévaricateurs, des drôles, honte de la France, ont traînée dans la boue.

Oui, de quoi se plaignait-il, ce juif allemand, qui volait le pays et qu'on décorait en récompense de ses rapines?

Il était préoccupé, triste et soucieux.

Mais il y a, comme cela, des jours où tout vous paraît triste, où le soleil même est sombre, où l'on reste indifférent devant les sourires de la femme aimée, car il plane des menaces dans l'air, et, comme des ailes de chauves-souris, on sent voltiger autour de soi les pressentiments des malheurs prochains.

Etait-ce l'inquiétude causée par les conséquences de l'audacieux enlèvement de la fille de Gayrouan qui le troublait?

Mais il n'était pour rien dans l'affaire; il avait laissé Nicolaï libre d'agir à son gré, lui avait donné carte blanche, à condition que lui, Hauser, n'aurait à se mêler de rien... Il connaissait la scélérate habileté de l'homme et se lavait les mains de tout ce qui pouvait résulter.

Et, pour plus de sécurité, il avait été passer ces deux derniers jours dans le château princier d'un opulent écumeur de bourses, son coreli gionnaire et son compatriote.

Par excès de prudence, il n'avait même pas voulu que Nicolaï le tînt an courant de l'affaire, ni même d'aucune affaire.

« Pas de nouvelle — lui avait dit celui-ci — bonne nouvelle. »

Tout allait donc bien de son côté.

Sûr de son caissier et de son chef de comptabilité, deux juifs allemands contre lesquels il avait d'ailleurs pris — malgré sa confiance! — les précautions d'usage contre les filous, il avait recommandé qu'on lui laissât son courrier intact sur sa table, qu'on ne lui téléphonât que pour des cas urgents et imprévus.

Quant à Nicolaï, les événements s'étaient précipités de telle sorte avec une telle complication, qu'il n'avait pas pris le temps d'en référer à son complice et il était trop prudent, lui aussi, pour rien confier, même à mots couverts, à la poste, au télégraphe ou au téléphone.

Le directeur de la *Banque coloniale française* ne savait donc rien de ce qui s'était passé.

Aussi, dès son retour, parmi le tas de lettres et de cartes déposées sur son bureau, chercha-t-il fiévreusement l'écriture du « comte de Ladre » mais il n'en vit nulle trace, et, en cherchant, il tomba sur deux cartes du commandant, plus une lettre portant sur l'enveloppe le nom de Jean Gayrouan et qu'il décacheta aussitôt.

Elle ne contenait qu'une coupure de journal, de ce même journal que

— La Noire! et la Santerelle répéta : « Nom de Dieu! La Noire! »

le commandant du *Tour-du-Monde* avait trouvé sur sa table et qui contenait l'article commençant ainsi :

« On écrit de Londres : — Le fameux Glukstein, *alias* Hauser, *alias* Roland, est toujours introuvable et tout porte à croire qu'il a passé le détroit... »

A la fin de l'article, Gayrouan avait ajouté :

« A bon entendeur, salut! »

Hauser bondit à cette lecture.

Comment! La Noire se serait échappée?

Mais était-ce bien elle?

N'y avait-il pas erreur?

Et c'est pourquoi il arpentait son bureau d'un air soucieux.

Si c'était bien d'elle dont il était question, il avait tout à redouter de cette femme?

Il la savait énergique, audacieuse, capable de tout, ne reculant devant rien... Il l'avait bien vue à l'œuvre.

N'allait-elle pas le chercher pour le punir de ne lui avoir pas tendu la main, au moment où l'emportait la vague? Car il n'avait qu'à tendre la main.

Mais était-elle consciente alors? Se souvenait-elle? Ce n'était peut-être pas elle non plus. Mais ce doute ne pouvait subsister devant la description exacte.

Devant l'effroi que lui causait cette nouvelle, la question Gayrouan s'effaçait, ne restait plus qu'au second plan.

Cette coupure, cet envoi avec cette menace : « A bon entendeur, salut! » indiquait qu'il n'avait encore rien mis à exécution.

Il s'attendait donc à une visite, mais, suivant le mot que lançait jadis un politicien néfaste, à la veille de la plus grande catastrophe des temps modernes, s'il n'y eût eu que Gayrouan à combattre, il se serait senti le cœur léger.

Que pouvait-il lui réclamer?

Sa fille?

Mais il nierait d'autant mieux avoir rien à faire dans sa disparition, qu'il ignorait absolument la machination de Nicolaï.

Est-ce qu'il l'avait dans sa poche, sa fille?

Depuis deux jours, il était absent de Paris, cela était facile à prouver, absent pour une colossale affaire de concert avec l'un des plus grands financiers de l'Europe; il avait donc bien d'autres chats à fouetter qu'à s'occuper de Mlle Gayrouan!

La dénonciation immédiate du marin, le désignant au parquet comme le failli de Saint-Pétersbourg, le forban du *Yacht-Rouge?*

Gayrouan, il le savait, ne le ferait pas.

Il serait d'autant plus circonspect que de son silence dépendait le salut de son enfant.

Il connaissait trop Nicolaï pour penser que le gredin n'avait pas fait les choses à la légère.

Quant à la dot laissée par le vieil Ivanoff, dot plus que doublée par les intérêts accumulés, il était, s'il le fallait absolument, prêt à parer ce coup, à payer même... avec des atermoiements.

Ah! s'il n'y avait que cela maintenant!

Mais cette Sarah? Cette *Noire* terrible?

Si jamais elle allait le reconnaître?

Il ne sortirait plus désormais qu'en voiture, stores baissés.

Il s'arrêta devant sa table, prit au hasard quelques lettres, toutes lettres d'affaires, de gogos envoyant leur argent, demandant, suppliant pour avoir de ces bonnes actions de la *Banque coloniale*, qui ne se vendaient plus qu'avec forte prime, lorsque l'écriture de son fils lui tomba sous les yeux.

La lettre portait le timbre de Paris.

Comment! Wilhelm se trouvait à Paris! il lui écrivait au lieu de venir?

Après tout, il était peut-être venu en son absence, mais pourquoi ne pas être descendu à son hôtel?

— Ah! je le reconnais bien là, — se dit-il, — les petites femmes! Toujours les petites femmes!... Après tout, il chasse de race.

Il rompit le cachet et lut; mais, à mesure qu'il lisait, son front se plissait, son sourcil se fronçait de plus en plus, et il interrompait sa lecture pour y ajouter ses propres réflexions, qui se changèrent bientôt en exclamations et en jurons formidables.

« Mon père,

« Pendant que vous faisiez un voyage en Angleterre, qui, je l'espère, a été fructueux pour vous... »

— Oui, il a été propre mon voyage! Et s'il est jamais fructueux, ce sera pour monsieur des hautes œuvres!

« ... J'en ai fait, comme il était convenu dans l'intérêt de ma santé, un dans le midi de la France... Ma santé, hélas! ne s'en est pas bien ressentie, car j'ai eu la funeste idée de m'arrêter à Monaco. »

— Ah! l'animal! Et il a perdu tout son argent, naturellement! Ça ne pouvait pas manquer!... En voilà un gaillard qui a de la chance d'avoir un banquier donné par la nature, un papa comme moi... Enfin, plaie d'argent sont guérissables!

« Vous m'aviez bien recommandé de ne pas m'arrêter dans cette principauté néfaste, et je me demande actuellement si j'ai bien ou mal fait de ne pas suivre vos conseils... »

— Qu'est-ce qu'il veut dire ?

« Si je les avais suivis, il me resterait encore quelques illusions et je m'y cramponnerais de toutes mes forces... »

— Des illusions ! Sans doute sur les systèmes infaillibles pour gagner à tous coups à la *roulette* et au *trente et quarante,* ou pour faire sauter la banque !... Comment Wilhelm est-il si bête que ça ?

« Si j'avais suivi vos conseils, je n'aurais pas fait une aussi fâcheuse rencontre.

— Qu'est-ce que je disais ? Ça y est ! Il est tombé sur un professeur de systèmes. Le moyen de gagner mille francs par jour avec un capital de deux cents francs ! Je connais ça... oui, je connais ça !

Et il passa la main sur son front comme pour en chasser un nuage.

Il se rappelait l'infortuné systémier, ce vicomte de Sauvignon qu'il avait jadis assassiné... et l'autre, l'autre..., la pauvre femme innocente, l'épouse lâchement sacrifiée..., la mère de Wilhelm.

— Ah ! si jamais il savait !

Il chassa bien vite cette pensée, n'aimant pas à être importuné par les fâcheux souvenirs.

— Alors, il a perdu, l'imbécile ! Le chiffre doit être gros, si j'en juge par ces préambules et le ton solenel et repentant de sa lettre. Son retour précipité à Paris indique qu'il est à sec. Pourvu qu'il n'ait pas emprunté ! pas signé de billet aux usuriers qui abondent là-bas ! qu'il n'ait pas tiré à vue sur papa !... Crétin ! Crétin ! Il se sera dit que du moment qu'on gagne mille francs par jour avec deux cents, on doit mathématiquement, *ma-thé-ma-ti-que-ment,* — et il imitait Sauvignon, — en gagner dix mille avec deux mille !... Triple idiot !... Mais allez donc lui faire comprendre que ce n'est pas à la roulette de Monte-Carlo que l'on gagne dix mille francs par jour, mais dans les *ponnes bedides* affaires, comme dit mon copain et ami... Mais continuons l'odyssée.

« J'ai d'abord rencontré *notre ami* Sylvio Andrès que j'ai été fort surpris de trouver dans la principauté, car je le croyais occupé en Italie d'affaires sérieuses politiques, — ce qui m'étonnait davantage encore, et j'ai vu que

la politique lui avait mal tourné, — mais je devais tomber d'étonnements
en étonnements... »

— Le plus étonné des deux a dû être cette fripouille de Sylvio Andrès
lorsqu'il a fait le saut du pont de la vallée des Gaumates! — fit en ricanant Karl Hauser. — Et si jamais les anarchistes ont fait œuvre méritoire,
c'est de me débarrasser de cette sangsue.

« Sylvio Andrès, qui venait de gagner une somme assez ronde, m'invita
à dîner avec deux femmes, la mère et la fille... »

— La mère et la fille! s'exclama Hauser. — Partie carrée! Il va bien,
mein Herr Wilhelm!... et les deux drôlesses les ont dévalisés après le
dessert.

« A table on a parlé de vous! »

— De moi! Que diable mon nom est-il venu faire en cette... aimable
orgie?

« Ces dames vous connaissent toutes deux... Mais peut-être vous souvenez-vous d'elles? Vous avez été l'amant passager de l'une et de l'autre...
La mère s'appelle Homerton de son nom de famille... et la fille se fait
appeler Mathilde de Sauvignon [1]. »

Hauser porta la main à son front en poussant un juron terrible.
— L'Anglaise! Damnation! Comment, il a rencontré l'Anglaise! Quelle
fatalité!
Et il continua la lecture, l'interrompant par des exclamations étouffées :

« La vieille Homerton, étant prise de boisson, m'a avoué au dessert
que vous aviez déshonoré sa fille en la faisant venir à Saint-Pétersbourg,
sous le prétexte de lui faire une belle position... Mais cela m'importe

1. Une erreur commise au début du chapitre XC, page 610, a fait de miss Homerton,
sœur du docteur Morris Homerton, une Méridionale. Le lecteur a dû modifier lui-même
cet *erratum*. Au lieu de : « C'était une femme de quarante à quarante-cinq ans, mais qui
en paraissait davantage comme toutes les *Méridionales*... » Il faut lire : « Comme beaucoup d'*Anglaises* formées très jeunes et déformées de même. »
Au lieu de : « Son teint avait la couleur olivâtre particulière aux femmes du Midi
qui vieillissent au soleil » il faut lire : « Son visage avait les teintes couperosées particulières aux femmes adonnées aux liqueurs fortes. »
De même, page 608, les deux dernières lignes doivent être modifiées ainsi en une seule :
« Wilhelm échangea en russe quelques mots avec Sylvio Andrès. »

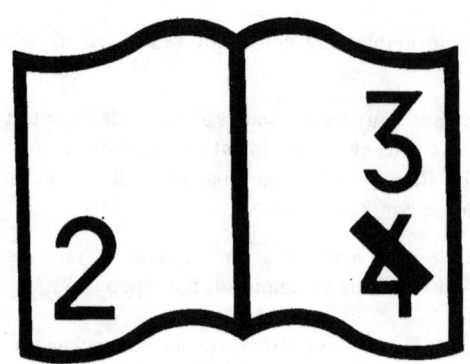

Pagination incorrecte — date incorrecte

NF Z 43-120-12

« Vous m'aviez bien recommandé de ne pas m'arrêter dans cette principauté néfaste, et je me demande actuellement si j'ai bien ou mal fait de ne pas suivre vos conseils... »

— Qu'est-ce qu'il veut dire?

« Si je les avais suivis, il me resterait encore quelques illusions et je m'y cramponnerais de toutes mes forces... »

— Des illusions! Sans doute sur les systèmes infaillibles pour gagner à tous coups à la *roulette* et au *trente et quarante*, ou pour faire sauter la banque!... Comment Wilhelm est-il si bête que ça?

« Si j'avais suivi vos conseils, je n'aurais pas fait une aussi fâcheuse rencontre.

— Qu'est-ce que je disais? Ça y est! Il est tombé sur un professeur de systèmes. Le moyen de gagner mille francs par jour avec un capital de deux cents francs! Je connais ça... oui, je connais ça!

Et il passa la main sur son front comme pour en chasser un nuage.

Il se rappelait l'infortuné systémier, ce vicomte de Sauvignon qu'il avait jadis assassiné... et l'autre, l'autre..., la pauvre femme innocente, l'épouse lâchement sacrifiée..., la mère de Wilhelm.

— Ah! si jamais il savait!

Il chassa bien vite cette pensée, n'aimant pas à être importuné par les fâcheux souvenirs.

— Alors, il a perdu, l'imbécile! Le chiffre doit être gros, si j'en juge par ces préambules et le ton solenel et repentant de sa lettre. Son retour précipité à Paris indique qu'il est à sec. Pourvu qu'il n'ait pas emprunté! pas signé de billet aux usuriers qui abondent là-bas! qu'il n'ait pas tiré à vue sur papa!... Crétin! Crétin! Il se sera dit que du moment qu'on gagne mille francs par jour avec deux cents, on doit mathématiquement, *ma-thé-ma-ti-que-ment*, — et il imitait Sauvignon, — en gagner dix mille avec deux mille!... Triple idiot!... Mais allez donc lui faire comprendre que ce n'est pas à la roulette de Monte-Carlo que l'on gagne dix mille francs par jour, mais dans les *ponnes bedides* affaires, comme dit mon copain et ami... Mais continuons l'odyssée.

« J'ai d'abord rencontré *notre ami* Sylvio Andrès que j'ai été fort surpris de trouver dans la principauté, car je le croyais occupé en Italie d'affaires sérieuses politiques, — ce qui m'étonnait davantage encore, et j'ai vu que

la politique lui avait mal tourné, — mais je devais tomber d'étonnements
en étonnements... »

— Le plus étonné des deux a dû être cette fripouille de Sylvio Andrès
lorsqu'il a fait le saut du pont de la vallée des Gaumates! — fit en ricanant Karl Hauser. — Et si jamais les anarchistes ont fait œuvre méritoire,
c'est de me débarrasser de cette sangsue.

« Sylvio Andrès, qui venait de gagner une somme assez ronde, m'invita
à dîner avec deux femmes, la mère et la fille... »

— La mère et la fille! s'exclama Hauser. — Partie carrée! Il va bien,
mein Herr Wilhelm!... et les deux drôlesses les ont dévalisés après le
dessert.

« A table on a parlé de vous! »

— De moi! Que diable mon nom est-il venu faire en cette... aimable
orgie?

« Ces dames vous connaissent toutes deux... Mais peut-être vous souvenez-vous d'elles? Vous avez été l'amant passager de l'une et de l'autre...
La mère s'appelle Homerton de son nom de famille... et la fille se fait
appeler Mathilde de Sauvignon [1]. »

Hauser porta la main à son front en poussant un juron terrible.
— L'Anglaise! Damnation! Comment, il a rencontré l'Anglaise! Quelle
fatalité!

Et il continua la lecture, l'interrompant par des exclamations étouffées :

« La vieille Homerton, étant prise de boisson, m'a avoué au dessert
que vous aviez déshonoré sa fille en la faisant venir à Saint-Pétersbourg,
sous le prétexte de lui faire une belle position... Mais cela m'importe

---

1. Une erreur commise au début du chapitre XC, page 610, a fait de miss Homerton,
sœur du docteur Morris Homerton, une Méridionale. Le lecteur a dû modifier lui-même
cet *erratum*. Au lieu de : « C'était une femme de quarante à quarante-cinq ans, mais qui
en paraissait davantage comme toutes les *Méridionales*... » Il faut lire : « Comme beaucoup d'*Anglaises* formées très jeunes et déformées de même. »
   Au lieu de : « Son teint avait la couleur olivâtre particulière aux femmes du Midi
qui vieillissent au soleil » il faut lire : « Son visage avait les teintes couperosées particulières aux femmes adonnées aux liqueurs fortes. »
   De même, page 608, les deux dernières lignes doivent être modifiées ainsi en une seule :
« Wilhelm échangea en russe quelques mots avec Sylvio Andrès. »

peu, Ce qui m'importe, mon père, c'est la chose horrible, abominable, qui a suivi, et que j'aurais mise sur le compte de l'ivresse, si cette femme ne m'en avait donné des preuves... Oui, elle a mis sous mes yeux les preuves de l'horrible accusation qu'elle portait contre vous!

« Elle m'a raconté que vous aviez assassiné ma pauvre et chère mère..., que vous l'aviez assassinée en la déshonorant! Ah! misère! misère! Pourquoi ne suis-je pas mort avant cette révélation! Pourquoi le lieutenant Saint-Aubin, au lieu de me crever un œil, ne m'a-t-il pas crevé le cœur! Est-il possible, mon père, que vous ayez commis ce crime odieux? J'ai cru rêver, oui, j'ai cru avoir un cauchemar... Je me suis retenu pour ne pas jeter cette sorcière par la fenêtre!... Mais, je vous le répète, elle m'a donné des preuves, des preuves irrécusables... Ne pouvant encore y croire, cependant, j'ai couru à Nice... Je suis allé dans les bureaux de rédaction, j'ai vu le procès, j'ai lu les articles des feuilles niçoises..., aucun doute ne pouvait me rester.

« Vous avez assassiné lâchement, traîtreusement, dans une abominable machination, ma bonne, ma chère, ma vertueuse mère! Elle qui était pour vous pleine d'affection, pleine de tendresse. Vous avez sacrifié la sainte femme à votre ambition, à vos cupides calculs. Pour vous donner les apparences du droit, alors qu'elle sommeillait, vous avez guidé vous-même un homme, un misérable homme, dans son lit! Et vous avez commis cette action infâme de déshonorer, en l'assassinant, l'épouse qui portait votre nom, qui ignorait vos turpitudes, la mère de votre fils..., ma mère! »

Hauser continuait, haletant :

« Oh! quand j'ai appris ce drame épouvantable, j'ai pleuré des larmes de sang... j'ai cru que j'allais devenir fou. Je suis monté là-haut, là-haut, dans le cimetière où elle repose... Je voulais me tuer sur sa tombe!...

« Me tuer! Et pourquoi me tuer? — me dis-je. — Ce n'est pas moi qui suis le coupable! Et je suis parti en Italie, fuyant et toujours poursuivi par l'horrible révélation.

« Me voici! A l'heure où je vous écris, au moment où je trace ces lignes, les dernières que vous recevrez de moi, des larmes de rage et de douleur coulent encore de mon œil unique et si abondantes qu'il en est obscurci..., et je songe à l'autre que j'ai perdu, indirectement, à cause de vous..., pour cette petite Rita Ivanoff que vous aviez réduite à la misère parce que sa mère se refusait à vous épouser... et c'était pour l'épouser que vous avez assassiné la mienne. Vous voyez que je sais tout, et ce que je ne sais pas, maintenant, je le devine. J'ai vu surgir tout le passé après ce lamentable drame..., je vois encore votre embarras, vos réticences, j'entends vos mensonges quand vous m'avez annoncé, à moi, encore enfant, la mort de ma mère chérie et que vous me destiniez ensuite Rita Ivanoff!

« Ah! Je ne me sens plus la force de vous en écrire davantage! Que Dieu vous pardonne, mon père, mais moi je ne vous pardonne pas. Adieu, pour toujours adieu! Vous avez fait de moi un être inutile, un viveur, un fêtard, un oisif, un parasite social! Incapable de rien faire, vous maudissant comme je vous maudis, oui, *je vous maudis*, et ne voulant plus rien de vous, j'en reviens à mon idée première... Il ne me reste plus qu'à me tuer... A l'heure où vous lirez cette lettre, je ne serai plus qu'un cadavre. Mais, avant de mourir, sachez que votre fils vous appelle : *Assassin! assassin!*

« WILHELM HAUSER. »

La lettre tomba des mains du misérable, il s'affala dans son fauteuil, mit la main sur ses yeux et pleura.

CXXVI

LA MORGUE

Il resta quelque temps abîmé dans une douleur profonde.

Sa scélératesse et ses crimes ne l'empêchaient pas d'être père, et bien qu'il ne se fût guère occupé de son fils dans le sens que les Français attachent à ce mot, c'est-à-dire qu'il ne l'eût entouré ni de caresses ni d'une constante et inquiète sollicitude, qu'il lui eût laissé depuis son adolescence la liberté entière de ses actes, il n'en éprouvait pas moins pour ce fils unique une affection très vive.

Et c'était peut-être la première fois qu'il sentait tressauter son cœur de père aussi violemment.

Quoi, Wilhelm n'était plus! Et lui était maudit! La dernière pensée de son fils avant de se trouer la tête ou le cœur avait été un cri de malédiction contre lui, l'assassin de sa mère!

Il restait abruti sous le coup.

Hier encore chez le baron, son hôte avait parlé de Wilhelm. On lui avait demandé s'il n'avait qu'un enfant et l'on s'étonnait que, contrairement à la faculté prodigieusement prolifique de tous ses coreligionnaires, il n'eût pas ses bureaux peuplés de sa progéniture.

— Non, — avait-il répondu en riant, — je n'ai qu'un fils, mais il ne tient pas de son père, il ne montre aucun goût pour la banque, il n'a d'aptitudes que pour dépenser mon argent.

— Il faut le marier, alors. Rien de tel que le mariage pour vous ranger un homme. Quand les enfants poussent, les folies s'en vont.

Et on lui citait un tas de riches héritières qui seraient heureuses d'épouser ce fils de l'opulent baron Alexandre Bereneff.

Il souriait... Oui, on avait raison ; il fallait songer à marier son fils, à le caser, à l'établir.

C'était fait maintenant.

Il avait épousé la mort.

La mort en pleine force, en pleine jeunesse, en pleine jouissance de la vie.

Ça avait été comme un coup de marteau sur la tête, qui vous assomme, qui vous fait perdre la conscience de votre moi ; mais le premier étourdissement passé, on revient à la vie, à la réalité, au raisonnement.

On aperçoit peu à peu distinctement les choses, et il se demanda, puisque son fils savait tout, s'il ne valait pas mieux qu'il fût mort.

Quelle existence s'il avait vécu ! Quels reproches, même s'il n'avait pas ouvert la bouche !

Comment, malgré son cynisme et son audace, eût-il jamais osé affronter le regard de celui dont il avait assassiné la mère ?

Il passa la main sur son front comme s'il voulait effacer de son cerveau le souvenir du drame, puis se leva brusquement.

Où s'était suicidé son fils ? Dans quel hôtel était-il descendu ?

La lettre ne portait ni adresse ni date ; mais les timbres de l'enveloppe indiquaient Paris.

Ce fut un nouveau sujet d'inquiétudes.

Sous quel nom son fils s'était-il fait inscrire à l'hôtel ?

Avait-il des papiers constatant son identité ?... des lettres de lui, Karl Hauser qui, dans les recherches que ferait la police, pouvaient mettre sur ses traces, faire reconnaître en Alexandre Bereneff le banqueroutier de Saint-Pétersbourg ?

La lettre portait la date de la veille ; c'était donc hier que son fils s'était tué.

Il parcourut fébrilement les *faits divers* des journaux accumulés sur sa table, et n'y trouva aucune trace du suicide d'un inconnu.

Rita ouvrit la fenêtre, regarda au dehors.

Peut-être s'était-il jeté dans la Seine et n'avait-on pas encore trouvé son cadavre?

En tout cas il attendrait, — combien anxieusement! — les feuilles du soir.

Mais s'il s'était tué dans un hôtel, il arrive que les journaux ne sont pas informés de tous les suicides. Les hôteliers, de crainte d'éloigner

LIV. 222. — H. GEFFROY, édit. — Reproduction interdite.   MORT DU CZAR 114

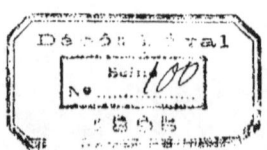

leur clientèle, font, à prix d'argent, le silence autour du mort. Personne n'aime descendre dans un endroit où vient de se commettre un suicide, ni coucher dans un lit d'où l'on vient d'emporter un cadavre.

Le corps est envoyé à la Morgue aussitôt.

Peut-être son fils était-il là?

Il allait sortir quand le domestique annonça M. le comte de Ladra.

Les deux forbans, à la vue du visage bouleversé de chacun, ne purent réprimer un mouvement et une exclamation de surprise.

— Quoi? qu'est-ce? — demanda le faux comte. — Mauvaise nouvelle?

— Oui, — riposta sourdement le faux baron Bereneff. — Et vous?

— Au sujet de notre émission? — demanda Nicolaï.

— Non, affaire privée... toute personnelle.

— Vous m'inquiétez.

— Wilhelm est mort.

— Mort! — s'écria Nicolaï. — Ah! mon pauvre ami! Et où cela? A Nice?

Karl Hauser s'emporta :

— Ah! je ne sais pas. Il est mort, voilà tout. Qu'est-ce que vous voulez que je vous dise! Il est mort... mort... Je viens d'en recevoir la nouvelle.

Il arpentait la chambre à grands pas.

Puis, s'arrêtant court devant Nicolaï :

— Après tout, il vaut mieux te dire la vérité... à quoi bon rien te cacher?... Il s'est suicidé. Oui, le pauvre Wilhelm s'est suicidé!

— Ah! mille potences!... Il est allé à Monaco..., perte de jeu... Une femme, plutôt?...

— Est-ce que je sais? — répondit Karl Hauser, n'ayant garde de dire le motif. — C'est ici qu'il s'est tué... je ne sais où?... J'allais de ce pas à la Morgue...

— Ah! pauvre garçon!... pauvre père! — fit Nicolaï affectant un air navré, — courez vite, je ne vous retiens plus.

— Mais toi..., tu avais, en entrant, le visage à l'envers... Ton affaire avec la fille de ce damné Gayrouau?

— Je tenais la donzelle et elle m'est échappée.

— Comment, échappée?

— Par la faute de ce misérable Ivan Petrowith.

— Ivan Petrowith!... Il est ici?

— Il y était encore hier...

— Tous les malheurs à la fois!

— Avec un individu, un Polonais qui le ramène de Londres, un nommé Gobsky, le comte Gobsky.

— Ah! quelle tuile! Et où sont-ils?

— Ils vous cherchent.

— Et Rita est avec eux?

— Rita est dans le sein de sa noble famille.

— Alors ton fameux plan n'a pas réussi?

— On ne réussit pas toujours... Cela nous a toutefois fait gagner deux fois vingt-quatre heures.

— Oui, mais nous allons avoir Gayrouan sur le dos.

— Nous l'avions déjà.

— Avec la complication de détournement de mineure.

— C'est paré.

— Comment paré... déjà?

— Parfaitement... à condition qu'on fasse le versement intégral de la fortune Ivanoff à la Banque de France.

— Oui, la vieille chanson...

— Il n'y a plus à hésiter... D'ailleurs, nous le pouvons.

— Alors, règle le tout. Et qu'il nous laisse tranquilles. Ouf! j'en ai assez de ces Gayrouan, de ces Ivanoff... Quand donc cela finira-t-il?

— Quand vous le voudrez?

— Alors tout de suite. Fais venir le caissier.

Le caissier fut bientôt introduit.

— Combien avons-nous en caisse?

— Deux millions environ, plutôt plus que moins. Je vais vous donner le chiffre exact.

Il revint quelques instants après.

— Le chiffre est plus fort que je ne le pensais.... Il se monte à deux millions deux cent mille francs, or et billets.

— Combien est dû pour le dépôt Ivanoff?

— Deux millions et demi.

— Nous sommes à découvert alors?

— Il y a les rentrées prochaines qui se montent à plus d'un million.

— La différence est minime, — fit Nicolaï. — Si l'on vient pour le dépôt Ivanoff, j'y pourvoirai facilement.

— Ah! — fit simplement le directeur de la *Banque coloniale*, regardant fixement son associé. — Vous pouvez parer, monsieur le comte?

— Naturellement, si j'ai pleins pouvoirs pour le reste

— Vous les avez.

Et s'adressant au caissier :

— Voyez cette affaire avec M. le comte de Ladra.

— Très bien, monsieur le gouverneur.

Il endossait son pardessus; il avait hâte de sortir; la pensée de son fils le tenaillait, devenait une obsession.

Il gagna à pied le boulevard, sauta dans le premier fiacre qui passait et se fit conduire au parvis Notre-Dame; là, il descendit, paya et renvoya le cocher, et se dirigea à pied vers la Morgue.

Des gens silencieux entraient et sortaient du lugubre petit bâtiment, hommes et femmes, jusqu'à des fillettes, attirés par le cadavre, par la curiosité malsaine de l'horrible.

Autrefois, les corps étaient exposés nus, avec une simple plaque métallique pour cacher les parties sexuelles, leurs vêtements, lamentables défroques, accrochés à la muraille; maintenant on les recouvre de leurs effets, et le spectacle n'en est que plus macabre.

Des groupes pressés se tassaient devant les vitrines, regardant au travers du vitrage.

— Quatre macchabés, — dit un voyou, — ils peuvent danser un rigodon.

Il y avait là, en effet, deux hommes et deux femmes sur les dalles funèbres.

Un vieux vagabond, que la misère avait sans doute poussé au plongeon final; il avait dû séjourner quelque temps dans l'eau, car le corps était gonflé comme une outre pleine, et le visage boursouflé à tel point que ses enfants mêmes n'auraient pu le reconnaître.

Puis, côte à côte, deux femmes, une jeune et une vieille, portant chacune au cou une large blessure; puis, en dernier lieu, un homme de haute taille.

— Un riche, celui-ci, — fit un ouvrier, près de Karl Hauser, — c'est pas la misère qui l'a tué...

— Un beau garçon! — ajouta une jeune fille, — quel dommage!

— C'est dommage qu'il n'avait qu'un œil.

— Comme Gambetta.

Et le père, le cou tendu, la poitrine haletante, ardait ses regards sur le corps de Wilhelm.

Puis, tout à coup, il sanglota.

La foule curieuse l'entoura aussitôt.

— Vous le connaissez? Vous le connaissez? C'est un de vos parents? — lui demandèrent dix voix à la fois.

Ces questions le rappelèrent à lui, lui firent sentir son imprudence.

Il lut machinalement l'avis inscrit sur la muraille, invitant les parents ou les personnes qui reconnaissent les corps à faire leurs déclarations.

De déclaration il ne pouvait en faire sans se perdre.

— Non, — répondit-il, — je ne le connais pas... mais il ressemble à quelqu'un que j'ai perdu.

Et il sortit d'un pas chancelant, laissant le cadavre de son fils étendu sur la dalle.

CXXXVII

FATALE JOURNÉE

Il marcha au hasard sans savoir où il allait, droit devant lui, toujours droit devant lui sans rien entendre, sans rien voir, sans se préoccuper des passants qui le heurtaient ni des voitures qui manquaient de l'écraser.

— Mort! mort! — répétait-il comme un monomane, — Wilhelm est mort... mon pauvre Wilhelm... étendu à la Morgue!

Et il recommençait :

— Mort! mort! mort! ah! je l'ai assassiné!

Il parlait tout haut dans son délire.

— Eh bien! quoi donc, ma vieille? T'as coupé le colas à un micheton?

— T'as scionné un pante?

— T'as fait suer un chêne?

Il se retourna effrayé.

Ces voix, ces voix crapuleuses, il les connaissait.

L'Hercule, La Sauterelle et Riz-de-Veau étaient derrière lui.

— Eh! oui, c'est nous, quoi? c'est bien nous, — fit l'Hercule ricanant.

— Tu ne t'attendais pas à nous voir, monsieur le baron... car il paraît que... t'es baron... Rien que ça de chic!... Mais moi, j'en ai soupé de la noblesse... C'est des lâcheurs, les aristos! C'est t'y votre avis, les autres?...

— Oui, mosieu nous a salement lâchés à Londres, — répondit Riz-de-Veau.

— Faut lui pardonner! — ajouta La Sauterelle.

— Faudra voir... ça dépend, — objecta l'Hercule.

— Lui prouver, s'il est bon zigue, que nous ne lui gardons pas une dent... en ne le lâchant plus.

— Si mosieu le marquis veut bien nous rincer les crochets...

— Et nous garnir la profonde...

— J'en suis, — conclut l'Hercule.

Et La Sauterelle ajouta :

> Et vivent les mich'tons!
> C'est leur bonn' galette
> Qui fait faire risette
> A nos petits meetons!

Karl Hauser regarda autour de lui.

Il se trouvait en ce moment sur le quai des Célestins, en face de l'avenue Henri IV, tout près par conséquent de la nouvelle caserne de la garde municipale.

Ce n'était pas un lieu propice pour faire du tapage.

Quelques passants, surpris de voir ce gros et grand monsieur, mis avec la dernière correction, entrepris et apostrophé par trois voyous à face patibulaire et aux allures canailles et débraillées, s'arrêtaient, curieux.

Impossible à Hauser de s'esquiver.

Un instant il eut la pensée de se jeter dans un fiacre, de fuir au plus vite cette fâcheuse et compromettante compagnie; mais il en fut empêché par la crainte d'être poursuivi par ses anciens acolytes.

La police serait intervenue; il eût fallu s'expliquer et une explication eût amené sa perte.

Encore fallait-il s'estimer heureux que la rencontre se fût faite en cet endroit éloigné des boulevards et non dans sa propre rue ou à la porte de sa banque.

Il fallait à tout prix dépister ces gêneurs.

— Enchanté de vous voir, — dit-il, — je vous cherchais.

— Oh! c'te blague! — s'exclama la Sauterelle.

— Nulle blague, comme vous allez le voir..., mais entrons quelque part : nous pourrons causer.

— Avant de saliver faut pitancher, — dit l'Hercule.

— Et du chenu, — fit La Sauterelle.

— Jusqu'à plus soif, — ajouta Riz-de-Veau.

— Alors ça sera long.

Ils s'attablèrent dans un de ces nombreux débits de vins qui bordent les quais, et le banquier, obligé de faire contre fortune bon cœur, engagea ses invités à commander eux-mêmes les consommations de leur goût.

L'Hercule demanda du vin rouge cacheté.

Riz-de-Veau du vin blanc.

Et La Sauterelle de l'absinthe Pernod.

— C'est bon pour se rincer les boyaux, — dit-il, — avant de se caler les joues.

Mauvais présage, car le soi-disant apéritif annonçait l'intention de dîner, intention d'ailleurs avouée hautement par Riz-de-Veau qui, après avoir avalé coup sur coup deux verres de vin blanc, déclara que cela le mettait en appétit.

L'Hercule, plus lent dans ses opérations, hochait la tête en attachant sur le banquier ses yeux inquisiteurs; puis après avoir vidé son verre :

— Maintenant que nous avons le bec dessalé, — dit-il, — nous ouvrirons les esgourdes pour écouter môsieur le baron, nous entendrons avec plaisir qu'il nous narre comme quoi il s'est tiré des flûtes en compagnie de Mme la baronne, laissant les pauvres copains se dépêtrer dans leur mastic.

— L'explication est simple, — répondit Hauser, — nous nous sommes aperçus que nous étions filés, et nous avons fait ce que vous-même auriez fait en pareille circonstance, nous avons joué la fille de l'air.

— Faudra voir, — fit l'Hercule.

— C'est tout vu , — répliqua Hauser.

— Garçon, — commanda La Sauterelle qui venait de vider son verre, — du même aux mêmes.

— Monsieur ne prend rien ? — demanda le garçon.

Hauser, en effet, avait oublié de commander pour lui; il fit venir un verre d'absinthe, se demandant par quel moyen il allait se débarrasser de cette fâcheuse compagnie.

En sortant de la Morgue, il était allé au hasard, sans pensée et sans but, abasourdi sous le coup terrible ; maintenant il avait hâte de rentrer chez lui et il cherchait le problème d'y arriver sans encombre, de se débarrasser de ces dangereux compagnons, chez lesquels il ne sentait que trop des dispositions hostiles.

Comment échapper à la surveillance des trois bandits?

Que faire s'ils lui cherchaient à nouveau querelle?

Sans doute il ne les redoutait pas, il avait le poing assez solide pour lutter, même contre trois, avec avantage.

Mais le résultat?

Comme à Londres, la police viendrait, conduirait les combattants au poste.

Ils y passeraient la nuit, et le lendemain quelles réponses faire aux questions captieuses du commissaire du quartier?

Il était à son tour des plus perplexes.

Devant ce danger il oubliait son fils étendu sur la dalle funèbre.

Il résolut de *filer doux*, de ne pas répondre aux provocations, d'éviter à tout prix une querelle.

Puis, en outre, il craignait qu'on ne le questionnât sur La Noire, qu'on ne lui demandât ce qu'elle était devenue.

Un seul moyen se présentait de leur échapper : les faire boire, boire jusqu'à rouler sous la table ivres-morts ; mais il connaissait la capacité de ces trois coffres, et arriver à les emplir de façon à ce qu'ils débordent demanderait un certain temps.

Il n'avait pas le choix ; il réfléchit que le meilleur plan était de commander à dîner et qu'avec la complicité achetée du garçon, il trouverait bien le moyen pendant le repas de filer à l'anglaise.

— Où voulez-vous que je vous paye à dîner? — demanda-t-il.

— Mais ici... autant ici qu'ailleurs, — dit Riz-de-Veau.

— Non, — fit La Sauterelle, — vaudrait mieux aller aux *Trois Marmites* ou bien chez la mère Clampart.

— Jamais de la vie, — riposta Riz-de-Veau, — on y bouffe que de la ratatouille.

— Oui, mais on est mieux pour causer... nous sommes chez nous là entre copains... et l'on peut trouver un billet doux de La Noire !

— La Noire ! — s'exclama Hauser. — Quelle Noire?

— Eh! la tienne, mon vieux Roland. La belle Sarah de ton cœur... Il paraît que vous ne boustifaillez plus dans la même marmite.

— Comment elle est ici? — demanda le forban, — au comble de l'inquiétude.

— Mais oui... Ça défrise monseigneur? — répondit la Sauterelle.

Mais Hauser, qui avait un instant pâli au nom de la fille qu'il avait cru longtemps ensevelie dans un lit d'algues vertes, reprit son aplomb ordinaire :

— Non, ça ne me défrise pas... ça m'épate, voilà tout..., je la croyais à Londres...

— Tu l'as donc salement lâchée, elle aussi?...

— Nullement... C'est elle qui m'a lâché, au contraire. Et où l'avez-vous rencontrée, cet amour de femme?

— On racontera cela à papa... s'il est bien sage, — dit Riz-de-Veau. — En attendant, restons ici puisque nous y sommes, que monseigneur commande le gueuleton... Quand nous serons lestés, nous pourrons faire un tour chez la mère Clampart... Ça vous va-t-il?

— Ça nous va, — fit l'Hercule.

Le garçon mit la table et apporta la carte à Hauser.

— Ah! vous voici! d'où sortez-vous?

Il la tint longtemps, la regardant sans la lire, sa pensée était ailleurs.

La Noire? Comment La Noire avait échappé à la mort par cette nuit tempétueuse? C'était bien elle que le journal désignait.

Au moment où il venait de voir son fils couché sur les dalles de la Morgue, la poitrine trouée, celle qu'il croyait noyée, qu'il avait lâchement abandonnée à la lame qui l'emportait, alors qu'elle lui criait à l'aide et qu'il lui était si facile de la sauver, en lui tendant la main, La Noire ressuscitait.

Quelle journée néfaste! Quel guignon!

— Eh ben! quoi? — s'écria Riz-de-Veau, l'interrompant brusquement dans ses réflexions, — qu'est-ce que monseigneur médite?... une marmite à renversement pour se débarrasser de nos fioles?

— Non, mon garçon, — répliqua Hauser, — vos fioles ne me gênent pas. Je médite quelque friand morceau pour emplir vos panses et fêter cette heureuse rencontre.

— ¡Oh! tais-toi, mon cœur! Passez-moi un tire-jus que j'essuie ma larme!

Et La Sauterelle se mit à fredonner un de ses refrains habituels plein de fâcheuses allusions à l'adresse de Roland.

Celui-ci, qui s'était juré de conserver son calme et de pas répondre aux provocations, mordait silencieusement son frein.

Il fit servir un copieux sinon délicat dîner et des vins habilement mélangés de façon à activer l'ivresse de ses convives et pouvoir s'esquiver sans être aperçu.

Déjà il avait prévenu le garçon, en se levant sous un prétexte quelconque.

— A combien pensez-vous que se montera l'addition? — lui avait-il demandé.

— Dame! monsieur, au train dont on y va et s'il faut encore quelques bouteilles...

— Comptez une douzaine avec le café, pousse-café et rincette.

— Ça fera bien vingt à vingt-cinq francs, peut-être plus.

— Voici deux louis... vous garderez la monnaie et vous me faciliterez le moyen de filer quand je vous ferai signe...

— Je comprends — dit le garçon, clignant de l'œil.

— Je n'ai pas envie de m'éterniser avec ces soûlots.

— C'est juste... D'autant plus qu'ils ont l'air de mauvais coucheurs.

Il retourna s'asseoir, poussant à la consommation des liquides.

La pensée de La Noire le harcelait.

— Alors, vous ne voulez pas me dire où vous avez vu Sarah?

— Non, môsieu, nous avons juré le secret.

Il n'en était rien, au contraire, puisque sa passagère maîtresse cherchait à retrouver ses traces.

Mais Riz-de-Veau, et surtout La Sauterelle, voyant son désir, sans en deviner la cause, prenaient plaisir à le vexer.

— Peut-être, — dit à la fin Riz-de-Veau, — la trouverons-nous chez la mère Clampart.

Il pensait ainsi y attirer Roland, ne se doutant pas que cette perspective ne faisait qu'augmenter sa hâte de lâcher l'*aimable* compagnie.

Le repas, néanmoins, alla joyeusement, égayé par les refrains de La Sauterelle, et les bouteilles de vin aussi cachetées que frelatées, commençaient à alourdir les jambes et les cervelles et à faire divaguer les convives.

Hauser pensa le moment de s'esquiver venu; il fit un signe au garçon; qui lui répondit par un mouvement de tête affirmatif en allant se placer devant la table, de façon à masquer la sortie.

Hauser se leva, mais comme il allait gagner subrepticement la porte, avant que son intention pût être deviné par ses acolytes engagés dans une discussion aussi bruyante qu'oiseuse, un individu qu'il n'avait pas aperçu se leva brusquement d'une table voisine et lui barra le passage.

— Pardon, camarade...

— Qu'est-ce? —fit Hauser, avec hauteur.

— Ne courez pas si vite, je vous prie, j'ai deux mots à vous dire.

— Vous vous trompez, — riposta Hauser, — je ne vous connais pas.

Et il cherchait à l'écarter du geste.

Mais un second personnage arrivait à la rescousse du premier.

— Mon ami ne se trompe pas, — dit-il, — c'est bien vous que nous cherchons.

Et il posait en même temps sa main sur l'épaule du banquier.

Du premier coup, l'ancien négrier, le banqueroutier de Saint-Pétersbourg avait deviné la position sociale des individus qui l'interpellaient de la sorte.

Pour un œil observateur, l'agent policier, comme le prêtre en bourgeois, comme le magistrat, se reconnaît sous tous les déguisements.

Chaque profession, d'ailleurs, imprime à celui qui l'exerce, non seulement une physionomie, mais des allures spéciales, et il faut qu'un policier soit bien expert dans l'art du camouflage pour tromper longtemps l'œil scrutateur de celui qu'il poursuit.

— Pincé! — se dit Karl Hauser. — Des agents de la Sûreté... Journée fatale... Le guignon continue.

Mais pourquoi l'arrêtait-on?

Pour assassinat ou pour rapine?

Il avait tant de méfaits, je ne dirai pas sur la conscience, car ils lui pesaient peu, mais à son actif qu'il était en droit de se poser cette question.

Il se sentit un moment perdu; il vit tout s'écrouler devant lui, position, considération, fortune, tout disparaître dans un gouffre au fond duquel s'ouvrait une cellule de condamné à mort.

— Misère! avoir tant sué, tant travaillé, pour aboutir là, — se dit-il encore.

Mais ce moment de découragement ne fut que passager.

Il reprit son aplomb tout en laissant de côté le ton arrogant qu'il avait pris d'abord.

C'est même avec politesse qu'il dit aux agents de la Sûreté :

— Messieurs! je vous assure que vous faites erreur.

— Erreur? jamais de la vie, — fit l'un.

— Nous ne nous trompons jamais, — approuva l'autre.

— Nous savons qui nous tenons, — reprit le premier.

— Et que c'est une bonne prise, — ajouta le second.

— Et qui tenez vous, messieurs, je vous prie?

— Un certain Nicolaï, chaudement recommandé par le gouvernement de Sa Majesté l'empereur de Russie.

— Nicolaï? — s'exclama Hauser.

— Oui, mon ami. Il paraît qu'on a le plus grand désir de vous voir là-bas. On a demandé votre extradition.

La poitrine oppressée du forban se dégonfla; il poussa d'abord un soupir que les agents pensèrent être une marque d'angoisse; mais la méprise, une de ces méprises coutumières à la police, était si maladroite et si grotesque qu'Hauser laissa échapper ensuite un bruyant éclat de rire.

Cependant, clients, patron, garçon, s'étaient approchés entourant le groupe, tandis que l'Hercule, Riz-de-Veau et La Sauterelle, voyant leur amphitryon arrêté, s'étaient levés aussi, non pour lui prêter main-forte, mais pour gagner la porte prestement.

— Il fait chaud ici, — avait dit l'Hercule.

Et La Sauterelle et Riz-de-Veau de répondre :

— Décanillons.

La note était réglée, patron et garçon les laissèrent filer sans entraves, et Hauser, occupé ailleurs, ne s'aperçut pas même de leur fuite.

Ils traversèrent les ponts, gagnèrent le quai de la Tournelle et disparurent dans les rues étroites et sales qui avoisinent la place Maubert.

Le rire lancé par Hauser était si naturel qu'il stupéfia un moment les deux policiers.

— Ah! ah! ah! je suis Nicolaï! — s'exclamait-il — Nicolaï qui? Nicolaï quoi? Qu'est-ce que c'est que ce gentilhomme? Non, messieurs, revenez à des idées plus saines : je ne suis pas plus Nicolaï, que Nicolas où Nicodème!

— Qui êtes-vous alors?

— Ce que je suis, je vais vous le dire quand nous serons dehors, — dit le banquier se voyant entouré de curieux et craignant que les trois coquins qu'il n'avait pas vu sortir n'entendissent le nom sous lequel il écumait Paris et la province. — Je ne veux pas vous répondre ici... mais vous commettez une grave méprise, je vous en préviens, qui vous retombera sur le nez.

— Allons, en route!...

— Et pas de rouspétance...

— Ou sinon...

— A tabac!

— Ne me bousculez pas, je vous en prie.

— Allons, allons, pas tant de façons, ou gare le cabriolet!

Hauser savait qu'une fois entre les mains de la police, eût-on toute la justice de son côté, le mieux est de filer doux et de faire si possible contre fortune bon cœur ; aussi, malgré sa furieuse envie de se débarrasser des agents par deux formidables coups de poings comme il savait les appliquer, feignit-il de prendre en plaisantant leur menace :

— Le cabriolet! — dit-il, — mais j'espère bien que nous allons plutôt monter dans un fiacre... à mes frais, bien entendu... Et vous compterez la course à votre patron.

C'était bien l'intention des deux inspecteurs qui hélèrent aussitôt un cocher qui passait à vide.

Aussitôt en voiture, il réfléchit, se demandant par quelle incompréhensible bévue on avait pu se tromper à ce point, le confondre avec son associé et complice.

Si deux êtres semblables au moral, différaient au physique, c'étaient bien ces deux-là.

Il ne doutait pas maintenant que c'était à la suite d'une déposition de Gayrouan, qu'on avait lancé un mandat d'arrêt contre Nicolaï, et les agents devaient se tromper sans doute en parlant d'extradition et de l'empereur Alexandre.

Le motif, le vrai motif, était l'enlèvement de Rita.

— Tant pis pour lui, — se dit Hauser, — je suis débarrassé sans y avoir mis la main d'un témoin dangereux... Le coquin savait trop de choses pour ma tranquillité. Certes, c'est un auxiliaire précieux, mais c'est aussi pour mon repos une constante menace... Quant à la Banque coloniale, l'affaire est bien lancée, je puis me passer de lui... Eh! eh! si on l'arrête, qu'on le rende aux Russes et qu'on le pende là-bas... Et à moi seul le sac!

Mais comment le mandat était-il lancé sous le nom de Nicolaï et non sous celui du comte de Ladra? Diable! La mèche était-elle vendue et allait-on ainsi dénicher Karl Hauser derrière Alexandre Bereneff?

Toutes ces pensées passaient rapidement, entremêlées dans sa cervelle, tandis que le fiacre roulait à l'allure ordinaire des fiacres de Paris, les plus lents du monde.

Il interrogea les agents, se faisant aimable, tâtant le terrain.

— Ah! ah! Nicolaï, avez-vous dit? Je suis Nicolaï... l'aventure est bien bonne.

— Il y a en effet de quoi pouffer, — répliqua un agent.

— Je me ferai chatouiller pour en rire, — ajouta son camarade.

— Et ce Nicolaï est Russe?

— Vous le savez mieux que nous.

Il y eut un moment de silence.

— Avez-vous entendu parler du comte de Ladra? — demanda Hauser.

— Le comte de Ladra?... Inconnu au bataillon.

— C'est un de mes amis.

— Ah! vraiment!

— Ah! vraiment!

— Et le baron Alexandre Bereneff... le connaissez vous?

— Un de vos amis encore?... Vous fréquentez du monde chic... Mâtin!... Non, je ne le connais pas davantage.

Hauser respira.

— Alexandre Bereneff, — continua-t-il, — est l'un des directeurs de la *Banque coloniale française.*

— Ah! — fit avec indifférence le premier agent.

— Il est plus cossu que moi, alors, — ajouta le second.

— Et le comte de Ladra, son co-directeur.

— Comme nous n'avons jamais fait assez de bénef pour mettre du quibus en banque, et que nos appointements s'élèvent à dix-huit cents francs, nous nous en battons l'œil, comme dit cet autre.

— Est-ce que vous êtes employé chez ces particuliers-là, — monsieur Nicolaï? — demanda le second policier.

— Mieux que cela.

— Vous êtes gros bonnet dans l'établissement?

— Je suis l'un des directeurs.

— Que nous dites-vous là, monsieur Nicolaï!

— Je suis le baron Alexandre Bereneff lui-même, fit Hauser tirant sa carte et la mettant sous les yeux des agents qui déchiffrèrent à la lueur des reverbères :

LE BARON ALEXANDRE BERENEFF

Directeur de la Banque Coloniale Française, Officier de la Légion d'honneur.

— Oh ! des barons et des officiers de la Légion d'honneur, nous en avons conduit plus d'un à Mazas, — fit l'un d'eux lui rendant la carte.

— Et il y a encore pas mal de places vides, — ajouta l'autre.

— La Légion d'honneur sur la redingote du civil, vous savez, c'est pas une bien bonne note depuis MM. Grévy et Wilson.

« Ça donne à penser qu'on a tripoté avec des ministres ou sénateurs.

— Vous n'êtes pas ancien ministre, ni sénateur, ni député par hasard ?

— Non.

— Fâcheux ! Vous vous seriez trouvé à Mazas avec plusieurs camarades.

— Plus on est de filous, plus on rit.

Hauser, voyant que ses titres et ses qualités ne prenaient pas sur ces agents sceptiques et blasés, mais ne doutant pas qu'il allait être relâché de suite après explications au commissariat et preuves de son identité, passa à d'autres questions.

— Et pourrais-je savoir de l'obligeance de ces messieurs, pourquoi M. Nicolas, puisque Nicolaï il y a, est arrêté ?

— Ah ! mais moi non plus !

— Comment ?... Vous m'arrêtez sans savoir pourquoi ?

— On nous dit d'arrêter : nous arrêtons ; de taper, nous tapons.

— C'est un peu fort !

— Ça vous défrise, gros père ? Vous êtes encore jeune malgré vos cheveux gris... Vous n'avez jamais été soldat, pour sûr... Vous n'avez pas l'air de vous douter de ce que c'est que la consigne.

— Que vous ayez tué père et mère ou seulement volé un mou de veau à l'étal d'un tripier, c'est pas notre affaire. On nous dit : coffrez M. Nicolas, nous coffrons M. Nicolas. Et voilà !

— Même s'il ne s'appelle pas Nicolas ?

— C'est encore le cadet de nos soucis.

— Mais vous faites une arrestation illégale. Je vous répète que je ne m'appelle ni Nicolas ni Nicolaï... je suis le baron Alexandre Bereneff, directeur de la Banque coloniale française...

— Ah ! vous nous l'avez déjà dit... Fichez-nous la paix à la fin ?

— Vous raconterez votre boniment demain matin ; vous aurez tout le temps de le préparer cette nuit.

— Comment, demain matin.

— Mais oui, mon gros père.

— Où me conduisez-vous donc?

— Au dépôt.

— Au dépôt? Qu'est-ce que c'est que le dépôt?... Je proteste... Je veux être conduit immédiatement devant un magistrat.

— Je veux... je veux... as-tu fini?

La voiture était arrêtée devant un poste de police et aux protestations indignées d'Hauser fut aussitôt entourée d'agents et de gardiens de la paix.

— Qu'est-ce qu'il y a? — demandèrent-ils.

— C'est un particulier qui fait de la rouspétance.

— Attends! attends! on va le calmer.

Et quatre ou cinq vigoureux gaillards se jetèrent sur le « baron », l'entraînèrent au poste malgré sa résistance énergique...

La porte se referma, et comme il avait frappé en se débattant deux ou trois agents, le poste entier se rua sur lui, et M. le baron, directeur de la Banque coloniale française, officier de la Légion d'honneur, fut passé à tabac comme un simple souteneur.

CXXVIII

CHEZ LE JUGE D'INSTRUCTION

Après une nuit passée en prison, le gouverneur de la Banque coloniale française fut amené encore tout bleui et considérablement meurtri des coups reçus la veille devant le juge d'instruction.

Il était tout blême de rage et s'écria dès son entrée dans le cabinet magistral :

— Je proteste, monsieur, contre une arrestation illégale ; je proteste contre la brutalité odieuse et les mauvais traitements des prétendus gardiens de la paix. Je m'en plaindrai à M. le ministre X... mon ami. Je suis le baron Alexandre Bereneff, gouverneur de la Banque coloniale française, officier de la Légion d'honneur...

— En vérité?

— Parfaitement. C'est même Son Excellence M. le ministre X..., qui a bien voulu m'envoyer la rosette.

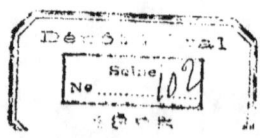

Il ouvrit sa caisse, sortit dix billets de mille francs.

— Il n'y a pas d'Excellence en République, — répliqua le magistrat; —
quant à la qualité de membre de la Légion d'honneur que vous invoquez,
il y a en ce moment en prison pour escroquerie, chantage, voleries
diverses, vingt-cinq officiers et dix-sept commandeurs de l'ordre; je ne
parle des chevaliers que pour mémoire... On ne les compte plus.

— Enfin, je suis un honnête homme, moi.

— Monsieur pousse la plaisanterie un peu trop loin... Aussi je demande à me retirer... Je n'étais venu que pour voir M. Nicolaï et non pour recevoir des injures que je ne mérite pas. Je comprends que monsieur le commandant m'en veuille... mais comme je le lui ai expliqué...

— J'entends que tu me répondes, drôle!... ou j'ouvre la fenêtre et je fais monter un agent...

— Un agent... mais, monsieur, pourquoi? Qu'est-ce que j'ai fait, mon Dieu! qu'est-ce que j'ai fait? Il y a encore une erreur de commise, pour sûr... quelque mauvaise calomnie... Ah! l'on a des ennemis partout!

— Qui t'a fait entrer chez le Czar? — répéta Gayrouan.

— C'est un monsieur... un monsieur allemand.

— Ce n'est pas par l'entremise de Nicolaï?

— Non, commandant.

— Tu mens.

— Je dis la pure vérité.

— Tu ne te trouvais donc pas bien chez le Czar?

— Oh! très bien.

— Alors pourquoi as-tu quitté précipitamment son service et es-tu venu à Paris muni d'un faux passeport... sous le nom de Pierre Krosni?

— Ah! voilà, c'est bien simple... Oh! je suis tout à fait à couvert. Voilà la chose. Je me suis disputé avec un majordome, et il m'a menacé de me faire enfermer. Vous savez ce que c'est là-bas... les gros bandits sont toujours entendus... Ce n'est pas comme en France, où il y a l'égalité devant la loi!...

— Et pourquoi voulait-il te faire enfermer?

— C'est encore à la suite d'une erreur, une de ces choses qui n'arrivent qu'à moi. Parmi nous, il y avait un domestique qui était nihiliste, et comme on m'avait vu causer quelquefois et sortir avec lui, le majordome en a conclu que j'étais nihiliste. Une méchanceté pure! Dans ce cas-là, il n'y a pas à badiner, il faut faire ses malles et filer si l'on peut.

— Lorsque tu es parti, le Czar était malade?

— Il avait des fièvres.... je ne sais quoi.

— Ne parlait-on pas d'empoisonnement? — demanda Gayrouan regardant fixement le misérable.

— C'est bien possible... On parlait de toutes sortes de choses à l'office, — répondit-il en pâlissant.

— Il est singulier que tu te sois enfui juste à cette époque?

— Je ne sais rien de tout cela. Mais aurais-je su qu'on avait voulu empoisonner Sa Majesté que je n'en serais parti que plus vite. Si l'on a essayé d'empoisonner le Czar, ce ne peut être que quelqu'un de la maison...

— C'est une opinion que vous me verrez prêt à partager quand vous m'en aurez donné la preuve.

— Les vols des autres ne me regardent pas.

— D'accord.

— Pourquoi les agents m'ont-ils traité comme un bandit?

— Parce que vous leur avez sans doute résisté.

— Je leur ai résisté parce qu'ils me bousculaient, me maltraitaient.

— C'est un tort qu'ils ont eu. Mais il faut faire la part des choses. Les agents sont des hommes comme les autres... on n'exige pas d'eux des qualités que Sa Sainteté exige pour faire un élu, la patience évangélique par exemple, tendre sa joue gauche quand on a reçu un soufflet sur la droite... Quand on les houspille, ils ripostent.

— Ce sont eux qui ont commencé.

— C'est ce que l'on dit toujours en pareil cas.

— Vous doutez de ma parole?

— Je n'ai jusqu'ici aucune raison pour y croire.

— Enfin, pourquoi m'a-t-on arrêté?

— Parce que vous êtes accusé de divers actes que la loi punit, que vous êtes en rupture de ban, qu'enfin le gouvernement russe a demandé votre extradition.

— De moi? le baron Alexandre Bereneff?

— Non, de vous, Nicolaï.

— Elle est forte!

— J'en ai vu de plus drôles.

— Mais, mon bon monsieur, je ne suis pas plus Nicolaï que vous n'êtes le Saint-Père dont vous me parliez tout à l'heure. Je suis, je vous le répète...

— Ne le répétez pas... j'ai bien entendu.

— Mais enfin, il faut bien que je m'explique.

— Avez-vous des papiers constatant votre identité?

Karl Hauser se fouilla et retira son porte-cartes qu'il ouvrit et tendit au juge d'instruction :

— Tenez, voici mes cartes.

— Des cartes ne prouvent rien.

— Télégraphiez, téléphonez alors à ma banque... Faites venir le caissier.

— C'est ce que je vais faire.

— C'est par là que vous auriez dû commencer.

— Qu'est-ce? — fit le magistrat avec hauteur. — Je n'ai pas d'ordre à recevoir de vous.

— Eh! je ne donne pas d'ordre... Je vous dis qu'avant d'arrêter un homme, un personnage connu, le chef d'une importante maison...

— Assez! Pas d'impertinence, ou je vous arrête pour insulte à la magistrature.

Le magistrat passa dans le cabinet voisin et téléphona :

— Allo! allo!... Mettez-moi en communication avec la *Banque coloniale française.*

La communication établie, on lui demanda :

— Qui êtes-vous?

— Le juge d'instruction.

— Que voulez-vous?

— Appelez le gouverneur.

— Il n'est pas rentré depuis hier.

— Qui le remplace, en cas d'absence?

— Son associé, le comte de Ladra.

— Appelez-le.

— Il vient de partir.

— Qui êtes-vous?

— Un employé.

— Appelez le caissier.

— Il n'est pas venu ce matin.

— Appelez le chef du personnel.

— Il n'est pas venu ce matin.

— Drôle de banque, — murmura le juge d'instruction, — les directeurs absents, pas de caissier, pas de chef de personnel; ça doit bien marcher là-dedans.

Il reprit :

— Qui est le principal employé?

— C'est moi.

— Venez immédiatement au parquet.

Il rentra et dit à Hauser :

— Il paraît qu'il n'y a personne à la *Banque coloniale.*

— Comment personne?... Demandez le comte de Ladra.

— C'est fait... Il n'y est pas, ni le caissier, ni le chef du personnel.

Hauser laissa échapper un juron énergique...

— Qu'est-ce que cela signifie? Mais alors... Je serais volé... volé, ruiné... et par votre faute.

— Monsieur!

— Oui, votre faute..., votre bévue..., car enfin, si vous ne m'aviez pas pris pour un autre...

— Monsieur, je vous ai prévenu, une fois déjà, d'être plus circonspect en vos paroles..., je ne vous préviendrai pas une troisième. A la moindre inconvenance nouvelle, je vous fais conduire en prison.

Le baron Alexandre Bereneff se tut.

Il avait d'ailleurs de bonnes raisons pour ne pas irriter le juge.

Bien qu'il fût certain d'être pour une fois dans sa vie dans son bon droit, il savait qu'entre les mains d'un juge d'instruction le bon droit peut devenir subitement le mauvais. Il suffit pour cela d'avoir une tête ou une tenue qui déplaise au magistrat.

Alors, bien que convaincu de votre innocence, il vous fait faire sous prétexte d'enquête de la prison préventive, et vous y laisse selon son bon plaisir, un temps qui peut varier de huit jours à dix-huit mois, après quoi l'on vous relâche en disant :

« On s'est trompé, vous pouvez rentrer chez vous, mon brave homme. »

Bien heureux quand on n'ajoute pas :

« Tâchez de ne plus y revenir, on ne serait plus aussi indulgent. »

Et pendant ce temps, si votre travail faisait vivre votre famille, votre femme et vos enfants ont eu le loisir de mourir de faim ; si vous étiez dans les affaires, votre maison est à peu près ruinée ; si vous aviez un emploi, vous avez été remplacé et l'on refuse de vous reprendre, suivant cet axiome qu'il n'y a pas de fumée sans feu, et que du moment que vous avez été en prison c'est qu'il y a quelque chose de louche.

A ce sujet un journal judiciaire non suspect de radicalisme, La Loi, avouait que les prévenus innocents font, par an, une moyenne de trois cents trente-deux années de prison préventive.

Et il y a plus de cent ans qu'on a démoli la Bastille !

Heureux, cependant, doivent s'estimer les innocents que l'on relâche.

Le Code est plein de petits chemins tournants et de dédales où plus d'un jurisconsulte s'égare. Ne voit-on pas chaque jour des coupables acquittés, tandis que des gens dont l'innocence sautait aux yeux, sont condamnés code en mains?

Quel est celui, a-t-on dit avec juste raison, qui ayant à recourir aux tribunaux peut prévoir son sort à l'avance?

Un délit puni à Paris, ne sera l'objet d'aucune poursuite en province, et un même acte sera par le même tribunal jugé de deux manières différentes.

L'article 463 du Code pénal accorde, en effet, au juge le droit d'être indulgent ; mais pour être indulgent il faut qu'on ait l'esprit tourné à la bienveillance, et cette bienveillance n'est pas seulement une question de tempéramment, elle est une conséquence de l'état physique dans lequel il se trouve.

S'il sort de faire un bon repas, si sa digestion est bonne, s'il croit sa maîtresse fidèle, il appliquera plus bénignement la loi que s'il a déjeuné d'une côtelette brûlée arrosée d'un verre d'eau, s'il est constipé et s'il vient de s'apercevoir que sa femme le minotaurise.

C'est ainsi que le prévenu se trouve non sous l'égide protectrice de la loi, mais à la merci d'un homme, de ses préjugés, de ses passions, de son tempérament, de ses malaises de tête, de ventre ou d'estomac.

Il y a des juges qui ont une réputation de gaieté, de bonhomie, de bien-veillance ; d'autres au contraire sont cités pour leur humeur atrabilaire, leur impitoyable sévérité.

Malheureusement pour Karl Hauser, le juge d'instruction qui l'inter-rogeait était de ces derniers.

Il avait de plus, comme beaucoup de magistrats, la plus haute idée de sa personnalité.

« Une fois couverts de leur robe, et coiffés de leur toque, écrit M. Yves Guyot[1], en haut de leur siège dominant les autres mortels, ils éprouvent la conviction bien arrêtée qu'ils sont d'une autre espèce que le reste des humains.

« Ayant eu le malheur, un jour en l'an 1877, d'avancer timidement qu'un magistrat était né d'un père et d'une mère, non autrement que les autres enfants, et tout aussi salement ; avait tété, bavé, crié, comme vous et moi ; s'était traîné à quatre pattes, sans la moindre pudeur ; n'avait différé de ses camarades au conseil de révision que, peut-être, par sa mauvaise conformation ; mangeait, buvait et, s'il abusait, s'enivrait, vomis-sait, divaguait, titubait, comme un chacun ; avait un tube digestif soumis aux mêmes exigences que le mien ou le vôtre ; dormait, ronflait, pétait, — je fus accusé par la presse gardienne des saines doctrines, d'outrager la magistrature, et je ne sais encore par quel miracle ces modestes proposi-tions n'ont point été condamnées, dans ma personne, à la prison et à l'amende. »

— Puis-je savoir ce que j'attends ? — demanda-t-il enfin après un quart d'heure de silence, pendant lequel le juge d'instruction lisait paisi-blement son journal.

— Un des employés de la banque, — répliqua le magistrat sans lever le nez.

1. La Morale.

Un autre quart d'heure se passa.

Hauser voulut consulter sa montre, un superbe chronomètre valant plus de cinquante louis. Il ne marchait plus; les aiguilles étaient brisées, le cadran enfoncé, résultat de la bagarre de la veille.

Il le montra au magistrat :

— Tenez, voici encore l'œuvre de vos agents.

— Eh! donnez-moi la paix avec mes agents... mes agents... mes agents... Ne dirait-on pas vraiment que je suis le préfet de police?... Mes agents ont bon dos... Pourquoi n'accusez-vous pas vos amis, les voyous avec qui l'on vous a trouvé festoyant dans une gargote de bas étage?

Karl Hauser fut un moment interdit.

En effet, comment expliquer sa présence chez le traiteur, avec ces singuliers convives?

Il s'en tira comme il put.

— J'aime le peuple, — dit-il, — je suis démocrate, socialiste, et je ne vous cacherai pas que j'éprouve un grand plaisir à me mêler au peuple, à me trouver au milieu de braves ouvriers... Leur brutale franchise, leur conversation originale, leurs expressions pittoresques, me reposent de la platitude de mes employés, des banalités et des fadeurs de mon monde...

— De celui des salons?

— Oui, monsieur.

Le magistrat sourit.

Il détestait les Juifs et il pensait à la mine que font dans les salons, où leurs écus leur donnent entrée, la plupart d'entre eux.

— Vous êtes Israélite, monsieur?

— C'est-à-dire, monsieur le juge d'instruction, que je suis d'origine israélite..., mais je suis chrétien de naissance..., mes parents ont embrassé le calvinisme.

— Un juif socialiste, — se dit le juge d'instruction, — ça ne se trouve guère que dans la presse où le socialisme est payé à tant la ligne et où, pour les malins, il y a toujours à gratter... Publicisme et affaires!... Dans la banque, c'est un phénomène..., et un juif calviniste, c'est le comble!

Il ne questionna plus, persuadé qu'il n'obtiendrait pas un mot de vrai, et quinze à vingt minutes encore s'écoulèrent.

— Décidément, — dit-il, — on n'est pas alerte à la *Banque coloniale...* *Votre* employé devrait être ici, ou il hésite à se montrer.

— Pourquoi hésiterait-il?

— C'est que le mot *parquet* est un épouvantail dans bien des banques.

— La mienne est au-dessus de tout soupçon.

— Je ne dis pas le contraire, ne la connaissant que par ses superbes affiches apposées dans tous les coins de Paris et les réclames des journaux, que je me suis bien gardé de lire... Je vais vous confier à deux agents qui vont vous y conduire et vous y laisser, si vous êtes bien l'homme que vous prétendez être...

— Prétention bien naturelle...

— C'est-à-dire le baron..., le baron Alexandre...?

— Bereneff..., Alexandre Bereneff.

— Oui..., c'est bien le nom gravé sur la carte que vous m'avez remise.

Là-dessus, le juge toucha un timbre et fit appeler deux inspecteurs de la Sûreté avec qui il eut un entretien particulier.

Ces messieurs prièrent Hauser de les suivre et l'on monta dans un fiacre.

Quand la voiture s'arrêta devant la porte de la *Banque coloniale*, le concierge se présenta.

Il était pâle et tout effaré.

— Monsieur le baron, — dit-il, à peine le directeur était-il descendu, — que se passe-t-il? Le caissier ni le chef du personnel ne sont venus aujourd'hui et messieurs les employés font tapage là-haut.

— Le comte de Ladra n'est pas ici?

— Non, monsieur le baron.

Celui-ci se tournant alors vers les agents :

— Vous le voyez, je suis ici chez moi.

Et s'adressant au concierge :

— Voulez-vous dire, mon ami, mon nom à ces messieurs?

— Mais c'est M. le baron Alexandre Bereneff.

— Êtes-vous satisfaits?

— Oui, monsieur, parfaitemen

— Moi, je ne le suis pas, — répliqua Hauser, — et je porterai plainte.

— Nous ne sommes pour rien dans cette méprise, — répondirent les inspecteurs.

Il monta rapidement l'escalier, entra en bombe dans les bureaux.

Les employés étaient réunis en un groupe, pérorant, gesticulant, fumant des cigarettes.

— Eh bien! quoi? qu'est-ce? qu'est-il arrivé? — demanda Hauser sévèrement.

— Ah! voici le directeur. Enfin! — s'écrièrent-ils d'une commune voix, — et les cigarettes disparurent.

Hauser, plein de colère et à la fois d'inquiétude, interpella l'un d'eux.

— Que signifie? Pourquoi n'êtes-vous pas à vos tables? On a donc congé, aujourd'hui? Qui a permis de fumer dans mes bureaux?

— Monsieur, — balbutia le jeune homme...

Mais sans attendre la réponse :

— Qui était au téléphone, tout à l'heure?

— C'est M. Simon Lévy.

— Et où est-il, M. Simon Lévy?

— Il est sorti.

Hauser éclata :

— Sorti! Sorti!... Alors l'on va, l'on vient, l'on fume comme dans une tabagie et l'on conte ses petites affaires et ses bonnes fortunes pendant les heures de bureau!

— Monsieur, — dit le plus hardi, qui prit pour tous la parole, — nous ne savons que faire..., le caissier ni le chef du personnel ne sont venus... Nous avons attendu. On a téléphoné du parquet. M. Simon Lévy qu'on a demandé est parti et n'a pas reparu..., nous sommes inquiets..., nous attendions des nouvelles..., des bruits fâcheux ont couru...

— Des bruits? quels bruits?...

— On parlait d'arrestation... Alors nous nous sommes dit...

— Dites-vous bien que je vous remercierai tous, si vous ne reprenez de suite votre travail, — fit brusquement Hauser, promenant un regard irrité sur les employés qui regagnaient lentement leurs places, et il entra précipitamment dans son cabinet, courut à la caisse, l'ouvrit et la trouva... vide!

CXXIX

DÉBACLE !

Vide! la caisse vide!

D'abord il ne put en croire ses yeux..., il s'imagina un instant être le jouet d'un cauchemar..., il se frappa le front à plusieurs reprises.

Non, il ne rêvait pas, il était bien éveillé, debout devant sa caisse ouverte sur le chiffre : Néant.

Il palpa en tous sens, comme si, sous ses doigts fébriles, il allait faire surgir les piles d'or et les liasses de billets envolés.

Il eut un espoir; Gayrouan était venu sans doute en son absence et la dot des Ivanoff avait été déposée à la Banque de France, suivant les conventions.

Hauser porta la main à son front en poussant un juron terrible.

Il sonna, fit appeler l'un des employés.

— Le commandant Gayrouan est-il venu?

— Non, monsieur, pas que je sache.

— Informez-vous dans les bureaux.

L'employé rentra. Personne n'avait vu le commandant, ni en connaissance qu'aucun versement ait été fait à la Banque de France.

— C'est bien. Allez.

Il tomba comme assommé dans son fauteuil.

Est-ce que Nicolaï, de complicité avec le caissier, l'avait volé

Il ne pouvait guère lui rester de doute.

Il chercha sur sa table si un papier, une note, une lettre avait été laissée pour lui expliquer la disparition de l'argent.

Rien!

Il prit sa tête dans ses mains.

Volé! oui, il était volé! Ah! la crapule! Ah! la canaille! Ah! le misérable!... Comment avait-il pu se laisser ainsi rouler, stupidement rouler par ce scélérat qu'il avait sauvé de la mort de faim, tiré de la fange!

Volé! La *Banque coloniale* déclarée, au moment, ou tout marchait à souhait, en banqueroute frauduleuse!

Et il était responsable, lui!... On aller l'arrêter, pour de bon cette fois, le jeter en prison, faire une sérieuse enquête, fouiller son passé, et cette fouille serait grosse de découvertes!...

On reconnaîtrait en lui le banqueroutier Karl Hauser, puis remontant d'échelon en échelon, le négrier, le naufrageur, l'assassin, Gluckstein enfin.

Il était perdu.

Et tout tombait à la fois..., tous les malheurs réunis, accumulés, fondant en vingt-quatre heures sur sa tête.

Son fils, découvrant en lui le meurtrier de sa mère, étendu sur les dalles de la Morgue, sans qu'il osât l'en retirer; Sarah, sa victime, ressuscitée; ses complices, les bandits de la basse pègre, souteneurs, cambrioleurs et escarpes peut-être sur ses traces, et la ruine, la ruine définitive, totale, sans espoir; tous ses efforts anéantis, ses coquineries et ses crimes devenus inutiles.

Et il n'avait même pas la ressource de porter plainte, la satisfaction si douce de la vengeance, puisque Nicolaï arrêté, se voyant perdu, dévoilerait, — il l'en savait bien capable, — non seulement leurs communes infamies, mais le terrible passé dont il avait surpris le secret!

Que faire? Que faire? De quel côté se tourner? Où donner de la tête?

Fuir..., passer à l'étranger?

Il ne le pouvait même pas, il n'avait plus rien, pas de quoi seulement gagner la frontière.

Il ne lui restait même pas en poche deux louis.

— M. le commandant Gayrouan! — annonça un domestique ouvrant la porte sans même demander si son maître voulait recevoir. — M. le lieutenant de vaisseau Saint-Albin!

Les deux marins se présentèrent sans même saluer, gardant l'un son chapeau, l'autre sa casquette d'uniforme.

Le visage bouleversé, la pâleur cadavéreuse du forban les frappa.

Hauser, d'un mouvement instinctif voulut se lever, il n'en eut pas la force ; il lui semblait que le plancher croulait sous lui ; il leur indiqua du geste des sièges.

Mais l'oncle et le neveu restèrent debout.

— Monsieur, — dit le commandant, — je viens vous mettre en demeure de remplir les obligations de votre contrat.

Hauser ne répondit pas ; il avait senti sous sa main un couteau à papier et, le maniant fébrilement, frappait à petits coups sa table.

— Monsieur, — balbutia-t-il, — je vais vous expliquer...

— Avant toute explication, — dit à son tour Saint-Albin, — je veux vous dire ceci : vous aviez fait d'une façon aussi scélérate qu'ignoble, enlever de chez ses parents Mlle Rita Gayrouan Ivanoff, ma fiancée.

Hauser fit un geste de dénégation auquel Saint-Albin ne prit garde ; il continua :

— Le but de ce crime, nous ne l'ignorons pas. Il vous importait de retarder autant que possible le remboursement de la fortune du comte Ivanoff que vous détenez depuis plus de quinze ans. Cet appoint considérable était nécessaire à vos tripotages financiers..., mais votre ignominie n'a servi à rien.

« La Providence, car nous autres marins, nous croyons à la Providence, la Providence, — dis-je, — a voulu que votre tentative soit nulle, que Mlle Rita Gayrouan échappât intacte à vos diaboliques combinaisons et à celles de votre abominable complice... Ne m'interrompez pas, je vous prie... Pour des raisons que je respecte sans les expliquer entièrement, mon oncle, le commandant Gayrouan, ne veut pas vous traîner devant les tribunaux...

— Monsieur, — protesta Hauser d'une voix si faible, si dolente, que Gayrouan ne la reconnut pas, — je ne suis pour rien dans la déplorable aventure arrivée à Mlle Ivanoff, je le jure !...

— Vos serments ! — fit ironiquement l'officier, — je n'ai que faire de vos serments... D'ailleurs, si ce n'est vous, c'est votre complice..., il n'a certes pas agi sans vous consulter... Donc, vous êtes moralement responsable, puisque vous profitiez du malheur qui pouvait résulter... Ne sachant où est votre complice, à qui, du reste, je ne puis m'attaquer tant il est au-dessous de mon mépris, je viens ici, non pour m'attaquer à vous non plus, qui êtes également au-dessous de mon mépris et de celui de tous les honnêtes gens...

— Monsieur!...

— Laissez-moi finir!... Un officier de la marine française ne peu échanger une balle ni croiser le fer avec un banqueroutier, un capteur d'héritages, un tourmenteur de femmes, un affameur, un ancien négrier, un voleur, un assassin!...

— Monsieur!...

— Silence, misérable! Je n'ai pas fini. Vous parlerez après... si vous l'osez... J'ai fait l'honneur à votre fils qui, — je le suppose, je veux le croire, — ignore vos forfaits..., j'ai fait, dis-je, l'honneur à votre fils de croiser le fer avec lui, pour cette même jeune fille, Mlle Rita Gayrouan-Ivanoff, qu'il insultait grossièrement, alors qu'elle était réduite par vous, à jouer de la mandoline dans les rues pour venir en aide à sa mère et à sa sœur malades... Mais je lui dois ceci, à votre fils, c'est d'avoir retrouvé la famille perdue de mon oncle, le commandant Gayrouan...

Karl Hauser regardait le jeune homme avec des yeux hagards, hébétés.

— Ah! c'est vous... c'est vous, le lieutenant Saint-Albin! — murmurait-il. — C'est vous qui...

— Oui, c'est moi! c'est moi qui ai blessé votre fils..., et maintenant je veux le tuer... Oh! rassurez-vous! je veux le tuer à armes loyales, l'épée à la main... car il faut que vous soyez puni en votre fils..., puisque, misérable que vous êtes, vous avez voulu frapper ce père en la personne de sa fille... qui sera ma femme demain!... Alors, je viens vous sommer de me dire où il est? Et où il est, aussi loin qu'il puisse être, j'irai le trouver pour lui jeter à la face, avec mon gant, qu'il est issu d'un misérable, d'un scélérat.

Karl Hauser regarda fixement le jeune homme.

— Inutile!

— Ah! — s'exclama Saint-Albin. — Il sait que vous êtes un scélérat, un assassin?

— Oui, monsieur!

— Et bien que votre fils, il ne vous a pas craché au visage?...

« Alors, où est-il... que je lui crache au sien?

Le misérable eut un geste vague.

— C'est votre désir?

— C'est mon désir.

— Vous connaissez Paris, monsieur?

— Assez pour le trouver, s'il s'y cache.

— Eh bien! là-bas, derrière Notre-Dame..., vous verrez une petite maison basse, sur le bord de la Seine.

— Une petite maison ?

— Oui, c'est là.

— Il n'y a pas de numéro ?

— Il n'en est pas besoin... Tout le monde vous indiquera... la Morgue.

— La Morgue ? — s'écrièrent à la fois Gayrouan et Saint-Albin.

— Oui, messieurs, vous le trouverez là.

— Il est fou ! murmura Gayrouan.

Hausser l'entendit.

— Non, commandant, je ne suis pas fou... Je voudrais l'être, mais je ne le suis pas, je dis bien... la Morgue ! Vous voulez voir mon fils... mon Wilhelm, mon pauvre grand et bon Wilhelm..., car il était bon au fond sous ses dehors brutaux..., vous le trouverez à la Morgue... à la Morgue, messieurs !

Il parlait d'une voix faible, triste, basse, et quand il acheva, il couvrit de sa main ses yeux.

Les deux marins se regardèrent stupéfaits, émus malgré eux.

— Tout à la fois ! — murmura le misérable, — tout à la fois ! — je le disais quand vous êtes entrés, messieurs..., tous les malheurs à la fois... Mon fils...

Il s'arrêta, montrant sa caisse ouverte et vide, laissant échapper en dernier le cri du juif, la désespérance suprême :

— Volé ! volé !

Et comme une barque secouée par la houle, il resta quelque temps, épave humaine, secouée par les sanglots.

Les deux marins le contemplaient en silence.

Était-ce une comédie jouée pour leur donner le change, ne pas tenir ses engagements ?

Mais non, la vraie douleur ne trompe pas ; elle éclatait trop violente pour être feinte.

D'ailleurs, ils allaient le savoir ; ils allaient se faire conduire à la Morgue.

Ils se préparaient à sortir, jetant un dernier regard sur l'homme, sur la caisse vide :

— Le châtiment ! — fit Saint-Albin.

Karl Hauser les entendit s'éloigner, passa rapidement un mouchoir sur ses yeux, se leva avec effort :

— Messieurs, — balbutia-t-il, — si vous le pouvez, si vous n'avez pas honte... oui, je suis un misérable, mais ayez pitié de moi... Puisque vous jugiez mon fils digne de se mesurer avec vous, faites-lui l'aumône d'une sépulture... Allez là-bas, faites des démarches pour qu'il soit

enseveli décemment... sans le nommer... Je me fie en votre honneur de
marin, d'officier... Puis, courez au parc Monceau, à l'hôtel du comte de
Ladra... Ladra, c'est Nicolaï, vous le savez... Il m'a volé, il a emporté la
caisse... tout, tout!... la dot de vos enfants... Hâtez-vous, messieurs... Il
n'en est plus temps sans doute, mais en vous hâtant, vous aurez peut-être
quelques indices qui vous mettront sur ses traces... Pour l'enlèvement de
Mlle Rita..., c'est lui qui a tout fait... Je ne me suis mêlé de rien..., j'étais
même, pour ne me mêler de rien, chez le baron X..., comme vous pouvez
vous en assurer...

Il s'interrompit un instant, suffoqué par la douleur, puis reprit :

— Moi, c'est fini..., je n'ai plus rien.

Il fouilla ses poches, en retira un louis, quelques pièces d'argent et
de cuivre.

— Voilà tout ce qui me reste, messieurs. Toute ma fortune!

— Il vous reste sans doute encore un revolver? — dit Saint-Albin.

CXXX

LES AVEUX DE LUCIANA

Gayrouan et Saint-Albin, en quittant la Banque coloniale, se firent
conduire à la Morgue.

Le lieutenant de vaisseau contempla longtemps le corps de son ancien
ennemi étendu sur la dalle.

C'était bien lui, il n'y avait pas à s'y méprendre; son œil crevé eût
enlevé tout doute.

— Quelle étrange destinée! — murmurait-il, — qui eût dit quand j'ai
rencontré pour la première fois cet homme, dans un luxueux restaurant
de Saint-Pétersbourg, au milieu de filles et de compagnons de débauche,
que je le retrouverais abandonné dans cette salle funèbre!

— Et, — ajouta Gayrouan, — que nous serions chargés par le vieil
ennemi de ma femme et de mes enfants, par le scélérat qui a tout fait pour
les tuer en les plongeant dans la misère et essayant de les jeter dans le
déshonneur, que nous serions chargés, — dis-je, — d'arracher ce corps
au scalpel et à la fosse commune.

— La Bible a raison en disant que les enfants finissent par payer les
crimes des pères.

— C'est de toute justice, puisqu'ils commencent par en profiter.

Ils entrèrent au bureau mortuaire pour faire leur déclaration.

— C'est le fils d'un banquier de Saint-Pétersbourg, — dirent-ils, — Karl Hauser, qui a fait une banqueroute frauduleuse.

« Nous le reconnaissons parfaitement.

Cette déclaration ne pouvait compromettre le faux Alexandre Bereneff.

— L'homme s'est-il suicidé, ou a-t-il été assassiné?

L'employé consulta son registre.

— Il s'est suicidé, il n'y a pas de doute. On l'a trouvé près de la place de la Concorde, dans une allée des Champs-Élysées. Il tenait encore à la main le revolver qui lui a servi... Aucun papier sur lui, d'ailleurs, qui puisse faire constater son identité... et comme personne ne l'a encore réclamé et qu'aucun propriétaire d'hôtel n'a prévenu la police de la disparition d'un voyageur, l'on suppose qu'il n'habitait pas Paris... Enfin, puisque vous le connaissez, et que vos qualités et titres sont une garantie suffisante pour vos déclarations, je pense que cela suffira. Vous chargez-vous des frais d'inhumation?

— Parfaitement, — dit Gayrouan, — je me charge de tout.

Et il déposa une somme suffisante pour une inhumation modeste, l'enterrement du pauvre où devait même manquer le légendaire chien.

Ce devoir accompli ou plutôt cette promesse tenue, ils se rendirent en toute hâte au parc Monceau, à l'hôtel de Nicolaï.

Ils ne comptaient certainement pas l'y trouver, mais ils pensaient trouver quelque indice qui pût les mettre sur ses traces.

— M. le comte de Ladra?

Le concierge les regarda avec défiance.

Gayrouan, il le connaissait pour l'avoir déjà vu venir demander après son maître, et les allures du marin ne présageaient rien de bon.

— Il est absent, monsieur.

— Comment, il est donc toujours absent?

— Non, monsieur, pas toujours... mais souvent... Les affaires, vous savez... M. le comte est très occupé... D'ailleurs, si c'est pour affaire, comme je l'ai déjà fait observer à monsieur..., il faut aller à la Banque coloniale.

— Que le diable emporte la Banque coloniale, ton maître et toi! — tonna Gayrouan. — S'il n'est pas ici, quelqu'un au moins le remplace, peut répondre pour lui... et ce quelqu'un, je veux le voir... tu entends!

— Monsieur, — fit le concierge épouvanté, — il n'y a que Mme la comtesse... Mais je crains qu'elle ne soit pas visible.

— Comme son époux!... Eh bien! fais-lui dire, à ta comtesse, que le commandant Gayrouan, tu entends... Jean Gayrouan, insiste pour la voir.

Un domestique, qui était accouru effaré aux éclats de voix du marin, se hâta de répondre :

— Monsieur, je vais prévenir Mme la comtesse.

Gayrouan et son neveu attendirent dix minutes environ dans une luxueuse petite antichambre du rez-de-chaussée, puis on vint les prévenir que Mme la comtesse les priait de monter.

Luciana alla au-devant de ses visiteurs avec une inquiétude visible, cherchant à se montrer aimable et gracieuse, et Gayrouan contempla un instant en silence les traits de cette jeune femme à la beauté étrange, cherchant à découvrir ceux de la petite Bohémienne déguenillée, entrevue la nuit dans le parc du château du comte Ivanoff, alors qu'il venait de sceller sur les lèvres de la bien-aimée, de Marie Ivanoff ses premiers serments d'amour !

Il revoyait toute la scène dans le parc silencieux, l'apparition soudaine de l'enfant, sa chevelure rousse et crépelée semblait prendre feu aux vagues de la lune, ses grands yeux noirs allumés comme ceux des gnômes qui dansent la nuit dans les bruyères de la vieille Armorique, et il entendait sa voix.

Elle disait : « J'attends le loup ! »

Et comme il s'étonnait : « Oui, — répétait-elle, — le loup et la louve ! Ils vont venir chercher leurs petits que je leur ai volés avec Ivan Pétrowith et que nous avons tués avec une pierre... Nous les avons apportés ici... Tiens, là-bas, tu vois ce grand arbre ?... Ils sont là-bas, les trois petits..., la mère les trouvera bien... « Et elle riait, la petite misérable, elle riait, quand le pope Matuscewith vint l'interrompre et l'appeler en la traitant de « graine de Satan », de « vomissement de l'enfer ! » de « semence de mal. »

Ah ! comme cela était loin ! mais comme il avait dit vrai, le pope Matuscewith !

« Graine de satan ! — Semence de mal ! — Vomissement de l'enfer ! »

Et peu à peu sous les traits de la femme, de la courtisane, de la traîtresse, il retrouvait les lignes indécises quoique déjà caractéristiques de la vicieuse et méchante enfant qui avait en quelque sorte sonné de sa petite voix perçante le glas de ses malheurs.

Luciana s'effrayait de ce silence ; elle se troublait sous ce regard clair et pénétrant qui semblait fouiller dans les obscurs replis de son âme boueuse.

Elle se hasarda à dire d'une voix que l'émotion faisait un peu trembler :

— Vous le connaissez? C'est un de vos parents? demandèrent dix voix à la fois.

— Messieurs, qui me procure le plaisir de votre visite?

— Ne le devinez-vous pas? — demanda le commandant du *Tour-du-Monde*.

Luciana prit un visage étonné.

— En vérité, non, monsieur.

— Vous savez cependant qui je suis... qui nous sommes.

LIV. 226. — H. GEFFROY, édit. — Reproduction interdite.   MORT DU CZAR 118

— Vos cartes le disent : « Le commandant Jean Gayrouan » ; « Monsieur Saint-Albin, lieutenant de vaisseau ». C'est tout ce que je sais, messieurs.

— Et vous ignorez, — fit Gayrouan sarcastique, — que le commandant Jean Gayrouan est l'époux de Marie, la fille du comte Ivanoff... que le lieutenant Saint-Albin est le fiancée de ma fille, Rita Ivanoff?

Luciana fit un geste évasif.

— Ces affaires de votre famille, monsieur, me sont étrangères, et je ne vois pas en quoi...

Gayrouan l'interrompit :

— Vous ne voyez pas en quoi la petite Bohémienne Luciana, enfant abandonnée, recueillie par le pope Matuscewith et élevée sur les domaines du comte Ivanoff...

— Tout ceci est bien loin, — interrompit à son tour Luciana, reprenant son sang-froid et son cynisme, — si loin que je ne m'en souviens plus et ne veux plus m'en souvenir. Entre ce passé que vous me rappelez et le présent, il y a un abîme...

— Oui, vous dites le mot, madame, un abîme où vous avez failli jeter nombre d'innocentes victimes et au fond duquel se débat encore la noble Olga Ivanoff.

— Moi! oh! par exemple! Qu'ai-je affaire dans les infortunes d'Olga Ivanoff? Vous vous méprenez, monsieur. Je regrette plus que personne ce ce qui lui est arrivé, et je vous prie de croire que je n'y suis pour rien. Est-ce moi qui vous ai frappé à deux reprises différentes d'un poignard? Puisque vous venez de me rappeler ma triste enfance, vous savez mieux que personne que j'étais toute petite fille alors...

— Allons, allons, ne jouons pas sur les mots, madame. Vous n'ignorez pas ce que je veux dire. Si vous n'avez pas frappé, si vous n'avez pas armé le bras, vous avez été au moins complice de l'assassin, de celui qui a dirigé l'assassin à la seconde tentative.

— Moi?

— Vous savez le nom de l'assassin, et vous avez refusé de le dire, alors même qu'il était à l'abri... et quand un mot de vous pouvait sauver celle qui subit en Sibérie le crime de votre ami d'enfance, d'Ivan Petrowith!

— Ivan Petrowith! Qui le prouve? Qui peut le prouver?

— Lui, madame. Il est ici! Il est revenu de Londres avec une autre victime de Karl Hauser, le comte Gobsky! Votre amant! le sinistre Nicolaï ne vous en a donc pas prévenue?

— Non, monsieur. Le comte de Ladra ne me dit rien de ses affaires. D'ailleurs, depuis plusieurs jours, je n'ai fait que l'entrevoir.

— Où est-il?

— Je l'ignore, monsieur.

— Vous mentez... et vous savez où il se cache.

— Je ne mens pas et je ne sais rien.

— Écoutez bien ce que je vais vous dire... Je suis arrivé au point où je n'ai plus de ménagement à garder. Ce n'est pas la faute du scélérat — je parle de votre amant, Nicolaï — si ma fille Rita est encore de ce monde. Ma patience a un terme... la coupe est pleine... je ne viens pas vous demander de me livrer votre amant, ce serait une infamie que j'exigerais de vous, et en exigeant une infamie — fût-ce de vous — je me rendrais infâme moi-même... Mais Nicolaï a enlevé ma fille, vous ne trouverez pas étrange que j'use de représailles...

— Vous voulez m'enlever, moi! — s'exclama Luciana stupéfaite, — allons donc! ce n'est pas sérieux. Supposer que moi, je me laisse conduire où vous voudrez comme une petite pensionnaire, sans protester... En vérité, messieurs, on voit bien que vous êtes habitués à vivre entre ciel et eau!...

— Vous obéirez, — répliqua froidement Gayrouan, — et vous obéirez sans murmure. Songez qu'Ivan Petrowith a tout avoué devant ma fille Rita elle-même, songez que vous avez eu vos épaules marquées du knout, et qu'il dépend de moi de vous envoyer remplacer la noble Olga dans les mines.

— Oh! vous ne ferez pas cela.

— Je ferai tout pour que votre amant, s'il tient à vous, vienne vous réclamer lui-même.

— S'il tient à moi!... ah! monsieur, vous êtes dans une profonde erreur si vous croyez que l'affection de Nicolaï subsiste encore. Il y a longtemps qu'elle est déracinée et longtemps que je le gêne... D'ailleurs, je vous le dis franchement, je me soucie de lui comme du fouet que me donnait parfois... oh! bien doucement, le vieux Matuscewith!

— Cependant, il ne compte pas vous laisser ici... Il a, dit-on, emporté, pour satisfaire à vos caprices, plus d'un million dans la débâcle de la *Banque de Saint-Pétersbourg et Berlin*, et il vient de vider la *Banque coloniale*.

— Que voulez-vous dire? — s'écria Luciana avec une surprise qui n'avait rien de feint.

— Je veux dire qu'il a vidé la caisse... complètement vidé... que son ami et complice, Karl Hauser, dit Alexandre Bercneff, n'a plus rien, pas même de quoi faire enterrer son fils.

— Wilhelm serait-il mort? — demanda Luciana épouvantée.

— Si vous voulez réclamer son corps, vous le trouverez à la Morgue.

— Monsieur, ne vous jouez-vous pas de moi?... Ne plaisantez-vous pas
pour m'effrayer? La Banque coloniale ruinée, Karl Hauser sans argent,
Wilhelm Hauser à la Morgue!... Oh! mais, c'est affreux. Ah! le misérable!

— Qui traitez-vous ainsi?

— Nicolaï, monsieur... Nicolaï! ah! c'est lui qui a fait le coup! Il le
méditait depuis longtemps... je me doutais qu'il se passait dans sa tête
quelque chose de louche... Parti! Parti!... Il a sans doute emporté la
dot de vos filles?

— Plus de deux millions! — fit Gayrouan.

— Où est-il? ah! si je savais où il est?... Vous souriez, vous n'avez
pas l'air de me croire... Mais je vous jure sur ce que j'ai de plus cher...

— Qu'avez-vous de plus cher? — interrompit ironiquement Saint-
Albin.

Elle s'arrêta un instant, interdite, regarda l'officier avec plus d'étonnement que de colère.

— Ah! que sais-je? — reprit-elle. — Ce que j'ai de plus cher?... Si
j'avais un enfant, je jurerais sur sa tête... mais je n'ai pas d'enfant... je
suis maudite, oui, maudite. Au milieu de ce faux luxe qui m'entoure, je
suis la plus malheureuse des femmes...

Et elle se cacha le visage dans son mouchoir et se mit à sangloter.

— Ah! vous ne savez pas, vous ne savez pas avec quel bandit je
m'étais liée.

— Mais, pardon, nous le savons parfaitement.

— Son départ était prémédité, je le savais, mais pour une absence —
disait-il — provisoire, huit jours, quinze jours; puis il m'a avoué ensuite
que nous quitterions peut-être bientôt la France, fortune faite. Je ne me
doutais pas que c'était en emportant la caisse... Mais on le retrouvera, on
le retrouvera...

— J'y compte, — fit Gayrouan.

— Avant-hier, un monsieur que nous connaissons, un Allemand attaché à l'ambassade, l'a prévenu qu'on avait demandé son extradition et
qu'il y avait un mandat d'arrêt contre lui...

— Eh bien?

— Alors, il m'a dit : « Je vais jouer une bonne farce à Hauser; il m'a
assez fait de tours pour que je prenne ma revanche. Je vais le faire arrêter à ma place et pendant qu'il se débrouillera, je filerai. » J'ai ri, car je
déteste autant que lui Karl Hauser, qui a abusé de moi quand j'étais à
peine adolescente, mais je ne me doutais pas que c'était pour emporter la
la caisse.

— Mais comment a-t-il pu donner le change?

— Ah! messieurs, vous ne le connaissez pas encore, il a des ramifications avec toutes les polices de l'Europe... Si je vous disais... Ah! je n'ose vous le dire.

— Parle.

— Vous m'avez demandé, il n'y a qu'un instant, de jurer sur ce que j'avais de plus cher?...

— Non, — rectifia Saint-Albin, — je vous ai demandé ce que vous aviez de plus cher...

— Eh bien! c'est ma quiétude, ma liberté. Ce que je vais vous dire est effroyable et peut me faire perdre l'une et l'autre. Quand je vous aurai juré après que je ne sais où est Nicolaï, que j'ai la certitude, maintenant, qu'il m'a abandonnée, me croirez-vous?

— Voyons, dites ce secret.

Luciana se leva et, après s'être assurée que nul valet n'écoutait aux portes, elle s'approcha des deux marins et leur dit tout bas, tout bas, de crainte que les murs n'eussent des échos :

— Je dépose ce secret dans l'oreille de deux marins, de deux officiers, de deux hommes d'honneur. Ils en feront ce qu'ils voudront... mais je les conjure à genoux de ne pas me nommer, de ne pas me compromettre...

— Nous vous le jurons, si toutefois vous n'êtes pas complice du crime, sans doute, que vous allez nous dévoiler

— Je jure que je n'y suis pour rien.

— De notre côté, — répondit Gayrouan, — nous vous promettons de ne pas dire un mot qui puisse vous compromettre. N'est-ce pas, André?

— Je le promets formellement, — répondit l'officier.

— Eh bien, messieurs, voici, — fit Luciana hésitant encore à lâcher son secret, — Nicolaï a trempé dans un complot pour empoisonner le czar!

Elle se tut, épouvantée de ce qu'elle venait de dire.

— Empoisonner le czar! — s'écria Gayrouan, — oh! l'abominable scélérat! Mais, est-ce vrai? Est-ce vrai ce que vous avancez? Peut-on ajouter foi à vos paroles?

— Quel intérêt aurais-je, — répondit-elle, — à vous mentir de la sorte?... Oui, Nicolaï a trempé dans un complot pour empoisonner le czar... et qui sait... qui sait s'il n'y a pas eu un commencement d'exécution?...

— Mais dans quel but? Pourquoi ce crime? Qu'a ce forban de commun avec l'empereur de Russie?... Il est donc l'agent occulte de quelque

société secrète?... Appartient-il aux Nihilistes?... Est-il l'infâme instrument de quelque puissance intéressée à ce que le czar disparaisse?...

— Je n'en sais rien, — répondit Luciana. — Je n'ai jamais soupçonné
qu'il s'occupât de politique ni qu'il fût mêlé à quelque société secrète...
Sa politique est de gagner de l'argent, beaucoup d'argent par tous les
moyens... Il disait que tant qu'on est riche on est considéré, honoré,
qu'on est reçu partout, qu'on reçoit des hommages de tous, et que ceux
même qui connaissent les moyens plus ou moins honteux dont vous vous
êtes servi pour arriver à la fortune, sont les premiers à vous saluer bas
et à vous envelopper de flagorneries... Enfin, qu'il n'y avait que la pauvreté de méprisable.

— Mais, — fit Saint-Albin, — ce monsieur Nicolaï exprimait parfaitement, en vous parlant ainsi, la morale de cette fin de siècle.

— La morale de cette fin de siècle! — s'écria le vieux marin. — Que
dis-tu là, André? Je ne puis croire vraiment que nous soyons tombés si
bas... Que dans notre France, pays de chevalerie, de loyauté et d'honneur, nous soyons descendus au niveau de la triste nation des adorateurs
du veau d'or, de la terre originaire des barnums, du pays béni des tripoteurs et des charlatans, de la vile et mercantile Amérique...

— Mais nous marchons à grands pas sur ses traces, mon cher oncle,
croyez-le. Nous y arrivons. Victor Hugo disait : « Le ventre est roi, le
ventre est Dieu! » Il se trompait. C'est le louis d'or qui est roi. C'est le
billet de mille qui est dieu. Ne vous y trompez pas. Honneur, morale,
probité, patriotisme, tout s'effondre en France, tout s'écroule, emporté,
noyé dans le boueux et méphitique torrent de la ploutocratie cosmopolite
et juive. Nous sommes dévorés et avilis par le juif, et abâtardis par
l'étranger. Nous devenons comme l'Amérique si vantée par ceux qui ne
la connaissent pas, une nation banale de cosmopolites.

— Tu exagères, — fit en riant Gayrouan, — je crois qu'il y a assez de
force et de vitalité dans notre race, pour qu'elle résiste à l'envahissement
et ne perde pas ses qualités nationales, ces qualités qui à travers les
siècles, en dépit des fautes, des maladresses et des crimes de nos gouvernants, ont fait sa grandeur et sa renommée.

— C'est possible, — répliqua Saint-Albin, — mais il faut se hâter d'en-
rayer le mal et sans pousser les vieux cris des guerres latines : « Dehors
l'étranger! » et « Au ghetto, les Juifs! » ne se laisser ni dévorer, ni avilir.

— Sage conseil, — conclut Gayrouan, — mais comment mettre la théorie en pratique?

— Ah! voilà! Il faut faire l'éducation des générations nouvelles...
mais commencer par couper le mal en sa racine.

— Pour cela il faudrait des gouvernants qui ne soient pas intéressés au *statu quo*... Mais vous oubliez, monsieur mon neveu, que la politique est interdite dans la marine comme dans l'armée.

— Je ne l'oublie pas. Mais il est des moments où l'indignation éclate malgré tout, quand on voit où, depuis vingt-cinq ans, les pleutres, les tripoteurs et les forbans qui, sous le nom d'opportunistes, se sont succédés au pouvoir, pour se partager l'assiette au beurre, ont conduit la France.

— Revenons à nos moutons, — fit Gayrouan, — ou plutôt à nos loups.

Et s'adressant à Luciana qui, dans sa lourde ignorance de courtisane, étrangère à ce qui ne la touchait pas de près, avait écouté cette conversation entre ces deux honnêtes marins, sans la comprendre :

— Vous avez dit, madame, qu'il y avait eu peut-être commencement d'exécution dans l'abominable complot contre l'empereur Alexandre... Pourquoi ces paroles? Expliquez-vous.

— Je ne puis en dire davantage.

— Ah! vous en savez plus long que vous ne voulez dire, je le vois. Mais vous en avez trop dit pour qu'il vous soit permis de vous arrêter... Il faut parler.

— Appartenez-vous donc à la police?

— Non, madame, je n'appartiens pas à la police, mais j'appartiens au clan, très restreint malheureusement, des gens honnêtes et loyaux auxquels un crime comme celui dont vous venez de prononcer le nom, fait horreur... et dont le devoir, le premier des devoirs en face d'une pareille révélation est d'essayer de l'empêcher.

— En dénonçant le coupable?

— Pour qui me prenez-vous? Le dénonciateur est encore plus ignoble que le mouchard de profession... Non, madame, je ne dénoncerai pas Nicolaï, votre amant, mais je l'empêcherai d'accomplir son forfait.

— Oh! vous pouvez le dénoncer si bon vous semble!... Nicolaï mon amant? Oui, il l'a été... trop longtemps, pour mon malheur... Que voulez-vous? Nous autres, nous n'avons pas le choix... Il m'a fait mille promesses, il a jeté l'or à mes pieds, mais je l'ai détesté dès le premier jour... Mon amant? Grâce à Dieu, il ne l'est plus. Il vient de rompre de sa propre volonté, tant mieux... Il est parti comme un voleur... bon voyage! Il m'a laissé les balayures du logis, je les jetterai au tas d'ordures avec son souvenir... Nous nous querellions souvent, mais ce n'est pas de lui que je dirai jamais : « Ensemble, querelles; séparés, supplice». Avec lui la séparation est un allégement, la rupture définitive une joie. Depuis que je le sais parti, je respire mieux, l'air me semble plus léger... Ah! que je hais cet homme! Et je l'ai subi pendant des années; j'ai senti près de ma chair sa froide peau de reptile. J'ai respiré son souffle empoisonné, subi ses sales exigences de forçat. Car, monsieur, c'est un forçat, un ancien forçat, condamné pour faux à je ne sais combien d'années de bagne !

Elle parlait avec volubilité, avec colère, comme si elle se déchargeait d'un poids qui l'accablait depuis longtemps.

Elle était heureuse de vilipender enfin cet homme, de baver contre lui toute sa rage, toute sa haine.

Dans sa méchanceté native, dans son ingratitude, — car cet amant, si vil qu'il fût, l'avait comblé de dons, gorgé d'or, avait satisfait à toutes ses fantaisies et tous ses caprices, — dans son ingratitude de courtisane à l'âme vile, elle se vengeait de ce brusque abandon du scélérat qu'elle avouait cependant mépriser et haïr.

Car au fond, c'était la rage de l'abandon qui lui faisait pousser ces cris de colère... apprendre qu'il fuyait avec plus de deux millions et qu'elle n'en aurait pas sa part.

Au mot de bagne, l'oncle et le neveu avaient échangé un regard.

— Ah ! vous avez la preuve qu'il a été au bagne ? — demanda Gayrouan.

— La preuve ? Non... mais la certitude. Celui qui peut vous en fournir la preuve, c'est son complice Karl Hauser... Mais, — ajouta-t-elle, — il ne le fera pas, car son propre salut, à lui, dépend du salut de Nicolaï... J'ai eu sous les yeux la copie exacte d'un testament où en cas d'arrestation, de disparition ou de mort violente, il dénonce à la magistrature les crimes de Karl Hauser... C'était sa sauvegarde. Sans cette précaution, Hauser, — disait-il, — l'eût fait disparaître.

— Les deux coquins faisaient cependant bien la paire, et se complétaient l'un l'autre ; les séparer eût été dommage.

— Ils le sont maintenant pourtant, puisque Nicolaï a volé la caisse commune.

— L'échafaud ou la potence les réunira.

— Espérons-le, — conclut charitablement la maîtresse délaissée.

Délaissée, pour qui ? Voilà ce qui l'intriguait fort.

Elle avait la conviction que, depuis quelque temps, Nicolaï la trompait et constatait avec dépit et amertume que le Pactole, qui jusque-là coulait dans ses mains, prenait une autre direction.

Et cela juste au moment où cet excellent William von Hermann se trouvait avoir un besoin urgent d'une somme assez ronde.

Il s'était adressé à elle en toute confiance et elle avait promis de venir en aide au doux amant de cœur.

Mais en fouillant la petite cassette qui lui servait de tirelire, elle l'avait trouvée vide.

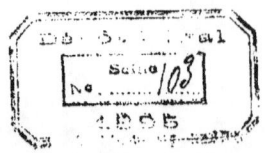

— A combien pensez-vous que se montera l'addition ? lui avait-il demandé.

Une carte, celle du comte de Ladra, remplaçait la somme envolée, la grosse et succulente poire qu'elle gardait pour la soif, pour parer, en cas de désastre, aux premières nécessités, et sur cette carte il avait tracé rapidement au crayon en y joignant ses initiales :

Bon pour cent mille francs.

LIV. 227. — H. GEFFROY, édit. — Reproduction interdite.

MORT DU CZAR. 119

Le montant de ce qu'elle avait soutiré peu à peu, volé, quand elle le pouvait, à son maître et seigneur.

« Ah ! le bon billet qu'a La Châtre ! » eût-elle pu dire si elle avait eu quelque teinture de belles-lettres. Mais ce n'était pas même un billet à La Châtre, car ce bon de cent mille francs se trouvait ironiquement annulé par deux lignes au-dessous :

« *Je reprends mon bien où je le trouve.* »

— Canaille ! coquin ! voleur !

Rien de vexant pour un voleur que de se voir voler à son tour le fruit de ses longues rapines.

Mais, comme dit le proverbe : « Biens apportés sur le dos du diable tournent avec la selle. »

Elle venait justement de faire cette « trouvaille » de sa cassette vide et on lui annonçait que, du même chef, la caisse de Karl Hauser était vide également.

Le forban avait pris la fuite emportant tout ce qu'il pouvait, la *lâchait*, en la volant.

Elle n'en avait plus le moindre doute et sa fureur grossissant, elle livra tout ce qu'elle savait du bandit.

Elle raconta le mensonge de sa maladie, alors que, caché chez elle, il laissait à sa barbe le temps de croître pour se rendre méconnaissable et s'offrir comme pilote au commandant du *Tour-du-Monde*, dans le port d'Arkangel ; elle dénonça la fausse constatation du docteur Abraham Frankel, prétendant avoir soigné le malade, l'ordonnance du professeur Méridoff, fabriquée par Nicolaï, le crime d'Ivan Petrowith, tout ce qu'elle savait enfin et qu'elle avait déjà raconté dans sa prison, dans un état d'hypnotisme, à Olga Ivanoff.

Elle parla ainsi pendant plus d'une heure, déversant tout son fiel, heureuse de penser que chacune de ses paroles était un coup de maillet qui consolidait le gibet où elle se réjouissait de voir accrocher son ancien amant.

Gayrouan et Saint-Albin, qui l'écoutaient en silence, l'examinaient et trouvaient intérieurement que la haine, la rage, le dépit, la cupidité déçue qui l'emplissaient, la rendaient hideuse.

Ce n'était plus la jolie femme à beauté étrange, adulée par un essaim de jeunes et vieux imbéciles, c'était une furie.

— Tout ce que vous venez de nous raconter, — dit Gayrouan quand elle eut fini, — nous le savions déjà ou à peu près... et je suppose que vous ne refuserez pas de répéter cette déposition si vous êtes appelée devant la justice.

— Je n'aime pas beaucoup déposer en justice, — répondit Luciana, — mais je le ferai, si c'est nécessaire, pour qu'il soit pendu.

— Brave petite femme! — dit *in petto* ironiquement le lieutenant Saint-Albin.

— Il n'y a qu'une chose sur laquelle je me tairai..., et d'ailleurs je ne sais rien... c'est la tentative contre le czar.

— C'est précisément le point le plus important et le crime le plus abominable de tous.

— Vous m'avez promis de ne pas me compromettre.

— Et nous vous le promettons à nouveau... Dites-nous donc ce que vous savez.

— Rien, je vous le répète.

— Mais encore est-il venu à vous quelques mots, vous avez surpris quelque indice?...

— Pas autre chose que ceci... c'est que Nicolaï est mêlé à un complot contre la vie du czar...

— Qui a eu son commencement d'exécution?

— Je le crois.

— Qui vous a donné ces soupçons?

— Vous promettez le secret?

— Quant à vous, oui. C'est entendu, compris ; ne revenez plus sur cette question.

— Eh bien ! il y a quelque temps, Nicolaï a reçu un soir la visite d'un individu qui venait directement de Saint-Pétersbourg. Il se présentait sous de faux papiers que lui a fournis un Juif de là-bas, un vieil usurier qui fait trafic de tout, depuis des vieilles bottes jusqu'à des jeunes filles, et qui s'appelle, je crois, Isaak Simoneff...

— Un agent de Karl Hauser, — dit Gayrouan.

— J'entrais par hasard inopinément dans le cabinet du comte de Ladra... de Nicolaï, veux-je dire, et je fus toute surprise à la vue du visiteur... Je reconnaissais parfaitement l'homme..., je l'avais connu à Saint-Pétersbourg, lorsque j'allais chez Vérine : c'était un de ses premiers garçons de salle... Tenez, — ajouta-t-elle, s'adressant à Saint-Albin, — il était présent au moment où vous avez eu cette altercation avec Wilhelm Hauser.

— Comment se nomme-t-il? — demanda Gayrouan.

— On l'appelait Rémy.

— Rémy ! — s'exclama le commandant, — je connais cette fripouille. Encore un de la bande. C'est cette canaille qui, envoyée par le brave Vérine à bord du *Tour-du-Monde*, y chercher mon testament, alors que j'étais presque mourant de la blessure d'Ivan Pétrowith, l'a porté à Nicolaï qui m'a soustrait le premier feuillet, le seul important pour sauver Olga Ivanoff! Comment, le gueux est ici ?

— Oui, commandant. Après s'être enfui de chez Vérine à la suite de cette affaire, il est parvenu à entrer dans la maison du czar.

— Lui? chez le czar? — s'écria Gayrouan.

— Même occupant un poste assez important dans la domesticité, je ne sais grâce à quelles influences... Mais il n'est pas resté longtemps dans la maison impériale puisqu'il a dû, à l'aide d'un faux passeport, s'enfuir de Russie.

— D'où tenez-vous ces détails ?

— J'ai surpris une partie de sa conversation avec Nicolaï en collant mon oreille à la porte... Le comte m'avait dit de le laisser seul avec son visiteur. Mais, étonnée de voir chez nous ce garçon d'hôtel auquel Nicolaï semblait parler avec quelque égard, je fis mine de m'en aller, mais j'écoutai ce qu'il pouvait y avoir de commun entre le comte de Ladra et cet homme de rien qui l'avait connu à Saint-Pétersbourg sous son véritable nom...

— Et qu'avez-vous entendu?

— Textuellement ceci :

« — Le poison a commencé son œuvre. Il a des sueurs froides, puis tout à coup il brûle... Non, je ne crois pas qu'il en ait pour longtemps..., c'est pourquoi j'ai jugé prudent de me tirer les flûtes.

« — Mais ta fuite peut inspirer des soupçons? — a objecté Nicolaï.

« — Oh! pour cela, je me suis gardé à carreau. J'ai fait une maladie, moi aussi, et j'ai demandé au majordome un congé pour me faire soigner dans ma famille. Comme je m'étais donné, à l'aide d'un truc, tous les symptômes d'une fièvre putride, loin de faire des objections, l'on m'a engagé vivement à aller crever ailleurs.

« — C'est parfait, — a répondu Nicolaï. — Tiens-toi coi ici... Ne vois personne... On peut avoir besoin de toi dans quelques jours... As-tu besoin d'argent?

« — Oui, — a fait l'autre. — On a toujours besoin d'argent, surtout à Paris.

« — Voici cinq cents francs en attendant. Quand tu n'en auras plus, tu repasseras... Mais pas d'extravagance..., pas de noce... C'est dans ton propre intérêt... les ivrognes lâchent ce qu'ils ne voudraient pas, tu sais?

« — Pas de danger avec moi. Je suis sobre comme un apôtre de la Tempérance.

« — C'est-à-dire que tu ne te saoûles qu'en cachette, tout seul et verrous tirés... Je connais ça! Alors ça va bien. »

— C'est tout, messieurs, ce que j'ai entendu.

— Mais, — fit Gayrouan, — rien ne dit dans ces propos qu'il s'agit de l'empereur Alexandre? Qui donc a pu vous faire supposer qu'il était question du Czar.

— Parce que, interrogé par moi sur cet ancien garçon .de Vérine, Nicolaï m'a dit qu'en quittant ce restaurateur il était entré dans la maison du Czar.

— Et sous quel nom est-il ici? — demanda Saint-Albin.

— Il s'est fait annoncer au comte de Ladra sous celui de Pierre Krosni.

— Et vous avez son adresse?

— Le comte de Ladra l'a emportée avec lui.

En ce moment, le domestique entra, présentant sur un plateau une carte.

— C'est lui, — s'exclama-t-elle, — *Pierre Krosni !*

CXLI

LA MÉTAMORPHOSE DE RÉMY

Il est inutile de rappeler la face sournoise de l'ancien premier garçon du restaurateur Vérine.

Si celui-ci l'avait longtemps gardé à son service — bien qu'il ne lui plût guère — c'est que son obséquiosité, ses manières rampantes, ses flatteries exagérées plaisaient à nombre de ses clients.

Tant d'imbéciles aiment à être flattés par de plats valets!

Il se montrait toujours empressé et de bonne humeur, recevait sans broncher les plus grossières apostrophes et était prêt à répondre par un gracieux salut en y ajoutant même un mot pour rire aux coups de pied au derrière que la jeunesse en délire s'amusait à lui administrer quelquefois, simple passe-temps.

Mais s'il était d'une platitude sans égale vis-à-vis de ses supérieurs, les riches clients des salons de son maître, à l'égard de ses inférieurs ou de ceux qu'il estimait tels, il se montrait d'une insolence hors ligne.

L'on se souvient dans quelle circonstance nous l'avons introduit pour la première fois au lecteur, lorsque Rita, inquiète des suites que pouvait avoir une rencontre entre son généreux défenseur Saint-Albin et le fils de Karl Hauser, avait été s'informer au restaurant Vérine, et Rémy, à qui elle s'était adressée, l'avait traitée avec une familiarité outrageante.

Ceux qui l'avaient vu alors bien portant, frais, satisfait et prospère, auraient eu peine à reconnaître en cet homme aux yeux caves, au visage hâve, à la pâleur maladive, au front plissé et à l'œil inquiet, l'œil du débutant criminel qui croit à chaque instant sentir une rude main de gendarme se poser sur son épaule ; auraient eu peine à reconnaître, — dis-je, — l'ancien premier garçon du restaurant à la mode de Saint-Pétersbourg.

Il était vêtu d'un de ces « complets » acheté dans un de ces grands magasins de confection à bon marché, qui, devenu trop large, lui donnait un aspect à la fois lamentable et grotesque.

Il entra en saluant profondément, sans remarquer d'abord Gayrouan et Saint-Albin, mais aussitôt qu'il les eut reconnus, son visage passa du blanc au jaune.

Le cynisme et l'audace dans le crime ne sont pas donnés à tous, et ce que l'on prend souvent pour les remords du coupable n'est que la peur qui le saisit aux flancs.

— Madame, — balbutia-t-il, couché en deux, — tous mes respects... mille pardons, de vous déranger... je ne vous savais pas en compagnie... je me retire... Je reviendrai une autre fois... quand M. votre mari sera là.

Luciana consulta du regard Gayrouan.

— Non, non, ne vous en allez pas, — dit celui-ci, — vous arrivez à point... on parlait justement de vous.

— C'est bien de l'honneur, pour moi, monsieur..., pardon, commandant..., je ne vous remettais pas... Votre serviteur, messieurs. Heureux de vous retrouver en bonne santé, commandant.

— Oui, cela va un peu mieux que lorsque l'on vous a envoyé chercher un paquet à mon bord.

Le visage de Remy prit des teintes d'écarlate.

— Mais, — continua Gayrouan, — du diable si je vous aurais reconnu. Vous avez donc eu la jaunisse?... Tiens, cela devient de la rougeole !... Vous êtes malade?

— J'ai été malade, en effet, commandant.

— De quoi? du choléra?... de la *frousse* ?

— De la fièvre.

— Ah ! vous avez attrapé ça en ouvrant le paquet que mon second, Luc, vous avait confié... Ce paquet, voyez-vous, venait des pays chauds et il a pu s'en dégager des miasmes...

— Commandant, — protesta l'ancien garçon de salle, — je n'ai pas ouvert le paquet...

— Quelqu'un l'a ouvert pour vous, puisqu'il en manquait un feuillet.

— C'est une erreur, une simple erreur... je vois bien que le commandant a des soupçons sur moi... Mais je suis tout à fait innocent... J'avais remis sans défiance le paquet à M. Nicolaï, ne sachant pas.,

— Assez, assez, chenapan! — s'écria Gayrouan, — je n'ai nul besoin de tes mensonges ; je connais toute l'histoire et je n'y reviens que pour te dire que je sais que tu es un drôle !

— Très bien, monsieur, je vois que je suis tout à fait intrus ici..., j'arrive à contretemps..., je me retire..., madame!...

— Non pas, non pas, tu vas rester. J'ai besoin de causer un tantinet avec toi... Lorsque tu as été chassé de chez Vérine...

— M. Vérine ne m'a pas chassé... C'est moi qui me suis en allé de mon plein gré.

— Comme un voleur s'en va avec la caisse.

— Je n'ai rien volé. M. Vérine peut l'attester.

— Il est possible que tu n'aies rien volé à Vérine... Mais tu as fait pis...

— Oh! monsieur a écouté des calomnies sur mon compte, je le vois bien.

— Où es-tu allé en partant de chez Vérine?

— Pourquoi me demandez-vous cela?

— Pour que tu me répondes.

— Monsieur n'est pas magistrat.

— Non, mais je puis te conduire chez un juge.

— Quel crime ai-je commis?

— C'est ce que tu vas nous apprendre.

— Ah! par exemple, monsieur veut plaisanter! Moi je veux bien, si ça fait plaisir à monsieur. Vous me demandez où je suis entré en partant de chez Vérine... Eh bien! je suis entré dans le personnel de la maison de Sa Majesté l'empereur Alexandre III... Je pense que ce n'est pas une mauvaise note?

— Non, mais la mauvaise note est d'en être sorti aussi précipitamment que tu es sorti de chez Vérine.

— Oh! c'est une autre histoire..., je vais vous expliquer cela.

— Tout à l'heure... D'abord, qui t'a fait entrer dans la domesticité de l'empereur?

— Mes bons certificats.

— Pas ceux que t'a donnés Vérine, assurément.

— Je n'en avais pas besoin... J'ai servi avant lui d'autres maîtres qui étaient contents de moi.

— Des maîtres fripons alors, car il n'y a que des maîtres fripons qui peuvent donner d'un misérable comme toi des renseignements favorables.

— Allo ! allo !... Mettez-moi en communication avec la Banque coloniale française.

Et vous qui avez habité la Russie, vous savez ce qui arrive en pareil cas?...
On arrête tout le monde... le système de la police consiste à arrêter tous ceux
qui, de près ou de loin, ont pu connaître l'homme soupçonné... Alors, comme
on m'avait vu en bons termes avec le nihiliste — et Dieu sait si j'ignorais
qu'il était nihiliste ! — mon affaire n'était pas claire. Alors, j'ai filé.

— Sage prudence ! Car tu aurais été arrêté d'autant plus sûrement que
les soupçons pèsent sur toi.

— Sur moi ! — s'écria Remy pris d'un tremblement soudain.

— Oui, sur toi, — appuya Gayrouan.

— Oh ! quelle infamie ! Mais qu'ai-je fait au bon Dieu, pour être accusé de la sorte !

— Ce n'est pas au bon Dieu que tu as fait, c'est à l'empereur

— Moi ! moi ! ô misère ! quelle erreur ! Oh ! c'est affreux ! Mais pourquoi donc aurais-je tenté d'empoisonner le Czar, un si bon maître !

— Parce que tu as été payé pour le faire.

— Payé, moi !. Oh ! qui a pu inventer cette calomnie ? Moi, empoisonner Sa Majesté ! Mais il n'y a que des nihilistes, d'abominables nihilistes, des coquins de ce genre pour faire un coup pareil. Tenez, lisez, j'ai justement un article d'un journal russe au sujet d'une grande conspiration nihiliste, lisez, lisez, commandant.

Il sortit de son portefeuille une coupure de feuille moscovite qu'il présenta à Gayrouan.

« A la suite de rapports venus de Kiew, la gendarmerie russe a découvert un complot nihiliste dont les ramifications s'étendaient très loin.

« De nombreuses arrestations ont été opérées à Pétersbourg, à Varsovie, Kiew et Czernigau.

« L'instruction de l'affaire a déjà fait connaître que tous les accusés faisaient partie d'une vaste association secrète nommée *Progrès*, ayant pour but d'attenter aux jours du Czar, *par tous les moyens !*

« Parmi les personnes arrêtées se trouvent plusieurs jeunes filles, dont l'une, âgée de quinze ans, vient d'être atteinte de folie dans sa prison.

« Les conspirateurs étaient sous les ordres d'un individu nommé Sviderski, de Saint-Pétersbourg, et d'un autre, Andrijewski, de Czernigau, tous deux mis en lieu sûr. Ces deux individus avaient été élèves au séminaire de Czernigau ; ils en furent chassés comme suspects de s'occuper de politique.

« L'instruction de toute cette affaire est menée dans le plus grand secret. »

— Eh bien ! qu'est-ce que cela prouve ? — fit Gayrouan après avoir lu.

— Cela prouve que ce sont les scélérats de nihilistes qui ont tenté le coup. Vous avez bien lu : *Attenter aux jours du Czar par tous les moyens !*

— Le Czar n'a pas d'ennemis que chez les nihilistes, — dit Gayrouan, s'adressant à Saint-Albin. — Il a pour ennemis tous ceux de la France, et ceux-là sont intéressés à ce qu'il disparaisse. Car en même temps qu'il se montre le plus russe des empereurs qui se sont succédé dans ce vaste empire, Alexandre III est celui qui aime la France de l'amour le plus constant, le plus sincère, et cet amour pour notre pays s'était encore accru depuis nos malheurs. Certes, s'il eût été sur le trône à l'époque de nos désastres, il n'eussent pas été aussi douloureux, aussi complets, si toutefois il les eût permis.

— C'est bien ma conviction, — dit Saint-Albin.

— Aussi n'a-t-il cessé de suivre avec un vif intérêt nos efforts pour revenir prendre notre place au rang des grandes nations, et a-t-il applaudi à toutes nos tentatives de relèvement. Hélas! nous ne sommes pas ce que nous devrions être, mais la faute n'en est pas à la nation, elle est à ceux qui la dirigent. C'est pourquoi, dans le monde opportuniste, qui marquera dans notre histoire une page néfaste, vous rencontrez le Juif allemand.

Puis, se tournant brusquement vers Remy, il répéta avec son obstination de Breton et sa franchise de marin :

— Qui t'a payé pour empoisonner le Czar?... Un Juif allemand, n'est-ce pas?

— Ni Juif, ni Allemand, ni personne! — dit l'empoisonneur, jetant autour de lui un regard effaré pour s'assurer que les portes étaient closes. — Oh! malheur, nous ne sommes pas en Russie, heureusement!... Rien qu'une telle plaisanterie pourrait me faire envoyer pourrir dans les mines.

— C'est bien ce qui t'attend.

— Il y en a qui gémissent là-bas, victimes de paroles moins imprudentes... Empoisonner le Czar! grand Dieu! Je suis un homme de paix et de tranquillité... j'ai des certificats honorables...

— Ah! tu nous embêtes avec tes certificats.

— Il n'y a qu'à me voir pourtant... Si j'avais fait un pareil coup, je serais riche... tandis que je suis pauvre comme Job... Oui, on paye gros ceux qui se chargent d'assassiner des empereurs... et je ne serais pas dans la misère; et vous ne me verriez pas ici venir emprunter quelque argent à M. Nicolaï.

— Tu tombes bien!

— Est-ce que lui aussi serait dans la déconfiture? — demanda-t-il, affectant un air étonné.

— Tu dois en savoir plus long que nous sur son compte... N'essaye pas de te moquer de nous, mon garçon. Comment se fait-il que toi, vil larbin, tu sois en si excellents termes avec cet opulent banquier?

— Mon Dieu, commandant, je l'ai connu à l'hôtel Vérine, madame peut le dire... C'était un bon client.

— Et c'est parce que tu lui as servi à boire ou à manger chez Vérine qu'il t'a donné son adresse à Paris, en te confiant qu'il se cachait sous le masque de comte de Ladra?

— C'est le hasard, le pur hasard qui me l'a fait rencontrer... Je passais devant la Banque Coloniale, je m'arrêtais pour lire l'affiche, je me disais : « Tiens, mon pauvre Remy, si tu avais des fonds, voilà le chemin de la fortune ». Au même instant un monsieur descendait de voiture. Je dis tout haut : « Tiens, voilà M. Nicolaï ! » Ça m'est parti tout seul. Alors il m'a regardé froidement sans me répondre. J'ai bien vu que j'avais fait une gaffe. J'ai demandé à un domestique en livrée qui se tenait sur la porte : « Qui est ce monsieur ? » Il m'a regardé de la tête aux pieds comme ayant l'air de dire : « D'où sort-il, celui-là ? » Et après un moment de silence il s'est décidé à me répondre : « C'est l'un des directeurs de la Banque Coloniale, M. le comte de Ladra. » Alors, comme je savais qu'il avait eu des malheurs à Saint-Pétersbourg, ça ne m'a pas étonné qu'il ait changé de nom, d'autant moins que moi-même j'étais dans le même cas... Je l'ai attendu et quand il est ressorti, je lui ai conté ma situation. Il m'a donné quelque argent, il m'a dit de passer chez lui, qu'il me trouverait peut-être un emploi.

— Mais tu es déjà venu, je le sais.

— Il n'y a pas de mystère, et je reviendrai encore. Chose promise, chose due.

Gayrouan se demandait ce qu'il allait faire. Il n'avait aucun doute sur la culpabilité du coquin qui venait ainsi se jeter dans ses jambes, car Luciana ne pouvait avoir intérêt à mentir.

Que dans son dépit et sa colère, elle eût accusé faussement Nicolaï, rien de plus naturel, mais pourquoi aurait-elle mêlé le nom de cet escogriffe dans cette terrible affaire ?

Il était le complice de Nicolaï, c'était certain, étant donné le caractère du drôle, mais comment le prouver ?

Certes, c'eût été un jeu pour un juge d'instruction d'une habileté ordinaire ; sans peine, il eût arraché son secret à ce vulgaire coquin, qui, tout en niant, eût fini par se vendre.

Mais le marin n'était pas juge d'instruction.

Sous le coup de l'aveu de Luciana et devant l'arrivée inattendue du valet, il avait cédé à un mouvement d'indignation en interrogeant l'homme, se rappelant sa traîtrise au sujet du paquet communiqué à Nicolaï, son impertinence à l'égard de Rita ; mais que faire ? Pas plus que magistrat il n'était policier, ni n'éprouvait le désir de remplir le rôle de policier.

D'un autre côté, il n'était pas chez lui, mais dans une maison plutôt hostile, et voyait que cet homme allait lui échapper, car il ajouta à son verbiage :

— Alors, puisque M. Nicolaï est absent, je vais demander la permission de me retirer.

Luciana et Saint-Albin s'étaient tenus silencieux pendant ce dialogue que l'officier avait suivi avec une vive curiosité, et la maîtresse du logis, le sourcil froncé, donnait involontairement des signes d'impatience.

— Un instant! — s'écria Gayrouan au moment où le drôle, après avoir salué profondément, se proposait de gagner la porte. — Je ne suis pas dupe de tes mensonges... Tu prétends t'esquiver... ce serait, en vérité, trop commode.

— Vous n'allez pas me retenir malgré moi?

— Parfaitement... malgré toi. Tu ne sortiras d'ici qu'avec nous.

— Pourquoi faire?

— Pour que nous puissions te remettre en mains sûres à un magistrat.

— Vous ne ferez pas cela, commandant, — implora Remy dont les jambes fléchirent.

— A moins que tu ne nous donnes, sur un papier écrit et signé de ta main, le nom de celui qui t'a payé pour empoisonner l'empereur de Russie.

— Mais c'est ma mort que vous me demandez?

— Voilà un commencement d'aveu... Non, ce n'est pas ta mort, car lorsque tu auras fait ce que j'exige, tu pourras prendre la porte et aller te faire pendre ailleurs.

Et s'adressant à Luciana:

— Veuillez donner de quoi écrire à cet homme.

La jeune femme obéit.

— Quelle bonne plaisanterie! — fit l'ancien garçon de salle, en prenant la plume. — Je vois que le commandant les pousse jusqu'au bout... Qu'est-ce que je vais écrire sur cette feuille de papier? Le nom que je veux, qui me viendra sous la plume... celui du premier venu... Je puis faire condamner à mort, envoyer aux mines un innocent... Tiens, je m'en vais y expédier ce vieil usurier d'Isaak Simoneff!... Il m'a vendu un passeport cinq cent roubles, le brigand!

— Isaak Simoneff est un de ceux qui méritent la corde, — répondit Gayrouan. — Mais s'il n'a pas trempé dans cette lâche conspiration, je ne te conseille pas de le nommer. Le châtiment viendra tôt ou tard pour ses autres méfaits... Tu prends mes paroles en plaisanterie; tu as tort, mon garçon. Rappelle-toi que ta peau me répond de l'exactitude des noms que tu vas écrire. Tu es mon prisonnier. M. Saint-Albin, que voici, va te conduire à Toulon sous bonne escorte de deux matelots qui te remettront à bord du

Tour-du-Monde, aux mains d'un gaillard que tu connais, maître Luc, qui, je t'assure, ne te laissera pas échapper.

— Mais c'est une arrestation arbitraire que vous faites... sans mandat aucun.

— Parfaitement... tu auras même toute liberté pour te plaindre en route, appeler les agents de police à ton aide. Alors M. Saint-Albin te lâchera avec une petite note à l'adresse du procureur de la République... Tu as compris?

— Et vous m'enfermerez à bord de votre vaisseau?

— Oh! tu auras toutes tes aises; tu seras logé, nourri et abreuvé à nos frais... ce qui vaudra mieux pour toi que de l'être à ceux de l'État... Ce sera d'ailleurs plus court.

— Et combien de temps durera ma détention?

— Le temps de m'assurer si les noms que tu vas inscrire sont exacts et que tu n'as pas menti.

— Mais, si les gens sont, comme moi, à l'étranger?

— Va, va... écris toujours... Le diable reconnaîtra les siens.

— Vous me jurez de ne pas indiquer ma retraite, de ne pas mettre la police à mes trousses?

— Je t'en donne ma parole.

Et le misérable empoisonneur écrivit ce qui suit d'une main tremblante, tandis que la sueur coulait sur son front livide :

« C'est le docteur Abraham Frankel, résidant à Saint-Pétersbourg, qu a fourni le poison, qu'il appelait du *curare*, et qui m'a indiqué le moyen de le placer. Il n'y en avait qu'une goutte que j'ai versée sur une écharde faite par moi à l'aide d'un canif à la bêche dont se servait Sa Majesté. Quand Sa Majesté a été malade, à la suite de la piqûre, j'ai fait disparaître la bêche, et j'ai fait une écharde pareille à une autre bêche. C'est celle-là que les médecins ont examinée et ils n'ont par conséquent pas trouvé de traces de poison. J'ai la plus profonde horreur pour mon crime et j'en demande pardon à Dieu et à l'empereur; quant à moi, je ne me pardonne pas et me fais justice à moi-même. Quand cette lettre sera entre les mains de la justice, je ne serai plus.

« REMY. »

— J'ai ajouté cela à la fin, — dit-il à Gayrouan en lui présentant le papier, — pour qu'on me croie mort.

— Je vois que tu es homme de précaution, — répondit le commandant du *Tour-du-Monde*, — tu n'es pas un coquin à demi, tu es tout à fait com-

plet... Abraham Frankel... c'est bien cela... Qu'est-ce que j'avais dit? Un
Juif allemand!... Du *curare !* mais c'est un poison mortel... Il faut réagir,
réagir vite... s'il en est temps encore... Ah! je vais de ce pas à l'ambassade russe... qu'on télégraphie... le poison agit lentement... peut-
être y a-t-il de puissants réactifs... c'est déjà quelque chose de connaître
le poison... A tout à l'heure... Saint-Albin, tu me réponds de ce misérable.

— Oui, oui, mon oncle, soyez sans crainte. D'ailleurs, à la moindre
tentative de fuite, j'appelle un sergent de ville.

Gayrouan sortait; il se ravisa et s'adressant à Remy :

— Ah! mais, un instant! Tu n'as pas fait le coup simplement pour
l'amour de l'art et pour le roi de Prusse. Qui t'a baillé les fonds? Est-ce
Abraham Frankel?

— Non, — balbutia l'empoisonneur plus mort que vif.

— Nomme-le; nomme-le! Il faut que son nom soit accolé à l'autre.

Le misérable hésita un instant.

— Parle, dépêche-toi.

— C'est le chef de la section III.

— Qu'est-ce que c'est que ça, le chef de la section III?

— Un nommé William von Hermann.

Luciana poussa un cri.

La femme de chambre entra en ce moment.

— Madame la comtesse appelle ?

— Non.

— C'est que M. le baron William von Hermann est ici depuis quelque
temps et demande à parler à madame.

Elle se leva d'un bond, écarta la femme de chambre stupéfaite et
s'élança dans un petit boudoir où l'attendait le traître, qui lisait paisiblement son journal.

— Sauve-toi, — lui dit-elle affolée, — sauve-toi, tu es perdu !

CXLII

LA PRISON D'ALEXANDROVSK

Il est temps de revenir à Olga Ivanoff que nous avons laissée à la citadelle d'Irkoutsk, assistant, de par l'ordre du gouverneur, à l'effroyable supplice des Cosaques qui avaient fait un faux rapport et avaient violenté la pauvre petite Teka Runoff.

Après l'avoir obligée à être témoin de ce que les Russes appellent si justement les « bains de sang », l'aide de camp la ramena à la *Petite Étoile*, la délicieuse résidence du gouverneur, où elle était libre d'errer à son gré dans le magnifique jardin, véritable oasis au milieu de plaines arides, avec la seule défense de franchir la grille, ce dont elle n'éprouvait pas la moindre envie.

Qu'eût-elle fait hors de cette hospitalière demeure?

Elle s'enferma dans sa chambre, l'esprit frappé du terrible spectacle auquel on l'avait contrainte d'assister, revoyant ces torses sanglants, ces débris de chair qui voltigeaient avec le fouet, entendant les cris de détresse, d'agonie des misérables, et elle se répétait que l'homme était plus féroce que le tigre, que les civilisations ne couvraient que d'un vernis la brutalité native, et qu'elle reparaissait toujours en haut comme en bas, et que la férocité des gouvernants, de ce qu'on appelle les classes dirigeantes, n'avait d'égale que celle des foules Alors à quoi bon se dévouer, sacrifier sa vie pour ces masses cruelles et stupides?

Justement sur sa table se trouvait une feuille moscovite où était relaté tout au long le martyre du docteur Moltchanoff, victime de son amour de l'humanité.

Le choléra sévissait avec rage; il voulut vaincre la contagion, s'attaquer au fléau destructeur, lui arracher une à une ses victimes, et la populace, ignorante et stupide comme toutes les populaces, ne comprenant rien à son dévouement, ne s'expliquant pas son zèle, l'accusa d'avoir empoisonné l'eau de la ville.

C'était à Kvalinsk, où il avait été chargé de l'installation de baraques pour séparer les malades de la population.

Le bruit se répandit que c'était pour mieux les tuer.

Il fut menacé, injurié, hué. On l'appelait le docteur Choléra.

Quelques gens de bon sens lui conseillèrent de s'en aller.

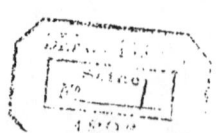

Vide! — La caisse vide!...

— Partez, — lui disait-on. — Laissez cette canaille. Abandonnez-la au fléau. Elle mérite son sort.

Mais lui refusait.

— Non, — répondait-il. — J'ai charge de vies.

Et, indifférent devant les insultes, il redoublait de **vigilance et de soins.**

Et la canaille de dire :

— Il a un philtre contre la maladie, c'est pourquoi il approche impunément du lit des malades qu'il achève de tuer... Mais nous aurons sa peau!

L'émeute éclata.

On cerna l'ambulance.

La foule criait :

— Qu'on nous livre le docteur Choléra! Qu'il sorte, ou nous mettons le feu aux baraques.

Mol·chanoff sortit, voulant éviter un désastre.

Un ami lui donna asile. Mais un domestique le trahit.

La foule hurlante entoura la maison.

Alors, pour sauver son hôte, sa famille, son foyer, il se livra à la populace.

— Me voici! — dit-il.

Trois popes essayèrent de calmer la tempête, s'interposèrent pour sauver le docteur : on les assomma.

Et Moltchanoff, saisi par la pieuvre populaire, déchiré, battu, était lancé de l'un à l'autre comme une balle, et chacun tapait, qui du pied, qui du poing, qui des ongles, qui du bâton.

Il tombait et rebondissait sur le pavé, se relevait pour retomber encore.

Enfin, piétiné, écrasé, il fut achevé à coups de talons, de cailloux, de marteau par les femmes, les douces et généreuses femmes !

Puis elles mutilèrent son cadavre, comme les femmes arabes faisaient jadis à nos soldats tombés entre leurs mains, elles s'acharnèrent après ces débris sans nom, et quand quelques amis du martyr vinrent pour les recueillir et leur donner la sépulture, elles les chassèrent à coups de pierre.

Olga s'essuya les yeux.

Le spectacle qu'elle avait vu, tout en lui inspirant autant d'horreur, diminua sa compassion.

— Qui sait, — se dit-elle, — si ces cosaques ne sont pas les fils et les frères de ces horribles femelles de Kvalinsk? Et s'ils avaient été présents, ne se seraient-ils pas mêlés à l'atroce foule pour donner leurs coups de pied ou leurs coups de poing de brutes à l'infortuné Moltchanoff?

« Honte! honte sur l'humanité entière !

« Honte sur mon sexe, car ce n'est pas parce qu'elles sont ignorantes que ces misérables femmes sont cruelles !

Et elle se rappelait avoir lu jadis, étant toute petite, dans des livres français, qu'après le massacre de Paris de 1871, les belles dames des classes supérieures, les bourgeoises de Paris attendaient sur la route de Versailles les femmes, les filles, les mères des vaincus, des fusillés, pour les accabler d'invectives et les frapper de leurs ombrelles.

Ah! si on ne les eût empêchées, elles aussi se seraient ruées sur elles, et les eussent mises en pièces, comme les paysannes russes avaient fait de Moltchanoff.

Puis le souvenir de la petite Teka Runoff, gisant loin des siens sur un lit d'hôpital, la hantait.

Elle s'expliquait maintenant les réticences et l'embarras du gouverneur, lorsqu'elle le questionnait sur elle!

Comment, maintenant, elle, Olga Ivanoff, oserait-elle se présenter devant ces pauvres moujiks qui lui avaient confié leur fille?

N'était-elle pas moralement responsable?

Le reste du jour se passa dans une tristesse mortelle.

Qu'allait-on faire d'elle?

Il n'était guère vraisemblable que le gouverneur la laissât longtemps encore dans sa propre résidence.

Elle écrivit une longue lettre à sa sœur, relatant brièvement ce qui lui était arrivé depuis son départ, se demandant si cette missive lui parviendrait jamais?

Elle l'achevait à peine que le gouverneur, qui venait de rentrer de la ville, la fit appeler.

— Olga Ivanoff, — lui dit-il, — j'ai le regret de vous apprendre que nous allons nous séparer.

— Où que j'aille, — répliqua Olga, — la mémoire des bontés de Votre Excellence me suivra partout.

— J'ai fait ce que j'ai pu pour une fille de noble race qui m'était spécialement recommandée. Des ordres sont arrivés, émanant du chef général de la police. Vous devez être internée jusqu'à nouvel ordre à la prison centrale d'Alexandrovsk. Le régime n'y est pas sévère et la sollicitude de l'Empereur daigne vous y accompagner. Vous partirez demain matin, après le lever du soleil. Je ne vous verrai pas; donc, je vous dis adieu.

— Adieu, Excellence, et, encore une fois, merci.

— Puissé-je vous revoir en des jours plus prospères!

— Dieu seul est le maître de demain.

— Adieu, donc!

— Encore un mot, Excellence. Teka Runoff me sera-t-elle rendue avant l'arrivée de sa famille?

— J'aviserai... Je donnerai des ordres... Êtes-vous satisfaite des châtiments des coupables?

— Comme femme, je ne puis être satisfaite d'une cruauté, Excellence. Comme justicière, je le trouve excessif.

— Ah! vous ne connaissez pas ces brutes! La brute humaine! La brute humaine!...

Et il tourna les talons en faisant encore un geste d'adieu.

. . . .

A quatre-vingts verstes environ au nord de la grande ville d'Irkoutsk, la capitale de la Sibérie Orientale, au fond d'une vallée profonde, s'étend le village d'Alexandrovsk, où se trouve l'établissement pénitentiaire du même nom.

Là sont rassemblés de dix-huit cent à deux mille condamnés.

La prison, une des plus douces de la Sibérie, était jadis une ancienne fabrique d'alcool.

Le bâtiment rectangulaire, bâti en briques, n'a qu'un étage et contient deux cours intérieures, une pour les hommes, l'autre pour les femmes, plus un large espace extérieur qui fait le tour du bâtiment central et est fermé par un mur de briques, de quatre mètres de hauteur.

Aux quatre angles, intérieurement et extérieurement, sont placés des sentinelles qui ont la consigne de tirer sur tous ceux qui tenteraient de fuir.

Dans ces cours, les condamnés peuvent se promener en toute liberté, même ceux qui ont des chaînes, une fois leur tâche finie.

On pénètre dans la prison par une grille flanquée d'un corps de garde.

Le directeur, prévenu par dépêche, attendait la prisonnière annoncée comme personne d'importance, recommandée spécialement par l'Empereur.

Il fut avec elle d'une courtoisie exquise, comme s'il se fût agi d'une visiteuse de marque, et l'accompagna, suivi de la gardienne-chef, jusqu'à la chambre qu'on lui destinait.

On traversa les larges corridors blanchis à la chaux, qui font le tour du bâtiment au rez-de-chaussée et au premier étage et sont remplis de prisonniers habillés de toile blanche qui vont et viennent traînant leurs chaînes avec fracas.

— Voyez, — dit le directeur en souriant, — on est libre chez moi.

Des portes étaient ouvertes laissant voir de grands dortoirs d'une méticuleuse propreté.

Il lui en fit traverser plusieurs.

— Il y en a cinquante, — dit-il, — chaque prisonnier a de l'espace. On n'est pas entassé comme dans d'autres prisons.

— C'est en effet très bien tenu, — fit Olga.

— Aussi presque jamais de malades. Nous avons un hôpital pour une cinquantaine de lits. Il est toujours vide. La mortalité n'est que de deux pour cent par an, jamais de typhus, jamais de scorbut. Du reste, nous permettons aux prisonniers de fumer comme bon leur semble.

— Une vraie villégiature !

—· Vous ne croyez pas si bien dire, Olga Ivanoff, et la preuve qu'on s'y trouve bien, c'est qu'il n'est pas rare de voir des libérés demander à y rester et même il nous arrive des prisonniers volontaires !

Le fait n'est pas exagéré, dans ses *Notes de Voyage en Sibérie*, excellent livre déjà cité, Edgar Boulangier le relate :

« Dans le cours de l'année, — écrit-il — l'hiver surtout, quand la faim fait sortir le loup du bois, le directeur de la prison reçoit la visite d'un vagabond depenaillé, qui lui tient ce langage :

« — Je viens me constituer prisonnier.

« — Pourquoi ? Qui es-tu ?

« — Je ne sais pas.

« — Ton nom ?

« — Je l'ai oublié.

« — Ton passeport ?

« — Je n'en ai pas.

« — Tu es un *bradiaga* (vagabond) ; tu t'es échappé de prison. Quel crime as-tu commis ?

« — J'ai oublié.

« Impossible d'en tirer autre chose.

« D'autres se donnent le malin plaisir de mystifier la justice. Ayant entendu parler de crimes dont les auteurs sont restés introuvables, ils se les imputent de gaîté de cœur, uniquement pour mettre en branle les juges d'instruction et se faire offrir d'intéressants voyages « aux frais du gouvernement. »

« On les promène de ville en ville et finalement la ruse se découvre ; il est un peu tard. On garde les facétieux personnages sans connaître leur identité. »

— Nous avons ici plusieurs douzaines de ces gaillards y compris ceux qui font les idiots et qui prétendent ne rien comprendre. Il vaut mieux les tenir que de les lâcher ; ils commettraient quelque crime pour revenir. Tenez, vous voici aux cuisines ; voyez, Olga Ivanoff, si ces gredins ne sont pas mieux nourris que la plupart des moujiks. Ce sont eux, d'ailleurs, leurs propres cuisiniers. Comme on fait son lit on se couche, de même comme on fait bouillir sa marmite, on mange.

— Mais il faut quelque chose dedans.

— Oh! ça ne manque pas. Goûtez de ce *tstchi* [1].

— Il est excellent.

— Que vous disais-je? Et le thé matin et soir... Et un bain par semaine.

— Il ne leur manque que la liberté.

— La liberté, mais plusieurs l'ont en partie; nous avons plus de trois cents condamnés qui sont autorisés à sortir journellement pour s'occuper au dehors et qui rentrent de leur plein gré prendre leur repas d'onze heures, le trouvant préférable à celui qu'on leur offre chez leurs patrons respectifs. Ils ne sont astreints qu'à se trouver à l'appel du soir. Il en est d'autres, plusieurs centaines, qui ont la faculté de ne pas rentrer du tout, de prendre du service chez les gens du village ou des fermes voisines et même de vivre avec leurs familles. Ils se conduisent bien, on est content d'eux et il y a rarement d'évasion... Et cependant ce sont presque tous des criminels de droit commun... comme vous, — ajouta-t-il, en attachant ses regards sur Olga.

— Et jouirai-je de la même faveur? — demanda-t-elle.

— Cela dépendra de vous; cette faveur n'est accordée, je dois le dire, qu'à ceux auxquels il ne reste que quelques années à faire et qui n'ont nul intérêt à s'y soustraire en essayant de s'évader, évasion qui leur rapporterait une condamnation à perpétuité [2]... Mais vous êtes une évadée, Olga Ivanoff.

— Oui, — fit-elle souriant tristement, — vous voyez que je n'ai nul droit à votre sollicitude.

— Vous avez tous les droits, au contraire... je ne parle pas de ceux que vous donnent votre intelligence, votre beauté, votre haute noblesse... mais de ceux que vous donne la recommandation formelle de notre Père le Czar.

— J'en remercie Sa Majesté.

— C'est vous dire que vous êtes libre ici et ne serez astreinte à aucun travail.

— Y a-t-il des livres? — demanda Olga, — et peut-on écrire?

---

1. Le *tstchi* est le pot-au-feu national russe. Il se fait généralement avec de la poitrine de mouton, l'eau étant assaisonnée de poivre en grain, de branches de fenouil et de sel. On met un chou, des carottes, des oignons coupés, de l'orge perlé et du gruau. Après trois heures de cuisson on ajoute des pruneaux, environ le double de ce qu'on a mis d'orge, et l'on fait bouillir encore une heure. Cela constitue un délicieux pot-au-feu.

2. Cette tolérance, qui peint assez les sentiments humanitaires des Russes, serait sans doute inapplicable en France; elle n'offre, paraît-il, aucun inconvénient dans les solitudes sibériennes et n'alimente que pour une faible part le grand courant de fuyards, d'évadés, qui circule chaque année entre la Sibérie et l'Europe.   (EDGAR BOULANGIER.)

— Vous pouvez écrire et lire tant qu'il vous plaira. Mais la bibliothèque de la prison ne contient que des livres religieux... C'est un ordre. Mais en cela comme en toutes choses, il est des accommodements, et je mets la mienne à votre disposition.

Olga remercia chaleureusement ce bienveillant directeur.

— Venez que je vous conduise à votre chambre.

Ils traversèrent à nouveau un long corridor.

On y rencontrait des hommes avec des anneaux et des chaînes aux pieds.

— On leur a rasé tout un côté de la tête, précaution destinée à prévenir l'évasion ou, dans le cas d'évasion, à faciliter la capture.

— Rase-t-on la tête aux femmes? — demanda Olga, effrayée à la pensée qu'on pouvait lui enlever la moitié de sa magnifique chevelure.

— Assurément. Tenez, voici une condamnée à perpétuité et qui est encore dans ce que j'appellerai la période d'épreuve. C'est la huitième année qu'elle est ma pensionnaire et sa dernière de tonsure [1].

— Cette vieille? Oh! la pauvre créature!

— Vieille?... Elle a franchi à peine le cap de la quarantaine. Quand elle est arrivée, elle était jeune et jolie et a fait tourner la tête à plus d'un officier de cosaques. Ce n'est pas la prison qui l'a rendue ainsi, c'est ce qui la *mange en dedans d'elle-même.*

La malheureuse femme venait à eux; elle portait dans un vase de terre une sorte de brouet qu'elle venait de chercher à la cantine, et en passant, inclina la tête, jetant sur le gouverneur un regard à la fois farouche et craintif.

Ses yeux caves, cerclés de noir, paraissaient secs comme s'ils avaient depuis longtemps vidé toutes les larmes, et les coins de sa bouche, aux lèvres minces, s'abaissaient de chaque côté du menton.

Elle se traînait plutôt qu'elle ne marchait, hâve, décharnée, semblant n'avoir plus qu'un souffle de vie.

— Elle paraît bien malade! — fit Olga, apitoyée.

— Elle l'a été et elle est sortie depuis quelques jours seulement de l'hôpital. Mais elle est surtout timbrée.

---

1. Les condamnés à perpétuité sont soumis aux fers et à la demi-tonsure pendant huit ans; les condamnés au-dessus de quinze ans (de quinze à vingt ans), pendant quatre ans; les condamnés de douze à quinze ans, pendant deux ans seulement; au-dessous de douze ans, il faut retrancher deux mois par année en moins; par exemple, un condamné à neuf ans gardera les fers et la tonsure pendant une année et demie.

(EDGAR BOULANGIER.)

— Quel crime a-t-elle commis?

— Interrogez-la, elle va vous le conter elle-même.

— Comment s'appelle-t-elle?

— Tatiane Petrova.

— Tatiane Petrova? — répéta la Vierge russe. — Mais je connais ce nom.

— C'est possible. Peut-être l'avez-vous rencontrée à Moscou. Elle est de bonne noblesse et fut mariée à un haut fonctionnaire, le comte Gobsky... qu'elle a trompé, ruiné et poussé à des malversations... Elle devint la maîtresse d'un tripoteur célèbre, un Juif allemand nommé Karl Hauser, qui engloutit la fortune de son mari dans des spéculations frauduleuses dont, seul, il profita... Quand Gobsky fut à sec, elle s'enfuit... mena la vie à Saint-Pétersbourg, ensorcela un vieux boyard qui fit un testament en sa faveur et, le trouvant trop long à disparaître, lui poudra son thé de quelques pincées d'arsenic.

— Tatiane Petrova, — redisait Olga, — oui, je me souviens, c'est une amie d'enfance de ma sœur... et ma sœur, au jour du désastre, alors qu'elle était abandonnée de tous, est allée frapper à sa porte... Et la porte est restée close. C'était déjà une mauvaise femme et la mauvaise femme finit par trouver son mauvais jour. C'est justice. Ah! c'est une empoisonneuse!

— Et une empoisonneuse qui ne regrette pas son crime. Ne voulez-vous pas la questionner?

— A quoi bon? Quoi qu'elle me dise, je fermerai mon cœur, comme elle a fermé à ma sœur sa porte. Et savez-vous pourquoi? Parce que ma douce et bien-aimée Marie était mère tout en étant fille. Sa vue eût blessé la haute moralité de cette femme qui trompait et volait son mari, et devait empoisonner son amant.

— Mais c'est toujours ainsi, — fit en riant le gouverneur, — les vicieux sont impitoyables pour les fautes d'autrui. Oh! elle a conservé son hypocrisie de prude!

— Ah! bien, je veux la voir.

L'ancienne comtesse Gobsky s'était assise sur un entablement de pierre dans l'anfractuosité d'une fenêtre, elle tenait son vase de brouet fumant sur les genoux et y chauffait ses mains aristocratiques et blanches, respirant avec effort, regardant de loin avec une curiosité malveillante cette jeune femme au costume moscovite, à qui le directeur semblait faire les honneurs de sa prison.

Mais les voyant revenir sur leurs pas, elle se leva et continua son chemin.

Elle se tut épouvantée de ce qu'elle venait de dire.

Le directeur alors l'appela :
— Tatiane Petrova !
Elle fit mine de ne pas entendre.
— Tatiane Petrova ! — répéta-t-il impérativement.
— Me voici, Excellence, — fit-elle, apeurée.

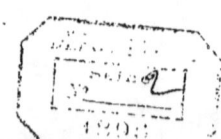

— Approchez. Voici une personne dont vous avez connu la famille... Vous allez pouvoir parler ensemble de l'Ukraine.

— Que Dieu noie l'Ukraine sous les grandes eaux, et les steppes et les bois et les villages, et tous ceux dont j'ai connu la famille. Les miens sont tous morts!

— Même votre mari, le comte Gobsky?

— Ne me parlez pas de lui! ne me parlez pas de lui!

— Femme, tu n'as pourtant rien à lui reprocher, et s'il a fui l'empire russe comme un vagabond, n'est-ce pas toi qui l'as poussé à la ruine?

— C'est mon remords, mon éternel remords... c'est de n'avoir à lui reprocher que sa faiblesse. Oh! j'aurais voulu qu'il me batte, qu'il me cingle les épaules de sa cravache... comme l'autre

— Celui à qui tu as donné cette petite tisane?...

— Je ne le regrette pas... je suis punie, c'est bien fait. C'était un homme immoral... j'avais quitté le mari ruiné pour l'amant riche... l'amant riche m'a fait payer chèrement son luxe... Il voulait me faire partager sa couche avec une petite bohémienne que lui avait cédée Karl Hauser, moi, la comtesse Gobska, et pas de jour ne se passait que je ne sentisse sur ma chair la morsure de son fouet de chasse... Je m'en suis délivrée... j'ai bien fait. La fin montre ce que valent les choses. Il ne valait que la mort.

— Mais son testament...?

— Était en ma faveur. Oui, c'est ce qu'on a objecté pour me perdre. Est-ce que je me doutais seulement qu'il eût fait un testament?...

Le directeur sourit; il était évident qu'il n'accordait nulle créance aux dires de sa prisonnière.

— Et l'autre? — fit-il.

— Quel autre?

— Le comte Gobsky?

— Ah! si je savais où le trouver et que je sois libre, j'irais à lui, implorer son pardon, dussé-je marcher sur mes genoux... Mais j'ai rêvé qu'il était sous terre et j'ai dit un *De profundis*... Alors, cette jeune femme vient de l'Ukraine?

— Oui, Tatiane Petrova, ne me reconnaissez-vous pas?

— Je cherche dans mes souvenirs.

— J'ai joué avec vous, étant petite fille, bien souvent, dans le parc du château de mon père.

— Ah! attendez... vous seriez?...

— Olga Ivanoff.

— Oh! alors... vous aussi avez les mains teintes de sang.

Elle se rappelait le bruit causé à Moscou par la tentative de meurtre d'Olga sur Jean Gayrouan, mais n'osa demander des nouvelles de l'ancienne amie qu'elle avait si durement repoussée.

Olga, impitoyable, la lui rappela.

— Vous étiez la meilleure amie de ma sœur Marie; elle le croyait du moins...

— Oui... je sais... je me souviens... Et je vois que vous non plus... vous n'oubliez pas.

— Ni le bien ni le mal.

— Notre Seigneur recommande de pardonner à ceux qui nous ont offensés.

— Les saints seuls mettent ces préceptes en pratique, et je ne suis pas une sainte.

— Voilà qui est bien parlé, Olga Ivanoff! — dit le directeur. — Pardonner aux offenses et aux vilenies, c'est les encourager.

— Alors, — fit Tatiane Petrova, — si jamais vous revoyez Marie Ivanoff, faites-lui savoir où et comment vous m'avez vue... et elle sera vengée.

— Ma sœur est une âme douce qui ne se repaît pas dans la vengeance.

— A-t-elle trouvé le bonheur dans la vie?

— Elle a épousé celui qu'elle aimait, le père de ses enfants.

— En vérité?... Alors tout est bien.

— A chacun selon ses œuvres. La justice de Dieu vient tôt ou tard pour tous?

— Tu es donc bien criminelle que te voilà ici?

— Je paye pour les crimes des autres... Mais je n'ai jamais désespéré,... je sais que pour les coupables viendra l'heure de l'expiation...

— Elle vient... elle vient, peut-être... Ah! ah! ah! au revoir, Olga Ivanoff!

Et cette sorcière, qui avait été belle, qui avait brillé dans les salons de Moscou, cette femme qui n'avait pas quarante ans et qui semblait en porter soixante, s'en alla d'un pas chancelant, s'appuyant d'une main à la muraille, courbée sous le poids de ses remords, ou peut-être seulement sous celui de ses regrets.

Le directeur de la prison accompagna Olga jusqu'à la chambre qui lui était destinée.

La recommandation du czar produisait, continuait son effet magique.

Elle trouva tout le confort que peut désirer une recluse et, à part l'épaisse grille qui attristait sa fenêtre, elle eût pu se croire dans la chambre à coucher d'une modeste bourgeoise provinciale... si l'on pouvait jamais se croire libre dans une geôle.

La voici donc encore une fois prisonnière après ces journées de voyage, qui avaient été pour elle une sorte de liberté, et, dès les premiers jours, malgré la bienveillance visible qui la suivait, malgré les attentions respectueuses des gardiennes, elle reconnut que son sort était plus rigoureux que dans la colonie pénitentiaire d'où l'avaient tirée d'une façon si inattendue son courageux cousin, Alexis Roumanoff, et l'infortuné colonel Visosky.

Là-bas, elle jouissait d'une liberté relative, elle avait son isba, elle pouvait sortir dans le village et hors du village, se mêler aux habitants, se promener dans la campagne à condition de ne pas dépasser une distance déterminée et indiquée sur la route par un poteau ; elle n'était assujettie à aucun travail et, à part les appels où elle devait répondre, la maîtresse de ses actes tout le jour.

Ici, tout était différent, tout lui faisait sentir qu'elle n'était pas seulement internée dans une localité, mais prisonnière.

Elle logeait dans la prison, entendant constamment un bruit de clefs et de chaînes, et si sa porte restait ouverte jour et nuit, la gardienne lui faisait bien sentir que c'était une simple faveur, qu'on pouvait d'un moment à l'autre lui retirer.

Puis là-bas elle se sentait au milieu de ses pairs, de condamnés politiques ou coupables comme elle, de ce que les criminalistes ont rangé sous le nom de crimes passionnels, tandis que maintenant elle se trouvait au milieu de voleurs, d'assassins, de parricides, d'infanticides, d'empoisonneuses.

Avec la liberté relative de cette prison *modèle* elle coudoyait à chaque pas toutes les laideurs morales, et pour un noble esprit, une âme fière et hautaine, rien de plus douloureux que le spectacle incessant de ces infirmités. Une nature généreuse s'apitoie devant les maladies de l'âme, autant que le vulgaire devant les maladies physiques. Comme en face d'une plaie hideuse mise à nu, elle éprouve, devant certains vices, une impression de dégoût et d'horreur.

En outre, pour sortir de la prison, il lui fallait chaque fois demander verbalement ou par écrit la permission au directeur ou au sous-directeur.

Elle se serait soumise sans hésitation s'il n'y avait eu que le premier, mais demander un service au second lui répugnait affreusement.

C'était un bellâtre de trente-cinq ans environ, à l'air arrogant et hautain, très fier de sa position et de ses longues moustaches rousses.

D'origine allemande, il avait russifié son nom et transformé Weiss en Weissoff. Son père appartenait à la très petite noblesse civile, celle de

14° classe qui donne le titre de *citoyen honorable* [1], et il tranchait en toute occasion du grand seigneur.

Fruit sec d'une école militaire, il avait été, grâce à quelques puissantes recommandations, envoyé dans ce poste, où il s'ennuyait fort.

Il avait d'abord cherché à se distraire avec les jeunes filles du village, car comment occuper ses loisirs sous ce ciel gris de plomb presque toujours chargé de neige, si ce n'est de reposer sa vue dans la prunelle vague et bleue des petites Sibériennes.

Et combien elles sont jolies dans leurs atours du dimanche, vêtues de rouge et de blanc!

Mais, dans ces villages où tout s'observe et tout se sait, les aventures amoureuses sont pleines de périls pour un fonctionnaire, et, d'ailleurs, s'il se trouvait dans la colonie des filles ou des femmes faciles, les officiers et les sous-officiers du poste de cosaques les accaparaient pour eux seuls.

Il y avait dans les environs, à une dizaine de verstes, un campement de Kirghizes qui, de religion musulmane, suivent les préceptes du Coran, mais seulement de loin en beaucoup de cas, car ils sont d'une saleté révoltante, et les ablutions prescrites par le Prophète se résument à quelques gouttes d'eau versées sur le bout des doigts.

De plus, ils se grisent avec une espèce d'eau-de-vie faite avec du lait de jument fermenté, et quand le lait de jument manque, leurs habitudes d'ivrognerie ne diminuent pas, car ils absorbent alors des quantités considérables de kwas.

A l'instar de tous les musulmans, les hommes se livrent au doux farniente tandis que les femmes travaillent. Elles confectionnent les vêtements, font des tapis, préparent la nourriture et les boissons et gardent les troupeaux.

C'était aux gardeuses de troupeaux surtout que Weissoff avait affaire, et, avec une pièce d'argent, principalement si elle était trouée, il obtenait les faveurs de la pastourelle, qui se hâtait ensuite d'attacher au bout de ses tresses la pièce qu'elle avait reçue.

Car les Kirghises comme les Kalmouks ne font pas d'autre usage de la monnaie.

Heureux peuple! Elle sert d'ornement à leurs femmes et à leurs filles!

1. Il y a quatorze degrés de noblesse militaire et autant de noblesse civile; mais, jusqu'à la sixième classe, la noblesse n'est que personnelle, l'héréditaire ne commence qu'à la cinquième. Pierre 1er avait établi que le premier grade d'officier, celui d'enseigne, et les huit premières classes de fonctionnaires civils donnaient droit à la noblesse héréditaire, mais les nobles de cette catégorie augmentant outre mesure, l'empereur Nicolas, par un manifeste de juin 1845, restreignit les dispositions de l'ancienne loi; néanmoins il y a encore en Russie un noble sur 60 habitants. Cette noblesse n'a aucune portée politique.

Tout se fait par échanges avec les juifs marchands ambulants qui trou-vent à cette manière d'opérer de larges profits.

Ces tribus, très hospitalières d'ailleurs, ont conservé les mœurs existant au temps des patriarches.

Les femmes et les filles sont pleines de complaisance pour les étran-gers, et les maris et les pères feignent de ne rien voir. Il ne faut jamais déplaire à son hôte.

Mais Weissoff, âme timide et chaste comme toutes les âmes germaniques, n'aimait pas ces idylles par trop hébraïques, il préférait l'isolement des grandes steppes, ou le mystère du bois de sapins!

Mais ce qu'il affectionnait, c'était, pendant les courtes journées de l'été, de se rendre au campement des Kirghizes à l'heure où tous, hommes, femmes, garçonnets et fillettes faisaient en commun dans le costume naturel la grande ablution, spectacle d'autant plus apprécié qu'il était plus rare.

Tous, après s'être dépouillés de leurs vêtements, entraient dans la rivière, s'y livraient à de joyeux ébats et remontaient se sécher au soleil.

Il passait le long de la rive à cheval, et les naïades de lui crier :

— Arrêtez-vous, Excellence! Venez avec nous partager notre bain. Les beaux jours sont courts.

Il rougissait pudiquement, et passait sans répondre. Mais où il était plus loquace, c'était à d'autres moments; quand il entrait dans le camp à l'heure où les hommes font la sieste et que les petits cochons noirs s'ébat-tent jusque dans les jambes, il voyait des femmes complètement nues accroupies devant les *Kibitkos*, raccommodant leurs hardes ou nettoyant leurs chemises de la vermine.

Alors il s'arrêtait, parfois descendait de cheval, et, tandis qu'une Ève Kirghize tenait la bride, il acceptait une tasse de koumys (eau-de-vie de jument), qu'en homme généreux il payait toujours avec quelque piécette trouée.

Mais, las bientôt de ces pastorales, à cause de la saleté des Chloé et des Estelle, et surtout du temps que ces excursions lui prenaient, il se tourna du côté des prisonnières. Avec des précautions et de la prudence, il eût pu arriver à ses fins.

La plupart ne demandaient pas mieux que de plaire à Son Excellence, et n'auraient rien refusé pour obtenir les bonnes grâces du sous-directeur, d'autant plus qu'elles le trouvaient beau garçon, mais lui les trouvait presque toutes trop vieilles ou trop laides; et les quelques jeunes du troupeau portaient au front de tels stigmates de vice, de stupidité et d'in-famie, qu'elles ne pouvaient respirer que l'horreur.

— De vrais remèdes d'amour ! — se disait Weissoff, — j'aime encore mieux, malgré leurs poux, les petites Kirghizes !

C'est sur ces entrefaites qu'arriva Olga ; le don Juan russo-germain pensa qu'elle arrivait à point.

Il revenait justement bredouille d'une équipée amoureuse dans le village ; la petite Sibérienne qu'il convoitait depuis une dizaine de jours venait de lui déclarer qu'elle avait accroché son cœur aux moustaches d'un jeune officier de cosaques, et peu soucieux de fâcheuses aventures, il s'était tenu pour battu... momentanément.

Quant il vit Olga, il oublia tout, et les Kirghizes et les Kalmouques, et les villageoises et les prisonnières.

Cette superbe fille aux formes sculpturales, dont la vie au grand air rehaussait la fraîcheur et la beauté, et qui, reposée des fatigues de son long voyage par son séjour dans l'hospitalière villa du gouverneur d'Irkoutsk, paraissait dans toute la splendeur de sa riche jeunesse, le fit presque tomber en extase.

Pendant plusieurs jours, il en perdit le boire et le manger.

Jaloux de son chef direct qui faisait avec tant d'urbanité les honneurs de la prison à une prisonnière, il l'interrogea, témoignant sa surprise.

— Eh ! mais, c'est Olga Ivanoff ! — répondit celui-ci.

— Et qui est Olga Ivanoff?

— Comment, vous n'avez pas entendu parler de la fameuse *Vierge Russe*; c'est du moins ainsi que depuis dix ans elle est connue dans l'empire !

— Depuis dix ans, — ricana Weissoff, — c'est bien long pour rester vierge.

— A vos yeux, sans doute, vous qui ne croyez pas à la vertu des femmes.

— Mais, pardon, Excellence. Toutes les femmes, j'en suis convaincu, commencent par être vertueuses, et le sont jusqu'à ce qu'elles trouvent l'occasion de ne plus l'être..., et cette occasion se présente tôt ou tard..., quand on est jolie, s'entend.

— Elle ne s'est alors pas encore présentée pour Olga Ivanoff..., sans quoi elle ne mériterait pas l'intérêt que lui porte le Czar.

— Oh ! elle n'a pas été lui conter ses petits péchés.

Le directeur avait haussé les épaules, et la conversation en était restée là, mais non la curiosité de son subordonné.

Celui-ci consulta le dossier de la nouvelle prisonnière et se dit qu'une gaillarde qui avait sur la conscience deux tentatives d'assassinat, qui avait su ensorceler à tel point son propre gouverneur de colonie pénitentiaire, que celui-ci avait non seulement favorisé son évasion, mais protégé sa fuite et était mort en essayant de l'arracher aux mains de la police, une voyageuse qui avait traversé la Sibérie et la Russie en traîneau côte à côte avec un homme, fréquenté à Saint-Pétersbourg le monde très mélangé et généralement peu pudibond des étudiants et des étudiantes, ne devait pas être d'une vertu bien farouche !

Sa récente aventure dans une station de cosaques ne prouvait à ses yeux qu'une chose, c'est qu'elle n'aimait pas être houspillée contre son gré et par une soldatesque brutale et alcoolisée.

Parce qu'une femme a repoussé énergiquement l'assaut d'un voyou, s'ensuit-il qu'elle usera de la même rigueur avec un gentilhomme ?

Et, fort de ces raisonnements, il se mit, dès que son supérieur avait le dos tourné, à entourer d'obsessions la fille du comte Ivanoff.

Elle le rencontrait partout sur ses pas et à toutes les heures.

Il n'avait jamais osé frapper à la porte de sa chambre à cause de la gardienne en chef qui eût pu porter plainte au directeur, mais il la guettait d'une des fenêtres de son appartement et, aussitôt qu'il l'apercevait dans la cour aux heures où ne s'y trouvaient pas les autres prisonnières, — car pour ne pas subir leur contact et éviter la présence de Tatiane Petrova, elle ne s'y promenait que pendant le temps du réfectoire ou celui consacré au travail en commun, — il accourait à elle, dissimulant à peine ses convoitises, pour lui offrir ses services et se mettre, disait-il, à son entière disposition.

CXLIII

DÉSAGRÉABLE AVENTURE

Il n'est pas besoin de grande perspicacité pour qu'une femme s'aperçoive des désirs qu'elle inspire ; aussi, presque dans le premier regard dont l'enveloppa le sous-directeur, lut-elle comme en un livre ses secrètes convoitises.

Elle se jura de se tenir sur ses gardes pour éviter toute interprétation malveillante de la part des prisonnières jalouses, autant que pour enlever tout espoir au don Juan.

Elle éprouvait, l'on n'en peut douter, le plus profond mépris pour les

En ce moment, le domestique entra, présentant sur un plateau une carte.

hommes à femmes, les coureurs de jupes et son mépris n'avait pour eux d'égale que sa haine.

Aussi les avances du beau Weissoff furent-elles plus que froidement accueillies.

Il ne se découragea pas.

LIV. 231. — H. GEFFROY, édit. — Reproduction interdite. Mort du Czar 123

— Elle cache son jeu, — se dit-il. — C'est une fine mouche. Et peut-être joue-t-elle à la farouche pour mieux m'ensorceler.

Dès les premières fois qu'elle eut l'autorisation de sortir de l'enceinte du pénitentiaire et qu'elle s'aventura dans l'unique rue du village, il la suivit.

Alexandrovsk n'offre nulle distraction, nul attrait. Tous ces villages sibériens, comme les villages russes, d'ailleurs, se ressemblent. C'est une large rue bordée de maisonnettes à un seul étage, séparées les unes des autres par des enclos, jardinets et cours rustiques. Un air de solitude et d'ennui accentué par le gris du ciel se répand sur tout. Même dans les petites villes les cafés sont rares, le restaurant y est inconnu. On rencontre dans les grosses bourgades une ou deux auberges, c'est, avec la place du Marché, le seul point qui présente quelque animation.

La rue qui est la route est presque toujours complètement déserte, et à part les jours de marché où arrivent par petites caravanes les troupes de marchands juifs, il ne passe guère que de temps en temps la *tarentas* ou la troïka de quelque fonctionnaire se rendant à son poste ou reprenant la route de Russie, ou des escouades de Cosaques.

Où aller et que faire dans cette solitude?

Elle s'arrêta d'abord pour parler aux paysannes qui la regardaient passer à leur croisée ou sur le seuil de leurs portes.

Quelques-unes même la priaient d'entrer avec toutes sortes de révérences pour la prisonnière « noble », mais elle les trouva si stupides, si ignorantes, si imbues de grotesques préjugés, qu'elle fut bien vite dégoûtée d'elles.

C'est ainsi qu'elle apprit que le lundi est un jour néfaste, et qu'il ne faut rien entreprendre ce jour-là ;

Qu'il faut cracher à gauche et trois fois de suite quand on rencontre un pope ;

Que deux voyageurs qui se servent du même essuie-main deviendront amoureux de la même personne ;

Qu'à table, s'il tombe un couteau, c'est signe de la visite d'un homme ; visite de femme, s'il tombe une fourchette ;

Quand le samovar chante, signe de bruyante visite ;

Quand le feu pétille, signe de querelle ;

Quand le chat passe la patte sur ses oreilles, il faut prendre garde d'irriter ses hôtes ;

Si sur la route une femme vous coupe le chemin, signe de malheur si vous passez outre ;

Il en est de même quand c'est un lièvre ;

Et le chien qui hurle à la lune, et le sel versé à table ou passé à un convive et tant d'autres préjugés !

— Mais il n'est pas besoin pour cela d'aller en Sibérie, — se disait Olga, — ce qui prouve que partout l'humanité grouille dans les mêmes bêtises. Imbécile ou féroce, les deux à la fois, souvent. Alors à quoi bon se sacrifier pour des brutes !

Ah! pouvoir recommencer sa vie !

Souhait stérile de tous ceux qui ont manqué la leur.

Elle cessa de s'arrêter dans le village pour parler à ces jeunes et vieilles idiotes et poussa dès lors ses promenades dans la campagne.

Mais, je l'ai dit, comme il lui fallait demander la permission, elle s'abstenait de plus en plus.

Cependant, une après-midi, profitant d'un rayon de soleil, elle adressa sa requête.

Elle croyait le directeur présent, ce fut le sous-directeur qui lui répondit la lui accordant avec empressement et des mots aimables.

— Je voudrais, — lui dit-il, — vous éviter la corvée de venir chaque fois, mais les règlements s'y opposent... *dura lex, sed lex!*

Olga remercia et se dirigea vers la campagne, pensive, se sentant plus triste que de coutume, réfléchissant à sa jeunesse perdue, prête à fuir. Elle atteignait la trentaine. Qu'avait-elle fait de grand et d'utile ? Elle s'était sacrifiée pour une idée et jusqu'ici elle n'avait causé que son malheur, le malheur des siens.

La Russie libre! la Russie reconquise à elle-même, délivrée des Allemands et des Juifs! Mais le Juif est partout, malgré les expulsions et les ukases et depuis plus de cent ans toutes les impératrices sont de race allemande!

Et la sainte Russie qui pèse dans les destinées du monde du poids de ses cent vingt millions d'habitants; la Russie, qui a dépensé ses trésors et versé son sang pour la cause de l'émancipation des Slaves, ne peut encore se délivrer ni de l'Allemand qui l'exploite, ni du Juif qui la ronge.

— Ah! Dieu sauve le czar Alexandre qui porte le fer rouge dans la plaie!

Elle marchait à grands pas sur la route dure, tout entière à ses pensées, sans se rendre compte ni du temps ni de l'espace parcouru, lorsqu'elle entendit derrière elle un bruit de grosses bottes.

Elle ne se détourna pas; une secrète intuition lui disait que c'était le sous-gouverneur qui s'attachait ainsi à ses talons.

Elle ne pouvait presser le pas, car elle eût paru vouloir l'éviter, le fuir, et c'eût été de la part d'une prisonnière une grossière, inutile et dangereuse insolence; puis elle eut soudain la conscience qu'elle avait dépassé, sans y songer, la limite où doivent s'arrêter les prisonniers « libres », aussi fit-elle volte-face.

On apercevait au loin, bordant l'horizon plat, les maisons basses et le clocher d'Alexandrovsk au milieu d'un bouquet de sombre verdure.

A cinquante mètres d'elle s'avançait en effet, à grands pas, le sous-directeur.

— Eh! eh! Je vous y prends, belle Olga Ivanoff, — cria-t-il en riant. — Vous êtes en flagrant délit de désobéissance à la consigne... et qui sait, en flagrant délit de fuite!

— Voyez comme je fuis — répliqua Olga fort contrariée. — Je venais justement de m'apercevoir que j'avais dépassé le poteau, et je retournais sur mes pas.

— Ah! ah! Parce que vous avez entendu, les miens.

— Pourquoi tenterais-je de fuir? où irais-je? N'ai-je pas la protection du czar qui me couvre et me promet une prochaine délivrance?

— Le czar! — répliqua Weissoff qui, maintenant, l'avait rejointe — Il faut qu'il se hâte de signer votre grâce, s'il en a l'intention, car il est bien malade, et les dépêches que nous venons de recevoir sont chargées de sombres pronostics.

— Malade! — s'écria Olga, véritablement alarmée. — Que me dites-vous, Excellence? Quelle maladie afflige Sa Majesté?

— Bah! qu'importe? « La mort emporte sur son dos un czar gras, aussi bien qu'un mendiant maigre », comme disent les mougiks. Rassurez-vous, il y aura toujours des czars. Quand l'un s'en va, l'autre est prêt. Aussi, je ne cours pas après vous pour vous parler de l'empereur, mais de vous-même.

— De moi?

— Oui, venez. Continuez votre route. Nous avons le temps de rentrer au pénitencier et, à mon bras, vous pouvez braver impunément la consigne. Aller aussi loin que vous voudrez et rentrer à l'heure qui vous plaira.

Il lui avait pris le bras d'une main ferme, un peu au-dessous de l'aisselle.

— Marchons! dit-il.

Elle obéit, tout entière à cette désastreuse nouvelle : le czar gravement malade.

Elle éprouvait pour Alexandre III une profonde affection doublée de gratitude.

Russe, elle admirait en lui le seul véritablement Russe, depuis Pierre ie Grand, de tous les Empereurs. Car, Paul Ier versa, sans compter, l'or et l'argent de la Russie, pour la défense des intérêts de l'Italie et de l'Autriche;

Alexandre Ier sacrifia la vie de ses sujets au profit des Hohenzollern et des Habsbourg;

Nicolas combattit pour le roi de Prusse;

Alexandre II pour les Bulgares.

Tandis qu'Alexandre III s'est attaché à racheter les fautes de ses prédécesseurs, il a servi son peuple au lieu de servir les puissances étrangères; il a cherché, au contraire, à éliminer l'élément étranger, et ce dont Olga ne se doutait peut-être pas, mais ce que nous ne pouvons passer sous silence, il a trouvé que, dans l'intérêt même de la Russie, le véritable allié du peuple russe est la France.

Et elle répéta :

— Dieu sauve le Czar!

Un peu outrée de la familiarité du sous-directeur qui l'entraînait en quelque sorte malgré elle, elle n'osait cependant protester de peur d'irriter le personnage.

— Venez, venez, j'ai à vous causer, — disait-il.

La route tout à coup obliquait légèrement en pente.

Olga se retourna.

On n'apercevait plus du village d'Alexandrovsk que la pointe grêle de son clocher.

Tout autour, la campagne était déserte; à droite et à gauche de la route, rien qu'une sorte de fougère haute couvrant les mamelons à perte de vue, mais, à cent mètres environ, juste en face d'eux, de grands bouquets de sapins étendaient leurs larges plaques sombres le long d'un étroit vallon.

La route coupait en deux l'un de ces noirs massifs.

— Venez, venez.

— Que me voulez-vous? — demanda-t-elle enfin, essayant de se dégager.

— Eh! vous le savez bien, superbe Olga,... ce que je veux?... Vous êtes trop intelligente pour ne pas l'avoir deviné... Oui, je sais que vous vous en êtes aperçue... Pourquoi suis-je sur cette route? Parce que vous y êtes. Où va l'aiguille, le fil la suit. Et vous êtes mon aiguille, et vous me conduirez où vous voudrez.

— Alors je ne vous mènerai pas plus loin, — fit Olga, feignant de rire et s'arrêtant tout à coup. — Nous allons rebrousser chemin.

— Non pas, non pas... Nous sommes trop loin pour reculer.

— Où voulez-vous aller?

— Là! dans ce petit bois... Nous pourrons causer à notre aise. Il se peut qu'il y ait quelque berger dans ces fougères. Voyez là-bas un troupeau de moutons.

— Eh bien?

— Eh bien, les langues des paysans sont longues, et l'on pourrait jaser si l'on nous voyait ensemble.

— Mais nous sommes à la face du ciel, et l'on jasera bien plus si l'on nous voit entrer dans le bois.

— Nous laisserons dire les médisants. Que craignez-vous? Ne suis-je pas votre ami?

— Pardonnez-moi, Excellence, mais une prisonnière n'est pas l'amie de son geôlier.

— Oh! geôlier! le gros mot! Suis-je donc un geôlier si terrible? Avez-vous eu à vous plaindre de ma sévérité, de ma rudesse?... Ne m'avez-vous pas toujours trouvé prêt à vous être agréable?

— Cela est vrai, Excellence, mais, de mon côté, vous ai-je jamais donné lieu de vous repentir de suivre les instructions de Sa Majesté?

— Les instructions de Sa Majesté? Croyez-vous que ce soit les instructions seules de Sa Majesté qui me fassent agir, superbe Olga? Vous ne le pensez pas... Vos yeux, vos beaux yeux fiers et parfois farouches valent toutes les instructions impériales. Ils font fermer les miens sur bien des infractions aux règlements...

— J'ai commis des infractions? — demanda Olga surprise.

— Mais oui... Ainsi, maintenant, vous êtes en faute; vous avez dépassé d'une demi-verste au moins la limite imposée aux prisonniers; elle est indiquée cependant sur un poteau qui arrête le regard.

— Mais vous-même m'avez entraînée plus loin.

— Quelques pas de plus ou de moins dans le délit...

— Je vous prie de m'excuser, Excellence... J'étais tout entière à la tristesse de mes pensées.

— Eh oui! Vous êtes tout excusée. Mais vous n'ignorez pas que ces bosquets de sapins sont les avant-gardes d'une forêt par où il est facile à un prisonnier de s'échapper et de gagner les montagnes de l'Altaï

— Je l'ignorais complètement. Et je vous prie de croire que je ne cherche nullement les moyens de m'enfuir. J'ai foi en la justice du czar.

On n'était plus qu'à quelques pas des sapins dont un rayon de soleil, filtrant par une échancrure de la vallée, dorait les hautes cimes.

— Entrons là, — fit Weissoff, — nous serons mieux.

— Mieux? Pourquoi faire?

— Mais pour causer. Je ne vous ai pas tout dit... non, je suis loin de vous avoir tout dit... Mais, je n'ose vraiment, vous m'intimidez... Sous ces touffes sombres, nul ne nous apercevra. Il pourrait passer quelque villageois et alors, vous entendez d'ici les médisances faire le tour des maisons du village et pénétrer dans le pénitencier... Venez, venez, splendide Olga.

— Je pense qu'il est préférable de retourner sur nos pas, Excellence. Nous sommes éloignés d'Alexandrovsk, et, chemin faisant, vous avez tout le loisir de me parler.

— Mais pas de vous embrasser à mon aise et comme je le veux, — répliqua-t-il en saisissant brusquement la taille d'Olga et en appuyant sa bouche sur celle de la jeune femme. — Ah! ce baiser, ce baiser! il y a longtemps que je brûle de l'appliquer sur tes lèvres!

Elle le repoussa, indignée.

— Oh! c'est lâche! — s'exclama-t-elle. — C'est bien lâche ce que vous faites là!

Weissoff était un grand et vigoureux gaillard aux muscles de fer qui ne paraissait pas disposé à lâcher sa proie.

L'injure qu'elle lui lançait, loin de le calmer, ne fit que l'exciter davantage.

Il l'avait saisie dans ses bras robustes et essayait de la renverser sur les fougères.

Mais il avait affaire à une adversaire solide qui résistait de toutes ses forces, aussi la lutte dura quelque temps.

Enfin, épuisée, se sentant faiblir, Olga fit pleuvoir sur la figure de l'assaillant une grêle de soufflets.

— Lâche! — répétait-elle à demi suffoquée. — Vous n'êtes qu'un lâche! un misérable lâche!

En ce moment un bruit de cliquetis d'armes et de pas de chevaux rompit le silence ambiant, et quatre Cosaques, suivant le chemin qui zigzaguait dans le vallon le long de la lisière des sapins, débouchaient au trot sur le terrain même de la lutte.

Ils revenaient d'Oussolié et appartenaient à la petite garnison d'Alexandrovsk.

Ils s'arrêtèrent tous quatre d'un mouvement spontané, stupéfaits devant ce groupe, où ils voyaient le sous-directeur de leur poste.

Quoi! le terrible Weissoff recevait au coin d'un bois les soufflets d'une prisonnière!

Car, en la femme qui les lui infligeait d'une main aussi ferme que rapide, ils avaient du premier coup reconnu Olga qui, autorisée à conserver le costume national, était à cause de cela et des immunités dont elle jouissait l'objet de la curiosité et des commentaires de la petite garnison.

Les Cosaques ouvraient des yeux énormes ne pouvant croire à ce qu'ils voyaient.

— Il fait bon disputer quand on a des témoins, — observa le chef de la petite troupe, un vieux brigadier à moustaches grises, — mais il ne fait pas bon pour une prisonnière de calotter son geôlier! Qu'est-ce qu'ils ont à se décarcasser ces deux chrétiens-là?

— Par saint Nicolas, la belle fille! — fit un Cosaque, — j'aimerais mieux la trouver dans mon lit qu'une punaise!

Un murmure d'approbation générale accueillit cette appréciation.

Devant ces témoins à l'arrivée desquels il ne s'attendait guère, Weissoff se sentit perdu.

Violenter une prisonnière et surtout une prisonnière recommandée par le czar, c'était la destitution immédiate, l'emprisonnement et peut-être l'envoi aux mines.

Un audacieux mensonge seul pouvait le sauver.

Il n'hésita pas.

— A moi, Cosaques! — cria-t-il. — Je suis arrivé à temps pour rattraper cette femme qui cherchait à s'enfuir... C'est une internée d'Alexandrovsk.

— Infâme menteur! — s'écria Olga.

Le brigadier et deux de ses hommes mirent lestement pied à terre, tandis que le quatrième tenait les chevaux.

— Saisissez-vous d'elle, mes enfants! — continua Weissoff — Attention!... C'est une gaillarde! Je porte sur le visage la marque de ses poings et de ses ongles!... Ne la lâchez pas surtout...

— Nous la tenons... Eh! la petite mère! Bas les pattes, ma belle mignonne!

— Elle est à sa troisième tentative d'évasion.

— Vous répondrez de votre infâme conduite devant l'Empereur! — riposta Olga que tenaient les trois Cosaques.

— Oui, oui... Ton compte est bon, ma luronne! fit le brigadier.

— C'est Olga Ivanoff! — ajouta le sous-directeur n'ignorant pas que sa récente histoire avait fait le tour des corps de garde.

— Oh! nous la connaissons bien! Elle a fait périr sous le knout plusieurs de nos camarades sans compter un de mes pauvres collègues. J'espère qu'on va la soigner cette fois... Allons, en route, belle enfant! Et ne fais pas la méchante, ou gare à tes jolies menottes! nous les attachons avec nos courroies de charge!

— Sauve-toi! s'écria-t-elle...

« Faire la méchante! » Olga n'y songeait guère!

Elle savait qu'avec ces brutes, il fallait filer droit.

A quoi lui eût servi de résister, d'invectiver? A s'attirer un redouble-
ment d'injures et peut-être des coups.

Elle se tut donc, marcha docilement devant les quatre chevaux, tandis
que Weissoff suivait à une dizaine de pas.

Elle renferma sa colère, son indignation, ses malédictions, se promettant une éclatante vengeance contre ce fonctionnaire infâme.

Mais serait-elle écoutée?

Le fonctionarisme est tout-puissant. Comme il est la plaie en France, il est la plaie de la Russie.

Il gruge l'argent des contribuables et grève chaque année le budget de centaines de milions [1].

Pour le pénitentiaire d'Alexandrovsk, un directeur suffisait aidé d'un gardien-chef, mais on lui avait adjoint un sous-directeur, un second sous-directeur, et au gardien-chef un gardien-chef adjoint sans compter les sous-adjoints.

Pour le personnel féminin, même luxe de fonctionarisme; il n'y avait pas de directrice, mais la gardienne-chef était flanquée de tout un bataillon d'auxiliaires enjuponnées.

Nul besoin de dire que, contre les prisonniers, tout cela s'entendait comme larrons en foire.

Il faisait nuit depuis quelque temps, quand Olga franchit la grille escortée de ses quatre cosaques.

Ils la ramenaient triomphalement, comme ils eussent fait d'une bonne prise, et assurément attendaient des félicitations.

Le nombreux personnel était sur pied.

Suivant le règlement, les prisonniers « libres » doivent se rendre à l'appel chaque soir à la tombée de la nuit. Olga y manquait pour la première fois et le bruit courait qu'elle s'était évadée.

Aussi ne fut-on nullement étonné de la voir rentrer avec une escorte de cosaques.

Weissoff, qui arrivait presque en même temps, confirma les dires.

Malheureusement pour Olga, quand elle demanda à parler au directeur, on lui répondit qu'il était absent au moins pour une semaine.

Il était absent, en effet, s'étant rendu le matin à l'appel du gouverneur à Irkoutsk.

Les cosaques arrivés si inopinément pour Weissoff étaient précisément ceux-là même qui lui avaient servi d'escorte jusqu'aux portes d'Oussolié.

---

1. Il est curieux de constater quelles proportions prend le fonctionarisme dans toute l'Europe, l'Angleterre excepté. En France, depuis moins de vingt ans, le nombre de ces budgetivores dont la moitié au moins se compose de fainéants et de parasites a plus que doublé. En 1876 on comptait 189,000 fonctionnaires coûtant *trois cent cinq millions*, aujourd'hui fin de 1895, il y en a 460,962 coûtant *cinq cent vingt millions*. Donc, en l'espace de dix-neuf années, l'inutile et tracassière armée bureaucratique a grossi de 271,962 comparses et grevé le budget de *deux cent vingt-cinq millions* de plus :

Weissoff restait donc momentanément maître du pénitentiaire et de la situation.

Et, pour parer à l'accusation qu'Olga porterait contre lui, il prenait les devants :

— Son affaire est des plus graves, — disait-il à qui voulait l'entendre, c'est-à-dire à tous ses subordonnés, — et quel que soit l'intérêt que lui porte le Czar, la condescendance impériale ne peut durer après cette troisième tentative d'évasion et sa rebellion ouverte contre un haut fonctionnaire. Aussi, pour se couvrir, prétend-elle que j'ai voulu la violenter. La violenter! Moi, le second après le directeur, violenter une prisonnière! Serais-je assez fou? Manque-t-il donc de femmes sur le territoire d'Alexandrovsk! Une prisonnière! Je sais trop ce que je dois à la situation que j'occupe! Et voyez l'insanité de cette accusation. Si j'avais voulu abuser de mon autorité sur cette femme, aurais-je été me commettre en plein air, sur la grande route, m'exposer à me faire voir, à ce qui est arrivé, me faire rencontrer par les propres cosaques affectés au pénitentiaire! N'avais-je pas cent occasions sans m'éloigner d'ici? Et ne puis-je, sur le premier prétexte qu'il me plaira de choisir, pénétrer à toute heure du jour et de la nuit dans la cellule d'une condamnée?

Et tous de l'approuver!

— Votre Excellence a raison.

Il écrivit son rapport dans ce sens au directeur, lui demandant des instructions; en attendant, il ordonna que la « coupable » fût enfermée dans sa chambre et n'en sortît sous aucun prétexte.

Olga, quoique forte de son bon droit, n'était pas sans vives inquiétudes.

Elle avait plus d'une raison pour se méfier de la justice des hommes.

Elle n'ignorait pas que les faveurs dont elle avait joui jusqu'ici lui avaient attiré beaucoup de jaloux, par conséquent d'ennemis non seulement parmi les prisonnières, mais parmi les gardes; que l'affabilité visible du gouverneur avait mis le comble à la colère, et il n'était pas besoin de sortir de sa chambre pour se rendre compte de l'hostilité générale, hostilité qui se montrait d'autant plus que le vieux directeur était absent.

D'après les propos qu'elle entendait et ceux que lui reportait méchamment sa gardienne, la punition qui l'attendait n'était rien moins qu'un internement perpétuel dans l'île de Sakhaline d'où l'on ne peut plus guère s'échapper.

Il avait d'abord été question de l'envoyer à cette colonie pénitentiaire lointaine, mais un contre-ordre avait fait changer cette destination.

Maintes fois elle avait ouï parler de cette île terrible où le climat est plus dur qu'en aucune partie de la Sibérie.

Aussi les Sibériens eux-mêmes lui ont donné le nom d'*Enfer*, l'*Enfer de Sakhaline*, une expression qui en dit autant que des volumes.

On y envoyait d'ordinaire que des criminels de la pire espèce et Olga s'étonnait que la *clémence* de l'Empereur eût songé à l'envoyer là.

Ignorait-il donc les horreurs de l'île maudite? horreurs telles que d'aucun bagne de Sibérie, en dépit des souffrances terribles qui attendent les fugitifs, en dépit du peu de chance d'arriver à la côte, plus de prisonniers n'essaient de s'échapper.

Les épreuves de ceux qui réussissent à quitter les bagnes sibériens sont douces en comparaison de celles des fuyards de Sakhaline.

A quels miracles d'énergie, d'audace et d'*endurance* pousse la soif de la liberté!

Entourés par l'océan, à plus de cent milles de la terre la plus proche, échapper semble impossible, et cependant les infortunés préfèrent la mort dans les vagues que supporter les horreurs de leur déportation.

Les *Brodjagans*, comme on les appelle, complotent longuement leur fuite de trois à dix.

C'est l'été qu'ils choisissent généralement; ils se cachent dans l'impénétrable forêt de Tajga aussi longtemps que leurs provisions durent; mais quand elles sont épuisées, que leurs vêtements sont en lambeaux, la faim, les insectes venimeux, qui pullulent dans la forêt, les tuent.

Peu atteignent la côte, ou la plupart sont repris et reconduits à leur lieu de torture.

Ceux qui se sauvent du bagne en hiver, où en raison même de la presque impossibilité de vivre hors du pénitencier, la surveillance est moins rigoureuse, subissent alors des souffrances sans nom. Comme ils ne peuvent voyager que de nuit à cause des patrouilles lancées à leur recherche, ils passent les journées dans les trous de glace par une température dont nous n'avons nulle idée.

— Hélas! ma pauvre enfant, — lui disait la gardienne qui lui répétait à plaisir ces détails, — vous étiez ici dans le paradis terrestre, pourquoi n'avez-vous pas su y rester?

Olga ne répondait pas. A quoi bon? Elle voyait trop d'ailleurs une joie méchante briller dans les yeux de la geôlière.

Elle attendait en silence, dédaignant de se disculper, le retour du directeur.

Lui, qui s'était montré si bon et si obligeant pour elle, la croirait sans doute et lui rendrait justice.

Recluse maintenant, rien ne la distrayait plus de ses tristes pensées.

Elles se portaient constamment là-bas, là-bas vers la France où sa trouvaient tous ceux qu'elle aimait, tous les siens... si loin, et dont sa fatale destinée semblait vouloir à chacun de ses coups l'éloigner davantage.

Puis, la nouvelle de la maladie du czar venait s'ajouter à ses inquiétudes.

CXLIV

L'ŒUVRE DE MORT

Les dépêches, en effet, concernant l'empereur Alexandre étaient des plus graves.

Le bruit de son étrange maladie s'était rapidement répandu dans l'Empire et, s'il excitait la joie des Juifs et des Allemands russifiés ou non, elle causait partout ailleurs une profonde émotion.

Quant aux Juifs russes qui ont rempli l'Europe de leurs doléances et du récit de leurs persécutions, ces persécutions ont été grandement exagérées.

Les Juifs, on ne peut le nier, appartiennent à une race différente, et les Slaves éprouvent aussi peu de sympathie pour eux que les Juifs en éprouvent pour les Slaves.

Mais c'est en quelque sorte dans leur propre intérêt et pour les protéger des fureurs populaires qui ont éclaté bien des fois contre eux, que le gouvernement décréta que certaines parties de l'Empire leur seraient abandonnées comme résidence.

L'arrêté qui supprimait les libertés dont ils jouissaient et abusaient depuis 1865 fut publié en avril 1891.

Il comprenait deux parties : l'une interdisant l'entrée de la ville et du gouvernement de Moscou aux ouvriers juifs, l'autre ordonnant l'expulsion de ceux qui s'y trouvaient déjà.

Il paraît qu'à Moscou seulement, quatorze mille artisans furent atteints par ce décret et expulsés par la police, les cosaques, auxquels on joignit la brigade des pompiers.

C'est fâcheux, mais les Juifs qui se plaignent avec juste raison, il faut le reconnaître, de cette rigoureuse mesure, ne disent pas combien leurs coreligionnaires avaient fait expulser de pauvres gens, paysans, artisans et petits bourgeois, de leurs demeures, pour quelques poignées de kopecks qu'ils avaient prêtés à un taux monstrueux et qu'on ne pouvait rembourser.

Le peuple russe entier applaudit à ces décrets.

D'ailleurs, si l'on expulsait les Juifs de certaines villes et de nombre de territoires, ce n'était pas pour les refouler, comme au moyen âge, dans des recoins sales et insalubres, des *ghettos* enfin.

Bien au contraire, on leur abandonnait les plus belles et les plus fertiles provinces de l'Empire, couvrant, non loin des frontières prussiennes et autrichiennes, une étendue presque aussi grande que la moitié de la France.

Ils pouvaient y trafiquer à leur aise, s'y exploiter et s'y voler les uns les autres.

Mais le Juif n'exploite pas le Juif ; il n'en veut qu'à la bourse du chrétien, du *goy*.

Pour montrer qu'il n'agissait sous la poussée d'aucun préjugé de race ni de religion, le gouvernement leur permit d'aller librement partout où il leur plairait, sous certaines conditions. Posséder un grade dans une des universités russes, et ces grades sont faciles à obtenir ; — appartenir à une maison de commerce à quel titre que ce soit, directeur, commis ou garçon de bureau ou de magasin, enfin être bon ouvrier.

La même législation spéciale s'appliquait aux femmes.

Ceux donc qui souffraient de l'arrêté de 1891 étaient surtout les paresseux, les incapables, les mauvais ouvriers, ceux mêmes que les apologistes des Juifs russes qualifient de mauvais citoyens, et dont toute l'habileté et les roueries de leur race consistent à se faire exempter du service militaire.

Plutôt que de se soumettre au service obligatoire, des jeunes gens vigoureux se mutilent, et afin d'éviter à leurs enfants de porter plus tard l'uniforme, les pères de famille ne déclarent pas les naissances.

Autant que réfractaires, ils se sont fait aussi une triste célébrité comme espions et contrebandiers, et c'est pour cette dernière raison autant que celle de servir l'ennemi en cas d'invasion qu'on leur défend d'établir leur résidence à moins de cinquante verstes des frontières.

En outre, leurs habitudes de malpropreté ont été maintes fois la cause de maladies pestilentielles. Les écrivains juifs eux-mêmes font d'effroyables tableaux de la saleté des basses classes.

L'un d'eux raconte plaisamment la façon dont se prit un inspecteur de police pour faire nettoyer les égouts de leur quartier.

Du bout de sa canne, il se met à fouiller l'égout avec l'attention la plus vive.

Les Juifs l'entourent, l'interrogent.

— Vous avez perdu quelque chose?

— Oui, — dit-il, — j'ai laissé tomber une bague.

Et il s'en va, faisant un geste annonçant qu'il renonçait à toute recherche.

Un quart d'heure après, l'égout était vide.

Tous les Juifs en avaient emporté la boue chez eux!

Une longue habitude a fait de l'ordure une seconde nature chez le Juif russe; il vit dans la crasse comme le poisson dans l'eau; les microbes le laissent indemne, mais ils atteignent le voisin.

Partout où va le Juif, il les emporte avec lui et sème des germes de pestilence.

Dans le nombre, très peu produisent.

Le reste profite du travail. Ce sont les frelons de la ruche.

Si le gouvernement ne les protégeait pas, ils tomberaient victimes de l'indignation générale, et c'est par mesure de prudence pour eux qu'on dut les confiner.

Il faut ajouter aussi qu'ils fournissaient au nihilisme et à l'anarchie de nombreux contingents.

Donc, le mal mystérieux qui frappait le czar les remplissait de joie.

D'un autre côté, les révolutionnaires s'agitaient dans les grands centres.

Ils annonçaient que le moment approchait où l'on pourrait se délivrer du despotisme et se disaient qu'il fallait se hâter de choisir l'occasion.

Un manifeste fut lancé non seulement à Saint-Pétersbourg et à Moscou, mais dans les universités et les villes principales de l'Empire.

De nombreuses arrestations eurent lieu principalement dans les universités.

La contagion atteignit — dit-on — la garde même. Mais les journaux démentirent ce bruit, le traitant de conte inventé par des factieux.

S'il y eut quelques arrestations parmi les officiers de la garde, ce ne furent que des cas isolés.

Mais ce qui frappa l'Empire de stupeur, c'est le bruit de *poison*, bien qu'aussitôt démenti.

Un journal italien, le *Secolo*, avait lancé le premier le terrible mot qui fut traité par toute la presse russe de canard.

D'où venaient les allégations du *Secolo*?

Était-ce de simples soupçons ou des certitudes?

Où avait-il puisé ces renseignements?

Nul ne pouvait le dire.

En tout cas, il affirmait hautement que l'empereur Alexandre III avait été empoisonné.

Le *curare* accomplissait lentement mais sûrement son œuvre de mort.

La flotte russe se préparait à évoluer dans les eaux de Toulon, et malgré le mal qui le rongeait déjà, le czar voyait avec joie arriver le moment où les deux grandes nations allaient à nouveau resserrer les liens d'amitié qui avaient eu à Cronstadt un si éclatant retentissement dans le monde.

Il ne négligeait pas les affaires de l'État.

Par le pressant conseil des médecins, il laissait seulement au grand-duc Nicolas le soin des affaires courantes et des rapports demandant un examen attentif, mais il continuait à décider sur les cas les plus urgents et à signer des actes.

C'est ainsi que l'affaire Ivanoff, d'importance toute secondaire, avait été reléguée avec tant d'autres et laissée dans son dossier.

Le duc héritier, ignorant l'intérêt que son père y avait pris d'abord, y avait à peine jeté les yeux.

C'est ce que soupçonnait Olga, tenue au courant de la maladie du czar par les journaux que lui faisait passer méchamment Weissof, pour bien lui faire comprendre qu'elle n'avait plus guère à compter sur son intervention.

Elle sut par eux qu'au cas où l'empereur Alexandre mourrait, son successeur ne paraîtrait pas disposé à continuer sa vigoureuse politique à l'égard des Juifs et des Allemands.

Naturellement, on ne lui laissait voir que les feuilles favorables aux Juifs.

Elle apprit encore d'elles que le général Danilovitch, l'ex-gouverneur du grand-duc héritier, d'origine sémitique, serait sans doute appelé à la tête du ministère du nouveau souverain et n'était, par conséquent, nullement disposé à continuer la politique panslaviste, malgré les feuilles allemandes intéressées à propager le bruit contraire.

Elle apprit, en outre, que la future impératrice, la princesse Alice de Hesse, fiancée de Nicolas, en se rendant à Livadia, avait été reçue en grande pompe par l'empereur d'Allemagne, et que Guillaume s'était longtemps entretenu à part avec elle.

On ignorait ce qui avait été dit, mais le fait avait paru tellement significatif que la *Saint-Petersburger-Zeitung* crut devoir dire :

« C'est un bout d'histoire universelle qui vient de se passer. »

Et l'on affirmait que le voyage de la jeune princesse était moins de répondre au désir de son futur beau-père que celui d'obéir à un ordre venu de Berlin, afin d'exiger que les épousailles, tant retardées par des causes futiles, fussent enfin consommées.

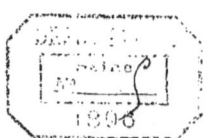

L'ancienne comtesse Gobsky s'était assise sur un entablement de pierre, dans l'anfractuosité
d'une fenêtre

Ainsi la *Vierge russe* voyait non seulement l'heure de sa liberté indéfiniment retardée, mais aussi celle de la réalisation de ses plus beaux rêves.

Elle se désolait donc avec juste raison, lorsqu'un matin sa geôlière lui remit une lettre ouverte, portant le cachet du grand maître de la police de l'Empire.

CXLV

NOUVELLES DE FRANCE

Elle avait été adressée avec le courrier au directeur du pénitencier d'Alexandrovsk, après être passée par les mains du gouverneur de la Sibérie orientale.

La lettre, datée de Paris, venait de sa sœur Marie.

Avec émotion, elle lut :

« Ma bien-aimée sœur,

« Je t'ai écrit dès notre arrivée à Paris; je ne sais si ma lettre t'est parvenue, et je t'écris de nouveau à tout hasard, ne sachant si celle-ci te parviendra, car je ne sais où te l'adresser.

« C'est pourquoi, comme la première, je l'envoie au général chef de la police de l'empire russe que je prie de vouloir bien la faire parvenir à destination.

« Beaucoup d'événements se sont passés depuis notre dernière entre-vue à Saint-Pétersbourg, alors que tu partageais la même prison que cette infernale Luciana... Mais, rassure-toi, chère Olga, ces événements ont tourné à notre avantage; nos ennemis se sont perdus eux-mêmes en voulant nous perdre et sans le chagrin de ton éloignement, sans la pensée de ton malheureux sort qui nous harcèle sans cesse, nous serions parfaite-ment heureux.

« Ton jour viendra à toi aussi et tu goûteras d'autant mieux le bonheur que tu as été plus malheureuse, car, comme disent nos paysans : *Qui n'a pas senti la misère ne connaît pas le bonheur*.

« Non, nos ennemis ne nous ont pas laissés en paix. Ils ont continué leurs persécutions de la façon la plus atroce. Encore une fois ils s'en sont pris à notre chère Rita. La pauvre enfant semble leur victime dési-gnée, vouée à leur diabolique holocauste.

« Sous de faux prétextes, les scélérats, se servant d'une complice à l'apparence convenable, se sont emparés d'elle et l'ont tenue, pendant deux jours et deux nuits, éloignée de nous sans que nous puissions soupçonner ce qu'elle était devenue.

« Juge de nos inquiétudes, de nos mortelles angoisses.

« Le pauvre Jean a battu Paris comme un fou, s'adressant à tous les bureaux de police.

« Enfin elle nous est revenue saine et sauvé après avoir échappé en quelque sorte miraculeusement au plus horrible danger que peut courir une jeune fille au milieu de bandits sans foi ni loi.

« Son père et moi n'osons y penser sans frémir.

« Mais leur tentative abominable a non seulement été infructueuse, mais a tourné à leur propre confusion. *Le maréchal*, disent encore nos paysans, *forge les pinces pour ne pas se brûler*, mais eux se sont brûlés à leurs propres pinces.

« Dans la maison où l'on détenait notre chère Rita, le hasard a amené Ivan Pétrowith.

« Il était accompagné du comte Gobsky, ce gentilhomme d'origine polonaise qui épousa *mon amie* d'enfance, la belle Tatiane Pétrova, la seule en qui je comptais au jour du désastre et qui me ferma sa porte comme à une mendiante importune et suspecte. Puisse Dieu lui pardonner !

« Gobsky, qui avait pris sous sa protection Rita, fit faire en quelque sorte devant elle à Ivan Pétrovith, l'aveu de son forfait.

« C'est lui qui frappa, sur l'ordre de Nicolaï, mon noble et cher époux d'un coup de poignard.

« Ainsi, crie *hosanna*, ma chère Olga ; le meurtrier lui-même avoue son crime devant témoins.

« La liberté va t'être rendue.

« Te dirais-je aussi que Rita s'est trouvée pendant quelques heures avec l'infâme Nicolaï?

« Mais il serait trop long de tout te raconter. Sache seulement que les deux scélérats, Karl Hauser qui avait pris le nom de Alexandre Bereneff, Nicolaï celui du comte de Ladra, avec Luciana comme comtesse, ont encore disparu ; celui-ci volait celui-là, c'est-à-dire qu'il a emporté deux millions, la dot, hélas ! de mes chères enfants.

« Mais ce n'est qu'une plaie d'argent, et elle est passée légèrement sur les cicatrices de nos vieilles blessures au cœur.

« Donc ils ont tous deux disparu, Karl Hauser complètement ruiné par le vol de son complice ; mais un malheur horrible a précédé cette ruine. Son fils s'est suicidé et — vois les étrangetés de la destinée — c'est Jean et le brave Saint-Albin qui sont allés reconnaître son cadavre dans une maison où l'on expose les morts inconnus.

« Te dirais-je encore, ma sœur bien-aimée, que l'enlèvement de Rita a mis mon mari sur la trace d'un abominable complot contre Sa Majesté le czar; je ne puis m'étendre sur un sujet aussi grave, mais, à l'heure où cette lettre te parviendra, mon mari sera parti pour Saint-Pétersbourg.

« Ce qui a retardé ce départ urgent, c'est qu'il espérait retrouver le comte Gobsky et Ivan Petrowith qui, singulière coïncidence, ont disparu en même temps que Nicolaï et avec eux le cabaretier chez qui Rita avait passé une nuit. Qu'Ivan Petrowith essaye de se soustraire à la justice, rien de plus naturel, mais quel intérêt le comte Gobsky, qui venait avec lui de Londres à la recherche de Karl Hauser, peut-il maintenant avoir à se cacher?

« Un mystère encore plus étrange est celui de la conduite d'une petite fille qui se trouvait comme servante chez le cabaretier dont je viens de parler, qui a passé une partie de la nuit près de Rita et qui au matin l'a suppliée, les larmes aux yeux, de l'emmener.

« Cette étrange créature, assez jolie et paraissant fort intelligente ayant été prise plusieurs fois en contradiction dans ses racontars, se décida à ne plus répondre qu'évasivement, puis enfin garda un silence complet.

« On eût dit qu'elle craignait de parler trop et de compromettre quelqu'un.

« Je suppose qu'elle a été témoin de quelque crime dans ce cabaret et qu'elle a peur des assassins comme elle a peur des gendarmes.

« A chaque pas dans le corridor, à chaque coup de sonnette, elle tressaille, pâlit.

« — Oh ! — s'est-elle écrié une fois — c'est peut-être lui !... Vous ne me laisserez pas partir avec lui, n'est-ce pas, madame?

« — Qui, lui ?... Ton maître?

« — Non, pas mon maître. Oh ! il ne viendra pas?

« — Qui alors ?... De qui parles-tu ?

« Mais elle s'est tue, a refusé obstinément de répondre.

« Une autre fois, elle s'est écriée :

« — Les gendarmes ! les gendarmes ! Vous me cacherez, madame, si les gendarmes viennent !

« — Pourquoi as-tu peur des gendarmes?

« — Ah! Madame, je n'ai rien fait de mal, je vous le jure. Je suis une pauvre petite fille... Qu'aurais-je pu faire de mal?

« — Alors tu as vu en faire?

« Elle s'est récriée avec force :

« — Moi! rien. Oh! je n'ai rien vu. Je ne sais rien; je ne dirai rien.

« On n'a pu en tirer autre chose.

« Cependant elle doit savoir beaucoup. On lui avait fait un lit dans la chambre de Rita, la seule de nous qu'elle semble avoir prise en affection, et Rita a été réveillée plusieurs fois en sursaut par les cris de l'enfant qui ne dort que d'un sommeil agité, troublé de cauchemars, où elle parle de trous, de cadavres et d'un père pour lequel elle paraît éprouver une singulière épouvante et une grande horreur.

« — Là, ils sont là... tous les trois dans le trou ! — criait-elle l'autre nuit. — C'est papa qui les y a jetés... Je ne veux pas de lui... Sauvez-moi de lui !

« Hier le juge d'instuction l'a fait demander au parquet ainsi que Rita.

« Jean l'en avertit :

« — Prépare-toi, mon enfant. Je vais t'emmener avec ma fille ; vous direz toutes deux au juge ce que vous savez.

« Elle s'est mise à trembler.

« — Pourquoi trembles-tu ? petite folle. Il ne te sera pas fait de mal. Tu diras simplement ce que tu sais.

« — Mais je ne sais rien.

« — Tu diras ce que tu as vu... quels sont les gens qui sont venus dans le cabaret, qui ont porté ma fille dans ta chambre.

« — Je n'ai rien vu, je n'étais pas là.

« — Eh bien, tu diras ce que tu as vu quand tu es rentrée, que tu as trouvé ma fille étendue sur ton lit. C'est tout.

« Elle n'a plus fait d'objection et est allée dans la chambre de Rita pour s'habiller, car nous lui avions acheté un joli petit costume pour remplacer ses hardes, et comme elle tardait un peu, Rita est allée voir, pensant qu'elle avait besoin d'aide pour revêtir ses nouveaux effets, mais elle a trouvé les effets neufs sur une chaise et la chambre vide. Je ne sais comment mais, tandis qu'on causait, elle a disparu par une porte de service. On s'est informé dans l'hôtel. Le concierge et quelques garçons l'ont bien vue sortir, un peu étonnés de la voir dans son vieil accoutrement, mais, n'ayant aucune raison pour l'arrêter, pensant qu'elle allait faire quelque commission pressée, ils l'ont laissée passer sans méfiance. Elle était cependant bien traitée par nous tous, plutôt gâtée par Rita et Nadine, mais « apprivoise le loup, il reverra toujours le bois ». A moins, je le répète, qu'elle en sache long et qu'elle craigne de compromettre quelqu'un des siens.

« Cette fuite a fort ennuyé Jean. C'était un témoin important qui disparaissait comme les autres.

« Le juge d'instruction a aussitôt donné des ordres. Son signalement a été envoyé à tous les bureaux de police..., j'espère donc qu'on la retrouvera.

« En tous cas, elle est honnête. Elle n'a rien emporté que ce qui lui appartenait en fait d'argent, une petite somme apportée avec elle, à laquelle Rita et moi avions ajouté un billet de cent francs.

« De ce que nous lui avions acheté elle n'a gardé que la chemise, les chaussures et les bas qu'elle avait sur elle quand nous lui avons dit d'aller faire sa toilette,

« D'un autre côté, le concierge nous a dit avoir remarqué depuis quelques jours un individu convenablement vêtu, mais d'allures suspectes, qui était venu rôder plusieurs fois devant l'hôtel, il avait même dîné à table d'hôte un soir où Jean et Saint-Albin étaient descendus avec nous toutes, la petite comprise, car nous ne voulions pas la laisser un instant seule, ayant une sorte de pressentiment de ce qui devait arriver.

« Cet individu, qui se tenait seul à une table assez éloignée de la nôtre, avait, au dire d'un des garçons de salle, prêté une attention soutenue sur l'enfant.

« D'après la description qu'on nous en fit, il ne répondait pas au signalement de Nicolaï; mais cela ne prouverait pas que ce ne fût pas lui; le coquin est si habile ! »

Cette lettre déjà longue s'étendait encore sur la disparition de la petite Sidonie et de ses causes probables. On voyait l'importance que la famille Gayrouan attachait à cette mystérieuse fuite; puis Marie parlait à sa sœur de la bonté du czar qui, à la suite des renseignements nouveaux et de l'audience qu'elle ne doutait pas qu'il accorderait à Gayrouan, signerait sa mise en liberté immédiate.

Olga examina les cachets qui couvraient la missive de sa sœur, indiquant les différents bureaux où elle avait été examinée et visée. Ils faisaient remonter à plus d'un mois non le départ de Paris, mais celui de Saint-Pétersbourg, et l'on avait dû faire diligence, car elle était arrivée avec les dépêches gouvernementales par la poste des Cosaques.

Olga se dit que le prochain courrier lui apporterait peut-être sa délivrance.

CXLVI

LE CACHOT

Elle attendit pleine d'espoir comptant les jours, mais le courrier n'apporta rien que de mauvaises nouvelles.

Loin de s'améliorer, l'état du czar empirait. Il ne se nourrissait plus guère que de lait.

Il conservait d'ailleurs toutes ses facultés et toute sa lucidité d'esprit, causait avec ses médecins et les membres de sa famille, mais ne s'occupait plus que rarement des affaires publiques. La czarine, qui ne quittait pas le malade, était dévorée d'inquiétudes. Quant à lui, il souffrait héroïquement sans jamais se plaindre, et passait presque tout son temps assis dans un fauteuil, ce qui allégeait un peu les grandes douleurs qu'il ressentait.

Tel était le bulletin reçu, que Weissoff faisait passer, avec des livres pieux, — seuls autorisés, — à sa captive, de façon à lui enlever l'espoir auquel elle se raccrochait.

L'empereur, dans cet état de souffrances physiques qu'accompagnaient les souffrances morales d'un maître de tant de millions d'hommes qui se voit partir au moment où il sent que sa présence est le plus nécessaire à l'œuvre commencée, aurait-il le temps de songer à cette « criminelle » deux fois condamnée pour tentatives d'assassinat. Weissoff se vengeait ainsi bassement des mépris de la jeune femme.

Il était si certain de la conquête!

Voir ses avances repoussées par une misérable prisonnière qui était à sa merci, qu'il pouvait charger de chaînes et plonger dans un cachot, puisque l'absence du directeur l'investissait de la suprême autorité.

Certes, il n'eût pas hésité à le faire, dans le premier moment de dépit, d'humiliation, de colère, mais la crainte de son chef direct l'avait jusqu'ici retenu.

Prudent à l'excès comme tous les Allemands qui craignent constamment de se compromettre, il se bornait à de petites vexations sans sortir du règlement, méditant des vengeances ultérieures.

Et sa vengeance la plus caressée, la plus douce de ses représailles, était la prise de possession violente de cette fille qu'il ne croyait ni vierge ni chaste.

Il la désirait ardemment, avant l'aventure du bois de sapin; mais, depuis, ses désirs, fouettés par l'humiliation reçue, n'en étaient devenus que plus ardents et plus féroces, prenant en quelque sorte un caractère sadique.

Posséder sa victime, lui rendre humiliation pour humiliation, se repaître de sa honte et de ses larmes, la torturer moralement et physiquement.

Il avait entendu parler de ces flagellations secrètes, renouvelées du copieux arsenal des supplices de l'Inquisition, que certains directeurs de pénitenciers infligent aux prisonnières rétives.

Le soin avec lequel les règles de la pudeur sont observées, indique l'origine tout ecclésiastique du châtiment.

La coupable, ou jugée telle, est conduite vêtue d'une longue et épaisse robe de bure dans une salle où sont rangés les fonctionnaires de la prison et les prisonnières soupçonnées d'esprit de désobéissance et d'insubordination.

Au milieu de la salle, pratiquée dans le plancher, est une ouverture ronde où l'on fait entrer la condamnée jusqu'aux aisselles; mais l'ouverture est trop étroite pour que l'étoffe grossière de la robe puisse pénétrer, elle se relève et forme bourrelet autour de la taille sans ceinture fermant hermétiquement le trou en remontant au-dessus des seins.

La tête et les bras de la condamnée émergent seuls de ce paquet d'étoffe. La morale est sauve. Rien ne peut choquer en quoi que ce soit la vue, ni offenser la pudeur des assistants.

Mais, sous le plancher, il n'en est pas de même.

Il est vrai que la petite chambre inférieure au plafond de laquelle se trouve suspendu ce corps nu de femme ne contient guère que l'exécuteur et celui qui a ordonné l'exécution, et quelquefois même le juge se plaît à remplir l'office du bourreau.

Tandis qu'il opère, les spectateurs de l'étage supérieur peuvent juger sur le visage de la victime, d'après ses plaintes, ses gémissements et ses cris, de l'intensité ou de la variété du supplice.

C'est un châtiment de ce genre que Weissoff méditait d'infliger à Olga, et celle-ci plusieurs fois le vit passer dans la cour levant les yeux sur sa fenêtre avec une joie méchante dans le regard.

Cependant, dans les nouvelles que lui faisait communiquer le sous-directeur, elle avait lu qu'une escadre russe, sous le commandement de l'amiral Avellan, se préparait à mouiller dans le port de Toulon pour rendre aux marins français leur visite de Cronstadt, et que ceux-ci se disposaient de leur côté à rendre aux Russes la magnifique et cordiale réception qu'ils en avaient reçue.

Dans cette dépêche à laquelle Weissoff ne prêta sans doute qu'une mince attention, Olga pressentit une autre chance de délivrance, car ces fêtes nationales ou internationales sont presque toujours suivies de grâces et d'amnistie.

L'espoir lui revenait, puis elle comptait sur le prochain retour du directeur qui ne devait plus tarder, car plus de huit jours s'étaient écoulés déjà depuis celui de son départ.

Ce qui la surprenait et l'inquiétait en même temps, c'est que nulle enquête n'eût encore été faite au sujet de son aventure.

Peut-être Weissoff n'avait-il pas encore fait son rapport, attendant pour cela l'arrivée et les avis de son chef.

Il l'avait saisie dans ses bras robustes.

Elle était certaine que, sans les Cosaques survenus si à propos pour la sauver des mains du satyre, il n'eût pas soufflé un mot de l'affaire où, quel qu'en fût le résultat, il y laisserait de sa réputation et de sa dignité de fonctionnaire; mais le moyen de l'étouffer avec ces quatre témoins qui, elle le devinait bien, s'étaient hâtés de répandre l'histoire dans la garnison et le village!

Liv. 234. — H. GEFFROY, édit. — Reproduction interdite

Mort du Czar 126

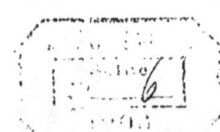

Dix jours s'étaient écoulés depuis l'aventure, lorsqu'un matin sa gardienne entra d'un air sournois dans sa cellule.

A l'air satisfait de son visage, elle s'attendit de suite à une fâcheuse nouvelle.

Elle ne se trompait pas.

Cette femme lui annonça que le directeur ne devait plus revenir, il était mis à la retraite et rappelé à Saint-Pétersbourg.

— Ce n'est pas un malheur! — dit la gardienne. — Il devenait vieux et ne possédait plus l'énergie nécessaire pour un poste comme celui-ci. Puis, comme tous les vieux, il se laissait facilement ensorceler par les beaux yeux des jeunes femmes.

Et regardant fixement Olga, jouissant du désappointement et du chagrin qui se peignaient sur sa figure, elle ajouta :

— Et un directeur qui devient amoureux de ses prisonnières, adieu la discipline!

— Était-il donc amoureux de ses prisonnières? — demanda Olga feignant de ne pas comprendre l'allusion.

— Mais oui... Vous le savez mieux que tout autre..., maintenant, c'est fini! Les beaux jours sont passés.

Elle avait pris Olga en grippe, jalousie de la laide contre la belle, de la vulgarité contre la distinction, jalouse surtout des attentions de son chef qui témoignait des égards à Olga, tandis qu'il la traitait, elle, comme une subordonnée.

Tant qu'on attendait le directeur, elle n'avait trop osé montrer sa haine, si ce n'est que par les nouvelles désagréables et les racontars malveillants recueillis avec soin et qu'elle s'empressait de communiquer à celle qu'elle appelait « la favorite » en y ajoutant amplement du sien.

Mais maintenant, assurée que le vieux « Sardanapale », comme elle disait, ne devait plus reprendre son poste, certaine par conséquent, non seulement de l'impunité, mais d'obtenir les bonnes grâces de Weissoff, elle jetait le masque.

— Cela vous défrise, ma petite?

— Oui, je le regrette... Je n'ai eu qu'à me louer de lui, — répondit franchement Olga. Il a été pour moi plein de bontés.

— Un prêté pour un rendu. Je connais le vieux; il ne donnait rien pour rien. Vous l'avez sans doute payé de retour.

— Que voulez-vous dire?

— Vous le savez bien.

— Oui, je comprends votre pensée, elle est abominable.

— Oh! ne faites ni la sainte-nitouche, ni l'orgueilleuse. L'orgueil va au pauvre comme la selle à une vache. Et vous êtes au-dessous du pauvre puisque vous êtes en prison.

— La prison n'ôte ni la dignité ni l'honneur, — répondit Olga, — et ce qu'il y a de plus bas que le forçat, c'est le garde-chiourme.

— Oh! des insolences! Nous avons le moyen de vous faire taire, ma belle. Son Excellence le nouveau gouverneur va vous faire changer de ton.

— Et qui est le nouveau gouverneur?

— Mais, l'ancien sous-directeur, naturellement. Sa haute noblesse, Paul Weissoff le remplace. C'est bien son droit.

— Ah! — fit Olga pâlissant.

— Ça ne vous va pas? — demanda la gardienne.

— Que m'importe? Je n'ai pas à rester longtemps à Alexandrovsk.

— Comptez-vous donc toujours sur votre grâce?

— Je compte sur la justice du czar.

— La justice est de punir les évadés... Et en supposant que vous soyez innocente, comme vous le prétendez, du crime dont on vous accuse, vous êtes coupable de celui d'évasion.

— Il est une justice plus haute que celle fabriquée par les lois, — répondit Olga. — C'est la justice éternelle que l'on n'apprend dans aucun code. Elle dit à l'homme arrêté injustement et qui doute de ses juges, que son premier devoir comme le plus précieux de ses droits est de s'échapper, s'il le peut.

— Et si l'on s'oppose à sa fuite?

— S'il a une arme, il doit s'en servir. Nul n'a le droit d'attenter à la liberté d'un innocent..., ou bien on lui doit une réparation éclatante.

— Mais si vous cherchez à fuir, comme vous l'avez fait deux fois déjà, mon devoir, Olga Ivanoff, mon devoir de gardienne, de fonctionnaire est de vous en empêcher... Je suis responsable de vous... Vous me trouveriez devant votre chemin et vous auriez à passer sur mon corps.

— J'y passerais sans scrupule, — répondit Olga.

— Vous entendez, Excellence? — s'écria la gardienne et, tournant vers la porte qu'elle avait laissée entr'ouverte.

— Parfaitement? j'entends parfaitement, — répliqua Weissoff en se montrant. — Par ses paroles et ses menaces imprudentes, Olga Ivanoff vient de signer son arrêt.

— Vous écoutez donc aux portes... comme un valet? — dit la fière prisonnière, enveloppant le nouveau directeur d'un regard où s'étalait tout son mépris.

— Mon devoir est de surveiller tous les criminels que le gouvernement du czar a jugé bon de me confier.

« Et bien m'a pris de me tenir sur mes gardes à votre égard... sans quoi vous seriez loin!

— Vous savez que vous mentez! — riposta-t'elle.

— Gardes, — ordonna Ivanoff, — emparez-vous de cette femme; qu'on la conduise au cachot des insubordonnés et qu'on lui rase le côté droit de la tête, d'après les règlements.

A ces mots, deux gardiens qui se tenaient dans le corridor entrèrent brusquement dans la chambre, se saisirent d'Olga lui lièrent les mains et l'entraînèrent brutalement, bien qu'elle ne tentât nulle résistance et ne fit nulle protestation.

— Ah! ah! Olga Ivanoff, — lui cria en ricanant le nouveau directeur tandis qu'on l'entraînait, — les temps sont changés. Il n'est plus celui où l'on menait par le bout du nez un vieil imbécile. Tu vas apprendre à tes dépens comment l'on traite une prisonnière rétive. On en a maté de plus féroces que toi, Olga Ivanoff, et le knout, l'excellent knout n'a pas été inventé pour les chiens. « Ne crache pas dans le puits, il se peut faire que tu en boives » et tu en boiras, Olga Ivanoff, tu boiras de l'eau du puits où tu as craché!

Tous riaient et applaudissaient aux paroles du chef, et le garde et la gardienne, et quelques prisonnières qui accouraient, curieuses, sur le passage de la victime, et Tatiane Pétrova qui murmura :

— Ah! ah! ah! c'est bien fait. Une année n'a pas deux étés. Tu as eu le tien et tu t'es réjouie. Pleure maintenant.

Elle ne daigna pas répondre à l'insulte de cette mégère à demi-folle et continua le chemin de son calvaire au milieu des huées.

— Le knout! Le knout! — hurlait la foule imbécile des prisonnières — qu'on lui donne le knout à la belle barina!

Elle était descendue au sous-sol. Une lourde porte s'était ouverte dans un couloir obscur, puis une autre, bruyamment refermée sur elle avec un grincement de ferrailles que le bruit confus des outrages que lui lançait cette canaille de geôle à qui elle n'avait rien fait, mais dont sa supériorité physique et morale excitait la haine, retentissait encore à ses oreilles.

Elle resta quelques instants immobile, haletante; tâtonna dans l'obscurité autour d'elle; on lui avait enlevé les liens de ses poignets.

Elle sentit les murs nus et humides, puis heurta du pied une botte de paille.

Elle s'y assit, le cœur plein d'indignation et de révolte et aussi de dégoût pour la misérable humanité.

Elle était bien résolue à ne pas se laisser intimider ni abattre, mais une chose l'effrayait, la menace lancée comme une flèche de Parthe dans son dos par le nouveau directeur : « *Ne crache pas dans le puits, car il se peut que tu en boives... Et tu en boiras, Olga Ivanoff, tu boiras de l'eau du puits où tu as craché.* »

C'était assez explicite.

Elle avait craché son mépris sur Weissoff; elle le savait capable de tout oser pour exécuter sa menace, depuis l'aventure du petit bois de sapins elle n'avait que trop vu qu'il était capable de tout.

Un scélérat digne de la gehenne! Mais combien en est-il dans le monde que l'on sait tels et que l'on salue quand ils passent, portant haut leur orgueil de coquins triomphants!

Et elle crispait son front de ses mains dans la colère de son impuissance, la honte de son humiliation.

L'obscurité la plus complète régnait dans son humide cellule; une lueur presque imperceptible filtrait par un soupirail grillé de grosses barres, ouvert à trois pieds au-dessus de sa tête, dans le corridor un peu moins noir.

C'était le cachot, le vrai cachot avec le mur suintant, la cruche d'eau dans un coin et la botte de paille légendaire.

Il n'y manquait même pas les anneaux de fer scellés dans la pierre, destinés à attacher les malheureux prisonniers.

Elle s'était assise sur la botte de paille et, au bout de quelques heures qui lui parurent aussi longues qu'un jour, un gardien lui apporta une sorte de brouet fait de poisson et de légumes et une couverture. Puis il sortit et revint une demi-heure après.

Il faut vous déshabiller , — dit-il en jetant à ses pieds un paquet de grosse toile. — Le directeur a donné l'ordre qu'on vous retire vos vêtements, et que vous revêtiez l'uniforme réglementaire de la prison... comme les camarades.

Et comme elle ne bougeait pas, attendant qu'il sorte :

— Allons, — fit-il, — dépêchez-vous.

— Vous ne supposez pas que je vais me dévêtir devant vous ?

— Oh! qu'est-ce que ça fait? Je n'ai pas des yeux de chat ni de loup pour juger dans ce trou du diable la couleur de la peau de la princesse.

Il se retira cependant en faisant à haute voix quelque plaisanterie obscène et se mit à chantonner derrière la porte un de ces refrains orduriers, en honneur dans les corps de garde de toutes les armées de la terre, tandis qu'Olga changeait de vêtements.

Elle obéissait sans mot dire, il le fallait bien.

Elle ne voulait pas par un acte de rébellion s'attirer des châtiments que Weissoff serait en droit de lui infliger, et profiterait, elle le savait, avec empressement de ce droit.

Elle revêtit donc la livrée de ce bagne. et l'homme emporta son costume moscovite qu'elle quittait pour la première fois.

Puis elle s'assit sur sa paille; il lui sembla qu'avec cette relique de sa patrie lointaine, c'était toute sa jeunesse, toutes ses illusions, toutes ses espérances et tous ses rêves qui s'en allaient.

Et la tête dans les mains, les coudes sur les genoux, elle pleura!

Elle essuya rapidement ses larmes; un bruit de bottes éperonnées retentit dans le corridor, les verrous grincèrent, la clef tourna dans la serrure et la porte s'ouvrit.

Une lumière inonda son cachot, c'était une lanterne à réflecteur que portait un cosaque, qui se rangea pour laisser passer Weissoff.

— C'est bon, — dit celui-ci, — accroche cette lanterne au mur... et laisse-nous.

Le Cosaque fit le salut militaire et sortit.

Weissoff poussa la porte derrière lui et, les bras croisés sur sa poitrine, regarda silencieusement Olga qui s'était acculée à l'angle du mur.

Il souriait diaboliquement et ses yeux lançaient des éclairs de triomphe.

Mais elle soutint son regard et lui dit enfin :

— Que voulez-vous de moi?

— Ce que je veux de toi, Olga Ivanoff? — répondit-il lentement. — Je veux ce que je voulais l'autre jour, près du bois de sapins... Et ce que je veux, je l'aurai de gré ou de force... mais, crois-moi, dans ton propre intérêt, il vaut mieux que ce soit de ton plein gré

— De mon plein gré, lâche que vous êtes! Oh! le plus méprisable des hommes! vous supposez donc parce que vous m'avez enfermée dans un cachot que vous viendrez à bout de moi comme d'un peureuse petite fille? Vous ne connaissez pas Olga Ivanoff.

— Non, — ricana Weissoff, — c'est pourquoi je demande à la connaître... dans l'intimité.

— Si vous m'avez, vous ne tiendrez qu'un cadavre!

— Je suis certain de t'avoir bien vivante et palpitante..., et je sais comment humilier les superbes. Écoute, si tu ne te livres de bon gré, ce que je vais faire de toi!

— Vous ne pouvez commettre qu'infamies et lâchetés.

— Tu me braves et tu m'injuries. Tant mieux! Tu me mets dans mon droit, celui de châtier tes insolences! Et je vais te montrer comment l'on dompte la plus rebelle. Où la chèvre est attachée, il faut qu'elle broute, et, par le grand saint Paul, mon honoré patron ! tu brouteras.

— Je te défie, lâche et vil, de m'obliger à faire ce que je ne veux pas. Tu briseras plutôt mes membres.

— Inutile de te briser les membres, ma belle ensorceleuse... Je ne veux pas estropier, mais seulement châtier ton beau corps. Quatre Cosaques, à mon appel, vont entrer ici. Ils seront d'autant plus heureux d'exécuter la besogne que je leur commanderai, qu'ils savent qu'à cause de toi quelques-uns de leurs camarades ont péri sous les verges. La vengeance n'est pas seulement le plaisir des dieux, elle est aussi celui des mortels.

— Et tu te venges sur une femme sans force, misérable lâche !

— Je continue : ils vont te dépouiller de tes vêtements... te mettre nue, tu entends, fière Olga, complètement nue, te lieront les poignets et te feront, devant moi, passer par les verges... jusqu'à ce que tu supplies, que tu t'agenouilles et que tu me cries : « Grâce ! »... Alors, j'userai peut-être de miséricorde et de mon bon plaisir.

— Vous ne ferez pas cela... Vous n'aurez pas l'infamie de faire cela !

— Et si tu refuses de demander grâce, si tu ne deviens soumise et repentante, je te livre aux quatre Cosaques.

— Misérable ! — s'écria Olga frémissante. — oserais-tu commettre ce crime ? Ne crains-tu donc pas le châtiment ? Ne crains-tu donc pas que ma plainte aille jusqu'au Czar, ton maître et le mien.

— Le Czar est trop loin pour entendre tes cris. Songe que les murs de ce cachot n'ont pas d'écho, et que ceux qui en ont poussé n'ont pas tous revu le jour. La terre garde ses secrets.

— Ah ! tu veux donc m'assassiner ?

— Eh ! non, superbe fille, je veux t'aimer.

— Horreur ! horreur ! — fit-elle portant les mains à son front.

— Ton sort est entre tes mains, choisis. Mes baisers ou les verges.

— J'aime mieux les verges.

— Après les verges, la rage des Cosaques.

— Les verges, les Cosaques, la mort, tout, excepté toi.

— Mais les Cosaques ne viendront qu'après moi, ricana Weissoff.

— Mais c'est infâme ! c'est monstrueux ! Est-ce que je rêve ? Est-ce un horrible cauchemar. Mon Dieu, du fond de l'abîme je pousse des cris vers vous ! Et je suis sans armes, impuissante. Ah ! je n'ai que mes ongles et mes dents, mais je me défendrai comme une louve... et d'abord, tiens, infâme, je te crache à la face tout mon mépris !

Et elle cracha à la figure du gouverneur.

Il tira son mouchoir, essuya sans un mot le jet de salive, puis se tournant vers la porte qu'il ouvrit, il cria :

— Cosaques !

Olga entendit un bruit de bottes venir du fond du corridor, puis quatre soldats entrèrent dans la cellule et s'alignèrent le long du mur en faisant le salut militaire.

Éclairés en plein par le réflecteur de la lanterne, Olga les reconnut aussitôt pour ceux qui étaient arrivés au moment où Weissoff la violentait à l'entrée du bois.

Ils tenaient tous une verge.

— Mes braves garçons — dit Weissoff — je vous ai fait venir ici, voici pourquoi. Vous avez été tous quatre témoins du crime de la prisonnière Olga Ivanoff, deux fois condamnée pour meurtre et tentatives d'évasion qui toutes ont causé mort d'hommes... Vous avez vu qu'elle a porté la main sur moi quand je l'arrêtais au moment où elle se préparait de nouveau à fuir.

— Nous l'avons vu, Excellence — répondit le brigadier.

— Eh bien, vous allez être témoins et exécuteurs du châtiment.

— Oui, Excellence.

— Mettez vos verges à terre et enlevez à cette femme ses vêtements..., tous.

— N'approchez pas, misérables — cria Olga acculée — je vous déchire la figure de mes ongles.

— Oh ! — riposta le brigadier qui se rua le premier pour donner l'exemple — mords, pince, griffe, nous avons la peau dure.

En moins de rien elle fut prise, tirée, dépouillée ; ses vêtements, mis en pièces, tombaient par lambeaux, et elle se trouva à terre, accroupie sur ses talons, toute nue et haletante.

— Lâches ! lâches ! misérables ! le maître comme les valets !

C'était tout ce que lui arrachait son humiliation et sa colère.

— Injures de prisonnière s'émoussent contre les murs — dit Weissoff contemplant sa victime avec un ricanement diabolique. — Eh bien, Olga, tu vois que je ne me livre pas à de vaines menaces. Es-tu décidée à te soumettre ?

— Moins que jamais !

— Songe bien aux conséquences. Je suis décidé à aller jusqu'au bout.

— Plutôt la mort que de plier devant un lâche comme vous

— Cosaques ! attachez fortement les mains de cette femme derrière son dos. Qu'on la relève, et pendant que deux d'entre vous la maintien

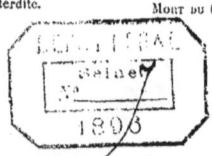

Elle s'y assit le cœur plein d'indignation.

dront sous les aisselles, les deux autres la frapperont avec les verges. Faites !

Olga se débattit de toutes ses forces, mais vainement ; elle mêlait, affolée, ses appels instinctifs à un secours, un aide quelconque qu'elle attendait en vain, à des injures à ses bourreaux.

Ses poignets furent enfin solidement liés, mais il fut impossible de la tenir debout.

Un Cosaque dut la hisser sur son dos en lui soutenant le haut du corps au-dessus de sa tête.

Le brigadier prit alors le premier la verge, levant le bras, attendant le commandement.

— Olga Ivanoff — dit le directeur troublé devant ce corps marmoréen — chacun frappera à tour de rôle. Il est temps encore de t'amender. Parle !

Elle ne répondit pas.

— Vois comme je suis indulgent et bon. Par un seul mot de repentir, le seul mot « grâce », tu es libre d'arrêter les coups.

— Tu attendras ce mot en vain, scélérat.

— A ton aise !

— Lâche !

— Mais, comme je ne veux pas trop t'endommager, je fixe le châtiment à cinquante coups de verge. Dix par tête, car je me réserve les dix derniers.

Les Cosaques riaient.

— Au dernier les bons ! — fit le brigadier.

Il tenait toujours le bras levé à hauteur de la tête.

— Commence ! — ordonna Weissoff.

Mais il n'abattit pas le bras sur les chairs.

Un fracas se fit au même moment entendre dans le corridor, bruit de sabres, de bottes, d'éperons, et une voix criait :

— Excellence ! Excellence !

— Qu'est-ce? qui vient ainsi? — demanda Weissoff, furieux de cette interruption et se précipitant au dehors pour barrer le passage aux intrus. — Qui ose, malgré ma défense, descendre ici?

Mais il s'arrêta bouche béante, yeux écarquillés, terrifié, stupéfait.

Dans le long corridor, éclairé *a giorno* par une quantité de lanternes que portaient, au bout de leurs lances levées, une douzaine de Cosaques, s'avançaient deux officiers généraux, accompagnés de plusieurs aides de camp.

L'un des généraux, superbe vieillard de haute taille et de fière mine, était complètement inconnu à Weissoff; mais il reconnut à ses côtés, lui parlant avec déférence, le second grand fonctionnaire qui n'était autre que le gouverneur de la Sibérie orientale.

— Eh bien, Weissoff! — héla celui-ci aussitôt qu'il aperçut le directeur. — Vous êtes introuvable? Vous nous obligez à venir vous chercher dans cette cave. Vous y étiez donc bien sérieusement occupé que vous avez donné l'ordre qu'on ne vous y dérange pas. Qu'y faites-vous?

— Excellence! — balbutia Weissoff tremblant tout à coup et affreusement pâle.

Puis, se tournant vers les Cosaques restés dans le cachot, il leur ordonna à voix basse et brève :

— Déliez la prisonnière!... Qu'elle se rhabille promptement!

Et il tira la porte derrière lui.

— Son Altesse le général prince Démétrius Zowsky, — continua le gouverneur d'Irkoutsk, qui n'était plus qu'à quelques pas.

— Excellence! — fit le directeur s'inclinant jusqu'à terre. — excusez-moi de recevoir votre haute noblesse...

— Au fond d'une cave, — interrompit le prince. — Il n'importe! Je suppose que vous y êtes appelé pour les besoins de votre service?

— En effet, monseigneur..., mais ne passez pas outre. L'endroit est humide et malsain... Nous allons, s'il plaît à Votre Altesse, remonter...

— Le général prince Démétrius Zowsky — reprit le gouverneur d'Irkoutsk — est en tournée d'inspection dans les établissements pénitentiaires de mon gouvernement... Il se commet beaucoup d'abus dans certains postes éloignés de tout contrôle, et Sa Majesté le czar a jugé qu'il était temps d'y mettre un terme.

— La sollicitude de Sa Majesté s'étend sur tout, — répondit Weissoff.

— Vous avez été nouvellement promu, grâce à des influences administratives. Car, entre nous, Weissoff, ce poste de confiance était jusqu'à présent donné comme récompense à de longs services dans l'armée, et vous n'avez, je crois, servi que dans l'administration. Ce n'est pas un reproche que je vous adresse, mais un appel que je fais à votre dévouement, à votre intégrité, à votre zèle... Vous vous rendez digne, je l'espère, de la faveur qui vous est faite...

— Assurément, Excellence, je fais mon possible...

— Bien. Je suppose que tout est en bon ordre dans le pénitencier?

— Tout en bon ordre, Excellence... Mais daignez m'accompagner...

« Une fois en haut, — pensait Weissoff, — on aura le temps de réfléchir et d'aviser au sujet d'Olga que je vais faire réintégrer dans son ancienne cellule. Si elle se tait, tout ira bien. Si elle parle, je la ferai passer pour folle. »

— J'apporte de la part de Sa Majesté — dit le prince — la grâce pleine et entière d'une de vos pensionnaires... Olga Ivanoff!

Ce fut un coup de foudre pour le directeur.

Il pâlit, balbutia :

— Très heureux!... Vraiment... très heureux... Olga Ivanoff... prisonnière noble... très heureux!...

— Elle était spécialement recommandée par l'empereur, — reprit le général. — J'espère qu'elle n'a eu qu'à se louer de vos procédés?

— Sans doute, Excellence.., Olga Ivanoff... cependant... haute intelligence..., haute noblesse..., mérite... tous égards...

Il bredouillait, perdait la tête, laissait échapper, dans son trouble, des mots incohérents, sans suite.

Encore une fois le gouverneur d'Irkoutsk l'interrompit.

— Je vois que vous vous êtes intéressé, Weissoff, à cette noble fille qu'une sombre fatalité a poursuivie depuis son adolescence. C'est bien. Vous n'avez fait d'ailleurs que suivre les instructions qu'on vous a transmises; mais il vous en sera tenu compte... Voulez-vous remonter avec nous et la mettre immédiatement en liberté?

Weissoff respira.

— Certainement, Excellence, — s'empressa-t-il de répondre, — certainement... Montons, je vais donner l'ordre immédiat.

— Non pas, — fit le prince, — ne donnez aucun ordre. Je veux être le premier à lui annoncer cette bonne nouvelle... Pauvre fille! nous sommes de vieilles connaissances...

Et se tournant vers le gouverneur d'Irkoutsk :

— Elle sera bientôt ma parente, général.

— En vérité!

— Oui... Mon fils Michel est depuis de longs mois fiancé à la fille de sa sœur. Et ma foi, à vrai dire, je crois que nos amoureux n'attendent pour célébrer la noce que la libération de leur tante Olga, afin qu'aucun nuage ne vienne obscurcir leur ciel.

— Toutes mes félicitations, prince!

Weissoff sentait ses jambes fléchir; il dut, pour ne pas trébucher comme un homme ivre, s'appuyer à la muraille.

L'imminence du danger lui fit reprendre un peu d'aplomb.

Il jeta un regard aussi inquiet que désespéré vers la porte de la cellule, craignant de la voir s'ouvrir tout à coup pour laisser passer Olga, ou d'entendre ses appels et ses cris de protestations, ou bien encore une imprudence ou un acte de stupidité des Cosaques qui décelât la présence de la prisonnière, et cherchant à gagner du temps, il dit :

— Montons alors!... Je vais conduire Vos Excellences à la cellule d'Olga Ivanoff.

— Est-ce que vous avez un prisonnier dans ce cachot? — demanda le gouverneur d'Irkoutsk, désignant celui d'Olga.

A cette question, Weissoff perdit le peu d'aplomb qu'il avait cru retrouver et ne vit le salut que dans un mensonge :

— Des Cosaques ! — dit-il. — Ce sont des Cosaques de la garnison.

— Comment, des Cosaques ? — s'écria le gouverneur. — Vous enfermez des soldats de la garnison dans les cachots réservés aux pires criminels qui refusent de se soumettre à la discipline pénitentiaire?... Et de quel droit?... Vous n'observez donc pas les règlements? Qu'ont fait ces Cosaques? Ouvrez cette porte ! Allons !... Mais elle n'est pas fermée !... Qu'est-ce que cela signifie ?

Et d'un violent coup de pied, il l'ouvrit toute grande.

Un singulier spectacle s'offrit à sa vue et à celle du prince Démétrius Zowsky.

. . . .

CXLVII

LA DÉLIVRANCE

Dès les premières paroles échangées dans le corridor, Olga avait reconnu la voix du gouverneur d'Irkoutsk, dont la sévérité était proverbiale, mais qui s'était montré si bienveillant pour elle, au point de lui donner comme prison sa propre résidence près de la capitale de la Sibérie orientale.

Elle comprit que venait le salut et son cœur avait tressauté de joie.

— Enfin ! Dieu soit loué !

Le Cosaque qui la portait sur son dos l'avait aussitôt laissée retomber à terre, et sur l'ordre précipité que donnait le directeur, ses camarades lui avaient jeté à la hâte ses vêtements déchirés et dispersés çà et là dans les piétinements et les efforts désespérés de la lutte.

Mais, ayant les poignets liés, elle ne pouvait s'en revêtir et, dans sa précipitation à défaire le nœud de la corde, le brigadier n'y parvenait pas.

Il dut avoir recours à un couteau, et il fallut un certain temps avant qu'un des Cosaques trouvât le sien au fond d'une de ses poches.

C'est pendant que le brigadier s'occupait de couper les liens avec précaution, de crainte de la blesser, qu'Olga entendit annoncer le prince Démétrius Zowsky, le père du fiancé de Nadine, celui déjà dont la visite inattendue, l'avait, dans son ancienne colonie pénitentiaire, sauvée des fureurs lubriques du gouverneur de la colonie.

— C'est le ciel qui l'envoie ! — se dit-elle.

Elle n'entendit plus qu'un bruit confus de voix, car l'un des Cosaques avait poussé hermétiquement la porte, mais elle ne douta plus de sa délivrance.

Un effluve, un torrent de joie inonda son cœur.

Elle pensa un instant à crier, appeler, dévoiler à ce protecteur dont elle était sûre, l'infamie, la scélératesse de son bourreau, mais la joie l'étouffait en quelque sorte.

— Je pardonne, — se dit-elle — je pardonne au misérable comme j'ai pardonné à l'autre, au vieux Nicolas Palowith... Que ma délivrance n'entraîne pas sa perte..., assez de malheurs se sont accumulés autour de moi.

Puis, aussi, elle n'osait se montrer dans l'état de nudité presque complète où ses tortionnaires l'avaient mise.

Quand, d'un coup de pied furieux, le gouverneur d'Irkoutsk eut ouvert la porte, il la vit accroupie au milieu du cachot, entourée par les quatre soldats ahuris, dont l'un, le brigadier, parvenait seulement à scier d'un couteau ébréché ses liens.

La lanterne à réflecteur envoyait sur elle un jet de vive lumière; malgré cela, les nouveaux spectateurs de la scène ne se rendirent pas compte du premier coup de ce qu'ils voyaient, tant le spectacle était pour eux bizarre et inattendu.

Couverte de ses hardes rassemblées et jetées sur elle à la hâte, sa tête émergeait de ces lambeaux de toile blanche, que de ses mains, seulement libres, elle maintenait sur ses épaules et sa gorge, comme une baigneuse surprise au sortir de l'eau.

Le gouverneur d'Irkoutsk la reconnut le premier; à vrai dire, il s'attendait à la voir, mais non dans cette position et dans ce singulier costume.

Une gardienne effarée, dès que les deux gouverneurs et leur escorte étaient entrés à l'improviste dans la cour des femmes demandant d'abord le directeur, puis Olga Ivanoff, avait répondu que celle-ci venait d'être mise au cachot!

— Au cachot! — se récria le prince Démétrius Zowsky, qu'a-t-elle donc fait?

— Son Excellence le directeur vous le dira, car moi je ne sais rien, — répliqua la gardienne ne voulant pas se compromettre. — Il est en ce moment avec elle.

Le gouverneur d'Irkoutsk soupçonna aussitôt quelque affaire suspecte.

Weissoff s'était gardé, après mûres réflexions, d'adresser un rapport sur la prétendue tentative d'évasion d'Olga, rapport qui eût pu éveiller la méfiance et le compromettre gravement, se réservant de l'adresser plus tard si les choses tournaient contre son gré.

Dans sa fatuité de bellâtre, il avait pris la résistance de la jeune femme pour simagrées de fausse prude, à moins que ce ne fût la légitime répugnance de se livrer à de certaines époques, car il ne pouvait supposer qu'on lui résistât pour d'autres motifs, lui, le maître absolu!

Il ne désespérait pas, bien au contraire, d'avoir raison de ces résistances, soit par les séductions de sa personne, — pensait-il, — soit par les grands moyens, l'intimidation, les menaces et, enfin, le suprême et décisif, argument... la force.

Chi assaulta vince! S'il ne connaissait pas ce proverbe italien, il le mettait néanmoins en pratique.

Mais les Cosaques avaient parlé.

L'histoire des soufflets administrés par une condamnée au propre directeur de sa prison avait couru dans les corps de garde.

En même temps que la correspondance administrative, les Cosaques la portèrent d'Alexandrovsk à Oussolié et d'Oussolié à Irkoutsk, enchantés de l'affront subi par Weissoff que son arrogance, sa fatuité et son origine non militaire avaient fait prendre en grippe dans les postes.

Il n'est donc pas étonnant si quelques mots de l'histoire arrivèrent aux oreilles du gouverneur.

Justement, l'ancien directeur se trouvait encore à Irkoutsk, attendant ses bagages, ne voulant pas, par amour-propre, retourner à l'endroit où il venait d'être si brusquement remplacé.

Le gouverneur le fit mander et l'interrogea.

Celui-ci ne savait rien, naturellement, puisque l'aventure s'était passée le jour de son départ du pénitencier et à l'heure même où il en était à plus de vingt verstes, mais il manifesta son étonnement qu'Olga eût essayé de fuir, n'ayant nul intérêt à le faire puisqu'elle attendait sa grâce, et termina par les plus grands éloges sur la conduite et la dignité de la prisonnière.

Comme il avait la certitude qu'il devait sa mise à la retraite et son rappel aux intrigues de Weissoff qui, depuis son arrivée au pénitencier, écrivait de faux rapports contre lui, le dénonçant comme partial et débonnaire, il ne cacha pas au chef central de la Sibérie orientale la piètre estime où il tenait son successeur.

Le gouverneur se préparait donc à faire lui-même une enquête, et savoir s'il était vrai qu'Olga, s'étant mise en un cas d'une telle gravité, pourquoi le nouveau directeur n'avait pas adressé un rapport immédiat, quand, sur ces entrefaites, le prince Démétrius Zowsky survint à l'improviste, chargé d'une mission spéciale et apportant en même temps la grâce de la prisonnière.

Le gouverneur d'Irkoutsk lui rendit compte de l'incident resté obscur.

— Eh bien, — fit le prince, — allons nous-même l'éclaircir sur les lieux.

L'on juge de l'indignation des deux officiers généraux, de la confusion de leur subalterne à la découverte de l'indécent traitement infligé à la protégée de l'empereur.

— Que signifie ceci? — s'écria le prince Démétrius, pâle de colère, et jetant sur Weissoff un regard foudroyant. — Est-ce la personne à qui Sa Majesté veut bien s'intéresser que vous osez traiter de la sorte?

— Monseigneur! — balbutia le directeur pris en flagrant délit d'abus de pouvoir, et tremblant de tous ses membres, — monseigneur!...

— Répondez, voyons... Je vous interroge, répondez. Quel crime a-t-elle commis?

— Tentative d'évasion, monseigneur... Les soldats que voici étaient présents, je les prends à témoin.

— Ces Cosaques? — fit le prince.

Et s'adressant au vieux brigadier :

— Parle, toi! Tu as vu cette prisonnière prendre la fuite?

— Pardon, excuse, mon général, — répondit le brigadier faisant un salut militaire, — nous n'avons pas vu la prisonnière s'évader... mais nous l'avons vue qui tapait ferme sur la figure de Son Excellence, même qu'il en portait le lendemain les marques.

— Eh! sans doute, — dit Weissoff. — Elle se débattait, je voulais la retenir, et elle m'a frappé au visage.

— Mais qui vous prouvait qu'elle avait l'intention de fuir. Votre prédécesseur, d'après les ordres du gouverneur d'Irkoutsk, lui accordait l'autorisation de sortir du pénitencier et du village. Elle se trouvait dans la catégorie des prisonnières libres.

— Elle avait dépassé de plus d'une verste la limite prescrite et se trouvait près d'un bois où la fuite était facile.

— Soit! Pourquoi alors n'avez-vous pas adressé un rapport au gouverneur général? — un rapport immédiat, comme c'était de votre devoir et de votre dignité?

— C'est dans l'intérêt même d'Olga Ivanoff que j'ai gardé le silence. Je la savais sous la haute protection de Sa Majesté, je savais qu'elle attendait

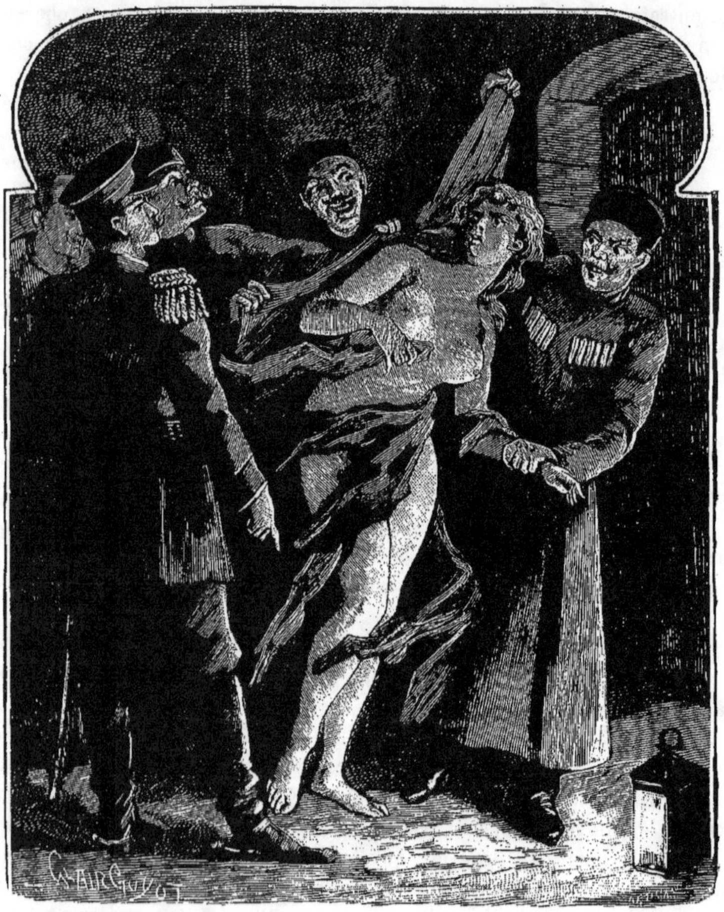

En moins que rien, elle fut prise, tirée, dépouillée de ses vêtements.

sa grâce, et je ne voulais pas, par une plainte de cette nature, la ruiner pour toujours.

— C'est vraiment très aimable de votre part, mais ce n'est pas réglementaire. Alors vous avez pris sur vous de l'enfermer dans ce cachot...

— Pour la punir. Le règlement me donne le droit d'y enfermer les insoumis et les rebelles.

— Mais il ne vous autorise pas à dépouiller une femme de ses vêtements... Et ses vêtements sont en lambeaux...

— Elle a résisté...

— Dites la vérité, Paul Weissoff. Vous vouliez repaître vos yeux de la
nudité de cette femme.

Et se tournant vers le gouverneur d'Irkoutsk :

— Voilà l'inconvénient de ces pénitenciers isolés. Les malheureux
qu'on y renferme sont livrés sans défense et sans appel à l'arbitraire et
à la brutalité d'un directeur féroce, ivrogne ou lubrique! Il faudrait de
constantes inspections et encore, c'est le hasard qui met sur la piste de
crimes ignorés. Tous, ici, sont intéressés à se taire, à cacher la vérité...
Que font là, seuls avec cette jeune femme demi-nue, ces quatre Cosaques?...
C'est inouï!... Réponds, toi, brute!

Le brigadier, ainsi interpellé, répondit :

— Pardon, excuse, mon général... Son Excellence nous a commandés
de corvée pour donner le fouet à la prisonnière. Le directeur a dit, comme
ça, qu'il fallait la passer par les verges. Ça lui servirait, qu'il a dit, de
leçon.

— Olga Ivanoff, — demanda le prince, — est-il vrai que vous ayez
essayé de vous enfuir?

— Non, prince, je le jure sur la tête des miens.

— Est-il vrai que vous ayez frappé le directeur du pénitencier au
visage?

— C'est la vérité, prince.

— Voilà un cas de la plus haute gravité, Olga Ivanoff, — fit sévèrement
le général. — Qui vous a poussée à cette violence?

— Ma défense personnelle.

— Votre défense personnelle?... Voulez-vous en peu de mots vous
expliquer.

— Ah! Prince!... Je préfère que le directeur Paul Weissoff vous en
donne lui-même la raison.

— Soit! Qu'on apporte des vêtements à cette jeune femme... et qu'elle
sorte de ce cachot. J'ordonne une enquête immédiate. Quant à vous,
Paul Weissoff, vous garderez les arrêts dans votre appartement, jusqu'à
ce que je vous fasse appeler.

— La vérité se fera jour, monseigneur, — dit Weissoff atterré.

— Je l'espère, allez.

Tout le monde remonta, et le directeur, plein d'appréhensions et de
sourde rage, alla s'enfermer dans son appartement privé.

Bientôt Olga fut prête.

Elle reparut avec son costume moscovite, protestation visible contre la stupide introduction des modes étrangères qui peu à peu engrisaillent le monde, et enlèvent à chaque pays son cachet national.

Le triomphe de la sotte uniformité!

Sa gardienne, qui le lui avait apporté, était redevenue tout sourire et tout miel.

— Ah! Quel bonheur! — disait-elle. — Personne n'est plus heureuse que moi de votre grâce, de votre réhabilitation!

— Je ne m'en serais doutée il n'y a pas dix heures, — fit froidement Olga.

— Le proverbe a bien raison : « Vécusses-tu un siècle, apprends toujours. » Et il faut apprendre à reconnaître sous tous les dehors ses véritables amis.

Olga ne daigna pas répondre à cette hypocrite et se rendit près des deux officiers généraux qui l'attendaient dans la salle de réception.

L'enquête était déjà commencée.

Elle fut consciencieusement mais rapidement conduite.

« La vérité se fera jour! » — avait déclaré Paul Weissoff.

Elle se fit jour, en effet, mais à ses dépens.

Acculé, pressé de questions, il essaya d'entasser mensonges sur mensonges et finalement pris à ses propres pièges; il fut clairement démontré qu'il avait menti, qu'il poursuivait Olga de ses obsessions et qu'il ne l'avait fait jeter dans un cachot que pour jouir sadiquement de sa nudité, de son supplice, de sa honte, et l'avoir à sa merci.

Ses subordonnés, le voyant perdu, déposèrent avec un accord merveilleux et une lâcheté unanime contre leur chef.

Ceux-là mêmes qui avaient le plus applaudi à l'humiliation d'Olga furent les plus acharnés contre le tyranneau.

Selon eux, il s'était rendu coupable de tous les forfaits.

Il faisait appeler les plus jeunes prisonnières dans ses appartements sous divers prétextes, et se livrait avec elles aux plus sales orgies.

Il y avait bien quelque fonds de vérité dans ces racontars dont l'exagération frappa les gouverneurs et le conseil d'enquête nommé par eux, et Olga était, à vrai dire, la seule détenue qui se fût montrée rebelle.

— Malheur aux brebis quand le loup est leur gardien! — conclut le prince Démétrius, — mais nous allons museler le loup.

La lâcheté humaine est la même sous toutes les latitudes.

L'homme accable le vaincu, aux pôles comme sous l'équateur.

La noble Olga, bien que toutes ces dépositions fussent en témoignage de son innocence et sa complète réhabilitation, en fut écœurée.

Et, s'adressant au général Zowsky, elle implora pitié pour le coupable.

— Non, — répondit le prince. — Je vous accorderai tout, Olga, excepté la grâce de ce misérable.

Et, sur son ordre, Weissoff alla, escorté d'un officier et de six Cosaques, reprendre la place laissée libre par Olga, dans le cachot des pires criminels.

— Ainsi soient punis tous les imposteurs et tous les traîtres, — fit le prince Démétrius Zowsky, — et avec eux tous ceux qui abusent de leur crédit ou de leur pouvoir pour opprimer le faible..., et avec eux aussi les concussionnaires, les serviteurs infidèles, les faux amis du peuple, les voleurs des pauvres, qui dévorent la sainte Russie.

Après le repas auquel Olga fut conviée, l'on porta un toast au czar.

— Qu'il revienne à la santé! Qu'il soit rendu à l'affection de son peuple. Il est juste et bon!

Puis le prince, se tournant vers Olga, lui dit en souriant:

— Eh bien! mon enfant, m'étais-je trompé lorsque je vous ai dit jadis quand je vous rencontrais au palais de l'Empereur : « Courage, espérance! »

— Je n'ai jamais désespéré, prince, et je ne crois pas que le courage m'ait jamais manqué.

Ils eurent tous deux un long entretien où il fut question de la famille Gayrouan, du double mariage prochain, de Michel Zowsky qui devait faire partie de l'escadre envoyée à Toulon, et qui profiterait de son escale en France pour épouser sa chère Nadine.

Plus d'obstacle, maintenant, plus de retard, plus de nuage dans le ciel bleu, puisque Olga serait aux noces!

L'on parla aussi d'Alexis Roumanoff et de sa jeune compagne, et Olga poussa un soupir.

Serait-il, lui aussi, compris dans les actes de clémence?

Les deux généraux s'entretinrent ensuite longtemps des inquiétudes que donnait l'inexplicable maladie du czar.

Le prince Démétrius racontait combien les ordonnances du docteur Zakharine, un médecin d'origine sémitique, étaient critiquées dans l'entourage d'Alexandre III.

Les symptômes alarmants qui s'étaient manifestés d'abord à Saint-Pétersbourg, puis à Spola, avaient semblé diminuer lorsqu'il se rendit à Livadia. Néanmoins on avait appelé le Charcot russe, le docteur Mergéyevsky, sur la science et le tact duquel on avait grand espoir.

Il venait d'arriver en outre à Livadia un célèbre thaumaturge, le père Joann de Cronstadt qui se faisait fort de sauver l'empereur.

Tout le haut clergé lui était hostile, et l'eût chassé de la ville sans la crainte du populaire qui, plein de confiance dans le thaumaturge, eût certainement fait une émeute.

Le père Joann s'était placé en outre sous la protection de l'impératrice, de la grande-duchesse Alexandra Jossinfowna et de sa fille la reine de Grèce, de sorte que, malgré tous, nonobstant même l'antipathie évidente du czar, il était parvenu à se faufiler auprès du malade et à y faire ses simagrées.

Ces tristes nouvelles assombrirent la joie d'Olga. Elle avait voué une ardente reconnaissance à l'empereur Alexandre, non pas seulement parce qu'elle lui devait sa liberté, mais parce qu'elle voyait en lui le régénérateur de la Russie, parce qu'il avait une foi profonde, comme le dit le poète Majkow, dans les bases éternelles sur lesquelles repose l'empire des czars, et qu'il prêchait hautement sa croyance.

« De même que, quand la cloche, du haut de la tour Saint-Jean, au Kremlin, commence à sonner, toutes les cloches, immédiatement, battent après elle et parlent au peuple du grand fait qu'elle annonce, ainsi les paroles du czar ont couru et courent encore de villes en villes, de villages en villages, et relèvent en Russie le sentiment national.

« Comme le premier tonnerre du printemps rappelle à la vie la végétation endormie par le froid et réveille les prairies et les bois, ainsi la Russie s'est défaite de ses doutes et le brouillard du scepticisme s'est dissipé.

« Alors, le cœur du peuple, qui était fermé, s'est ouvert et sa confiance en l'avenir s'est ferrée sur la conscience de sa force. »

Il était tard lorsqu'on se sépara.

Olga, par un scrupule facile à comprendre, refusa de se retirer dans l'appartement de Weissoff et même dans la chambre que lui offrait sa gardienne. Elle insista pour reprendre son ancienne cellule transformée maintenant à ses yeux, puisqu'elle y entrait librement et en sortirait de même.

Au matin, bien avant le jour, elle fut réveillée par un bruit de cliquetis d'armes et de pas de chevaux; elle supposa qu'on se préparait au départ, car elle avait été prévenue qu'elle retournerait à Irkoutsk en même temps que le gouverneur, et elle s'habilla rapidement, se tenant prête, mais les portes s'ouvrirent, puis se refermèrent, le bruit s'éloigna et tout rentra dans le silence.

Ce ne fut que longtemps après, j'allais dire le lever du soleil si le soleil se levait dans ces latitudes, mais, comme dit un poète du nord, « pendant nos étés, le soleil ne se couche pas dans le sens de la terre; il

l'effleure légèrement d'un baiser et monte glorieux à l'horizon. De la mi-juin à la mi-juillet, les nuits n'ont point d'obscurité ; le crépuscule du soir se prolonge jusqu'à ce qu'il s'évanouisse dans le crépuscule du matin... »
Donc il était grand jour quand un officier d'état-major fit demander à Olga par une des gardiennes si elle était prête à l'accompagner.

Malgré l'annonce de sa délivrance, elle avait passé une mauvaise nuit. La pensée de ce misérable Weissoff qui avait pris sa place dans son cachot la hantait.

La noble Olga oubliait la propre humiliation qu'il lui avait fait subir, le supplice infâme qu'il lui destinait pour ne songer qu'à son humiliation à lui et à son supplice.

Son cœur s'emplissait de pitié, la douce pitié, la plus grande des vertus de la femme, celle qui lui fait pardonner bien des faiblesses.

Si cet homme l'avait torturée, tyrannisée, c'est qu'il l'aimait ; il avait obéi à sa nature de loup, et peut-on changer la nature d'un loup ?

Elle se disait ce qu'elle s'était dit maintes fois déjà : « Suis-je donc destinée à faire le malheur de tous ceux qui m'approchent ! »

Elle pensait aux siens, à sa sœur Marie, à Gayrouan, à Vizosky, à la pauvre Teka Rudoff, à ces Cosaques morts sous le knout, et voilà maintenant une victime nouvelle, victime peu sympathique, digne de la gehenne, mais qui, sans sa venue, ne se fût pas livrée à ces actes *odieux* et occuperait encore, fonctionnaire redouté, son poste dictatorial.

Elle pouvait s'appliquer ces paroles adressées jadis à Mme Récamier :
« Ainsi, madame, c'est parce que vous êtes belle et bonne que vous avez fait tourner tant de têtes, que vous avez désespéré tant de cœurs ; causé le malheur de tant de gens ! »

On l'attendait pour le repas avant le départ, repas simple et frugal composé de *galouschki* [1], de *vareniky* [2] et de crème aigre que les officiers remplacèrent par du *kvass* [3].

Les chevaux étaient prêts ; une voiture attendait Olga.

Avant d'y monter, elle s'adressa au prince Démétrius ; la pensée de Paul Weissoff l'obsédait.

— Je vous en prie, prince, — supplia-t-elle, — avant de quitter à jamais cet endroit, ayez quelque indulgence pour ce malheureux.

— Je ne le puis ni ne le dois, — répondit-il. — La pitié pour de tels

1. Boulettes faites au beurre.
2. Petits pâtés au fromage blanc.
3. Boisson rafraîchissante faite avec du grain noir fermenté.

scélérats est une injure et un préjudice pour les honnêtes gens. D'ailleurs il faut un exemple.

— Comprenez bien, Olga Ivanoff, — dit à son tour le gouverneur d'Irkoutsk, — que plus la surveillance est difficile dans ces postes et ces établissements isolés, livrés à l'arbitraire d'un chef, plus les abus d'autorité doivent être rigoureusement châtiés lorsqu'ils sont découverts.

— Au moins, — reprit Olga, — adoucissez le sort de cet homme..., ne le laissez pas dans cet affreux cachot!

— O sainte bonté de la femme! — s'écria le prince Zowsky. — Mais il vous y avait plongée vous-même, noble Olga, dans ce cachot, et il ne montrait pour vous, nous en avons été témoins tous, nulle pitié.

— Prince, — insista-t-elle, — accordez-moi cette faveur.

— Elle est accordée d'avance, — dit le prince. — Rassurez-vous, brave cœur, il n'y est plus.

On se mit en route, traversant les vastes plaines.

L'escorte des deux généraux, officiers et Cosaques, formait un peloton d'une vingtaine de cavaliers.

La voiture d'Olga les précédait, suivant l'ordre du gouverneur d'Irkoutsk, pour lui éviter la poussière soulevée par le pas des chevaux.

Enfin elle était libre, elle respirait l'air libre. Tout contribuait à son allégresse. La matinée était superbe, rien n'égale la splendeur de ces courts étés du Nord.

Elle se rappelait le temps où, adolescente, elle galopait dans les vastes steppes de l'Ukraine, criant de joie sous l'ivresse de la vitesse, sous les cinglements vivifiants de la brise, parfumée des senteurs sauvages des grandes herbes et des sapins, les cheveux flottants, criant comme une folle à son ardent coursier :

« En avant! En avant! »

Ah! pourquoi n'était-elle pas restée là-bas? pourquoi s'était-elle occupée des graves questions pour lesquelles ne sont pas faites les femmes, qui l'avaient fait grandir dans les rêves, avaient déformé sa nature, l'avaient poussée à se leurrer d'utopies, puis à se faire elle-même justicière d'un crime qui n'avait pas été commis.

A quoi bon tout cela! A quoi bon tous ces efforts qui n'avaient abouti qu'à assombrir les plus belles années de sa vie.

Mais à quoi bon ces pensées tristes, ces regrets tardifs qui venaient ternir et souiller sa joie.

Elle avait été le jouet du sort, elle avait subi une destinée fatale. Tout s'effaçait puisqu'elle était libre et que chaque tour de roue la rapprochait des siens.

« En avant ! En avant ! »

Devant elle, sur le ruban grisâtre de la route, elle aperçut bientôt une sorte de tache noire qui se mouvait lentement.

Le vieux moujik qui conduisait la lui désigna du bout de son fouet en riant.

— Regardez, barina, — dit-il, — regardez. N'est-ce pas un réjouissant spectacle ?

Elle ne se rendit pas bien compte d'abord de ce qu'il lui montrait et ne s'expliquait pas ses paroles, mais bientôt, comme la voiture gagnait rapidement du terrain, elle distingua nettement.

La tache noire était un groupe de quatre cavaliers au milieu desquels se trouvait un piéton.

— L'humiliation des superbes, — ajouta le moujik, — est la consolation des pauvres et des humbles. Il y a quelquefois une justice en Russie !

Elle comprit.

Bientôt on rejoignit le groupe.

Tête basse, les menottes aux poings et une corde dont l'extrémité était attachée à l'avant de la selle d'un des Cosaques, marchait comme un voleur de grand chemin le directeur du pénitencier d'Alexandrovskt.

Le gouverneur d'Irkoutsk avait voulu que les Cosaques mêmes qu'il avait choisis comme instruments de son forfait fussent les agents de son humiliation.

Olga les reconnut tous, car tous à son passage levèrent la tête.

Il leva la sienne aussi, Paul Weissoff, au bruit des roues de la voiture, mais la baissa aussitôt.

Les regards de la victime innocente et du bourreau justement châtié se croisèrent. Mais si ceux de Weissoff lancèrent un éclair de rage et de haine, il put lire dans ceux d'Olga une immense pitié.

Elle se détourna bien vite, le cœur rempli de tristesse, et cria au moujik :

« En avant ! En avant ! »

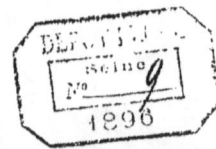

Le gouverneur d'Irkoutsk la reconnut le premier.

CXLVIII

ODYSSÉE D'UNE FILLE-MÈRE

Quand Sidonie, imbue par son patron de la sainte terreur de la magistrature, s'échappa du Grand-Hôtel pour n'avoir pas à répondre aux questions du juge d'instruction, elle traversa en courant le boulevard et se dirigea vers les quais.

Liv. 237. — H. GEFFROY, édit. — Reproduction interdite   Mort du Czar 429

Là, elle s'arrêta pour reprendre haleine et regarder si elle n'était pas poursuivie.

Mais elle ne vit ni Gayrouan, ni aucun garçon d'hôtel, ni nul agent à ses trousses et, rassurée, continua d'un pas moins rapide son chemin, prit le Pont des Arts et la direction de la place Saint-Michel, où elle entra au bureau des omnibus.

Cependant, sans qu'elle s'en doutât, elle avait été suivie.

Un homme à longs cheveux gris et à longue moustache grisonnante, très correctement vêtu et à l'aspect étranger, qui se promenait sur le trottoir opposé à l'hôtel, s'était jeté sur ses pas aussitôt qu'il l'avait vue en sortir.

Mais, ne pouvant la suivre et craignant de la perdre, il avait hélé un fiacre et dit au cocher avec un accent étranger prononcé :

— Suivez cette enfant.

— La gosseline qui file là-bas ?

— Oui.

— Bon ! — dit à mi-voix le cocher. — Voilà un vieux sardanapale qui poursuit un billet de cours d'assises.

On déboucha sur la place Saint-Michel presque en même temps que Sidonie.

L'étranger fit arrêter, descendit et renvoya l'automédon dont l'observation ne lui avait pas échappé.

Il se dissimula dans une vespasienne de façon à n'être pas remarqué de l'enfant, et lorsqu'il la vit monter dans l'omnibus de la place d'Italie, il prit un second fiacre qui suivit le lourd véhicule.

Descendue à la place d'Italie, la petite fille s'engagea dans une des rues du quartier des Deux-Moulins, entra sous la porte cochère d'un grand bâtiment sale et triste, une de ces misérables cités ouvrières, où Paris dissimule ses pauvres, et disparut.

L'étranger aux cheveux blancs descendit à une vingtaine de pas de l'entrée de la cité et renvoya son fiacre.

Sidonie, après avoir traversé en courant une cour étroite et infecte, monta un escalier obscur aux marches usées et vermoulues, et, arrivée au quatrième étage, le dernier, enfila plusieurs étroits corridors où s'ouvraient des portes disjointes toutes numérotées comme dans un hôtel, s'arrêta à l'une d'elles et entra sans frapper.

Un lamentable tableau s'offrit à ses yeux.

Dans un coin, sur un vieux matelas éventré d'où s'échappaient par place des poignées de crins, une femme pâle, aux joues émaciées, était étendue, couverte, en guise de couverture, de sacs de toile.

Une toute petite fille était couchée près d'elle presque aussi hâve et

aussi décharnée, et deux garçonnets de six à dix ans s'amusaient à élever
sur une table de bois blanc, un pyramidal château de cartes si noires
qu'on en distinguait à peine les figures. Avec l'insouciance et la brutalité
habituelles aux petits garçons, ils riaient, criaient, se bousculaient à côté
de leur mère malade.

Cette table, deux chaises à demi dépaillées, quelques ustensiles de
cuisine, un fourneau, une malle et un vieux bahut composaient tout le
mobilier.

— Maman! maman! — s'écria Sidonie avec inquiétude — tu es
malade?

Et elle s'agenouilla près du grabat pour embrasser sa mère.

A l'entrée subite de sa fille, une vive rougeur avait coloré les joues
de la mère; elle tendit les bras et embrassa l'enfant avec effusion.

— Ce n'est rien, — dit-elle — la faiblesse.... je n'ai pas ce qu'il me faudrait, tu comprends..., mais c'est la petite qui m'inquiète... Elle tousse...
je crains pour sa poitrine... Pauvre enfant!... Je suis bien contente de te
voir. J'allais t'écrire... ou plutôt à la tante Culot... Ton patron t'a donné
congé.

— Mon patron est parti, — répondit la petite fille.

— Parti?

— Oui... il a quitté la maison... Alors je l'ai quittée aussi, moi...

— Alors, — fit la mère sur le visage de laquelle se peignit une vive
anxiété. — tu n'as plus de place.

— Oh! j'en trouverai facilement une... j'irai à un bureau de placement... Je suis grande maintenant..., je sais faire bien des choses... Vrai,
là-bas, je faisais l'ouvrage d'une grande bonne. Je trouverai vite, tu verras.
Ne t'inquiètes pas, je t'apporte de l'argent. Regarde.

Et elle lui montra son petit trésor.

Le billet de banque, les pièces d'or firent pousser des cris de joie aux
petits garçons et pâlir la pauvre femme.

— Tant que cela! — fit-elle en regardant sa fille d'un œil inquiet. ...
C'est à toi? bien à toi?

— A moi! — dit l'enfant. — Tout est à moi... Me prends-tu pour une
voleuse...? D'ailleurs je vais te raconter...

Elle embrassa seulement alors les deux petits garçons qui s'étaient
rapprochés, écoutant, bouche ouverte, leur grande sœur et jetant sur elle un
œil sournois et peu bienveillant.

Cette caresse de leur aînée ne parut que médiocrement les satisfaire,
et ils s'essuyèrent leurs joues mâchurées.

— Ils sont toujours aussi peu aimables! — dit Sidonie. — C'est moi qui devrait m'essuyer la bouche après vous avoir embrassés, petits malpropres.

Ils sont quelquefois bien insupportables — répondit la mère — mais ce sont des enfants.

— Et *lui?*... il te laisse comme cela, manquant de tout.

— Lui!... Dès qu'il a su que j'étais malade et qu'il n'y avait plus rien à tirer de moi, il n'est plus revenu. Je gagnais douze sous à faire des chemises.

« C'était toujours ça avec ce que tu m'envoies. Maintenant je n'ai plus même la force de tenir mon aiguille... Aussi j'ai dû vendre mon bois de lit, puis notre vieille pendule, enfin tout... Ah! je suis bien lasse, et sans ces enfants, je voudrais mourir.

— Prends courage, maman, nous avons pour deux ou trois bons mois à vivre, d'ici là j'aurai peut-être une meilleure place.

— Cache bien l'argent..., tu as eu tort d'en parler devant les petits... l'aîné lui raconte tout... il en a peur. S'il savait que tu es ici, il viendrait et ferait main basse...

— Ah! il ne le prendra pas devant moi, — fit la petite dont l'œil brilla d'un éclat farouche, — je lui donnerai avant un coup de couteau dans le cœur...

— Tais-toi! Tais-toi!

Elle vit que tout manquait dans la pauvre chambre, emmena l'aîné, et tous deux revinrent au bout de dix minutes chargés de provisions, viande, légumes, beurre, œufs et deux bouteilles de vin.

Le plus petit poussa des cris de joie.

Comme une petite ménagère, manches retroussées, elle alluma le feu, pela les légumes, remplit la marmite, et bientôt une bonne odeur de pot au feu se répandit dans la chambre.

Puis elle s'accroupit à terre près du grabat et prit sur ses genoux sa petite sœur.

La mère la regardait et un sourire triste et doux errait sur ses lèvres décolorées.

Toute jeune encore, puisqu'elle n'avait pas atteint la trentaine, la misère, les privations, les déceptions sans nombre, le travail obstiné et non rémunérateur avaient creusé sur son front et sur son visage des rides profondes.

Le sort s'était montré cruel et impitoyable, il avait fait d'elle une déshéritée de la vie.

La mort de son père, honnête artisan, à l'infirmerie du bagne entre des assassins et des voleurs, avait ouvert pour elle la série des calamités.

Tombée presque enfant et sans défense aux mains d'un scélérat qui l'abandonnait après l'avoir rendue mère, elle avait commencé à gravir le calvaire maudit de la fille mère qui veut rester honnête et à qui le pain de l'honnêteté est interdit.

Se prostituer ou crever sur la besogne stérile, pas de milieu.

Revenue en France, elle alla frapper à la porte d'anciens communards, de compagnons d'armes de son père, devenus grands du jour, conseillers municipaux de Paris, députés, sénateurs, ambassadeurs, ministres, fumistes, demandant appui, un secours quelconque, un mot de recommandation ; les uns, la bernèrent de belles promesses jamais tenues, d'autres l'éconduisirent brutalement, ceux-ci refusèrent de la recevoir, ceux-là l'envoyèrent à l'assistance publique où on lui donna un secours de dix francs avec avis de ne plus revenir. On ne lui devait rien, l'enfant était sevré. A elle à chercher à trouver de l'ouvrage.

Elle en trouva à des prix dérisoires.

Travaillant douze et quatorze heures par jour, elle parvenait juste à ne pas mourir de faim.

C'est alors qu'elle tomba sur un petit commis qu'elle croyait un brave homme qui la battit, et la laissa avec un enfant ajouté au premier.

Encore l'assistance publique.

Elle ne songea même pas à s'adresser aux anciens communards maintenant bourgeois, fonctionnaires, pontifes et pontifiants, réactionnaires ou jacobins, mais tous excessivement vertueux. Noblesse oblige.

Puis qu'avaient-ils à attendre de cette pauvresse, de cette déshéritée ?

On ne prête qu'aux riches, et la bande des politiciens n'oblige que ceux dont elle peut tirer profit.

Elle connut un second amant, puis un troisième ne valant pas mieux que les premiers, et roula comme tant d'autres dans la boue d'où l'on ne sort plus.

Son sens moral avait disparu. Il lui fallait à tout prix la pâture pour elle et ses petits.

Sidonie grandissait et commençait à comprendre.

Elle ne pouvait la garder plus longtemps.

Par l'intermédiaire de la mère Culot, Piéter Snip s'offrit à la prendre.

Elle accepta d'autant plus vite que la fillette ne pouvait supporter un nouveau « mari » de sa mère et qu'elle était chaque jour cause d'une guerre au logis.

La brute se conduisit comme les autres.

Un nouvel enfant augmenta la nichée, et l'homme, dégoûté des criailleries de la méchante marmaille, de cette femme constamment malade, quitta un matin la mansarde pour n'y plus revenir.

Il revint parfois cependant... prendre le peu d'argent qu'il trouvait à la maison.

— Écoute, maman, — dit Sidonie à voix basse, j'ai un secret à te confier, mais à toi seule... Il ne faut pas que les enfants l'entendent.

Ceux-ci s'avançaient déjà, curieux.

— Allez jouer dans la cour! — dit la mère.

— On ne veut pas de nous dans la cour, — répondit l'aîné. — la concierge nous chasse.

— Courez dans la rue, alors.

— Oui, — fit l'aîné, — je vois bien ce que vous allez faire..., vous voulez manger le meilleur du fricot sans nous.

— Va-t'en, méchant gamin, — s'écria Sidonie, menaçante

— Je te déteste, toi, — riposta le marmot, lui décochant une grossière injure, que le plus jeune se hâta de répéter.

Sidonie se leva, prit ses demi-frères par le bras et les jeta à la porte qu'elle referma vivement à clef sur eux, mais qu'ils ébranlèrent pendant quelque temps à grands coups de pied.

— Sale engeance! — fit-elle, — se rasseyant près de sa mère.

— Tais-toi! — répondit celle-ci, — ce sont mes enfants!

Si vous voulez juger une femme au milieu de ses fautes, de ces écarts que la bourgeoise obtuse, dévote et impitoyable pour les faiblesses qui ne sont pas siennes qualifie abominations et crimes, il faut interroger son cœur de mère, et si vous le sentez plein de l'amour maternel, s'il tressaille au nom de ses enfants, fussent-ils chétifs et laids, malfaisants et ingrats, accusez le milieu où a vécu et où vit encore cette femme, accusez ses proches, son mari, son père et sa mère, mais soyez pour elle ouvert à la miséricorde.

Le blâme doit retomber bien moins sur elle que sur ceux qui l'ont mal conseillée, que sur les circonstances, l'inconduite d'un mari, l'abandon d'un séducteur, la misère qui l'ont jetée hors de ce qu'il est convenu d'appeler le droit chemin.

Toute bonne mère eût fait une bonne épouse, si son mari s'y fût prêté.

— Ce sont mes enfants! — répondait la pauvre femme.

Laids, sournois, méchants, hargneux, gourmands, ingrats, dignes fils de leurs pères, elle les aimait... C'étaient ses enfants.

— Alors, qu'as-tu à me dire?

A cette question, Sidonie répondit par une autre :

— Comment était mon père, à moi. T'en souviens-tu?

— Pourquoi me demandes-tu cela? — fit la malade, étonnée.

— Parce que tu ne m'as jamais parlé de lui, et je voudrais le connaître.

— A quoi bon? Pour ce qu'il a jamais fait pour toi?

— J'ai douze ans. Je suis grande fille. J'ai bien le droit de te parler de mon papa.

— Ne t'inquiète pas plus de lui, qu'il ne s'inquiète de toi.

— Qui te dit qu'il ne s'inquiète pas de moi?

— Ne te tourmente pas et ne me tourmente pas à ce sujet. Je t'ai dit qu'il m'avait lâchement abandonnée et que jamais je n'avais eu de ses nouvelles. Je ne puis t'en dire plus long.

— Eh bien!... j'en ai eu, moi!

— Comment? Et par qui? Et où?

— Où? A la *Bibine*!... chez M. Pierre. Par qui? Par lui-même...

La jeune femme regarda sa fille d'un air à la fois incrédule et effaré.

— Oui, — reprit Sidonie. — Il est venu un monsieur de la haute, et le patron m'a dit : « Gosseline, voilà ton papa. »

— Et lui, le monsieur?

— Lui a d'abord nié, puis il a avoué enfin. Il m'a même assise sur ses genoux et m'a donné vingt francs.

— Un joli cadeau! — fit amèrement la mère. — Et après?

— Après, la tante Culot est entrée... et il est parti.

— Alors, la tante Culot l'a vu? Et qu'est-ce qu'elle a dit, ta tante Culot?

— Elle s'est moquée de moi et m'a dit que j'étais une moule, et que j'avais l'air de sortir d'un bocal.

— Pour sûr! ce monsieur a probablement voulu se moquer de toi.

— C'est pourquoi je te demande comment est mon papa.

— C'est un sec, maigre, les lèvres minces, l'œil mauvais. Il n'a ni foi ni loi; il est capable de tout, et il est aussi habile et rusé qu'il est coquin! Voilà le portrait de ton père, ma fille. Ressemble-t-il au beau monsieur qui t'a donné vingt francs?

— Tu as oublié un détail, maman...

— Lequel?

— C'est qu'il était compagnon de bagne de M. Pierre.

— Qui t'a dit cela?

— Personne ne me l'a dit, mais j'ai des oreilles.

— Et c'est là tout ton secret?

Sidonie hésita un moment.

L'horrible drame de la cave traversait son esprit; elle fut sur le point de relater l'effroyable scène; mais, soit que sa mère ne lui inspirât pas assez de confiance, soit qu'elle craignît d'apporter un tourment nouveau, elle garda pour elle le terrible secret.

— C'est tout, — fit-elle.

Sa mère réfléchissait. Après le premier moment d'incrédulité, elle se dit que sa fille ne se trompait pas; que si cet homme, ce monsieur « de la haute » ne s'était pas moqué d'elle, — et dans quel but s'en serait-il moqué?... — s'il prenait intérêt à elle, elle serait du même coup tirée de la noire misère! Le salut lui arrivait par cet enfant.

Elle était intelligente et jolie, elle pouvait capter les bonnes grâces de cet homme, s'en faire aimer, obtenir ce qu'elle voudrait de lui.

Combien a-t-on vu ainsi d'enfants naturels prendre une large place, à côté des légitimes, dans l'affection paternelle!

Peut-être n'était-il pas marié? ou était-il veuf sans enfants? La place alors était toute à Sidonie.

Elle la questionna sur l'inconnu, et le portrait que lui en fit la Gosseline répondait exactement au souvenir qui lui était resté de l'abominable séducteur.

La longue misère fait passer sur bien des scrupules, étouffe les consciences, et elle dit à son enfant.

— Il est possible que ce soit ton père... Alors, il faut le retrouver.

— Oh! jamais! — fit avec effroi la gosseline.

— Pourquoi, jamais? Mais s'il est ton père comme je le pense, il te fera du bien. Tu peux accepter tout de lui sans scrupule.

— Je ne veux rien de lui... Je ne veux pas le voir...

— Tu préfères nous voir mourir de faim, tes frères et moi.

— Tu ne mourras pas de faim, maman, ni eux non plus... Nous avons pour quelque temps... D'ici là je me placerai...

Sa mère l'interrompit :

— Tu es une sotte! — dit-elle. — Une chance se présente pour nous tirer de la boue, il ne faut pas la laisser échapper... Si cet homme est riche comme il paraît, tu n'auras pas besoin d'être servante. Qui sait s'il ne t'adoptera pas..., ne fera pas de toi une demoiselle... Il faut le retrouver, t'en faire aimer, et tu le peux si tu le veux.

— Et où voulez-vous que je le retrouve?

— Retourne à la *Bibine*, M. Pierre doit savoir son adresse.

— M. Pierre est parti. Il ne reviendra plus.

— Qu'en sais-tu?

— Je le sais.

La mère insista, gourmanda sa fille.

— Si tu avais la moindre affection pour moi, tu partirais de suite.

![Illustration]

Tête basse, les menottes aux poings, marchait comme un voleur de grand chemin le directeur du pénitencier.

Sidonie se frotta le front. Elle voulait parler, une chose la retenait, la crainte horrible que lui inspirait cet homme.

Pressée de questions, elle laissa échapper ces mots :

— Si je vous le dis, il me tuera.

— Mais il ne le saura pas... Je ne dirai rien... Voyons, parle, parle... — insista la mère, vivement intriguée...

Liv. 238. — H. GEFFROY, éditeur. — Reproduction interdite.   Mort du Czar. 130

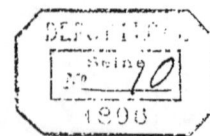

— Eh bien !... — commença la petite fille.

Mais elle entendit du bruit à la porte ; elle pensa que les enfants étaient remontés et, curieux, écoutaient ; elle tourna la clef, ouvrit brusquement pour les chasser, mais se recula en poussant un cri d'épouvante.

Un homme se trouvait là, debout, un inconnu, avec des cheveux gris flottants sur ses épaules, une longue moustache grise dont les pointes pendaient de chaque côté de la bouche. Correctement vêtu d'une redingote noire boutonnée jusqu'au col, coiffé d'un chapeau à haute forme, il la regardait en souriant.

— Le Polonais ! — s'écria-t-elle, se cachant le visage dans les mains.

— Maman ! maman !

Et elle tomba, presque en syncope, sur le lit de sa mère.

CXLIX

LA RÉSURRECTION DE GOBSKY

Nicolaï était trop habile pour avoir essayé de gagner la frontière.

Aussitôt qu'il avait su par son « ami » William von Hermann, — qui, en sa qualité de chef de la section III, avait pied dans toutes les polices de l'Europe, et en sa qualité d'Allemand dans celle de la France en particulier, — il avait pour gagner du temps détourné les limiers de la piste en les lançant sur celle de Karl Hauser. Les affaires avant tout, et il fallait qu'il terminât les siennes.

Pourquoi un mandat d'arrêt avait-il été lancé contre lui ?

Qui l'avait dénoncé ?

Et pourquoi l'avait-on dénoncé ?

Autant de questions qu'il se proposait d'étudier plus tard, lorsqu'il en aurait le temps ; en attendant, il fallait songer au plus pressé : celui de mettre ses comptes au clair, de liquider sa situation financière, fortement compromise par les extravagances de Luciana.

Il n'était pour cela qu'un moyen, celui d'emporter la caisse de la *Banque coloniale*.

Co-associé d'Alexandre Bereneff, muni, en présence du caissier, des pleins pouvoirs du baron, il lui suffisait d'éloigner celui-ci pendant quelque temps, ne fût-ce que quelques heures, pour lui permettre d'opérer.

En cette époque de grosses affaires, où les gros voleurs titrés ne manœuvrent qu'à coups de dix à vingt millions, les deux millions qui restaient dans la caisse n'étaient qu'une somme bien misérable pour un forban de la taille de Nicolaï, une simple bouchée pour l'ogre, mais il n'avait pas le choix.

Il lui fallait fermer boutique et se contenter de la recette du jour.

Puis, débarrassé de la ruineuse Luciana qu'il lâchait sans la prévenir, en lui reprenant ce qu'elle avait mis tant de peine à lui voler peu à peu, c'était encore une assez bonne poire pour la soif.

Muni des papiers du comte Gobsky, enlevés de ses vêtements avant de l'ensevelir dans la cave de la *Bibine*, il avait déménagé de son logement du Marais et loué dans Montrouge un petit appartement des plus modestes qu'il avait fait meubler le jour même d'un mobilier d'occasion acheté chez un brocanteur.

L'appartement se trouvait, comme le précédent, au rez-de-chaussée, et, avantage inappréciable, n'avait pas de concierge, c'est-à-dire que le carré de bâtiments, appartenant au même propriétaire, avait deux entrées, une avenue d'Orléans, où se trouvait la loge de ce fonctionnaire, la seconde rue Friant où le passage était libre.

Inutile de dire que toutes précautions avaient été prises.

La seule faute était l'enlèvement maladroit de la fille du commandant Gayrouan : elle eût pu lui susciter de graves embarras, mais il y avait paré.

Après avoir réduit à l'éternel silence des témoins hostiles comme Gobsky et Ivan Petrowith, ou dangereux comme Pieter Snip, il était parvenu à éloigner Clarinette et son frère.

Clarinette, en l'effrayant et en lui conseillant d'aller rejoindre rapidement le peintre Groisillon, et son frère, en l'expédiant en Allemagne avec des papiers compromettants dont cet imbécile ignorait la teneur.

Arrêté à Munich comme espion français sur la dénonciation de William von Hermann, il protesta vainement et se réclama de notre ministre, l'ancien communard, rédacteur du *Qui-Vive*, journal des réfugiés de Londres, dont Sylvio Andrès s'était, dans une réunion d'anarchistes, attribué les violents articles. Mais notre représentant près la cour du roi de Bavière, qui passait son temps à se perfectionner dans l'art de jouer du violon et que la gloire de Sarasate empêchait de dormir, n'avait que faire de s'occuper d'un plaideux comme Emile Nazeau, qui, du reste, était à moitié Belge.

Il prit toutefois des renseignements ; mais, ayant appris que ledit Nazeau vivait en grande partie des libéralités de sa sœur Clarinette qui vivait, elle, de celles de ses amants, il l'abandonna à son sort.

Le pseudo-journaliste Émile Nazeau, dit Paloignon, dit l'*Ane d'Apulée*, fut donc condamné pour espionnage par les juges allemands, en dépit de ses dénégations et quoique innocent sur ce chef comme le veau qui vient de naître.

Quant à Clarinette, à peine arrivée chez le peintre Croisillon, elle fut arrêtée pour complicité de détournement de mineure.

Nicolaï, on le comprend, n'était pour rien dans cette dernière arrestation, mais il avait gagné tout le temps qu'il voulait pour opérer sa métamorphose.

Nicolaï, le comte de Ladra n'existaient plus, ils avaient fait place au comte Gobsky.

Quant à Sarah, elle aussi avait disparu.

Que voulait maintenant l'ancien forçat?

Cet homme d'une rare énergie, souillé de tous les vices, ce scélérat couvert de tous les crimes, s'était tout à coup senti pris d'un ardent désir que les obstacles de faisaient qu'exciter.

Soudainement mis par un singulier hasard en présence d'une enfant à lui dont non seulement il ne s'était jamais occupé, mais dont il ignorait même l'existence, niant d'abord sa paternité, mais obligé de s'incliner devant l'évidence, il avait éprouvé, non pas dans son cœur, mais dans son cerveau, une sorte de satisfaction, d'orgueil même de cette paternité.

La fillette était jolie, il l'avait trouvée intelligente, et sa première pensée avait été de l'arracher de ce bouge.

Cela lui était facile; mais il avait alors des préoccupations plus graves, des dangers auxquels il fallait d'abord parer.

Rassuré de ce côté, débarrassé d'Ivan Petrowith, de Gobsky et finalement de Pieter Snip, qui en savait trop sur son compte pour ne pas devenir, lui aussi, dangereux, il avait songé à l'enfant, ne se doutant pas qu'elle avait assisté à l'horrible tragédie de la cave funèbre.

Que voulait-il en faire?

Il n'en savait rien encore. L'enlever, s'emparer d'elle, la garder près de lui.

L'affection paternelle naissait-elle ainsi tout d'un coup dans cette âme boueuse?

Songeait-il à se retremper dans le saint amour familial? changer de vie? faire peau neuve? Se consacrer désormais à cette enfant?

Rien de tout cela.

La petite lui plaisait, voilà tout. Il se disait que c'était une agréable chose d'avoir chez soi une enfant déjà assez grande pour vous être utile, qui vous aime d'une affection désintéressée, qui attend votre retour, qui

vous saute au cou quand vous franchissez le seuil de la porte, qui prépare
vos pantoufles au coin du feu et vous présente son front à baiser.

Ah! ce n'est pas comme une perfide maîtresse qui vous trompe, vous
trahit, vous ruine et fait de vous avec ses amants nouveaux des gorges
chaudes.

Jamais, jusqu'ici, il ne lui était venu à l'idée qu'il pouvait jouer au
père de famille, et entrer au naturel dans son rôle.

Sa famille à lui, c'étaient ses vices ; ses joies, la satisfaction de ses
appétits, surtout ceux de Luciana, dont il avait été follement épris.

Dans les cœurs les plus criminels, l'amour s'installe en tyran comme
dans celui des plus grands saints.

Il s'emparait d'autant plus de lui qu'il se savait trahi haï et méprisé
par tous et que Luciana lui faisait croire qu'elle lui rendait son amour.

Mais quand il fut bien certain qu'il était trahi par cette femme, non
seulement actuellement, mais qu'il avait en tout temps été sa dupe, qu'elle
le volait, le vilipendait et se moquait de lui, son amour se changea en
haine.

Maintenant, c'était fini, il lui rendait la monnaie de sa pièce, il la laissait telle qu'il l'avait prise quand il l'avait rencontrée la première fois,
avec sa chemise et ses vêtements, et il se croyait assez vengé de l'amant
du jour, William von Hermann, en la lui laissant sur les bras.

Car son somptueux hôtel du parc Monceau ne lui appartenait pas ; il
n'avait même pas achevé d'en payer la location et tout le mobilier était au
tapissier qui l'avait garni et qui n'avait reçu jusqu'ici qu'un acompte.

Et il riait, lui qui ne riait guère, se frottait les mains, pensant à la
détresse de la perfide et à « la tête qu'allait faire l'amant » quand Luciana
lui dirait :

— Je suis ruinée... le gueux m'a tout pris et me laisse sur le pavé !...
Je n'ai plus d'espoir qu'en toi !

. . . .

Il avait été désagréablement surpris de ne pas trouver Sidonie dans la
chambre où l'on avait porté Rita.

Qu'était-elle devenue ?

Il l'eût certes emmenée en ce moment-là sans l'arrivée subite de Riz-
de-Veau et de la Sauterelle qui venaient si mal à propos déranger ses plans.

Mais il ne fallait pas que les jeunes gredins le voient ; aussi s'empressa-t-il de regagner Paris, pensant que, par la mère Culot, il retrouve-
rait toujours la petite.

Mais la mère Culot ne l'avait pas revue.

Comme Pieter Snip avait disparu pour se soustraire — pensait-elle —

à ses créanciers, car il ne faisait pas de brillantes affaires, elle supposa qu'il l'avait emmenée et ne s'en inquiéta pas davantage.

Nicolaï pensa avec justesse que la petite fille était partie avec Rita.

La retrouver était dès lors facile, et la reprendre une question d'habileté et de temps.

Le temps, il savait qu'il ne devait pas le perdre.

Muni des papiers du comte Gobsky, il fit de son mieux pour entrer moralement dans la peau de sa victime.

A l'aide du *camouflage* qu'il avait longuement étudié, il se donna autant que possible l'aspect du vieux Polonais.

Et, tandis que le signalement du faux comte de Ladra était envoyé à tous les postes de police de la frontière, le faux comte Gobsky se promenait paisiblement sur le boulevard, surveillant le Grand Hôtel où le commandant Gayrouan, dont il avait voulu voler la fille, gardait à son tour la sienne.

CL

FILLE RÉTIVE

Nombre de gens s'imaginent que le *camouflage*, c'est-à-dire l'art de changer sa physionomie, ne se pratique plus de nos jours, que c'est un vieux jeu mis au rancart et relégué avec les histoires de police du temps de maître Vidocq.

C'est une grave erreur.

A ceux qui doutent, qui croient que le *camouflage* ne peut tromper que sur la scène, je les renverrai au très intéressant chapitre écrit sur ce sujet par Guy Tomel, dans le *Bas du Pavé parisien*.

Ils y verront combien, avec les ingrédients les plus simples et à la portée de toutes les bourses, il est facile de changer, en quelque sorte, instantanément, ses traits, de façon à se rendre méconnaissable même aux gens que l'on rencontre chaque jour.

Si Nicolaï n'eût pu rendre des points au célèbre acteur Decori, maître en la matière, il pouvait assurément rivaliser avec lui, ayant fait depuis longues années sur l'art de se grimer, pour la ville et la campagne, une étude toute spéciale.

Dans la vie tourmentée et sujette aux incidents les plus désagréables comme les plus imprévus, comme la sienne, il est bon de se ménager une porte de sortie.

Il savait que la première chose dont doit se préoccuper l'individu désireux de changer sa tête, c'est de modifier l'expression des yeux, ce qui paraît d'abord peu facile au profane, mais qui s'opère le plus simplement du monde avec un bâton de fard couleur chair, dont on retouche ses paupières, empâte ses cils, change à volonté la direction des sourcils... Un peu de vermillon placé d'un côté ou de l'autre complète la métamorphose.

Nicolaï, ayant jeté sur ses longs cheveux de frère ignorantin une couche de gouache blanche saupoudrée de poudre de riz, collé sur sa lèvre supérieure une moustache grisonnante aux longues pointes pendantes, s'était ainsi confectionné une tête passable d'émigré polonais, qui, si elle ne ressemblait pas exactement à celle du comte Gobsky, s'en rapprochait néanmoins. De plus, sa maigreur naturelle, une redingote légèrement râpée complétaient la métamorphose.

Il eût pu cacher son œil fourbe sous des lunettes en verres de couleur, mais rien de dangereux comme ce déguisement.

S'il cache le regard, il éveille l'attention, excite la méfiance des agents.

Celui-là seul qui n'a rien à démêler avec les gendarmes peut se permettre des lunettes vertes ou bleues.

La petite Sidonie qui, du reste, n'avait en quelque sorte fait qu'entrevoir le comte Gobsky, le prit pour celui-ci au premier aspect, ou plutôt crut se trouver devant son fantôme, et, pleine d'effroi, se recula jusqu'au grabat de sa mère en repoussant de ses mains tendues l'apparition.

— Le Polonais! le Polonais!

Ce cri d'effroi surprit Nicolaï.

— Pourquoi le Polonais — se demanda-t-il — lui inspire-t-il tant de frayeur?

Il était loin de se douter qu'elle avait assisté au lugubre enfouissement.

Mais la surprise fut effacée par la satisfaction qu'il éprouvait du succès de sa métamorphose.

— Eh non! — dit-il, — je ne suis pas le Polonais... Voyons. ma petite, reviens à toi. Ne me reconnais-tu pas?

Elle fixait sur lui des yeux hagards qu'ouvrait démesurément l'épouvante.

Non, en effet, ce n'était pas l'homme entrevu à la *Bibine*, l'étranger qu'elle avait vu mettre dans le trou noir; ce n'était ni son regard, ni sa voix; mais alors!...

Alors un éclair jaillit dans son cerveau, elle reconnut tout à coup, sous le déguisement, sous le camouflage, le scélérat, le triple assassin..., celui qu'elle fuyait... son père.

Sa terreur augmenta; elle se pressa plus fort contre sa mère qui, elle aussi, effrayée de l'effroi de sa fille, s'était dressée sur sa couche à l'entrée de ce mystérieux personnage.

— C'est lui! — cria Sidonie. — C'est lui, maman!

— Qui lui?

— L'homme! l'homme!... L'homme de Nouméa.

La mère comprit, cherchant sur ces traits défigurés à reconnaître celui qui l'avait rendue mère.

Un hideux sourire erra sur les lèvres du forban.

— Oui, c'est moi! — dit-il d'une voix basse et lente en s'adressant à la pauvre femme. — C'est celui que *tu as aimé* là-bas... et qui revient... qui revient réparer ses torts..., faire ton bonheur.

— Il est bien temps! — répondit amèrement la jeune femme.

— Il est toujours temps de réparer une faute, ma pauvre et chère Sidonie, et je vois que la mienne est plus grande encore que je ne le pensais.

Et regardant autour de lui :

— Oh! quelle misère! Je ne croyais pas à tant de misère quand mon vieil ami, Pieter Snip, m'a parlé de toi.

— Peut-être avez-vous cru que je roulais carrosse?

— Je n'ai pas cru que tu roulais carrosse, Sidonie, mais je ne m'attendais pas à ce que tu sois tombée dans une telle détresse... Cependant tu es jolie, tu as eue des amants; actuellement, au dire même de ta fille, notre fille, tu as un homme...

— Oui, qui vient me prendre mon argent quand il suppose que j'en ai gagné.

— Mais comment es-tu tombée sur de tels misérables?... Tu manques donc de clairvoyance?

— Je suis bien tombée sur vous.

— Eh bien! — ricana Nicolaï. — Cela aurait dû te servir de leçon. Tu n'en es que plus imprudente, que plus coupable.

— J'ai mal débuté; je finirai mal.

— Oh! combien de filles qui débutent mal finissent bien! Combien ont commencé par attendre le passant au coin des rues obscures qui ont hôtel, chevaux, voiture, et une nuées d'imbéciles à leurs jupes! Je puis m'exprimer clairement devant ta fille..., notre fille... servante d'un cabaret borgne, elle a dû en entendre de raides..., n'est-ce pas, Sidonie?

— Mon maître m'envoyait me coucher de bonne heure, — répondit la petite, toujours attachée au bras de sa mère.

— Oui, et aussitôt couchée tu te relevais pour écouter. Je connais ça, petites filles, longues oreilles.

L'enfant ne répondit pas.

Un lamentable tableau s'offrit à ses yeux.

— Mais, je ne viens pas ici pour te gronder, ma petite Sidonie, au contraire, je viens pour t'emmener avec moi.

L'enfant se serra davantage encore contre sa mère.

Il remarqua ce mouvement, prit la seule chaise de la mansarde, l'approcha du lit et s'assit.

— Je vois, — continua-t-il que je n'ai pas toute ta confiance et que ta

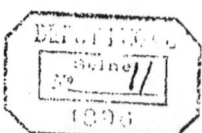

mère me garde rancune. Cela ne me surprend pas, c'est tout naturel. Je
ne veux pas chercher à m'excuser... j'avoue humblement mes torts et, je
le répète, je viens les réparer.

Il voulut prendre la main de la malade, elle la lui retira brusquement.

— Oh! oh! tu persistes à garder une dent contre moi, quand je viens
les mains ouvertes. Crois-tu que je veuille encore te tromper?... je vais te
prouver que non... Je ne suis pas très riche en ce moment... j'ai éprouvé
des revers... j'étais dans les affaires... mon associé m'a volé... est parti
avec la caisse... mais enfin il me reste assez pour te venir en aide, te
mettre à l'abri du besoin et faire un sort à Sidonie.

— Dans quel genre d'affaires, êtes-vous? — demanda la fille du communard.

— Mais dans les affaires... les affaires, quoi!

— Les voleries, alors?

— Comment les voleries?

— Sans doute... Tous ceux qui s'occupent d'affaires sont plus ou
moins voleurs.

— Ah! voilà encore une de ces théories de l'inepte *populo*. Parce qu'on
est homme d'affaires, on est un voleur. C'est bien cela! tas d'idiots! Mais
on ne peut tirer de la farine d'un sac de son... En outre, il me semble
que tu es bien difficile, bien pointilleuse en matière de délicatesse. Cela
ne te va pas, ma chère.

— Je ne suis ni difficile, ni pointilleuse, — répliqua la malade. —
Mais je sais d'où vous sortiez quand j'ai eu le malheur de vous connaître.
Vous m'aviez juré que vous étiez condamné politique comme mon père,
tandis que vous étiez condamné de droit commun, pour faux, je l'ai su
depuis... Vous êtes riche, maintenant. D'où vient l'argent?... D'affaires,
dites-vous? Quelles affaires?... Est-ce encore des faux? Ce sont des affaires
aussi, les faux... Tout est affaire pour les voleurs.

Nicolaï blêmit, mais sans se départir de son calme, il riposta:

— Ne dirait-on pas que madame a vécu dans un monde de vertueux
et de saints? Ils étaient donc bien délicats, les différents amants que vous
avez eus et qui vous ont encombrée de leur progéniture, vous la laissant
pour compte? Moi, je viens vous débarrasser de la mienne, au contraire.
Je n'y ai aucun droit, puisque je ne l'ai pas reconnue, mais je suis prêt à
la reconnaître... Je la tire de la misère, et par la même occasion, vous
aussi. Je vous fournis les moyens de sortir de ce bouge. Je fais donner de
l'éducation à Sidonie, je la mets en pension, et quand elle sera en âge de
se marier, je la pourvois d'une bonne dot. Il me semble que voilà des
offres honnêtes... Qu'avez-vous à objecter?

— Rien. Si ce que vous dites est vrai... Si vous faites cela... je pardonne le passé !

— Vraiment?

— Oui, j'oublie tout..., j'oublie mes douze années de misère, de détresses, de honte...! tout cela à cause de vous.

— Vous êtes bien aimable... Rayons donc le passé, je ne demande pas mieux..., mais je ne puis rayer le présent. Voici une petite fille à laquelle je n'ai contribué en rien... et j'ai rencontré dans la rue deux marmots, que pour ne pas blesser votre susceptibilité maternelle, je me contenterai de qualifier de « peu séduisants », qui m'ont dit être les frères de Sidonie et qui ont consenti, moyennant deux sous donnés à chacun, à m'indiquer sa retraite.

— Ah! ce sont eux!... — fit la mère.

— Oui, l'aîné a même dit à son frère, presque à mes talons : « Il marque mal, le vieux birbe, peut-être qu'il va la tuer..., mais nous aurons toujours nos quatre sous!... » Charmants enfants !

— Que voulez-vous? Ils sont mal élevés et je n'ai pu jusqu'ici m'occuper d'eux comme je le voudrais.

— Tu en auras tout le loisir, — dit Nicolaï sortant de sa poche un portefeuille, — je vais te donner d'abord de quoi partir d'ici sans laisser ton adresse... Sidonie et moi allons te chercher un logement dans un autre quartier, à l'autre bout de Paris, pour que ton misérable amant perde tes traces..., je le meublerai sommairement du strict nécessaire, le reste tu l'achèteras... Quand te sentiras-tu en état de partir?

— Oh! tout de suite... demain si vous le voulez, — dit la malade se sentant revivre à la pensée d'un avenir meilleur, et devant ce bien-être inattendu faisant taire ses derniers scrupules.

— Demain, soit! Tu laisseras ici tes hardes... Tout ce qu'il y a ici, personne n'en donnerait cent sous, — fit-il estimant d'un coup d'œil le pauvre mobilier... Tu sors avec tous les marmots, tu prends une voiture et tu viens me rejoindre à l'adresse que Sidonie te rapportera. Nous allons nous occuper sur-le-champ d'un local.

Et s'adressant à la petite Sidonie :

— Allons, viens!

Mais elle ne bougea pas. Elle se cramponnait davantage au bras de sa mère, regardant l'assassin avec une épouvante croissante.

Celui-ci mettait sur le lit de la malade un billet de cent francs :

— Voici pour les premiers frais. Est-ce assez?

— Oui, — dit-elle.

— Eh bien, Sidonie, tu ne viens pas? Allons-dépêche-toi, petite lam-

bine... Et d'abord, tu n'es pas encore venue m'embrasser... Ce n'est pas
gentil, mademoiselle... Je suis ton papa pourtant, ton vrai papa ; demande
à ta mère si je ne suis pas ton papa.

— Oui, mon enfant. C'est la vérité.

— Allons, viens donc.

— Non, — dit la Gosseline, — je ne veux pas aller avec vous.

— Sotte ! — fit la mère. — Excusez-la, elle a toujours été un peu sauvage. Mais elle a bon cœur... Allons, ma chérie, tu es raisonnable quand
tu le veux... trop raisonnable même quelquefois pour ton âge. Ne fais pas
l'enfant... Va avec ton père.

— Non, — répondit-elle tout bas, — je t'en supplie, maman, ne m'envoie pas avec lui... j'ai peur.

— Tu as peur, — reprit-elle tout haut. — Peur de quoi? Il ne te mangera pas ; tu vois qu'il vient nous faire du bien, au contraire.

— Je ne veux pas aller avec lui.

— C'est singulier, — dit Nicolaï, — elle ne montrait pas cette répulsion chez Pieter Snip. Je l'ai prise sur mes genoux, je l'ai embrassée...
Elle s'est laissée docilement faire... Allons, viens, viens sur mes genoux
que je t'embrasse comme l'autre jour.

— Oh! non, non... je ne veux pas!

— Je crois m'expliquer sa peur, — reprit le bandit, vivement contrarié,
— c'est que j'ai changé de figure... j'ai dû changer de figure pour des
raisons que je t'expliquerai demain..., dans ton nouveau domicile..., des
raisons toutes politiques... je suis au service de la Russie...

— Ah! au service de la Russie?... Je ne comprends pas. Quel service?

— Un service qui m'oblige à prendre quelquefois certains déguisements...

— Tu es mouchard, alors?

— Mouchard, non, agent politique.

— Agent politique... mouchard... *kifkif bourico !* — dit l'ancienne maîtresse avec un soupir. — Enfin, tu gagnes ta vie. Chacun fait comme il
peut... Ce que je demande de toi n'est pas que tu m'entretiennes à rien
faire... Mon rêve est d'avoir une petite boutique de n'importe quoi, linge-
rie, épicerie, mercerie... enfin, ce que tu voudras me louer..., et je ferai
en sorte de me tirer d'affaire, d'élever convenablement mes enfants...

— Tes souhaits seront réalisés. Tu chercheras toi-même ta boutique...
aussitôt que tu te sentiras mieux. Que puis-je encore pour toi?

— Oh! cela suffit..., merci!

— Alors, la paix est faite?

— Je t'ai dit que j'oubliais.

— Embrassons-nous, alors?

— Si tu le désires...

Il s'accroupit pour embrasser la malade, mais la gosseline qui le regardait avec terreur entoura de ses bras sa mère.

— Maman, maman..., prends garde! — cria-t-elle d'une voix pleine d'angoisse.

— Qu'as-tu donc? Es-tu folle?

Mais elle répliqua :

— Prends bien garde... Il va te tuer!

Nicolaï, qui avait habilement amené ce baiser de réconciliation avec la mère, pour gagner la fille, l'embrasser à son tour, détruire les préventions qu'il avait du premier coup remarquées, Nicolaï en fut pour ses frais d'éloquence.

Il se releva brusquement et apostropha l'enfant d'une voix irritée

— La tuer? Tuer ta mère? Pourquoi dis-tu cela?... je te croyais intelligente, c'est pourquoi je prenais intérêt à toi.

Mais je vois que tu n'es qu'une sotte !

Puis s'adoucissant, s'apercevant qu'il faisait fausse route, qu'il effrayait davantage l'enfant :

— Tu es appelée à me connaître mieux, et quand tu me connaîtras mieux... tu reviendras sur ta mauvaise impression, j'en suis bien sûr... Allons, je pars.

Il se leva, mit son chapeau :

— Je vais chercher un local pour ta mère... si elle était valide, je l'emmènerais... Veux-tu la remplacer, m'accompagner... oui ou non?

— Non, — déclara catégoriquement la Gosseline.

La mère la gourmanda.

Qu'est-ce que ces manières? Pourquoi ce refus? Que signifiait cette impolitesse? Pourquoi cette petite impertinente mécontentait-elle son père? car c'était son père, après tout; s'il l'avait négligée jusqu'ici, s'il avait ignoré son existence, il revenait de son plein gré la tirer de l'ornière. Que lui avait-il donc fait pour qu'elle en eût ainsi peur! Oh ! la stupide enfant!

Sidonie reçut la mercuriale, tête basse, sans souffler mot.

— Excusez-la, conclut la mère, se tournant vers Nicolaï, — elle a été mal élevée... Que voulez-vous? c'est le lot des enfants des pauvres.

— Je l'excuse très volontiers, — répondit l'ancien forçat. — Elle est intelligente, nous en viendrons à bout... l'affaire de quelques semaines, de quelques mois au plus, et nous en ferons une petite demoiselle très présentable...:

— Ce sera difficile, — dit la mère.

— J'y mettrai tous mes soins... Je pars donc seul, aussitôt le logement trouvé, je t'enverrai un télégramme, où je fixerai l'heure et l'endroit où vous devrez me rejoindre, pour voir si le local te plaît. Surtout pas de marmots, n'emmène que Sidonie et la toute petite... et pas un mot aux jeunes drôles avant le complet emménagement.

Mais les jeunes drôles étaient déjà depuis quelque temps à la porte, l'aîné l'œil et l'oreille alternativement collés à la serrure.

— Est-ce qu'il l'a tuée? — demandait le plus petit.

— Non, je la vois ; elle est assise par terre à côté de maman.

— J'aimerais autant qu'il l'ait tuée.

— Pourquoi ça?

— Il nous resterait un plus gros morceau du fricot.

Un instant de silence pendant lequel l'aîné regardait au trou de la serrure.

— Qu'est-ce qu'il fait, le vieux birbe?

— Je ne sais pas.

— Est-ce qu'ils mangent?

— Faudrait pas voir ça.

— S'ils boulottaient tout, hein !

— Je donnerais plutôt un coup de pied dans la marmite.

— Moi aussi.

Ils commençaient à s'impatienter, et par des poussées, des piétinements, des rires étouffés, annonçaient leur présence.

— A demain donc ! — fit Nicolaï, tendant la main à la malade.

— A demain !

— Au revoir! ma petite Sidonie.

— Adieu !

— Tu ne veux pas m'embrasser ?

— Non.

— A ton aise! J'espère que demain, tu seras moins méchante!

— Je l'espère aussi, — fit la mère.

Il ouvrit la porte.

Les deux petits garçons se ruèrent dans la chambre, bousculant Nicolaï, le nez tourné vers la marmite, criant :

— Où est le fricot? où est le fricot?

CLI

BEAUX RÊVES

Nicolaï s'en retourna vivement contrarié.

Son intention était d'emmener Sidonie et d'en finir le plus vite possible avec la malheureuse femme qu'il avait abandonnée.

La moindre somme, cinq cents francs, mille au plus, l'en débarrasserait.

Mais il avait compté sans l'entêtement et la répulsion de l'enfant, et s'était laissé entraîner à des promesses qu'il lui fallait tenir, sous peine de ne pas avoir la petite fille... Il lui fallait subir une seconde entrevue avec la mère, dont le silence sur le passé était un reproche muet

Ce n'est pas qu'il se souciait en rien de ce que cette pauvresse pouvait penser de lui. Mais il redoutait les commentaires entre la mère et la fille, les récriminations que sa présence soudaine et inattendue allait faire revivre.

L'éloignement qu'éprouvait pour lui l'enfant était déjà assez marqué, sans que la mère vînt l'accentuer davantage, et il lui importait de gagner la confiance et l'amitié de Sidonie.

Dans quel but?

Était-ce l'affection paternelle qui l'attirait vers elle? Ce sentiment qu'éprouvent pour leur progéniture, je ne dis pas les fauves, mais certains êtres humains, plus brutes et plus féroces que les fauves, s'éveillait-il en lui, ou obéissait-il à quelque secret calcul?

Peut-être faut-il adopter la première hypothèse.

Cet abominable écumeur — qui se sentait haï, méprisé de tous, qui voyait le vide se creuser autour de lui, qui n'avait jamais eu une main amie sur qui s'appuyer, qui, ayant trahi et volé tout le monde, était, par un juste retour des choses, trahi, et volé par tous, et, ce qui lui avait été le plus sensible, par une maîtresse pour laquelle il n'avait reculé devant aucun sacrifice et n'aurait reculé devant aucun crime, — éprouvait-il, comme tant d'autres, le besoin de se soulager de ces déceptions, de chercher le repos et le calme près d'un être aimé?

Avant de monter sur l'échafaud, le condamné semble se raccrocher à la vie par tous ceux qui l'entourent; il est pris soudain d'une immense affection pour ceux qui assistent à la toilette funèbre et vont accompagner ses derniers pas, ses pas vers la mort.

On le voit embrasser tendrement ses gardiens, le directeur, l'aumônier et, parfois même, tendre la main au bourreau.

Tant l'homme a besoin de ses semblables et n'aime pas marcher seul
dans la vie, même lorsqu'il marche au fossé final.

Il était profondément blessé de la répulsion non dissimulée de la petite
Sidonie, cette fille nouvellement et si singulièrement trouvée sans qu'il eût
jamais songé à elle, qu'il avait reniée tout d'abord, puis acceptée malgré
lui, à contre-cœur, et vers qui, maintenant, se tournaient toutes ses pensées.

Il ne s'expliquait pas cette répulsion, ne pouvant soupçonner qu'elle
avait été témoin du drame, qu'elle l'avait vu, en compagnie d'un complice,
enfouir au fond d'une cave deux cadavres, deux assassinés, et assassiner
ensuite et enfouir ce complice.

Ignorant la cause, il se flattait de faire revenir à lui l'enfant, une petite
fille au cerveau malléable, qu'il se croyait sûr de pétrir à son gré.

Mais, pour posséder complètement la fille, il lui fallait se débarrasser de
la mère.

Certes, il l'eût fait sans scrupule, comme de tous ceux qui le gênaient,
mais une telle extrémité n'était pas nécessaire et, d'ailleurs, il ne voulait
plus recourir aux dangereux expédients.

Il suffisait d'allouer à cette malheureuse une mensualité suffisante, à
lui donner le nécessaire ; ou il lui achèterait, puisqu'il s'y était engagé
devant la Gosseline, un petit fond de commerce dans un coin de faubourg.

Avec un millier ou deux d'écus, il en serait quitte.

Puis, quand il croirait pouvoir gagner la frontière en toute sécurité,
avec ses deux millions en portefeuille, il partirait avec Sidonie.

Il ne manquait pas de jolis endroits sur la *Riviera*, en Italie ou même
en Allemagne, où il pourrait passer d'heureux jours.

Chez ce forban qui avait couru le monde et les mers, étaient venus tout
à coup des désirs de calme, de douce quiétude, comme à un boutiquier
retiré des affaires ou à un chef de bureau qui vient d'obtenir sa retraite.

Ce serait sa retraite à lui, une petite maison blanche au bord de la mer
bleue ou d'un lac encadré de montagnes, avec un jardin derrière et un
bateau amarré sur la rive.

Ah ! quelle douce vie ! Quel port après les tempêtes !

Comment n'y avait-il pas songé plus tôt ?

Peut-être y avait-il déjà songé, mais Luciana, ce tonneau des Danaïdes
où allait s'engouffrer tout son or !...

Fini ! C'était fini ! Elle partie, il allait devenir un honnête bourgeois ;

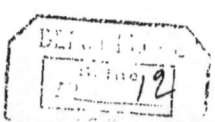

... Mais elle se recula en poussant un cri d'épouvante.

il allait jouir paisiblement du fruit de ses rapines, des affaires comme les
autres après tout, couvert du nom et enveloppé de la personnalité de
l'étranger pauvre et sans ami, dont nul ne se souciait, dont nul ne s'inquiéterait de la disparition, et qui gisait, squelette méconnaissable, dans le lit
de chaux qu'il lui avait ouvert au fond de la cave de Pieter Snip.

Liv. 240. — H. GEFFROY, édit. — Reproduction interdite   Mort du Czar. 132

Nicolaï, le comte de Ladra, l'associé de Karl Hauser, l'ancien forçat, tout cela n'existait plus.

— Deux millions, — se disait-il, — un peu plus de deux millions! Une misère après ce que j'avais rêvé. Mais la grosse somme rêvée, c'était du temps de la coquine, de la mangeuse d'or... Je n'ai plus à satisfaire à ses monstrueux caprices, à plonger au fur et à mesure, dans le gouffre sans fond de ses exigences, l'argent d'Hauser et celui des gogos!... Avec deux millions sagement administrés, on peut encore faire bonne figure dans tous les pays qu'éclaire le soleil.

Je le répète, le coquin se voyait d'avance respectable et respecté bourgeois!

Et combien d'aussi fripons que lui sont devenus l'ornement de leur paroisse!

Quand le diable devient vieux, il se fait, dit-on, ermite.

Et Nicolaï se sentait fatigué et bien vieux.

Une chose le rajeunissait et il y revenait toujours : la petite Sidonie.

Il s'y arrêtait avec plaisir, caressant dans sa pensée l'image de l'enfant.

— Je lui meublerai, à côté de la mienne, une chambre toute tendue de rose, — disait-il. — Elle sera comme une petite reine. Elle a de l'ordre, elle dirigera ma maison. Pas de gaspillage avec elle. Et si elle veut voyager, je lui ferai courir le monde. Je lui montrerai l'Amérique et les Indes. Je ferai tant qu'elle m'aimera.

Il était rentré chez lui pour retoucher son camouflage, s'assurer que rien n'était dérangé. Tout allait bien. Il pouvait passer partout pour un exilé polonais, cachant sous une tenue décente une gêne pas trop profonde, et il se préparait à sortir pour s'occuper, avant dîner, d'un local pour la mère de Sidonie, lorsqu'un coup de sonnette le fit sursauter.

— Qui, diable, est cela? — se dit-il.

Il n'avait donné son adresse à personne; personne ne le connaissait dans sa nouvelle transformation; il n'attendait aucune lettre; ce ne pouvait donc être ni le facteur ni le concierge. Quelqu'un peut-être se trompait de porte?

Il hésitait à ouvrir; un second coup de sonnette le décida.

— M. le comte Gobsky?

— C'est moi, monsieur.

CLII

DÉSAGRÉABLE VISITE

La personne qui se présentait était un jeune homme dont, dans l'obscurité du corridor, il distinguait vaguement les traits.

A cette réponse : « C'est moi, monsieur! » l'inconnu parut surpris.

— Ah! pardon, — fit-il avec un accent anglais très prononcé, — je me trompe sans doute...

— Vous ne vous trompez pas, — répondit Nicolaï avec son aplomb ordinaire, — je suis le comte Gobsky... Qu'y a-t-il pour votre service?

— Vous n'êtes pas, — reprit l'étranger, — le comte Gobsky qui habitait Londres... récemment?

— Non, — répliqua Nicolaï, — celui dont vous parlez est... mon frère.

— En effet, — fit le jeune homme, — vous vous ressemblez... un peu..., c'est-à-dire que vous portez les cheveux longs comme lui... et avez même coupe de moustache... Pardon, monsieur, de vous avoir dérangé... mais c'est à votre frère que je voudrais parler.

— Il est absent.

— Ne pourriez-vous me dire à quelle heure j'aurais chance de le trouver?

— Oh! pas ici. Il est parti de France ; il est retourné en Pologne.

L'étranger, à ces mots, parut vivement contrarié.

— Si vous avez quelque communication importante à lui faire, vous pouvez me la confier... Il m'a chargé en partant de régler toutes ses affaires.

— A vrai dire, — répliqua le jeune homme, — ce n'est pas une communication absolument importante... Je venais lui demander un simple renseignement.

— Dites, monsieur.

— Il devait nous donner de ses nouvelles aussitôt son arrivée à Paris... et il a oublié de le faire.

— Il faut l'en excuser..., il a dû partir subitement.

— J'espère qu'il ne lui est rien arrivé de fâcheux?

— Pas le moins du monde. Vous le connaissez beaucoup ?

— Beaucoup n'est pas le mot. Nous nous sommes rencontrés quelquefois... Je viens de la part de ma mère.

— Entrez, monsieur, entrez donc.

Il introduisit le jeune homme dans un modeste cabinet, servant à la fois de bureau et de salle à manger.

L'étranger était resté jusque-là dans la pénombre; mais, quand le jour l'éclaira en plein, Nicolaï ne put réprimer un geste de surprise.

— Veuillez vous asseoir, monsieur. Je vois maintenant de quoi il est question. Si je ne me trompe, madame votre mère s'appelle, de son nom de famille, Parker?

— Oui, monsieur, — fit l'autre. — Je vois, de mon côté, que votre frère...

— M'a mis au courant de ce qui vous concerne, à la hâte... au galop... Veuillez donc vous expliquer.

— Voici. Vous n'ignorez pas, — reprit le jeune Allan Parker, que le lecteur a reconnu, comme d'ailleurs Nicolaï, à sa ressemblance frappante avec Karl Hauser, — vous n'ignorez pas que le comte Gobsky se trouvait à Londres dans une situation assez précaire. Il désirait rentrer en France et ne le pouvait pas... faute d'argent.

— Je n'ai su qu'à son retour sa détresse... Il était fier, trop fier... ne demandait rien à personne... Nous sommes tous ainsi, les gentilshommes polonais... Mais continuez...

— Il voulait surtout retrouver un homme qui venait de faire une courte apparition à Londres... Un ancien banquier qui lui avait extorqué, — disait-il, — un million.

Nicolaï fit un signe affirmatif.

— Vous voulez parler du directeur de la *Banque de Saint-Pétersbourg et Berlin*, le baron Karl Hauser?

— Je vois, monsieur, que vous êtes au courant de tout, — répliqua le jeune Parker, — cela me met à mon aise. Eh bien! ma mère... — permettez-moi de vous rappeler ce détail, — a avancé à M. Gobsky l'argent nécessaire à son voyage et même aux frais de trois ou quatre semaines de séjour à Paris, à lui et à un individu qui l'accompagnait, un Russe nommé...

— Ivan Petrowith, — acheva Nicolaï, — oui, mon frère m'a raconté cela... Et vous voulez que cet argent vous soit remboursé? Rien de plus juste.

— Je ne viens pas pour cela, monsieur, croyez-le bien;... mais puisque votre frère est parti, pourrais-je avoir l'adresse de cet Ivan Petrowith?

— Vous jouez de malheur, mon frère l'a emmené avec lui.

— Ah! *by Joce!* — s'exclama Allan tout à fait désappointé.

— Vous auriez aussi voulu le voir? mais il ne parle pas un mot de français ni d'anglais.

— Oh! il y a des interprètes... Bref, je termine...; ma mère, ne recevant pas la lettre promise, m'a envoyé à la recherche...

— Et qui diable vous a donné mon adresse? J'habite seulement ici depuis quelques jours et n'ai pas songé encore à me faire inscrire dans le Bottin.

— La police me l'a donnée, — répondit tranquillement Allan.

— La police? — s'écria Nicolaï.

— Oui... Ma mère, lassée d'attendre, s'est décidée à écrire à l'ambassade, qui s'est adressée au Préfet de police. C'est des bureaux de ce fonctionnaire que je tiens votre adresse.

Le premier moment de stupeur passé, Nicolaï se félicita.

La police avait son nom et son adresse. Donc, il était connu comme Gobsky. Tout allait bien.

Il ne lui restait plus qu'à continuer son rôle.

— Je le répète, — dit-il, — il faut excuser mon frère: il est parti si précipitamment. Et il y a aussi un peu de ma faute, car il m'avait chargé d'écrire à Mme votre mère... mais je ne supposais pas le cas aussi pressant... Dites-moi donc quel est le renseignement qu'il devait vous envoyer... Il avait tant de choses à me conter depuis les longues années que nous ne nous étions vus... que tout est un peu confus dans ma mémoire.

— Ma mère voudrait savoir où est le baron Karl Hauser?

— Mais pourquoi ne s'est-elle pas adressée comme pour mon frère à l'ambassade anglaise?

— Elle l'a fait. On lui a répondu: « Adresse inconnue. »

Nicolaï réfléchit un instant.

Il se demandait quelle conduite tenir.

Il n'avait jamais su bien exactement le motif qui avait poussé Karl Hauser à Londres, et s'il connaissait *grosso modo* par Pieter Snip le drame du *Yacht-Rouge*, il en ignorait les détails.

Il en ignorait surtout les suites.

Le désir de l'ancien négrier de retrouver les traces de la famille Parker avait éveillé ses soupçons; il prévoyait un mystère nouveau... et ce jeune homme qui lui ressemblait d'une façon frappante, dans quel but venait-il?

Était-il hostile ou ami?

Voilà ce qu'il lui importait de savoir.

Il tâta le terrain afin de ne pas faire un pas de clerc.

Regardant fixement le jeune drôle qui portait sur son visage des marques de vices précoces, il lui dit, après quelques minutes de silence :

— Adresse inconnue!.., Oui... c'est en effet ce qui a été répondu à mon frère... Mais la police ne dit pas tout ce qu'elle sait.

— Qu'entendez-vous par là? — fit l'autre avec une surprise assez bien jouée. — Est-ce que le baron Karl Hauser aurait des démêlés avec la police.

— Je n'en sais rien... Il peut arriver à tout le monde d'ailleurs d'avoir des démêlés avec la police !... Le connaissez-vous donc, le baron Karl Hauser?

— Oui..., je me suis trouvé avec lui à Londres.

— Vous le reconnaîtriez alors, au cas où vous le rencontreriez.

— Parfaitement.

— Peut-être est-il endetté avec Mme votre mère ?

— Comme vous le dites. Très endetté même.

— Eh bien, je vais vous donner un renseignement qui, j'en suis fâché, va vous causer quelque peine. Karl Hauser a fait faillite.

— Frauduleuse?

— Naturellement.

— Il est donc coutumier du fait?

— Je ne vous cacherai pas que c'est l'un des plus grands flibustiers de notre époque, si féconde en maîtres fripons. Ah! jeune homme, en quel temps vivons-nous! Les voleurs ont le haut du pavé ! Ce sont eux qui sont les souverains. Ils tiennent la banque, ils tiennent la presse, ils tiennent le gouvernement. Karl Hauser! Ah! ah! ah! Vous parlez de Karl Hauser ! Rien qu'à mon frère, il a extorqué un million !

— C'est, en effet, ce que celui-ci racontait à Londres.:. et l'on se moquait de lui.

— Je crois que votre mère peut dire adieu à son argent.

— Je le crains, car s'il a fait faillite, il n'a plus le sou !

— Ah! jeune insulaire ! — fit Nicolaï en riant. — D'où sortez-vous ?... Il ne manque pourtant pas de banqueroutiers dans le Royaume-Uni... Mais vous n'êtes pas dans les affaires... vous ignorez les dessous du monde d'argent presque aussi dégoûtant que celui de la politique... Votre âge vous excuse... Apprenez pour votre gouverne que c'est à coups de faillites que l'on devient millionnaire.

— Oui..., mais la prison?

— Ah! je vois que vous avez la crainte salutaire des gendarmes... La prison, eh bien ! mais la prison, les habiles s'arrangent pour l'esquiver. Quand je dis les habiles, j'exagère... je veux dire les prudents. De sages précautions suffisent. Croyez-vous que, pour devenir millionnaire, il faille du génie... pas du tout... l'intelligence la plus ordinaire suffit avec une dose de roublardise. Voyez Karl Hauser, il a manié des millions... Entre nous, c'est une simple brute... mais pas de scrupules par exemple... Ah ! n'allez pas lui demander le moindre scrupule... Il ne vend pas de cet article-là... Ah ! le gredin ! a-t-il assez roulé le pauvre monde !... dévoré les épargnes des pauvres petits employés ! Entre nous, combien doit-il à votre maman ?...

— Ce qu'il lui doit, il ne peut et ne pourra jamais le payer... C'est à moi qu'il doit.

— Combien ?

— Cela dépend...

— Vous voulez dire cela dépend de ce qu'il peut donner... Est-ce que vous désirez entrer dans la carrière... des affaires ?

— Je suis encore trop jeune.

— Je comprends ; vous voulez un peu goûter la vie. C'est très naturel. Il faut s'amuser quand on est jeune ; après, il est trop tard... Alors Karl Hauser vous a exploité... peut-être autant qu'à mon frère ?

— Un million ! Il est plus endetté que cela.

— Peste ! Il ne s'acquittera jamais. Il est juif, vous le savez ; il n'aime guère lâcher ce qu'il tient... Et à moins d'user des mêmes moyens que mon frère...

— Quels moyens ?...

— Ils ne sont pas à la portée de tous. Le comte Gobsky possède certains secrets...

— Moi aussi, j'en possède, des secrets qui peuvent le perdre.

— Oh ! alors... allez-y !

— Et il a payé intégralement votre frère ?...

— Non, mais ils sont entrés en arrangements.

— Qu'il me donne cent mille francs, je le tiens quitte... Mais il me faut trouver d'abord cet Ivan Petrowith.

— Je vous l'ai dit, il est en Russie.

— Il est facile de le faire revenir... C'est un pauvre diable de paysan, il n'hésitera pas devant une grosse somme... Je n'ai d'ailleurs besoin que de sa déposition, que votre frère peut me procurer.

— Il ne vous la procurera pas, — répliqua Nicolaï, — je vais expliquer le pourquoi. Vous allez penser que ce n'est pas très honorable de sa part, mais chacun travaille pour soi dans ce monde. Mon frère, je viens de vous le dire, est entré en arrangements. Bref, il a accepté un demi-million, à condition qu'il quitterait de suite la France. Ivan Petrowith a eu sa bonne part du gâteau. Hauser l'en a bourré de façon à le rendre muet. Jamais il ne parlera. Voilà pourquoi ils sont partis subitement..., ce que je ne vous avais pas avoué d'abord... Mais vous comprenez qu'on ne peut raconter à tout venant ses histoires de famille.

— Alors nous avons, ma mère et moi, été... trompés par le comte Gobsky!

— Pas un mot de plus, jeune homme! — fit Nicolaï avec hauteur. — On n'a jamais trompé personne dans ma famille... et la preuve, c'est qu'avant son départ, mon frère m'a chargé de régler ce qui lui avait été avancé pour son voyage et celui de son compagnon. Il m'a donné verbalement le chiffre que j'ai oublié. Rafraîchissez-moi la mémoire. Combien vous est-il dû?

— Une misère! Vingt livres sterling... — déclara Allan, doublant le chiffre de la somme avancée. Je suis aussi sur la piste d'un autre individu qu'on disait mort et qui est bien en vie... Un nommé Pieter Snip qui a navigué avec Karl Hauser, alors que celui-ci était négrier... Vous voyez que j'en sais long.

— Je le vois. Et qui vous a mis sur les traces de ce Pieter Snip?

— Un agent de Londres.

— Qui exerce à Paris?

— Il a exercé. Il eut longtemps Pieter Snip qui sort du bagne sous sa surveillance. Il est attaché à la police russe maintenant. Un fin limier, je vous en réponds. Voulez-vous que je vous l'amène?

— Pourquoi faire... non, merci!... Je ne tiens pas à étendre le cercle de mes relations. Il est donc venu de Londres avec vous, cet agent?

— Oui... Il faut vous dire qu'à Londres on recherche Karl Hauser qui y a fait un court séjour en compagnie d'une Française, et qui s'y cachait sous le nom de Roland.

Mais on le cherche surtout, parce qu'il a commis quelque méfait sous celui de Gluckstein.

— Dites donc, vous me paraissez bien au courant, jeune homme? Vous êtes donc de la police aussi, vous?

— Oh! provisoirement, et... officieusement... Comme secrétaire privé de M. Dimitri.

— Qui est-ce, M. Dimitri?

— Un inspecteur aux investigations criminelles.

Nicolaï eut besoin de toute sa présence d'esprit, pour cacher sa surprise et son trouble.

Ah çà! est-ce qu'il se serait laissé rouler par ce jeune idiot, qui venait, sans en avoir l'air de rien, lui tirer les vers du nez?

— Voulez-vous, — ajouta Allan, — que je vous le présente?

L'enfant se serra encore davantage contre sa mère.

— A moi! — protesta Nicolaï. — Et pourquoi, diable, faire? Je n'ai rien
à démêler avec la police, moi, Dieu merci! Il est donc dans le voisinage,
votre inspecteur?

— Il attend dans ma voiture.

— Eh bien! qu'il attende. D'ailleurs, je vous ai dit tout ce que j'avais à
vous dire. Vous me demandez l'adresse de Karl Hauser? Je ne l'ai pas.

Celle de mon frère? Je ne puis vous la donner, pas plus que celle d'Ivan Pétrowith. Mon cher monsieur, je ne suis pas un bureau de renseignements. Que ne me demandez-vous aussi celle de... comment l'appelez-vous?... le marin?

— Pieter Snip?

— Que ne me demandez-vous aussi, son adresse à cet ostrogot, que je ne connais ni d'Ève, ni d'Adam... Que ce M. Dimitri, qui me paraît faire de la police en amateur, s'adresse aux agences *Tricoche et Cacolet*, qui ne manquent pas dans Paris.

— C'est ce que nous avons fait.

— Ah! vraiment.

— C'est par l'une d'elles que nous avons su qu'une petite fille, qui était servante dans le cabaret que tenait Pieter Snip, avait disparue en même temps que son maître. On a cru d'abord que Pieter Snip l'avait emmenée, mais elle avait été recueillie dans la famille d'un officier de la marine marchande, un nommé Jean Gayrouan, qui habite le Grand Hôtel. M. Dimitri allait questionner la petite fille..., mais justement, ce matin même, elle s'est enfuie.

— Vous n'avez vraiment pas de chance, — ricana Nicolaï qui brûlait d'envie d'étrangler le fils de Karl Hauser, et l'eût fait peut-être sans la présence de l'agent russe à la porte.

— Bah! M. Dimitri prétend que nous la retrouverons bien.

— Enfin, qu'est-ce que vous voulez?

— Je vous l'ai dit : l'adresse de Karl Hauser. Il est impossible que vous l'ignoriez, puisque votre frère la connaît et vous a laissé pleins pouvoirs.

— Mais il ne m'a pas laissé l'adresse de Karl Hauser,— répliqua Nicolaï impatienté et étonné de la ténacité de ce jeune Anglo-Saxon, et voulant s'en débarrasser à tout prix... Allez la demander à la Banque coloniale, dont il était directeur.

— Sous le nom d'Alexandre Bereneff, je le sais, avec un pseudo-comte, M. de Ladra, qui a pris la fuite... Je sais cela encore.

— Peste! Mais on est mieux informé à Londres qu'à Paris, — fit Nicolaï affectant de rire, mais au fond fort perplexe.

— Ce comte de Ladra — continua Allan Parker — dirigeait avec le baron Karl Hauser la banque de Saint-Pétersbourg et Berlin, sous le nom de Nicolaï.

— Est-ce que vous cherchez ce Nicolaï et venez-vous aussi me demander son adresse?

— Non, celle de Karl Hauser me suffit.

— Ecoutez, jeune homme..., je vous admire. Vous avez un entêtement qui vous fera réussir dans la vie.... si vous ne vous cassez pas le cou en chemin. Je n'ai pas l'adresse que vous me demandez, mais je vais vous donner celle d'une personne qui, peut-être, vous renseignera. Notez que je dis « peut-être ».

— Très bien, monsieur.

Nicolaï écrivit quelques mots au crayon, et les remettant au jeune homme :

— Voici. Vous direz à cette personne que vous venez de la part du comte Gobsky, tout simplement. Inutile de dire que je suis son frère... Comte Gobsky suffira.

— Merci mille fois, monsieur le comte.

— Un instant... Voici les vingt livres sterling que mon frère m'a chargé de retourner à votre mère... avec mes excuses de ne l'avoir pas fait plus tôt.

— Vous avez sagement agi — dit en riant Allan Parker — au moins il me profiterait à moi.

— Très bien ! Faites-moi alors un reçu !

Le jeune homme parti, Nicolaï se précipita à la fenêtre et le vit avec un visible soulagement monter en fiacre.

Il regarda s'il n'apercevrait pas le mystérieux policier russe, mais, celui-ci, se doutant sans doute qu'il était observé, gardait le fond de la voiture. Excès de prudence qui ne manqua pas de fortement intriguer et même d'inquiéter le faux comte Gobsky.

Il se félicita cependant que ce Dimitri ne se soit pas présenté avec Allan Parker, tout en ne s'en expliquant pas la cause.

Car, ignorant qu'il n'allait pas rencontrer le comte Gobsky, pourquoi ce policier n'était-il pas entré pour revoir un individu qu'il avait connu à Londres?

Cependant, sans trop s'attarder à chercher l'explication du problème, il rassembla tous ses papiers, donna un rapide coup d'œil à son petit appartement, s'assura qu'il n'oubliait rien, prit son pardessus et s'en alla, en fermant sa porte à double tour.

Il traversa la longue file des jardinets et des pavillons composant le vaste immeuble et sortit par l'avenue d'Orléans.

— Je m'absente pour quelques jours, — dit-il à la concierge; — gardez toutes mes lettres jusqu'à ce que je vous écrive de me les adresser.

CLIII

ALLAN CHEZ HOMERTON

Allan Parker, on le voit, avaitété relâché. Une sérieuse enquête démontrait qu'il ne pouvait être l'assassin de son grand-père et que le bonhomme s'était suicidé dans un « état temporaire d'insanité », suivant la formule adoptée par les tribunaux anglais qui ne reconnaissent dans le suicide qu'un accès de folie.

Cependant la visite du mystérieux étranger restait inexplicable, d'autant plus inexplicable qu'on avait perdu ses traces.

Il restait avéré, toutefois, que ce ne pouvait être que le « fameux Gluckstein, *alias* Hauser, *alias* Roland », comme disaient les feuilles anglaises qui avait dû repasser le détroit avec la jeune femme qui l'accompagnait.

Quant à l'assassinat de la mère Badoure, l'assassin ou les assassins avaient jusqu'ici échappé à toutes les recherches.

Là encore on croyait reconnaître la main de l'introuvable Gluckstein, avec la complicité des Français mal famés venus de France exprès pour faire le coup et qui, de même que Gluckstein, avaient gagné le large.

Un crime de plus à ajouter à la liste nombreuse de ceux dont les auteurs ne sont jamais ni arrêtés ni même découverts.

Comme toujours en pareil cas, une récompense de cent livres sterling était offerte par la reine Victoria à quiconque, n'appartenant pas à la police, donnerait des renseignements de façon à mettre sur les traces du coupable avec le pardon promis au complice délateur.

C'est sur ces entrefaites que Gobsky, muni de l'argent donné par Eva Parker, partait pour Paris en compagnie d'Ivan Petrowith, à la recherche de Karl Hauser.

Il devait, dès son arrivée, envoyer son adresse à la victime du forban, puis la tenir au courant de ses démarches.

Aussi, ne voyant rien venir, s'était-elle inquiétée et finalement avait écrit à un ami de sa famille attaché à l'ambassade pour lui demander s'il n'était pas possible de découvrir ce Gobsky.

Le testament laissé par son père avait considérablement ébréché ses revenus ; il lui restait néanmoins suffisamment pour vivre, mais, quelques jours après la mort du vieux Parker, elle avait reçu une lettre de son *solicitor* (avoué), qui la priait de passer à son *office* de la Cité.

Là, elle apprit à sa grande surprise et à son grand chagrin que la plus grosse partie de la fortune paternelle était plus que compromise dans la mauvaise tournure que prenaient les affaires du Panama.

Aussi déclara-t-elle à son fils, qui lui faisait une pressante demande d'argent, que le temps des folies était passé et qu'il lui fallait, comme tout *gentleman* anglais de sa position et de son âge, chercher à gagner sa vie et à ne plus compter sur elle.

Il faut rendre cette justice aux mères anglaises qu'elles ont le bon sens et l'énergie de rompre soudainement avec les gâteries dont elles entouraient l'enfant et même l'adolescent dès qu'il commence à devenir homme.

— Eh bien ! — répliqua le drôle, — je ne demande pas mieux que de gagner ma vie. Donnez-moi de l'argent et je pars.

— Où ? — demanda la mère.

— En France. J'irai trouver notre ami de l'ambassade. Je parle couramment le français et assez bien l'allemand... Il me trouvera facilement un emploi.

— Soit ! — fit-elle.

— Et, par la même occasion, je tâcherai de retrouver ce franc-fileur de Gobsky.

— Laissons Gobsky tranquille, — répondit Éva ; — qu'Ivan Petrowith et lui se débrouillent avec ton affreux père. Tout ce que je te souhaite, c'est de ne pas te trouver sur son chemin. Évite-le comme on évite un fauve.

— Ne crains rien, mère, — répliqua Allan qui avait ses secrets projets et se dit en lui-même :« S'il est riche, je le ferai casquer. »

Il avait reçu la veille une lettre de Paméla :

« Mon petit chéri, — lui disait-elle, — viens me voir à Paris. Je ne puis me passer de toi. Toutes les nuits, je te vois en rêve. Tu es l'adoré de mon cœur. Lâche ta vieille maîtresse. Elle a de la galette, c'est vrai ; mais j'en ai, moi aussi, et assez pour deux.

« Ta petite femme qui t'adore,

« Paméla. »

Il lui était d'autant plus facile de lâcher la « vieille maîtresse », c'est-à-dire l'ancienne fiancée de son grand-père, Mary Barnes, que celle-ci, par convenance, lui avait consigné sa porte.

L'on clabaudait assez dans le voisinage sur la singulière veille de noces du vieux Parker et les fréquentes visites du jeune Parker qui l'avaient précédée.

— Laisse passer le temps, mon mignon, — lui avait-elle dit, — je changerai de quartier et nous nous verrons à loisir... Tu ne me quitteras plus.

Mais il avait hâte de la quitter.

Le fantôme sinistre de son grand-père se dressait sans cesse devant lui.

Il savait trop qu'il était la cause de la mort du vieillard; que celui-ci avait entendu sa conversation avec sa maîtresse, peut-être assisté au spectacle de leurs criminels baisers.

Et être trahi non seulement par celle qu'il aimait, mais par son petit-fils lui donnait le coup de folie qui le menait au suicide.

Aussi Allan, eût-il été convié, n'osait rentrer dans la maison funèbre.

Heureux de la carte blanche que lui donnait sa mère, et comptant faire la fête à Paris, il alla, le matin de son départ, prendre congé de sa tante Betsie.

Celle-ci ne l'avait jamais aimé et, depuis la mort de son père, éprouvait pour lui une véritable haine. Elle avait, on s'en souvient, soupçonné, deviné les relations du fils de sa sœur avec la maîtresse de son père, et bien que courbée sous de rudes épreuves, bien que son indigne époux lui eût enlevé avec ses illusions sa pudeur native, tous ses instincts délicats de femme se révoltaient.

— Ah! vous partez pour la France, pour Paris? — lui dit-elle. — Bon voyage! et que le Dieu tout-puissant vous pardonne!

— Me pardonne quoi? — riposta effrontément Allan.

— Je sais ce que je dis et vous devez me comprendre.

— Non, en vérité, tante Betsie.

— N'insistez pas sur un sujet qui pourrait tourner à l'aigre. Vous partez..., adieu.

— Puis-je serrer la main à mon oncle Morris?

— Votre oncle Morris est souffrant?

La voix d'Homerton s'éleva de la chambre voisine :

— Entrez, Allan... Entrez. Je suis souffrant, il est vrai, mais je puis vous recevoir.

Allan entra et fut frappé de la pâleur du docteur.

C'était une pâleur cadavérique; allongé dans un fauteuil à côté du feu, bien que la journée fût chaude, il tremblait de fièvre.

A côté de lui, sur un guéridon, un verre, une carafe et une bouteille de whiskey à moitié vide.

— Qu'avez-vous, mon oncle..., la fièvre?...

— Oui, la fièvre..., un refroidissement... Aussi, vous le voyez, je me réchauffe... Cela ne sera rien... Que viens-je d'entendre, vous partez pour Paris?...

— Oui... je vais tâcher d'obtenir une place là-bas.

— Vous avez raison... Que ne puis-je vous y accompagner... j'ai besoin de changer d'air. Oui... un changement d'air me ferait du bien. Une idée, Betsie... Si je partais avec ce jeune homme.

— Vous êtes fou?

— Fou?... non pas! je n'ai jamais eu la tête plus à moi... A propos, Allan, vous avez vu ce que disent les journaux au sujet de Gluckstein-Hauser-Roland.

— Oui, oncle.

— Une singulière coïncidence. Ma sœur, qui est à Nice, m'écrit qu'elle a rencontré le fils de ce Karl Hauser. Or, si c'est le même homme, c'est un riche banquier! un banquier connu même, très connu dans le monde des affaires.

— Il a donc un fils?

— Il paraît, mon garçon. Vous n'avez pas la prétention d'être l'unique héritier?

— Oh! oh! héritier!

— Par Jupiter! Si j'étais le fils naturel d'un riche banquier, il faudrait bien que papa « crache au bassinet » comme on dit en France.

— Quand le papa est commode, mais le mien ne l'est guère. Tante Betsie a dû vous dire qu'il avait failli m'étrangler. J'ai porté au cou plus d'une semaine les marques de ses doigts.

— C'est, — ricana le docteur, — que vous êtes tombé en étourdi au milieu de son jeu de quilles, je veux dire au moment où il voulait avoir une conversation privée avec votre maman. Songez donc, mon garçon, qu'il ne l'avait pas revue depuis... Quel âge avez-vous?

— Dix-neuf ans.

— Eh bien! mettez-vous à sa place.

— D'ailleurs, il ignorait ma naissance.

— Raison de plus. Ce brave homme a été surpris. Maintenant qu'il vous connaît, il changera de ton.

— Alors, vous me conseillez...?

— Parfaitement... Je saisis votre pensée.

Betsie s'interposa :

— Morris, vous êtes abominable. Ce que ce jeune homme a de mieux à faire, c'est d'éviter de se trouver sur le chemin de ce scélérat...

— Allons donc, ma chère femme, je ne partage pas votre avis. Ce qu'il doit faire, au contraire, si ce scélérat, comme vous l'appelez, est riche, c'est de lui soutirer tout ce qu'il pourra. Eh! qui donc a fait les frais de son éducation? Votre sœur, sa mère! Est-ce juste? N'est-ce pas le devoir du père? Il ne l'a pas fait, qu'il rembourse. Rien de plus juste. Croyez-moi, mon garçon, suivez mon avis; on le dit à Paris, cherchez-le, trouvez-le et *tapez*-le.

— Merci! je crois que c'est lui qui me *tapera*... et je pourrais rester sur le carreau.

— Il n'osera pas.

— Il ne me paraît pas homme à se gêner.

— N'y allez pas seul... Faites-vous accompagner. Devant un témoin, il ne bronchera pas.

Allan garda le silence.

Évidemment, la perspective de se trouver nez à nez avec le forban qu'était son père ne lui souriait que médiocrement.

— Vous hésitez, — reprit Morris Homerton, — vous avez tort... Songez que vous manquez peut-être l'occasion de faire fortune... Et ces occasions, elles ne fourmillent pas dans la vie.

Comme Allan l'écoutait sans mot dire, mais avec peu d'enthousiasme :

— Tenez, neveu, je vous parlais tout à l'heure d'aller à Paris... C'était un propos en passant. Je réfléchis à cela sérieusement. Au fait, je le répète, j'ai besoin de changer d'air, le plus tôt sera le mieux...

— Et l'argent? — demanda Betsie.

— L'argent? Qu'est-ce qu'il faut? une misère. Je suis modeste dans mes goûts, et vingt livres me suffiront.

— Je ne les ai pas à la maison, — dit sèchement Betsie.

— Votre sœur vous les avancera. Du moment que c'est pour rendre service à son fils.

— Je vous les prêterai, moi, oncle, — se hâta de dire Allan. — Il vaut mieux que ma mère ne sache rien de cette affaire. Vous savez comme elle se tourmente de tout et de rien.

— Voilà une préoccupation d'un bon fils.

— Et elle refuserait les subsides.

— Cette raison me semble plus sérieuse. Eh bien, neveu, j'accepte les vingt livres. Et quand partons-nous?

— Mais... je devais partir ce soir.

— Va pour ce soir. C'est entendu. Vous me trouverez à la station de *Charing Cross*.

— Vous ne plaisantez donc pas? — dit Betsie.

— Encore une fois, ma chère, laissez-moi faire. Je suis malade. Le voyage me guérira... Puis, je défends les intérêts de mon neveu.

Et, s'adressant à celui-ci, qui prenait congé :

— Est-ce qu'il l'a tuée ? — Non, je la vois...

— Je connais Paris, mon garçon. Je vous servirai de cicerone, et je veux être pendu si nous ne trouvons pas votre papa.

Quand Allan fut parti, Betsie voulut encore s'opposer à ce départ, mais il la rudoya si bien qu'elle se retira dans sa chambre pour y pleurer..., stérile protestation contre les exigences et les lubies de l'époux.

Liv. 242. — H. GEFFROY, édit. — Reproduction interdite.   Mort du Czar 134

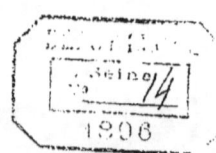

CLIV

CHANGEMENT D'AIR

Belsie ne s'était pas opposée autrement au départ de son mari ; elle pensait comme lui qu'un changement d'air et de milieu lui serait profitable. Du reste, eût-elle eu l'intention de s'y opposer, elle savait trop que ses avis et ses objurgations se heurtaient contre une volonté de fer.

Depuis quelque temps, Morris paraissait complètement changé.

Il était devenu d'une irritabilité excessive, s'inquiétait au moindre bruit, tressaillait et, aux coups de marteau de la porte, il devenait d'une pâleur livide.

Elle avait d'abord attribué cet état de nervosité au chagrin que lui causait le mauvais état de ses affaires.

L'entreprise du *Refuge pour les petites filles abandonnées*, — car c'est ce titre que le docteur Homerton avait définitivement choisi, — ne battait, comme on dit, que d'une aile. Les souscripteurs, loin d'affluer ainsi qu'on l'espérait d'abord, malgré quelques noms marquants mis en vedette, n'arrivaient que lentement et à grand'peine.

Il y a, dans cette exploitation de la charité publique, tant de concurrence, un si grand nombre de maisons rivales qui s'arrachent mutuellement et se disputent le sou du pauvre, tant d'établissements depuis longtemps établis, connus et hautement patronnés, qu'il est nécessaire, pour qu'un nouveau venu ait quelque chance de réussite, qu'il dépense en réclames de tous genres des capitaux qu'était loin de posséder l'association naissante, puis qu'elle n'avait jusqu'ici en caisse que le chiffre fictif des appointements de son directeur et de ses futurs employés.

Puis, comme je l'ai mentionné déjà, les intermédiaires entre les donateurs et la caisse, courtiers et courtières chargés des collectes, empochaient le plus clair des recettes.

Toutes ces sociétés *dites* charitables, dans quelque pays qu'elles fonctionnent, qu'elles soient administrations publiques ou organisations privées, servent surtout à rétribuer la légion des employés, des fonctionnaires, qui se partagent d'abord le beurre et laissent aux pauvres l'assiette à lécher. Le bon peuple de Paris serait fort surpris, par exemple, s'il connaissait le chiffre respectable qu'engloutissent chaque année les bureaux de l'Assistance publique, comparé à celui distribué aux pauvres diables.

Mais notre pays étant surtout et avant tout une nation de fonctionnaires, il faut bien faire vivre les citoyens!

Non, ce n'était pas le mauvais état financier du *Refuge pour les petites filles abandonnées*, vu qu'il n'existait encore ni *refuge* ni *petite fille*, qui préoccupait ainsi le docteur Homerton.

Betsie s'en aperçut bientôt; elle n'osait l'avouer, mais elle se sentait prise de folles terreurs.

Il lui semblait que son mari avait commis quelque acte néfaste, s'était livré à une de ses manœuvres d'autrefois, lorsque, partisan du docteur Malthus et associé du docteur Badoure, il risquait chaque jour la cour d'assises.

Elle l'avait interrogé avec toutes sortes de précautions, mais l'inventeur des fameuses *pilules Homerton* « sans douleur, miss, le temps de dire ouf! » lui avait répondu avec impatience et colère :

— Ça m'a coûté trois ans de prison et cent mille franc en amende et en frais. Cela me suffit. Chat échaudé craint l'eau froide ! Me prenez-vous pour un idiot?

Et il s'emportait contre les juges :

— Ah! les scélérats ! j'en connais dans le tas, dont je pourrais citer les noms, qui ont eu recours à plusieurs de mes confrères, pour faire disparaître les traces de leurs secrètes débauches ! Et des puritains, encore ! des membres des société de vertu et de tempérance !

— Naturellement ! C'est toujours comme ça ! Mais que voulez-vous ? Si vos confrères qui leur ont prêté leur concours avaient été pris, ils auraient été punis comme vous!

— Oh ! oui, ma chère, toute la vertu, toute l'honnêteté dans notre siècle se résume en ces mots : « Ne pas se laisser prendre ! »

Betsie haussa les épaules, mais elle songeait aussi en elle-même, combien il y avait de coquins triomphants.

— Ils seront pris et punis... tôt ou tard, — disait-elle.

Depuis plusieurs jours, Homerton ne quittait plus son cabinet.

Pris de fièvre, méditatif, sombre, inquiet, il ne répondait que par monosyllabes aux questions de sa femme.

Il jetait à peine un regard sur son courrier et ne prenait d'intérêt qu'à la lecture des journaux.

C'est ainsi qu'il avait suivi, avec la plus vive attention, les détails donnés sur le mystérieux assassinat de la gargotière de *Soho Square*.

Rien de plus naturel, puisqu'il connaissait la mère Badoure, qu'il avait assisté à ses noces si singulièrement troublées.

— Je m'en souviens comme d'hier, — disait-il.

— Oui, — répondait amèrement Betsie, — c'est là que vous avez fait la connaissance de votre *adorable* Helen Higgins.

— Adorable crampon ! Ne me parlez plus, je vous prie, de cette créature... L'incident est depuis longtemps enterré.

— Pas dans mon cœur ni dans mon amour-propre — ripostait Betsie toujours jalouse.

— Oh! laissons ce sujet, voulez-vous?

La pauvre femme n'insistait pas.

Elle connaissait les emportements et les violences de son mari et renfermait en elle-même ses hontes et ses blessures.

Ce fut donc avec surprise mais sans regret qu'elle le vit prendre la décision subite d'un voyage sur le continent, en compagnie d'Allan Parker.

— Combien resterez-vous de temps absent? — lui demanda-t-elle en lui préparant son sac de voyage.

— Huit jours, quinze jours, le sais-je?... Je vous dirai, entre nous, que je compte aller jusqu'à Nice. Moi aussi, j'ai un intérêt majeur à retrouver Karl Hauser.

— Vous ?

— Parfaitement. Il a violé la fille de ma sœur, une charmante jeune fille qu'il a attirée à Saint-Pétersbourg, sous un prétexte fallacieux...

— Voilà du nouveau, vous ne m'en aviez jamais parlé.

— Eh! l'on n'aime pas ébruiter ses hontes de famille.

— Il me semble pourtant que je suis de la vôtre !

— Sans doute... Si j'ai hésité à vous en parler jusqu'ici... c'est que je ne voulais pas augmenter vos... regrets de m'avoir épousé.

— Regrets stériles, Morris... Et vous dites que cet Hauser a violé votre nièce ?

— Sa mère me l'a écrit.

— Il viole donc tout le monde, ce satyre ?

— Il ne violera plus personne, je vous en réponds.

— Que comptez-vous faire ?

— Lui faire rendre gorge.

— Méfiez-vous, Morris... Vous avez maille à partir avec un formidable coquin !

— Je le sais et je prends mes précautions...

— Vous jouez votre vie...

— La sienne est entre mes mains.

— Puissiez-vous dire vrai!

— Voulez-vous que j'ajoute un mot?...

— Dites, Morris...

— C'est lui l'assassin de la mère Badoure.

— Vous avez des preuves ?

— J'en aurai.

Betsie poussa un soupir de soulagement.

— Partez, — dit-elle, — mais prenez garde. N'abordez cet homme que bien armé et jamais seul. Faudra-t-il dire à ma sœur que vous accompagnez son fils ?

— Agissez en cela comme bon vous semblera. Prévenez seulement Saint-Purin de mon départ... Adieu, chère.

— *Good bye, dear.*

Elle l'embrassa à plusieurs reprises, baisers sincères de l'amante devenue épouse et, en dépit des déceptions, des mécomptes et des épreuves, restée l'amie.

Il lui semblait qu'elle le voyait pour la dernière fois; il répondit à ses élans, l'esprit occupé ailleurs, par des baisers froidement conjugaux, s'opposant à ce qu'elle l'accompagnât à la gare de Charing-Cross.

Il y arriva presque en même temps qu'Allan, dix minutes avant le départ.

Au moment où le jeune Parker venait de prendre les billets, il se trouva nez à nez avec Dimitri.

— Ah! monsieur Parker, en route pour la belle France!

— Oui, — répondit Allan, assez contrarié de la rencontre de l'agent, qui l'avait trouvé plus d'une fois en compagnie de gens que les Anglais appellent *objectionnables.*

— Petit changement d'air ?

— J'en avais besoin, il ne faut pas trop s'attarder derrière les jupons de sa mère.

— Vous avez raison, jeune homme. Et puis, là-bas, vous en trouverez de plus suggestifs.

Allan rougit. En dépit de ses précoces vices, il était encore à l'âge des pudeurs.

Il fit un signe de tête à Dimitri et se hâta d'aller avec son oncle Homerton s'installer dans un wagon de première classe.

— N'est-ce pas l'agent russe, — demanda le docteur, — qui a déposé dans l'affaire de la mère Badoure?

— Oui, oncle, et si vous vous en souvenez, dans celle de grand-papa Parker.

— C'est ce que je me disais. C'est même lui qui a déclaré vous avoir vu plus d'une fois en mauvaise compagnie.

— Où j'étais exploité, il s'est hâté de le reconnaître.

— Fâcheuse connaissance!

— Pourquoi? Je n'ai rien à démêler avec lui, et à l'occasion il peut être utile d'être en bons termes avec un agent.

— J'espère qu'il ne prend pas le même train que nous, — fit Homerton, mettant avec inquiétude la tête à la portière. — Non, je ne le vois nulle part.

Les derniers voyageurs, les retardataires habituels arrivaient en courant, le train s'ébranlait.

Homerton respira.

Tout à coup la portière du wagon qui suivait le sien s'ouvrit; un homme sauta sur le quai et entra précipitamment dans le wagon de nos deux voyageurs.

— Pardon, *gentlemen*, — dit-il, — mais le compartiment d'à côté est encombré. Pas de coin, et l'on voyage mal sans coin. Je me permets de solliciter l'honneur de votre compagnie.

C'était, on s'en est douté, le sieur Dimitri.

— Que le diable l'emporte! — se dit en lui-même Homerton, dont une couche livide couvrit aussitôt le visage.

Et l'agent, après s'être commodément installé :

— Moi aussi, je vais à Paris, — dit-il.

CLV

DANS LE TRAIN

De même que Calypso ne pouvant se consoler du départ d'Ulysse, Dimitri ne se consolait pas de celui de Karl Hauser.

Le bandit lui avait échappé juste au moment où il croyait pouvoir le saisir.

Mais il lui fallait un mandat pour lui poser la main sur l'épaule et il avait attendu vainement ce mandat.

Et quand enfin la demande d'extradition sortit en due règle de la bureaucratie de Saint-Pétersbourg, pour arriver à celle plus expéditive de la police anglaise, Gluckstein-Hauser-Roland gagnait le large.

Mais de même que la reine d'Orgygie, à ce que du moins raconte le pieux évêque, amant de la pieuse Mme Guyon, voulut, après avoir été durant sept années la maîtresse du père, se consoler dans les bras du fils, Dimitri essaya de se rattraper sur Allan Parker de la déception que lui avait fait éprouver la fuite de Karl Hauser.

Il était trop fin policier pour ne pas avoir deviné en cet adolescent une future proie des geôles, un de ceux que la fatalité de l'atavisme, ou celle des vices développés par l'éducation, prédestine, suivant le pays qui les a vus naître, à la potence, au garrot ou au couperet de M. Guillotin !

Aussi, depuis sa sortie de prison où l'avaient conduit ses coupables relations avec la maîtresse de son grand-père et le suicide de celui-ci, le suivait-il d'un œil connaisseur.

Il se sentait sur une bonne piste.

L'histoire de la famille Parker, du négrier Gluckstein et de son fameux *Yacht-Rouge*, renouvelée et remise à neuf, avait fourni aux reporters londoniens abondante matière à copie.

Ah ! quelle bonne aubaine pour les plumitifs à court d'haleine !

Naturellement, les faits étaient dénaturés, tronqués, augmentés, embellis ou enlaidis, racontés enfin d'autant de façons qu'il y avait de feuilles à les relater.

Rien de visible pour l'observateur comme les comptes rendus divers du même fait.

Le bon bourgeois, l'honnête ouvrier, le petit employé qui font d'un seul journal leur pâture quotidienne et qui n'entendent qu'un son à leur cloche unique ne s'aperçoivent de rien.

Mais celui qui par métier ou par curiosité d'artiste compulse les différentes feuilles du jour ne peut s'empêcher de sourire des inepties, des nonsens, des contradictions et des mensonges de cette puissance cependant formidable qui s'appelle la presse...

La presse telle que l'ont transformée de nos jours les fumistes panamistes et fripons.

Les historiens de l'avenir auront fort à faire pour découvrir la vérité dans le fatras de mensonges.

Ils devront être doués d'un flair prodigieux et, comme les Peaux-Rouges des romans de Fenimore Cooper — qui n'existent plus guère que là, — savoir suivre habilement les pistes pour ne pas s'égarer dans les inextricables broussailles des erreurs voulues.

C'est ce que s'était dit Dimitri, en attachant son œil scrutateur sur la personne d'Allan Parker.

Il devinait en lui le digne rejeton du forban.

Il supposait bien que par la force des choses, par les mystérieuses attactions des natures identiques, il retournerait à son père.

Et il répétait le proverbe russe :

« Où va l'aiguille, le fil suit. »

Il avait eu l'occasion de rencontrer maintes fois le petit-fils du vieux négociant dans la gargote de la mère Badoure, alors que celui-ci, ayant fui le foyer maternel, se plongeait dans la basse crapule en compagnie des souteneurs et des filles que nous y avons connus.

Les premiers effarements passés, la glace rompue, il se sentait bien dans ce milieu où l'on boit, où l'on joue, où l'on fainéante tout le long du jour, et alors que « madame » travaille, bien avant dans la nuit.

On l'y avait rançonné, volé, exploité; mais il fallait bien payer sa bienvenue, arroser ses premiers galons dans l'armée du vice.

C'est le sort de tous les débuts.

Maintenant que Pamela l'appelait, il avait sa place marquée dans ce monde : la pendaison mystérieuse de son grand-père, ses quelques semaines de prison lui donnaient le droit de cité.

Mais il lui fallait de l'argent, beaucoup d'argent, car la vie est chère à Paris.

Et ce n'est pas le modeste emploi que l'on pouvait donner à un garçon de son âge qui lui procurerait les moyens de satisfaire aux exigences de sa curiosité de nouveau débarqué dans « la capitale des plaisirs ».

En voyant Dimitri s'imposer, en quelque sorte, comme compagnon de voyage, il avait été fort vexé, pas autant cependant que son oncle qui s'était presque aussitôt enfoncé dans son coin, faisant mine de dormir.

Dimitri eut donc toute latitude de lui causer à son aise; il se fit aimable, lui parla de Pamela la luronne, « beau corps de femme et bonne fille après tout, la maîtresse qu'il fallait pour dresser un jeune homme, mais mal entourée. »

— Ah ! si elle pouvait se débarrasser de son entourage !... Mais c'est affaire entre elle et vous !

La conversation continua sur ce ton et l'on n'était pas encore arrivé à Folkestone qu'on était déjà les meilleurs compagnons du monde.

— Vous êtes fou ! — s'exclama Homerton quand on descendit du train pour prendre le paquebot. — Pourquoi lier connaissance avec ce sale *détective?*

— Il peut nous être utile, — répliqua le jeune Parker.

Le docteur haussa les épaules.

— Vous êtes bien naïf, mon garçon!

— Pourquoi? Je ne lui ai dit que ce qu'il sait déjà.

« M. le comte Gobsky ? — C'est moi, monsieur. »

— Faites attention. Il vous tirera les vers du nez, sans vous laisser le temps de vous en apercevoir... Mais j'espère que nous allons le lâcher à Calais.

Mais Dimitri, qui, sans doute, avait deviné l'intention du docteur, n'entendait pas être lâché ainsi, et le *faiseur d'anges* le vit à nouveau, avec une

LIV. 243. — H. GEFFROY, édit. — Reproduction interdite.   MORT DU CZAR. 135

colère mal dissimulée, prendre place dans le même compartiment du train de Paris.

Encore une fois, il fit mine de dormir.

L'inspecteur aux investigations criminelles amena la conversation sur un sujet qui eût dû cependant exciter l'intérêt du docteur : l'assassinat de la mère Badoure.

— Pas une mauvaise femme, au fond... un peu vulgaire... mais le cœur sur la main !

Et comme personne ne faisait écho :

— Quelle triste fin ! ajouta-t-il.

Moment prolongé de silence, pendant lequel on entendit un vague son au milieu du bruit du train.

C'était le ronflement d'Homerton.

— Et l'on n'a aucun soupçon sur le véritable assassin ? — demanda Allan un peu gêné, sachant que les gens en compagnie de qui Dimitri l'avait vu, avaient disparu après le crime.

— Des soupçons ! — reprit Dimitri, se tournant du côté du ronfleur. — On en a qui sont presque des certitudes ! Vous n'ignorez pas qu'on a fait une sérieuse enquête sur le mari de la décédée, un de ces Français interlopes qui abondent à Londres, et qui, après avoir exercé la profession de médecin sous le nom de Badoure, exerce maintenant celle de professeur de français sous celui de Saint-Purin. Mais le docteur Morris Homerton le connaît, ce me semble.

Allan fit un geste évasif.

— Docteur ! — cria Dimitri en s'approchant du dormeur.

— Hein ! quoi ? — riposta l'autre d'un air ahuri, comme s'il s'éveillait en sursaut.

— Vous connaissez bien M. de Saint-Purin, professeur de langues vivantes ?

— Que le diable vous brûle, vous !... C'est pour me demander cela que vous me réveillez ?

— C'est que nous étions en train, votre neveu et moi, de parler de l'assassinat de la mère Badoure.

— Eh bien ?

— C'est la femme du docteur Badoure, devenu, avec la facilité qu'ont les étrangers de se métamorphoser à Londres, je veux dire de changer de peau, devenu de *Saint-Purin*.

— Qu'est-ce que cela me fait ?

— Vous étiez même témoin à leur union conjugale.

— Après ?

— La mère Badoure avait alors — dit-on — une forte somme en banque.

— Elle n'est pas la seule.

— Elle a tout retiré.

— Que voulez-vous que ça me fasse?... Ce n'est pas pour me le donner à coup sûr.

— Qu'est-ce que vous pensez de l'assassinat?

— Je m'en moque.

— Les soupçons ont un instant plané sur son mari dont le passé n'est pas très propre.

— Il a heureusement prouvé que, pendant qu'on saignait la vieille, il causait avec l'ambassadeur de France, M. Waddington.

— C'est heureux pour lui.

— Badoure, étant médecin, a pu tuer ses malades... A part cela, c'est un être absolument inoffensif.

— Vous en êtes sûr?

— C'est ma conviction.

— Alors, vous êtes persuadé de son innocence?

— Puisqu'il a fourni un alibi.

— Mais la mère Badoure le recevait de temps en temps la nuit...

— Est-ce que je sais, moi!... Qu'est-ce que vous venez me demander?...

— Histoire de passer le temps...

— Allez au diable!

Dimitri se mit à rire.

— Il ne fait pas bon interrompre votre somme, docteur... Vous n'avez pas le réveil commode... Vous offrirais-je un cigare?...

— Merci, je ne fume pas... Offrez-moi la paix.

— *Pax vobiscum!* — fit le facétieux Dimitri, imitant le geste du prêtre.

— *Amen!* — grogna le docteur en enfonçant sur ses yeux sa casquette de voyage.

Jusqu'à l'arrivée du train à la gare du Nord, Homerton n'ouvrit plus la bouche, et Dimitri, de son côté, n'adressa plus la parole à ce grincheux.

En revanche, il passa sa démangeaison de parler avec le jeune Parker, et l'ayant attiré au coin opposé à celui du prétendu dormeur, il eut avec le fils d'Éva une longue conversation.

CLVI

MUTUELLE SURPRISE

Allan n'avait qu'à moitié menti au faux frère du comte Gobsky.

S'il n'était pas le secrétaire de l'inspecteur aux investigations crimi-nelles qui n'avait, d'ailleurs, nul besoin de secrétaire, il était devenu quelque chose comme son aide, son assistant...

Avec une habileté qui eût fait honneur aux plus habiles *détectives* de la police anglaise, Dimitri avait su gagner la confiance de ce jeune homme qui, quoique déjà pourri de vices, avait conservé une espèce de naïveté anglo-saxonne.

L'adolescent cynique et sceptique, si commun en France, à Paris surtout, est presque inconnu de l'autre côté du détroit.

Il peut avoir, et il a souvent, toute la corruption de nos *potaches*, fruit de notre éducation mal entendue et malsaine, mais, au milieu de ses écarts, il garde une certaine naïveté.

Bref, il est « gobeur », et pour me servir d'une expression populaire et caractéristique, « il se laisse facilement monter le coup ».

De plus, loin d'être fanfaron de vices, comme le jeune Français échappé du lycée, il cache soigneusement les siens et affecte plutôt des dehors de vertu.

C'est surtout dans le protestantisme anglican que l'antique axiome :

Péché caché est à moitié pardonné,

est modifié par celui-ci :

Péché caché est toujours pardonné.

Mais revenons à nos trois personnages.

Arrivé à Paris, Dimitri descendit dans le même hôtel que ses compa-gnons de route, au grand déplaisir et à la sourde colère du docteur Morris Homerton.

Mais Allan lui expliqua que, puisqu'on n'avait plus de nouvelles de Gobsky, l'agent serait d'une grande utilité pour retrouver Karl Hauser.

Homerton hocha la tête ; cet agent de police, qui se trouvait, par une si singulière coïncidence, en même temps qu'eux à la gare de *Charing Cross* et partant sans bagage à Paris, ne lui disait rien de bon.

Cependant il ne pouvait pas trop contrecarrer son neveu, dont il avait besoin, puisque c'était lui qui tenait la caisse...

De son côté, Dimitri ne perdait pas de temps.

Et il le prouva dès le second jour en apportant au jeune Parker des nouvelles au sujet du vieux Gobsky.

Le Polonais et le Russe avaient été signalés comme étrangers suspects anarchistes probablement.

On savait qu'ils avaient couché chez Pieter Snip ; mais, à partir de là, on avait perdu leurs traces.

Deux jours après, grâce aux démarches de Dimitri, démarches facilitées par une note de l'ambassade anglaise à la Préfecture de police, on découvrait l'adresse du « comte Gobsky ».

« Vieux paisible, — disaient les renseignements de la police, — peut-être un peu maniaque, mais ne cherchant nullement à se cacher. »

A la visite que lui fit aussitôt Allan, Dimitri, pour ne pas effaroucher le bonhomme et par excès de prudence, n'avait pas voulu se montrer.

— Eh bien? — demanda-t-il au jeune Parker quand celui-ci l'eut rejoint et eut pris place à ses côtés.

— Ce n'est pas le comte Gobsky.

— Comment? Pas Gobsky? Mais qui alors?

— Son frère!...

Le fiacre filait dans l'avenue d'Orléans.

— Son frère? — répéta Dimitri. — Il avait donc un frère?

Il réfléchit quelques secondes.

— C'est possible après tout... Comte Gobsky... l'identité de nom a trompé la police française. En Pologne comme en Russie, tous les membres d'une même famille portent le titre patronymique. Mais où est notre Gobsky, le vrai..., notre « artiste, du café du Star »?

— Parti en Pologne.

— Vous en êtes sûr?

— C'est ce que m'a dit son frère... en ajoutant nettement que je ne le verrai plus.

Et il raconta à Dimitri la conversation qu'il venait d'avoir.

— Pas de veine! — dit l'agent. — Deux qui m'échappent en moins de rien... par la faute des lenteurs administratives. Mais d'Ivan Petrowith je n'ai cure... Entre nous, je chasse un plus gros gibier.

— L'assassin de la mère Badoure.

— Vous l'avez dit.

— Et Karl Hauser?

— Celui-là c'est pour vous être agréable... Dans votre propre intérêt... nous en causerons sérieusement quand nous l'aurons trouvé.

— Il faudra qu'il donne des banknotes, beaucoup de banknotes...

— Petit gourmand !...

— Dame! j'ai faim ! C'est le devoir d'un père de nourrir son fils...

— Sans doute...

— Mais, à propos, pourquoi votre oncle Morris Homerton désire-t il le voir?

— Ils ont un compte à régler.

— Affaire d'argent aussi.

— Je le suppose.

— Alors de votre visite au frère Gobsky vous revenez bredouille ?

— Non pas... J'ai une adresse, — fit triomphalement Allan.

Et il mit sous les yeux de l'agent le pli que Nicolaï lui avait donné :

Mademoiselle Rosa, fleuriste.

C'était dans les environs de l'avenue de Clichy.

L'on s'y fit conduire dare dare.

Laissant le fiacre à la porte, l'agent et son jeune compagnon montèrent cinq étages d'une de ces maisons populeuses pleines comme des ruches où s'entassent les familles ouvrières, et frappèrent à la porte que la concierge leur avait indiquée.

On ouvrit; le corridor était obscur ; la nuit venait.

Allan se présenta le premier.

— Mademoiselle Rosa?

— C'est moi, monsieur.

Allan fit un soubresaut.

— Tiens... mais... pardon... Il me semble que je vous connais.

— En effet, — riposta la jeune femme regardant Allan avec une surprise sans égale. — Je vous ai vu...

— A Londres.

— C'est cela. Vous vous appelez Allan Parker.

— Et vous Sarah.

— La Noire ! — ajouta en riant celle-ci. — Quel heureux hasard me procure votre visite?...

— Je viens...

— A la recherche de Paméla la Luronne ?

— Non, mais... de M. Roland, votre ami, autrement dit le baron Karl Hauser.

Sarah fronça le sourcil.

— Je connais Roland, mais pas le baron dont vous me parlez, — dit-elle.

— Voici un mot pour vous.

L'ancienne maîtresse de Roland décacheta rapidement et d'une main fébrile le billet de Nicolaï :

« Je vous envoie ce jeune homme, regardez-le attentivement et voyez ce que vous pouvez faire pour lui. »

Sarah n'avait pas besoin d'examiner longtemps Allan; elle se rappelait combien sa ressemblance avec son amant avait frappé tout le monde au café du *Star*.

Elle tourna et retourna le billet entre ses doigts.

Il était signé de trois croix, signe cabalistique convenu entre elle et le « comte de Ladra ».

Était-ce en commémoration des trois assassinés gisant dans la cave de Pieter Snip?

— Je ne comprends pas, — dit-elle.

Ce court dialogue avait eu lieu sur le seuil de la porte.

Dimitri, qui se tenait à quelques pas sur le côté, pensa qu'il était temps d'intervenir.

Il toussa légèrement.

— Vous n'êtes donc pas seul? — demanda Sarah.

— Non, j'ai avec moi un gentleman, un... ami de Londres.

— Qui n'est pas un inconnu pour Mme Roland, — fit Dimitri s'avançant et saluant la « fleuriste ».

A la vue de l'agent, celle-ci pâlit :

— Vous me remettez, n'est-ce pas ? — reprit Dimitri — nous nous sommes rencontrés chez la mère Badoure. Vous savez que la pauvre femme a été assassinée...

— Tant pis pour elle! — répondit Sarah reprenant peu à peu son sang-froid. — Elle recevait toute la canaille de Londres, cela devait lui arriver... Mais entrez donc, messieurs... Qu'y a-t-il pour votre service?

Ils entrèrent:

La chambre était propre, simple, avec un petit mobilier neuf. Sur une table, l'attirail d'une fleuriste; des tiges de laiton, du papier de diverses couleurs, des feuilles coupées à l'emporte-pièce.

— Je ne vous savais pas fleuriste? — fit Dimitri.

— Il faut bien faire un peu tous les métiers si l'on veut vivre, — répliqua Sarah.

Elle ne leur disait pas de s'asseoir, mais Dimitri sans façon prit un siège; Allan l'imita.

— Vous avez lu la lettre de mon jeune ami?

— Oui, — dit Sarah.

— Voulez-vous me la communiquer?

— Voici!

Dimitri, après en avoir pris connaissance, la rendit.

— Eh bien, c'est très clair..., on vous recommande ce jeune homme... Mais le monsieur est d'une prudence un peu exagérée..., il craint de se compromettre et signe comme les paysans qui ne savent pas écrire.

— C'est que j'ai un amant jaloux, — riposta Sarah.

— La peste soit des jaloux...

— Alors que puis-je bien faire pour monsieur?

— Lui donner l'adresse de Roland... Je veux dire de Karl Hauser.

— Pourquoi faire?

— Le billet dit : « Regardez bien ce jeune homme », ne l'avez-vous pas fait. Sa figure parle pour lui.

— J'ai vu qu'il ressemblait à Roland..., voilà tout.

— Cela ne vous dit rien?

— Que voulez-vous que ça me dise?

— Que c'est son fils...

— Après? — fit-elle froidement.

— Vous ne comprenez pas, belle enfant. Ce jeune homme est un fils adultérin..., son père ne s'en est jamais occupé, c'est la mère qui a dû subvenir à tous les frais de son éducation ; elle a eu récemment des revers de fortune..., et elle envoie, rien de plus juste, le jeune homme à son papa. A son tour de...

— Casquer?

— Parfaitement.

— Et s'il refuse?

— Oh! il ne refusera pas, — dit Allan, — il n'osera pas, il ne peut pas refuser.

— Ah! je comprends — fit Sarah avec un éclair dans les yeux. — Comme il a quelques petits points obscurs dans son passé, vous le menacerez d'y apporter une lanterne..., et la lanterne c'est M. Dimitri...

— Eh! eh! ce n'est pas si bête! Qu'en pensez-vous?

— C'est même très malin... Mais s'il n'a pas d'argent?

— Pas d'argent? Un banquier? Il faudra bien qu'il en trouve.

Depuis sa terrible aventure du pas de Calais, où son amant l'avait laissé emporter par un coup de mer, alors qu'il lui suffisait d'étendre le bras pour la retenir et l'arracher à la vague, Sarah méditait sa vengeance.

Cramponnée à l'épave qui avait enfoncé le bastingage du paquebot, recueillie presque évanouie par des pêcheurs, sauvée d'une façon inespérée de la mort, elle s'était rendu compte du mobile du forban qui trouvait là

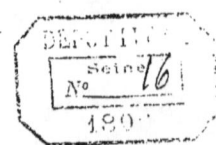

— Qu'avez-vous, mon oncle... la fièvre ?...

une occasion de se débarrasser d'elle sans y prêter la main et avait laissé
faire le hasard.

L'amour qu'elle éprouvait pour cet homme, pour ce criminel qui l'avait
tout d'un coup domptée, se changea alors en une effroyable haine, et elle
jura de se venger d'une terrible façon.

Cette femme, qui n'était pas née mauvaise, mais que les circonstances, le milieu dans lequel elle avait été forcée de vivre, les injustices du sort avaient rendue criminelle, cette femme pleine d'énergie et d'audace qui, en d'autres occasions, eût pu faire une héroïne, employa dès lors toutes ses facultés à retrouver cet ancien amant.

Elle jouait sa vie, elle le savait, mais sa vie était sacrifiée d'avance; elle ne vivait plus que pour se faire justice.

Mais comment retrouver le bandit dans la fourmilière parisienne?

Comment le chercher, étant obligée de se cacher elle-même, pour échapper, non seulement aux recherches de la police, mais se cacher aux anciens compagnons à qui le sort ou plutôt les délits de la justice l'avaient mêlée, car après la conduite de Roland, après leur fuite de Londres, elle se savait *brûlée* chez eux.

Tout ce qu'elle avait comme indice, c'est que Roland ne s'appelait pas Roland, qu'il s'était appelé Karl Hauser et aussi Gluckstein... Autant de faux noms, — pensait-elle, — comme le titre de baron que Dimitri lui avait donné devant elle.

Faibles documents que tout cela.

Mais le hasard devait encore une fois la favoriser. On se rappelle qu'elle était arrivée sur une des péniches qui du Nord descendent des bois de construction sur Paris.

La péniche arrêtée dans un des garages du canal, après avoir débarqué sa cargaison, attendait un chargement. Pendant ce temps, Sarah continuait à vivre avec la famille du marinier, mais chaque jour elle se rendait à Paris.

Elle allait dans les bureaux de placement s'offrir comme servante, car ses ressources commençaient à s'épuiser, et le moment arrivait où ses hôtes allaient continuer leur voyage.

C'est en revenant une nuit que, passant près de la *Bibine*, elle entendit les voix bien connues de *Riz de veau*, de l'*Hercule* et de la *Sauterelle;* puis, quelques jours après, elle fit la rencontre de Clarinette arrêtée avec la voiture que conduisait Nicolaï, et cette rencontre devait, comme on l'a vu, la mettre en relation avec Nicolaï lui-même.

L'audace de cette fille, la façon crâne dont elle avait reçu les cambrioleurs dans la villa des *Lauriers Roses*, sa figure énergique, sa sculpturale beauté avaient plu du premier coup au « comte de Ladra » qui s'était dit qu'il pourrait peut-être, à un moment donné, avoir besoin de cette belle créature qui semblait prête et apte à tout et qu'il soupçonnait être couchée sur les registres de la police.

Sans citer aucun nom, elle lui raconta quelques bribes de son histoire et son récent voyage à Londres avec un amant qui l'avait « salement lâchée ».

— Mais je me vengerai! — conclut-elle.

— Je vous approuve fort, ma fille, — répliqua Nicolaï. — Je ne suis pas pour le pardon des injures... Toute peine mérite salaire et tout crime châtiment... Cet amant doit être une fameuse brute d'abandonner une jolie fille comme vous. Est-ce un Français?

— Non. Un Allemand.

— Ne serait-il pas matiné de juif?

— Peut-être — fit-elle.

— Et ne s'appellerait-il pas, par hasard, Karl Hauser?

Sarah bondit.

— Vous le connaissez? — demanda-t-elle toute pâle, et l'œil chargé d'éclairs.

— Mais oui, mais oui, — répliqua Nicolaï souriant, — et depuis long-temps même.

— Oh! donnez-moi son adresse. Où est-il? dites-moi où il est? Je vous en supplie, dites-moi où je pourrai le trouver?

— Eh! eh! comme vous y allez!

Et, enveloppant la jeune femme de son œil lubrique :

— Qu'est-ce que vous me donnerez, vous?

— Ce que vous voudrez! Tout ce que vous voudrez... moi, si vous le désirez, oui, prenez-moi!

— Un instant, — fit Nicolaï, qui, avant de renvoyer Clarinette au peintre Croisillon, venait de passer une heure fort agitée en sa compagnie et se sentait un peu las, — un instant, ma toute belle, je ne veux pas vous prendre en traître, ni vous poser ce que les Français appellent « un lapin ». Vous me paraissez une gaillarde à ne pas supporter les mauvaises plai-santeries... pas plus que les mauvais traitements. J'accepte le marché, oui, de tout cœur... mais donnant, donnant.

— Expliquez-vous ?

— C'est bien simple... je n'ai pas l'adresse de Karl Hauser, mais je puis vous indiquer les moyens de la découvrir. Êtes-vous femme à tenir votre promesse ?

— Oui, monsieur.

— Et à garder un secret?

— Si par ce secret j'arrive à satisfaire ma haine, je vous jure que je le garderai.

— Oh! la superbe créature. Eh bien! si tu sais aimer autant que tu sembles haïr, tu me rendras le plus heureux des hommes.

— Je vous promets pleine satisfaction.

— Un baiser pour sceller le marché?

— Deux si vous le voulez... mais dites vite.

— Tu le hais donc bien, ce Karl Hauser?

— De toutes mes forces.

— Est-ce que tu veux le tuer?

— Oh! ce serait trop doux... une mort violente, allons donc... Je veux le tuer lentement.

— Comment cela? raconte-moi cela, ma belle brune. Songe que je le hais autant que toi, peut-être davantage.

— Ce n'est pas possible... Vous me demandez comment j'entends ma vengeance... mais je n'en sais rien?... Tout dépendra des circonstances ou je le trouverai... S'il est riche, je le ruinerai. S'il a une famille, je le poursuivrai dans sa famille, je me vengerai sur sa femme, sur ses enfants, sur tout ce qui lui est cher. J'ai des secrets terribles... Je le tuerai à petit feu.

Nicolaï riait, se frottant les mains.

— Ah! ah! ah! quelle femme! c'est bien! *bravo*! On ne peut pas dire que c'est un *molasson*, cette belle brune-là. Tiens, baise papa, ma belle chatte noire, baise papa, je vais te donner tous les renseignements que tu désires.

Et surmontant sa répugnance, elle baisa sur la bouche le hideux Nicolaï.

CLVII

HAUSER EN PÉRIL

S'il faut s'en rapporter aux travaux des statisticiens, la femme commet moins de crimes ou de délits que l'homme, car en France sur cent accusés l'on ne compte que quatorze femmes, mais dans le crime elle est plus cynique, plus cruelle, plus brutale, plus dépravée que l'homme.

« Rapprochez-en cet autre fait — écrit Scipio Sighele, dans son excellente étude sur la *Psychologie féminine* — que la femme s'élève plus haut que nous en grandeur morale, puisqu'il n'y a ni vertus, ni dévouements, ni héroïsmes où elle ne nous surpasse, et vous en tirerez cette conséquence que la psychologie féminine connaît des hauteurs de cimes et des profondeurs d'abîmes où l'homme ne pourrait et ne saurait atteindre.

« « Si donc il était permis de porter un jugement d'ensemble sur la femme, il faudrait dire que sa psychologie est presque toujours celle des extrêmes.

« La voie du juste milieu lui est aussi inconnue dans le bien que dans le mal.

« Les êtres languissants et blêmes, ni bons ni mauvais, qui n'ont jamais assez d'énergie pour faire une action généreuse, ni assez d'audace pour être criminels, appartiennent surtout au sexe masculin.

« La femme, au contraire, est tout mal ou tout bien.

« Et même lorsqu'elle ne paraît être ni l'un ni l'autre et semble rentrée, elle aussi, dans cette zone grise où se confine sa majorité, il suffit qu'une occasion se présente pour la réveiller de son apparente torpeur, pour qu'elle révèle immédiatement son caractère, qui ne connaît point les teintes incertaines ou confuses, et elle se montre suivant les cas, ange ou démon, terrible dans la perfidie ou sublime dans le sacrifice. »

Et l'auteur parlant de la conduite des femmes envers l'ancien amant, l'homme qui les a *lâchées* ou a simplement cessé de leur plaire, continue :

« Les femmes honnêtes elles-mêmes — je dis honnête au point de vue de la criminalité — quand, pour une raison quelconque, elles se débarrassent de leur amant ou sont quittées par lui, ne le chassent pas complètement de leur souvenir, ne deviennent pas indifférentes à son égard; elles le suivent en pensée, et, quand l'occasion se présente, savent lui faire sentir qu'elles vivent encore.

« Si vous rompez vos relations avec un galant homme, vous pourrez être sûr que ce galant homme, une fois qu'il vous aura tourné le dos, ne cherchera jamais à vous faire du mal.

« Si vous rompez au contraire avec une femme, vous n'êtes jamais sûr qu'elle vous laissera en paix; vous pouvez toujours craindre qu'elle vous nuira.

« Les femmes ont la rancune longue, si elles ont l'amour peu durable.

« D'une amie d'autrefois, vous vous ferez une ennemie féroce, pour la même raison que la complice d'un délit devient tout à coup la délatrice de l'autre coupable.

Quelle aubaine pour Nicolas que la découverte de cette fille, que l'intervention de cette justicière inattendue !

Tout ce qu'il avait rêvé.

Se débarrasser de son vieux complice devenu sa gênante victime, sans avoir besoin de mettre la main à la besogne, sans se déranger de chez lui !

Laisser faire un autre agissant pour son propre compte.

Et quel autre?

Une femme; une drôlesse vindicative qui s'acharnerait sur sa proie, comme les femelles des sauvages, en la torturant, en prolongeant le supplice.

— Écoute, ma mie, — lui dit-il, — je t'abandonne l'homme; fais-en ton affaire; traite-le comme il t'a traitée et comme il en a traité bien d'autres. Moi, je me lave les mains.

Alors il lui donna sur Karl Hauser tous les détails qu'il jugea nécessaires et qui pouvaient l'aider à retrouver le banquier en fuite.

Elle ne perdit pas de temps.

Elle prit congé des mariniers de la péniche, qui, d'ailleurs, reprenaien leur lent voyage et loua, sous le nom de Rosa, fleuriste, la petite chambre ou Allan Parker et Dimitri l'avaient trouvée; puis elle se mit à la recherche de ses anciens compagnons.

Les découvrir lui fut facile.

Elle n'avait qu'à retourner à leurs bouges; car, chose curieuse, c'est toujours aux mêmes endroits que retournent les malfaiteurs; comme les lièvres, ils reviennent à leur gîte.

La mère Clampart leva les bras au ciel en voyant entrer mystérieusement sa cliente disparue :

— La Noire! — s'exclama-t-elle. — Ah! la belle chatte fourrée! Comment, vous voilà revenue! Et seule ?

— Oui, — fit Sarah.

— Et l'autre ? le beau Roland !

— Un flique!

— Ah! mon doux Seigneur! Les pestailles se fourrent partout. Plus de tranquillité pour les pauvres purotins. Qu'allons-nous devenir?

— Où puis-je trouver les copains ?

— Faut pas me demander ça, — riposta prudemment la vieille. — Sorti d'ici, je ne connais plus personne. Ah! je sais mon métier. Aveugle et sourde, mais pas manchotte. Vous le savez bien, la Noire!

— Vous avez raison, mère Clampart, mais vous avez tort de vous méfier de moi...

— Je me méfierais même de mon petit doigt. Il peut me trahir quand je dors.

— Bonne prudence! Où est le nourrisseur ?

— Mon fils, ah! le vaurien, Il est à la campagne. Il s'est fait piger, le salaud. Un enfant que j'ai élevé à la brochette.

— C'est grave?

— Dame, c'est tout juste s'il échappera à la Grande Roquette. Je lui ai toujours dit qu'il me ferait mourir de chagrin. Qué malheur! Encore un que la jupe a perdu. Ça ne sait pas se tenir!

Au même instant, on entendit une voix :

> La dernièr' fois que j'l'ai vu,
> Il avait le cou tout nu
> Dans la lunette
> A la Roquette ! !

— Bon ! — fit la vieille. — Voilà la Sauterelle, vous allez pouvoir lui causer.

Le voyou entrait au même instant, se dandinant, traînant la savate avec un bout de cigarette aux lèvres.

— Eh ! bonjour, la mère Clampart.

A la vue de la Noire, il poussa une exclamation de surprise.

— Quoi ! du nouveau ?

— Oui, — répondit-elle, — Nous allons causer, mon petit... J'ai découvert Roland.

— Mince !

— C'est un gros banquier.

— A moi toutes les femmes ! on va le faire casquer alors... Un banquier !... Tu rinces les crochets ?

— A la hâte ! Il ne s'agit pas de gobeloter... Trouve de suite l'Hercule et Ris de Veau.

— Ça va pas être long. Ils sont au Château-Rouge.

— Cours et ramène-les.

En moins de dix minutes, la Sauterelle ramenait les deux bandits chez la mère Clampart.

On passa dans le petit « salon » réservé aux amis, horrible trou obscur ne recevant le jour que par une lucarne donnant sur ces sortes de puits infects que les propriétaires appellent cour.

Mais là au moins on pouvait parler à son aise sans craindre les oreilles indiscrètes.

Sarah fit venir un saladier de vin « à la française », et l'on entama le chapitre Hauser-Roland.

C'est à la suite de cette conversation que les trois gredins se rendirent par des chemins différents à la *Banque Coloniale* et en surveillèrent les entrées et les sorties.

Ils n'eurent pas longtemps à faire le pied de grue. Roland, qu'ils reconnurent parfaitement, sortit au bout d'une demi-heure, se dirigeant, d'un air égaré, sur le boulevard où il prit une voiture.

Ils suivirent aisément le fiacre qui s'arrêta devant Notre-Dame, où Roland descendit pour se diriger à pied à la Morgue.

Ils n'osèrent y entrer avec lui, mais, guettant sa sortie, le suivirent sans

qu'il s'en doutât, perdu qu'il était dans ses sombres pensées, et l'accos-
tèrent, comme on a vu, sur le quai des Célestins.

Ils comptaient bien ne pas le lâcher, mais le reconduire à domicile, le
faire chanter.

C'était une riche proie, un sac d'or inépuisable où ils allaient plonger
leurs bras jusqu'au coude.

— A nous toutes les femmes ! — répétait la Sauterelle.

L'intervention soudaine des agents coupa brusquement court à leur
joie et les fit songer à leur propre sûreté.

Ils filèrent rapidement, mais le lendemain ils rôdèrent autour de la
Banque coloniale.

Ils attendirent longtemps et furent obligés de se relayer.

Enfin la Sauterelle vit Hauser descendre d'un fiacre avec un agent,
puis l'agent repartir seul.

Il courut aussitôt prévenir ses amis qui l'attendaient chez un mastroquet du voisinage :

— Fausse alerte, — leur dit-il, — le brochet a échappé des filets de la
rousse.

— Il n'échappera pas des miens, — répondit Sarah.

CLVIII

CHUTE

— Voilà toute ma fortune, messieurs, — avait déclaré Karl Hauser au
commandant Gayrouan et au lieutenant Saint-Albin, en montrant quelques
pièces de monnaie, au milieu desquelles brillait un unique louis.

Et Saint-Albin de répondre :

— Il vous reste sans doute encore un revolver !

Il lui restait en effet un revolver, mais il n'était pas de ces gens qui
font contre eux-mêmes et au détriment de leur propre peau usage de cet
engin meurtrier.

Il le gardait pour les « camarades ».

Ce n'est pas que je donne mon approbation aux banqueroutiers qui se
suicident, car c'est une singulière et trop commode façon de payer ses
dettes que de les mettre dans la cartouche d'une arme à feu !

Elle se retira dans sa chambre pour y pleurer.

Les demi-braves seuls se tuent; l'homme au triple airain doit subir les conséquences de ses actes et faire face aux nécessités de la vie.

Il faut réagir contre le sort et ne se laisser jamais écraser par le malheur.

Combien en a-t-on vu à qui la fortune venait sourire, alors que fumait encore l'arme qui en avait fait un cadavre !

Après le départ de ses deux créanciers aussi redoutables que tenaces et que le propre désastre paralysait, Hauser se composa du mieux qu'il put le visage et passa dans ses bureaux où les employés attendaient en murmurant hautement avec mille commentaires désobligeants à son adresse :

— Rassurez-vous, messieurs, — leur dit-il, — Vos intérêts sont sauvegardés... Demain vous passerez tous à la caisse. J'examinerai ce soir vos comptes à chacun, et, outre vos primes, vous recevrez une indemnité.

— Mille remerciements, monsieur.

Quand ils furent tous partis et les bureaux vides, il rassembla ses papiers, en fit le dépouillement, brûla tout ce qui pouvait le compromettre et partit, remettant sa clef au concierge :

— Qu'on fasse les bureaux de bonne heure, — dit-il, — je serai ici avant les employés.

Mais le concierge et les employés attendirent vainement leur opulent patron.

Le gouverneur de la *Banque coloniale française* ne reparut plus sur le théâtre de ses exploits.

Tandis que son personnel se morfondait en une vaine attente et passait sa colère en malédictions stériles, le baron Karl Hauser filait par un train rapide, non pour gagner la frontière, mais pour aviser avec son compère et ami le baron X..., l'un des rois de la finance.

Les juifs ont cela de bon qu'ils s'aident entre eux, et c'est un secret de leur force.

En cela, ils diffèrent totalement des chrétiens qui se mangent les uns les autres et qui, sitôt qu'un des leurs est touché, crient : « Haro sur le baudet ! »

Cet acharnement sur le vaincu est surtout une spécialité bien parisienne, de même que la lâcheté devant le triomphant.

On rencontre à chaque pas des gens honorables, et non du menu fretin, serrer chaleureusement la main à des individus haut cotés qu'ils savent pertinemment être d'affreuses fripouilles et qui, dix minutes après, s'écrient en apprenant leur arrestation pour quelque escroquerie plus flagrante que les autres :

« Ah ! la canaille, il est enfin pincé ! »

Mais ce sont les mœurs de l'époque !

En apprenant la déconfiture de Karl Hauser, le clan judéo-germanique fut dans la consternation.

Non pas qu'un maravédis de la tribu d'Israël se trouvât engagé dans les caisses de la banque, mais ils éprouvaient le contre-coup de la déconfiture d'un des leurs.

— Nous allons tâcher de vous relever, — lui dit le baron. — Mais ça va être dur... Vous ne pouvez plus opérer sur le marché de Paris.

— Le diable soit du marché de Paris — répliqua Hauser — et de tous les marchés de l'univers Je suis découragé, dégoûté de tout... je ne demande qu'à vivre comme un loup, retiré dans mon coin.

Oh! alors, rien de plus facile! Il y a de par le monde, et même pas loin d'ici, de bons petits coins où, avec vingt à trente mille francs de rente, l'on peut vivre tranquillement.

— Trente mille francs... — répéta Hauser avec amertume.

Je n'ai pas seulement trente mille sous, ni même trente mille liards...

— Ah!— s'exclama le baron X... fronçant le sourcil. — Comment! vous n'avez pas mis de côté une bonne poire pour la soif... Je comprends qu'on mette les autres dedans, mais soi... on se met dehors... d'embarras... Vous avez donc bien mal ménagé votre barque, mon pauvre ami... Alors où est passé l'argent... celui des autres?

— Mon associé m'a volé!

— Le comte de Ladra!... ça m'a toujours fait l'effet d'une fripouille... Sa tête ne disait rien de bon... C'était une raison de plus pour vous en méfier. Alors, que venez-vous me demander?... que je vous rétablisse dans vos affaires?

— Non, — fit Hauser, — que vous me prêtiez de quoi subsister pendant quelque temps.

— Subsister!... vous en êtes là?

— Mais oui.

— Vous êtes un idiot alors, et je ne prête rien aux imbéciles... Faites-vous sauter la cervelle, mon ami.

— Merci du charitable avis; on voit qu'il ne vous coûte rien... Vous ne me refuserez pas un billet de mille?

— Qu'est-ce que vous allez faire avec mille francs?

— L'ancêtre des Rothschild a commencé avec un florin, — répliqua Hauser.

— Oui, mais il était jeune,... tandis que vous...,

Il prit son portefeuille, déploya lentement deux billets de banque.

— Comme vous êtes un coréligionnaire, je ne veux pas vous laisser crever de faim... En voici deux mille. Faites-moi un reçu,... je ne vous prends que 6 0/0 d'intérêt.

Hauser se confondit en remerciements, fit le reçu, prit les bank-notes et humblement congé de son puissant prêteur, qui le retint au dernier moment à dîner, non par commisération, mais pour l'humilier tout le temps du repas.

. . . .

Il était acculé comme un fauve dans sa tanière.

Que faire ? que devenir ? où aller ?

Ainsi, après trente-cinq ans d'efforts, de fourberies, de rapines, de vols éhontés et de crimes, il lui restait pour toute fortune deux billets de banque de mille francs, qu'il avait été réduit à mendier à un potentat de la finance qui, la veille encore, lui eût peut-être ouvert un crédit de plusieurs millions !

Dans un petit garni, au cinquième étage, sur la cour, l'ex-gouverneur de la Banque coloniale cache sa détresse.

A quoi va-t-il se décider ?

Tous les malheurs sont tombés à la fois sur sa tête ; tout s'est écroulé autour de lui en un jour.

Lui seul survit au milieu d'un monceau de ruines ; l'écroulement de toute sa vie.

Plus d'argent, plus de fils.

Des amis, il sait qu'il n'en a jamais eu.

Des complaisants, des flatteurs, des thuriféraires l'ont encensé tant qu'il était puissant, qu'il détenait la clef des consciences, le dissolvant de l'honneur, l'élément des discordes et des haines, l'idole des foules viles, l'or maudit.

Ruiné maintenant, réduit à sa seule valeur, il est moins que zéro sur la place.

Et, la tête dans ses mains, il revoit son passé, tout son passé que traverse la seule image du seul être qu'il ait aimé autant qu'il était possible à sa créature égoïste d'aimer, son fils...

Son fils mort pour lui, à cause de lui, le maudissant, lui envoyant, avant de se trouer le cœur, l'expression de sa haine.

Et il se dit que son fils avait raison de le maudire.

Il le revoit étendu sur les dalles de la Morgue, sans personne pour réclamer son cadavre, l'accompagner à sa dernière demeure, suivre le corbillard du pauvre..., personne que ses deux ennemis.

Oh ! Il y a donc une providence ! une justice divine s'il n'y a pas de justice humaine !

Il arrive donc que le crime n'est pas toujours triomphant, que les forbans sont châtiés parfois !

Les Juifs, maîtres du monde par la grâce de l'or seulement, peuvent donc aussi faire la culbute, crever dans un coin, abandonnés de tous, et, après avoir remué les pelletées d'or, s'enlizer dans la boue !

Dans cette misérable chambre d'un cinquième étage, l'ex-capitaine du *Yacht-Rouge*, l'ex-gouverneur de la *Banque de Saint-Pétersbourg et Berlin*, le fondateur de la *Banque coloniale française* est-il destiné à périr comme un romancier sans éditeur ou un poète incompris !

De quel côté se tourner cependant ?

Proscrit en Angleterre, proscrit en Russie, proscrit en France, son pays natal, l'Allemagne, lui reste, mais est-ce quand on approche de la soixantaine qu'on peut recommencer sa vie ?

Non, ce n'était pas possible.

Ces hommes qui lui conseillent de se tuer ont raison.

C'est la solution rationnelle.

Avec ce petit instrument qu'il cache soigneusement dans sa poche, il coupe court à tous les déboires, il échappe à toutes les polices, à la justice des hommes, à la vieillesse misérable et isolée.

Ah ! s'il avait son fils, son Wilhelm, il en serait autrement. Il prendrait courage, il se sentirait un appui.

Pas une main amie, pas même la douce main d'une femme, la suprême consolatrice que quelques-uns ont l'heur de trouver aux jours néfastes.

Il en avait une cependant qui l'avait aimée pour lui-même, qui l'admirait et se faisait son esclave... Sarah, cette fille énergique qui élevait le crime à la hauteur d'une vertu.

C'est une femme comme celle-là qu'il lui eût fallu dans la débâcle ; elle était de bon conseil... elle l'eût soutenu dans sa détresse, ses crimes à lui ne lui faisaient pas peur ; elle eût trouvé quelque biais pour traverser indemne l'amoncellement d'épreuves et de ruines.

Pourquoi l'avait-il si lâchement abandonnée à la vague ? Sa mort lui semblait alors une délivrance, et peut-être était-elle la seule qui l'eût délivré de la mort.

Il sortit de sa poche son revolver et longuement le contempla.

C'est dur de se tuer... de se tuer sans assouvir sa vengeance sur le scélérat qui causait sa perte, cet abominable complice, ce Nicolaï qui se rirait de sa mort.

— Ah ! ce serait par trop bête !

Il remit le revolver dans sa poche.

Puis, à nouveau, le pâle fantôme de son fils se dressa devant lui, lui arracha des sanglots.

Il porta ses doigts crispés à son front :

— Mon fils ! mon cher fils ! mon pauvre enfant !

CLIX

LA SOURICIÈRE

Quelques coups timides et discrets furent frappés à sa, porte aux ais disjoints.

Il tressaillit.

Qui cela peut-il être ?

Qui venait le relancer dans-ce galetas ?

Était-on sur ses traces ?

Était-ce la police ?... La police ? déjà !

Il saisit convulsivement son revolver sans toutefois le sortir de sa poche.

— Allons, tant mieux! autant en finir de suite..., mais les fliques n'auront pas facilement ma peau... Je veux me donner la satisfaction d'en abattre, si je puis, une demi-douzaine..., un par coup! Ça servira d'anti-apéritif aux autres... Un homme comme moi, finir ainsi!

On frappa de nouveau et plus fort.

— Entrez!

Un tout jeune homme, au visage pâle, et qui ne semblait rien moins que rassuré, poussa la porte un peu brusquement, comme s'il était poussé lui-même, et se présenta avec une visible hésitation.

Il chancelait un peu comme s'il avait bu.

Hauser, qui se tenait sur le qui-vive, la main dans sa poche sur la crosse de son revolver, respira.

— M. le baron Karl Hauser?

— Connais pas.

— M. le baron Alexandre Bereneff?

— Connais pas. Ah çà! mon garçon, est-ce que vous me prenez pour l'almanach des petites adresse?

Il regardait fixement le nouveau venu... Il l'avait vu quelque part... Où...?... Ah! oui, il se souvenait.... il l'aurait reconnu de suite sans les larmes qui avaient mouillé et mouillaient encore ses yeux à la pensée de son fils Wilhelm...

Il l'avait vu deux fois..., la première à Londres à la taverne du *Star*..., la seconde fois dans une circonstance inoubliable à Westcombe Park. chez Eva Parker!

Ce jeune drôle était, lui aussi, son fils.

Mais aujourd'hui, pas plus qu'avant, aux premières rencontres, la fameuse voix du sang, cette blague archiséculaire qui fit le succès de tant de dramaturges et verser tant de pleurs aux femmes sensibles, ne lui disait rien du tout.

Il ajouta :

— Vous vous trompez de porte.

— Je puis me tromper de nom et m'embrouiller dans la quantité, — répondit insolemment Allan Parker, — mais je ne me trompe pas de visage... Vous êtes bien l'homme qui visita un soir ma mère à West-combe Park, et c'est bien à M. Gluckstein à qui j'ai l'honneur de parler.

Hauser bondit, serra les poings, fit un pas comme s'il allait s'élancer sur l'intrus, le prendre à la gorge ; mais celui-ci, qui avait gardé longtemps sur le cou les marques des formidables doigts paternels, se recula précipitamment.

— Monsieur, — dit-il d'une voix étranglée par la peur, — monsieur... ne me faites pas de mal.

— Qui t'envoie ? — demanda brusquement Hauser.

— Personne.

— Tu mens ! Viens-tu de la part de ta mère ?

— Non..., de la mienne.

— Ferme la porte.

Allan obéit.

— Qu'est-ce que tu me veux ?

— Voilà ! nous sommes ruinés... Mon grand-père a tout perdu ou presque tout dans de mauvaises affaires, ma mère ne peut plus me nourrir... Alors, je viens vous demander...

— De l'argent ?

— Oui, monsieur.

— Ah ! tu veux de l'argent ! Tu viens chercher de l'argent ! Tu t'es dit, là-bas, à Londres : « Je vais tirer à vif sur papa » ... puisque ta mère t'a déclaré que j'étais ton père...

— N'est-ce pas la vérité ?

Hauser ne jugea pas à propos de reprendre et continua :

— Et tu as tiré tes petits plans. « Si papa ne casque pas volontaire-ment... je le ferai chanter. » Est-ce cela ?

— Non, monsieur. Je ne veux pas vous faire chanter.

— Mais tu veux me faire casquer... Les brouillards de la Tamise t'ont obscurci le cerveau, mon garçon... de même que les verres d'absinthe que tu as vidés pour te donner du cœur t'empêchent de te tenir droit sur tes jambes. Tu manques d'équilibre au physique et au moral.

— Vous allez peut-être prétendre que je suis ivre.

— Je le souhaite pour toi... Si tu ne l'étais pas, je te ferais sauter le caisson.

— Oh! sauter le caisson!...

— Pas de paroles oiseuses! Qui t'a donné mon adresse?

— Que vous importe, puisque je l'ai trouvée?

— Ce n'est pas une réponse.

— Si je vous disais que c'est la police.

— Tu mentirais!... Tu as donc des relations avec la police? Te serais-tu fais mouchard!..

— Quand cela serait... Il faut bien vivre. Ce n'est pas ce que vous m'avez donné, jusqu'ici qui m'en fournirait les moyens. Mouchard?... Cela vaut toujours mieux que d'être...

Un formidable soufflet, aussi terrible qu'un coup de poing, cingla le visage du jeune gredin, et, en même temps qu'il lui coupa la parole, fit jaillir le sang du nez et de la bouche.

— Lâche! canaille! — vociféra Allan s'essuyant de son mouchoir. — Vous me paierez cela...

— Par une seconde gifle?

— Par de l'argent, ou je vous dénonce. Non, ce n'est pas la police qui m'a donné votre adresse; mais elle va l'avoir dans dix minutes, si vous ne me donnez cent mille francs... je veux cent mille francs!

— Cent mille coups de botte! — riposta Hauser en prenant le jeune homme par le bras, et lui faisant faire volte-face de façon à atteindre du pied son postérieur. — File, petite crapule, disparaît de ma vue, ou je ne réponds pas de ta peau.

Et le poussant contre la porte, la tête en avant, il lui allongea un coup de pied qui pouvait faire pendant au soufflet.

— Je vous dénonce, — hurlait Allan, — je sais que l'on vous cherche. Je dirai que vous avez violé ma mère et ma grand'mère sur le *Yacht-Rouge*; qu'avant d'être banqueroutier vous étiez négrier, pirate, voleur, assassin...

— Petit misérable!

— Je suis votre fils... Oh! oh! vous ne vous attendiez pas à ce que votre fils vînt vous jeter vos crimes à la face. Vous ne pensiez pas...

Une seconde fois, il ne put achever sa phrase.

Le terrible poing d'Hauser s'abattait maintenant sur sa figure, la martelait...

— Et toi tu ne t'attendais pas à cette façon de punir les drôles inso-

L'inspecteur aux investigations criminelles amena la conversation sur un sujet qui eut dû
cependant exciter l'intérêt du docteur.

lents... Tiens..., tiens..., encore un... En voici un qui te servira de binocle,
et celui-ci de muselière... Veux-tu un faux nez?... Le voici... Va te montrer
à ta bonne amie, maintenant.

— *Help! help!* (Au secours! au secours!) — cria Allan effrayé, éperdu,
meurtri. — *Murder!* (A l'assassin!)

La porte s'ouvrit brusquement, et Homerton se précipitait dans la chambre :

— Assez, — dit-il, — vous avez assez tapé..., ne le tuez pas.

— Qui êtes-vous ? — demanda Hauser pâle de rage et faisant face à ce nouvel ennemi. — De quoi vous mêlez-vous ?

— Je suis le docteur Morris Homerton.

— Je ne suis pas malade et n'ai nul besoin de docteur.

— Sans être malade, vous avez peut-être besoin d'une consultation. « *Prevention is better than cure,* —comme nous disons, nous autres Anglais.— Prévenir une maladie vaut mieux que la guérir. Je comprends votre colère. Ce jeune homme est un maladroit. Il a l'outrecuidance et la légèreté de son âge.

Et, se retournant vers Allan qui se tamponnait le visage...

— Oui, mon ami. Vous n'avez que ce que vous méritez. Vous êtes propre maintenant pour vous présenter à l'ambassade. Ça n'empêche pas, monsieur, qu'au fond il a raison.

— Enfin, qu'est-ce que vous me voulez ?

— Je vais m'expliquer, puisque je vois, à mon grand regret, que mon nom ne vous a rien dit. Vous avez cependant connu dans le temps, à Nice, une miss Homerton. C'est ma sœur, monsieur... Mais nous y reviendrons tout à l'heure. Commençons par ce jeune homme. C'est mon neveu, monsieur, ou plutôt le neveu de mon épouse Betsie Parker, que vous avez aussi connue dans le temps... Je suis, par conséquent, votre parent à plus d'un titre..., de la main gauche, il est vrai.

— Et où voulez-vous en venir ? — demanda Hauser, plongeant la main dans sa poche droite où se trouvait son revolver.

— Vous donner le sage avis de faire droit à la demande de ce jeune écervelé. Elle n'est que juste... Vous le reconnaissez vous-même... Ensuite nous réglerons mon compte... à moi.

— A vous ? votre compte ?

— Du moins, celui de ma sœur.

— Comprends pas.

— Je vais vous ouvrir l'intellect ou plutôt vous rafraîchir la mémoire. Vous vous souvenez bien d'un bonhomme à qui vous avez promis dix mille francs pour qu'il couchât avec votre femme..., un certain vicomte de Sauvignon.

— Après ?...

— Ma sœur était la femme de ce Sauvignon.

— De la main gauche ?

— Oui, mais celle que vous avez assassinée était votre femme de la main droite.

— C'est une infamie... Je l'ai non pas assassinée..., mais j'ai usé de mes droits d'époux offensé... Je l'ai surprise en flagrant délit d'adultère avec ce Sauvignon.

— Oui, je sais..., le tribunal vous a même acquitté... Mais ma sœur sait le contraire... Vous avez acheté son silence.

— Alors, qu'est-ce que vous réclamez? — demanda cyniquement Hauser.

— Le prix du viol de Mlle de Sauvignon, ma nièce, — répliqua non moins cyniquement le docteur.

— Votre nièce. Fichez-moi la paix... Vous vous êtes donc concertés tous deux pour me faire chanter. Vous tombez mal... Et, puisque vous avez su me découvrir ici, vous ne devez pas ignorer que je suis dans la débâcle. Je n'ai plus rien... rien... J'ai été obligé d'emprunter quelques centaines de francs pour vivre..., en attendant... les événements.

— Vous avez cependant fait banqueroute.

— Je viens de vous le dire.

— Alors vous devez être cousu d'or... Écoutez, monsieur Roland-Hauser-Gluckstein, comme on vous appelle à Londres, vous filez un mauvais coton... Croyez-moi. Ne vous obstinez pas. Donnez à votre fils les cent mille francs qu'il demande, je me contenterai de cinquante mille que je remettrai fidèlement à ma sœur et à ma nièce, juste indemnité de leurs déboires. Ci, cent cinquante mille francs. Donnez cette faible somme. Une misère pour vous. Nous vous tenons quitte, mon neveu et moi, et nous ne vous importunerons plus...

— Eh ben, en v'là des salauds! Et nous, alors? — fit une voix éraillée...

— Alors, quoi! nous sommes des bâtards, nous autres.

— Ah! c'est pas gentil! on ne réserve rien pour la fiole aux vieux fistons.

C'étaient messieurs l'*Hercule du Nord*, *Riz de Veau* et la *Sauterelle* qui, las d'écouter à la porte, jugeaient le moment venu de faire à leur tour leur entrée.

— Eh ben, ma pauvre vieille, te revoici donc d'attaque... t'as donc encore flasqué du poivre à la rousse? — fit la Sauterelle.

— On l'a donc retrouvé, cet amour de grand-papa! — ajouta Riz de Veau.

— Ce qu'il va nous rincer les crochets.

— Je m'en lèche d'avance les babines.

— Une petite fête de famille, quoi!

— Ces messieurs en sont?

— Parbleu! Roland nous invite tous.

— Faut voir, — déclara l'Hercule. — Faut plus se laisser rouler comme des pétasses... Causons affaire avant de causer gueuleton.

— Comme de juste, — appuya la Sauterelle. — Tu parles comme un almanach, ma vieille branche; mettons la galette sur le tapis.

> Et vivent les michetons.
> C'est leur bonne galette,
> Qui fait faire risette
> Aux petits mectons

— Ce que nous allons folichonner!

— Qu'est-ce que tu vas nous abouler, grand-papa?

— Des coups de botte! — répondit Hauser.

— Des coups de botte? — riposta l'Hercule. — Tu rigoles?... Combien es-tu?

— Assez pour te rosser, toi!

Riz de Veau s'interposa :

— Allons, allons!... faut pas vous manger le nez..., mes petits agneaux, ça vous gênerait pour renifler. . L'Hercule y met tout de suite le pied dans le plat... T'as pas de belles manières, ma vieille... T'as pas reçu une belle éducation... Songe que tu parles à môsieur le baron. Ah! malheur! tu sais pas t'y prendre... Passe-lui la main sur le ventre... tu verras comme il va être gentil!

— Pendant ce temps, — dit la Sauterelle, — je lui passerai la mienne dans le dos.

— Faudrait que Sarah *seye* là... Elle lui chatouillerait le menton. Tu verrais comme il ferait risette!

— Ah! vieux passionné!

> A lui les menesses!
> Vivent les gonzesses!

— Qu'il crache les thunes, — fit l'Hercule de sa grosse voix, — et sans renacler!

Hauser, qui essayait de garder son calme, se retourna vers Homerton et Allan :

— C'est donc un coup monté pour m'extorquer de l'argent?... Vous vous êtes associés à toute cette canaille!

— De quoi! de quoi! — dit la Sauterelle.

— Des gros mots! — ajouta Riz-de-Veau.

— Canaille toi-même, — vociféra l'Hercule, s'avançant les poings fermés.

— Un pas de plus et je te loge un gland dans le groin, riposta le banquier, présentant soudainement le canon de son revolver, mouvement qui arrêta net l'assaillant.

— Pas de bêtise, — dit Riz de Veau, — ne jouons pas avec les armes à feu... De la purée de marrons, si vous y tenez... mais pas de raisiné !

— Vous êtes cinq, — continua Hauser, — j'ai six coups... un de plus qu'il ne m'en faut.

— Croyez que je ne suis pour rien dans l'intrusion de ces messieurs.

— Ni moi, — fit Allan.

— Qui donc vous a rassemblés ici ?... Qui leur a donné comme à vous mon adresse?

— Moi ! —fit Sarah.

Elle entrait très pâle, l'œil étincelant, la lèvre frémissante; écartant les trois bandits, elle se plaça devant son ancien amant qui la regardait les yeux écarquillés, comme s'il se fût trouvé en face d'un spectre.

— Toi, ici !

— Oui, moi ! Moi que tu as laissée lâchement emporter par un coup de mer, tandis que tu n'avais qu'à tendre la main pour me sauver... Ah ! c'est ainsi que tu te débarrasses des femmes quand tu en as assez ! Tu assassines les unes...et les autres tu les conduis au bord de quelque abîme pour qu'elles y roulent d'elles-mêmes... Tu es un agent de malheur !. Ah ! tu me croyais morte, bien morte !... Mais je suis vivante et je veux que tu saches comment je me venge.

— Tu te venges misérablement, — fit Hauser. — D'abord, je ne t'ai conduit au bord d'aucun abîme... Est-ce moi qui ai soulevé la tempête... qui suis cause de l'avarie du paquebot, et qui ai commandé à la lame de t'emporter? J'ai fait mon possible pour te retenir; j'ai failli être enlevé moi-même.

—Tu mens!... Tu m'as regardée froidement disparaître. Je te gênais... Tu brûlais de te débarrasser de moi... Ce coup de mer est arrivé à propos pour t'empêcher de m'assassiner... Je te connais maintenant, tu es le dernier des monstres....

Le vieux forban haussa les épaules,

— Que me veux-tu ? me faire chanter aussi? jouir de ma ruine? Tu dois être satisfaite, car elle est complète.

— Tout ça, c'est des giries, — fit l'Hercule. —En voilà assez ! Où est le sac ? Tu nous as joué un pied de cochon à Londres... Aboule les fafiots ou nous te saignons.

— Fais pas le méchant, grand-papa, — ajouta Riz de Veau —. Nous savons que tu as le sac. T'as levé le pied avec la caisse... C'est l'argent des pantes... Partageons!

— Nopces et festins! — cria la Sauterelle! — A nous les jaunets! A nous les nymphes! Vivent les amours!

Ce dernier cri fut comme un signal.

Les trois souteneurs se ruèrent à la fois sur Hauser, et bien que celui-ci se tînt sur ses gardes et n'eût pas abandonné son revolver, il reçut de l'Hercule un vigoureux coup de tête dans l'estomac qui lui fit perdre l'équilibre, et il tomba en arrière comme une masse.

Pendant que l'Hercule, couché sur lui, pesait de tout son poids, la Sauterelle et Riz de Veau fouillaient ses poches.

— Deux fafiots mâles! — dit triomphalement ce dernier sortant les billets de mille.

Homerton, Allan et Sarah assistaient, sans faire un mouvement, à ce spectacle.

L'attention de la Noire semblait même appelée ailleurs.

Tout à coup, elle ouvrit la porte, prêtant l'oreille sur le palier.

On entendait des pas précipités sur les marches de bois.

— Vous arrivez à temps, — fit Sarah.

On arrivait à temps, en effet.

Hauser, écrasé par le poids de l'Hercule, le cou serré entre les redoutables mains de son adversaire, les bras paralysés par Riz de Veau et la Sauterelle, étouffait, étranglait, commençait à râler.

— Arrière! — cria une voix terrible. — Laissez cet homme, il appartient à la justice du Czar!

Les bandits, effarés, se retournèrent, abandonnant leur victime, et reconnurent Dimitri.

— L'agent russe! — fit Riz de Veau.

— Oui, l'agent russe, inspecteur aux investigations criminelles!

Hauser s'était relevé avec effort, regardant l'agent d'un œil trouble, inquiet.

— Gluckstein, — lui dit Dimitri en posant sa main sur son épaule, — je vous arrête au nom de Sa Majesté l'empereur de Russie.

— Moi! — balbutia-t-il, — moi! je suis Alexandre Bereneff.

— Donnez vos mains, — dit Dimitri.

— Comment! les menottes? les menottes à moi!

Et il répéta ce qu'il avait déjà dit une fois aux agents:

— Je suis officier de la Légion d'honneur!

— Bah! — riposta Dimitri riant, — il paraît que ça devient la cout ime en France. Mazas est — m'a-t-on dit — plein de financiers appartenant à la Légion d'honneur.

Comprenant que toute résistance serait inutile, Hauser tendit en soupirant ses poignets aux immondes anneaux, tandis que Homerton et Allan, terrifiés, assistaient silencieusement à la scène.

Sarah, un peu en arrière, très pâle, regardait, elle aussi.

Il se produisit tout à coup un brusque mouvement vers la porte.

C'étaient les trois souteneurs qui essayaient de s'esquiver et se trouvaient en face d'un groupe d'hommes qui leur barraient la sortie.

— Qu'est-ce que vous voulez? — demanda l'Hercule. — Nous n'avons rien à faire, nous autres, avec l'empereur de Russie.

— Non, — répondit un des nouveaux venus, — aussi n'est-ce pas au nom du Czar que nous vous arrêtons, mais au nom de la Loi.

— Messieurs les agents, — protesta Riz de Veau, — nous sommes innocents comme l'enfant qui vient de naître.

— Aussi purs qu'un veau qui tette — ajouta la Sauterelle.

— Y a erreur, pour sûr, y a erreur, — dit l'Hercule. — Faut voir ça. Tout va s'éclaircir devant le commissaire! Ah! malheur!

— Moi, — conclut la Sauterelle, — qui ne pensais qu'aux nymphes et aux amours!

Ils prêtèrent docilement leurs poignets aux menottes, et tous, agents et bandits, descendirent l'escalier.

Homerton, Allan et Sarah suivaient.

Une foule stationnait devant la porte.

— Affaire manquée, — dit en anglais Homerton à Allan, — nous en sommes pour notre voyage... Consolez-vous, mon petit, ça ne nous empêchera pas de nous amuser un peu pendant que nous sommes ici... avec ce qui nous reste. Vous avez pris, je suppose, pour moi un billet d'aller et retour?

— Billet simple, — fit Allan.

— Ne vous tourmentez pas à ce sujet, docteur Morris Homerton, — dit également en anglais un personnage que le mari de Betsie reconnut aussitôt à son effroi pour un *détective*. — Nous vous réintégrerons gratis dans la Grande-Bretagne.

Et un autre, à côté, ajouta :

— Sa Gracieuse Majesté la reine prend à sa charge les frais de voyage.

— Qu'est-ce? Que voulez-vous dire? — demanda Homerton, qui n'avait que trop bien compris.

— Que nous vous arrêtons, docteur. Voici le mandat d'extradition.

— Et pourquoi?

— Pour répondre de l'assassinat d'une Française, nommée Badoure.

Son mari, votre complice, Badoure *alias* Saint-Purin, vous a dénoncé.

— Ah! la crapule! —fit simplement Homerton.

Allan, voyant son oncle monter en fiacre avec les deux détectives, s'esquiva sans même aller lui faire ses adieux.

Il disparaissait dans la foule, lorsqu'une main le retint par le bras.

Il tressaillit de la tête aux pieds.

Allait-il, lui aussi, tomber entre les mains d'un détective?

Mais il se rassura, reconnaissant la Noire.

— Où vas-tu? — lui demanda-t-elle.

— Mais... je ne sais pas... chez moi... faire ma malle, je retourne à Londres... J'en ai assez de Paris.

— Est-ce que tu as quelque peccadille sur la conscience?

— Non... rien... Vous savez ce qui m'est arrivé à cause de la mort de mon grand-père... On m'a relaché.

— Alors..., pourquoi ne pas rester?

— Plus le sou...

— J'ai ouï dire que Paméla t'attendait.

— Au diable, Paméla! Elle est trop grosse... Je n'aime plus les femmes grosses.

— Tu préfères... celles comme moi?

— Oh! oui, vous étiez superbe... quand vous avez apostrophé mon père... Je vous admirais.

— Ce n'est pas ce que j'avais rêvé, — dit Sarah se parlant à elle-même — j'aurais voulu une vengeance plus longue... Enfin, je n'ai pas trop à me plaindre...

— Quoique son fils, je ne vous blâme pas..., il n'a pas tenu à lui que je ne sois bon pour le cimetière.

— Pauvre petit!

— C'est égal, c'est toujours mon père! — dit Allan, faisant mine d'essuyer une larme... Adieu!

— Tu vas chez Paméla?

— Non.

— Allons, viens chez moi... je te consolerai.

Le voyou entrait au même instant.

CLX

DÉPARTS

Nous avons, l'on s'en souvient, laissé chez Luciana le commandant
Gayrouan, au moment où, suivant sa propre expression d'homme de mer,
il venait, avec le lieutenant Saint-Albin, de *poser le grappin* sur l'ancien gar-

çon de salle de Verine, le valet attaché à la maison du czar, l'agent de
l'association criminelle qui comptait parmi ses membres Nicolaï, William von Hermann et l'abominable médecin juif Abraham Frankel, Rémy
enfin, qui, grâce au passeport que lui avait fourni Isaak Simoneff, était parvenu à sortir indemne du territoire de l'empire russe et se cachait à Paris
sous le nom de Pierre Krsnio.

Au même moment, l'un des associés de la bande scélérate, le chef de
la section III, William von Hermann, se présentait chez Luciana, et celle-
ci, affolée des déclarations que venait de faire Rémy, s'était précipitée dans
le boudoir où son amant l'attendait, en lui disant :

— Sauve-toi, tu es perdu !

— Comment? comment? — avait répondu l'espion allemand effaré, en
prenant rapidement sa canne et son chapeau pour gagner la porte.

— Rémy est ici... Il a tout avoué.

— A qui ?

— A Jean Gayrouan et à son neveu, un officier de marine. Sauve-toi,
te dis-je, quitte Paris, ne perds pas une minute.

— Je ne partirai pas sans te revoir.

— Où ... dis vite ?

Il lui indiqua rapidement une adresse, descendit l'escalier, se jeta dans
son coupé et rentra en toute hâte chez lui.

Là, il s'enferma dans son cabinet, brûla tous les papiers qui pouvaient
le compromettre, détruisit sa correspondance jusqu'aux simples enve-
loppes et se fit conduire dans un hôtel, près de la gare de Strasbourg, où
il se présenta sous un faux nom et commé voyageur arrivant de Nice.

Il était temps qu'il filât, car Gayrouan, entendant prononcer son nom et
voyant sortir Luciana, voulait se lancer sur ses traces.

Mais la crainte de laisser échapper Rémy le retint un moment; il ne
voulait pas que Saint-Albin se colletât avec ce drôle; il y eut eu
scandale; les domestiques seraient accourus, eussent pris sans doute le
parti de leur congénère, d'autant mieux que leur maîtresse les eût
approuvés.

Cependant, il ne fallait pas laisser se sauver celui que Rémy venait de
désigner comme le bailleur de fonds.

— Tu me réponds de celui-ci, — dit-il à Saint-Albin, — je me charge
de l'autre.

— Je vous en réponds, — répondit le jeune homme.

— Oh ! — fit Rémy, — je ne chercherai pas à fuir... Vous m'avez promis de ne pas me livrer... Vous êtes des officiers... Je compte sur votre
parole.

Si courte qu'avait été l'hésitation de Gayrouan, et si rapide qu'eût été ce dialogue, le traître allemand avait eu le temps de fuir.

Luciana, d'ailleurs, pour favoriser cette fuite, avait tiré le verrou, de sorte que Gayrouan, frappant au boudoir, se heurta contre une porte close.

Il se dirigea promptement vers celle d'entrée et trouva, dans l'anti-chambre, le groupe des gens de maison réunis qui péroraient et gesticulaient.

— Non, — criait le valet de chambre, — on ne nous montera pas le coup En voilà un qui vient de décamper..., mais personne ne sortira avant que madame ne nous ait payé nos gages.

— C'est dégoûtant ! — fit la femme de chambre. — Ça se couvre de toilettes épatantes, et on ne paye seulement pas les gages à de pauvres domestiques !

— Madame a pourtant assez d'amants. Elle pourrait bien les faire casquer.

— Ils casquent bien ; mais tout passe en chiffons et en boustifaille.

— Ces rastaquouères, tous les mêmes !

— Nous sommes bien bêtes de nous laisser monter le coup par cette clique.

— Oh là là ! On ne m'y prendra plus à servir des rastas.

— Tas de voleurs.

— Comte de Ladra ! As-tu fini ? Comte de mon derrière !

— Comtesse de mes fesses !

— Notre argent !

— On nous cassons tout !

— Pas de bêtise. Tout appartient au tapissier.

C'est sur ces entrefaites qu'arriva Gayrouan, qui s'arrêta stupéfait, écoutant quelques bribes du dialogue.

— Pardon, laissez-moi passer !

— On ne passe pas, — dit résolument le valet de chambre. — Madame nous doit nos gages. On va saisir ici. Qu'elle nous paye !

— Qu'est-ce que tu me chantes, drôle?... Est-ce que cela me regarde, les dettes de ta maîtresse ?

— Ça regarde ses amants !

— Ses amants ! — s'écria Gayrouan, — adresse-toi à eux, alors ! Allons, brute, arrière, clampin, ou je te crève le bossoir !

Mais le valet, se sentant appuyé par les autres, ne faisait pas mine de céder, lorsque la femme de chambre lui cria :

— Vous avez tort, monsieur Baptiste. Laissez passer monsieur, ce n'est pas un amant de madame.

La troupe larbine s'écarta aussitôt devant le marin, qui descendit les escaliers quatre à quatre.

Mais il était trop tard; il ne vit que des fiacres qui filaient sur le boulevard de Courcelles.

Il remonta, et cette fois ce fut pour trouver Luciana aux prises avec la valetaille.

Apostrophée de tous côtés à la fois, injuriée, menacée, elle perdait son aplomb d'ancienne bohémienne, et, dans son trouble, son peu de français, elle répondait en russe :

— *Ia dame*, — disait-elle, — *ia dame*. « Je donnerai, je donnerai. »

— Dame! — répétait le valet de pied, — dame! Des dames comme toi et des grues, ça fait de jolies paires.

Les invectives les plus ignobles continuaient à pleuvoir.

Gayrouan en fut écœuré :

— Laissez donc cette femme, — dit-il. — Vous l'avez assez volée pour que cela fasse compensation à ce qu'elle peut vous devoir.

Il fit signe à Saint-Albin, que le bruit avait attiré dans l'antichambre, et ils sortirent, emmenant Rémy, blême et chancelant.

Dans l'escalier, ils entendirent encore les vociférations et les apostrophes de la valetaille à l'adresse de Luciana, parmi lesquelles l'on distinguait la voix aigre et perçante de la femme de chambre :

— Traînée, coureuse, coquine, voleuse! — Et autres épithètes beaucoup plus raides tirées du dictionnaire poissard dont font grand usage contre leurs maîtres les domestiques irrités.

. . . .

Laissant son prisonnier à la garde de Saint-Albin, qui, de son côté, l'avait remis à celle de deux solides gabiers qu'à tout hasard il avait amené avec lui de Toulon, pour l'aider et lui prêter au besoin main-forte lorsque son futur beau-père lui avait télégraphié la disparition de Rita, Gayrouan, dis-je, s'était rendu à l'ambassade russe.

Mais l'ambassadeur, absent, ne devait rentrer que dans quelques jours ; il dut se heurter à la routine administrative qui, dans les bureaux russes, est presque égale à la nôtre.

Celui qui remplaçait provisoirement l'ambassadeur parut fort surpris lorsque Gayrouan lui parla d'empoisonnement, et se demanda s'il n'avait pas affaire à un fou.

Au lieu de l'écouter, il cherchait les moyens de l'éconduire poliment, mais Gayrouan fut si précis, parla avec une telle conviction et une telle véhémence, que le chargé d'affaires se décida à prêter enfin une oreille attentive.

— Ce que vous me confiez est d'une telle gravité, — dit-il, — que je
ne puis rien prendre sur moi..., je vais envoyer une dépêche chiffrée à
Son Excellence qui hâtera son retour... et vous lui parlerez vous-même.

— C'est que le temps presse, — fit Gayrouan. — Où est l'ambassadeur?

— A Saint-Pétersbourg.

— Je crois, en ce cas, que le mieux serait d'y aller moi-même... Je
parlerai directement à l'empereur.

— Si vous pouvez l'approcher, ce sera le mieux.

Gayrouan se rendit en toute hâte à son hôtel.

— Je pars, — dit-il à sa femme et à ses filles, — je vais pour affaire
urgente à Saint-Pétersbourg, mais il faut que vous partiez aussi... Je ne
serais pas rassuré de vous savoir seules à Paris, car la permission de
Saint-Albin expire.

Celui-ci, d'ailleurs, les avaient prévenues.

Elles s'attendaient donc à ce départ et eurent bientôt fait leurs préparatifs.

Il était convenu qu'elles se rendraient à bord du *Tour-du-Monde* en rade
de Toulon, et y attendraient le commandant, dont l'absence ne devait pas
durer plus de quinze jours.

— Cette fois, — disait-il, — il se faisait fort de rapporter la grâce
d'Olga Ivanoff.

On se sépara donc, et à l'heure même où Jean Gayrouan prenait le train
qui devait le conduire dans la capitale du czar, sa femme, ses filles et son
neveu prenaient l'express de la Méditerranée.

De leur côté, les deux matelots emmenèrent, dans un compartiment
voisin, l'empoisonneur Paul Krosni, avec la consigne de ne le remettre
qu'aux mains du brave Luc, à bord du *Tour-du-Monde*.

Dans le même train que Gayrouan et sans que celui-ci, qui, d'ailleurs,
ne le connaissait pas, surprît sa présence, montait en route, pour
l'Allemagne, William Von Hauser, le chef de la section III.

Une femme, élégamment mise et le visage couvert d'un voile épais qui
enveloppait une partie de sa toque russe, désignait au traître le commandant du doigt.

— C'est lui! C'est Gayrouan !

— Tout nous favorise, — fit l'espion, — n'oublie pas mes recommandations, chère Luciana...

— Je n'oublie rien. J'ai bonne mémoire.

— Pars, sans tarder.

— Je partirai dès demain matin.

— Je compte sur toi, mon amour.

— Comme je compte sur toi-même, mon adoré William. Tu sais que je n'ai plus d'espoir qu'en toi.

— Ah! fit l'Allemand, — une jolie femme n'est jamais embarrassée, à Paris moins qu'ailleurs!

— Mais puisque je quitte Paris, vilain jaloux.

— Oh! tu y reviendras.

— Pas sans toi.

— Peut-être!

— J'ai été plus qu'embarrassée, méchant. J'ai été insultée, humiliée, bafouée, devant ce maudit Gayrouan et son neveu, par ma propre valetaille.

— *Ach!* injures de la valetaille!... — fit William von Hermann, haussant les épaules.

— N'en sont pas moins offensantes, mon ami... Et tout cela à cause de toi!

— Tu n'auras pas à t'en repentir... Suis de point en point mes instructions... Donne de suite ta nouvelle adresse, et dès qu'il y aura du nouvau, télégraphie-moi.

— Songe que je reste presque sans argent.

— Je t'en enverrai... Ce que tu as suffit.

— Comment faudra-t-il télégraphier si le coup réussit?

— *Arrivée à bon port.*

— Et s'il manque?

— S'il manque? Il ne manquera pas, j'espère, si tu es un peu intelligente. Mais il faut tout prévoir... surtout les maladresses...

— Eh bien?

— Eh bien, tu mettras simplement ces mots : « Valise égarée » rien autre.

— Entendu.

Ils s'embrassèrent tendrement, et de crainte que Gayrouan ne mît la tête à la portière, Luciana se hâta de quitter le quai.

— Ouf! — fit William von Hermann — quel crampon... Enfin, m'en voici, pour quelque temps, débarrassé!

Et, là-dessus, il alluma son cigare.

CLXI

A TOULON

Le jour attendu est enfin arrivé.

Le 13 octobre, un soleil radieux se lève, inondant de ses rayons la magnifique rade de Toulon qui semble flamboyer.

A onze heures du matin, trois coups de canon, tirés par la batterie du Salut que domine la *Grosse Tour*, annoncent que les cuirassés russes sont en vue.

Dès le matinée, dix torpilleurs, parmi lesquels celui commandé par le lieutenant André de Saint-Alban, plus quatre avisos-torpilleurs, se sont portés à leur rencontre.

Dans la foule pressée sur le quai, le nom du commandant de l'escadre, le contre-amiral Avellan vole de bouche en bouche.

L'empereur ne pouvait faire un meilleur choix, car c'est un sincère ami de a France.

On racontait qu'en 1888 l'amiral, alors capitaine de vaisseau, commandant le *Rinda*, arrivait à Bombay.

Les Anglais, on le sait, ne tolèrent, dans leurs possessions des Indes, aucun consul de Russie.

Le consul de France, M. Garrelin, s'empressa de se mettre à la disposition du commandant du *Rinda*.

Le soir, il y eut un grand dîner à l'hôtel du gouvernement offert aux officiers du croiseur russe, dîner auquel fut invité notre consul.

Au moment où le commandant du *Rinda* entrait dans le salon du gouverneur, celui-ci, s'avançant à sa rencontre, lui dit :

— J'ai une nouvelle à vous annoncer : l'emprunt russe a été couvert quinze fois, rien qu'à Paris seulement.

— Je le sais, — répondit le commandant, — le consul de France m'a déjà appris cette bonne nouvelle, et je l'ai remercié au nom de tout le personnel du *Rinda*.

Le lendemain, on organisa une grande battue au tigre qui dura trois jours; puis, le dîner d'adieu eut lieu à bord du croiseur russe.

Un seul convive était convié, le consul français.

Au milieu du repas, le commandant Avellan se leva et porta en anglais ce toast qui ne dut plaire que médiocrement au gouverneur de Bombay :

— Je bois à ce noble pays qui s'appelle la France, je bois à son président, à ses représentants!

A peine avait-il terminé que la musique du bord, comme si elle n'avait attendu que ce signal, se mit à jour la *Marseillaise*.

Le gouverneur et son état-major, qui s'attendaient au *God save the queen*, dissimulèrent à grand'peine leur surprise et leur peu de satisfaction.

L'amitié du contre-amiral pour la France ne datait pas, on le voit, de la veille des fêtes.

A midi, une silhouette noire, énorme, paraît tout à coup du côté de Saint-Mandrier.

La batterie de la *Grosse Tour* la salue de dix-neuf coups de canon.

C'était le cuirassé *Empereur-Nicolas*, le vaisseau amiral, qui entrait en rade, et qui répondait coup sur coup au *salut*.

Il s'avance lentement, majestueusement, hissant, à l'extrémité de son grand mât, le drapeau tricolore.

Le vaisseau amiral français, *Le Formidable*, tonne à son tour, déployant à son grand mât le pavillon russe, et, sur un signe de l'amiral de Boissoudy, tous les marins de l'escadre se répandent sur les bastingages, dans les hunes, les haubans.

Quand les coups de canon ont cessé, une clameur immense se fait entendre.

Elle s'élève de tous les navires de la rade et des ports; on crie, on agite les mouchoirs; il en est qui pleurent, — dit Léonce Detroyat, témoin oculaire. — C'est du délire.

L'amiral donne l'exemple à ses hommes, et, pendant dix minutes, il est impossible de rien entendre que des cris.

Pendant les quelques minutes que l'*Empereur-Nicolas* a mises pour passer à une demi-encablure à bâbord du *Formidable*, l'amiral de Boissoudy et son état-major échangeaient des saluts avec les officiers russes, les marins s'acclamaient, et les musiques françaises faisaient entendre l'hymne russe, tandis qu'à bord des navires russes l'on jouait la *Marseillaise*.

Le même enthousiasme se manifestait pour les autres bâtiments qui allaient s'amarrer à leurs places désignées; parmi eux se trouve l'ancien vaisseau de l'amiral Avellan, le *Rinda*.

Quand l'amiral russe aborde, officiers et matelots sont alignés.

L'amiral de Boissoudy, seul, avec ses deux contre-amiraux est nu-tête.

Il lui allongea un coup de pied qui pouvait faire pendant au soufflet.

Il s'approche.

La musique municipale joue l'hymne russe, qu'un chœur improvisé, un chœur de mille voix, se met aussitôt à chanter :

> Dieu sauve le Czar !
> Soutient sa gloire,
> Garde sa mémoire
> Et sa grandeur.

Czar, le bonheur réside
En ta valeur.
Dieu guide
Notre Empereur!

Et rien alors, rien dans la mémoire de ceux qui ont vu des foules en
délire, ne rappelle un tel spectacle.

« Une houle formidable — écrit Auguste Marin, — emporte toutes les
barrières. Un peuple exalté se précipite, criant, chantant, se heurtant,
comme des vagues de grand fond. C'est une exclamation triomphale qui
éclate : « Vive la Russie! Vive la République! » C'est la démocratie française accueillant les envoyés de l'empire russe.

« Et les grandes coulées de soleil qui versent l'ardeur et la beauté sur
ce coin enchanté d'une ville de guerre, le soleil de France illumine la fête
populaire la plus belle qu'il soit possible de voir. »

L'amiral Avellan apparaît.

Un bel homme et un beau soldat que le commandant de l'escadre
russe! les acclamations redoublent! Il est deux heures, lorsqu'il met pied
à terre sur le quai de l'Horloge.

Accueilli par l'amiral Rocomaure, il est conduit avec son état-major à
la préfecture maritime où les attendait le ministre de la Marine, l'amiral
Rieunier, qui avait eu la singulière idée de revêtir pour cette circonstance
le costume bourgeois.

Son air sombre, bourru, peu engageant, et sa redingote noire faisaient
songer, dit à ce propos un journaliste facétieux, à M. Deibler un jour
d'exécution.

« J'ajoute — dit Jules Ranson — que ce vêtement était bien de mise
quand il s'agissait de recevoir un amiral appartenant à un pays où les
militaires vivent et meurent à quatre-vingt-dix ans, sans avoir une minute
abandonné leur uniforme, autrement que pour dormir!

Ce n'est, du reste, qu'en France que l'on commet de ces bévues!

Pendant ce temps, la foule enlève les matelots russes, qui débarquent
sur le quai.

On attend les canots, on se dispute les équipages. Tous se prodiguent
à l'envi pour faire aux marins bon accueil.

Mais je ne m'étendrai pas davantage sur ces fêtes dont le souvenir est
encore dans toutes les mémoires.

Transportons-nous à bord du *Tour-du-Monde* qui, tout pavoisé dans la
rade, prend part à la commune joie.

Marie Ivanoff-Gayrouan et ses filles sont assises sur le tillac.

La soirée est superbe et le spectacle admirable.

La ville entière, les quais, la rade, le port militaire, le port marchand, tout flamboie.

La rade est encombrée de navires, de chaloupes à vapeur, de yachts, de yoles, de barques de pêches chargés de monde et illuminés.

Les plus modestes bateaux ont arboré d'éclatants pavois.

On entend retentir de toutes parts, les éclats de la joie populaire mêlés à ceux des fanfares et des musiques qui jouent tantôt l'*Hymne russe*, tantôt la *Marseillaise*.

Mais la joie est surtout dans le cœur de Rita et de Nadine.

Elles entonnent en elles-mêmes un hymne plus délicieux que tous les chants patriotiques des peuples, l'éternel hymne d'amour.

Car il est enfin venu le moment si ardemment désiré de la réunion qui, cette fois, sera définitive; Michel Zowsky fait partie de l'état-major de l'amiral Avellan, et de doubles noces seront la consécration des fêtes de deux grandes nations.

Saint-Albin, qui n'est pas retenu par son service, a devancé le prince et est accouru près de sa chère Rita.

Il donne aux trois dames des détails sur la réception de l'amiral russe et raconte qu'un poète, Jean Aicard, après que le maire de Toulon et le préfet lui eurent souhaité la bienvenue, récita, d'une voix vibrante, des strophes où il appelle les bénédictions de Dieu sur le czar, qui remplit le plus saint des devoirs en maintenant la paix de l'Europe.

— Le ciel l'entende! — fit Mme Gayrouan.

— Quelle magnifique fête! — continua Saint-Albin, — il n'y manque que le commandant, le chef de famille, le père, pour que soit complet notre bonheur...

— Et aussi, — fit Nadine, — notre tante Olga!

— Espérons! — fit Mme Gayrouan. — J'ai reçu ce matin des nouvelles de Saint-Pétersbourg. Jean, malgré ses démarches, n'a pu encore obtenir une audience du czar, quelque pressante qu'ait été sa demande. Il s'en étonne. L'empereur lui avait toujours témoigné la plus grande bienveillance, et répondait dans les vingt-quatre heures à toutes les demandes d'audience qu'il lui avait adressées.

— C'est de mauvais augure pour notre pauvre Olga, — dit Rita.

— La demande, — objecta Saint-Albin, — n'est peut-être pas arrivée à son adresse.

— Qui sait?

— Je le croirais. Le prince Michel Zowsky, que j'ai vu un instant à bord du vaisseau amiral, m'a raconté qu'il se passait depuis quelque temps des choses aussi extraordinaires que mystérieuses à la cour. L'empereur est entouré de gens qui semblent intéressés à ce qu'il ne communique pas avec le dehors... sa maladie présente un caractère suspect. C'est le prince Michel qui parle, — ajouta Saint-Albin, — nous autres, nous savons à quoi nous en tenir...

— S'il faut s'en rapporter aux dires de cette horrible femme, cette Luciana.

— Corroborés par les déclarations du misérable que nous tenons sous clef.

— J'ai demandé à Luc comment va ce malheureux. Il paraît qu'il se trouve dans un état de prostration complète.

— Ne vous apitoyez pas sur ce drôle, chère tante... Il serait bien plus abattu s'il avait le sort qu'il mérite. A l'heure qu'il est, au lieu d'être enfermée dans une bonne et saine cabine, convenablement traité et nourri à l'ordinaire de braves matelots, c'est au fond de quelque noir cachot qu'il geindrait, en attendant son départ pour l'éternité par la voie expéditive de la potence.

— Je n'ose le voir, — dit Rita, — bien que j'éprouve une secrète et involontaire pitié... Il pourrait croire que je viens le narguer dans sa détresse... Car il n'a pas pu oublier plus que moi la façon insolente dont il m'a traitée, lorsque j'allais chez Vérine m'informer de vous au matin de votre duel avec le fils de Kari Hauser...

— Cher souvenir, d'où date notre amour !

— Oh ! — se récria-t-elle naïvement, — mon amour à moi datait déjà de la veille !

— Aimable enfant ! — fit Saint-Albin serrant la main de sa fiancée pour la porter à ses lèvres.

— Que d'événements passés depuis, — ajouta la jeune fille... — Que de longues heures noires et lourdes et au milieu, de-ci de-là, des minutes ensoleillées... Mais n'est-ce pas là la vie ?

— Je crois que chacun a sa part de bonheur et sa part d'infortune, — dit Mme Gayrouan — nous avons eu de cette dernière au grand complet. J'espère que les jours noirs sont finis. La série des beaux jours est commencée...

— Et elle continuera, chère tante, espérons-le.

Et pressant la petite main de Rita qu'il tenait toujours dans la sienne :

— Avec moi, ma douce adorée, vous n'aurez plus de mauvais jours.

— Oh ! si ! j'en aurai ! j'en aurai de bien tristes.

— Que dites-vous là ? Vous ne le pensez pas.

— Quand vous serez absent... Car il arrivera que vous serez absent

lorsque votre service vous appellera en mer. Et c'est alors un triste sort
que d'être la femme d'un marin...

— Je te comprends, chère Rita, — dit en soupirant Nadine, — moi
aussi, j'ai souvent pensé comme toi...

— N'est-ce pas?... Lorsque l'aimé est au loin, bien loin, on ne sait où,
et que la nuit, seule dans son lit, l'on entend mugir la tempête, on tremble
pour l'absent... « Femme de marin, femme de chagrin, » comme dit cette
chanson que nous avons entendue un soir... Te souviens-tu, Nadine... à
Paris...

— Oh! oui... ou il y a :

> Femme de marin
> Tremble au vent qui gronde;
> Femme de marin,
> Femme de chagrin!

— C'est cela, — fit Rita, — j'en ai retenu un couplet entier.

— Oh! chantez-nous-la, douce aimée.

— Volontiers, si cela vous fait plaisir.

Elle envoya chercher sa mandoline, et d'une voix harmonieuse et
douce, chanta cette strophe de la jolie et mélancolique berceuse de
Léon Durocher :

> Quand j'étais fillette
> Dans mes blonds cheveux
> Je mettais, coquette,
> Des bleuets tout bleus.
> Adieu, fleurs et fêtes,
> Mon cœur sur le flot
> Suit un matelot
> Qui sienne m'a faite...

> Femme de marin
> Plus n'est guillerette
> Femme de marin
> Femme de chagrin!

Aux premiers accords de la mandoline les matelots du *Tour-du-Monde*
s'étaient groupés à une distance respectueuse de la famille de leur commandant, écoutant religieusement le chant.

Quand Rita eut achevé, ils applaudirent.

— Tonnerre de Brest! — cria une voix bien connue, — voilà ce qui

s'appelle roucouler une romance! Ça vous tire les larmes des hublots!
C'est un bonheur.

— Tiens, c'est maître Luc! — dit Mᵐᵉ Gayrouan. — Vous venez déjà
de la fête?

— Je suis venu pour voir si l'on n'avait pas besoin de moi à bord et
si tout était *recta*.

— Mais oui, maître Luc. Tout va bien... Alors on s'amuse dans la ville?

— A crever. Branle-bas partout.

> Bitture et bosse,
> Ah! quelle noce!

« Ça me rappelle mon jeune temps quand je faisais partie de la flotte...,
et mes belles nuits du dimanche où, après un assaut d'armes, de danse ou
de bâton, maîtres et prévôts dressaient une table dans la batterie où l'on
se régalait de rôti et de salade...., et alors les danses en rond sur le
pont... et les chants..., et en avant la musique.

— Est-ce que vous chantiez, maître Luc? — demanda Nadine.

— Oui, mademoiselle..., et quelque chose d'amoureux.

> Jeune fille aux yeux noirs
> Qui règne sur mon âme.

« Et aussi de la larme à l'œil, la *Paimpolaise*, par exemple; j'en ai
retenu deux couplets.

— Ah! chantez-nous ça! — dirent les deux jeunes filles.

— Si mademoiselle Rita veut m'accompagner.

— Mais avec plaisir, maître Luc.

— C'est la chanson de ceux qui partent pour la grande pêche dans la
mer d'Islande. Les gars sont à bord.

> Quand leurs bateaux quittent la rive,
> Le curé leur dit : « Mes bon fieux,
> Priez souvent le grand saint Yve
> Qui vous voit des cieux toujours bleus. »
> Et le pauvre gas
> Fredonne tout bas :
> Le ciel est moins bleu, n'en déplaise
> A saint Yvon,
> Notre patron,
> Que les yeux de la Paimpolaise
> Qui m'attend au pays breton[1] !

1. Chanson des *Pêcheurs d'Islande* (Théodore Botrel).

— Très joli! — fit l'auditoire en chœur.

— Et l'autre couplet? — demanda Saint-Albin.

— L'autre couplet est un peu salé.

— Bah! nous sommes tous gens de mer!... n'est-ce pas, mesdames? « Et nous n'avons pas de fausse pruderie... Et si maman le permet...

— Je m'en rapporte au tact de maître Luc.

— Hissons le foc, alors! Et allons-y carrément, puisque la brise souffle à la joie! c'est d'ailleurs le couplet patriotique.

Et maître Luc continua :

> Mais souvent l'océan qu'il dompte
> Se réveille, lâche et cruel,
> Et lorsque le soir on se compte,
> Bien des noms manquent à l'appel.
>   Et le pauvre gas
>   Fredonne tout bas :
> Pour combattre la flotte anglaise,
> Comme il faut plus d'un moussaillon,
> J'en f'rons deux à ma Paimpolaise,
> En rentrant au pays breton !

— Bravo! bravo! — firent les matelots. — Vive maître Luc!

Les jeunes filles rougirent un peu; mais, n'ayant pas été élevées dans les milieux où l'on enseigne l'hypocrisie en même temps que l'arithmétique, elles rirent de bon cœur, tandis que Saint-Albin mêlait ses bravos à ceux de l'équipage.

— Je ne l'ai jamais vu si gai, — dit Rita à Saint-Albin. — Lui si sobre d'ordinaire aura fait quelque libation à terre.

— C'est bien excusable!

— Et maintenant, — fit Luc en saluant le groupe des dames, — puisque tout va bien à bord je regagne le plancher des génisses.

— Est-ce que vous y avez laissé une Paimpolaise, mon brave camarade? — demanda en riant le jeune officier.

— Il n'y a pas de secret... On n'est pas encore trop rouillé et il souffle actuellement dans mes voiles une brise carabinée d'amour.

— Mes félicitations..., l'amour n'a pas d'âge, et vous êtes encore assez jeune et assez solide pour manœuvrer votre aviron.

— Sur ce chapitre comme sur les autres, je me sens toujours bon matelot.

— Elle est jolie, au moins, votre Paimpolaise?

— La Vénus de « mylord » en personne.

— Mais avec des bras, — fit Saint-Albin.

— Des bras! — répéta maître Luc, sans comprendre — des bras superbes... je les ai vus..., elle m'en a serré le cou comme un câble au cabestan..., Elle croyait peut-être que j'allais *brasser à culer*, mais je lui ai fait voir que je n'étais pas encore remisé dans l'équipage des castors!

— C'est très bien ça, mon brave Luc... Il n'y a encore que nous autres, les gens de mer.

— Après nous, on n'en fait plus.

— Et c'est une Toulousaine?

— Jamais de la vie. Je n'aime que les blondes. C'est une compatriote à ces dames. Une Russe splendide qui me rappelle toutes les plus belles filles de Cronstadt. Brasse tribord devant!

— Elle vous attend, je vois ça, et je ne vous retiens plus.

— Je me patine, lieutenant... Je ne m'amuserai jamais plus jeune... j'en profite. Holà! la chaloupe!... En voici une à tribord, avec pavillon russe... Hé! c'est le prince Michel Zowsky! Bienvenue, lieutenant! — cria-t-il au jeune homme debout dans l'embarcation et qui agitait sa casquette.

— Ohé! du bateau, — riposta gaiement le prince. — C'est vous, maître Luc? Bonne soirée! Vous partez? Où allez-vous?

— Comme vous, mon prince, à mes amours!

Les deux chaloupes étaient bord à bord, les deux marins eurent le temps d'échanger une poignée de main, tandis que les rameurs français et russes, avirons dressés, échangeaient des hurras et, deux minutes après, pendant que maître Luc filait vers le quai, Michel Zowsky, reçu à bord du *Tour-du-Monde* par Saint-Albin, présentait ses hommages à la famille Gayrouan et embrassait sur le front Nadine rougissante et tremblante d'un doux émoi.

— Je vous apporte une bonne nouvelle, — dit-il, la première effusion passée. — Et je vous disais bien de ne pas désespérer de la clémence du Czar!... Vous devinez?

— La grâce d'Olga! — s'exclamèrent les trois femmes.

— La grâce d'Olga Ivanoff... oui... pleine et entière... Je viens d'en recevoir à l'instant l'avis par une dépêche de mon père datée du fond de la Sibérie, de Tomsk, confirmée par une seconde d'Irkoustk. Les deux dépêches me sont arrivées en même temps. Les voici.

La première annonçait laconiquement la grâce.

La seconde, plus explicite, était ainsi conçue :

« Je suis à Irkoutsk avec Olga Ivanoff. Je repars demain achever ma

On arrivait à temps en effet.

tournée d'inspection. Il est convenu qu'Olga attendra chez le gouverneur mon retour. Préviens la famille Gayrouan.

« DÉMÉTRIUS ZOWSKY. »

— Oh! merci, Michel, merci de cette bonne nouvelle..., — s'exclamèrent les femmes.

Et la petite Nadine, avec une adorable simplicité, se leva, prit les mains de son fiancé et présenta son front à ses lèvres.

Le jeune homme l'embrassa avec transport.

— Je suis étonnée, — dit Mme Gayrouan, — qu'Olga soit obligée d'attendre le retour du prince Demetrius pour prendre le chemin de Saint-Pétersbourg. Qu'a-t-elle à craindre? Les routes ne sont pas dangereuses comme autrefois..., et avec une bonne escorte...

— J'ignore ses raisons, — répondit Michel. — En tous cas, vous ne tarderez sans doute pas à recevoir une lettre explicite d'elle... j'en attends de mon côté une de mon père **qui** vous permettra de fixer le jour des noces.

— A mon avis, — fit Saint-Albin, — le motif de Mlle Olga me paraît facile à comprendre. Le prince Demetrius, sans nul doute, veut être présent à votre mariage, mon cher Michel...

— Je l'espère.

— Eh bien! il est naturel que tous deux viennent ensemble.

— Pourvu que cela n'apporte pas trop de retard! — s'exclama naïvement Nadine.

— Ma chère bien-aimée, je suis aussi impatient que vous.

— Je comprends Nadine, — dit en souriant Mme Gayrouan, — tant d'obstacles sont venus se jeter sur nos pas, qu'elle éprouve de légitimes appréhensions. Élevée à dure école, elle sait que passer la vie n'est pas traverser une plaine unie.

— Je ferai mon possible — se hâta d'ajouter le prince — pour qu'elle ne marche que dans des sentiers fleuris d'où j'écarterai les ronces et les pierres.

— Et moi, — dit Saint-Albin, — je porterai ma douce Rita dans les chemins difficiles, de façon à ce qu'elle ne se blesse pas les pieds.

— Que Dieu vous entende, mes enfants!

Et l'heureuse mère resta longtemps pensive, les mains sur les genoux, les regards fixés sur la ville illuminée et bruyante, tandis que les deux officiers de marine, ayant chacun sa bien-aimée au bras, se promenaient lentement sur le pont, murmurant sous les étoiles, en face de la grande mer qui reflétait les feux de la fête, l'éternel hymne des amoureux.

> Dis-moi, dans quel écho, dans quel air vivent-elles,
> Ces paroles sans nom et pourtant éternelles
> Qui ne sont qu'un délire et depuis cinq mille ans
> Se suspendent encore aux lèvres des amants?

CLXII

AU « BEUGLANT »

Quand la chaloupe qui portait Luc eut abordé, celui-ci sauta sur le quai et dit aux rameurs après avoir consulté sa montre :

— Maintenant, garçons, vous pouvez vous donner de l'air... Mais pas de vent dans les voiles, hé ! A minuit et demie,. chacun à son poste... Nous démarrons.

— Ayez pas peur, maître — répondirent les matelots joyeux.

Et tandis que le second du *Tour-du-Monde* prenait le chemin de la ville neuve ; ceux-ci se rendaient au *Chapeau-Rouge*, dans le quartier des gros plaisirs.

Dans une des rues de l'enceinte agrandie, encombrées d'une foule aussi bruyante que bigarrée, Luc s'arrêta à une porte et frappa.

Une vieille maugrabine, à la figure ridée comme une poire séchée au four, ouvrit :

— *Dè què voulès ?* demanda-t-elle.

— Mademoiselle Nadège !

— Ah ! la belle Russe ! Vous êtes le marin qu'elle attend ! Eh ben, mon fils ! Pour une *calinière*, vous avez là une jolie calinière !

— C'est un beau brin de fille — fit le vieux loup de mer, se passant la main sur la barbiche. — Et bien gréée de la poupe à la proue.

— Je vous crois — répliqua la vieille — et de fameux bossoirs, hein ?

— Vous avez donc servi sur la flotte, la mère ?

— Non, mais j'ai servi les gens de la flotte ; je suis veuve d'un maître gabier, et je tenais un débit au faubourg de Mourillon.

— Est-ce qu'elle est dans sa cambuse ? — demanda Luc désirant couper court au bavardage de la maugrabine.

— Non, vieux passionné... Ça vous défrise... Mais ne faut pas pour cela larguer le hunier de beaupré. Elle vous attend, je vous ai dit. Allez la trouver au café de l'Arsenal.

— Elle m'avait pourtant donné rendez-vous ici.

— Bah ! les jeunesses, ça dit une chose et ça n'y pense plus la minute d'après. Vous devriez pourtant les connaître, vous qui êtes un homme d'âge. Mais les vieux, ça se laisse encore plus facilement pincer que les jeunes... Elle en a peut-être trouvé un jeune... Hissez le grand foc !

« Pressez-vous.

— Vieille barcasse démâtée — grogna Luc en s'en allant.

Il se fit indiquer le café de l'Arsenal qui était fréquenté par les sous-officiers de la garnison et de la flotte et des petits bourgeois employés sur les chantiers et les administrations militaires.

C'est une sorte de café concert où l'on chante, à l'instar des beuglants de Paris, un tas d'inepties sentimentales ou grivoises qui font la joie du populaire, fût-il militaire ou civil.

Une affiche monumentale, écrite à la main, annonçait les débuts de *Mademoiselle Nadège*, artiste du théâtre impérial de Saint-Pétersbourg.

La salle, pavoisée des drapeaux français et russes, était comble, et Luc trouva à grand'peine une place dans un coin assez éloigné de la scène.

Il se fit servir une consommation et attendit.

Une gouge énorme, à l'air bête et canaille, chantait en s'accompagnant de gestes lubriques :

> Allume! allume! mon p'tit trognon,
> Un dieu malin te guette
> D'son œil fripon.
> Allume! allume! mon p'tit trognon,
> Celui qui l'fait risette,
> C'est Cupidon.

Le brave Luc n'écoutait pas ; il pensait à cette femme, à cette Nadège qui l'avait ensorcelé.

Depuis huit jours, il en perdait la tête, depuis qu'elle l'avait enveloppé, lui grison, d'un de ses regards qui avait été comme une caresse qui lui parcourait l'échine, de la tête aux pieds.

C'était une après-midi, il se promenait sur le port, fumant sa pipe, examinant les navires dans la rade, commençant, comme tout vrai marin, à s'ennuyer à terre.

Il lui tardait de démarrer de Toulon, l'escale y avait été plus longue qu'il ne pensait et menaçait de durer encore.

Il attendait chaque jour des nouvelles de Gayrouan lui donnant l'ordre d'appareiller, et voilà que l'avant-veille, à son grand étonnement, le commandant lui avait télégraphié de tout préparer à bord pour recevoir sa femme et ses filles, mais que lui, Gayrouan, ne viendrait que plus tard.

Tout était prêt depuis longtemps ; mais sa surprise redoubla lorsque, derrière la chaloupe qui amenait Saint-Albin et la famille du commandant du *Tour-du-Monde*, il en vit une seconde portant un passager et deux matelots de la flotte.

— Une vieille connaissance, lui dit Saint-Albin — que le commandant recommande à toute votre sollicitude.

— Ah! — s'exclama Luc — Je connais cette tête de pipe. C'est le particulier qui a volé le papier pour le donner à cette crapule de Nicolaï. Pourquoi le commandant nous l'expédie-t-il?... Pas pour faire la popote, je suppose. Il nous empoisonnerait tous.

— Il n'en serait pas à ses débuts, mon vieux Luc.,. Je vous le dis entre nous, et n'en soufflez mot à personne.

— Vous pouvez parler sans crainte, lieutenant. La soute est cadenassée.

— On le soupçonne d'avoir essayé d'empoisonner l'empereur de Russie.

— Rien que cela! — s'exclama Luc en ouvrant des yeux énormes. — Excusez du peu... Et qu'est-ce que le commandant compte faire de cet aimable sacripan?

— Nous le saurons à son retour. En attendant, il vous le confie.

— Je vais l'emmagasiner à fond de cale avec une belle paire de bracelets à ses ripatons pour l'empêcher de courir.

— Non pas, mon brave Luc... Vous allez au contraire lui donner une cabine et le mettre à l'ordinaire des matelots.

— Comment cela?... Vous m'interloquez.

— Nous sommes déjà en contravention en le détenant à bord. Songez donc: arrestation et détention arbitraire d'un citoyen. La justice ne badine pas là-dessus. Mais le commandant a ses raisons pour agir ainsi. Quant au particulier, il n'a garde de rien dire. Il sait trop ce qui l'attend si on le livrait à la police... Et, en cas de visite à bord, il se gardera bien de réclamer.

— Nous l'inscrivons comme passager, alors.

— Sans doute, passager pour le Japon, sous le nom de Paul Krosni, celui d'ailleurs qu'il a pris lui-même.

— Et la consigne?

— La consigne est de veiller au grain et d'empêcher que l'artiste ne joue la fille de l'air.

— Il faudrait qu'il lui pousse des ailes.

— Ou des nageoires pour gagner la côte.

— S'il essaye, je donne l'ordre de le harponner comme un simple veau de mer.

— Tenez-le simplement sous clef dans sa cabine afin qu'il n'importune pas ces dames de son vilain museau.

— Alors, c'est au Japon que nous mettrons le cap?

— Oui, mon vieux Luc, c'est là que nous ferons notre voyage de noce... Le prince Michel Zowsky sera des nôtres.

— Ah! le brave prince! Il me botte ce jeune homme! On ne va pas s'ennuyer à bord.

Double noce!
Biture et bosse!

« Ce que l'équipage va s'en donner!
— Et nous donc! — fit en riant Saint-Albin.
— Veinard de lieutenant... Tiens! ça me donne des idées... Si j'étais plus jeune, je convolerais.
— Il n'est jamais trop tard pour bien faire!
Maintenant, il réfléchissait aux débuts de sa rencontre avec la belle inconnue, tandis que la chanteuse continuait avec force gestes :

Le soir, quand, par le boul'vard,
Brune ou blonde fille,
Au sein d'ta famille
Tu rentres très tard,
Prends garde à ce vieux paillard
Qui, pour te séduire,
A tes yeux fait luire
Un bijou mignard.

Non, ce n'était pas lui qui avait tenté de la séduire ni fait reluire aux yeux de la blonde étrangère le moindre bijou.

Il était bien trop timide près des femmes, le vieux loup de mer, et peu expert dans l'art de la séduction; il n'avait jamais posé en vainqueur des dames et, s'il s'était égaré comme il convient dans les chemins de Cythère pendant ses escales dans ses courses à travers le monde, c'était toujours les nymphes ou plutôt les naïades des ports qui l'avaient appelé et conduit par la main.

Et, au milieu des applaudissements frénétiques et des rires, la grosse maritorne terminait ses couplets :

Allume! allume! mon p'tit tendron!
Car celui qui te guette
Est un barbon.
Allume! allume! mon p'tit tendron!
Garde ta gorgerette
Pour Cupidon.

— « Allume! allume! » — répétait Luc — Cause toujours, paillasse de gaillard d'avant... Tes bossoirs sont démolis. C'est pas toi qui m'allumera. Je le sais, tonnerre de Brest! je flambe, mais pas pour tes barils de suif.

Vint ensuite un bellâtre bedonnant, cheveux et moustaches frisés au petit fer qui roucoula, en roulant des yeux pâmés, une romance senti-mentale :

> Manon, voici le soleil,
> C'est le Printemps, c'est l'éveil,
> C'est l'Amour maître des choses...
> C'est le nid dans le buisson,
> Viens éprouver le frisson
> Du bleu, de l'or et des roses [1].

— Le frisson, mille sabords! La diablesse me l'a fait couler dans les membres... Il n'y a pas à dire, c'est elle qui a commencé le feu! Quel est son but? Pourquoi? Je ne peux pas me figurer que ma trogne tannée, couturée et brûlée comme un vieux cuir, lui ait tapé dans l'œil... Ce n'est pas non plus qu'elle espère que je vais remplir ses bas de jaunets. Elle sait qu'un pauvre diable de second au long cours n'a pas le Pérou dans sa poche... et il ne manque pas ici d'officiers de la flotte titrés et huppés qui donneraient la forte somme rien que pour la renifler de près... Elle est fière comme un aspirant qui se colle pour la première fois son sabre au côté. Elle n'a même pas voulu que je paye sa consommation au café de la Place d'Armes.

Et il se remémorait, pour la centième fois peut-être, comment l'aventure était arrivée.

Il fumait, je l'ai dit, paisiblement sa pipe sur le quai, sans plus songer à Bacchus qu'à Vénus, avec le calme d'un homme rassis, lorsqu'une jeune femme, mise avec une élégance un peu exotique, s'arrêta à quelques pas de lui.

Elle était fort jolie et promenait, toute rêveuse, ses grands yeux pers sur la rade et les navires qui la remplissaient déjà.

On a beau être barbon, et revenu des juvéniles fredaines, l'on ne reste jamais insensible devant un joli visage, et maître Luc témoigna son admiration *in petto* par cette exclamation laudative :

— Tonnerre de Brest, la belle garce!

Il faut se rappeler que maître Luc est Breton, et qu'en pays de Bretagne ce mot qui choque les oreilles des prudes n'a nullement une signification malséante, puisqu'il est simplement le féminin de gars.

L'étrangère s'aperçut-elle de l'effet que sa vue produisait sur le vieux marin? c'est probable; la femme, même la plus naïve, devine toujours l'impression qu'elle produit; elle s'approcha de Luc :

1. Poésie de Maurice Boukay.

— Monsieur, — lui demanda-t-elle, — quel est ce beau et grand vaisseau, là-bas, tout pavoisé? Est-ce un navire de guerre?

— Faites excuse, madame, — répondit le marin, se hâtant de retirer
sa pipe, — ce n'est pas un navire de guerre, mais de commerce... C'est
le *Tour-du-Monde.*

Et maître Luc, se sentant tout fier de l'honneur que cette belle étrangère rendait instinctivement et sans arrière-pensée à son navire, ajouta :

— Vous n'en trouveriez pas un autre en France qui pourrait faire avec
lui la paire.

— Pourquoi est-il déjà ainsi pavoisé? L'on n'attend pas encore l'escadre russe?

— Il est pavoisé, madame, en l'honneur de l'arrivée de la famille de
son commandant, le brave Jean Gayrouan, dont j'ai l'honneur d'être le
second.

— Ah! vraiment monsieur! — fit l'élégante inconnue en jetant sur
Luc un regard très doux, et en même temps admiratif, comme si sa face
tannée reflétait un peu de la magnificence de son navire. — On est bien
heureux de voyager sur un tel bâtiment.

— Je vous crois, madame. — Il n'a pas son pareil, si ce n'est peut-être
en Amérique. Il marche à vapeur et à voile, et est éclairé à l'électricité.
Chaque fois que les Anglais le voient, ils ragent. Vous êtes Russe, madame?

— *Da soudar* (oui, monsieur). *Gavarité li voui paroùski?* (Parlez-vous le
russe ?)

— Oh! très peu, madame, *otchègne niolo*, comme vous dites, mais je
suis allé en Russie et mon commandant le parle parfaitement. Il est marié
à une Russe, la fille du comte Ivanoff.

— Le nom ne m'est pas inconnu, — répondit la dame, — et vous-même,
monsieur, il me semble vous avoir vu quelque part... N'étiez-vous pas aux
fêtes de Cronstadt?

— Oui, madame, en effet...

— C'est sans doute là que je vous ai vu... Attendez, non... Je me souviens maintenant... C'est sur le quai de la Néva et dans une circonstance
trop singulière pour que je l'aie oubliée.

— Comment cela, madame?

— J'étais à une fenêtre d'une des maisons du quai, attirée par un
grand bruit. On criait : « A bas les Allemands! » Et je vis une troïka
entourée par la foule. Deux hommes s'y trouvaient assis, et un troisième, un marin, tenait l'un d'eux par la gorge en l'appelant : « Assassin!
assassin! » Ce marin, c'était vous.

— C'est parfaitement vrai, — dit Luc, — et la canaille que je tenais à

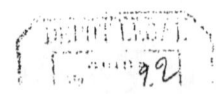

— Oh! là là! On ne m'y prendra plus à servir des rastas. — Tas de voleurs!

la gorge est une des plus grandes fripouilles que la terre ait jamais por-
tées... Un nommé Nicolaï qui avait tenté de faire sauter le *Tour-du-Monde*.
Ah! le gredin! Sans les gardavoïs, la foule l'écharpait ainsi que son
compagnon le non moins scélérat Karl Hauser!... Un juif! un voleur!...
Ah! vous étiez là?

    — Et comment s'est terminée cette histoire? Je ne l'ai jamais su.

— Trop bien pour les bandits. Cette crapule a prouvé un alibi. Il a
prétendu que pendant que je soutenais qu'il était sur le *Tour-du-Monde*,
il se trouvait malade chez sa maîtresse, une sale grue capable de tous
les crimes, nommée Luciana...

— Mais, c'est tout un drame que vous me racontez là, monsieur...

— Et intéressant, je vous l'assure, madame... Et puisque vous êtes
Russe et que nous voilà de vieilles connaissances... si vous n'avez pas
peur de vous compromettre en acceptant une consommation avec un vieux
loup de mer comme moi...

— Non, certainement, — répondit la jeune femme, — nous autres
Russes, vous avez dû le remarquer, sommes moins collet-monté que les
dames françaises... et tout aussi sages au fond...; du reste, je suis artiste, moi!

Ils s'étaient rendus dans un café de la Place d'Armes, où l'on avait
repris la conversation sur l'incident du quai de la Néva.

— J'étais si heureuse, — dit la dame russe, — de voir un brave Français taper sur des Juifs allemands. Je déteste les Allemands et j'exècre les
juifs.

— Ah! — s'exclama Luc, — nous nous entendrons alors... Et je serais
heureux de vous être ici de quelque utilité.

— Vous ne le pouvez guère, monsieur, car ma partie n'est pas la
vôtre, et ce que je cherche n'est pas dans le cercle de vos relations. Je
cherche un engagement.

— Quel genre d'engagement?

— Je suis musicienne et chanteuse, mais je ne chante que le russe...,
aussi ai-je pensé qu'aux fêtes prochaines où l'escadre russe sera dans le
port, les marins de notre flotte ne seront pas fâchés d'entendre une de
leurs compatriotes dans le costume national.

— C'est une riche idée! — s'écria Luc, — et moi-même le premier
j'irai vous entendre. Mais où?

— Je ne sais pas encore. Mais si vous voulez venir demain ici, à la
même heure, vous m'y trouverez et peut-être serais-je engagée. Mon nom
est Nadège.

— Joli nom, — fit galamment Luc, — aussi joli que celle qui le porte.

On parla de choses et d'autres, surtout de Saint-Pétersbourg, puis elle
se leva, ne souffrant pas qu'il payât le verre de *grenadine* qu'elle avait
pris et lui tendit la main en disant :

— *Da svidània* (au revoir).

— *Prachtchàité!* (je vous salue) — répondit Luc très fier d'étaler,
devant les consommateurs des tables voisines, les deux ou trois mots
russes de son vocabulaire.

Ah! la belle créature! tonnerre de Brest! Il eût bien voulu la suivre, car il sentait qu'en s'en allant elle emportait son cœur!

Mais il n'osa; d'ailleurs, elle devait revenir le lendemain, et il eût fait preuve d'une indiscrétion par trop naïve et d'une impatience par trop ridicule en s'attachant à ses pas.

Il revint à bord tout guilleret, et Rita et Nadine, qui aimaient à le taquiner, lui demandèrent s'il avait fait une conquête; mais, craignant avec raison leurs moqueries, il s'était tu sur sa rencontre et ce n'est que le jour même de l'arrivée de l'escadre russe que, ne pouvant contenir sa joie, il s'était laissé, grâce à quelques libations, entraîner à parler de sa conquête.

Car il avait revu depuis et tous les jours la belle Nadège.

Elle avait été fidèle à sa parole et au rendez-vous donné.

Mais ce n'était plus au café de la Place d'Armes que l'on se rencontrait.

Les amoureux recherchent la solitude et Luc entraînait la belle Russe dans la pittoresque banlieue montagneuse de Toulon; on allait par les belles routes ensoleillées de la Provence, on descendait dans les ravines, l'on escaladait les sommets d'où l'on découvrait la grande bleue; puis l'on s'arrêtait pour boire du petit vin blanc aux auberges de la route, où, à la grande joie de Luc, sa compagne scandalisait les bonnes femmes de l'endroit en allumant des cigarettes.

— Une dame qui fume — se disaient entre elles les commères — ça ne doit pas être quelque chose de propre.

Et Nadège riait comme une folle en surprenant les regards courroucés des paysannes et des bourgeoises.

Quant à maître Luc, il se sentait de plus en plus féru, et d'autant mieux que la dame lui tenait la dragée haute.

Il avait beau battre avec elle les chemins et les buissons, elle ne permettait jamais qu'on s'égarât dans celui de Cythère, et, timide comme un enfant devant cette jolie femme qu'il soupçonnait bien cependant être une pécheresse, il n'osait ce qu'on appelle brusquer le mouvement.

Il se sentait d'autant plus gêné et timide devant cette exubérante jeunesse, cette beauté épanouie, qu'il avait conscience de sa gaucherie d'homme habitué à passer sa vie, avec d'autres hommes, entre la mer et le ciel, de sa sauvagerie de vieux loup marin, et plus que cela de ses cheveux grisonnants, de son visage fouetté depuis plus de trente années par toutes les brises et toutes les tempêtes, tantôt rôti sous le soleil des tropiques, tantôt gercé sous les glaçons des pôles.

Certes, il n'était ni jeune, ni beau, ni même aimable; aussi s'étonnait-il que cette jolie fille l'eût choisi entre tous dans l'innombrable tas des jeunes et brillants officiers de terre et de mer.

— Bon, — pensait-il, — elle arrive de Saint-Pétersbourg, elle ne connaissait personne à Toulon; elle s'est accrochée à moi comme à une vieille connaissance, quelque chose comme un *pays*... Au premier jour, elle me lâchera;... en attendant, profitons de la bonne fortune.

Mais il n'osait en profiter.

Elle riait aux éclats, quand il lui parlait de son cœur amoureux, de son désir de lui causer ailleurs que sur les grandes routes ou dans les salles d'auberge.

— Nous verrons cela, — disait-elle, — une autre fois... quand j'aurai un engagement.

— Comment! vous n'êtes pas engagée encore?

— J'ai eu plusieurs offres. Mais elles ne me conviennent pas... Venez me voir demain, je vous expliquerai pourquoi.

Il n'avait eu garde de manquer, s'était présenté militairement à l'heure précise.

C'est alors que la vieille Maugrabine, qui lui avait ouvert, lui apprit que Nadège, déjà partie, l'attendait au Café de l'Arsenal.

CLXIII

NADÈGE

Salle comble; toutes les places étaient occupées par des sous-officiers de l'armée, de la flotte et de l'escadre russe.

Quelques costumes civils tachaient çà et là le brillant des beaux uniformes.

Une petite place restait vide à côté de maître Luc, un civil vint la prendre au moment où le régisseur, en habit noir, annonçait au public qu'une grande artiste du Théâtre Impérial de Sa Majesté l'empereur de Russie...

Des tonnerres d'applaudissements et des cris de : Vive le Czar! l'interrompirent.

... Venait exprès de Saint-Pétersbourg pour faire ses débuts à Toulon en l'honneur de l'union franco-russe et allait chanter l'*Hymne russe*.

Nouveaux applaudissements frénétiques et, après une ouverture, Mlle Nadège parut.

Ce fut une véritable ovation, et elle la méritait, certes, la nouvelle étoile du bouiboui, tant par sa rayonnante beauté que rehaussait le costume national que par la grâce singulière qui s'émanait de toute sa délicieuse personne.

En fille d'ailleurs habituée à se présenter au public, elle répondit en souriant aux acclamations et, après un prélude sur sa mandoline, elle entama d'une voix claire et vibrante l'hymne, prière d'invocation et chant de guerre, qui courait les rues et que les bouches françaises s'essayaient, avec un accent des plus comiques, à répéter :

> Boshe zaria chrani
> Silnyi dershàw mui...

Luc la dévorait des yeux, la trouvant plus belle que jamais.

Son voisin, qui partageait son admiration, le poussa du coude et se penchant vers lui :

— Une étrange fille! — dit-il. — L'on ne peut s'imaginer ce qui se passe dans cette jolie tête.

— Vous la connaissez? — demanda Luc qui se sentit froid au cœur à la pensée qu'un autre que lui s'arrogeait le droit de parler ainsi de la maîtresse de ses pensées.

— Peuh! — fit l'autre, — je la connais sans la connaître. Je la crois un peu toquée.

— Pourquoi cela?

— Figurez-vous, monsieur, qu'elle est venue chez moi...

— Comment, elle est allée chez vous? — s'écria le marin prêt à s'élancer à la gorge de son interlocuteur.

Celui-ci le regarda un peu surpris, puis, souriant:

— Ah! je comprends... Est-ce que c'est vous qui...?

« Rassurez-vous, je suis agent dramatique et, comme tel, je reçois à mon bureau toutes les artistes qui cherchent un engagement... à mon bureau seulement, monsieur..., rien qu'à mon bureau.

Le brave Luc respira.

— Et pourquoi dites-vous qu'elle est toquée ?

— Voici. Je lui ai offert des engagements superbes au boulevard de Strasbourg, dans les premiers établissements fréquentés par MM. les officiers de la flotte...

— Eh bien ?

— Eh bien, elle a refusé... pour accepter de chanter, pour quelques soirées seulement, dans ce bouiboui de quatrième ordre. Comprenez-vous?

— Non, — dit Luc.

— Puisque vous la connaissez, vous devriez la sermonner... lui faire comprendre qu'elle a tort... même à prix inférieur, elle eût dû accepter dans un des établissements que je lui proposais dans l'intérêt de sa réputation et de son avenir artistique... Mais non, elle ne veut pas chanter devant le beau monde... c'est une lubie.

— Quelle garde sa lubie, — fit Luc. — Ça ne me gêne pas et tant qu'elle n'en aura pas d'autres...

L'agent dramatique haussa les épaules.

— Après tout — dit-il — vous avez peut-être raison... à votre point de vue, s'entend.

Il pensait en effet qu'au milieu des jeunes officiers, ce vieux parvenu de marine marchande ferait triste mine, et encore il avait l'outrecuidance de vouloir garder la « divette » pour lui tout seul, pendant son escale à Toulon.

— Mais, — conclut-il, — il court d'aussi grands dangers dans ce bouiboui, où les adjudants et les maîtres d'équipage la lui souffleront sous le nez.

Après l'*Hymne russe*, Nadège souleva un enthousiasme qui tenait du délire en entonnant la *Marseillaise* avec son léger accent étranger ; on la rappela trois fois pour la couvrir de bravos et de fleurs.

Les petites Toulonnaises, qui allaient le long des tables offrir des bouquets aux couleurs de France et de Russie, virent en un clin d'œil vider leur étalage.

Tandis que la salle retentissait encore de cris, Luc sortit et demanda l'entrée des artistes.

On lui désigna un petit corridor à côté du café ; il s'y engagea résolument, mais un garçon lui barra le chemin.

— C'est défendu, monsieur. Entrée interdite au public. Vous ne pouvez monter.

— Je demande Mlle Nadège. Dis-lui que c'est Luc..., maître Luc, tonnerre de Brest ! un mathurin qui n'aime pas rester en panne... Va donc, clampin !

Le garçon reparut une minute après :

— Vous pouvez monter, capitaine.

Mais, au moment où Luc mettait le pied sur la première marche, il sentit une main s'appuyer sur son bras.

— Quoi ? qu'est-ce qu'il y a ?

C'était son voisin de table, l'agent théâtral, qui était sorti derrière lui.

— Monsieur — lui dit-il — priez de ma part Mlle Nadège de ne signer aucun engagement... qu'elle réfléchisse ! J'ai pour elle des offres superbes. Qu'elle ne signe rien avant de m'avoir vu.

— Bon! bon!

— Je passerai chez elle demain matin.

— Je le lui dirai..., c'est compris.

La loge de la nouvelle « diva » était un affreux réduit blanchi à la chaux, qu'elle partageait d'ailleurs avec les autres chanteuses.

Pour tout meuble et tout ornement un vieux divan couvert de cuir, une table couverte de fioles, de cosmétiques, de pots de pommade et de fard, et sur la cheminée, également encombrée de pots et de fioles, une glace sur laquelle les divers hôtes de passage avaient tracé leur nom ou celui de leur amoureux du jour.

La diva se déshabillait, quittait son costume national, pour le vêtement de ville.

Bien qu'il eut quitté la salle presque aussitôt que le rideau s'était baissé sur elle, Luc remarqua avec dépit qu'il était prévenu.

Un sergent-major d'infanterie de marine, un adjudant de chasseurs à cheval et deux maîtres d'équipage attendaient à sa porte, chargés d'énormes bouquets.

— Pardon, excuse, — grogna Luc, — fâché de vous déranger, messieurs.

— Eh! dites donc! — fit l'adjudant que Luc avait brusquement écarté — faut pas vous gêner, camarade!

— Mande pardon, j'ai dit... C'est moi que madame attend.

Nadège, entendant la voix de Luc, ouvrit la porte.

— Oui, messieurs, — dit-elle — j'attends le capitaine... j'ai à lui causer... à une autre fois. Bonsoir!

Elle fit entrer le marin et leur ferma en riant la porte au nez.

— C'est donc un capitaine, cet ostrogoth! — s'exclama l'adjudant de chasseurs à cheval.

— Un capitaine de la marine marchande sans doute — répondit le sergent-major — Il y a là des types qui ne sont pas de première distinction.

— C'est quelque officier de l'armée de terre — disaient de leur côté les maîtres d'équipage... Ces gens ont des allures...

— En tous cas, il doit avoir le sac

Les quatre sous-officiers s'en allèrent, un peu dépités, se consoler de concert dans une brasserie voisine non sans avoir au préalable déposé leurs bouquets à la porte de la belle convoitée, en criant chacun leur nom.

— Les imbéciles! — dit Nadège — ils perdent leur temps et leur argent. Je les ai remarqués tous quatre pendant que je chantais. Ils ont vidé les corbeilles de fleurs de deux ou trois petites marchandes pour me les jeter aux pieds... Est-ce qu'ils s'imaginent que leurs fleurs et leurs regards incendiaires me tentent !... Ces freluquets ne doutent de rien... si je voulais des jeunes gens, ce n'est pas dans un café de sous-officiers que je viendrais faire mon choix... non, ce que je veux, mon cher Luc, ce n'est pas un amour de passage, c'est un cœur sincère qui batte à l'unisson du mien.

Tout en parlant, elle achevait sa toilette regardant tendrement Luc, et le vieux loup de mer, qui avait bravé tant de tempêtes et s'était tenu calme et froid au milieu des éléments déchaînés, se trouvait tout timide et presque tremblant d'émoi devant cette belle créature qui étalait sous ses yeux ravis, émerveillés, les splendeurs de ses épaules nues.

Il eût voulut la prendre dans ses bras, couvrir ces plantureuses et blanches chairs de baisers ; caresser de ses lèvres cette nuque où frisottaient des boucles folles de cheveux blonds, mais il n'osait, il se sentait vieux et gauche et ridicule et il se demandait encore une fois par quel singulier caprice, cette étrange fille sacrifiait de jeunes et beaux adorateurs à un vieux chimpanzé comme lui !

Aussi restait-il silencieux, se reprochant son mutisme, tout prêt à crier :

« Je vous aime! »

Et retenu par la crainte du ridicule.

Quand elle eut terminé sa toilette, elle lui dit :

— Je vous ai prié de venir ici afin de ne pas être assaillie à ma sortie par tous ces jeunes gens... Je suis étrangère, je ne sais pas les usages de votre pays, mais je sais que les hommes y sont fort entreprenants et ne craignent pas de compromettre une femme... En vous, j'ai pleine confiance.

— Vous avez raison, — répondit Luc avec amertume, — je comprends maintenant.

— Que comprenez vous ?

— Que vous me prenez pour chaperon.

— Non... pour ami.

— Je suis en effet d'un âge et d'une figure où l'on ne peut plus compromettre une femme.

— Taisez vous, vilain... Changeons de conversation, nous ne nous entendrions pas sur se sujet...

— Volontiers.

— Que fait la famille de votre commandant? se plaît-elle à Toulon ?

— Elle n'est venue à terre qu'une ou deux fois. Ces dames disent que la ville sent mauvais; elles préfèrent vivre à bord.

... et d'une voix harmonieuse et douce, elle chanta cette strophe.

— Et le commandant, quand revient-il ?

— On ne sait pas au juste... Dans une quinzaine, peut-être dans trois semaines.

— Oh! quel bonheur! — fit Nadège, — c'est donc trois semaines à passer avec vous !

Il la tenait à son bras; on était en ce moment dans une des rues étroites

Liv. 231. — H. GEFFROY, édit. — Reproduction interdite.   Mort du Czar. 143.

de la vieille ville; il se hasarda à lui prendre la main et comme un collégien,
à ses débuts amoureux, la porta à ses lèvres.

— Vous m'aimez donc, mon brave Luc ?

— Je vous adore.

— Oh! il ne faut pas m'aimer... d'amour, j'entends... aimez-moi
d'amitié, seulement d'amitié.

— Tonnerre de Brest! je le voudrais, car je me sens absurde, grotesque, ridicule... mais je ne peux pas, c'est plus fort que moi... mon vieux
cœur sonne le branle-bas quand je vous vois, et ma vieille tête bat la bre-
loque... que voulez-vous... nous ne sommes pas maîtres de ce qui se passe
au fond de nos carcasses.

— C'est bien vrai.

— Quand je vous sens auprès de moi... il me semble que je navigue
par une bonne brise, je suis heureux... dès que vous n'êtes plus là je suis
comme un navire démâté !

— Allons, vous allez me faire une nouvelle déclaration... Parlons
plutôt du *Tour-du-Monde*.

— Si vous le voulez.

— Vos dames doivent joliment s'ennuyer sur ce navire, toute la
journée seules...

— S'ennuyer sur le *Tour-du-Monde !* — se récria Luc — jamais. Il n'est
pas possible de s'ennuyer une minute sur ce bâtiment. C'est un palais, un
vrai palais. Vous n'avez pas idée du luxe qui s'y étale. Et les cabines
donc ! La cabine du commandant. Les cabines de la dame et de ses
demoiselles !...

« Dans le sérail du grand Turc, pas de sultane n'en a de pareil.

— Je serais curieuse de visiter cela.

— Vraiment ! Vous voudriez venir sur le *Tour-du-Monde ?*

— Vous excitez ma curiosité. Vous m'en dites tant de merveilles !...

— Tout ce que je puis vous dire est au-dessous de la vérité.

— Vous allez m'en rendre folle d'envie... Mais comment le visiterais-je ?
Je ne voudrais pas me rencontrer avec ces dames... Je ne suis qu'une
pauvre chanteuse.

— Oh! — fit Luc. — Elles ne sont pas bégueules.

— Je connais les dames de l'aristocratie russe; bégueules ou pas bégueules, elles sont très fières de leur rang... Sans doute je serais reçue
avec politesse. Mais leur politesse même m'humilierait...Comprenez-vous?

— Je comprends votre sentiment.

— Puis à quel titre me présenteriez vous ?... Comme chanteuse d'un
café-concert de quatrième ordre ?...

« Non pas... quoique cependant l'une des filles de la patronne ait chanté à Saint-Pétersbourg dans un café-restaurant... C'est même là où elle a connu son fiancé, le neveu du commandant.

— Oui, vous m'avez déjà raconté cette histoire qui ressemble à un de ces contes dont on amuse les petites filles dans les veillées de village... Mais moi je ne suis pas comme elle, de noble extraction... Vous ne pouvez pas non plus me présenter comme votre maîtresse...

D'autant moins — soupira Luc — que vous ne l'êtes pas.

— Ni comme amie... On n'est pas l'amie d'un homme sans inspirer les soupçons et soulever l'incrédulité des autres femmes... Donc, mon pauvre Luc, il me faut renoncer, je le vois bien, à mon caprice de visiter les merveilles du *Tour-du-Monde*.

Luc réfléchit un instant.

— Écoutez — dit-il — Il y a moyen de tout arranger. Ces dames, je le sais, sont invitées demain soir au dîner et au bal que donne aux officiers de l'escadre russe le préfet ou le général, je ne sais lequel des deux; moi, les dîners officiels, je les esquive, et en fait de danse je n'aime plus que celle du tangage.

— Alors? — fit Nadège.

— Alors, le lieutenant Saint-Albin et le prince Zowsky viendront prendre leurs fiancées et leur maman, je resterai seul maître à bord; et de sept heures du soir à cinq heures du matin, vous aurez tout le loisir de visiter le navire.

— Oh! — fit Nadège enchantée de l'offre — Que vous êtes gentil, mon bon Luc... Mais comment m'y rendrai-je?

— Je vous enverrai une chaloupe qui vous prendra au quai

— Non, — fit la jeune femme. Nous aurions l'air de nous être entendus... et cela pourrait vous nuire dans l'esprit de ces dames... Je ne veux pas qu'un simple caprice de ma part... une fantaisie vous attire le moindre désagrément.

— J'ai bien le droit de faire monter qui je veux à bord d'un navire dont je suis le second.

— Écoutez-moi, Luc... Je prendrai une barque pour me promener dans la rade...

— Et vous mettrez le cap sur le *Tour-du-Monde*...

« Je serai sur la passerelle, je vous verrai venir de loin.

« Nous dînerons ensemble, alors.

— Eh bien, soit!

— Nous avons un maître coq à qui l'on n'a pas besoin de recommander le fricot.

On était arrivé à la porte de la maison où logeait Nadège.

— Au revoir! — fit-elle avant de sonner, tendant la main à Luc.

— Vous ne voulez pas que je vous accompagne jusqu'à votre chambre.

— Oh! non... Que penserait la vieille Maugrabine... comme vous l'appelez?

— Elle pensera ce qu'elle voudra... que je suis une vieille bête amoureux d'un ange.

— Un ange! Oh! l'on voit bien que vous ne me connaissez pas.

— Ange ou diable, je vous adore telle que vous êtes.

— Taisez-vous.

— Laissez-moi vous accompagner.

— A quoi bon. Puisque nous devons nous revoir demain.

— Demain vous me refuserez comme aujourd'hui.

— Peut-être que non.

— Ne dites pas « peut-être ».

— Oh! vous voulez du précis.

— Je ne *veux* pas, — fit Luc, — ai-je le droit de vouloir?... Je désire...

— Eh bien! oui.

— Vous le jurez?

— Je vous le promets.

— Ah! merci, merci, divine Nadège.

Elle sonna.

Et comme il lui tenait toujours la main, cherchant à l'attirer à lui, ayant peine à se séparer d'elle, elle entoura son cou de son bras resté libre, et appuya ses douces lèvres sur les joues calleuses de l'homme de mer.

— Tenez, je scelle mon serment... Vous ne douterez plus... Êtes-vous satisfait?

— Tonnerre de Brest! — murmura Luc, tremblant d'émotion. — Une heure avec toi et qu'on me jette ensuite aux requins!

La vieille ouvrait en ce moment.

— *Quès aco?* — s'exclama-t-elle — Hé! c'est le vieux mathurin... Il vire à pic... Pas de bêtises dans la rue, hé, les enfants!...

— *Prochtchaï!* — dit Nadège, s'échappant vivement de l'étreinte passionnée.

— *Da Svidania!* — répondit-il.

— C'est donc un de vos pays, ce vieux crampon? — demanda la logeuse quand elle eut refermé la porte.

— Oui, — répondit Nadège, — c'est mon oncle maternel.

— Ah! c'est donc ça!... Je m'étonnais aussi...

Elle n'acheva pas sa pensée; mais Nadège la comprit, car elle ajouta:

— Si je voulais un amoureux, je le prendrais d'un âge un peu plus tendre.

— Ah! vous auriez peut-être tort... Les jeunes *casquent* moins bien que les vieux... Puis, l'un n'empêche pas l'autre : au contraire, ils se complètent tous les deux.

Nadège se mit à rire.

— Je vois, — dit-elle, — que vous connaissez la vie.

— Ah! *Santa Porca !* ma belle *madone,* on n'a pas bourlingué pendant soixante ans, sans être un peu à la coule.

CLXIV

REMORDS DE LUC

Maître Luc, on le voit, était bien *pincé* et prêt à toutes les folies pour cette chanteuse qu'il connaissait depuis huit jours à peine.

Mais si la jeunesse est folle en ses passions, les folies amoureuses de l'âge mûr sont bien plus redoutables. .

L'amour, — a-t-on dit, — n'a pas d'âge puisqu'il métamorphose en vieillards les jeunes gens et en enfants les vieillards.

Et maître Luc redevenait enfant sous la pesante pression de sa passion sénile.

Avec une joie de collégien qui en est à sa première équipée, il retourna au quai où l'attendait sa chaloupe et cria gaiement aux matelots :

— Ohé! les enfants! Tous présents au poste?

— Oui, capitaine.

— C'est bien. Etes vous lestés?

— Oui, capitaine, — répondit pour les autres un nommé Lemoussu, un *pays* de Luc, — proprement lestés jusqu'au gaillard d'avant.

Il prit place à son banc, riant, se tirant la barbiche, puis il alluma sa pipe.

— Avant partout, — commanda-t-il.

Les rameurs se penchèrent sur les avirons.

— J'imagine que le vieux s'est piqué le tube, dit tout bas l'un deux.

— Il y a du tangage.

— Oui, le vent souffle au foc!

Ça les étonnait, car ils connaissaient la sobriété de maître Luc ; mais une fois n'est pas coutume, et par ce temps de noces et de ripailles, il fallait bien faire comme tout le monde et changer pour un moment ses habitudes. L'escadre russe ne venait pas tous les jours à Toulon !

— Et les amours ? — demanda Luc.

— Tout à la douce, capitaine, nous nous sommes ce soir contentés de téter la négresse, car bien que le Mourillon ne manque pas de nymphes et que les petites cireuses de bottes soient venues à la rescousse, il n'y en avait pas assez pour les amateurs, et la politesse obligeait que nous laissions la place aux mathurins russes.

— C'est bien, ça, Lemoussu. Hospitalité oblige.

— Et vous, capitaine, sans être trop curieux, vous êtes content ?

— Oui, pays, je me vois comme au temps où j'en pinçais pour la petite Yvonne Kerkadec.

— Celle qui a épousé un gendarme à Saint-Malo ?

— Et un sale phoque.

— Ah ! malheur, elle a mal tourné.

— Comment, — demanda vivement Luc, — mal tourné ?... Tu en as eu des nouvelles ?

— Oh ! il y a longtemps. C'est l'année que j'ai pris la mer. Elle avait rencontré, paraît-il, à Saint-Malo un ancien amoureux qui était dans la flotte. Le Cogne les a surpris qui se becquetaient dans la rue. Alors il n'a rien dit, parce que l'autre était son supérieur ; mais quand la pauvrette est rentrée à la cambuse, il lui a administré une tripotée qui l'a laissée sur le carreau.

— Il l'a tuée ? — s'écria Luc péniblement affecté.

— A peu près... On m'a dit au pays qu'elle en avait eu pour un mois d'hôpital, mais quand le major lui a baillé son billet de sortie, au lieu de rentrer à la turne s'exposer à de nouveaux atouts, elle a mis le cap dans une autre direction.

— Et on ne sait pas où ?

— Ma foi, je ne m'en suis pas occupé, ne la connaissant que par les potins des bonnes femmes de chez nous.

Cette nouvelle imprévue du sort de la pauvre Yvonne, dont il avait toujours gardé le souvenir au fond de son cœur naïf de marin, attrista maître Luc.

Il ne souffla plus mot et, quand la chaloupe aborda, il alla se coucher sans desserrer les dents, si ce n'est que pour lâcher quelques imprécations à l'adresse du gendarme, bourreau de l'innocente créature qui l'avait aimé lorsqu'il était trop tard.

Le lendemain, la journée se passa en préparatifs.

Un dîner officiel auquel prenaient part les sommités de la France et de la Russie et surtout le bal brillant qui devait suivre sont une importante affaire pour des jeunes filles qui faisaient ainsi leurs débuts dans le monde.

Et bien que ni Rita ni Nadine ne fussent coquettes, elles tenaient à faire bonne figure et honneur à leur fiancés.

Certes ni le prince Michel Zowsky ni le lieutenant Saint Albin n'eurent à se plaindre, car jamais plus radieux visages, plus charmantes jeunes filles n'embellirent les salons officiels.

Luc, de son côté, ne paraissait pas moins affairé que les jeunes demoiselles.

Inquiet, nerveux il se promenait tantôt sur le pont, tantôt sur la passerelle avec une sorte d'agitation fébrile, comme un homme qui attend un grand événement.

C'était, en effet, un grand événement pour lui que de faire venir cette chanteuse à bord.

Il lui semblait qu'il commettait une faute grave, quelque chose de contraire à la discipline, à l'honneur, au respect qu'il devait à la femme et aux filles de son commandant.

Depuis que le *Tour-du-Monde* était en rade, des officiers de la flotte, des bourgeois même avaient demandé la permission de visiter le navire et s'étaient émerveillés de son aménagement.

Plusieurs même avaient amené avec eux des dames, de toutes jeunes femmes délurées et jolies que Luc soupçonnait être des maîtresses, et il ne lui était pas venu un instant à la pensée de se choquer de voir leurs robes claires froufronter de l'avant à l'arrière, de bâbord à tribord, de la machine aux somptueux appartements de la famille du commandant.

Mme Gayrouan et ses filles s'étaient trouvées maintes fois face à face avec ces étrangères ; elles avaient répondu par un salut courtois à leur salut, et c'était tout.

Mais, avec Nadège, il se disait que le cas différait ; en l'introduisant à bord dans le but qu'il visait, il lui semblait qu'il introduisait quelque chose qui offensait la pudeur.

Il n'était pas chez lui, après tout, mais chez Gayrouan, ou plutôt chez la femme de Gayrouan, puisque, circonstance aggravante, le mari était absent.

Il ne pouvait dire :

— Madame, j'ai l'intention de faire venir à bord une personne que je désire bien traiter en votre absence.

Mme Gayrouan se fût informée du caractère et de la situation de cette personne, et il lui eût fallu avouer qu'il avait l'intention d'en faire sa maîtresse.

Par respect pour la commandante et surtout pour ses filles, il ne le pouvait pas.

— Donnez-lui rendez-vous ailleurs qu'ici, — lui eût-elle assurément répondu.

Mais voilà ! Ailleurs, elle ne voulait pas.

C'était à bord qu'elle consentait à se donner, du moins il lui en avait arraché la promesse, caprice de coquette, lubie d'artiste, qu'est-ce que vous voulez ? Il fallait en passer par là.

Et c'est pourquoi maître Luc arpentait le navire d'un air pensif, le remords troublait son âme honnête ; c'était comme un mari, à ses débuts d'infidélité, qui introduit une maîtresse sous le toit conjugal.

Mais, s'il reconnaissait qu'il se mettait en faute, le désir de commettre cette faute ne diminuait pas, au contraire.

Son impatience augmentait à mesure que sonnaient les heures.

— Encore quatre heures à attendre.... encore trois..., encore deux..., plus qu'une, — se disait-il.

Jamais, même aux jours de ses premières amours avec la jolie Yvonne Kerkadec, qui lui faisait perdre la tramontane, — comme il le racontait à Rita et à Nadine, — il ne s'était senti si plein d'amour.

— Eh bien, maître Luc, qu'allez-vous faire pendant notre absence ?

C'était Mme Gayrouan qui, déjà prête, venait de s'asseoir sur un *rocking-chair* et l'interpellait ainsi :

Luc balbutia :

— On verra, madame... les distractions ne manquent pas.

— Si, au moins, vous pouviez venir avec nous ?

— Je m'embe... pardon !... Je ne m'amuserais guère. Un vieux phoque comme moi ferait triste mine au milieu de si belles dames et de si beaux messieurs. C'est pour le coup qu'on dirait :

« V'là le père Butor ! »

« Ou bien encore :

« V'là l'oncle Rabat-joie ? »

« Non, les grands festivals, c'est pas ce qui me fait tirer la langue... j'aime pas me bourlinguer en saluts et en courbettes comme un grand mât par les gros temps... un petit gueuleton entre vieux mathurins sans façon me botte davantage... Amusez-vous bien, belle dame, moi je fumerai ma bouffarde en vous attendant...

« Ah ! cré salaud de menteur ! — conclut-il *in petto*.

— Vous restez à bord ?

— C'est mon poste. Diable ! j'ai charge du particulier que le commandant m'a confié. J'ai donné congé au maître d'équipage et à **tous** ses

— Faites excuse, madame, répondit le marin se hâtant de retirer sa pipe.

hommes. Je ne garde que le strict indispensable. Il faut bien que tout le monde s'amuse.

— Vous avez raison, maître Luc, vous êtes un brave cœur.

— Cré tonnerre de Brest! — murmura Luc rougissant sous l'éloge — s'entendre vanter quand on mériterait une dégelée de coups de garcette!... Vieux caïman, va. Tu tournes au coquin!

Liv. 252. — H. GEFFROY, édit. — Reproduction interdite.

Et il grimpa sur la passerelle, tant il se sentait pris de remords et de l'envie de dire :

— Madame, je suis un vieux mufle... j'attends une donzelle, et pendant que vous allez ripailler et polker avec les amiraux et les préfets et les gros bonnets, moi je gueuletonnerai bien tranquillement avec ma petite amie et nous danserons entre quatre z'yeux un petit rigodon.

Elle ne se fût pas fâchée, il en était certain, elle eût ri même, elle était si bonne, si intelligente, se mettant à la portée des choses et des gens... Mais il n'osa et seul là-haut continua son monologue :

— Il ne me manquait plus que cela, devenir amoureux à mon âge. Voilà ce que c'est que de se frotter aux jupes et de se mirer dans les yeux d'une jolie fille. Les barbons s'y laissent prendre comme les blancs-becs. Ah! malheur! Vieux salaud que je suis... Encore une heure à attendre!... Ne vont-elles pas partir?

CLXV

NADÈGE A BORD

Les dames étaient prêtes.

Ponctuels comme des militaires et des gentlemen, le prince Michel Zowsky et le lieutenant André Saint-Albin, en grande tenue tous deux, venaient les prendre dans une baleinière russe, à l'arrière recouvert de riches tapis d'Orient.

Luc les vit disparaître par la coupée, descendre l'échelle et leur lança bonne chance à tous en son langage pittoresque.

Puis, quand la chaloupe s'éloigna, il fouilla avec inquiétude les rares espaces vides de la rade que couvrait déjà le crépuscule, craignant que Nadège, ne devançant l'heure, ne se croisât avec les passagères.

— Bah! — dit-il, — quand même! Qui peut deviner que c'est ici qu'elle vient?

Mais celle qu'il attendait si impatiemment ne devança pas l'heure, et il attendit, fiévreux, la nuit.

Il ne restait à bord que le cuisinier qu'il avait retenu exprès, l'aide mécanicien et une équipe de quatre hommes, dont deux de son village qui se seraient fait hacher pour lui, Le Lubez et Lemoussu. Il avait prévenu ces derniers.

— Garçons, j'attends une dame... quelque chose dans le genre chic et huppé... Ouvrez l'œil et motus !

— Compris, capitaine.

Enfin, au milieu des embarcations, il en distingua une qui se dirigeait sur le *Tour-du-Monde.*

Il la devina, plutôt qu'il ne la voyait, car on n'apercevait que la lumière de son falot tracer une ligne droite dans l'ombre.

Puis la lumière disparut, la chaloupe se trouvait sous la muraille du navire, il entendit le clapotement de l'eau. Le mousse descendit rapidement pour fixer l'amarre que lui jetait le batelier, tandis que Luc, qui l'avait suivi, tendait la main à la jeune femme, qui sauta légèrement sur les marches de l'échelle.

— Faut-il attendre madame, — demanda l'homme du canot, — ou venir la reprendre?

— Ne t'inquiète pas... Je la reconduirai moi-même..., brasse tribord devant... Voilà pour toi !

Et il jeta une pièce de cent sous à l'homme, qui se confondit en remerciements.

Elle gravit rapidement l'échelle; Luc venait derrière, aspirant les parfums qui se dégageaient de sa personne.

— Ah! que c'est gentil à vous ! — disait-il, — que vous êtes aimable et bonne d'être venue !

— Ne vous l'avais-je pas promis? — répondit-elle.

La table était dressée sur le pont, sous une tente, pour empêcher la fraîcheur de la nuit de tomber sur ses épaules.

Elle retira son waterproof et son large chapeau à la Rubens, et s'assit sur un *rocking-chair.*

— Maintenant, garçons, — cria Luc, joyeux, — servez chaud et patinez-vous.

— Cristi! — murmura Lemoussu à l'oreille de Le Lubez, — le patron ne se mouche pas du pied. En a-t-il une riche donzelle !

— Nom d'un pétard! C'est pas dans les cireuses de bottes qu'il l'a dénichée, celle-là. Elle est calée. C'est pour le coup qu'il va hisser le grand foc.

— Ce qu'elle va lui coûter de noyaux !

— Elle va le ficher à la côte.

— Pour sûr !

Le repas fut exquis et tous deux y firent honneur. Pour plaire au second, le maître coq avait déployé son talent culinaire, et maître Luc prouva que s'il était amoureux, il ne vivait pas d'eau claire.

Même, l'eau fut bannie du repas.

L'eau n'est bonne que pour les mauvais vins, et la cave du *Tour-du-Monde* était supérieurement garnie.

Aussi Luc se grisait-il.

Il fallait un peu d'aplomb pour commencer les ouvertures. Il avait beau se gourmander, se traiter *in petto* de vieille baderne et de vieux cancrelat, cette jolie et fraîche créature l'intimidait.

Elle s'était mise à l'aise pourtant, et il apercevait, par l'échancrure du corsage, des rondeurs blanches, provoquantes et parfumées, qui le grisaient autant que le vin de Champagne dont Lemoussu attentif remplissait pour la troisième fois les coupes.

Elle paraissait garder son calme, ses yeux seuls brillaient d'un éclat plus vif.

Luc se leva :

— Eh bien, chère belle, êtes-vous convenablement lestée?

— Oui, — répondit-elle.

— Nous allons, si vous le voulez, visiter le bâtiment.

— Volontiers.

Elle lui prit le bras et ils descendirent aux cabines.

La visiteuse regarda tout d'un œil assez indifférent, en femme habituée aux extravagances, et qu'aucun luxe n'étonne.

Elle s'arrêta cependant plus longuement dans la double cabine des jeunes filles et parut s'y plaire plus qu'ailleurs.

Le délicieux nid de Rita et de Nadine était, comme les pièces voisines, orné de plantes des tropiques.

Elle se laissa tomber plutôt qu'elle ne s'assit sur un petit divan, l'unique siège de la pièce sur lequel les longues feuilles de palmiers nains formaient une sorte de berceau.

— Qu'on est bien là, — fit-elle, — mais comme la soirée est chaude!

Et elle dégrafa son corsage.

— Non, pas là, pas là! — fit Luc, — nous ne sommes pas chez moi, ici... Venez dans ma cabine... Nous sommes chez les filles de mon commandant.

— Qu'importe? — répliqua froidement Nadège.

Il s'était assis près d'elle, la prenait dans ses bras, essayait de l'entraîner.

Mais elle résistait de toutes ses forces, le repoussait, découvrait ses seins dans la lutte, disant d'une voix haletante :

— Non, je veux rester ici... Je ne veux pas de votre cabine... elle doit puer la pipe, votre cabine, je n'en veux pas.

— Plutôt dans celle du commandant, alors? — supplia Luc,

— Non...., je veux rester ici ;... je suis entêtée, moi aussi, vous le savez bien... J'ai aussi ma volonté... j'ai dit que je resterais ici, je resterai ici... Allons, viens donc, gros imbécile, tu me montreras ta cabine après !

Ce mot, ces allures de fille produisirent presque l'effet d'une douche d'eau glacée sur le vieux marin.

Il fut sur le point de reculer, de sortir de cette chambre virginale, que souillait la présence de cette courtisane ; mais elle s'était cramponnée à lui, le retenait, l'enlaçait comme une pieuvre, murmurant :

— Je t'aime, mon brave marin, mon vieux loup de mer, mon bon Luc... Je t'aime !

Et il s'effondra, sans force, captivé, vaincu, le visage sur ses seins.

. . . .

— Ah ! qu'ai-je fait, — dit-il. — Millions de tonnerre de Brest ! qu'ai-je fait !

Et il traversait en chancelant le corridor, tandis que, souriante, elle s'attachait à son bras.

— Eh bien ! quoi ?

— La chambre des filles de mon commandant !

— Après ? Est-ce que nous y avons brisé quelque objet précieux ?

Il la regarda avec un étonnement mêlé de colère :

— Tu ne comprends donc pas ?

— Mais si, je comprends... je comprends que tu as des scrupules de jeune séminariste... Tu as manqué ta vocation, mon vieux Luc ; au lieu de te faire marin, tu aurais dû revêtir la robe d'un pope ou d'un curé, comme vous dites chez vous.

— Ah ! si jamais l'honnête et brave Gayrouan savait cela... et sa digne épouse !...

— Tu me fais rire et je commence à croire que tu es ivre ou que tu perds la boussole, mon vieux daim... Ne m'as-tu pas dit que leurs filles allaient se marier ?... Eh bien ?... Tiens, tu me fais hausser les épaules... Allons plutôt voir ta cabine... Maintenant, j'y consens.

A l'encontre du luxe des autres, la cabine de maître Luc était des plus simples, d'une simplicité presque lacédémonienne.

Il l'avait voulu ainsi. Comme presque tous les paysans, il ne faisait nul cas des décors, des bibelots, de ce qu'il appelait des fanfreluches.

Son seul ornement consistait en une superbe collection de pipes culotées.

Aussi une forte odeur de nicotine saisissait-elle à la gorge dès l'entrée.

— Pouah ! fit Nadège en riant. — Qu'est-ce que je disais ?... Et c'est là que tu voulais me mener pour me déclarer ton amour ! Merci ! Elle est

poétique ta chambre à coucher... une vraie tabagie. Non, je n'entre pas.
Le parfum me suffit.

Elle sortit, continuant à plaisanter, s'arrêtant devant une porte.

Quelqu'un derrière toussait bruyamment.

— Et là? Qu'est-ce qui demeure là?

— Personne.

— Comment, personne?... C'est alors un chat qui tousse ?

— C'est un passager.

— Tu m'avais dit que vous n'aviez pas de passagers à bord ?

— Il est arrivé récemment.

L'autre continuait à tousser.

— Il est bien enrhumé... Pourquoi s'enferme-t-il ainsi par une si belle
soirée?

— C'est son affaire... demande-le-lui.

Elle le prit au mot, et frappant avec effronterie à la porte close, elle cria :

— Monsieur ?

— Madame? — répondit une voix de l'intérieur.

— Allons, viens, tu es folle! laisse cet homme! — commanda Luc,
impatienté.

— Ah! par exemple, non... Je veux le voir, cet homme. Il m'intrigue...
Monsieur, ouvrez... Je voudrais vous dire deux mots.

— Madame, je le désirerais bien, mais je suis enfermé.

— Enfermé! — s'exclama Nadège. — Comment! vous enfermez les
gens à bord?

— Allons, viens je te raconterai cela...

— Je veux le savoir de suite.

— Elle est ivre, — se dit Luc, vivement contrarié de l'incident. — Elle
n'en démordra pas. Ah! la fichue idée que j'ai eue de la faire venir à
bord. Que tous les diables la confondent, et moi avec !

« Il faut cependant parer l'avarie.

Et tout haut :

— Voici l'affaire en deux mots... Ce passager est malade... vous voyez
bien qu'il tousse.

— Vous enfermez les gens parce qu'ils toussent? Vous êtes de jolis
cocos! — se récria Nadège.

— Ce n'est pas parce qu'il tousse, mais il a eu un accès de fièvre chaude.

— Oui, madame, — appuya Lemoussu, qui venait de descendre
l'écoutille. — Le particulier voulait piquer une tête par-dessus bord...
Alors, quoi!... Qu'est-ce que dirait son honorable famille? On l'a mis de
suite sous clef.

— Mais s'il veut se tuer..., il se tuera tout aussi bien...

— Allons, venez donc, madame..., — répéta Luc — cherchant à l'entraîner.

Mais elle s'obstina, résista.

— Pauvre homme! je voudrais bien le voir! Est-ce qu'on ne pourrait pas le voir? Qui a la clef? Est-ce vous qui avez la clef, *monsieur* Lemoussu?

— Non, madame, c'est le patron.

— Moi! non..., je l'ai donnée à Le Lubez.

— Eh bien! — fit impérieusement Nadège, — qu'on appelle Le Lubez!

Luc s'impatienta..., la colère grondait sourdement en lui..., il sentait bien qu'il ne pouvait vaincre l'obstination, l'entêtement de cette femme. Elle était ivre, assurément. Comme il arrive pour certaines natures, l'ivresse ne se montrait que longtemps après les libations... Il était tard... Il fallait en finir; il avait hâte de la renvoyer à terre.

Il fit un signe à Lemoussu qui sortit enfin une clef de sa poche et ouvrit la cabine.

Rémy, se présenta pâle, hagard.

Il avait, en effet, l'air d'un fou.

En apercevant Nadège, il eut un mouvement de surprise qu'il réprima aussitôt.

— Je vous demande pardon de vous déranger, monsieur, — dit la visiteuse avec le plus grand sang-froid, — mais le capitaine Luc, qui est mon ami, m'a dit que vous étiez malade...

— Oui, madame, en effet..., je suis malade..., le manque d'air, sans doute...

— Il ne manque pourtant pas d'air dans la rade.

— L'on vous a dit pourquoi, madame, — interrompit Luc — l'on avait été obligé de prendre certaines mesures de précautions..., dans l'intérêt de ce passager.

Et regardant fixement l'ancien garçon du restaurant Verine :

— Vous reconnaissez, n'est-ce pas, monsieur Paul Krosni, que les mesures, un peu sévères, que l'on prend sont dans votre intérêt?

— Je le reconnais, capitaine, — fit humblement le prisonnier, — et je ne m'en plains pas.

— Pauvre garçon! — s'exclama Nadège. — Y a-t-il longtemps, mon ami, que vous êtes dans cet état?

— Vous êtes bien bonne, madame, — répliqua Rémy. — Ça m'a pris quelque temps avant de m'embarquer.

— Et vous partez pour le Japon?

Rémy avant de répondre jeta un regard oblique sur maître Luc.

— Je crois que oui !

— Comment vous croyez?... Vous n'êtes pas sûr?

— On n'est jamais sûr de rien dans la vie de ce monde.

— Vous avez des parents au Japon, sans doute?

— Pas précisément.

— Des amis?

— Je n'y connais personne.

— Vous voyagez pour affaire ou pour votre plaisir?

— Ni l'un ni l'autre.

Nadège se pencha vers Luc et lui dit tout bas :

— Il a l'air absolument toqué, votre passager.

— Puisque je vous dis qu'il est fou.

— Cela se voit.

— Il est même dangereux... Quand les accès le prennent, il faut plusieurs gaillards à poigne pour le tenir.

— Alors, filons, — dit Nadège, — je ne tiens pas à ce qu'il se jette sur moi.

— Filons... je ne demande pas mieux... Ce n'est pas moi qui ai désiré le voir.

Mais Nadège ne bougeait pas.

Quelque lien mystérieux, un motif secret semblait la retenir près de ce pseudo passager.

— Lui donne-t-on son confort, au moins?

— Mais oui... De quoi, diable, vous inquiétez-vous?... Il en a pour plus qu'il ne...

Il allait dire « mérite », il se retint.

— Pour plus qu'il ne paye — acheva-t-il.

Et comme elle paraissait s'étonner de sa réponse, il ajouta :

— C'est un pauvre homme... Le commandant l'a pris par charité... Je crois même qu'il ne paye rien du tout.

— Il est étonnant, votre commandant!

— Eh bien ! décamperez-vous?

— Tout de suite, — fit-elle avec impatience.

Et s'adressant à Rémy :

— Je vous demande pardon de vous avoir dérangé, monsieur... Excusez ma curiosité féminine.

— Oh! il n'y a pas de mal, madame.

Elle sembla hésiter un instant, puis .

— Fumez-vous? — demanda-t-elle.

— Mais oui, madame.

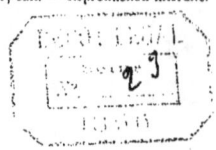

— Non ! je veux rester ici !... Je ne veux pas de votre cabinet !...

Elle fouilla alors dans sa poche et dit d'une voix qui tremblait un peu, en regardant fixement l'empoisonneur :

— J'ai du tabac d'Orient, d'excellent tabac d'Orient, car je suis Russe, monsieur, et comme beaucoup de dames russes, je fume la cigarette... Voulez-vous me permettre de vous en offrir un paquet ?

— Mais certainement, madame... j'accepte avec plaisir... et avec tous mes remerciements.

— Adieu, monsieur.

— Je vous présente mes respects, madame.

Enfin, c'était fini; Luc poussa un soupir ou plutôt un juron de soulagement en entraînant sa compagne vers l'escalier de l'écoutille, tandis que le matelot Lemoussu fermait la porte sur le prisonnier.

Nadège remonta en chancelant l'escalier.

— Eh bien! quoi? — lui demanda Luc. — Le pied vous manque... Nous n'avons cependant ni roulis ni tangage... Est-ce que ça danse dans la soute aux vivres?

Il était furieux de cette halte et de cette conversation avec ce misérable, cet infâme chenapan, à qui Nadège semblait porter de l'intérêt et avait parlé avec bonté.

Il mettait cette intempestive tendresse sur le compte des mélanges de boissons auxquelles la jeune femme n'était pas habituée et, la croyant grise, avait hâte de l'expédier à terre.

Il reconnaissait plus que jamais la folie qu'il avait commise et ne lui pardonnait pas de l'avoir contraint, lui, le vieux marin à cheval sur la consigne et l'honneur, à forfaire à son devoir et à souiller la chambre virginale de deux pures et angéliques jeunes filles, en y introduisant cette aventurière, cette chanteuse de bouiboui.

Devina-t-elle les secrets sentiments qui l'agitaient, ou plutôt remarqua-t-elle la froideur soudaine de cet amant qui l'avait désirée si fort, qu'elle avait vu presque suppliant à ses pieds, et qui, maintenant, lui parlait avec la brusquerie et le sans-gêne qu'on prend d'ordinaire avec une fille que l'on paye?

Quoi qu'il en fût, elle aussi changea de ton.

— Ah! — fit-elle, quand elle eut atteint le pont, — on respire... En bas, j'étouffais.

Puis, regardant sa montre :

— Minuit et demi... je crois qu'il est l'heure de regagner mon lit.

— Je le crois aussi, — fit Luc. — Je ne vous retiens pas.

— Vous me retiendriez, ce serait tout comme... Voulez-vous, s'il vous plaît, me faire préparer un canot?

— Il est tout prêt, — répliqua le marin. — Nous n'avons qu'à descendre l'échelle. Ohé! Le Lubez, tu es là, garçon?

— Oui, capitaine.

— Apprête à démarrer.

— Vous m'accompagnez? — demanda Nadège.

— Je vous l'ai promis.

— C'est trop aimable de votre part, mais je puis partir seule.

— Non, j'ai promis, — répéta Luc.

— Je vous délie de votre promesse.

— Allons, — ordonna-t-il brusquement, — embarquons.

Devant ce ton péremptoire, Nadège n'insista plus et prit place sans mot dire à côté de Luc.

Le trajet du navire au quai se fit sans échanger une parole.

Le vieux marin était fort embarrassé et se demandait que faire à l'égard de cette fille. Elle avait manqué sa soirée, elle s'était dérangée pour venir à bord, elle s'était livrée à lui... Tout cela n'était certes pas pour l'amour de ses beaux yeux... Il comprenait qu'il fallait payer... Mais comment la payer et que lui offrir ?

Il comprenait bien qu'elle n'était pas une courtisane vulgaire, qu'elle ne s'offrait pas au premier venu, qu'elle devait être recherchée, adulée, — il en avait eu des preuves, — et qu'on ne pouvait pas agir avec elle comme avec une trotteuse d'asphalte, une rôdeuse de nuit.

— Peut-être m'a-t-elle cru plus cossu que je ne suis, — se disait-il — et elle s'attend à une grosse somme. Que lui donnerai-je ? Cent francs ? deux cents francs ?

Et il regardait à la dérobée la fraîche toilette de la jeune femme, son profil superbe, sa chevelure abondante et soyeuse qui s'échappait en boucles touffues de son large chapeau à plumes; il constatait la distinction de toute sa personne, son air de grande dame qui lui avait imposé le respect pendant plus de huit jours; il humait les suaves parfums qui, au moindre de ses mouvements, se dégageaient d'elle, et devenait de plus en plus perplexe.

— Bah ! tant pis, — grommela-t-il. — Il ne sera pas dit que le second du *Tour-du-Monde* s'est conduit comme un juif et que le vieux Luc laisse une réputation de ladre et de crasseux... Mes appointements du mois y passeront, mais je lui laisserai un billet de cinq cents.

On allait aborder: il fouilla dans son portefeuille, cherchant la bank-note à la lueur des feux du quai; il la tira, la froissa dans ses doigts. Mais comment la lui offrir?

Il ne voulait pas l'humilier devant le matelot qui tenait les avirons.

Bah ! il allait monter sur le quai, l'aider à poser le pied à terre, et la lui glisserait dans la main, en lui disant le dernier adieu.

On abordait.

Le marin rangea ses avirons, sauta sur le quai et saisit l'amarre.

— Je tiens bon, capitaine, madame peut aborder.

Luc s'était levé, tendant la main à Nadège ; mais, au même instant, il poussa un juron énergique.

— Mille sabords ! que le tonnerre de Brest me crève !

— Quoi ? — fit Nadège étonnée. — Qu'est-ce qui vous prend ?

— Les voici ! — gronda sourdement Luc.

— Qui ça ?

— Eux, parbleu ! Elles ! Eux tous ! La commandante, Rita, Nadine, Saint-Albin, le prince Zowsky, toute la bordée, quoi ! Je suis foutu ! Me voilà pincé comme un écolier en faute ! Idiot, vieille ganache, vieux salaud, buse !

La famille Gayrouan descendait, en effet, d'une victoria qui venait de s'arrêter sur le port à cinquante mètres à peine de l'embarcation de Luc.

— Il ne faut pas qu'ils nous voient ! — dit précipitamment Nadège, dont la terreur parut au moins aussi grande que celle de son compagnon.

— Mille dieux, non ! Il ne faut pas qu'ils nous voient !

— Abordons plus loin.

— Tu entends, Lemoussu. Embarque et pare à virer. Je mets le cap sur l'arsenal. Nage vivement.

— Trop tard, capitaine. V'là le neveu du commandant qui me fait des signes. Il m'a reconnu. Il m'appelle par mon nom.

Il disait vrai ; Saint-Albin le hélait. Éclairé en plein par un bec de gaz, il venait d'être reconnu par le lieutenant de vaisseau qui, de la place où il était, ne voyait encore que lui et criait :

— Ohé ! du canot ! avance un peu ; hé ! mais c'est un matelot du *Tour-du-Monde*. Est-ce toi, Lemoussu ?

— Hé ! réponds, que diable ! vociféra Luc, sautant à son tour sur le quai. — Après tout, j'ai mené une femme à bord, quoi ! Il n'y a pas pour cela mort d'homme.

— Présent ! — dit Lemoussu.

— Tiens ! — cria Saint-Albin, — c'est ce brave Luc. Nous avons de la veine... Avancez, mesdames. Prince, venez par ici. Le canot ne pourrait approcher où nous sommes.

Le quai était bordé, en effet, d'embarcations de toutes sortes, amarrées et serrées les unes contre les autres.

— Eh quoi ! mon vieux Luc... Vous tombez à pic pour ramener ces dames à bord.

Mais il s'arrêta soudain ; il venait d'apercevoir Nadège.

— Ah ! pardon... je n'avais pas remarqué... vous êtes en compagnie.

— Ça ne fait rien, — dit Luc, — je débarque madame... une visiteuse... et je suis à vous.

La tournure de la visiteuse du *Tour-du-Monde* n'était pas inconnue à Saint-Albin.

Cette femme lui semblait de loin jeune, élégante et jolie, et il se dit qu'il l'avait déjà vue quelque part.

Il s'approcha.

Michel Zowsky s'avançait en même temps avec les trois dames qui restaient par discrétion un peu en arrière.

Tout à coup, Saint-Albin poussa une exclamation de surprise.

— Mais je ne me trompe pas !

— Quoi donc ! — cria de son côté le prince.

— Luciana !

— Hein ? — fit Michel à qui la même pensée était venue.

La jeune femme n'avait fait qu'au bond de la barque sur le quai, appuyée sur la main de Luc, et sans dire un mot, sans lui jeter un adieu, s'éloignait rapidement.

Elle allait gagner l'une des rues perpendiculaires au port, lorsque Saint-Albin se lança à sa poursuite et lui saisit le bras.

— Vous êtes bien Luciana ?... Je ne me suis pas trompé... Luciana !

— Lachez-moi, monsieur !... fit-elle arrogamment. — De quel droit m'arrêtez-vous ?... Je n'ai rien à faire avec vous... Prétendez-vous me retenir de force ?

— Vous venez du *Tour-du-Monde* ?... Qu'êtes-vous allée faire à bord ?

— Ai-je des comptes à vous rendre ?

— Peut-être.

— Vous n'êtes pas le commandant de ce navire, que je sache ?

— Non, mais j'ai le droit de vous demander ce que vous êtes allée faire à bord.

— Adressez-vous au capitaine Luc.

Au nom maudit de Luciana, de l'ancienne petite bohémienne qui avait vagabondé jadis dans le parc du château de son père, Marie Ivanoff-Gayrouan s'était arrêtée, saisissant la main de ses filles, qu'elle serra nerveusement.

Ce nom lui rappelait tout un passé de malheurs, de déceptions, de déboires... cette fille était l'alliée de ses ennemis, des ennemis des siens... Que venait-elle faire à Toulon ?

Qui l'avait poussée à l'audace de monter à bord d'un navire que l'infâme Nicolaï, son amant, avait voulu faire perdre corps et bien et qui n'avait échappé à un désastre certain que par l'intervention, la présence miraculeuse en quelque sorte de sa sœur Olga Ivanoff ?

L'affreux Nicolaï, le faux comte de Ladra, méditait-il donc encore quelque noir dessein ?

La présence de sa maîtresse ne présageait-elle pas de nouveaux malheurs.

Pendant l'altercation de Saint-Albin et de Luciana, le prince Zowsky s'était approché.

Luciana, avec son effronterie de courtisane, lui cria :

— Prince Michel, j'en appelle à vous !... Vous avez bien voulu honorer de votre présence les soirées de mon hôtel du quai de la Neva... Vous êtes un compatriote... Ne me laissez pas molester ainsi.

— Je ne vois pas qu'on vous moleste, — répondit froidement le prince ; — la main de l'officier qui vous tient est moins dure que ne le serait celle de la justice.

— Qu'ai-je à redouter de la justice, moi ? — répliqua-t-elle avec insolence.

— André, mon cher André ! — s'écria Rita, — je vous en prie, laissez cette femme !

— Oui, André, — appuyèrent Mme Gayrouan et Nadine, — laissez-la... qu'elle parte !

— Il faut qu'elle dise pourquoi elle est à Toulon et ce qu'elle est allée faire à bord du *Tour-du-Monde !*

— Luc vous le dira... Allons, André ! — supplièrent de nouveau les trois femmes, — laissez-la partir !

Au bruit de l'altercation, des passants s'étaient arrêtés ; un rassemblement se formait.

Comme il arrive toujours en pareil cas, chacun interprétait l'affaire à sa façon, sans savoir de quoi il s'agissait.

— Quoi ? Qu'est-ce qu'il y a ?

— Une femme qui se dispute avec un officier... un lieutenant de vaisseau.

— Une cocotte ?

— Demandez-lui !

— Elle est jolie, cette femme.

— Il paraît que c'est une grande dame russe. Elle reçoit des princes dans son hôtel...

— Une dame russe !... Il ne faut pas la laisser brutaliser !

— Certainement... c'est une indignité.

— Ces officiers ne respectent rien.

— Laissez donc cette dame tranquille, monsieur !

— De quoi vous mêlez-vous ? — ripostait Saint-Albin.

— De ce qui regarde tous les vrais Français. Cette dame est russe, nous la prenons sous notre protection.

— Mêlez-vous donc de vos affaires !

Le groupe grossissait, hostile, menaçant.

Le prince Zowsky voulut s'interposer :

— Mais, je suis Russe, moi ! Je fais partie de l'escadre... Monsieur qui est mon ami est actuellement dans son droit et a raison.

— On n'a jamais raison de battre une femme...

— Une étrangère, surtout...

— Une Russe !...

— Pardon, je ne la bats pas.

— Lâchez-la, alors.

— Respect aux dames !

— Nous sommes Français !

— Moi aussi ! — fit Saint Albin.

— Vous n'en êtes que plus coupable !

— Enlevez-le !

Les passants, des commis, des bourgeois, des ouvriers à moitié ivres, presque tous se ruèrent sur Saint-Albin et Michel Zowsky qui essayait de le défendre, lui arrachèrent Luciana, et leur auraient fait à tous deux un mauvais parti, sans Luc et Lemoussu qui, avec deux ou trois matelots, arrivèrent à la rescousse et se mirent à taper à solides coups de poing dans le tas.

— Pare à virer ! — hurlait Luc. — Ah ! sale pékin ! Tu veux bourlinguer contre des officiers de mer... Tiens, mouche ton nez... Et toi, plie sur tribord... Débouque, je te dis... Cule, cule... Hardi ! Lemoussu... Chavire celui-là ! Cognez, garçons, cognez ! Ménagez pas les gueules... C'est tous museaux de phoques... Allons-y carrément ! Vive la flotte !

Les vigoureux poings des marins eurent bientôt mis en déroute les défenseurs improvisés de Luciana; ils s'en allèrent chacun de leur côté, maugréants, meurtris et saignants, mais la cause de la bagarre avait rapidement disparu.

Les vainqueurs revinrent au quai près de la chaloupe que se hâta de démarrer Lemoussu.

Les dames, encore tout émues, précédaient les hommes qui restaient à l'arrière-garde en cas où les assaillants seraient revenus avec du renfort.

Luc, très penaud, gardait le silence.

— Qu'est-ce que cette coquine est venue faire à bord ? — répétait constamment Saint-Albin, — ne voulant pas s'adresser directement au second de Gayrouan, craignant de l'humilier, se doutant bien qu'il y avait quelque équipée amoureuse sous jeu.

Michel Zowsky, qui connaissait moins le vieux marin et était par con-

séquent moins soucieux de ménager sa susceptibilité, — lui posa directement la question :

— Comment, diable! mon brave camarade avez-vous reçu cette funeste
créature à bord?

— Mais je ne la connaissais pas, tonnerre de Brest! — s'écria Luc. —
Est-ce que je savais, moi! Je n'avais jamais vu cette gueuse. Elle m'a conté
je ne sais quelle histoire,... elle m'a dit qu'elle s'appelait Nadège... Comment pouvais-je deviner que c'était cette vipère de Luciana?

— Elle vous a enjôlé, mon brave Luc, comme elle sait enjoler tout le
monde. Ah! la coquine est rusée!

— Eh! oui, quoi! — elle m'a enjolé comme vous le dites, — avoua
humblement le vieux loup de mer — qu'est-ce que vous voulez? Elle m'a
pris par les sentiments. On n'est pas de bois!

On entra dans la chaloupe, et une fois installés, Luc raconta franchement, naïvement sa « bonne fortune » avec la prétendue Nadège, passant
bien entendu sous silence l'incident scabreux de la cabine des jeunes filles.

— Comment? — s'exclamait Mᵐᵉ Gayrouan — elle a dîné à bord!

— Eh oui, madame? J'étais toqué, quoi! J'avais le diable au corps.
Elle m'avait mis le feu aux soutes. Ah! malheur!

Le malheur? Cette fille l'apportait dans ses jupes; il s'en échappait
comme d'une boîte de Pandore avec ses parfums capiteux.

Marie se rappelait...

Elle se rappelait sa première nuit, sa délicieuse nuit d'amour avec
Jean Gayrouan, alors que, croyant n'avoir pour témoin que les étoiles du
ciel, elle s'était abandonnée à l'homme qu'elle considérait déjà comme son
époux, et que la petite bohémienne déjà vicieuse avait ricané en chantant
tout près d'eux, lorsque ses yeux se fermaient sous les ardentes caresses
de l'aimé :

> Oh! la belle épousée,
> Sois pure comme l'onde!

Paroles qui sont un signe de malheur dans la superstitieuse Ukraine,
quand on les entend avant la noce et que la fiancée n'a plus le droit de
ceindre la couronne virginale!

Et que de malheurs s'étaient accumulés depuis. Et la voici revenue, la
courtisane scélérate, la voici revenue, la poursuivant dans elle ne savait
quel mystérieux but, au moment où tout était fini, où la paix descendait sur
la famille des Iwanoff si longtemps maudite.

Revenue? pourquoi? pourquoi revenue?

— Sans aucun doute, — dit Saint-Albin, — pour communiquer avec ce

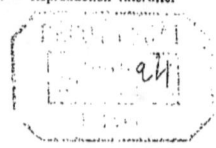

.. et frappant avec effronterie à la porte close, elle cria : « Monsieur !... »

misérable Rémy. Que peut-elle avoir eu à lui dire? Je gage qu'elle a vu
Rémy; n'est-ce pas maître Luc?

— Oui, — fit Luc, — elle l'a vu... Mais devant moi..., j'étais présent
tout le temps. Ah! elle a bien joué la comédie, la drôlesse. Je puis jurer
qu'elle s'entend à monter le coup... Mais elle ne lui a rien dit en
particulier.

Liv. 254. — H. GEFFROY, éditeur. — Reproduction interdite.

— Sans que vous vous en soyez aperçu, mon brave Luc, elle lui aura fait passer quelque billet où sont des instructions secrètes. Elle aura profité d'un moment d'inattention de votre part... Elle est si rouée.

— Je veux être accroché au grand mât par les pieds, si elle lui a glissé un papier sans que je le voie ! — s'écria Luc. — Tout ce qu'elle lui a donné, et cela ouvertement devant moi, c'est un paquet de cigarettes.

— Voilà, c'est cela !... Mais elle s'est moquée de vous, mon vieux Luc. Ce paquet contenait des instructions... Le coup est manigancé de longue main, soit avec Nicolaï, soit avec l'agent prussien William Von Hermann... Je vois clair maintenant... Le complot saute aux yeux..., jusqu'à son engagement dans un café-concert pour cacher son jeu et achever de vous enflammer, mon pauvre Luc... Et elle a bien choisi... Un boui-boui de sous-officiers où elle était certaine de ne rencontrer ni le prince Zowsky ni moi... Oh ! la comédie est parfaite...

Luc, désillusionné, s'expliquait tout maintenant ; il passait convulsivement ses doigts crispés sur son crâne, s'arrachant des poignées de cheveux, s'apostrophant, se criblant d'invectives.

— Vieux cancrelat ! Vieux salaud ! Plus bête qu'un marsouin.

— Heureusement, — conclut Saint-Albin, — que nous avons découvert la mèche..., nous sommes arrivés à temps !

— Je vais faire fouiller cette crapule, — dit Luc, — on va le mettre à poil, et s'il a des papiers nous les trouverons bien.

— A moins qu'il ne les ait détruits, brûlés ou jetés à la mer.

— S'ils sont encore sur lui, je me charge de les trouver — fit Lemoussu — ah ! le sale monde ! un caïman mieux traité que les matelots !

CLXVI

LE TALION

Ils abordèrent pleins d'appréhensions.

Mme Gayrouan était saisie d'une mortelle inquiétude qu'elle n'osait avouer tout haut pour ne pas effrayer ses filles... Mais, au moment où Saint-Albin mettait le pied sur l'échelle pour lui offrir la main, elle lui fit part tout bas de sa peur.

— Si Luciana avait mis quelque part à bord une machine infernale pour faire sauter le navire !

Cette supposition n'avait rien d'invraisemblable. L'attentat de Nicolaï, dans la mer de Finlande, prouvait un précédent trop caractéristique pour que les craintes de la femme du commandant ne fussent pas aussitôt partagées par tous.

— Reste avec les dames, — ordonna Saint-Albin à Lemoussu, — et rame un peu au large.

— Mais pourquoi? pourquoi? demandèrent les deux sœurs. Il y a donc du danger à bord... Nous voulons le partager avec vous.

— Non, mes chéries, — fit la mère. — Écoutez Saint-Albin. Il sait mieux que vous ce qu'il doit faire.

Tandis que la chaloupe s'éloignait, les trois officiers montaient rapidement l'échelle, Le Lubez attendait près de la coulée.

— Rien de nouveau? — demanda Luc.

— Rien, capitaine, rien de nouveau... à part un mathurin du torpilleur de M. Saint-Albin qui est venu avec un pli cacheté.

— Une lettre? — demanda le jeune officier où est-elle?

— Il n'a pas voulu la laisser, à cause qu'il y avait écrit dessus l'enveloppe *personnelle*.

— Ah! diable! Il l'a remportée alors?

— Oui, capitaine... mais comme il y a marqué *urgent* dans un coin, le mathurin a dit comme ça : » Faut que je le trouve mort ou vif. »

— J'espère qu'il me trouvera vivant, — répliqua Saint-Albin qui ne put s'empêcher de rire, — mais tu ne lui as donc pas indiqué où il pourrait me trouver.

— Il a dit comme ça qu'il en venait, mais qu'il y avait un tas de fripouilles de larbins déguisés en maréchaux de France et qui l'avaient empêché d'entrer parce qu'il voulait remettre le papier à vous seul.

— Que peut être ce pli?... D'où venait-il? — se demanda Saint-Albin. — Mais courons au plus pressé.

Il se précipita sur les pas de maître Luc qui, lâchant tous les jurons de son répertoire, partie à sa propre adresse, partie à celle de Luciana, se dirigeait, escorté de Le Lubez, vers la cabine occupée par Rémy.

— A poil! — répétait-il entre ses dents, — nous allons le faire mettre à poil... Si la coquine lui a passé un papier, il le rendra ou il dira pourquoi!

— N'ayez crainte, capitaine, — disait le matelot, étonné de cette investigation soudaine, — j'ai bien vissé le particulier..., il ne manquera pas au contre-appel..., à moins d'avoir tiré une bordée par le hublot... Mais il aurait fallu diablement s'amincir, rien que pour y passer sa sale gueule de caïman.

— Tais la tienne! — grondait Luc. — Ah! la sacrée gueuse.

— Qui ça, la gueuse?

— Ferme le bec, je te dis!

« Ah! le vieil idiot! Ah! la salope!

— Bon! — murmurait Le Lubez. — Le vieux a un grain... V'là qu'il m'appelle salope, maintenant!

Pendant ce temps, Michel Zowsky appelait quelques hommes de l'équipage revenus « éméchés » de leur bordée en ville, mais qu'il dégrisa aussitôt par ces simples mots :

— Ouvrez l'œil, garçons..., suivez-moi et fouillez partout... on soupçonne qu'il y a une boîte de dynamite à bord... Il s'agit de ne pas sauter..., hé! attention!

Les matelots, qui avaient encore présent à l'esprit l'aventure du golfe de Finlande, ne se firent pas répéter l'ordre et se mirent en devoir d'explorer tous les coins du navire.

— Ohé! du *Tour-du-monde!* — cria-t-on d'une chaloupe.

— Que voulez-vous?

— M. André Saint-Albin?

C'était l'homme du torpilleur 137 qui venait de nouveau à la recherche du lieutenant.

Il grimpa rapidement l'échelle, brandissant triomphalement son pli.

— Enfin! je vous trouve, capitaine!

Saint-Albin qui, comme les autres, s'attendait à chaque seconde à être lancé dans l'espace, déchira fébrilement l'enveloppe et lut à la hâte ce qui suit :

« Mon cher André,

« Au reçu de cette lettre, sans perdre une minute, si ton service le permet, rends-toi à bord du *Tour-du-Monde.*

« Emmène avec toi le prince Michel Zowsky et, si possible, deux officiers de l'escadre russe.

« Le grand maître de la police tient essentiellement à ce que les signataires du procès-verbal que tu vas dresser soient des Russes.

« Tu interrogeras Remy, tu lui feras répéter devant eux sa déposition faite chez Luciana en notre présence.

« S'il était possible de mettre la main sur cette abominable créature et la faire déposer en même temps, cela n'en vaudrait que mieux... Mais comment la retrouver? et le temps presse.

« La déposition écrite en français et en russe et dûment signée par toi,

MichelZowsky et les officiers qu'il amènera, me sera envoyée sur-le-champ à Saint-Pétersbourg, chez Verine.

« Le grand chef de la police ne voulait rien faire sans la livraison de l'infâme Remy.

« Je lui ai raconté dans quelles circonstances nous avions obtenu ses aveux et comment nous nous étions assurés *illégalement* de sa personne..., bref, que nous ne pouvions le livrer non seulement sans manquer à l'honneur, puisque nous avions donné notre parole à ce misérable, mais sans nous mettre, nous-mêmes, dans un cas d'une haute gravité vis-à-vis de la justice française, qui ne verrait que le fait brutal d'arrestation et de détention arbitraires.

« J'ai réfléchi depuis, — mais trop tard, — combien nous avions légèrement agi.

« Enfin, j'ai hâte d'en finir. Mon devoir est rempli. J'ai fait tout ce qu'il était possible pour éclairer la religion de l'entourage du czar. Je me suis heurté à une sourde hostilité et mes affirmations n'ont été accueillies que par des doutes insultants, pour ne pas dire des railleries.

« Les médecins qui l'entourent ne veulent pas être convaincus d'ignorance ; d'autant plus que chacun a trouvé un nom différent au mal qui ronge l'empereur.

« En attendant, l'œuvre néfaste fait son chemin ; le bulletin de la santé de Sa Majesté est de moins en moins rassurant...

« Il serait facile, à mon sens, connaissant la cause du mal, de la combattre à sa source.

« Mais personne ne veut croire au poison.

« L'on préfère inventer de nouvelles maladies !

« Aussitôt le procès-verbal que je te demande rédigé et expédié... Mais la lettre ci-jointe que tu remettras à Luc donne des instructions qu'il te communiquera.

« Vous vous entendrez sur ce qu'il y aura de mieux à faire.

« Dis à ma femme et à mes chères fillettes que je leur écrirai sous peu et que je compte leur donner de bonnes nouvelles.

« L'excellent Vérine se rappelle au souvenir de tous.

« Ton oncle et ami,

« JEAN GAYROUAN. »

Un post-scriptum était ajouté :

« J'apprends à l'instant que l'empereur a signé la mise en liberté d'Olga ! »

— Comment — se dit Saint-Albin, regardant la date — cette lettre
arrive-t-elle si tard? La missive du prince Demetrius, qui a traversé une
partie de la Sibérie, a devancé celle-ci, envoyée seulement de Saint-Pétersbourg! Mystère et administration des postes !... Mais allons voir ce
gredin de Rémy.

Il courut à l'entrepont et, dès l'entrée de l'écoutille, il entendit les
exclamations du vieux marin.

— Qu'y a-t-il, Luc?... Qu'est-il arrivé? L'homme n'est plus là?

— Oh! que si, il est là!

Il était là, en effet, étendu dans son cadre, couché sur le côté.

En le voyant ainsi, Luc avait poussé un soupir de satisfaction :

— Ouf! le caïman n'a pas gagné le large. Nous le tenons encore et
nous le tiendrons jusqu'à nouvel ordre !

Bien qu'on eut fait pas mal de bruit en ouvrant la porte et en entrant
dans la cabine, le faux Paul Krosni n'avait pas bougé.

C'était d'ailleurs son habitude.

Il restait étendu sur sa couche une partie du temps et, très taciturne,
ne se dérangeait même pas quand Lemoussu ou Le Lubez lui apportait
ses repas.

A côté, sur la petite table fixée à la cloison, se trouvait le paquet de
cigarettes, éventré, que lui avait donné Luciana, et près du paquet un
billet déployé qui avait été évidemment roulé dans le paquet :

— Ah! — s'exclama Luc, — voici le billet doux que la gueuse lui a
glissé à mon nez et à ma barbe. Fallait-il que je sois obtu !

Il le prit et lut :

« *Silence et patience. On s'occupe de vous. La délivrance est proche.* »

— Ah! le salaud! on méditait comme ça ses petits coups à la sourdine !
Tu en trouveras des « oustos » comme celui-ci... soigné aux petits
oignons !

Par terre, sur le tapis, était une cigarette à moitié fumée.

— Ah! le brigand, — continua Luc furieux, — Voilà comme on met le
feu aux meilleurs bâtiments !

Et secouant l'homme :

— Eh! animal ! Passager de malheur! Tu jettes tes cigarettes sur le
tapis, mauvais cachalot ! Tu veux donc nous incendier !

Le bras qu'il tenait retomba inerte.

— Il est saoûl! pour sûr, le caïman est saoûl... Est-ce qu'on lui a passé
de l'eau-de-vie.

— Pas que je sache, — répondit Le Lubez?

Luc secoua plus rudement le dormeur.

— Hé! monsieur Paul Krosni... tu avais donc des accointances avec la maîtresse à Nicolaï, méchant laveur de vaisselle. Tu t'es entendu avec elle pour nous monter le coup ! Mais elle s'est levée trop tard... Ne fais pas l'imbécile ! Ne fais pas mine de dormir. Ça ne prend pas ; la mèche est vendue.

Il le secoua de nouveau.

Bien que la cabine fût éclairée, de la façon dont était placée la lumière, le visage de Rémy restait dans l'ombre.

— Le Lubez, colle-lui un falot sous les narines.

Le matelot obéit ; il leva la main de façon à éclairer le visage, et recula aussitôt avec un geste d'effroi.

La face du misérable était couverte de larges taches d'un bleu noirâtre, convulsée, hideuse.

Un affreux rictus tordait sa bouche, d'où coulait une bave sanguinolente, laissant une partie des dents à découvert.

Les yeux grands ouverts exprimaient, dans leur vitreuse immobilité, la souffrance et l'horreur.

L'empoisonneur avait rendu son âme au diable dans les terribles affres de l'empoisonnement.

— Mort! — s'écria Luc — Le coquin est mort !

Saint-Albin arrivait en ce moment.

Luc lui montra le billet trouvé près du cadavre.

— La délivrance est en effet venue! — dit Saint-Albin. — Je vois qu'on s'est occupé de lui.

— Un coup de Luciana !

— Cela remonte plus haut. L'on se débarrasse ainsi d'un complice dangereux. La lettre du commandant est arrivée trop tard. En voici une pour vous, mon pauvre vieux.

« Mon cher Luc, — écrivait Gayrouan, — je donne des instructions à Saint-Albin pour une déposition en règle. Aussitôt l'affaire terminée, fais conduire le scélérat à terre et abandonne-le à son sort. Qu'il aille se faire pendre ailleurs ! A bientôt ! »

— Ah ! mon brave commandant ! mon brave commandant ! — s'écria Luc, — que va-t-il penser de moi !

Michel Zowsky revenait en ce moment.

— Il n'y a rien, — dit-il — Nous avons fouillé tous les coins par où cette coquine a pu passer. Elle n'a laissé que des épingles à cheveux dans la cabine de ces demoiselles... ce nœud de ruban... rien enfin qui puisse nuire...

— Excepté cela, — répondit Saint-Albin en montrant le cadavre.

CLXVII

NICOLAÏ ANXIEUX

— Je m'absente pour quelques jours avait dit Nicolaï à sa concierge aussitôt que le jeune Allan Parker l'eut quitté.

Il ne savait pas au juste ce qu'il allait faire, c'est-à-dire combien de temps il serait absent. Tout dépendrait de la conduite de Sidonie à son égard.

Son intention, on se le rappelle, était d'enlever l'enfant à sa mère, mais il fallait que l'enfant consentît à le suivre, et jusqu'ici elle n'avait guère dissimulé sa répulsion.

Quant à la malheureuse femme, il était certain que, pour un peu de bien-être, une mensualité quelconque, elle acquiescerait à son désir, d'autant mieux qu'elle y voyait l'avantage de la petite, son existence assurée pour l'avenir.

Elle l'avait gourmandée en sa présence de sa sauvagerie, de son impolitesse, et sans doute elle-même vaincrait ses dernières répugnances.

Il partit donc pour se mettre aussitôt en quête d'un logement pour son ancienne maîtresse ou plutôt sa victime de Nouméa, et trouva bientôt au cinquième étage, dans le quartier de la Goutte-d'Or, ce qu'il lui fallait. Deux chambres, une cuisine avec des fenêtres-mansardes d'où la vue s'étendait au loin par-dessus les échancrures des toitures voisines.

Il paya deux termes d'avance, acheta, chez un revendeur du voisinage, le mobilier indispensable : lit pour la mère, couchette pour les petits garçons, armoire, commode, table, chaises et le strict nécessaire en vaisselle et batterie de cuisine.

En veine de générosité, il garnit même la cheminée d'une pendule, que le juif lui garantit deux ans et qui marcha deux jours, et de deux vases à fleurs.

Ce n'était ni dans un but d'humanité ni par compassion pour la malheureuse perdue par sa faute, et encore moins par remords et pour reposer ses torts à son égard qu'il se livrait à ces dépenses, mais pour se concilier les bonnes grâces de l'enfant.

Par un semblant de retour d'affection pour la mère, en l'entourant d'un bien-être aussi soudain qu'inattendu, il comptait sinon capter le cœur de

— Mort! s'écria Luc!... le coquin est mort.

la petite, mais s'attirer un élan de reconnaissance dont il saurait profiter.

On lui promit que tout serait prêt dès le lendemain pour recevoir les nouveaux locataires ; il alla dîner dans un petit restaurant du voisinage et coucher dans un hôtel borgne du boulevard de la Chapelle.

Depuis la visite imprévue d'Allan Parker, voyant sa cachette si tôt

découverte, et ignorant d'ailleurs quelle serait l'issue de l'entrevue du
jeune homme avec Sarah et encore moins celle de la rencontre de celui-ci
avec Karl Hauser il avait modifié ses places et jugé prudent de ne pas
retourner chez lui.

Plus que jamais il avait l'intention bien arrêtée de quitter la France le
plus promptement possible et il l'eût déjà fait, maintenant qu'il ne voyai
plus rien à y frire, sans la petite Sidonie.

Cette enfant le retenait; il avait décidé qu'il partirait avec elle et il
s'accrochait d'autant plus à ce projet qu'il le voyait entouré d'obstacles
dont le principal était le mauvais vouloir de la fillette.

Aussi était-il bien décidé à en finir dès le lendemain même et à « brusquer le mouvement ».

Sachant qu'en s'adressant à la vanité et à la coquetterie on arrive
presque toujours sûrement à toucher le côté sensible des petites filles,
autant que des femmes, il se promit de faire taire les répugances de
Sidonie par l'achat d'un joli costume qu'elle trouverait tout étalé sur le
lit dès son entrée dans le nouveau logement. C'était d'ailleurs une
dépense indispensable, car il ne pouvait songer à l'emmener avec les
nippes qu'elle portait.

Il en était là de ses projets et de ses réflexions, et fatigué de sa journée
il allait doucement fermer l'œil avec la quiétude du juste, lorsqu'un bruit
partant d'une chambre contiguë à la sienne attira son attention et chassa
le sommeil.

Un couple venait d'entrer et, comme dans presque toutes les chambres
d'hôtel séparées par de minces cloisons, les paroles prononcées à haute
voix dans la pièce voisine arrivaient assez distinctement dans la sienne.

Les quelques mots perçus d'abord excitèrent à tel point sa curiosité
que pour mieux entendre il se leva doucement et alla coller son oreille à
la porte de communication condamnée de chaque côté par un double
verrou et la juxtaposition de deux lavabos.

— C'est tout de même rigolo, — disait la voix d'homme, qu'il ait levé
le pied comme ça *subito* sans rien dire aux copains.

— J'en bâille tout bleu, — répondit la voix de femme.

— La Sauterelle et Riz-de-Veau ont bu une chopine avec lui dans la soirée, vers huit ou neuf heures... Tout allait bien ; il leur a même indiqué
un bon turbin...

— Le turbin où, au lieu de magot, ils ont trouvé la Noire.

— Juste, Auguste.

— Et ils ne l'ont pas décarcassée, les feignants !

— Tais-toi donc, la Noire les a empaumés.

— C'est'y bête, les hommes!... parce qu'elle a de grands yeux de vache et une bouche en cul de poule!... Elle est de la rousse d'abord, aussi vrai que je m'appelle la Verrue... On ne m'ôtera pas de l'idée qu'elle en est.

— Des navets!

— D'abord Paméla me l'a dit.

— Oh! — fit l'autre en ricanant, — du moment que Paméla te l'a dit!...

— Oui, elle m'a raconté l'histoire au Dépôt, le sale tour qu'elle et son Roland leur ont joué à Londres.

— D'où sors-tu?

— Tu le sais bien, mon bibi, puisque t'es venu chercher ce matin ta petite femme.

— Eh bien, oui. C'est pour ça que tu ne sais rien de rien. Le mec à Sarah, ce Roland, est un pègre de la haute. Ils ont eu des difficultés dans leur ménage et elle a lâché dessus l'Hercule, la Sauterelle et Riz-de-Veau qui se chargent à eux trois de le faire chanter... Ils auront du tintoin, car c'est un meg à la colle forte.

— Qui t'a dit ça?

— Riz-de-Veau lui-même, pas plus tard qu'hier.

— Alors, mon petit Bichon, t'en sais plus long que moi... Je n'ai pas revu le zigue depuis la soirée de la Bibine, où l'on a fait prendre un bouillon froid au pante, puisque nous avons été emballées, Paméla et moi, le lendemain... C'est pourquoi j'étais épatée quand tu m'as dit que le mastroc avait décanillé. Alors, continue, bel Arsène.

— Je m'en suis épaté aussi, sans m'en épater à me boucher l'avaloir, — continua le voyou; — d'abord je ne le connaissais pas plus que ça... J'ai pas pitanché plus de deux ou trois fois dans sa boîte et toujours à la nuit... Quand y avait à *travailler* par là-bas. Oui, c'était la troisième fois, en comptant bien, que je reluquais sa binette, le soir que la Sauterelle a raconté le coup de la vieille de Londres à qui on a coupé le goulot...

— Ben, le soir que j'y étais...

— Eh! bouche ton plomb. Je te crois que tu y étais..., puisque nous y avons roupillé ensemble et même que deux espèces de salopiots de Russes, couchés dans la piaule à côté de la nôtre, baragouinaient leur jargon et nous empêchaient de fermer les pruneaux.

— T'as même été obligé, mon petit homme, de taper au mur et de leur dire de taire leur gueule.

— C'est sur leurs groins que je me proposais de taper le lendemain si nous n'avions pas été obligés de lever le pied, plus tôt que nous ne l'aurions voulu, rapport à la rousse qui avait télégraphié de retenir les deux Russes...

— Y en a eu du potin, cette nuit... Alors continue ton histoire.

— Donc, pour achever, quand la Sauterelle, et Riz-de-Veau sont revenus de leur fiasco chez le barbouilleur de toiles et qu'ils ont frappé à la turne pour demander au troquet s'il avait voulu se payer leurs poires..., du vent!... plus personne dans la piaule!

— Mais la gosseline?

— Quelle gosseline?

— Une môme que le troquet avait prise pour l'aider et laver sa vaisselle.

— Ah! oui... je me rappelle. Je ne l'ai jamais vue. On ne la voyait jamais cette petite, mais Riz-de-Veau m'en a parlé. Quand ils sont revenus, après avoir tapé à la lourde et appelé le troquet, ils ont fait le tour de la baraque et ont trouvé la gamine en chemise, allongée, les fesses en l'air, qui reluquait dans un coin les rats qui, paraît-il, faisaient bacchanal dans la cave au vieux... Alors Riz-de-Veau l'a mise debout avec une bonne claque.

— Je la connais, cette môme, elle est gentille!

— C'est ce que m'a dit Riz-de-Veau... Même que la Sauterelle a dansé avec elle un rigodon.

— Où ça?

— T'es bouchée! Où ça? Eh ben, là, où il l'a trouvée, près du soupirail de la cave... C'est sans doute pas chez le président de la République.

— Mais qu'est-ce qu'elle turbinait dehors, cette gamine, en chemise, tu dis?

— Je te dis ce qu'on m'a dit..., j'y étais pas.

— Et qu'elle écoutait danser des rats?

— Je te répète encore une fois ce que Riz-de-Veau m'a dit.

— Tiens, y me fait suer ton Riz-de-Veau et toi aussi, pour croire à des menteries pareilles..., mon petit homme, là, vrai, t'es pas fort... Je te croyais plus malin que ça.

— Qu'est-ce qui te défrise?

— Tu vas me faire gober que cette petite s'est tirée de son pieu au milieu de la nuit pour aller écouter dehors des rats dans une cave! C'est pas facilement que ça peut se digérer, cette bourde! Elle est trop grosse pour passer.

— Nom de Dieu! c'est pas moi qui l'invente. T'es donc bouchée, je te répète? Ouvre les esgourdes. Va demander à Riz-de-Veau...

— Pas la peine. Il était saoul, ou il a voulu se payer ta fiole.

— Je lui conseille pas.

— Enfin où est-elle, la gamine?

— Est-ce que je sais? Je l'ai pas dans ma poche; tout ce que je sais, c'est qu'elle a décanillé avec le troquet...

— Le troquet ou un autre...

— Je m'en bats l'orbite... Pour ce que je voulais en faire...

— Je pense bien... Et qui est dans la boîte, maintenant?

— Personne! la taule est vide. Le marchand de poisons à qui le vieux Pierre devait des picaillons est venu accompagné du commissaire chercher ses topettes... La boutanche à vinasse et à tord-boyaux est à vendre ou à louer... Si le cœur t'en dit, la Verrue, et que tu cherches un bon placement pour tes économies..., ça vaut encore mieux que le Panama.

— Dis pas de bêtises, — fit la Verrue, — dormons.

— Déjà faire dodo..., sans faire une risette à son petit homme qui a été si gentil et qui est venu attendre sa petite marmite à la sortie de l'ousto... T'es donc plus ma petite femme...

— Oh! si, va!

Nicolaï n'entendit plus que de vagues sons et regagna sa couche.

Il n'avait plus envie de dormir maintenant.

La conversation de la fille et de son souteneur ne l'avait que trop réveillé.

La poignante inquiétude qui le harcelait fut en quelque sorte exprimée dans la chambre voisine, quand, au bout de quelques minutes, il entendit de nouveau la voix de celle qui portait le nom peu poétique de la Verrue.

— C'est égal! — s'exclamait cette jeune personne, — elle est raide!

— Quoi donc?

— L'histoire que tu m'as racontée de la gosseline.

— Ah! t'en es encore là?

— Je ne suis pas curieuse, mais je voudrais la retrouver.

— Pourquoi faire?

— Rien que pour savoir ce qu'elle faisait à minuit ou une heure du matin, hors de son pieu, hors de sa taule, en chemise, les fesses en l'air, à reluquer dans une cave..., et à se tirer des flûtes après.

— Tiens! tiens!... T'es pas bête! J'y avais pas réfléchi... Y a peut-être bien quelque chose là-dessous!

CLXVIII

LA CRÉMAILLÈRE

Nicolaï passa une nuit sans sommeil.

Donc, il y avait eu un témoin de l'atroce scène de la cave de Pieter Snip.

Quelqu'un avait assisté au crime.

Et ce témoin, c'était Sidonie, sa fille, cette enfant qu'il voulait élever, sur laquelle il comptait pour passer doucement sa vieillesse infâme.

Il espérait se retremper en cette jeunesse, se reposer, comme s'il avait droit au repos, sur cette petite tête blonde, effacer dans la limpidité de ses grands yeux les boues de son passé.

Il comptait que ses petites mains verseraient un baume sur les infirmités qui viendraient, et s'endormir plus tard dans la douce paix, comme tant d'autres scélérats, avec un frais visage de jeune fille penché sur son front.

Mais la justice des choses est parfois plus terrible que la justice des hommes.

L'enfant savait tout; il s'expliquait maintenant sa sourde haine et sa répugnance: elle avait le droit de lui jeter à la face les imprécations de Jean Richepin à un mauvais vieux:

> Qu'a tes infirmités d'autres soient complaisants!
> Moi, je n'aurai pour toi que des mots méprisants.
> Plus le coquin est vieux, et plus je l'abomine.
>
> Cheveux blancs, soit! Mais non pas blancs comme l'hermine.
> Quel droit, parce qu'il a vécu quatre-vingts ans,
> Ont ses crimes passés à des honneurs présents?
> La vermine caduque est toujours la vermine.
>
> Arrière donc, respects qu'il n'a point mérités!
> Et sans peur qu'on lui crache au nez ses vérités!
> Plus il vécut, plus il eut le temps d'être infâme.

Et l'abomination du dernier et triple crime semblait le couronnement de son infamie.

Mais l'avait-elle réellement vu?

Il se raccrocha à ce doute.

Il fallait s'assurer à tout prix de la vérité.

Et si elle avait assisté à l'effroyable drame, à l'enfouissement des deux victimes et au traîtreux assassinat de Pieter Snip, raison de plus pour s'en emparer, la tenir, l'emmener loin, bien loin, en un pays où elle ne communiquerait avec personne qui sût sa langue, où nul ne parlerait le français.

Quant à ses présomptions, il se chargeait de les lui enlever peu à peu.

Le jour commençait à poindre quand, cédant à la fatigue, il s'endormit.

Des éclats de voix, une dispute dans la chambre voisine le tirèrent de son somme.

La Verrue et son souteneur s'attrapaient, semblaient vouloir se prendre aux cheveux.

Il entendit un bruit de lutte, de vociférations sourdes, des cris aussitôt étouffés.

C'était au sujet d'une pièce de cinq francs, que la fille avait voulu essayer de cacher à son amant en la dissimulant dans une de ses bottines.

Il y eut échange de horions; la Verrue sanglota, puis ils parurent se réconcilier, car Nicolaï les entendit bientôt s'en aller quelque temps après en causant dans les meilleurs termes.

Sa fenêtre donnait sur le boulevard; il guetta leur sortie et vit une de ces misérables filles à cheveux d'un blond sale, pauvrement accoutrée comme on en rencontre sur les fortifications et les boulevards extérieurs.

Quant au souteneur qui l'accompagnait, il avait, lui aussi, le physique et la tournure de l'emploi: casquette de soie, veston lui tombant aux hanches, pantalon demi-collant, marche dégingandée; des moustaches fines et noires, prétentieusement retroussées, tranchaient sur le ton mat et blafard de sa figure; en somme un joli garçon, suivant le goût des filles.

— Les clients de Pieter Snip ! — se dit Nicolaï qui, ainsi que tous les voleurs de la haute, professait le mépris le plus profond pour la basse pègre. — Bien qu'il m'ait affirmé que Sidonie n'avait nul contact avec sa clientèle, elle a dû en entendre et en voir de toutes les couleurs!... Enfin, nous saurons bien ce qu'elle a dans le ventre, cette petite!

Il s'habilla rapidement après s'être *camouflé* avec soin, n'ayant eu garde d'oublier à son domicile le simple mais indispensable outillage nécessaire, et désormais gentilhomme polonais un peu râpé, comme il sied à un proscrit politique, mais présentable, il paya sa chambre et, après avoir déjeuné sommairement, fit les achats projetés pour la petite Sidonie.

Puis il télégraphia à la mère :

« *Logement trouvé. Installation prête. Pendons la crémaillère. Bon dîner attend six heures précises. Venez tous. Prenez voiture.* »

Il donnait l'adresse du logement même, pensant que son ancienne maîtresse serait assez prudente pour ne la communiquer à personne et ne se souciant pas d'attendre ailleurs cette famille de nécessiteux qui n'eût pas manqué, même dans ce quartier populeux, d'attirer l'attention.

Il ne doutait pas un instant de l'acceptation de la mère de Sidonie.

L'annonce d'un « bon dîner » était un appeau suffisant pour que les marmots, dont il avait constaté la goinfrerie, entraînassent de vive force leur mère.

Avant six heures, tout était prêt.

Il avait étalé sur le lit, et bien en vue, les effets de la Gosseline, de façon à l'éblouir dès son entrée :

Une jolie robe, deux jupons, un pantalon brodé, un mantelet en soie, des gants, des chemises de fine batiste, des bas noirs, un frais chapeau de fin d'été, un cache-poussière, un petit sac de voyage, tout ce qui pouvait transporter de joie une petite pauvresse de douze ans, habituée à n'être vêtue que de hardes.

A côté, dans une boîte, il avait placé un de ces bracelets d'argent à la mode depuis quelques années.

Il regardait cet étalage d'un œil complaisant.

— Si la gamine n'est pas séduite du premier coup, — se disait-il, — elle mentira aux instincts de son sexe...

Près du sac de voyage, il posa un porte-monnaie de nacre contenant deux pièces de vingt francs.

Puis il attendit six heures.

Il allait à la fenêtre jeter un coup d'œil dans la rue et revenait au lit donner plus de relief à son étalage, pour retourner ensuite à la fenêtre.

Six heures sonnèrent, puis vint le quart, puis la demie.

L'inquiétude le saisit.

L'enfant, pour expliquer sa conduite de la veille à sa mère, aurait-elle parlé ?

Oh ! il le verrait de suite à sa mine.

Mais si elle avait parlé, la mère viendrait-elle ?

Et si elle venait, amènerait-elle Sidonie ?

Enfin, il vit un fiacre déboucher du coin de la rue, arriver au petit trot et s'arrêter devant la maison.

Empêché par le rebord de la toiture, il ne put voir qui en descendait,

— Lâchez-moi, monsieur, fit-elle arrogamment.

mais le temps que mit le fiacre avant de repartir lui fit penser que toute la
nichée était là.

Il ouvrit sa porte, entendit des pas dans l'escalier; on montait lentement, mais il distingua la voix des affreux marmots :

— Ce que je vas bouffer! — disait l'aîné.

— Et moi donc! — répliquait le cadet, — Je veux trop de tout.

— Sale gourmand !

— Il y aura du poulet, j'espère.

— Et du veau, et des beignets, et du mouton, et des tartes, et du cochon, et du bœuf, et des croquets. Il a dit : « Un bon dîner. » Dans un bon dîner, il y a de tout.

— Sales petites crapules, — murmura Nicolaï.

Ils débouchèrent les premiers sur le palier et voyant la porte que Nicolaï avait laissé entr'ouverte, ils s'y précipitèrent en hurlant.

— Où est le dîner ?... le bon dîner ?... C'est-il ici qu'il est, le dîner, m'sieu ?

Nicolaï, connaissant le manque de ponctualité des femmes, n'avait commandé le repas à une gargote voisine que pour sept heures ; aussi, voyant la table vide, les deux gamins s'arrêtèrent-ils stupéfaits et consternés.

— Où qu'il est, le dîner ?

Mais Nicolaï, qui n'était préoccupé que de Sidonie, au lieu de répondre, leur demanda :

— Votre sœur est avec vous ?

— Oui, — fit l'aîné, maman la porte.

— Mais votre grande sœur, Sidonie ?

— Je me fiche pas mal d'elle.

— Est-elle avec vous ?

— Je sais pas... Est-ce au restaurant que tu vas nous mener ?

Il alla sur le palier. La mère ne montait que lentement, s'arrêtait presque à chaque marche, essoufflée, et chargée du poids de la dernière venue.

Il descendit jusqu'au quatrième étage, non pour aller au-devant de la malade, soutenir sa montée pénible, l'aider à gravir les dernières marches, mais pour s'assurer si la Gosseline l'accompagnait, supposant qu'elle portait sa petite sœur.

Mais, avec un grand dépit et une sourde exclamation de colère, il vit paraître la mère seule avec l'enfant sur les bras.

— Pardonnez-moi d'être en retard, — dit-elle, — mais je suis encore si faible.

— Où donc est Sidonie ?

— Sidonie ? — fit la mère, — elle n'a pas voulu venir.

— Comment, pas voulu venir ? — s'exclama-t-il, cherchant à lire sur le visage de son ancienne maîtresse si sa fille lui avait confié quelque chose du terrible secret...

Mais non, le visage était calme, l'œil franc.

Rien ne s'y lisait que la fatigue, la souffrance, peut-être un certain embarras.

Elle entra, regarda autour d'elle.

— Oh! c'est beau ici, — fit-elle. — Et c'est là que je vais demeurer!

Les enfants criaient, la tiraillant par les bras, par les jupes.

— Maman, maman, y a rien. Le dîner, où est-il? Demande-lui où est le dîner!

— Ah! laissez-moi! laissez-moi, enfants.

Elle se laissa tomber sur une chaise, posant la petite sur ses genoux.

Nicolaï, qui était allé refermer soigneusement la porte, vint se placer devant elle, et furieux, l'œil mauvais, les bras croisés sur la poitrine:

— Tu vas me dire pourquoi tu n'as pas amené ta fille?

— Je vous l'ai dit. Elle n'a pas voulu venir. On l'aurait plutôt coupée en quatre... Que lui avez-vous donc fait? Elle a une peur horrible de vous.

— C'est une ingrate, cette petite!... Ce que je lui ai fait? Je ne lui ai fait que du bien.

— Elle est entêtée, — fit la mère. — Un caractère que rien ne peut dompter.

— Ah! je le dompterai, moi, et c'est pourquoi je veux l'avoir près de moi... pour l'empêcher de mal tourner.

Rassuré sur la crainte qu'il avait d'abord, il ne songeait plus qu'à sa déception et continua, plein d'une colère froide:

— Je vous avais dit d'amener la petite. Et vous arrivez tranquillement, bonnassement sans elle, comme si de rien n'était, avec votre satanée marmaille... vos infâmes marmots!... Qu'ai-je à faire avec votre sale marmaille... En suis-je le père? Vous n'avez donc pas compris que si je m'occupais de vous qui avez roulé dans tous les ruisseaux avec tous les goujats de rencontre...

La mère éleva la voix pour protester.

— Taisez-vous! allez-vous le nier? Ne voilà-t-il pas, ici présents, les preuves vivantes et nauséabondes de votre conduite?...

Les petits, qui, pendant cette conversation, erraient çà et là dans les deux pièces, examinant tout, furetant partout, ayant trouvé la cuisine vide et le fourneau sans feu, revinrent à Nicolaï, et avec un entêtement obtu d'enfants, le tirant par la manche:

— Dis donc, m'sieu? C'est-il ici que nous allons manger ou au restaurant?

— Au restaurant, on boulotte mieux, — fit l'aîné.

— Fichez-moi la paix, vous!

— Tu as dit qu'il y avait un bon dîner, — ajouta l'autre, venant à la rescousse de son frère, — il n'y a rien du tout.

— Ça va venir !

— Quand ça ? Quand ça viendra-t-il.

— Dans un instant.

— Y a-t-il du poulet ?

— Ah ! vous allez me laisser tranquille !

Le ton et l'éclair qui jaillit des yeux de Nicolaï furent si pleins de menaces, que les deux jeunes chenapans restèrent un moment pétrifiés et s'éclipsèrent lestement dans la pièce voisine.

— Ma conduite ? — dit la jeune femme, — avez-vous le droit de me la reprocher ?...

— Ah ! je ne vous ai pas fait venir ici pour entendre vos récriminations... Brisons là-dessus... Je voulais Sidonie... je la veux... où est-elle ? Je vais aller la chercher... je saurais bien la ramener moi-même.

— Vous ne le pouvez pas... On ne la laissera pas venir... Elle est loin... elle a trouvé une place.

— Une place ! — s'écria Nicolaï au comble de la colère. — Une place de quoi ? De rinceuse de pots de chambre !... Ah ça ! tu te moques de moi, stupide créature, ou tu es plus bête que tes pieds ! Je t'ai dit hier que je voulais m'occuper de son sort, que je me chargeais désormais d'elle... que je lui ferais donner de l'instruction, que je réparerais mes torts vis-à-vis d'elle... et tu vas lui chercher une place de laveuse de vaisselle, sans doute comme chez Pieter Snip... ou de bonne à tout faire chez un vieux monsieur ! Triple buse !...

— Je n'ai pas cru... — balbutia-t-elle.

— Tu n'as pas cru ?... Cependant ce que j'ai déjà fait pour elle le prouvait assez...

On entendait, dans la chambre voisine, les éclats de rire et les poussées des gamins, qui entonnaient sur l'air des lampions :

— Du poulet !

— Du rôti !

— Du boudin !

— Du poulet !

— A moins, — continua Nicolaï, — que tu sois assez idiote pour supposer que les dépenses que je me suis imposées sont pour plaire à cette sale graine !

Et s'adressant aux enfants :

— Voulez-vous vous taire, tas de salauds !

— N'est-ce pas, m'sieu qu'il y aura du poulet ? — cria le plus petit.

— Et du boudin !

— Il y aura des gifles, si vous ne vous taisez pas.

Silencieux un instant, ils recommencèrent :

— Du rôti !

— Du poulet !

— Du boudin.'

— Du rôti !

— Ah ! tu n'as pas cru... Tu doutes de mon affection pour Sidonie. Eh bien ! viens voir ce que je lui ai acheté, ce que j'ai fait encore aujourd'hui pour elle.

Elle le suivit dans la chambre à coucher, où les enfants continuaient leur tapage, et Nicolaï, poussant brusquement la porte :

— Tiens, regarde, — fit-il, désignant le lit.

Mais il n'y avait plus qu'un tas d'objets en désordre. La robe, un jupon, le chapeau et jusqu'au bracelet avaient passé du lit sur les deux polissons.

L'aîné s'était affublé de la robe et du chapeau, le plus jeune du mantelet et d'un jupon, et tous deux, se faisant face, se livraient, toujours sur l'air des lampions, à des excès chorégraphiques, qui annonçaient de précoces dispositions à se signaler plus tard dans les bals de barrières.

— Sales petites crapules ! — hurla Nicolaï, tombant à coups de giffles sur ce futur gibier de prison. — Pristi ! tous mes compliments; vous élevez bien vos enfants, ma chère.

Il leur arracha la toilette, fortement endommagée, de leur sœur, et après un dernier soufflet, leur jeta comme conclusion cette foudroyante menace :

— Vous irez vous coucher sans souper.

Le châtiment tombait d'autant plus à propos qu'en ce moment même un jeune garçon arrivait avec son panier plein de victuailles.

L'œil goulu, le visage bouleversé, ils ne perdaient aucun des mouvements du marmiton, vidant son panier et posant avec précaution les plats sur la table.

L'odorant fumet particulier aux gargotes parisiennes s'en exhalait; les narines des marmots s'élargirent, humant avec délices les parfums à base d'oignon.

Quant le marmiton fut parti, incapables de résister à l'ardente tentation, ils s'approchèrent sournoisement de la table, et, soulevant légèrement les assiettes qui couvraient les plats, commencèrent à inspecter leur contenu.

— Du poulet !

— Du veau !

—Allez vous coucher, mauvais chenapans, tonna Nicolaï au moment où tous deux léchaient leurs doigts qu'ils venaient de glisser dans la sauce, — vous n'aurez rien... que les os pour vous aiguiser les dents... Filez!

Ils regardèrent, désolés, mais sans bouger de place, tantalisés, les pieds cloués au sol.

L'aîné s'enhardit et piteusement, lamentablement, éleva la voix :

— Monsieur, pardon... Si nous sommes sages, m'sieu, aurons-nous du fricot?

— Filez, vous dis-je... ou je vous cloue les oreilles à la muraille.

Terrifiés par cette menace, ils s'en allèrent à reculons, ne pouvant détacher de la table leurs regards.

Mais c'en était trop pour le plus jeune, il se mit à pousser des cris aigus.

— Je veux du fricot, moi! Je veux du fricot!

L'aîné le poussa du coude,

— Tais-toi donc, bête... Nous allons tout boulotter.

— Tu crois? — fit l'autre, se raccrochant à cette parole d'espérance.

— Oui... le vieux va s'esbigner. Regarde.

Nicolaï, en effet, prenait sa canne et son chapeau; du moment que Sidonie n'était pas là, il se souciait peu de passer la soirée en compagnie de ces jeunes drôles et de leur mère.

— Je pars, — dit-il d'une voix tremblante de colère. — Mais tu vas me donner l'adresse de la petite.

— Je ne l'ai pas.

— Comment? Tu refuses de me dire où elle est? — fit-il avec un geste de menace.

— Je ne refuse pas... Une dame est venue la prendre de la part de celle chez qui elle était au Grand-Hôtel.

— Elle est au Grand-Hôtel, alors?

— Je le crois.

— C'est un mensonge, — fit Nicolaï après un moment de réflexion.

— Pourquoi, un mensonge?

— L'enfant s'est enfuie de la famille qui la gardait, je ne sais pour quelle cause... Et toi, le sais tu?

— Non, fit la mère.

Il la regardait attentivement, cherchant à lire la vérité dans ses yeux.

— Tu mens, tu le sais.

— C'est une famille qui voulait l'élever, l'emmener au loin... Elle ne s'y plaisait pas.

— C'est tout ce qu'elle t'a dit?

— Tout.

— Et pourquoi y est-elle retournée alors?

— Vous l'avez bien vu hier... Elle a peur de vous?

— C'est une petite sauvage... Mais je viendrai à bout de ses préventions.

— J'en doute.

— Elle est d'un âge où l'on pétrit les caractères comme de la cire molle... C'est ma fille... Je ne veux que son bien... Tu consens à me la confier?

— Si elle consent à vous suivre.

— Elle y consentira si aucune influence ne vient se jeter entre la mienne et la sienne.

— Je ne l'empêcherai pas... Si elle dit oui, ce sera oui : je perdrais mon temps à aller contre ses volontés.

« Elle est entière et obstinée.

— Ce serait du reste contre ses propres intérêts.

« Je te tire de la misère et de l'abjection pour te donner le bien-être, une modeste aisance.

Elle enveloppa Nicolaï d'un regard plein de méfiance, cherchant à son tour à lire au fond de la pensée.

Mais, devant cet œil fauve et sinistre, son cœur prêt à s'ouvrir se referma, et elle garda le silence.

— Eh bien! que décides-tu? Tu prétends que Sidonie est retournée au Grand Hôtel... Elle t'a dit sans doute le nom de la famille?

— Des dames russes... La mère et deux demoiselles.

« Le père est un marin français; il s'appelle Gayrouan. Voilà tout ce que je sais.

— Maman, — crièrent les enfants, — le dîner va être froid!

— Laissez-moi tranquille.

Nicolaï réfléchissait. Sidonie, retournée chez Gayrouan. La nouvelle était grave. Comment agir, maintenant qu'elle le connaissait sous un déguisement nouveau? Il est vrai qu'il pouvait en changer. Mais de telles expériences ne sont pas sans danger. Puis, comment l'enlever malgré elle? Il fallait que la mère elle-même se chargeât d'aller reprendre sa fille

— Écoute, — lui dit-il, — s'il est vrai que Sidonie soit retournée chez les Gayrouan, il faut aller la reprendre pas plus tard que demain matin. Je ne quitterai pas d'ici que tu n'aies ramené l'enfant,

À ces mots, pour eux pleins de menaces, les marmots restèrent pétrifiés d'épouvante et se mirent à chuchoter :

— Le vieux qui reste, pas de souper !

Et plus il tardait à montrer ses talons, plus le souper refroidissait.

Ils résolurent de parer à ce désastre.

Nicolaï remarqua-t-il ce conciliabule et soupçonna-t-il que des enfants viendrait la vérité ?

C'est probable, car il alla reposer son chapeau et sa canne, et tranquillement se rassit.

— Ah ! malheur ! Le voilà qui se colle sur la chaise.

— Vieille canaille !

— J'attends la réponse, — dit Nicolaï.

Et se tournant vers les enfants. :

— Oui, tendres agneaux, vous ne verrez mon dos, le dos du loup, que lorsque je saurai la vérité sur votre sœur...

S'approchant de la table et découvrant un plat ou gisait, dans un lac de sauce jaunâtre, un poulet entier :

— Je m'installe, j'avale tout, car j'ai une faim de loup... Mais rassurez-vous, je vous laisserai la carcasse pour votre déjeuner... En attendant, disparaissez..., et plus vite que ça. Allons, la maman, à table. A nous deux, nous en viendrons à bout... A la petite, nous donnerons le jus.

Il disposa deux couverts, fit mettre la mère à table et commença à découper le poulet.

— Allons, disparaissez ! M'avez vous entendu ?, — répéta-t-il aux enfants qui, navrés et les larmes aux yeux, restaient adossés au mur. — Je n'aime pas qu'on me regarde quand je mange... Ça a l'air de me reprocher les morceaux.

— M'sieu ! fit timidement l'aîné.

— Quoi ? Qu'est-ce ? Encore là !

— Tu vas coucher ici, m'sieu ?

— Sans doute. Je ne partirai que quand j'aurai l'adresse de Sidonie.

— Dis-la ! dis-la ! — soufflait le petit, poussant son aîné du coude.

La mère ouvrait de gros yeux, leur faisant signe de se taire, mais, voyant qu'ils allaient parler, elle se leva pour les pousser dans la chambre voisine.

— Nous aurons du poulet, si nous te le disons ? — cria l'aîné.

— Oui, — fit Nicolaï. — Tu auras pour toi tout seul cette belle cuisse.

— Pour de vrai ?

— La voici... N'y touche pas... Donne d'abord l'adresse.

— Et moi, qu'est-ce que j'aurai ? — demanda le cadet.

— Tu auras l'aile !... la bonne aile... Ah ! ah ! c'est ça qui est bon une aile ! Pas d'adresse, pas d'aile ! Où est Sidonie ?

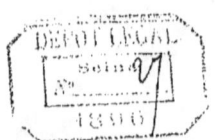

... en somme, un joli garçon, suivant le goût des filles.

— Elle s'est ensauvée..., ce matin..., chez la tante Culot.

— Très bien, — fit Nicolaï riant, — vous allez pouvoir vous mettre à table.

Et bravant les anodines menaces maternelles, les deux gamins se mirent à danser en poussant des cris de joie.

Nicolaï se leva, alla prendre une feuille de papier, une plume et de l'encre, posa le tout sur un coin de la table.

— Approche-toi, — dit-il à la mère de Sidonie, — je vois que tu veux me tromper. Je dois prendre mes précautions. Écris... ce que je vais te dicter.

Et comme elle hésitait :

— Oh! je ne te ferai pas écrire de force... Si ce que je te dicte ne te convient pas, il t'est facile de ne pas le signer.

Et il dicta :

« J'autorise M. le comte Gobsky à se charger entièrement de l'éducation de ma fille naturelle, Sidonie, âgée de douze ans... »

— Mais qui est ce comte Gobsky?

— C'est moi... j'ai, jusqu'ici, pour des raisons que tu comprendras sans qu'il soit nécessaire de te les expliquer, caché mon identité. Comme je pars pour l'étranger, je la reprends.

Je continue :

« Je lui abandonne tous mes droits sur cette enfant, dont il est le véritable père, certaine qu'il fera tout ce qui dépendra de lui dans l'intérêt de son bien-être et de son avenir. »

— C'est tout... Je suppose que tu peux signer sans hésitation aucune... Si tu as quelques objections à faire, parle.

— La seule objection, c'est que je veux voir de temps en temps ma fille.

— C'est une autre question. Tu verras ta fille aussi souvent que les circonstances le permettront. Consens-tu à signer?

Elle resta un moment indécise.

— Voyons, hâtons-nous, — fit Nicolaï impatienté, — je travaille pour le bien de ta fille; on te met devant les yeux, pour elle, une situation inespérée : d'une petite servante d'un ignoble cabaret, on veut faire une demoiselle, et tu hésites!... Il semblerait, ma parole! que tu vas signer son arrêt de mort!...

Elle réfléchit. Elle vit devant elle tout un avenir de misère, de honte... Encore quelques années, trois, deux, moins peut-être, et le minotaure qui guette les filles des pauvres en ferait sa proie!

Une voie s'ouvrait... elle était peut-être mauvaise, mais il y avait une chance à courir!

Cet homme l'avait violenté, trahi, abandonné, mais peut-être avait-il de véritables sentiments paternels! Cette enfant trouvée par hasard avait-elle réveillé en lui des remords? Cela devait être. Pourquoi s'occuperait-il d'elle ainsi?

Elle signa.

— Bien, — fit Nicolaï, prenant le papier et le mettant dans son porte-feuille; — maintenant écris à la mère Culot.

— Quoi? que faut-il que j'écrive?

— Quelle ait à remettre sur-le-champ Sidonie à la personne qui viendra la prendre.

— Ce n'est donc pas vous?

— Moi ou un autre, qu'importe, pourvu qu'elle soit entre bonnes mains.

Entre bonnes mains?

C'est justement ce que se demandait la pauvre mère... En quelles mains allait tomber sa fille en la livrant à ce Nicolaï.

Mais que faire?

Nature faible, dont le malheur et la longue misère avait brisé tous les ressorts, elle se laissait dominer par l'homme qui lui promettait la fin de ses maux.

Elle écrivit donc encore une fois sous la dictée du sinistre coquin qui, cette dernière victoire remportée, s'en alla sans plus tarder, à la grande joie des gamins qui, à peine la porte refermée, se ruèrent sur la table comme des soldats dans une ville prise d'assaut.

— Vous êtes de petits monstres — fit la mère cherchant vainement à s'opposer au pillage, et qui faible avec son enfant sur les bras se sentait impuissante. — Pourquoi avez-vous dit que Sidonie s'était sauvée chez votre tante? Je vous l'avais défendu.

— Tiens! — riposta l'aînée la bouche pleine. — Le vieux ne voulait pas s'en aller... Et le fricot qui refroidissait! Mince, alors!

CLXIX

UNE HABITUÉE DU « STAR »

Il n'était guère plus de huit heures quand Nicolaï quitta le logement où il avait installé son ancienne et infortunée maîtresse.

En homme qui sait le prix du temps, il sauta dans un fiacre, boulevard de la Chapelle et se fit conduire place de Clichy.

Il remonta l'avenue à pied, entra dans la maison populeuse que nous connaissons déjà et frappa à la porte de Mlle Rosa, fleuriste.

Personne !

Quelle guigne ! Décidément sa soirée était malheureuse ! Il comptait s'emparer de Sidonie, et il lui fallait faire de nouvelles démarches sans être certain du succès !

Il voulait voir la belle Sarah, et Sarah était absente.

— Je reviendrai demain, — se dit-il, — la prendre au saut du lit.

Une autre inquiétude le tracassait, le harcelait depuis le matin au milieu de ses préoccupations, résultat de la conversation de la nuit précédente entre le souteneur et la Verrue.

La *Bibine* allait être mise à vendre ou à louer. Rien que de naturel puisque le locataire avait disparu laissant la clef sur la porte.

Une simple location ne présentait que peu de dangers.

Il était contre toute vraisemblance que le successeur de Pieter Snip se mît à creuser sa cave ; mais une vente pouvait amener de désastreuses conséquences.

La barraque était vieille ; échafaudée, je l'ai dit, avec des débris de démolitions, et, assurément, le nouvel acquéreur ne la laisserait pas dans cet état de délabrement ; il la ferait relever..., peut-être même reconstruirait-il une vraie maison, une maison en pierre, et alors, en creusant les fondations, on découvrirait dans leur lit de chaux, les squelettes de ses victimes.

On se livrerait à d'actives recherches, et l'on commencerait par Sidonie, qui serait d'autant plus facile à trouver qu'elle habitait dans le voisinage de la taverne.

Et ce serait un jeu pour un juge d'instruction, fût-il le moins retors, d'arracher tout ce qu'il voudrait de la bouche de l'enfant.

Ce nouveau danger qui le menaçait ne fit que le décider davantage dans son désir de s'emparer le plus promptement possible de la petite fille et de la mettre en lieu sûr, à l'abri de la curiosité de la police et de la magistrature.

Mais il ne doutait pas que ce coin du canal, sur lequel des événements récents venaient d'attirer l'attention, ne fût surveillé, aussi voulait il éviter de s'y montrer sous le déguisement et la personnalité du comte Gobsky moins que tout autre, puisque la présence de sa victime à la *Bibine* avait dû être signalée.

D'un autre côté, une visite à la mère Culot et la résistance probable de Sidonie à le suivre ne pouvaient manquer de soulever de fâcheux commentaires.

Il lui fallait donc une tierce personne.

C'est pourquoi il avait songé à s'adresser à Sarah, ne doutant pas qu'elle consentirait à lui prêter son aide et, comme il l'avait reconnu intelligente et énergique, une aide efficace.

Certes, dans cette circonstance, il eût mieux valu l'intermédiaire de Clarinette qui eût inspiré plus de confiance à la mère Culot, mais Clarinette était allée, sur son ordre, rejoindre le peintre Croisillon, et il n'avait pas le choix.

— Je reviendrai la prendre au saut du lit, — répéta-t-il, descendant lentement l'escalier et s'éloignant à regret, car il lui tardait également de savoir le résultat de son entrevue avec Allan Parker ; — elle partira de suite chercher l'enfant et je pourrai partir moi-même demain soir. Et vogue la galère ! Nicolaï, mon ami, avec tes deux millions si légitimement gagnés, vu le mal que j'ai eu à les conquérir, tu peux voir encore luire d'heureux jours !

Il s'aperçut aux tiraillements de son estomac qu'il n'avait dîné que des fumets des plats qu'il avait fait monter à la famille de Sidonie et se hâta d'entrer dans un modeste restaurant de l'avenue de Clichy.

Il était tard, il ne restait plus que quelques rares clients.

A une table, voisine de celle où il s'assit, se trouvait une jeune femme qui, au moment où il entra, fit un geste de surprise, plus qu'un geste, un mouvement pour se lever, aller à lui et lui tendre les mains, disant :

— Quelle rencontre !

Mais elle se reprit aussitôt :

— Ah! pardon !

— Il n'y a pas de mal, — répondit Nicolaï.

C'était une petite femme, maigre et brune, aux grands yeux noirs et assez jolie.

Elle paraissait, d'ailleurs, fort délurée, et, seule à sa table, heureuse d'entrer en conversation :

— Je vous avais pris, à première vue, monsieur, pour quelqu'un de connaissance.

— Ah! — fit Nicolaï examinant sa voisine qui lui était absolument inconnue, — on a des sosies partout.

— Ce n'est pas que vous lui ressemblez, continua-t-elle, — oh? mais pas du tout. Et voilà ce qui est bizarre, ce n'est ni ses yeux, ni son nez, ni l'expression de la physionomie, ni même la tournure,

— Alors, comment puis-je être pris pour *lui?*

— Par les moustaches, les cheveux, le chapeau, la redingote;..... on dirait quelqu'un qui a voulu l'imiter et se déguiser comme lui.

— Ah! vraiment!

Nicolaï, malgré son sang-froid, fut vivement contrarié de cette rencontre, et, apostrophant le garçon, l'engagea à le servir prestement, se disant fort pressé.

— Quand vous êtes entré, — continua la jeune personne, — j'ai d'autant mieux cru que c'était lui, qu'on m'a dit qu'il était à Paris.

— Ah! il n'habite pas Paris habituellement?

— Non, monsieur. Du moins, je l'ai connu à Londres.

— Vous habitez l'Angleterre, mademoiselle?

— J'en reviens..... C'est un pays qu'on ne peut pas habiter bien longtemps.

— Pourquoi?

— A cause des Anglais... Ils sont trop exigeants.

— Avec les femmes?

— Oui, monsieur.

— Mais ils payent bien.

— Oh! c'est une légende. Ils sont encore plus rapiats que les jeunes Français de maintenant. Ce n'est pas peu dire. Des poseurs de lapins!

Nicolaï n'avait pas besoin de cette dernière explication pour reconnaître à quelle catégorie de femme il avait affaire, et ayant deviné qu'elle parlait de Gobsky, il pensa qu'il pouvait lui être utile d'avoir quelques détails sur le personnage dont il s'était emparé de la personnalité.

— Et le monsieur à qui j'ai l'honneur de ressembler... par les cheveux et les moustaches était-il un poseur de lapins?

— Oh! non, le pauvre Père la Guigne était l'honnêteté même. Un vrai *gentleman*, comme on dit en Angleterre.

— Comment l'appelez-vous?..... Père la Guigne!

— Oui, on lui avait donné ce nom-là, parce qu'il n'avait pas de chance. Il ne mangeait pas tous les jours, le pauvre diable. On l'appelait aussi Père Montrelune, et père Montretout.

— Voilà de singuliers sobriquets!

— C'est parce qu'il était artiste et s'amusait à dessiner des petites femmes nues!

— Ah! je comprends!

— Il gagnait sa vie de cette façon, le pauvre homme. Il y a une canaille de banquier, un juif allemand qui lui avait volé un million.

— Rien que cela!

— Toute sa fortune. Vous trouvez que c'est peu.

— Mais non! Mais non! je trouve que c'est... un peu exagéré.

— Pas du tout. La pure vérité, aussi vrai que je m'appelle Fanny. Il m'a menée chez lui une fois, et m'a montrée toutes ses pièces...

— Peste!

— Et ses parchemins aussi, qui prouvaient qu'il était un vrai comte...
le comte Gobsky.

— Un Polonais.

— Oui, monsieur. C'est malheureux, n'est-ce pas, de voir un comte
obligé de faire un métier comme ça pour manger du pain.

— Il n'y a pas de sot métier, — fit sentencieusement Nicolaï. — Et
qu'est-il devenu ce comte polonais?

— Je ne sais pas, monsieur. Il est parti tout d'un coup pour Paris
avec un autre Polonais ou un Russe, je ne sais lequel, un nommé Boris
Stanipoff... On disait qu'ils ont fait un héritage.

— C'est bien possible.

— Il en avait besoin, le pauvre Père la Guigne. Quand il m'a montré
ses papiers, ses parchemins, il m'a dit : Voilà toute ma fortune. Je ne la
donnerais pas pour un million.

« C'est la généalogie, et les titres des comtes Gobsky. Celui qui
trouverait cela à ma mort, et me ferait enterrer sous son nom, pourrait
prendre le mien et serait reçu partout, dans les meilleures familles de
l'Europe. »

— Et pourquoi, lui, ne s'y faisait-il pas recevoir... dans les meilleures
familles de l'Europe?

— Vous êtes étonnant, vous! Allez donc vous présenter dans le monde
avec des habits en guenilles... Tenez, vous êtes pas mal râpé, sans vous
offenser, mais à côté de ce pauvre diable de Père Montrelune, vous passe-
riez pour un mylord.

— Hé! hé! Elle est gentille et drôlette, cette petite maigriotte, — se
dit Nicolaï dont les instincts libidineux se réveillèrent soudain, — où
comptez-vous passer votre soirée, ma belle enfant?

— Je n'ai pas encore arrêté mon programme.

— Voulez-vous que nous décidions ensemble de la marche?...

— Je ne dirai pas du bœuf gras... mais de la vache maigre...

— Oh! vous vous calomniez.

— Non pas... je sais ce que je vaux... Eh bien! vous me paraissez un
type assez réussi... je ne dis pas non... d'autant plus que, nouvelle débar-
quée, je n'ai pas encore eu le temps de me faire un ami.

— Alors, c'est entendu... je vous en servirai pour cette nuit.

— J'accepte.

Nicolaï régla les deux repas et s'en alla triomphant avec sa nouvelle
conquête.

En même temps que le désir, une idée lui était venue.

Cette fille ne pourrait-elle s'acquitter de la mission dont il comptait charger Sarah? N'y aurait-il même pas avantage à la charger de la délicate besogne?

Il lui était inconnu et par conséquent elle ne pourrait donner d'autres renseignements sur lui que ceux recueillis dans une rencontre de hasard au cas ou la police viendrait à l'interroger, tandis que Sarah en connaissait trop déjà sur son compte... et avec ce genre de femme l'on ne peut prendre trop de précautions.

Leur langue déjoue tous les calculs de la prudence. Fanny, après mûres réflexions, décida que ce qu'il y avait de plus amusant était de terminer la soirée au concert, ensuite l'on mangerait la soupe à l'oignon, la choucroute et le jambon traditionnels, puis l'on irait faire tranquillement dodo comme petit mari et petite femme.

— Ça te va-t-il, vieux birbe?

— Ça me va.

— Allons-y!

Ils montèrent dans un fiacre qui les conduisit à l'*Eldorado* où Fanny s'extasia en écoutant les couplets grivois et les refrains plus ou moins spirituels, puis tout à coup, poussant son voisin du coude pendant un entr'acte :

— Vous voyez ce petit jeune homme, là-bas, en complet gris?

— Oui, eh bien? — demanda Nicolaï qui venait de reconnaître en la personne désignée son visiteur de la veille.

— Je le connais. C'est l'amant d'une de mes amies de Londres.

— Ah vraiment!

— Quand je dis amant, je me trompe... c'est plutôt *micheton*, car elle le fait joliment casquer.

— Il est riche?

— Sa mère l'est... et il la vole.

— Il promet.

— Oh! c'est une petite fripouille. Il sort même de prison... où il a fait de la prévention.

— Ah! fit Nicolaï vivement intéressé.

— Oui, il a été mêlé dans une drôle d'histoire. Il avait un grand-père, un vieux paillard qui allait se marier avec une ancienne maîtresse, et la veille des noces on l'a trouvé pendu au-dessus du lit de sa fiancée.

— C'est lui qui l'a pendu?

— On l'a cru d'abord, parce qu'il était l'amant de la maîtresse de son grand-père... mais il paraît que le vieux s'est occis lui-même...

— Ce n'est pas, je le suppose, pour faire une niche à son petit-fils.

— Tout de même... C'est embêtant d'aller coucher avec sa maîtresse

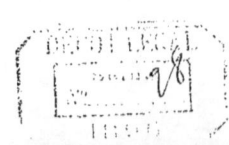

— Tu vas me dire pourquoi tu n'as pas amené ta fille?

et de trouver une paire de jambes qui vous donnent en gigotant la bénédiction au-dessus de votre oreiller.

— Ce vieux poussait un peu loin la plaisanterie macabre... Et qui a ri? Le petit fils.

— Naturellement, puisqu'il hérite.

— De la maîtresse et des écus.

Liv. 258. — H. GEFFROY, édit. — Reproduction interdite.

— Les écus ont dû revenir à sa mère.

— Et quel est l'Anglais qui est à côté de ce petit-fils fin de siècle?

— Le grand à moustaches? Je ne sais pas. Il me semble pourtant le connaître de vue... oui, j'ai dû le rencontrer dans le quartier français... dans un *bar* quelconque de *Leicester-Square*... Je me souviens maintenant... Il a aussi, je crois, quelque sale histoire à son actif.

— Bah! tout le monde a quelque petite sale histoire dans son sac. Qui n'a pas sa petite sale histoire? Moi, j'ai la mienne comme les camarades, et toi?

— Mon Dieu oui! moi aussi, — fit en soupirant la jeune fille, — sans cela vous ne me verriez pas ici.

— Qu'est-ce que je disais? Ah! vous ne vous en portez pas plus mal et nous n'en sommes pas moins d'honnêtes gens.

Mlle Fanny regarda son voisin avec un étonnement mêlé de curiosité, mais comme en ce moment le rideau se levait, elle fut tout entière à la représentation.

— Tiens! tiens! se dit Nicolaï — le jeune Parker était l'amant de la future femme de son grand-père... Et il vient à Paris pour faire chanter son papa! Voilà qui est bien! Ce jeune homme m'intéresse; ni préjugés, ni sots scrupules.

Il fera son chemin dans la vie!

Il se félicitait intérieurement du heureux hasard qui l'avait fait rencontrer cette fille.

Elle pouvait lui donner d'utiles renseignements sur le monde interlope des Français de Londres, ceux que la misère avait poussé le comte Gobsky à fréquenter; et aussi des indications sur ce dernier, indications qui lui faciliteraient sa transformation.

Elle avait évidemment fréquenté celui dont il revêtait les dépouilles, et le moindre détail, en apparence le plus insignifiant, pouvait avoir une grande importance.

CLXX

CHEZ LA MÈRE CULOT

La mère Culot habite une maisonnette sur le bord de la Marne, à un kilomètre environ de la *Bibine*.

Son mari, vieil ivrogne, était censé s'occuper de jardinage, mais il s'occupait plus spécialement de politique, c'est-à-dire qu'il vidait des petits verre en parlant du malheur des temps et de la canaillerie des hommes du jour.

Faisant partie, pendant la guerre franco-allemande, d'un bataillon de la garde nationale, il était resté dans ce bataillon comme nombre d'autres pendant la Commune, et un moment emprisonné après la sanglante répression, il se posait en victime des persécutions politiques et des injustices sociales.

Pourtant il n'avait pas trop à se plaindre du sort.

Simple garçon jardinier, sans sou ni maille, il avait épousé une cuisinière qui lui apportait en dot une douzaine de cents francs de rente à 3 0/0, legs d'un vieux monsieur qui lui avait chanté le *Célibataire* de Béranger et pour lequel elle n'avait pas eu de rigueurs :

> Petite bonne agaçante et jolie.
> D'un vieux garçon doit être le soutien.
> Jadis ton maître a fait mainte folie
> Pour des minois moins friands que le tien

A ces douze cents francs de rente, gain légitime acquis par d'aimables complaisances, elle joignait un petit magot plus péniblement et plus longuement amassé à l'aide des petits larcins coutumiers aux cuisinières, le tout placé en solides obligations.

Cela constituait au couple Culot un revenu de cent cinquante francs par mois.

— Ce n'est pas le Pérou ! — disait la mère Culot, mais cela suffit à des gens de goûts modestes pour boulotter la petite existence et finir ses jours sans trop de tracas... d'autant qu'on peut augmenter ses revenus par un tas de petites bricoles supplémentaires... mais voilà, Culot ne travaille que quand je l'agonise, et c'est moi qui ai tout le tintoin... La politique lui fait perdre la tête à cet homme !

La vérité est que si Culot oubliait son peu de cervelle, c'était au fond des nombreux verres qu'il absorbait à peu près tous les soirs, en compagnie de révolutionnaires à tous crins, chez un mastroquet du voisinage où se rencontrait la fine fleur des soi-disant socialistes de l'endroit.

C'est là que s'élaboraient toutes les réformes qui devaient régénérer le monde. Là que l'on critiquait la marche des généraux dans les expéditions coloniales, les orageuses séances de la Chambre et les décrets ministériels.

— Des discussions à rendre sourd, — disait encore la mère Culot. — Tous beuglent à la fois et personne n'écoute. Qué malheur! Comme s'ils ne pouvaient pas laisser le gouvernement tranquille! Il est vrai qu'il ne vaut pas Napoléon III, mais puisqu'ils n'en ont plus voulu, qu'ils l'ont chassé, ce brave homme... alors quoi. Qu'est-ce qu'ils veulent?

« Tant pis pour *eusses* s'ils ne sont pas contents.

Toute la politique de la mère Culot se résumait en ceci :

— Fallait laisser Napoléon III en place... Alors moi, j'en aurais une bonne... et Culot en profiterait... Mais le monde ne sait pas se tenir...

Elle monologuait ainsi toute seule, par habitude, par besoin de faire aller sa langue ; mais ce jour-là elle avait une auditrice, la petite Sidonie qui l'écoutait ou faisait mine de l'écouter par politesse, car sa pensée voyageait ailleurs, tandis qu'elle ravaudait les bas de sa tante.

— Non, — répéta-t-elle, — le monde ne sait pas se tenir ; c'est comme ta mère ! Ah ! qué malheur !

La petite fille baissa la tête ; sans doute elle était de l'avis de sa tante... sa mère ne savait pas se tenir.

— Et toi, t'es aussi bête qu'elle ! — conclut la mère Culot.

— Pourquoi ?

— Comment pourquoi ? Tu me fais suer, tiens ! Je t'ai dit l'autre jour devant ton patron, la veille du jour où il a fichu le camp, que t'avais l'air de sortir d'un bocal. Je te le répète. C'est la pure vérité. V'là un vieux monsieur qui te veut du bien et tu t'ensauves de lui comme de la peste ! C'est dégoûtant d'être bête à ce point-là. T'es bonne à fouetter. Oui, si j'étais ta mère, je taperais sur toi ; je te tomberais dessus comme la misère sur le pauvre monde. Ah ! qué malheur !

Et, comme la petite fille ne répondait pas, elle reprit :

— Enfin, qu'est-ce qu'il t'a fait, cet homme, pour que tu aies comme ça la frousse de lui ?

— Rien, ma tante.

— Tu t'es trouvée seule avec lui quelque part ?

— Non, jamais.

— Il t'a dit des inconvenances ?

— Pas du tout.

— Alors, quoi ?

— J'ai peur de lui, — répondit Sidonie, toujours le nez sur son ravaudage.

— T'as peur de lui ? T'as peur de lui ? On n'a pas peur des gens sans raison. Pourquoi as-tu peur de lui ? Ce n'est pas à moi qu'il faut conter des histoires... Tu as peur de tout le monde, alors... Pourquoi t'es-tu ensauvée de chez ton patron ?...

— Puisqu'il était... parti. Je ne me suis pas sauvée... J'ai accompagné cette demoiselle, dont je vous ai parlé, chez son père.

— Bon ! Pourquoi t'es-tu ensauvée de chez son père ? Tu as dit pourtant que c'étaient de braves gens, pleins d'amabilités pour toi, qu'ils t'avaient acheté une belle robe, un beau chapeau... Pourquoi, enfin, t'es-tu ensauvée de chez eux ?

— Je m'ennuyais.

— Ah! tu t'ennuyais! Elle est bonne celle-là! Et chez ta mère, tu t'ennuyais aussi. Alors tu t'ensauves comme ça de tous les endroits parce que tu t'ennuies ou que tu as peur des gens. C'est du propre! on fera quelque chose de toi, ma fille! Tu finiras mal, c'est moi qui te le dis... Mais cette affaire n'est pas finie..., j'en aurai le fin mot, et, pas plus tard qu'aujourd'hui, quand mon ménage sera fait, j'irai voir chez ta mère ce qu'il en est... Ah! malheur! Etre si bête que ça! Et dire que voilà une fille qui va sur ses douze ans!... Si tu crois que je vais te loger, te nourrir, t'entretenir... J'ai pas besoin de toi, moi!

— Je trouverai une place, — dit la Gosseline.

— Une place! mais puisque tu en avais des places et que tu n'en as pas voulu. Tu t'es ensauvée de tes places... Le vieux monsieur qui se prétend ton père, qu'est-ce qu'il voulait que tu fasses chez lui?

— Rien! Il voulait me mettre en pension.

— Et c'est parce qu'il voulait te mettre en pension et faire de toi une demoiselle, que ça t'a donné la frousse! Non, tiens, si je ne me retenais pas, je te flanquerais des gifles pour ton pesant de bêtise!... Eh bien, sais-tu ce que je vais faire?

— Non, ma tante.

— Je ne suis pas une moule comme ta mère, moi. Je ne me laisse pas mener par le bout du nez, et je n'attends pas que les alouettes me tombent toutes rôties dans le bec... Je vais aller le trouver le vieux monsieur, et je vais lui dire de me débarrasser de toi... Ta mère me donnera bien son adresse... Et tu vas m'accompagner...

— Oh! ma tante!

— N'y a pas de ma tante. Aussitôt que Culot va rentrer, nous partons. Ce qui est dit est dit.

— Madame Culot?

— C'est moi, Madame.

— Je désirerais vous parler un moment.

— Très bien, Madame, donnez-vous la peine d'entrer.

La personne qui se présentait ainsi sur le seuil de la porte ouverte, était une petite femme brune aux grands yeux noirs, mise avec une élégance un peu tapageuse, obtenue évidemment dans un magasin de confections, mais la mère Culot n'y voyait de si près et elle introduisit sa visiteuse avec tous les égards que l'on doit à une robe de soie grenat et un chapeau à plumes.

— Asseyez-vous madame, qu'est-ce qu'il y a pour votre service?

— Je viens pour une jeune fille qui est chez vous.

— La voici, madame. C'est ma nièce Sidonie.

« Lève-toi, Sidonie! Salue Madame.

- « Elle est gentille, comme vous le voyez, et grandelette pour son âge... Mais elle est un peu gauche ; il faut l'excuser, ça n'est jamais sorti de son trou et ça n'a que douze ans.

— C'est justement l'âge qu'il me faut, — observa la dame.

— Et c'est sage comme une image.

— Je n'en doute pas... A douze ans...

— Oh ! je veux dire que ça fait ses prières tous les matins et tous les soirs...

— Ah ! c'est très bien...

— Je ne voulais pas parler... d'autre chose... C'est encore trop jeune... Vous comprenez, madame?

— Assurément.

— Ça vient toujours trop tôt et plus vite qu'on ne voudrait.

— Ça ne viendra pas tant qu'elle sera chez moi et j'y aurai la main.

— C'est pour vous, madame?

— Oui... c'est pour moi... pour soigner deux petits enfants, un petit garçon et une petite fille...

— Cela tombe bien... Elle a des petits frères... Elle adore les enfants... N'est-ce pas, Sidonie?

— Oui, ma tante.

— Et sans être trop curieuse, madame, qui vous a indiqué cette petite?

— Sa mère.

— Ah! sa mère. Vous avez vu sa mère, alors?

— Naturellement... C'est le hasard qui m'a conduit chez elle. Je m'informais d'une petite fille dans le quartier, car je n'aime pas m'adresser aux bureaux de placements..., on est si souvent trompé..., tandis que, par les voisins, on a des renseignements plus sûrs...

— Ça, c'est vrai... Telle que vous me voyez, madame, je n'ai jamais eu affaire aux bureaux de placement et j'ai toujours été bien placée, je peux le dire... Même que l'empereur Napoléon III m'a dit : « Avec une figure comme la vôtre, m'ame Culot, on n'a pas besoin de lettre de recommandation... » Oui, madame, il m'a dit cela, l'empereur Napoléon III, et devant M. le curé de Saint-Clément, l'abbé Fricard, un bien brave homme...

— Ah! vous avez parlé à l'empereur?

— Oui, madame, telle que vous me voyez. Même qu'il m'a dit : « M'ame Culot, quand vous viendrez à Paris, v'là mon nom, v'là mon

adresse... Ne manquez pas de me faire une visite, je vous présenterai mon
épouse Ugénie ! »

— Et vous avez été le voir?

— Ah! ma pauvre dame! que me demandez-vous là? Et les Prussiens!
vous oubliez les Prussiens ! Ah! j'aime pas penser à ça, tenez. Ça me fait
mal au cœur.

— Vous avez raison, madame Culot, parlons de la petite, plutôt.

Et, s'adressant à Sidonie :

— Vous voulez bien venir avec moi, mon enfant?

— Où, madame?

— Ah! c'est un peu loin. C'est en Angleterre. Mais je suppose que
cela ne vous contrarie pas..., à votre âge, on aime les voyages.

— Pour sûr?— appuya m'ame Culot. — Telle que vous me voyez, ma
bonne dame, à l'âge de quinze ans, j'avais déjà vu la mer.

— Ah! vraiment!

— C'est comme je vous le dis... J'étais bonne à tout faire chez un vieux
monsieur...

— Oh! si jeune...

— Faut bien, ma petite dame... Quand on n'a pas des parents bourgeois qui ont amassé des écus... faut se mettre à tout.

— Et vous vous êtes mise à tout.

— Oui, madame... Ce vieux monsieur avait des rhumatismes..., le
médecin lui a ordonné « des bains de mer... ».

— Des bains de mer pour des rhumatismes!

— Oui, madame... Paraît que c'est très bon pourvu qu'on vous fric-
tionne une heure après qu'on est sorti de l'eau.

— Alors, il vous a emmené pour le frictionner.

— En tout bien tout honneur, comme j'ai celui de vous le dire,
madame.

— Et ça l'a guéri?

— Ça l'aurait guéri, madame. Malheureusement il est mort... Mais il a
su reconnaître mes services et m'a couchée sur son testament.

— Tout est bien qui finit bien. Mais ce n'est pas pour soigner les
rhumatismes d'un vieux monsieur que je viens chercher cette jolie enfant,
mais pour prendre soin, comme je viens de vous le dire, de bébés bien
portants.

— Ce ne sera pas la première fois, elle a déjà pris soin de ses petits
frères.

— Oui, j'ai vu chez sa mère deux charmants petits garçons.

Sidonie leva sur la visiteuse un regard étonné; jusqu'ici elle avait

ajouté foi à ses paroles, mais la qualification que la « dame » venait de
donner à ses chenapans de frères lui inspira des doutes sur sa sincérité.

— C'est ce matin que vous avez vu maman, madame? — demanda-t-elle.

— Non, ma petite, c'est hier soir.

— Maman venait d'emménager.

— Je crois que oui...

— Alors, c'est dans le quartier de la Goutte-d'Or.

— Oui, ma mignonne,

L'enfant se tut: elle n'osa interroger davantage. Mais elle avait cette
question sur les lèvres :

« Comment se fait-il que dans ce quartier où maman n'est connue de
personne, où je ne suis jamais allée, on ait pu parler de moi à cette
dame et, qui plus est, donner des renseignements sur moi? »

La messagère de Nicolaï, que le lecteur a sans aucun doute reconnue,
comprit au visage de l'enfant qu'elle avait fait une bévue et se hâta de la
réparer.

— C'est à son ancien domicile que les voisins m'ont parlé de votre
maman..., l'épicier du coin, entre autres, auquel je me suis adressée
d'abord... je suis allée à son adresse, et la concierge m'a dit qu'elle venait de
déménager.

— Je croyais qu'elle n'avait pas la nouvelle adresse de maman? — fit la
petite.

— Il paraît que si, — répliqua sèchement Fanny, — puisqu'elle me l'a
donnée.

Puis se tournant vers la vieille, désireuse d'en finir :

— J'ai fait mes conditions avec la mère, — ajouta-t-elle, mais, puisque
vous êtes sa tante, il est bon de vous les répéter. Voici : Je donne à la
petite seize shillings par mois, c'est-à-dire vingt francs; c'est le double
de ce que l'on donne aux petites Anglaises, mais je tiens à avoir une
Française. Je la loge, bien entendu, je la nourris, je l'habille et je lui paye
son voyage. Si je suis contente d'elle, j'augmente ses gages jusqu'à vingt-
cinq francs. Ces conditions conviennent à sa mère, je suppose que de
votre côté, chère madame Culot, vous les trouvez raisonnables.

— Sans doute, sans doute, ma petite dame... Mais...

— Mais quoi?

— Je vais vous dire franchement ce qu'il en est...

— Je vous écoute, madame Culot.

— Il y a un vieux monsieur..., et la petite le connaît bien..., qui
s'intéresse à elle...

— Eh bien?

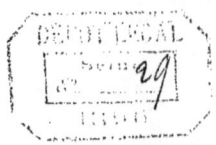

— Hein! — fit la mère Culot se croisant les bras. — « Embrassez votre tante et en route, » pas de ça, Lisette!

— Eh bien; il fait tout son possible pour l'avoir.

— Qu'est-ce qu'il veut en faire, ce vieux monsieur? Est-ce qu'il a aussi des rhumatismes?... Est-ce qu'il veut la mener aux bains de mer?

— Dame! ce ne serait déjà pas si bête de sa part, si elle acceptait..., s'il la couche, comme le mien, sur son testament!

— Oh! ces aubaines ne se trouvent pas tous les jours.

— C'est justement ce qu'il a l'intention de faire..., aussi vrai que je m'appelle m'ame Culot.

— Il vous l'a dit?

— Il l'a dit à la petite. Il veut lui donner une belle éducation..., la mettre en pension..., en faire une demoiselle, quoi!

— Peste!

— N'est-ce pas, Sidonie?

— Oui, ma tante.

— Et pourquoi n'est-elle pas déjà chez lui?

— Ah! pourquoi! demandez-lui pourquoi? — fit la mère Culot, reprise de colère et s'excitant à mesure qu'elle invectivait sa nièce. — Pourquoi? Parce que c'est une buse, une idiote, une oie, une rien qui vaille! Oui, madame, une rien qui vaille qui mérite de crever sur la paille..., et elle y crèvera, c'est moi qui vous le dit. Pourquoi elle n'est pas chez le vieux monsieur! Mais elle s'est ensauvée de chez sa mère, telle que vous la voyez, elle s'est ensauvée de chez sa mère à cause de ce vieux monsieur qui lui veut du bien. C'est ingrat, ça! c'est ingrat, voyez-vous. C'est une race de vipère. Oui, madame. Et vous voulez prendre avec vous cette petite coquine, l'emmener en Angleterre... Ne faites pas ce coup-là, elle vous empoisonnera tous. Poison! poison! poison!

— Elle n'a pourtant pas l'air d'une empoisonneuse? — remarqua Fanny, étonnée de cette sortie.

— Non, elle n'en a pas l'air..., pour sûr qu'elle n'en a pas l'air... C'est une sainte nitouche, voilà ce qui trompe. Ah! elle cache bien son jeu!

— Enfin puisqu'elle ne veut pas aller avec ce monsieur, c'est qu'elle a sans doute ses raisons... Et puisqu'elle s'est sauvée de chez ses parents pour éviter ce vieux, voilà une bonne occasion de se mettre à l'abri. Il n'ira pas la chercher en Angleterre, et chez moi elle sera en sûreté. Ainsi, c'est entendu! mon enfant, vous avez bien compris toutes nos conditions... Elles vous conviennent?

— Oui, madame.

— Alors, je vous emmène.

— Comme ça, tout de suite?

— Dame, oui. Ce n'est pas pour l'année prochaine, c'est tout de suite que j'ai besoin de vous.

— C'est que...

— Qu'est-ce qui vous retient? Vos adieux à votre tante?... Précipitez-vous dans ses bras, embrassez-la et partons... Vos bagages, peut-être? Vous voulez faire votre malle!... Inutile, je vous prends telle que vous êtes..., avec votre robe et la chemise que vous avez sur le dos. Si nous nous dépêchons nous aurons le temps de monter votre petite garde-robe à Paris..., linge et le reste,

— Je ne veux pas partir sans aller voir maman, sans lui dire adieu.

— Eh! sans doute, nous la verrons votre maman, il n'est pas question de vous en aller sans lui faire vos adieux... C'est pour cela qu'il faut nous dépêcher si nous voulons prendre le train de huit heures..., allons, vite, ma petite, embrassez votre tante.

— Hein? — fit la mère Culot se croisant les bras. — « Embrassez votre tante et en route », pas de ça, Lisette. La tante ne tient pas à ce qu'on l'embrasse et ne veut pas qu'on se mettre en route.

— Pourquoi?

— Parce qu'elle ne veut pas.

— Ce n'est pas une raison... Vous ne pouvez empêcher, madame, cette enfant de chercher à gagner honorablement sa vie. Elle a d'ailleurs sa mère. Elle seule a le droit de vouloir ou de ne pas vouloir se séparer de sa fille. Et elle y consent.

— Vraiment?

— Oui, madame... Elle fait mieux qu'y consentir. Elle m'a donné son autorisation par écrit d'emmener la petite fille..., oui, madame Culot, écrite de sa propre main.

« La voici :

Elle tendit le papier à la mère Culot qui le lut toute pâle de colère.

« J'autorise la personne porteuse de ce billet à emmener ma fille Sidonie, âgée de douze ans. Je la lui confie, comptant qu'elle traitera l'enfant avec bonté et bienveillance. »

A ce billet, était joint une lettre pour la mère Culot :

« Ma chère tante,

« Soyez assez bonne pour remettre à la personne qui se présentera de ma part, ma chère petite Sidonie.

« C'est pour son bien et dans notre intérêt, je veux dire le mien et celui de mes enfants que je consens à me séparer d'elle.

« Votre nièce dévouée,

« Sidonie ».

— Je suppose que maintenant vous n'avez plus d'objection à faire! — dit l'agente de Nicolaï.

— Pardon, j'en ai plus que jamais.

— Dites.

— Ce ne sera pas long, ma belle petite dame.

« L'objection, la voilà! sa mère est une moule, rien qu'une moule! Je me fiche de ses lettres et de ses procurations. Elles ne sont bonnes qu'à essuyer mon derrière.

Et voilà le cas que j'en fais!

Et avant que Mlle Fanny eût pu la prévenir, en un tour de main elle avait réuni les deux papiers et en avait fait une dizaine de morceaux.

— Mais, — s'écria l'ambassadrice, — c'est abominable ce que vous faites là...

— Abominable, tant que vous voudrez, ma petite dame, mais faut pas me prendre pour une moule comme sa mère.

— Tout cela ne me regarde pas... la mère m'a donné l'autorisation d'emmener sa fille et je l'emmène.

— Essayez un peu, ma petite. C'est pas les chapeaux à plumes ni les robes de soie qui m'intimident. J'en ai porté, moi aussi dans le temps des robes à plumes et des chapeaux de soie.

— Quand vous soigniez les rhumatismes des vieux messieurs! — ricana la donzelle.

— Vaut mieux soigner les maladies des vieux messieurs que d'en donner aux jeunes...

— Eh! dites donc, vieille impertinente...

— Bien le bonjour, madame, mille choses chez vous.

Et poussant l'ambassadrice dehors, elle lui ferma violemment la porte au nez.

CLXX

CALCULS DE LA MÈRE CULOT

Ce n'était assurément pas l'amour qu'elle éprouvait pour sa nièce ni celui de la vertu qui faisait agir de la sorte la mère Culot.

Non, mais elle comptait sur une bonne aubaine, une fructueuse affaire, car la conduite de Nicolaï lui avait fait entrevoir une agréable perspective, un sac de « jaunets » ouvert, dans lequel elle pourrait puiser.

Que le « vieux », comme elle l'appelait, bien qu'il fût plus jeune qu'elle, fût le père de l'enfant, — et elle ne croyait qu'à moitié à cette histoire, —

ou qu'il fût poussé par un sentiment tout autre que la sainte affection paternelle, peu lui importait.

L'important, l'essentiel à ses yeux, est qu'il désirait prendre la Gosseline, et puisque la mère, cette buse, ne tirait pas profit de cette veine, elle se chargeait, elle, la tante, de l'exploiter de son mieux.

Ah! si elle avait été seule ayant charge de la petite, elle l'eût lancée dans une autre carrière, et dès huit ou neuf ans lui eût fait entreprendre le commerce des fleurs.

Dix sous de fleurs dans un petit panier ouvrent parfois le chemin de la fortune.

Oui, elle en eut fait une bouquetière, n'étant pas de ceux qui, comme le poète, s'apitoient sur le sort des enfants voués au Minotaure :

> La petite bouquetière,
> Faite femme avant le temps,
> A déjà la grâce altière
> D'une fille de vingt ans...
>
> Elle s'en va les dimanches
> Errer le long du trottoir
> Avec des langueurs de hanches
> Qui font de la peine à voir... [1].

Mais la mère s'y était opposée.

Cependant la mère Culot n'avait pas perdu ses visées, cherchait un avantageux placement, ne laissait échapper aucune occasion quand elle pensait en trouver.

Déjà elle l'avait offerte comme modèle au peintre Croisillon pour des tableaux, disait-elle, où il y a des « amours d'enfants » ; mais Sidonie, qui marchait sur ses douze ans, était déjà d'un âge où il est difficile à une fille de représenter décemment ce genre d'amours.

Croisillon cependant n'eut pas demandé mieux : la gamine lui semblait bien tournée, elle eût fait un délicieux modèle, mais pas pour tableaux de famille ; aussi Clarinette s'y était vivement opposée.

Dépitée de ce côté, la mère Culot se tournait vers d'autres.

Quand le hasard ou plutôt Clarinette lui fit rencontrer Nicolaï, la face patibulaire de celui-ci lui dit qu'il y avait peut-être là quelque chose à glaner.

Elle ne croyait pas tomber si juste, et quand elle l'accosta sur les bords

1. Clovis Hugues.

du canal après sa visite chez Clarinette, elle lui fit les premières ouvertures en lui proposant une bonne à tout faire.

Nicolaï ne l'écouta pas ayant d'autres chats en tête, mais quand elle le revit chez Pieter Snip, caressant la fillette, ses espoirs lui revinrent en même temps que ses appétits.

Elle était seulement furieuse que la connaissance eût lieu par un autre intermédiaire qu'elle.

Ce mastroquet! de quoi se mêlait-il?

Elle était la tante; en l'absence de la mère, elle avait tous les droits.

Ah! elle allait mettre bon ordre à cela et se proposait de le faire dès le lendemain, même en retirant l'enfant de chez le cabaretier, après une scène de vertu indignée, lorsqu'elle trouva la Bibine close, le patron parti et la fillette envolée.

Elle ne savait qu'imaginer et se perdait en conjectures, lorsqu'une lettre de l'enfant la rassura.

Dieu merci, rien n'était perdu!

Le sac ouvert brillait encore tout étincelant de pièces d'or dans l'obscurité de ses rêves.

Et quand l'enfant lui revint, lui racontant une partie de son histoire... une partie seulement, elle l'accueillit à bras ouverts.

Cependant elle la gourmanda pour la forme, pour l'éclairer, lui ouvrir les yeux, faire taire ses scrupules d'honnête fille, lui faire reluire les avantages qu'elle pourrait tirer.

Elle ne pouvait s'expliquer la répugnance, l'horreur que le « vieux » inspirait à l'enfant, mais elle se faisait fort de changer ces sentiments hostiles, de les atténuer tout au moins pour le moment où Nicolaï reviendrait.

Car il reviendrait, elle n'en doutait pas; ne trouvant pas Sidonie chez sa mère, il supposerait bien qu'elle était chez sa tante.

Maîtresse de la situation, elle lui mettrait alors le marché en main.

C'est à prendre ou à laisser.

Et il prendrait, c'était sûr!

Mais voilà que l'arrivée intempestive et inattendue de cette « madame » de Londres dérangeait ses plans.

Qu'est-ce que sa nièce aurait jamais à gagner avec cette méchante petite bourgeoise nécessiteuse, qui prenait pour bonne d'enfants une petite fille, faute de pouvoir en payer une grande!

Et quel bénéfice en tirerait-elle, elle la grand'tante, la pauvre mère Culot!

Ah! misères du monde! Fallait-il que la mère de Sidonie soit bête! Quelle moule, mes amis! quelle moule!

Elle ne décolérait pas contre sa nièce qui, en donnant à cette pécore la permission d'emmener Sidonie, lui enlevait son dernier espoir.

Ah! non, pas de ça, Lisette!

Deux occasions de placement se présentaient pour la petite : une bonne et une mauvaise.

Dans sa bêtise, la mère choisissait la mauvaise; elle ne le permettrait pas!

Il était temps, plus que temps d'agir.

Elle irait trouver Nicolaï s'il ne venait pas. Et fallait-il attendre qu'il vienne? Mais où le trouver?

La mère de Sidonie avait sans nul doute son adresse.

En route pour Paris!

Par économie autant que par prudence, elle ne voulut pas emmener l'enfant.

D'ailleurs, elle voulait traiter l'affaire sans que celle-ci fût témoin.

— Cette « madame » qui est venue me fait l'effet d'une intrigante, — dit-elle à la petite, — c'est peut-être une voleuse. Je vais voir ta mère et savoir ce qu'il en est. Tiens le souper prêt pour le père Culot, qui va bientôt rentrer. Tu lui diras que je serai de retour par le train de dix heures au plus tard. Et si jamais le « vieux » venait, ne te laisse pas enjoler.

— Pas de danger! — fit Sidonie.

Elle ne pouvait soupçonner les secrètes pensées de sa tante, pas plus que ses odieux calculs; elle ferma la porte à clef et se mit à la cuisine, attendant le retour de son oncle Culot.

CLXXI

LA MÈRE CULOT « ROULÉE »

La nuit était venue sans amener le père Culot.

Sidonie ne s'en inquiéta pas; le bonhomme avait des habitudes irrégulières.

— Mon temps n'est pas à moi, — répétait-il sans cesse quand sa femme le gourmandait, — il appartient à mes concitoyens. Tout pour le peuple, nom de Dieu!

Et il appuyait généralement cette profession de foi d'un vigoureux coup de poing sur la table.

On était dans toute l'effervescence des élections partielles.

Il s'agissait d'envoyer au Parlement un député en remplacement du fameux Bouchetrou choisi par le parti ouvrier pour faire pièce au candidat radical; mais ledit Bouchetrou, élu un peu hâtivement et sans sérieuses enquêtes préalables, avait été jugé indigne de représenter le parti.

Non seulement il avait tripoté dans de sales opérations, reçu maints pots-de-vin, enfin pratiqué si ouvertement et si effrontément les manœuvres illicites auxquelles la plupart de nos « honorables » ne s'adonnent qu'en secret, mais il s'était livré à des actes de chantage qui, dénoncés au parquet, avaient nécessité son envoi à Mazas et, par suite, son expulsion de la Chambre.

Aussi, pour éviter le renouvellement de pareilles mésaventures, celui que le comité présentait en son remplacement aux suffrages des électeurs avait-il été choisi avec le plus grand soin dans le cénacle des « purs ».

C'est pourquoi le père Culot, coté comme un des meilleurs entre les « purs », était l'un des membres les plus influents du comité électoral et Levaseux, s'agitait énormément.

Sur son activité et son zèle reposait presque entièrement le succès de Levaseux, le candidat choisi.

Aussi Culot passait-il ses journées au dehors, et oubliant le manger sinon le boire, ne rentrait-il chez lui qu'à des heures de plus en plus irrégulières.

Il allait partout récoltant des adhésions, montrant à ceux qui doutaient le désintéressement du candidat, qui avait signé un papier comme quoi il abandonnait la moitié de ses appointements de futur député, c'est-à-dire quatre mille cinq cents francs, pour la propagande révolutionnaire.

— Voilà l'homme, — disait-il. — Voilà l'homme qu'il nous faut. Et c'est pas un faux *ouvrrier* celui-là; c'est pas un bourgeois déguisé. Il a mis la main à la pâte; il est bien du bâtiment.

Quel bâtiment? Personne n'aurait pu exactement le dire. Levaseux avait été menuisier, charpentier, serrurier et même gâcheur de plâtre, sans s'attacher jamais à aucune de ses professions.

Il professait surtout un mépris déclaré pour le linge propre et les mains lavées; de sorte que le voyant dans les réunions publiques en bourgeron crasseux, sans linge visible et les ongles en deuil, personne ne doutait qu'il venait de se livrer à quelque pénible travail manuel.

Aussi Culot allait-il s'égosillant de mastroquet en mastroquet, surtout les jours de paye :

Après quoi, jugeant inutile d'attendre plus longtemps, elle mangea sur le pouce un petit morceau de viande.

— Voilà l'homme qu'il faut. Votez pour Levaseux, le candidat du parti *ouverrier*. Un pur, celui-là! Ni un panamiste ni un chéquard. Il a les mains nettes de toutes voleries. Un pur, citoyen, un pur!

C'était à crever... de soif, aussi Culot ne désaoûlait pas.

Sidonie vit donc, sans trop d'inquiétude, se passer l'heure du dîner, suivie, non du quart d'heure, mais de l'heure de grâce.

Après quoi, jugeant inutile d'attendre plus longtemps, elle mangea sur le pouce un petit morceau de viande, but un verre de cidre et tint, pour le retardataire, le « fricot » au chaud.

Puis elle s'assit près de la lampe et se mit à continuer le travail que lui avait confié sa tante, le ravaudage de vieux bas.

Malgré elle, elle revoyait la hideuse scène, sa pensée se portait vers le drame de la cave de Pieter Snip et sentait des frissons lui courir dans le corps.

Oh! l'abominable assassin! Quel scélérat et quel lâche !

Elle s'expliquait qu'on eût assassiné les deux étrangers, pour les voler, sans doute? Les crimes qui ont le vol pour mobile ne sont que trop communs; dans l'horrible milieu où elle vivait, maintes fois des bribes de conversation des hôtes de la Bibine étaient venues jusqu'à elle, et elle avait surpris des lambeaux de phrases qui l'avaient fait frémir. Mais la misère, la faim excuse tout. L'homme aux abois devient un loup furieux. Il faut qu'il mange, et, s'il n'a rien à manger, il vole; et, s'il craint d'être surpris dans un vol, il tue.

C'est la logique du crime.

Mais Nicolaï? Ce n'était pas la faim qui l'avait poussé à l'assassinat de Pieter Snip!

Il était riche, probablement, à la suite de précédents crimes.

Il s'était fait aider par ce complice pour *effacer* de la terre les cadavres de ses victimes, et la besogne faite, le service rendu, il l'avait traîtreusement tué par derrière pour l'*effacer*, lui aussi.

Ah! l'exécrable coquin!

Et cet homme se prétendait son père?

Sa mère n'avait pas, comme elle l'espérait, démenti ses affirmations.

Son père, ce scélérat!

Elle lui appartenait! Il la voulait, il désirait la prendre, l'emmener hors de France, loin, bien loin sans doute, en quelque endroit où elle serait à sa merci!

Elle serait destinée à vivre avec cet homme, à grandir dans la société de ce monstre!

Et sa mère consentait! Sa tante, obéissant à d'odieux et cupides calculs, la gourmandait d'avoir fui, d'avoir échappé aux serres de ce vautour? Elle allait la livrer.

Que faire? Où aller? Où fuir maintenant?

Ah! elle regrettait amèrement d'avoir quitté la famille de ce brave homme, d'avoir fui cette jeune et noble demoiselle qui paraissait ne lui vouloir que du bien.

Mais le juge, le juge à qui il aurait fallu tout avouer, le juge dont Pieter Snip lui avait fait un épouvantail ! Il valait encore mieux s'être sauvée pour échapper au juge.

Cependant elle ne pouvait rester longtemps dans ce refuge provisoire. Demain, après-demain la police apprendrait son retour ; on l'emmènerait, on l'interrogerait... et qui sait si on ne l'enfermerait pas jusqu'à sa majorité comme complice de l'assassin !

Elle tenait ainsi ses raisonnements de petite fille, frémissant de peur.

Ah ! si cette dame de Londres revenait seulement ! Elle accepterait bien vite, au risque d'encourir les fureurs de sa tante.

Elle lui dirait :

— Emmenez-moi, madame ! Je veux bien partir avec vous. Emmenez-moi !

Mais, après avoir été traitée de la sorte, y avait-il probabilité qu'elle revînt jamais ?

Il ne manquait pas dans Paris de petites filles comme elle, pauvres et quasi abandonnées, qui accepteraient avec joie cette bonne fortune inespérée.

Mais si l'autre venait, le « vieux », son horrible père ?

Cette pensée la remplissait d'effroi.

Un grand silence régnait alentour.

On n'entendait au dehors, sur la route, que le pas de quelques riverains attardés, qui se hâtaient pour la soupe du soir.

La maison de la mère Culot n'était pas exactement ce qu'on appelle une maison isolée, mais elle était séparée d'un groupe d'autres, éparses le long de la rivière, par des jardinets et des pièces de terrain à vendre pour des constructions prochaines.

Il n'y avait donc pas de voisins immédiats que l'on pût appeler à l'aide en cas de danger, à moins de monter à l'étage supérieur et de crier très fort par l'une des fenêtres ; aussi, se rendant compte de son isolement, Sidonie attendait impatiemment le retour de l'ivrogne, membre influent du comité des « purs ».

Des coups frappés à la porte la tirèrent de ses réflexions.

— C'est vous, oncle Culot ?

— Ah ! c'est toi, Sidonie, — répondit une voix du dehors, — ta tante n'est donc pas là, que tu es barricadée ?

— Non, — fit l'enfant qui reconnut la voix d'une voisine et qui ouvrit sans méfiance — elle est partie à Paris. Alors, comme mon oncle n'est pas rentré encore pour manger la soupe...

— Ton oncle? je viens de le voir. Il est saoûl comme la bourrique à Robespierre et la route n'est pas assez large pour lui.

— Est-ce qu'il vient?

— Non, mais voilà une dame qui venait pour parler à ta tante.

La voisine, qui s'était tenue sur le seuil de la porte, se rangea et, Sidonie, à sa grande surprise et à sa grande joie, vit la dame de Londres que la mère Culot avait si vertement secouée.

— Oui, c'est moi, ma petite... Vous me reconnaissez, n'est-ce pas? Je venais faire un nouvel appel à votre tante. Elle n'est vraiment pas raisonnable... et comme elle est très vive, j'avais prié cette bonne dame de m'accompagner... je lui ai tout raconté...

— Oui, — appuya la voisine, grosse commère d'une quarantaine d'années, — madame m'a dit qu'elle avait l'autorisation de ta mère et que ta tante l'avait déchirée... Ça, c'est pas bien... Elle n'a pas le droit de faire ça, la mère Culot, je le lui dirai, moi !

— Donc, — reprit Fanny, — j'avais manqué mon train, et comme c'était l'heure de dîner, je me suis arrêtée dans un restaurant près de la gare, me disant à moi-même : « Peut-être que cette dame réfléchira qu'elle a eu tort... »

— C'est ce que madame m'a dit, — ajouta la voisine, — mais je lui ai dit comme ça : « Vous ne connaissez pas la mère Culot... Quand elle a quelque chose dans la tête, elle ne l'a pas au derrière, parlant par respect... N'y a pas moyen de l'en sortir... » Alors ta tante est partie? Quand reviendra-t-elle?

— Je ne l'attends pas avant dix ou onze heures.

— Eh bien! moi, à votre place, — reprit la voisine, se tournant vers la messagère de Nicolaï, — moi, ma petite dame, je profiterai de l'occasion. Je ne ferais ni une ni deusse, j'emmènerais la gamine. Vous êtes couverte. Vous avez la permission de la mère, tous les droits pour vous.

— Je le ferai si l'enfant y consent. Je ne veux pas l'emmener de force... Voulez-vous venir avec moi, ma petite fille?

— Je le veux bien, madame, — répondit Sidonie. — Mais, avant de partir en Angleterre, je voudrais voir maman.

— Rien de plus juste. Nous nous y rendrons aussitôt à Paris. Vous coucherez chez votre mère... Vous aurez le temps de réfléchir toutes deux, et demain je viens vous prendre. Ça vous va-t-il?

— On ne peut rien dire de mieux, — répondit la voisine, qui se faisait décidément le porte-parole de Sidonie. — Ça te va, n'est-ce pas?

— Oui... Mais il y a peut-être un monsieur chez ma mère..., que je ne veux pas voir.

— Celui dont parlait votre tante?

— Oui, madame.

— Eh bien, s'il y est, comme vous le craignez, vous ne le verrez pas…, je monterai la première et je ne vous appellerai que s'il n'est pas là. Est-ce entendu?

— Je crois bien que c'est entendu, — dit la voisine. — Je voudrais bien trouver une place comme celle que madame t'offre, pour ma fille… Je lui dirais de suite : « Accepte ». Les bonnes places ne se trouvent pas tous les jours… Mais je n'ai pas de fille… Sans quoi…, ma petite Sidonie, tu pourrais te fouiller.

La Gosseline fit une dernière objection :

— Ma tante va être bien en colère.

— Tant pis pour elle…, c'est bien fait! Fallait pas qu'elle y aille…, je veux dire : qu'elle s'en aille… Y a pas de bon sens à vouloir empêcher une bonne petite fille comme ça de gagner sa vie!

— C'est ridicule! — appuya Fanny. — Alors, vous êtes prête, ma petite?

— Oui, madame.

Et, s'adressant à la voisine :

— Madame Rotiot, voici la clef; si mon oncle venait, vous lui diriez que la soupe est au chaud. Tout est prêt pour son souper.

— Ton oncle? Il ne pense guère à son souper. Il se fiche de manger, cet homme. Il ne rêve qu'au bien du peuple, et il est tout entier à la propagande électorale. Le voilà maintenant qui fait des discours aux poteaux télégraphiques… Tiens, écoute! l'entends-tu?

On entendait en effet une voix avinée retentir sur la route noire et déserte.

C'était l'agent du comité des « purs » qui, tout en marchant, pérorait tout seul, engageant bruyamment et instamment non seulement les poteaux, mais les arbres et les buissons à voter pour le candidat de son groupe :

— Votez pour Levaseux!… Votez pour Levaseux… le citoyen Levaseux… Levaseux… vaseux!…

. . . .

Deux heures après, la mère Culot rentrait bredouille.

Non seulement elle n'avait pas rencontré le « vieux » chez sa nièce, mais elle n'avait même pas obtenu son adresse, pour la bonne raison que la mère de Sidonie l'ignorait.

Cependant elle avait éprouvé une surprise agréable.

La nouvelle installation de la mère la rassurait sur le sort de la fille.

Ce logement confortable, ce mobilier de deux cents francs, un luxe pour la pauvre femme, ce repas plantureux dont les deux marmots avaient détaillé longuement le menu, et dont ils semblaient encore avoir les morceaux plein la bouche, indiquaient suffisamment l'ardent désir du vieux à gagner les bonnes grâces de la petite fille, et montraient qu'il ne s'arrêterait pas là.

— Est-ce que c'est vraiment le père de la Gosseline ? — demanda-t-elle.

— Oui, — dit la mère.

— J'ai cru jusqu'ici qu'il voulait lui monter le coup.

— C'est bien son père.

— Eh bien, tu as de la veine... Il est riche ; si tu sais en profiter, te voilà tirée de la panade... Mais tu ne sais profiter de rien.

— Sidonie ne peut le souffrir.

— Des navets ! Est-ce que des gamines comme ça doivent avoir des volontés... Laisse-moi arranger les choses.

— Si tu crois avoir plus d'influence sur Sidonie que moi !

— Ça, c'est certain... car, entre nous, ma pauvre fille, tu as toujours été une moule et tu t'es toujours fait *router* par tout le monde... Pas plus tard qu'aujourd'hui...

— Qu'est-ce que j'ai encore fait ?

— Ce que tu as encore fait? qué malheur! Et cette autorisation que t'as donné à cette espèce de petite grue de venir chercher Sidonie ?

— Quelle petite grue?

— Ben ! cette dame qui est venue pour l'emmener à Londres.

— Moi ! Je n'ai donné d'autorisation à aucune femme, j'ai donné un papier à *lui*, comme quoi il était le père de l'enfant.

— Ah ! la sale bête ! Mais alors la petite grue était envoyée par *lui*, par cette vieille canaille. Eh bien, je l'ai joliment reçue ! Voyez-vous ça ! Envoyer quelqu'un à sa place ! S'il veut la petite, il viendra la chercher lui-même. *Père* ou pas *père*, il faudra bien qu'il mette les pouces, ton ancien amoureux.

Elle se hâta de retourner chez elle, maugréant tout le long du chemin de la bêtise, de la veulerie de sa nièce, mais se félicitant de n'avoir pas donné dans le panneau tendu par le vieux.

— Je reviendrai, — disait-elle, — et il faudra qu'il *casque*... ou pas de Sidonie.

Elle trouva le père Culot seul, mangeant gloutonnement sa soupe.

— Ah! te v'là, — dit-il, — vieille vipère, d'où sors-tu?

— Où est Sidonie?

— Sidonie? pas vue.

— Comment, pas vue? qui t'a servi la soupe?

— Moi donc ! Est-ce que je ne suis pas capable de me servir de la soupe. Tu vas peut-être encore dire que je suis saoûl.

— Non, c'est moi qui suis saoûle.

— Je ne dis pas non...

— Tais-toi, sac à vin.

— Sac à vin! Oh malheur ! moi qui me suis esquinté dans mon travail électoral.

— Va te coucher, ça vaudra mieux. Alors, Sidonie est là-haut?

— Vas y voir.

Elle ouvrit la porte de l'escalier :

— Sidonie! — s'écria-t-elle, — Sidonie! tu es couchée?

— C'est y pas malheureux ! Elle peut pas laisser le monde tranquille ! V'là qu'elle va réveiller sa nièce. C'est y assez viperin, les femmes !

— Sidonie, eh! Sidonie !

— Ah! si tu gueules, je vas gueuler aussi, moi.

Et l'ivrogne, se levant de table, se mit à hurler de toutes ses forces.

— Vive Levaseux!... Votez pour Levaseux!... vaseux! vaseux! Levaseux !

CLXXII

CHEZ SARAH

Après l'arrestation de son père dont, grâce à Nicolaï et par l'intermédiaire de Sarah, il avait eu l'adresse, adresse communiquée par une lettre anonyme à la Préfecture de police, Allan Parker était resté quelque peu terrifié.

L'irruption des agents qui s'étaient emparés en même temps de l'Hercule, de la Sauterelle et de Riz-de-Veau avaient mis sa terreur à son comble; il avait suivi machinalement et comme un homme ivre, — on se souvient qu'il avait bu pour se donner du courage, — il avait suivi, dis-je, la bande qu'on emmenait, lorsqu'au moment où, au bas de l'escalier, son oncle, Morris Homerton, essayait de le consoler de sa déconvenue en lui promettant une « petite noce » pour le soir même, la main d'un *détective* de Londres s'était posée sur l'épaule du docteur, accusé de l'assassinat de la mère Badoure.

Sa terreur, alors, avait fait place à une sorte de prostration.

Son état d'ahurissement, son visage bouffi et bleu en différentes places par les coups de poing paternels firent croire à la foule qu'il avait vaillamment lutté contre les gens qu'on emmenait et que l'on prenait tous pour des cambrioleurs.

On l'entourait, on l'examinait avec sympathie, on allait l'interroger, lorsque Sarah l'avait arraché à la curiosité indiscrète des badauds et des passants.

— Viens chez moi, — lui avait-elle dit.

Et il avait suivi la Noire.

Seul dans Paris, n'y connaissant personne, il se raccrochait à elle comme à une branche de salut, comme à un vieil ami qu'on est heureux de revoir.

Elle n'était pas pour lui une étrangère ; c'était plus qu'une connaissance, c'était la maîtresse de son père ; il lui semblait qu'il y avait entre elle et lui une sorte de parenté.

De plus, elle était jolie, bien faite, d'une beauté un peu brutale mais provoquante.

Il pensait bien que c'était une coquine ; mais, héritier des vices de son père, il n'avait pas de ces sortes de scrupules qui font hésiter les âmes bien nées.

Cependant, il marchait à côté d'elle, gardant le silence. Une rancune germait en lui.

L'arrestation si soudaine, si inattendue de Karl Hauser anéantissait d'un coup ses espérances.

Il avait compté sur l'auteur de ses jours pour remplir son portefeuille, garnir sa poche de belles pièces jaunes, de fafiots bleus, et voilà qu'il n'avait plus rien !

Se tournant vers Sarah, il lui demanda brusquement :

— C'est vous qui l'avez dénoncé ?

— Moi ! — protesta-t-elle. — Pour qui me prends-tu ? Moi, dénoncer ?... Je te pardonne parce que tu ne me connais pas, mais tu sauras, mon petit, que je ne mange pas de ce pain.

— Qui l'a dénoncé alors ?

— Le sais-je ?

— Cependant, c'est vous qui avez ouvert la porte quand les agents sont montés, et vous leur avez dit, j'ai bien entendu :

« Vous arrivez à temps. »

— En effet, c'est moi qui ai ouvert la porte et j'ai dit peut-être les paroles que tu me prêtes... on était en train d'assommer cet homme et ça ne m'allait pas... Je méditais quelque chose de mieux... Assommer, à quoi bon ? Mort, il n'aurait plus souffert et je veux qu'il souffre.

— Votez pour Levaseux... Levaseux... vaseux...

Allan la regarda avec étonnement.

— J'ai dit, continua-t-elle : — « Vous arrivez à temps. » Sans achever ma pensée qui était « pour empêcher d'assassiner un homme, » car, je le répète, j'eus été très fâchée qu'on l'eût fait... Et je connais l'Hercule, c'est une brute; quand il est excité, il ne se sent plus... Dans ses énormes pattes d'orang-outang, il l'eût étranglé comme un lapin.

— Quelqu'un l'a pourtant dénoncé, — répéta le jeune homme. — On est venu à point pour saisir tout le monde. C'est un guet-apens.

— Je suis de ton avis. Mais ne serait-ce pas l'individu qui t'a envoyé à moi qui aurait fait le coup?

— Le comte Gobsky?

— Ah! il s'appelle Gobsky maintenant.

— Vous lui avez connu un autre nom?

— Oui, celui de comte de Ladra. Il habite un somptueux hôtel au parc Monceau.

— Comment! je l'ai déniché dans un mauvais petit garni de Montrouge.

— Sous le nom de Gobsky?

— Comte Gobsky.

— Mais je connais ce nom. C'est celui d'un vieux bonhomme que j'ai rencontré à Londres dans un café de Français... et qui a réclamé un million à Roland en l'appelant Karl Hauser... Mais tu étais là, je m'en souviens... tu es venu nous rejoindre... et il y a eu une bagarre.

— Parfaitement.

— Ce vieux cachait dans son chapeau tout un magasin de dessins polissons.

— Je m'en souviens.

— Je sais qu'il est à Paris. Je l'ai même rencontré avec un Russe qui, lui aussi, était à Londres... Et c'est lui que tu as vu et qui t'a chargé de cette lettre pour moi?...

— Non, c'est son frère.

— Son frère! — s'exclama Sarah. — Il a donc un frère?

— C'est permis à tout le monde.

— Et où est-il, lui, celui de Londres?

— En Russie.

— Mon petit, tes paroles me plongent dans la stupéfaction. J'ai toujours cru que celui qui t'a envoyé à moi était le comte de Ladra; lui seul me connaît sous le nom de Rosa, fleuriste... Par quel phénomène est-il devenu le comte Gobsky, logeant dans un garni de Montrouge?

— Ce n'est pas à moi qu'il faut le demander.

— Comment est-il, ton Gobsky?

— Une tête dans le genre de celui de Londres... C'est-à-dire qu'il ne lui ressemble pas du tout... mais il a comme lui de longs cheveux gris, de longues moustaches et une redingote boutonnée jusqu'au menton.

— En guenilles comme celle de l'autre?

— Pas précisément, mais enfin on voit qu'elle a depuis longtemps servi.

— D'ailleurs, — fit-elle, — quand je l'ai rencontré avec le Russe, il était proprement vêtu... Il y a un mystère là-dessous que j'éclaircirai.

Nicolaï, en effet, n'avait pas fait part à Sarah de sa transformation.

Depuis leur entrevue à l'hôtel du parc Monceau, où, pour obtenir l'adresse de Karl Hauser, elle s'était livrée aux répugnants baisers du monstre, elle n'avait eu de ses nouvelles que par l'envoi d'une somme qui lui avait permis de se donner le luxe d'un modeste intérieur et d'un semblant de profession.

Elle lui accusa réception poste restante sous des initiales convenus, trouvant cela tout naturel, puisqu'il y avait une « comtesse de Ladra ».

Il était convenu également que lorsqu'il aurait à communiquer avec elle, il signerait sa lettre de trois croix.

Le forban ne connaissait pas assez la jeune femme et n'était pas assez sûr d'elle pour lui confier quoi que ce soit.

Son audace, son énergie, sa haine surtout contre Karl Hauser lui avaient plu et il s'était dit qu'elle pouvait lui être utile au besoin.

Une partie des secrets d'Hauser, ceux qui ne le concernaient pas personnellement, c'est tout ce qu'il avait livré.

Cependant, après la visite imprévue d'Allan Parker, visite dangereuse pour sa sécurité, il s'était dit qu'il ne pouvait plus guère cacher à son alliée sa personnalité nouvelle et c'est pourquoi nous l'avons vu se rendre chez elle en sortant de chez la mère de Sidonie, sous le déguisement qu'il avait désormais adopté.

Ayant trouvé porte close, il avait, on s'en rappelle, rencontré Fanny.

C'était agir assez légèrement que de prendre une seconde complice, mais le temps pressait, et il savait qu'en affaires comme en guerre une perte de temps entraîne une perte de bataille.

Sarah était arrivée à sa porte.

— C'est ici, — dit-elle. — Je monte, suis-moi.

Derrière les actes d'une fille de ce genre, se cache toujours un secret calcul.

Cependant, chez Sarah, jamais l'espoir du lucre n'avait dirigé les siens.

Elle obéissait plutôt à ses instincts, à ses passions, à ses besoins d'aimer comme à ses haines ; nature farouche rendue plus farouche encore par les injustices du sort, et devenue mauvaise et criminelle par l'influence du milieu et des contacts.

On se souvient que fille d'un père ivrogne qui ne s'occupait pas d'elle et d'une mère qui la rouait de coups, — cas assez fréquent dans les ménages de prolétaires, — elle avait été violée par un cabaretier où, à treize ans, elle avait été placée comme servante.

Devenue mère, accouchée dans la rue d'un enfant presque mort-né, sans abri et sans pain, la police la ramassa par une nuit d'hiver, et la justice l'envoya à Saint-Lazare pour délit de vagabondage.

En y entrant, elle n'avait d'autre métier que celui de servante; en sortant de Saint-Lazare, elle en eut un second, celui de prostituée.

Nous ne rappelons ces faits que pour démontrer que si cette fille était devenue criminelle, ses crimes incombaient à notre belle société.

Elle n'était donc, on ne l'a que trop vu, rien moins que vertueuse et n'avait nullement l'intention de le devenir.

C'est pourquoi si elle attirait Allan dans sa chambre, c'était par curiosité d'abord, pour avoir par lui de nouveaux détails sur le scélérat qu'elle avait pendant quelque temps follement aimé.

Elle avait été réellement déçue de voir Karl Hauser arrêté, elle eut voulu poursuivre elle-même sa vengeance, par quelque supplice lent et cruel, elle ne savait pas lequel encore, mais elle eût trouvé... une femme trouve toujours à satisfaire sa haine.

Elle se raccrochait donc au fils naturel. C'était un lien qui l'empêchait de perdre de vue le père, l'abominable scélérat pour qui elle eût donné sa vie et qui l'avait lâchement laissé emporter par les vagues, heureux de se débarrasser d'une maîtresse qui commençait à le gêner.

Puis elle savait son ennemie Pamela la Luronne de retour, et elle trouvait un malin plaisir à arracher ce jeune vicieux encore naïf à l'engluement de cette cupide drôlesse.

Enfin, en dernier lieu, elle attirait Allan parce que le jeune Anglo-Saxon lui plaisait mieux encore que ne lui avait plu le père, et qu'elle se promettait une vengeance sadique à le tenir dans ses bras.

Il la suivit docilement; elle ouvrit, le poussa dans sa chambre, referma la porte à clef, tandis qu'il se laissait choir, accablé de fatigue et d'émotion et peut-être lourd encore de son commencement d'ivresse, sur un petit sopha.

— Tiens, c'est gentil ici! — fit-il, — en ôtant son chapeau et regardant autour de lui. Est-ce *lui* qui vous paye cela?

— *Lui!* Tu n'as donc pas entendu ce que je lui ai reproché?

— C'est donc vrai. Il a voulu vous noyer?

— Ne parlons pas de *lui* maintenant, mais de toi, mon petit, — dit-elle en s'approchant et lui soulevant la tête. Dans quel état il a mis ta jolie figure...

— Oui, il n'y allait pas de main morte.

— La brute! Ôte ton veston, ton faux col et ta cravate, je vais te panser cela.

Elle remplit une cuvette, y versa de l'eau de Cologne, et, prenant une éponge, tamponna le visage meurtri d'Allan, qui se laissa faire avec de petits grognements de satisfaction.

— Là!... c'est fini, — dit-elle après l'avoir essuyé... — Demain il n'y paraîtra plus... Mais ce soir tu ne peux guère te présenter dans le monde... ni même chez ta belle Paméla!

— Au diable, Paméla!

— Comment, tu ne l'aimes pas plus que ça, ta bonne amie? Tu l'envoie au diable!

— Oui, et qu'elle y reste.

— Ingrat! Elle t'aime bien pourtan .

— Elle aime mon argent, surtout... Elle me conseillait de voler ma mère.

— Pauvre petit! J'espère que tu n'as pas suivi ses conseils... Moi qui te croyais son amant de cœur...

— A condition que je me laisse vider les poches...

— Tu es cependant assez joli garçon pour être aimé pour toi-même.

— Vous croyez?

— J'en suis sûre... Mais pourquoi cette liaison avec cette grosse citrouille? Je ne vois pas trop ce qui pouvait te plaire en elle.

— Ni moi non plus, car maintenant je la déteste.

— Et tu fais bien, car avec le Musclé, Riz-de-Veau et les autres, elle se moquait joliment de toi.

— Eh bien! je lui rendrai la pareille.

— Tu as raison. La vengeance est, après l'amour, ce qu'il y a de meilleur dans la vie... et, si tu le veux, je t'y aiderai.

Allan regarda la maîtresse de son père d'un œil un peu surpris.

Élevé à l'anglaise, il avait toute la gaucherie et la prudence de ses compatriotes, auxquels les agaceries et les avances du beau sexe sont indispensables pour qu'ils osent se prononcer.

De là, chez les jeunes Anglaises à la recherche d'un mari, leur supériorité en l'art délicat du *flirtage*.

— A quoi voulez m'aider? — demanda-t-il.

— Mais à la vengeance... et à l'amour.

Il ouvrit les bras... Elle s'assit sur ses genoux.

. . . .

Les heures passèrent agréablement sans qu'ils y prissent garde.

La nuit était depuis longtemps venue et ils n'avaient pas encore songé à allumer la lampe lorsqu'on frappa à la porte.

Ils tressautèrent tous deux.

— Silence! — fit Sarah, — pas un mot... Ne bouge pas.

On frappa de nouveau, puis, au bout d'un instant, on entendit des pas s'éloigner.

— Qui est-ce? — demanda Allan. — Ton amant, peut-être?

— Je n'ai pas d'amant, — répliqua-t-elle, — ou du moins, je n'en avais plus... Maintenant je n'ai que toi.

— Bien vrai?

— Je le jure... Mais nous allons savoir qui est venu.

Elle ouvrit la fenêtre et tous deux se penchèrent, guettant la sortie du visiteur.

A la lueur d'un bec de gaz, ils virent un homme à longs cheveux et à redingote boutonnée jusqu'au menton qui débouchait sur le trottoir.

— C'est lui! — fit Allan — C'est le frère du comte Gobsky!

Sarah regardait attentivement, ayant peine à reconnaître l'homme du parc Monceau sous ce déguisement.

Enfin, après un examen minutieux de sa tournure, car elle ne le voyait plus que de dos, elle s'écria :

— J'en donne ma tête à couper, c'est le comte de Ladra!

— Que vient-il faire chez toi? — demanda Allan, le sourcil froncé.

— Ah! il est jaloux! — répliqua-t-elle pour toute réponse. Il est jaloux! Je suis contente. Mon petit chéri est jaloux!

— Eh bien! oui, je suis jaloux.

— C'est la deuxième fois qu'il vient, — ajouta Sarah, et la deuxième fois qu'il part bredouille. La concierge m'a dit qu'un monsieur à longs cheveux, à longues moutaches et à l'accent étranger avait demandé après moi, hier soir... J'étais à cent lieux de croire que c'était mon type... Je me demande pourquoi il se *mascarade* ainsi?

— Il faudra le savoir, — fit Allan.

C'était, en effet, la deuxième visite que faisait Nicolaï à Mlle Rosa, fleuriste. Il était venu, l'on s'en souvient, la veille à la suite de sa soirée manquée chez la mère de Sidonie, pour charger Sarah de l'enlèvement de la petite; on a vu que Fanny s'était trouvée à propos pour cette besogne; il venait maintenant pour une affaire non moins sérieuse que nous allons relater.

CLXXIII

LE SORT

Après son échec chez la mère Culot, Fanny ne s'était pas découragée.

Nicolaï lui avait promis la forte prime, si elle parvenait à lui amener l'enfant, et elle tenait à gagner la prime.

Mais, outre l'appât des mille francs, elle faisait de la réussite une question d'amour-propre.

Furieuse contre la mère Culot qui avait si busquement coupé court à ses ouvertures, elle se sentait forte de son bon droit puisqu'elle était munie de l'autorisation de la mère, que cette vieille coquine avait eu l'audace de déchirer devant elle.

D'ailleurs, elle avait bien vu que la petite fille ne demandait pas mieux que de la suivre, puisqu'elle avait accepté sans hésitation ses conditions.

Elle se livrait à ses réflexions tout en se dirigeant lentement vers la station, se demandant s'il était préférable de prendre le train ou d'essayer une nouvelle tentative, et elle s'assit en attendant l'heure du départ sur la terrasse d'un café-restaurant faisant face à la gare.

Certes, ce serait folie de revenir bredouille près d'un homme qui s'était montré si généreux, mais que faire ?

Il ne fallait pas songer à persuader la mère Culot ; cette vieille gueuse avait assurément de secrets motifs pour garder près d'elle sa petite nièce. Le meilleur plan était de passer le reste de la journée dans la localité, de guetter le moment où elle s'absenterait ou enverrait la petite fille en commission, et alors elle endoctrinerait celle-ci, la déciderait à s'échapper de chez sa tante et à la suivre à Paris, chez sa mère.

Rien de plus légitime et de plus naturel.

Nul ne trouvera à redire qu'un enfant voulût retourner chez sa mère en se sauvant d'une parente qui peut-être la maltraitait ou lui imposait des travaux au-dessus de ses forces.

La police même, en supposant qu'elle intervînt, ne pouvait empêcher une petite fille de rentrer au *home* maternel.

Le tout était de savoir si la mère Culot s'absenterait de la journée ou si elle enverrait Sidonie faire quelque course.

Le hasard la servit à souhait.

Comme l'heure du passage du train approchait et qu'elle hésitait encore, se demandant si elle devait ou non partir, elle vit arriver la mère Culot à pas précipités.

Dissimulée derrière les arbustes en caisse que les cafetiers alignent sur la chaussée pour en faire une salle à ciel ouvert qu'ils décorent du nom de terrasse, elle ne fut pas aperçue de la commère qui entra dans la station d'où elle ne la vit plus ressortir.

Elle en conclut qu'elle partait pour Paris rendre compte à la mère de Sidonie de ce qui venait de se passer.

— Bon voyage! vieille toupie! — dit-elle en son langage peu correct.

Et réglant sa consommation, elle résolut sans plus tarder de mener à bonne fin ce qui avait débuté si mal.

Persuadée, à l'encontre des diplomates de carton et des politiciens de pacotille que nous possédons pour notre malheur, qu'aller droit au but est la meilleure des politiques, elle s'adressa directement à une bonne femme, une grosse commère, d'une quarantaine d'années qu'elle avait déjà vue en sortant de chez la mère Culot, tricotant sur le seuil de sa porte.

Dans son indignation première et dans la crainte que cette femme n'eût fâcheuse opinion d'elle en la voyant sortir si brusquement de chez sa voisine, et avec cet abandon des filles toujours prêtes à raconter leurs histoires au premier venu, elle lui débita son cas, et ses remarques sur l'étrangeté de la conduite de cette vieille guenon qui détenait les enfants malgré la volonté des parents.

— Ah! fit la voisine — Ça ne m'étonne pas; elle est un peu toquée, la mère Culot. Elle a dû vous parler de l'empereur Napoléon!... Elle fait l'âne pour avoir du son... au fond c'est une vieille roublarde. On voit qu'elle a été servante de curé.

— Elle m'a presque mise à la porte, — dit Fanny.

— Je l'ai bien vu. Mais faut pas vous tourmenter ma petite dame. Si vous avez réellement l'autorisation de la mère, elle ne peut pas vous empêcher d'emmener la petite.

— Mais c'est que je la voudrais tout de suite, la petite; je repars demain matin pour Londres.

— Eh bien, savez-vous ce que je ferais, moi, à votre place, ma petite dame, j'irais tout bonnement chercher un sergent de ville, et je lui montrerais l'autorisation...

— Mais puisqu'elle l'a déchirée!

— Eh bien refaites-en écrire une autre et revenez avec un témoin, ça

Elle trouva le père Culot seul, mangeant gloutonnement sa soupe.

l'embêtera, la mère Culot. Elle sera bien forcée de donner la petite.
Qu'est-ce qu'elle veut donc en faire de cette enfant? Voyez vous, c'est pas
clair tout ça. Sidonie est grande, belle et gentille, et ça donne à penser. Si
elle y tenait tant que ça à cette petite, elle ne l'aurait pas placée dans un
sale cabaret où tous les mauvais sujets et les raccrocheuses de barrière

se donnaient rendez-vous. Elle a dû en voir et en entendre de belles, la pauvre petite, et elle en a appris là autant qu'en pension.

— Comment, cette femme qui fait tant sa mijaurée a mis sa nièce dans un cabaret?

— Oui, ma petite dame, dans un cabaret qu'on peut voir là-bas à un kilomètre d'ici sur le bord du canal; la *Bibine*, ça s'appelle. Il est fermé heureusement. Le patron a levé le pied sans payer ses créanciers.

« Bon débarras pour le pays!... C'est ce qui est cause que la petite est revenue chez sa tante.

Fanny là-dessus avait quitté la voisine de la mère Culot, et c'est à elle qu'elle revint quand elle fut certaine du départ de celle-ci.

— Ah! vous voici revenue, ma petite dame, — s'écria la grosse commère, — vous avez réfléchi que vous étiez dans votre bon droit.

— Oui, madame, — répondit Fanny. — Comme je dois partir demain et que la petite me plaît, je viens faire une dernière démarche... bien montrer à cette femme que c'est dans l'intérêt de l'enfant... et aussi de la mère... enfin qu'elle n'a aucune raison de me la refuser.

— Ni raison, ni droit... Mais je crois que vous ne la trouverez pas.

— Elle est sortie! — dit Fanny feignant le désappointement. — Ah! voilà qui est fâcheux!

— Pourquoi fâcheux? au contraire. A votre place, je profiterais de l'occasion pour emmener l'enfant.

— C'est une idée!

— Et une bonne! fit la voisine enchantée du bon tour à jouer à la mère Culot.

— La petite ne consentira peut-être pas à me suivre.

— On peut toujours essayer. Je vais aller avec vous... nous arrangerons cela.

— Merci mille fois, ma brave dame... Et si nous réussissons, je vous dédommagerai de votre dérangement.

— Oh! il n'y a pas de dérangement... Ce n'est pas pour de l'argent, ma petite dame, c'est pour le plaisir de vous rendre service.

— Je vous comprends... Mais toute peine mérite salaire... Tenez... pour que la petite ne le voie pas et n'ait pas à répéter à sa tante que vous vous mêlez de cette affaire par calcul, voici vingt francs.

— Oh! c'est trop! c'est beaucoup trop! — protesta la bonne femme tout en empochant la pièce avec une visible satisfaction... — Allons, pour ne pas vous offenser je la prends... Merci bien! Venez nous allons enlever ça rondement.

— Je vous suis.

— La mâtine vous accompagnera ou elle dira pourquoi. Mais je crois que, de ce côté, il n'y aura pas de difficulté... seulement il faut nous dépêcher, avant que l'ivrogne de père Culot ne rentre de ses réunions socialistes.

On a vu comment s'était terminée l'affaire. Elle avait été enlevée même plus rondement que Fanny ne l'espérait.

Sidonie avait consenti à suivre la « dame de Londres » à condition toutefois qu'on la conduirait au préalable chez sa mère, mais il fallait s'assurer que le « vieux monsieur » n'y était pas.

Cette terreur du « vieux monsieur » intriguait fort Fanny.

Elle se l'expliquait cependant en partie, car ce n'est qu'avec répugnance qu'elle avait consenti à passer la nuit avec le faux Polonais, et au lendemain cette répugnance était devenue dégoût.

Elle avait rempli consciencieusement son métier de fille et prise comme dit la chanson d'Aristide Bruant : « Monsieur le bon. » Mais elle avait hâte de le quitter lorsqu'il lui proposa d'aller chercher une enfant pour son compte en lui montrant l'autorisation de la mère, lui racontant une histoire à sa façon.

Après quelque hésitation elle avait consenti, alléchée par un billet de mille pendu au bout de la réussite, et cent francs payés comptant pour les frais du dérangement.

Une fille de son acabit ne pouvait refuser mille francs si faciles à gagner et sans risques, puisqu'elle était couverte par l'autorisation maternelle.

Pour plus de sûreté, elle exigea qu'elle conduirait Sidonie chez la mère elle-même.

Il était convenu que Nicolaï ne se montrerait pas et resterait dans la coulisse, c'est-à-dire dans la chambre à coucher.

Toute cette histoire l'avait vivement intriguée; elle soupçonnait quelque affaire louche, un de ces honteux mystères fréquents dans les grandes villes où ils passent inaperçus, et elle se promit d'en avoir la clef de la bouche même de la petite fille pendant le trajet de la station à Paris.

Mais on était arrivé à la gare de Vincennes sans qu'elle soit parvenue à arracher le secret de sa petite compagne, et, dans la voiture de la place de la Bastille à la Goutte d'Or, elle n'obtint rien autre sinon la certitude de la profonde horreur qu'éprouvait l'enfant pour l'homme à qui elle la conduisait.

— Vous monterez seule, n'est-ce pas, madame? — pria Sidonie, lorsque le fiacre s'arrêta à la porte de la maison qu'habitait sa mère et où elle venait pour la première fois, — et s'il n'est pas là, vous m'appellerez.

— Et au cas où il serait chez votre mère?

— Alors, ne dites rien, madame..., ne dites pas que vous m'avez amenée...

— C'est compris... Je redescendrai et nous reviendrons demain.

Elle laissa l'enfant dans le fiacre et gravit lentement l'escalier, se demandant quelle conduite elle devait tenir.

Elle se trouvait en face de ce dilemme : tromper odieusement l'enfant, la livrer à l'homme qui la réclamait... ou perdre la prime promise.

Et perdre mille francs de gaieté de cœur pour tenir sa parole à une petite pauvresse, c'était dur.

Elle hésitait cependant, ce qui prouve qu'un fond d'honnêteté restait en elle.

Parce que la mauvaise chance, l'infortune, le hasard, et presque toujours la faute de l'homme ont poussé une femme hors du droit chemin, qu'elle est roulée si bas dans l'abîme qu'il n'est plus de relèvement possible, il ne s'ensuit pas qu'elle ait perdu, à l'âge surtout de Fanny, tout sentiment humain.

Elle-même avait été vendue de bonne heure et elle prévoyait pour cette petite, dont la figure l'intéressait, le même sort et les mêmes misères.

— Non, je ne ferai pas cela, — disait-elle dès le premier étage, — je ne me ferai ni voleuse ni vendeuse d'enfant. Je dirai au vieux que la tante m'a refusé la petite et je ne mentirai pas.

Mais, au second, elle se dit :

— Un fafiot de mille balles, ça ne se trouve pas tous les jours sous la main... Ce qu'il faut travailler dur pour gagner dix fois moins!

Elle pensait qu'après tout elle était bien bête de se préoccuper de cette gamine et de montrer plus de scrupules que sa mère! C'était par trop stupide, en vérité... D'ailleurs, ce vieux n'avait peut-être que de bonnes intentions.

Au troisième étage, elle changea de nouveau d'avis.

Qui sait si elle n'allait pas se fourrer dans une sale affaire de mœurs!

Saint-Lazare se dressa tout à coup devant elle avec son sinistre défilé de misères et de hontes.

Non, pas de ça! Le jeu n'en valait pas la chandelle, elle dirait au vieux qu'il pouvait se fouiller et qu'il fasse lui-même ses sales commissions.

— Mais, — se dit-elle, en montant les premières marches du quatrième, puisque la mère est consentante... — C'est à elle, d'ailleurs, qu'il était convenu qu'elle livrerait la fille. Elle n'avait donc rien à craindre. Quoi qu'il arrive, elle s'en lavait les mains.

Oui, mais cette pauvre mignonne, elle est trop gentille, pour la tromper ainsi.

A mesure qu'elle approchait du but, ses hésitations augmentaient; il ne lui restait plus qu'un étage à monter et elle se disait encore :

— Que faire?

Superstitieuse comme presque toutes les filles, elle résolut de remettre sa conduite à tenir à la décision du destin.

Comme les Agnès qui s'en vont par les champs effeuiller les marguerites pour savoir si leur amoureux tiendra ses promesses et s'il les aime « passionnément » ou « pas du tout », elle se dit qu'à chaque marche elle alternerait par un *oui* ou un *non* jusqu'au palier final, où le dernier monosyllabe déciderait de tout : *oui*, pour la livraison; *non*, pour le refus.

Ce n'était plus elle, c'était le sort qui assumait la responsabilité.

Enchantée de cette heureuse idée, qui lui enlevait toute indécision et tout souci, elle commença à prononcer alternativement un *oui* et un *non* à chaque marche. Elle arriva ainsi à la dernière, et posant le pied sur le palier du cinquième étage, en face de la porte de Sidonie que Nicolaï lui avait soigneusement indiquée, elle prononça le *oui* fatal.

Le destin lui ordonnait de livrer la petite.

CLXXXIV

VOLEUR VOLÉ

La mère de Sidonie se tenait assise dans la première chambre avec son dernier-né qu'elle allaitait au biberon.

Pour plus de tranquillité, on avait envoyé les deux garçons jouer sur le boulevard voisin.

Elle paraissait mieux; le bien-être qu'elle goûtait, depuis si peu de temps cependant, lui avait donné un peu de force, et au bien-être physique s'ajoutait cette cure suprême, la quiétude morale.

Non qu'elle ajoutât une foi aveugle en l'homme qui l'avait jadis prise de violence, puis abandonnée, mais il appuyait ses promesses de preuves visibles et palpables et dans la misère et l'abjection où elle était tombée, les quelques centaines de francs dépensés pour elle lui semblaient une fortune et, après son dernier taudis, son modeste logement un éden.

— Je ne me trompe pas? — demanda Fanny en entrant. — Vous êtes bien la maman de la petite fille dont la tante s'appelle Culot?

— Oui, répondit la mère. Entrez donc. C'est vous qui êtes allée la chercher aujourd'hui pour l'emmener à l'étranger?

— Ce n'est pas pour moi, — se hâta de répliquer Fanny, — mais de la part d'un monsieur à qui vous avez donné votre consentement.

— C'est vrai. Et vous ne la ramenez pas? La tante a refusé de la laisser partir. Elle sort à peine d'ici. Elle m'a tout raconté.

— Je la ramène, — dit Fanny.

— Ah! Et où est-elle?

— En bas, dans ma voiture.

— Pourquoi ne monte-t-elle pas?

— Parce qu'elle a peur.

La porte de la chambre voisine qui était restée entr'ouverte s'ouvrit tout à coup et Nicolaï montra sa face patibulaire, que rendait plus hideuse encore son diabolique sourire.

— Ah! elle est en bas. Et elle n'ose monter, la petite folle... Je pensais bien que vous la ramèneriez.

— Ça n'a pas été sans peine... et ça m'a coûté un louis que j'ai donné à une voisine à qui j'ai dû avoir recours. Mme Culot n'est pas trop polie, savez-vous. Elle a déchiré le papier que vous m'aviez donné et m'a presque mise à la porte... comme une voleuse d'enfant.

— Vieille bourrique! — s'exclama Nicolaï.

— Tout cela n'est pas très clair, — continua Fanny, — cette femme peut faire du scandale. Il faut me donner un autre papier qui me couvre, car j'ai dû conter une histoire à cette voisine, pour pouvoir emmener la petite en l'absence de sa tante.

— Quel papier? — demanda Nicolaï.

— Mais le même que celui qu'elle a déchiré.

— C'est facile. Tenez, Sidonie, écrivez... Je ne me souviens plus exactement des termes de l'autre, mais c'est à peu près ceci :

« J'autorise la personne porteuse de ce billet à emmener et à prendre soin de ma fille Sidonie. »

« Signez maintenant.

Et remettant le billet à Fanny :

— Vous êtes contente?

— Je suis couverte, c'est tout ce que je demandais.

— Alors l'enfant est en bas?... Pourquoi ne l'avez-vous pas fait monter avec vous?

— Parce qu'elle m'a fait promettre de lui dire si vous étiez ici. En ce cas, elle ne monterait pas. C'est à cette condition qu'elle a consenti à me suivre. Elle ne paraît pas avoir une sympathie bien vive pour votre personne... Qu'est-ce que vous avez donc fait à cette enfant.

— Du bien... je ne lui ai fait que du bien; demandez à sa mère... et je ne veux lui faire que du bien.

— Je n'en disconviens pas... Mais elle ne paraît pas le croire ni même s'en douter.

— C'est toujours ainsi... on n'est payé que par l'ingratitude dans ce monde.

— Maintenant, arrangez-vous, ma commission est faite.

— Pas entièrement... je ne puis aller la chercher, vous le savez bien... C'est donc votre affaire.

— Il était convenu que je vous l'amènerais. C'est fait. Elle est en bas, à votre porte. Elle n'attend, pour monter, qu'un signal.

— Eh bien, faites-le-lui.

— Jamais. J'ai promis de ne pas l'appeler si je vous trouvais ici... Vous avez eu tort de vous montrer... Je n'ai qu'une parole.

Elle se pencha à la fenêtre.

— Tenez, vous pouvez la voir. Elle a la tête hors de la portière et attend. Madame n'a qu'à l'appeler, elle viendra.

La mère se leva, regarda à son tour dans la rue :

— Sidonie! — cria-t-elle — Sidonie!... Elle n'entend pas... Elle cause à quelqu'un que le balcon du premier m'empêche de voir.

— Comment! elle cause à quelqu'un? — fit Nicolaï. — Il faut qu'elle ne cause à personne.

Fanny s'était approchée de lui.

— Allons, mon vieux... dépêchons... ma besogne est terminée... Il ne reste plus qu'à vous exécuter.

— Oui, finissons-en... Descendez et dites-lui que sa mère l'attend... Voici la somme promise...

Et il ajouta plus bas :

— Si tu as besoin de moi... tu me trouveras ici... file et envoie la petite à sa mère.

— Merci, — dit Fanny, — faisant disparaître le billet dans son corsage. Au revoir, mon vieux... à ton service.

Et elle disparut en fredonnant :

> Laissez les enfants à leur mère.
> Laissez les roses au rosier !

Ne voyant pas remonter l'enfant, Nicolaï, impatienté, se décida à descendre à son tour.

Le fiacre était toujours à la porte, et le cocher, descendu de son siège, attendait sur le trottoir.

Nicolaï ouvrit brusquement la portière et plongea son regard dans l'intérieur.

Des éclats de rire et un bruit de bousculade sortaient de l'ombre.

C'étaient les marmots, les odieux et exécrables marmots qui occupaient la place de Sidonie.

— Comment ! c'est vous, petits chenapans ! Où est votre sœur ?

— Elle a décanillé, — dit l'aîné.

— Comment, décanillé ?

— Oui, elle s'est tiré les flûtes.

— Comment cela ?

— Parce que — ajouta le plus jeune — elle a dit comme ça que puisque tu étais chez maman, elle ne voulait pas monter... Elle te gobe pas, va !

— Et qui lui a dit que j'étais chez ta mère ?

— C'est nous, donc ! Fallait donc pas lui dire, m'sieu...? Tu as pas dit de pas lui dire.

— Et qu'est-ce que vous fichez là ?

— Rien, m'sieu !

— Avec qui est-elle partie, votre sœur ?... Avec une dame ?

— Oh ! c'est pas une dame... Elle s'appelle la Verrue, à cause qu'elle a un bubon sur le pif. Mais c'est pas une dame.

— C'est la marmite à papa, — dit le plus jeune.

— Comment la marmite à ton père ?

— Oui, parce que maman ne pouvait plus casquer ; alors il a pris une autre marmite.

— Mais pourquoi êtes-vous dans la voiture ?

— C'est la Verrue qui nous a dit : « Montez dans la voiture, mes petits... » à cause que Sidonie n'a pas payé le cocher... et qu'elle a dit qu'il y avait une dame qui allait descendre.

— Vous l'avez vue, cette dame ?

— Oui, une petite. Elle a dit comme ça à Sidonie : « Je m'en vais..., le vieux est là-haut ». Mais elle n'a pas payé le cocher. « C'est lui qui paiera, qu'elle a dit. »

— De quel côté est-elle allée ?

— Tu vas le payer, hein, le cocher ?

— Je te demande de quel côté est allée cette dame ?

— Par là-bas, du côté du boulevard.

Et, prenant une éponge, elle tamponna le visage meurtri d'Allan qui se laissa faire.

— Et ta sœur?

— Ma sœur aussi.

— Allons, descendez, petites crapules. Allez retrouver votre mère. Dites-lui de ma part qu'elle et votre sœur crèveront sur le fumier... et vous sur l'échafaud.

— Est-ce que tu nous donneras encore un bon dîner comme celui d'avant-hier, m'sieu?

Liv. 263. — H. GEFFROY, édit. — Reproduction interdite.   Mort du Czar. 155

— Allez au diable!

Et furieux d'avoir été joué de la sorte, il monta dans le fiacre en assurant le cocher qu'il réglerait la course précédente et lui demandant des indications sur le chemin qu'avait pris Sidonie et la femme qui l'emmenait.

Le cocher, bonne pâte, le confirma dans les dires des petits drôles, et sur l'ordre de son client... suivit la même direction.

Nicolaï ne pouvait concevoir comment Sidonie avait suivi *la Verrue*... et se perdait en conjectures.

Où la retrouver maintenant?

Le fiacre remonta au petit trot le boulevard de la Chapelle jusqu'à la rue Clignancourt, puis le redescendit, mais Nicolaï eut beau fouiller le trottoir et les allées des nombreux hôtels qui le flanquent, interroger les gens de celui où il avait passé la nuit et entrevu la Verrue et son souteneur, il ne découvrit aucune trace de celle qu'il cherchait.

Volé! il était volé! Cette gueuse, ramassée la veille dans une gargotte, s'était moquée de lui!

CLXXX

LE REGISTRE D'HOTEL

Il était dans une sourde rage, maudissait son imprudence et sa sottise. Comment! il s'était laissé duper à ce point!

Cependant cette fille avait ramené Sidonie, elle avait accompli la mission dont il l'avait chargée ; il ne pouvait lui reprocher que de n'avoir pas obligé l'enfant à monter chez sa mère; mais le pouvait-elle? Il connaissait l'entêtement, la volonté de la petite; apprenant par ses chenapans de frères qu'il l'attendait, elle s'était enfuie, et Fanny, en trouvant la voiture vide n'osant reparaître, avait de son côté gagné le large.

C'est ainsi qu'il expliquait la chose, ne voulant pas s'avouer qu'il avait été une dupe imbécile.

Fanny avait-elle parlé à la Verrue?

Et comment et pourquoi Sidonie avait-elle consenti à suivre cette prostituée de barrière?

Voilà ce qu'il eût fallu savoir? Et voilà sur quoi auraient peut-être pu lui donner quelques renseignements les deux polissons.

Retourner chez la mère, lui annoncer que sa fille avait encore une fois disparu, il en eut la pensée.

Mais réflexion faite, à quoi cela l'avancerait-il?

Il connaissait la veulerie de cette femme en qui la longue misère avait brisé tous les ressorts. Qui sait même si elle n'était pas de connivence avec l'enfant?

Mais elle n'y avait aucun intérêt, au contraire; il repoussa cette idée et se dit que peut-être la petite fille était restée dans le voisinage et guettait son départ pour rentrer à la maison.

Cette dernière supposition lui fit reprendre un peu de calme, car songer que l'enfant était tombée entre les mains de cette ignoble fille l'horripilait, non pas qu'il se préoccupât de la morale, mais n'avait-elle pas dit qu'elle aurait le fin mot de la disparition de Pieter Snip et de la fermeture soudaine de la *Bibine?*

Après l'avoir vainement cherchée dans plusieurs hôtels borgnes du boulevard, il courut chez Sarah non pour lui demander avis, mais pour savoir si elle ne pourrait pas le mettre sur les traces de cette nymphe du trottoir, par l'intermédiaire de ses « amis d'enfance », MM. Riz-de-Veau et la Sauterelle, qu'elle avait accueillis si énergiquement à la villa des Lauriers-Roses.

Habitués de la *Bibine*, ils ne pouvaient manquer de connaître Mlle la Verrue.

Sarah lui avait plu par son énergie, son aplomb, une certaine brutale franchise, sa haine contre Hauser et aussi, nous l'avons déjà dit, je crois, par les magnétiques effluves qui se dégageaient de son corps aux formes sculpturales et faisaient appel à sa sensualité.

Ah! quelle folie l'avait pris de s'adresser à une autre dans sa hâte ridicule?

Pourquoi avoir recours à une inconnue, à une femme ramassée sur le pavé, pour une aussi délicate mission?

Sarah, il en était certain, l'eût accomplie jusqu'au bout.

Mais à quoi bon récriminer? Les regrets sont stériles. Il fallait agir. Ravoir au plus vite cette enfant.....

Il trouva, nous l'avons vu, porte close et frappa vainement.

Sarah et Allan, dans les bras l'un de l'autre, se reposaient de leurs fatigues et de leurs émotions.

Quelle guigne? Où était-elle? Toujours absente donc? Où la dénicher!

Attendre son retour?

Peut-être était-elle allée passer la nuit avec un amant de rencontre?

En ce cas, il s'exposait à se morfondre et à faire le pied de grue jusqu'au lendemain.

Il partit donc piteux, furieux et déconfit, comme un voleur volé qu'il était.

Il songea un instant à retourner à son domicile de l'avenue d'Orléans, mais la crainte d'y faire quelque fâcheuse rencontre l'arrêta.

Cet endroit, connu par la police, lui semblait dangereux.

Il gardait toujours sur lui le million volé dans la caisse de la *Banque coloniale française* en un gros paquet de billets de mille, dans un sac de soie qu'il plaçait, solidement fixé, entre la chemise et la chair.

De plus, il se ceignait les reins d'une ceinture de cuir, bourrée de billets et de pièces d'or.

Au contraire de Bias, qui n'emportait avec lui que sa sagesse pour toute fortune, il avait sur lui toute la sienne en bonnes bank-notes et en bel or.

Aussi appréhendait-il les hôtels borgnes, exposés aux râfles, aux rixes et aux bagarres; mais, d'un autre côté, il craignait que, dans les hôtels d'un ordre plus élevé, son manque de bagages n'inspirât des soupçons.

Chargé de crimes et d'une si grosse somme, il avait tout à redouter.

Il comptait passer la nuit chez Sarah; déçu de ce côté, il resongea de nouveau à la mère de Sidonie.

La terreur des marmots, dont il craignait à juste raison les indiscrétions, l'arrêta.

Il acheva sa soirée en faisant le tour des nombreux bouis-bouis du quartier, espérant toujours y rencontrer Sarah, et vers minuit alla se coucher dans un hôtel voisin de la gare Saint-Lazare.

Le lendemain matin, levé de bonne heure pour aller prendre la « fleuriste » au saut du lit, comme il s'inscrivait sur le registre de l'hôtel sous un faux nom, une fausse adresse et une fausse profession, il lut dans une des cases précédant la sienne :

Fanny Félix, modiste, 22 ans, dernier domicile : Londres.

Cette Fanny ne pouvait être que la sienne, tout l'indiquait; pour en être plus certain, il demanda quelques renseignements au garçon d'hôtel :

— Ah! — fit celui-ci en riant, — monsieur est amateur, je vois ça. C'est une petite brune gentille et drôlette. Mais monsieur la connaît sans doute mieux que moi, et peut-être est-il venu ici à cause d'elle?

— Justement, — répondit Nicolaï en mettant cinq francs dans la main du garçon. — Voulez-vous m'indiquer sa chambre?

— Bien volontiers. Mais ça sera pour le moment inutile. Cette dame, après avoir fait sa toilette, est ressortie et n'est pas revenue de la nuit.

— Elle a des bagages? — demanda Nicolaï.

— Une petite valise seulement.

— Savez-vous si elle doit retourner à Londres ?

— Ah ! monsieur m'en demande trop. Tout ce que je puis dire, c'est qu'elle a payé deux jours d'avance.

Comme Nicolaï se disposait à sortir :

— Monsieur garde-t-il la chambre ?

— Oui... et s'il y en a une libre à côté de celle de cette dame, gardez-la-moi... et gardez-moi le secret... Voici le prix d'avance et voici pour vous...

— Monsieur peut compter sur moi.

— Et, si tout va bien, il y aura le double au départ.

— Tout ira bien si ça ne dépend que de moi, monsieur peut en être certain.

Nicolaï eut bien attendu le retour de la donzelle, mais combien de temps lui eût-il fallu attendre ?

Il ne voulait pas rester assis entre deux selles, et il savait trop combien il est dangereux de poursuivre deux lièvres à la fois.

C'est à cause de cette fille déjà qu'il avait manqué Sarah, il ne s'exposerait pas à la manquer à nouveau.

Il s'informa des heures des départs pour Londres. Le train du matin était parti; restait celui de huit heures du soir.

En supposant que Fanny ne restât que les deux jours annoncés, il avait le temps de la retrouver.

— Surtout pas un mot, — fit-il au garçon.

— Monsieur me croit donc bien bête !

CLXXVI

ENCORE CHEZ SARAH

Sarah et Allan furent brusquement tirés de leur paisible somme par des coups frappés à la porte.

Ils s'étaient couchés fort tard, car, après avoir été réveillés la veille par Nicolaï, ils s'étaient habillés et, éprouvant le besoin de reposer leurs forces, étaient allés se restaurer dans une brasserie.

Sarah, réveillée la première, secoua vivement son jeune amant qui, gorgé de bière, de jambon et de choucroute, dormait de ce sommeil de l'abruti que l'on compare à celui du juste.

— Vite, mon coco, debout... Lève-toi..., on frappe.

— Qui ça frappe? — grommela l'autre de mauvaise humeur. — On ne dérange pas les gens si matin... N'ouvre pas.

Je ne puis faire autrement... Je crois bien que c'est le vieux... Ce serait la troisième fois qu'il trouverait visage de bois... Je lui dois des égards... C'est lui qui casque.

« Et, mon petit coco, il faut ménager les gens qui casquent.

Devant cette raison, Allan se jeta hors des couvertures.

— Alors, et moi? Où vais-je aller?

— Sous le lit! — répondit Sarah.

— Sous le lit? — protesta Allan. — Pas de ça, non, jamais!

— Il le faut, mon coco. Bien que je ne lui aie pas promis fidélité, — il ne serait pas assez bête pour le croire, — on n'aime pas à trouver un autre dans les draps que l'on paye.

— C'est juste, répondit philosophiquement Allan. — C'est comme moi avec Paméla, quand je la trouvais en compagnie de Riz-de-Veau... j'étais vexé!

Cette conversation avait lieu à voix basse, tandis que l'on continuait à frapper à la porte.

Allan se fourra donc sous le lit, et Sarah y jeta rapidement ses effets, son chapeau, ses souliers, tout en criant :

— Qui est là?

— C'est moi! — dit la voix de Nicolaï.

— Qui, vous?

— Eh! vous le savez bien!

— Je ne sais rien... Je suis couchée. Vous vous trompez de porte, mon garçon. Je n'ouvre pas quand je suis au lit. Passez votre chemin... Je suis une honnête fille.

— Je n'en doute pas, — riposta Nicolaï, — c'est pourquoi je reviens. Je suis venu hier soir et aussi avant-hier. Ne reconnaissez-vous pas ma voix? Je viens prendre des nouvelles du jeune Anglais que je vous ai envoyé!

— Ah! serait-ce vous? — s'exclama la Noire. — Excusez-moi de n'avoir pas reconnu votre voix de suite. J'étais encore à moitié endormie... Un moment, que je passe un jupon...

— Oh! c'est bien inutile.

Malgré cet avis, elle serra autour de ses reins ce complément indispensable à la pudeur, ouvrit la porte, et, comme avait fait la petite Sidonie chez sa mère, recula effarée en poussant un cri d'épouvante parfaitement imité s'il n'était pas réel.

— Qui êtes-vous ? Qui êtes-vous ? Je ne vous connais pas.

— Mais si, — répondit Nicolaï jubilant, enchanté du succès de sa mé-tamorphose, — tu me connais très bien. Tu m'as rencontré à Londres. Je m'appelais alors le père *Montretout* ou *Montrelune*...

— Allez-vous-en, allez-vous-en... Vous me faites peur.

Le fait est que le forban était, sous ce déguisement, parfaitement hideux.

— Chut! — fit-il, — tais-toi!... Tu me remets maintenant... le comte de Ladra!

— Vous, le comte de Ladra ?

— Eh ! pas si haut, belle chatte noire... Pas si haut, ce nom — ajouta-t-il en refermant la porte et donnant un tour à la clef. Les murs peuvent avoir des oreilles.

— Pas ici! à droite et à gauche habitent des ouvrières qui sont parties à leur atelier.

— Tant mieux. Car tes exclamations... étaient pour le moins impru-dentes.

— Ah! vous m'avez fait une peur!... Pourquoi ne pas me prévenir aussi, et pourquoi cette mascarade?

— Elle est nécessaire. Ne suis-je pas un homme marié?

— Et vous redoutez à tel point votre femme ?

— Il faut tout craindre des jalouses... Tu es seule ?

— Vous le voyez bien. A moins que je n'aie quelqu'un caché sous mon lit... Regardez donc pour vous en assurer.

— Je m'en rapporte à toi, belle chatte noire. Allons, un *béco* à votre papa?

— Deux si vous le voulez... Mais laissez-moi m'habiller.

— Jamais. Tu es mille fois mieux ainsi. Remets-toi au lit, au contraire. J'en ai long à te dire et je te le dirai entre les draps. Ça me reposera ; j'ai passé une nuit sans fermer l'œil.

— Pourquoi cela? Vous avez pris trop de café ?

— Non, j'étais jaloux.

— Jaloux, de votre femme?

— Non pas, de toi, ma belle Minette. Allons, au lit ! au lit ! Ne froncez pas les sourcils et faites risette à papa.

Il s'était soudain senti pris, à la vue de cette belle fille demi-nue, d'une de ces lubies érotiques qui le domptaient et l'avaient jeté tant de fois, veule et écrasé aux pieds de Luciana triomphante.

Elle eut beau protester et se défendre, elle dut se remettre au lit et le subir.

Sa passion brutale assouvie, il mit Sarah au courant de ce qu'il désirait d'elle, lui raconta à sa façon l'histoire de la petite fille enlevée, une
enfant naturelle à lui, les précautions qu'il était obligé de prendre pour
cacher l'aventure à la comtesse de Ladra; il terminait en chargeant Sarah
de retrouver la gamine à tout prix.

— A tout prix, c'est facile à dire! Je suis prête à vous obliger pour
rien. Mais il me faudra de l'argent, peut-être beaucoup d'argent.

— Je ne marchanderai pas, — répondit Nicolaï, — je donnerai ce qu'il
faudra.

— Levons-nous donc, je vais m'en occuper de suite, — dit Sarah, qui
avait hâte de délivrer Allan de sa position désagréable et craignait quelque accident imprévu qui le fît découvrir. — Mais qu'avez vous donc là de
si volumineux sur votre poitrine... On dirait les seins d'une nourrice.
Vous n'allaitez pas, je suppose?

— Ça, c'est mon sac. Je veux dire mes papiers de famille.

— Peste! vous y tenez à vos papiers de famille. Le père Montrelune, à
qui Hauser a volé un million, avait, lui aussi, des papiers de famille qu'il
portait, à ce que l'on affirmait, toujours sur lui. Vous poussez l'imitation
de la ressemblance jusque-là. Et ça, qu'est-ce que c'est?

— Une ceinture de sûreté. J'y mets tout ce que je veux qui échappe à
l'avidité de ma femme.

— Voyons ça?

— Tenez.

— Oh! oh! Elle est joliment bourrée..., et son avidité est bien en
défaut... Elle ne vous explore donc jamais, votre femme.

— Jamais, nous vivons comme frère et sœur.

— Pour vivre de votre côté en patriarche. Mais dites-moi, mon cher,
vos épouses de la main gauche doivent vous préoccuper beaucoup, car
vous ne me demandez même pas du résultat de la visite du jeune homme
que vous m'avez envoyé et des nouvelles de notre ami commun...

— Karl Hauser? Vous en avez de fraîches?

— Si j'en ai de fraîches? Je te crois, mon vieux. Mais vous pouvez
avoir les dernières nouvelles, comme disent les journaux, en vous adressant à la Préfecture de police.

— Comment?

— Il est arrêté.

— Déjà! — s'exclama Nicolaï.

— Avouez que vous le saviez aussi bien que moi.

— Je t'assure que non... Je ne savais rien..., j'avais l'esprit préoccupé

Dissimulée derrière les arbustes en caisse que les cafetiers alignent sur la chaussée...

ailleurs..., au sujet de l'affaire dont je viens de t'entretenir. Ah! il est arrêté?

— Vous y êtes bien pour quelque chose?

— En vérité, non, je n'y suis pour rien. Et bien, tant pis pour lui, il ne l'a pas volé. Ça devait lui arriver tôt ou tard! Ah! la canaille! en a-t-il ruiné, des pauvres diables! Et le petit crétin que je t'ai adressé? Tu l'as reçu? Qu'est-il résulté? A-t-il vu son scélérat de père?

— Oui.

— La rencontre a dû être amusante. Tu ne sais plus rien de ce jeune imbécile?

— Je ne l'ai vu que deux fois... La première, quand il m'a apporté votre lettre; la seconde et dernière, à l'entrevue avec son père.

— Comment! tu y assistais?

— J'y assistais.

— Oh! je vois d'ici tes yeux flamboyants. Tableau! Scène tragique! — fit Nicolaï se frottant les mains.

— Hauser a roué de coups le jeune imbécile, comme tu l'appelles, mais il a été roué à son tour.

— Bravo! Et par qui?

— Par quelques fiers-à-bras à qui j'avais fait signe, ne voulant pas me trouver seule avec cette grosse brute.

— Très bien..., et alors...

— Alors, la police a fait irruption et a tout ramassé.

— Le petit crétin aussi?

— Non, lui et moi, nous nous en sommes tirés indemnes..., ce qui n'est pas commun dans les rafles.

— Bah! quand on n'a rien à se reprocher.

— On voit, mon vieux, que tu es étranger et ignorant des mœurs de la police parisienne.

— Et qu'est devenue la petite andouille?

— Elle t'intéresse donc bien, cette andouille? Je ne l'ai pas mise dans ma poche. Mais si tu tiens à voir ce jeune homme, on peut le retrouver.

— Qu'il aille rejoindre son père au diable! Ce que je veux retrouver, c'est ma fille. Ainsi, je compte sur toi.

— Je ferai mon possible, — dit Sarah, — qui avait hâte de se débarrasser du forban, et lui mettant sa canne et son chapeau dans la main : — Quand reviendras-tu?

— Mais je ne m'en vais pas. Je reste.

— Comment, tu reste?

— Oui; ça semble te défriser? Je ne suis pourtant pas un amant trop gênant... C'est la seconde fois que nous nous voyons depuis que je t'ai installée dans tes meubles...

— C'est vrai.

— Je ne veux pas être un fâcheux... Je t'ai mise sans condition dans ce petit mobilier. Ce n'est pas luxueux, mais tu m'as dit que tu t'en contentais.

— Je m'en contente aussi.

— Si tu es gentille, je ferai mieux ; et si tu me trouves Sidonie, outre
une bonne petite prime de cinq cents balles, je double ta pension men-
suelle.

— Ça me fera trois cents francs?

— Que tu recevras le premier de chaque mois.

— Aussi vrai que mon nom est Sarah, je te retrouverai ta gamine...
Reviens demain me donner tous les détails.

— Comment, demain?... Mais je ne te quitte pas. Voici vingt francs...
Descends et va dire à ta concierge qu'elle nous fasse monter à déjeuner.

— Déjeuner ici? — se récria Sarah, effrayée de cette perspective. —
Non, je n'y tiens nullement. Pourquoi cette fantaisie? Si tu veux m'offrir
à déjeuner il ne manque pas de restaurants, et je ne déjeune bien que là.

Nicolaï fut quelque temps à se décider.

Elle était fort perplexe, craignant qu'il n'insistât et tremblant qu'il ne
découvrît Allan.

Enfin, il consentit à la mener dehors.

— Nous aurions cependant été beaucoup plus à l'aise ici, pour causer,
— dit-il.

— Pour causer? Qui t'en empêche maintenant? ce que tu as à me dire,
dis-le, pendant que je m'habille... Moi, je n'aime pas parler affaires en
mangeant.

— Il faut toujours condescendre aux désirs des belles, — répliqua
galamment le bandit.

— Va... je t'écoute.

— J'ai quelque argent, — commença Nicolaï.

— Ah! ah! grand bien te fasse... je ne pourrais en dire autant. !

— Pas beaucoup, oh! pas beaucoup! car je n'ai pas besoin de te le
dire, tu l'as deviné sans doute, mes fonds étaient placés dans la banque
de Karl Hauser...

— Un beau placement!... c'est-à-dire qu'ils sont perdus?

— Naturellement, puisqu'il a fait banqueroute frauduleuse.

— Mais tu as sauvé quelque chose?

— Une misère que fort heureusement j'avais eu le bon esprit de retirer
à temps de cette misérable banque... Une poire pour la soif... Le pain de
mes vieux jours, et rien de plus.

— Avec beurre?

— Très peu.

— Et alors?

— Alors je voudrais mettre ce reliquat à l'abri des banques et des
coups de Bourse.

— Et tu viens me consulter pour un bon placement ? — demanda en riant la Noire. — C'est très gentil de ta part, et cette preuve de confiance me touche... Mais, mon pauvre vieux, je m'entends à cela comme à réciter mon *Confiteor*... je n'ai jamais fait d'économies, moi ! J'ai toujours vécu au jour le jour ; je ne me suis, par conséquent, jamais occupé de placer des épargnes... mais puisque tu me demandes avis, si tu veux m'en croire, le meilleur moyen de placer son argent est de le dépenser. On en jouit au moins, tandis que si tu le confies à un banquier, c'est lui qui en jouit. En ce placement, je puis t'apporter un chaleureux concours... J'ai dit.

— Ton raisonnement ne manque pas de bon sens... Aussi n'est-ce pas chez un banquier que je veux emmagasiner les tartines de ma vieillesse ; il les dévorerait comme a fait l'autre...

— Où.alors ?

— En belles et bonnes terres.

— Ah ! tu es comme les paysans, tu veux des biens au soleil ?

— Je vais te dire ce que je veux : une gentille petite maison dans les environs de Paris, ni trop près ni trop loin ; au bord de l'eau si possible, avec jardin et verger... Tiens, dans le genre de celle du peintre Croisillon.

— Eh bien, c'est facile, achète la sienne. Un peintre, c'est toujours nécessiteux. Il te la cédera si tu y mets le prix.

— Alors autant en faire bâtir une à mon goût ! Je n'ai pas besoin d'atelier, moi !

— Achète du terrain, alors.

— Justement, c'est à quoi je pense.

— Achète l'emplacement de la *Bibine*.

— J'y avais songé, car l'endroit me plaît beaucoup. C'est joliment situé près de la rivière et du canal. Il y a des arbres, de quoi garnir un jardin...

— De plus, tu seras voisin de ton amie, Mme Croisillon ou plutôt Clarinette.

— Peuh ! Depuis que je te connais, je n'aime plus les blondes... Ma femme est blonde... alors deux de même nuance, c'est trop.

— Toujours du veau, quoi !

— Oui, l'endroit dont tu me parles m'irait assez... Mais il n'est ni à louer ni à vendre.

— Pardon ! Depuis que le patron de la *Bibine* est parti en mettant la clef sur la porte, on a collé un écriteau : *A vendre ou à louer*. Si tu veux te faire cabaretier, voici une belle occasion !

— Merci !... Je ferais abattre la *Bibine* et élever à la place une villa genre anglais.

— Peste ! Dépêche-toi alors... Et lorsque tu t'absenteras pour tes petites fredaines, j'aiderai ta femme à garder la maison. Tu sais si je m'y entends... Les cambrioleurs, avec moi, n'en mènent pas large.

— Tu n'as pas fait avec tous ta première communion !

— Je ne crains personne, — répliqua Sarah, — maintenant, monsieur le comte, je suis prête à vous accompagner... Me trouvez-vous convenable ?

— Tu es délicieuse, fit Nicolaï, lutinant la donzelle. — Je t'ai prouvé déjà que tu me plaisais... Allons, en route ! nous recauserons de ce dont je viens de te parler, une autre fois.

— Je l'espère bien... Seulement, je ne m'explique pas en quoi je puis vous être utile.

Il sortit enfin, au grand soulagement de Sarah, qui sortit derrière lui, ferma sa porte à clef et descendit avec lui deux étages, puis remonta précipitamment, prétextant avoir oublié son mouchoir.

Allan, au même moment, sortait de sa cachette.

Il était furieux et ne dissimulait pas sa colère.

— Mon petit coco, ne te fâche pas, — dit-elle en l'entourant de ses bras. — Ce sont les exigences et les inconvénients du métier... que veux-tu ? Quand on désire une petite femme à soi, tout seul, il faut avoir des rentes. C'est encore bien heureux qu'il ne t'ait pas découvert sous le lit.

— Il est ignoble, ce vieux satyre, — riposta le jeune et digne fils de Karl Hauser. — Et dire qu'il faut suporter ça !... Mais vous allez vous empiffrer tous deux... et je crève de faim.

— Tu n'as donc plus le sou ?

— Non, — fit Allan qui, en vrai fils de juif, cachait soigneusement les vingt livres en bank-notes que le faux comte de Gobsky lui avait données, et ne voulait les entamer à aucun prix.

— Pauvre mignon !... Eh bien, suis-nous, tu déjeuneras, et bien, car je pousserai le vieux à la consommation. Nous allons descendre tout doucement jusqu'à la place Clichy. Tu nous rattraperas et tu entreras comme par hasard dans le même restaurant que nous. Je me charge du reste

Et elle se hâta de rejoindre le forban qui, sans se douter de rien, l'attendait au bas de l'escalier.

CLXXVI

TRIO A TABLE

A peine Nicolaï et Sarah venaient-ils de s'installer à une table d'un restaurant du boulevard des Batignolles, que celle-ci poussa une exclamation de surprise parfaitement jouée.

— L'Anglais ! — fit-elle, — poussant du pied celui de son partenaire.

— Quel Anglais? — demanda Nicolaï, — levant la tête de dessus la carte des plats du jour.

— Eh! celui que vous m'avez envoyé... qui ressemble à Karl Hauser.

— Le petit imbécile! Que le diable l'emporte! Par quel fichu hasard entre-t-il ici?

— Peut-être nous a-t-il vus; alors c'est tout naturel... Faut-il l'appeler?

— Pourquoi faire? Garde-t'en bien... Tu sais qu'il est de la police, ce drôle?

— Comment! de la police? — s'écria Sarah, stupéfaite. — Pourquoi me l'avez-vous envoyé, alors?

— Parce qu'il est le fils de Karl Hauser.

Elle regarda fixement Nicolaï.

— Vous venez de dire que ce jeune homme est de la police. En avez-vous des preuves?

— C'est lui-même qui me l'a avoué, comme une chose toute naturelle... Il est le secrétaire d'un agent russe, un nommé Dimitri.

— Celui qui a arrêté Karl Hauser. Mais alors ce serait lui qui aurait dénoncé son père?...

— C'est bien possible.

— Oh! j'en aurai le cœur net. Je vais l'appeler

— Appelle-le.

Allan, qui venait de s'asseoir à une table, avec des marques visibles d'inquiétude, se leva avec empressement au signe que lui fit Sarah.

— N'oublie pas que je m'appelle Gobsky, — se hâte de dire l'assassin à sa maîtresse.

Allan saluait déjà le couple.

— Enchanté de vous retrouver, monsieur le comte... Mademoiselle, permettez-moi...

— Asseyez-vous, jeune homme, — dit Sarah l'interrompant — placez-vous là, à côté de moi... Vous déjeunez avec nous ?

— Si monsieur le comte le permet.

— Ne m'appelez pas comte, — reprit aigrement Nicolaï, — ce titre attire l'attention.

— Très bien, monsieur.

Sarah fit mettre un couvert, riant en elle même de la sourde colère du vieil amant qui, cependant, était loin de flairer un rival en celui qu'il appelait « le petit imbécile ».

— Eh bien, jeune homme, — dit-il — vous êtes content? Vous avez eu l'adresse que vous désiriez ?

— Grâce à vous et à mademoiselle... Je suis heureux de vous rencontrer ici pour vous renouveler mes remerciements.

— Vous êtes bien aimable... Mais, d'après ce que m'a raconté mademoiselle, la personne que vous cherchez a éprouvé une petite mésaventure... Que voulez-vous? On ne met pas impunément l'argent des autres dans sa poche... Tôt ou tard on paye cela... Voyez vous, jeune homme, il n'y a encore que l'honnêteté qui triomphe... Que le sort de ce banquier vous serve de leçon... L'honnêteté... l'honnêteté... toujours l'honnêteté!...

— Vous avez bien raison, monsieur... je dis comme vous : « Vive l'honnêteté ! » Mais ce que vous me dites maintenant n'est pas tout à fait d'accord avec ce que vous me disiez l'autre jour, quand j'ai eu l'avantage de vous voir pour la première fois.

— Vraiment? Que disais-je donc?

— Que les voleurs avaient le haut du pavé ! qu'ils tiennent la banque, la presse, le gouvernement, que ce n'est qu'à force de rapines et à coups de faillites qu'on devient millionnaire.

— Parfaitement! je l'ai dit et je le répète. En quoi suis-je en désaccord avec moi-même?

— Vous venez de dire qu'on finit toujours par être pris et que l'honnêteté seule triomphe.

— Sans doute, dans l'esprit des honnêtes gens; quant à être pris, c'est une affaire de chance.

— Ça n'est pas très clair, — ricana Allan, qui avait sur le cœur la scène de la chambre de Sarah et les épithètes injurieuses dont il avait été gratifié.

— Je vais l'éclaircir, — commençait Nicolaï...

— En voilà assez, — interrompit Sarah, — vous nous assommez avec votre honnêteté! Laissez-moi parler à ce jeune homme.

Et à brûle-pourpoint, le regardant bien en face :

— Est-il vrai — demanda-t-elle — que vous ayez dit à monsieur que vous étiez de la police.

— De la police? Pas précisément; je lui ai dit que j'étais, en attendant mieux, secrétaire privé d'un haut agent russe... Je ne vois pas de mal à cela.

— Mais n'est-ce pas cet agent qui a mis la main sur l'épaule de votre...?

— De mon père? Va pour mon père. Eh bien! oui, c'est cet agent. J'en ai été désagréablement surpris..., mais ce n'est pas ma faute. Que voulez-vous que j'y fasse!

— Et vous continuez à rester le secrétaire de ce policier?

— Moi! pas du tout. Son arrestation faite, il est reparti.

— Alors, — fit Nicolaï, — vous êtes sans place?

— Oui, monsieur.

— Votre intention est de vous fixer à Paris?

— Je me fixerais n'importe où. Depuis le malheur arrivé à mon père, je me trouve sans ressources... Mais j'ai pensé que sachant trois langues, l'anglais, le français, l'allemand, je pourrais peut-être trouver une situation.

— Hélas! jeune homme, c'est bien difficile, si vous n'avez que des langues à votre actif; oui, même comme garçon d'hôtel. Tout le monde parle plusieurs langues au temps présent... à l'exception toutefois des Français... Ils trouvent la leur si belle qu'ils s'y renferment et ne parlent que celle-là.

— C'est pourquoi j'espère trouver à Paris.

— Étant Allemand d'origine, vous avez quelque chance. Il faut vous faire appuyer par quelqu'un du gouvernement. Un ministre sympathique à l'Allemagne... tous les opportunistes le sont.

— Ah! vraiment!

— C'est comme j'ai l'honneur de vous le dire... cela se comprend; les chefs du parti sont des Juifs allemands. Seriez-vous Juif par hasard? Alors votre fortune est faite!

— Étant le fils naturel de Karl Hauser...

— Ah! sans sa malheureuse banqueroute... où j'ai perdu tant d'argent... vous n'auriez qu'à vous laisser aller doucement au cours de l'existence... Il vous aurait trouvé quelque bonne sinécure. Il était tout puissant au ministère. Il avait des amis plein la Chambre... auxquels, il avait, entre nous, fortement graissé la patte. Ah! jeune homme, graisser la patte d'une façon habile et opportune, tout est là!

— J'aurais bien voulu qu'il me graissât la mienne, — fit Allan avec un

— Ah! fit celui-ci en riant, monsieur est amateur, je vois ça!...

soupir, — mais, bien qu'il me dût de l'argent..., il m'a payé en une autre monnaie, — ajouta-t-il, montrant les meurtrissures encore fraîches de sa face.

— Je préfère encore la monnaie de singe, — dit Nicolaï.

— Qu'est donc devenu, — fit d'un air innocent Allan, — un certain comte de Ladra, l'associé d'Alexandre Bereneff?

A cette question, Nicolaï ne put retenir un léger tressaillement.

Il regarda fixement son interlocuteur, essayant de lire au fond de sa pensée.

Était-ce intentionnellement que le jeune drôle lui posait cette question? Et Sarah avait-elle commis une indiscrétion?

Mais comment le pouvait-elle, puisque de ce matin seulement elle le voyait pour la première fois dans sa nouvelle métamorphose et qu'il n'avait pas quitté cette fille depuis.

Le visage d'Allan restait impénétrable sous son flegme britannique; quant à Sarah, elle eut un léger froncement de sourcils.

— Le comte de Ladra, — répondit Nicolaï, — je n'en sais rien! Il a dû être arrêté comme son partenaire. Le connaissez-vous?

— Nullement. C'est M. Dimitri qui m'en a parlé le jour où j'ai eu le plaisir de vous voir.

— Ah! vraiment!

— Il m'a dit qu'il se cachait à Paris sous un faux nom,... mais qu'il serait facile de le retrouver,... si l'on s'en donnait la peine.

— Votre M. Dimitri me paraît très fort, — répliqua le forban, ricanant. — Il devrait venir à Paris donner des leçons au service de sûreté, qui me paraît en avoir besoin.

Il continuait à attacher son regard mauvais sur ce jeune Anglo-Saxon, dont l'air de grosse naïveté parut le rassurer.

Il ajouta cependant :

— Pourquoi me demandez-vous cela?

— Pour rien. Histoire de causer.

— Ah! je me souviens, — fit Nicolaï, affectant de rire. — Quand vous êtes venu me voir, vous aviez l'air de me prendre pour un bureau de renseignements. Le bureau est fermé, jeune homme. Vous repasserez un autre jour... Ma chère, vous offrirais-je de ces petits pois?

Le déjeuner s'acheva assez silencieusement.

Nicolaï rongeait sourdement son frein, se demandant si ce n'était pas un nouvel ennemi qui surgissait et qu'il allait avoir à combattre, d'autant plus dangereux qu'il ignorait ses plans et ne savait de quelle arme il allait se servir.

Sarah était furieuse de cette imprudente sortie d'Allan; aussi, quand celui-ci se leva pour prendre congé, après le café, ne chercha-t-elle pas à le retenir.

Elle détourna même la tête, évitant de rencontrer son regard.

Mais Nicolaï n'entendait pas lâcher ainsi son homme, sans savoir ce qu'il avait dans le ventre.

— Eh! vous nous quittez ainsi? — lui dit-il. — Où allez-vous? Qui vous presse?

— Rien, — fit Allan. — Mais je craignais d'être indiscret.

— Indiscret? pourquoi? Vous n'êtes pas indiscret le moins du monde... nous avons besoin de causer, au contraire... Et nous le ferons en vidant quelques bocks.

« De cette façon, — se dit-il en lui-même, — je serais aussi crétin que toi si je ne vide pas en même temps le fond de ton sac.

— Alors, je reste, — dit Allan.

Nicolaï régla l'addition et tous trois allèrent s'installer dans un de ces paisibles cafés qui ont conservé l'aspect provincial d'avant l'annexion des localités suburbaines.

On y est tranquille, et les glaces, symétriquement placées sur les lambris blancs à filets dorés, n'y reflètent dans le jour que quelques rares habitués, attardés dans une partie de dominos ou de trictrac.

En ce moment, une seule table était occupée par trois personnes : une jeune femme assez jolie, coquettement mise et la mine effrontée, et deux hommes au visage rasé et à face vulgaire, dont l'un était vêtu d'un complet anglais et l'autre d'une redingote de drap fin et d'un pantalon de même étoffe, qui le faisait ressembler à un domestique habillé des défroques de son maître.

Les deux hommes, qui venaient de jouer le café et le pousse-café aux cartes, allumaient leurs cigares, tandis que la jeune femme regardait en bâillant des journaux illustrés.

A l'entrée du trio, ils tournèrent machinalement leurs regards vers la porte, puis reprirent leur conversation.

Nicolaï, entré le premier, ne les remarqua pas d'abord. Il alla s'asseoir avec Sarah et Allan à une table dans le coin, à droite de la porte, faisant face justement à celle occupée par les trois personnes dont nous venons de parler.

C'est alors que Nicolaï les remarqua.

Il eut peine à dissimuler un mouvement de désagréable surprise et fit prendre à Allan la place qu'il venait d'occuper sur la banquette, prit la chaise que quittait Allan, l'offrit à Sarah et s'assit brusquement, tournant le dos à la salle.

— Mais je préfère la banquette, — fit Sarah.

— Asseyez-vous à côté de moi, — dit-il d'un ton impératif. — J'ai mes raisons.

— Je n'insiste pas, — répliqua Sarah, supposant que le vieux avait, durant le chemin du restaurant au café, surpris quelques signes d'intelligence entre elle et le jeune, et agissait par jalousie.

Mais elle comprit bientôt qu'il obéissait à un autre motif.

Les trois consommateurs parlaient à haute voix, mettant, suivant la coutume de beaucoup de gens, tout le monde au courant de leurs affaires.

— Alors, — disait l'homme au complet anglais, — ils ont *décanillé*, comme ça, tous les deux, le mari d'un côté, la femme de l'autre.

— Ça n'a pas été long, — répliqua l'homme en redingote. — Tu penses que c'était un coup monté depuis longtemps. Ça ne payait personne. Madame avait pour amant une espèce d'Allemand qui lui soutirait tout ce qu'elle volait à monsieur...

— Une vraie grue ! — appuya la jeune femme.

— Et monsieur courait de son côté la gueuse à tel point qu'il découchait les trois quarts du temps.

— Joli ménage ! — fit l'homme au veston.

— Un ménage de la main gauche. Ils étaient mariés comme ils étaient comte et comtesse... Comte et comtesse de Ladra ! Si ça ne fait pas suer !

— Tiens ! — s'exclama Allan, regardant Nicolaï qui, ayant reconnu de suite son ancien valet de chambre et la femme de chambre de Luciana, se tenait sur la défensive et ne broncha pas, — ils parlent de l'associé de mon... d'Alexandre Bereneff.

— Laissons-les parler, jeune homme. Ça ne nous gêne pas.

— Ah ! — se dit Allan, — je vois maintenant, vieux satyre, pourquoi tu as voulu changer de place.

Et tout haut, d'un air innocent :

— On demandait des nouvelles du comte de Ladra... peut-être pourraient-ils nous en donner ?

— Ah çà ! — s'exclama à demi-voix Sarah, furieuse et craignant un esclandre, — allez-vous nous ficher la paix avec votre comte de Ladra. Si vous avez besoin de lui, courez après.

— Je n'aurais peut-être pas besoin de courir bien loin, — murmura Allan, qui là-dessus vida son bock.

Nicolaï comprit la menace.

Il eut un mauvais sourire, un de ces sinistres sourires qui présageaient mort d'homme.

Le même diabolique ricanement avait en quelque sorte sonné le glas d'Ivan Petrovith, du malheureux Gobsky et de Pieter Snip.

Il signifiait clairement :

« Il y en a un de trop ici. »

Sarah le surprit dans la glace en face d'elle, et elle, qui ne s'effrayait guère, eut presque peur.

Cependant, les deux larbins continuaient à s'entretenir à haute voix de leurs anciens maîtres, et la femme de chambre, avec une volubilité toute féminine, prit part à la conversation, c'est-à-dire qu'elle tint bientôt à elle seule le crachoir.

Elle raconta les visites de William Von Hermann en l'absence de monsieur.

— Un jour même, — dit-elle, — je les ai surpris. Je suis entrée brusquement et sans malice, ne sachant même pas que l'Allemand était là. En m'entendant, Madame s'était précipitée à la porte pour m'empêcher d'entrer. Mais j'avais déjà fait un pas dans le salon et ça suffisait.

— Ah! — fit l'homme au veston, alléché. — Et qu'est-ce que vous avez vu?

— D'abord, j'ai vu Madame toute dépoitraillée, puis l'Allemand étendu sur le canapé dans une situation que je vous laisse deviner.

— Et qu'a dit la comtesse? Elle a dû être joliment vexée d'être surprise?

— Oh! elle ne se démontait pas comme ça. Elle avait un toupet d'enfer. Voyant que je n'avais pas les yeux dans ma poche, elle s'est écriée :

« — Vite! vite! ce pauvre monsieur est malade. Allez chercher de l'eau sédative! »

« J'ai couru chercher de l'eau sédative, naturellement, et quand je suis remontée avec ma bouteille, Monsieur était encore étendu sur le canapé, mais cette fois dans une position tout à fait correcte.

— De sorte que vous vous êtes dit : « J'ai eu sans doute la berlue? »

— J'aurais pu me dire ça si je n'avais pas connu Madame... Mais ce n'est pas la première fois que je la surprenais...

— Racontez, racontez... Ça m'émoustille.

— Gros polisson!... Vous allez être heureux, alors. Figurez-vous que tous les hommes lui étaient bons à cette guenon-là. Tous ceux qui venaient à la maison, elle leur faisait de l'œil. Ah! ce qu'il en a porté, le comte de Ladra! Non, vrai, il ne pourrait, sans se baisser, passer sous la porte Saint-Denis. Il y avait entre autres une espèce de journaliste qui s'appelle Émile Nazeau; il était bête et lourdaud comme ses pieds. Madame l'avait rencontré dans une soirée et s'en était entichée à cause d'un surnom qu'on avait donné à ce gros serin.

— Comment! elle s'était entichée d'un homme à cause d'un surnom? On l'appelait peut-être Napoléon ou Garibaldi?...

— On l'appelait l'Ane...

— Vous voulez vous payer nos poires!

— Pas du tout. Ce que je vous raconte est vrai ; demandez à Baptiste.

— Parfaitement! Mademoiselle dit la pure vérité. Madame est devenue amoureuse de ce garçon parce qu'on l'appelait l'Ane de la Purée! Parole d'honneur!

— Non, Baptiste, vous vous trompez. C'est l'Ane d'Apulée. C'est le commandant Troisix, vous savez, ce petit jeune homme qui a été caporal, — encore un de Madame, — qui me l'a dit.

— Bon! — s'écria Baptiste, s'échauffant. — Voilà bien la blague des journalistes. Il s'est moqué de vous, ma chère. Ane d'Apulée, qu'est-ce que ça veut dire? Rien. Alors, c'est de la purée, qu'il faut mettre. L'Ane de la Purée, parce que ce jeune homme est un âne et qu'il est toujours dans la purée. Voilà!

— Vous avez peut-être raison, — reprit la femme de chambre. — Après tout, Apulée ou Purée, je m'en fiche!

— Et moi aussi, — fit l'homme au veston, — revenons à notre sujet.

— Donc, ce jeune lourdaud est venu un jour en l'absence de Monsieur. — Je vous dirai même, entre parenthèses, qu'il a voulu prendre des libertés avec moi et que je lui ai flanqué une jolie paire de gifles; je ne suis pas comme Madame, moi !

— Au fait! au fait!

— Le fait, monsieur Benoît, le voici : Madame devait l'attendre, car elle s'était joliment parfumée ce jour-là. Elle avait mis son plus beau peignoir. Elle était tout à fait gentille... car on peut dire ce que l'on voudra d'elle, elle était gentille.

— A croquer! — dit Baptiste.

— Oh! je sais bien, vous en teniez pour elle.

— Hé! hé!

— Est-ce que, vous aussi?... — demanda l'homme au veston.

— Dame! on est un homme sous la livrée.

— Et quand on ôte la livrée?...

— On est souvent mieux que le *singe*.

Et, enchanté de sa plaisanterie, M. Baptiste se mit à rire aux éclats.

— Alors vous avez tâté?...

— De la *daronne?*... parfaitement !

— Veinard!

— Heu! heu! Oh! une fois seulement... Avant mon départ... Elle me devait de l'argent. Je me suis payé sur la bête!

— Combien vous devait-elle?

— Pas grand'chose. Un louis seulement.

— Faudra nous raconter ça en détail quand Mlle Maria aura fini l'histoire de l'*Ane de la Purée*.

CLXXVII

LA BONNE HISTOIRE

Rien n'intéresse plus les domestiques que le récit des petites aventures scandaleuses de leurs maîtres.

Les équipées de Monsieur, les fredaines de Madame font la joie de l'office.

En ce temps d'instruction obligatoire, le larbin frotté d'un vernis de connaissances élémentaires ne ressemble plus au valet de comédie d'autrefois, qu'on tutoyait, bousculait, rudoyait, bâtonnait même, et qui répondait aux bourrades et aux coups de bâton par de spirituelles drôleries qui faisaient rire et désarmaient le maître qui alors lui jetait une bourse tintante pour faire excuser ses emportements.

C'est maintenant un monsieur prudhommesque et solennel, quelque peu aristocrate, prisant peu la République parce qu'elle met au pouvoir des gens de basse extraction ! Ayant le mépris de l'ouvrier et du pauvre, et qui fait de la morale à ses heures, lorsqu'il parle entre ses congénères de l'immoralité de Madame et de Monsieur.

« Il est devenu — écrivait récemment Edmond Lepelletier — un censeur âpre des mœurs du jour, qu'il reproduit pourtant et exactement dans les basses promiscuités de la cuisine, dans la familiarité des chambres d'en haut.

« Il est aussi le voyeur libertin de toutes les intimités de Monsieur et de Madame, dont le récit coloré égaye et pimente ses propres bonnes fortunes.

« Contrairement à la formule trop louangeuse de Beaumarchais, aux vices qu'il convient d'avoir pour être domestique, bien peu de maîtres seraient capables d'être larbins ! »

Cependant, on n'eût pu dire cela de Luciana qu'on a déjà vue à l'œuvre et chez qui couraient dans son sang de bohémienne tous les vices des maîtres et des valets.

— Faites apporter des bocks, — dit Mlle Maria, — car rien ne m'altère comme ces histoires.

— C'est comme moi, — fit l'homme au veston, — ça me fait cracher des pièces de dix sous.

Dans l'attente de la croustillante histoire promise, les deux hommes s'étaient rapprochés de la narratrice pour ne rien perdre de ses précieuses paroles, et comme si elle allait faire à voix basse ses confidences de femme de chambre pour qui le déshabillé de sa maîtresse n'a pas de secrets.

Mais, excitée par un déjeuner copieusement arrosé et le désir de grossir son auditoire par les trois nouveaux venus qu'elle voyait bien être attentifs, car Allan ne la quittait pas des yeux et ses compagnons gardaient le silence de gens qui se préparent à prêter l'oreille, elle fit son récit à haute voix, de façon à être entendue même du garçon qui, après avoir servi ses bocks, était allé s'appuyer au comptoir de façon à commodément écouter.

— Il n'y a pas bien longtemps, — commença la femme de chambre, — car c'était seulement quelques jours avant la débâcle qui, du train dont Madame y allait, était facile à deviner. Monsieur était parti pour affaire importante, — disait-il, — et ne devait pas rentrer. Madame, profitant de l'occasion, était partie en soirée chez une vieille dame qui fait de la littérature et porte le nom d'un apéritif joint à un autre qu'il est indécent de prononcer.

— Dites-le toujours.

— Jamais. Ma bouche s'y refuse, — répondit avec dignité Mlle Maria. — D'ordinaire, j'allais me coucher; c'était convenu. J'eus gêné Madame, je le sentais bien, parce que le plus souvent c'était l'Allemand, un rastaquouère aussi celui-là, qu'on appelle le baron. — Ils sont tous barons ou comtes dans cette bande. — C'était cet Allemand qui reconduisait Madame, et quand Monsieur n'était pas rentré, il s'entretenait longuement avec Madame dans le boudoir.

« Bon, cette nuit-là, voilà Madame qui revient plus tôt que de coutume et s'amène à trois heures du matin... Nous allions justement nous coucher, parce que nous avions un peu rigolé et boustifaillé avec les gens de l'hôtel d'à côté, des personnes bien charmantes et tout ce qu'il y a de plus comme il faut... Baptiste et le sommelier étaient déjà dans leur chambre; moi, qui m'étais attardée à baguenauder et à prendre le frais à la fenêtre qui donne sur le parc, je n'eus que le temps d'éteindre le gaz et d'aller me fourrer dans le pieu.

« Seulement j'avais laissé ma porte ouverte pour écouter si elle ramenait son amant, et j'entends qu'elle disait :

« — Doucement : Pas de bruit. »

- Pas si haut, ce nom, ajouta-t-il en refermant la porte et donnant un tour de clef.

« Et j'entends un pas léger, puis derrière un autre pas plus lourd, puis un autre, puis un autre.

— La baronne de Folle-biche, quoi! Elle ramenait la patrouille, dit M. Baptiste qui se mit à fredonner:

Fantassins, leur cria-t-elle,
Montez chez moi sans façon;
Essuyez votre semelle
En bas sur le paillasson.

— Monsieur Baptiste, je vous en prie, n'interrompez pas la narration de Mademoiselle.

— Non, — continua celle-ci, — ce n'était ni la patrouille ni des fantassins, mais trois journalistes dont deux n'étaient encore jamais venus à l'hôtel ; quant au troisième, le héros de mon histoire, je le connaissais pour lui avoir allongé une paire de gifles dans l'antichambre parce qu'il se permettait des inconvenances.

— C'est bien, ça !

— Faut de la vertu !

— Bon ! — que je me dis. — V'là une partie carrée d'organisée, mais ça manque de femme. Drôle de quadrille ! Il y en a donc deux qui feront le pas de grue au lieu du pas des lanciers et se regarderont en chiens de faïence, à moins qu'on ne s'en serve pour tenir la chandelle.

— Y en a qui aiment ça ! — fit M. Benoît d'un air convaincu.

— Oui, mais pas de leur âge.., Du reste, ils paraissaient tous fortement éméchés, y compris Madame. Il paraît qu'on avait pompé dur chez la dame qui porte un nom pas convenable.

— Oh ! dites-nous-le.

— Jamais de la vie, monsieur Benoît. Je vous ai dit qu'il ne sortirait jamais de ma bouche. Donc, j'ai constaté, dès leurs premiers pas dans l'escalier qu'ils étaient pafs et je n'avais plus le moindre doute une fois qu'ils sont entrés dans le salon, car voilà-t-il pas que le gros benêt que les autres appelaient Pâloignon, outre le nom que je vous ai dit tout à l'heure, se mit à chanter une chanson idiote qu'il disait avoir composée et dont voici le refrain :

> Buvons toujours, payons jamais,
> Voilà la jolie vie !

« Il prononçait *voilà* et *jolie* comme s'il y avait une douzaine d'*l*, ce qui donnait sur les nerfs.

— « Mais taisez-vous donc, Pâloignon, — lui disait un des autres, — vous allez réveiller les gens. »

— Au fait ! mademoiselle Maria, au fait ! vous nous tenez l'eau à la bouche, et ça ne vient jamais.

— Ça va venir, monsieur Benoît !... Dieu, qu'il est impatient, cet homme ! on voit bien que vous avez été valet de chambre chez un évêque ; vous aimez le croustillant.

— Pardon, mademoiselle Maria, j'étais valet de chambre chez un évêque, il est vrai, mais un évêque de la religion anglicane. Ne pas confondre, s'il vous plaît.

— Alors, ils sont vertueux, les anglicans?

— Oui, mademoiselle, ils donneraient l'exemple de la chasteté au bon Dieu même.

Cela dit avec un grand air de dignité, M. Benoît vida son bock et reprit sa première position d'homme attentif.

— Nous vous écoutons.

— Ce ne fut que quand je les soupçonnai bien en train, car j'entendis déboucher quelques bouteilles de champagne, puis un remue-ménage de chaises, puis des rires étouffés, que je me hasardai à descendre.

— Ah! ah! nous y voici!

— Je traversai doucement la salle à manger, j'arrivai à celle du salon et je mis mon œil à la serrure.

— Oh! moment délicieux! Et que vîtes-vous?... Ne nous faites pas languir.

Mlle Maria s'était arrêtée, triomphante, jouissant comme un bon orateur de tenir son auditoire haletant.

— Eh bien! quoi?

— Vous nous faites tirer la langue.

— Buvez, monsieur Benoît.

— Je n'ai plus rien dans mon verre... Garçon! du même aux mêmes... Alors, vous dites?

— Rien du tout.

— Comment! rien du tout?

— Je vous le dis : rien du tout... Je ne vis rien du tout.

— Ah çà! c'est une mauvaise blague. Vous voulez vous payer nos poires. C'est pas gentil, entre collègues.

— Je vous répète que je ne vis rien..., mais j'entendis..., ce qui augmenta mon désir de voir.

— Ah! ah! nous y sommes, à la bonne heure! Et qu'entendîtes-vous?

— Madame et ces messieurs étaient pris de fous rires, Pâloignon se tordait, on l'entendait se taper sur les cuisses, mais ça claquait sec comme s'il avait retiré ses culottes. Il criait :

Voilllà la jolllie vie!

On entendait les protestations des deux autres dont j'ai bien retenu les noms. L'un, on l'appelait le commandant Troisix, l'autre le baron de Boistouffu...

— Encore des rastas!

— Ils disaient : « C'est monstrueux ! Pâloignon doit être mis hors de concours. Nous en appelons à Madame. »

« Mais Madame ne répondait pas. Elle se roulait sur le tapis, elle étouffait de rire.

« Je ne pus résister à la tentation; j'ouvris brusquement la porte... Ah! mes amis, ce que je vis!

— Que vîtes-vous?,.. Voyons, dites.

— Ces messieurs, dans un costume des plus primitifs, dansaient autour de Madame une vraie danse de Caraïbes. Alors je compris pourquoi on appelait Pâloignon l'*Ane d'Apulée* ou de la *Purée*... On aurait aussi bien pu l'appeler le mulet. Mais je n'eus pas le temps de contempler longtemps cette infirmité physique. Madame s'était levée d'un bond et se précipitait sur moi comme une tigresse...

« Madame, — balbutiai-je, — je... je... je croyais que vous m'aviez appelée...

« — Allez-vous-en, coquine! — hurla-t-elle, sortez, — vous partirez demain matin... Je vous chasse...

— C'est tout? — demanda l'ancien valet de l'évêque de l'Église anglicane.

— Bon! Qu'est-ce qu'il vous faut de plus?

Les éclats de rire des deux larbins accueillirent ce mot de la femme de chambre.

S'il était resté un doute dans l'esprit de Nicolaï sur les fredaines de sa jadis si chère Luciana, cette histoire dont il n'avait pas perdu un mot les eût dissipés. Mais il avait depuis longtemps perdu, de ce côté, ses dernières illusions.

Depuis le jour où ses yeux s'étaient ouverts à l'évidence, c'est-à-dire depuis le jour où il avait cessé d'aimer, le bandeau était soudain tombé de ses yeux, aussi resta-t-il impassible, tandis que Sarah et Allan échangeaient des clignements d'yeux moqueurs, ayant peine à dissimuler leur joie.

L'un et l'autre ignoraient encore la définitive rupture, mais l'eussent-ils connue, il est toujours amusant de voir la tête que fait un mari ou un amant en entendant le récit des équipées de celle qui lui faisait jadis un collier de ses bras en lui jurant un amour éternel et une inaltérable fidélité.

Si convaincu qu'il fût cependant des turpitudes de l'ancienne bohémienne, il était loin de penser qu'elle l'avait ainsi tourné en ridicule et fait de son hôtel une succursale de lupanar.

Aussi frémissait-il intérieurement de colère. Sous son impassibilité

apparente, et une indifférence pour cette fille dont il s'était à peine
inquiété du sort et qu'il croyait partie avec William Von Hermann, se
changeait-elle en une sourde haine.

— Ah! la bonne histoire! — fit M. Benoît, quand il eut donné un libre
cours à son hilarité.

— C'est à s'en faire réveiller pour en rire, — ajouta M. Baptiste. —
Vous ne m'aviez pas dit cela, Maria?

— Est-ce que vous croyez que je vous dis tout?... D'ailleurs, j'avais
promis le secret.

— Ah! entre nous..., les maîtres n'ont pas de secrets.

— J'avais promis le secret, — répéta Mᴵˡᵉ Maria. — La nuit porte
conseil... Madame réfléchit et se dit qu'elle avait été grossière avec moi et
que je la tenais. Aussi, dès le matin, elle me sonna et, comme je paraissais
m'attendant à recevoir mon paquet, et me proposant de m'en venger de
suite en racontant tout à Monsieur, aurais-je dû l'attendre toute la journée
à la porte de l'hôtel, Madame mit les pouces.

« — Maria, — me dit-elle, — j'ai été un peu vive hier. Mais aussi c'est
votre faute..., on n'entre pas aussi brusquement...

« — Pardon, — répliquai-je, — c'est la faute de Madame. Elle aurait dû
pousser le verrou. J'ai entendu du bruit, je croyais que Madame appelait.
Je ne me doutais pas qu'elle était en compagnie...

« — Ces jeunes gens étaient ivres, — répondit-elle, — et moi-même
j'avais bu trop de champagne... Une autre fois je mettrai le verrou...
Tenez, Maria, voici pour en mettre un à votre langue.

« Et elle me tendit un billet de cinq cents.

« — Oh! — m'écriai-je, — Madame est trop généreuse et trop bonne. J'eus
été discrète sans cela. Ce n'est pas la première fois que je sers une dame
du grand monde..., et j'en ai vu bien d'autres sans jamais souffler mot.

« — Alors, vous n'avez encore parlé de *cela* à personne?

« — A personne. Je puis le jurer à Madame. Madame peut être certaine de ma discrétion et recommencer tant qu'elle voudra au même prix.

« Je riais, elle se mit à rire aussi.

« J'en profitai pour dire :

« — Il y avait là un jeune homme bien extraordinaire.

« — Oui, — fit-elle, — il est bon à exhiber en foire. L'on m'avait parlé
de lui et j'eus la fantaisie de le voir. C'est dommage qu'il soit bête comme
ses pieds.

« — Ah! Madame, on ne peut avoir toutes les qualités. Ce serait trop
beau!

— Et, — demanda M. Benoît, — quand vous l'avez surprise en conversation criminelle avec son Allemand, vous a-t-elle graissé la patte?

— Un billet de cent balles, mon petit. Mais la circonstance était anodine. Ça ne valait pas plus.

— Et voilà où passait mon pauvre argent, gagné avec tant de peine! — fit tristement Nicolaï, bas à l'oreille de sa voisine.

— Mon pauvre vieux, je te plains, — répondit-elle, — entre ta femme et ton banquier... sans parler d'autres petits vices que je soupçonne et qui devaient te coûter cher!

— Avez-vous essayé de la repincer, mademoiselle Maria? — demanda l'homme au veston.

— Oui, monsieur Benoît; mais il n'y a plus eu mèche... Et puis; presque aussitôt après, la débâcle est venue.

— Et où sont-ils?

— Ah! allez leur demander,

— La police les cherche, peut-être?

— Quant à monsieur le comte, il n'y a pas d'erreur. Les agents sont venus deux ou trois fois avant que le tapissier ne reprenne ses meubles. Nous, nous attendions toujours... J'ai même fait de l'œil à un agent pour avoir le fin mot et lui ai demandé ce qu'il pensait du comte de Ladra.

« Il s'est mis à rire :

« — Le comte de Ladra! — m'a-t-il répondu, — Il est frais, votre comte de Ladra! C'est un filou de la pire espèce. Et s'il n'était que filou encore! Mais c'est un assassin, un échappé du bagne, un faussaire, un empoisonneur!...

— Pas possible? Il a dit cela.

— Oui, monsieur. Demandez à Baptiste... J'en étais toute saisie... et ce qu'il a profité de mon saisissement pour me tripoter, le roussin! Oui, oui... Voilà les individus que nous autres, pauvres gens, nous sommes exposés à servir.

— C'est affreux! — fit M. Benoît. — Mais, du moment qu'ils payent bien, le reste ne nous regarde pas. Nous n'entrons pas dans leur peau. Qu'ils fassent les quatre cent dix-neuf coups et qu'ils tuent père et mère, ça ne nous regarde pas... Nous nous enfermons dans notre dignité et dans notre honnêteté... Est-ce pas donc?

— Sans doute! — répondit M. Baptiste, — mais c'est toujours embêtant de servir des *rastas*.

— Bah! Quand les rastas payent bien... Puis, vous savez... Il y a des gens qui ne sont pas rastas et qui ne valent pas cher non plus. Si je vous racontais tout ce que j'ai vu chez mon évêque...

— Racontez-nous cela, monsieur Benoît.

— Non, une autre fois, ça serait trop long. Voici déjà trois heures !... Bigre ! comme le temps passe en bonne compagnie... Garçon ! payez-vous.

— Non, non, — fit M. Baptiste. — C'est moi qui paye.

— Vous partez déjà ? — demanda Mlle Maria.

— Oui, on m'attend. A une autre fois... Venez donc me voir tous les deux, je vous présenterai ma petite femme de Londres..., gentille comme tout... C'est mon tour à vous régaler.

— C'est cela, nous irons vous demander à déjeuner.

Au grand soulagement de Nicolaï, ils sortirent tous trois, non sans avoir jeté de son côté un coup d'œil qui lui donna la chair de poule.

Car, si, étant assis, ses anciens valets ne le voyant que de dos ne pouvaient à cause de son déguisement le reconnaître, debout, ils apercevaient dans la glace sa face patibulaire qui, en dépit des longs cheveux, des fausses moustaches et du maquillage habile, eût été reconnue par un valet et une femme de chambre restés plusieurs mois à son service pour peu que ceux-ci eussent eu des soupçons.

Mais qui pouvait soupçonner en ce Polonais aux vêtements défraîchis et au linge douteux le somptueux locataire de l'hôtel du parc Monceau, le noble comte de Ladra !

Mais les larbins partis, le coup qu'ils lui avaient inconsciemment porté ne le frappait pas moins.

« Voleur ! assassin ! faussaire ! empoisonneur ! »

Ces diverses épithètes tombées dans les oreilles de Sarah et d'Allan ne paraissaient pas tombées dans des oreilles de sourds.

Il s'en était bien aperçu au tressaillement de sa voisine, à l'œil, un instant stupéfait, de son voisin.

Soupçonnait-il donc quelque chose, ce jeune drôle ? Et comment pouvait-il soupçonner ? Comment supposer, si personne ne l'avait mis sur la voie, que le faux comte Ladra se cachait sous le faux comte Gobsky ?

Sarah lui aurait-elle parlé ? fait des confidences ?

Mais où, quand et comment, puisque, depuis le matin où il s'était présenté chez elle sous son nouveau déguisement, il ne l'avait pas quittée d'une minute !

En tout cas, Sarah, autant que Parker, devenait dangereuse. Elle en savait trop déjà, par les épithètes dont ses anciens valets l'avaient désigné : « Voleur, faussaire, assassin, empoisonneur ! »

Empoisonneur ! Ainsi l'on savait ! le bruit avait transpiré qu'il avait trempé dans l'abominable attentat contre l'empereur Alexandre !

Mais aussi que faisait-il à Paris ? Pourquoi ne s'en allait-il pas ?

Il devrait déjà être loin.

Qui le retenait ?

Il le savait bien qui le retenait; mais il fallait pourtant en finir.

Il se sentait entouré de dangers.

Il les voyait s'accumuler autour de lui; surgir en quelque sorte d'entre les pavés, se dresser comme les spectres de ses victimes.

Sarah, le voyant préoccupé et se doutant bien que la présence d'Allan le gênait, fit signe à celui-ci de partir.

Il se leva pour prendre congé.

— Ah! vous partez, jeune homme, au revoir. Je comptais causer avec vous... pour une affaire, mais cela ne presse pas. Donnez-moi l'adresse de l'hôtel où vous êtes descendu, je vous écrirai.

— Très bien, monsieur..., mais si moi-même j'avais besoin de vous parler...

— Ne m'écrivez pas à Montrouge. Je pars le matin, je ne rentre que le soir très tard et quelquefois pas du tout... Ecrivez *poste restante, comte Gobsky*.

Quand Allan fut parti, Nicolaï prit sa place pour se mettre en face de Sarah et chercher à lire au fond de sa pensée.

— Eh bien! — fit-il. — Tu as entendu comme les maîtres sont accommodés par messieurs les domestiques :

« Voleur, assassin, faussaire...

— Empoisonneur ! — ajouta Sarah.

— Empoisonneur aussi !... Je n'avais pas entendu... C'est complet.

— Il faut s'attendre à tout de ces gens-là, — répondit-elle d'un air indifférent, mais propos de larbins ne tirent pas à conséquence.

— Pendant que cette valetaille cassait du sucre sur ma tête, ce jeune Parker m'a lancé deux ou trois fois de singuliers regards, comme s'il soupçonnait qu'il était question de moi.

— Une idée que vous vous forgez. Il était fortement amusé de l'histoire de la comtesse, de ses amants et vous regardait comme l'on regarde quelqu'un qui écoute une bonne histoire..., pour juger de l'effet.

— C'est possible, après tout, — répliqua Nicolaï, qui ne voulut pas insister.

— Elle est assez réussie l'histoire de votre femme, si toutefois elle est véridique.

— Je suppose qu'il y a quelque exagération.

— Oh! n'y aurait-il que la moitié de vrai, ou même le tiers...

— Que cela fournirait un appoint suffisant pour le divorce... Rassure-

— Vite ! vite ! ce pauvre monsieur est malade ! Allez chercher de l'eau sédative.

toi, ma belle, ne me crois pas aveugle... Il y a longtemps que je savais à quoi m'en tenir sur la donzelle... aussi je l'ai congédiée.

— Alors tu es veuf ?

— Parfaitement... et libre de disposer de ma personne et de mon cœur... Tu as vu que j'avais déjà mis l'un et l'autre à tes pieds ..

— Pauvre vieux chéri !...

— Ma toute belle ?

— Est-il vrai aussi que vous ayez quitté votre hôtel du parc Monceau.

— Trop vrai, hélas ! Je t'ai dit que Karl Hauser, ton fameux Roland... m'avait ruiné et qu'il ne me reste plus que quelques épaves d'une grosse fortune.

— Que vous voulez mettre à l'abri des spéculations de Bourse et des voleries financières en la plaçant en bonnes terres au soleil.

— C'est justement de cela que je voulais causer, mais la rencontre de ces larbins, la crainte d'être reconnu d'eux m'ont fait perdre la carte... En ce moment, et c'était là le sujet de ma visite matinale, il faut nous occuper de ma petite fille, c'est le plus pressant..., nous parlerons du reste après.

— Eh bien, donnez vos instructions... je les suivrai à la lettre... vous pouvez avoir confiance.

— Si je n'avais pas confiance, je ne t'aurais pas fait les premières ouvertures.

En ce moment, quelques individus d'assez mauvaises mine entrèrent et vinrent s'asseoir à la table voisine de nos deux interlocuteurs, ce que voyant, Nicolaï dit à la Noire :

— Rentrons chez toi, nous serons mieux pour causer.

Elle fit une moue indiquant que la proposition ne lui allait guère, car elle avait donné rendez-vous à Allan.

CLXXVIII

LA VERRUE DÉPITÉE

Lorsque Sidonie apprit de la bouche de ses petits frères, qui polissonnaient sur le trottoir, que Nicolaï l'attendait chez leur mère, son premier mouvement fut de descendre aussitôt de voiture.

— Ah ! pas de ça, Lisette ! — lui dit le cocher, sautant en bas de son siège, — ne vous en allez pas, ma petite demoiselle. Je vous garde en gage.

Fanny, au même instant, sortait de la maison ; elle apostropha le cocher.

— Vous avez donc bien peur qu'on vous vole ! — fit-elle. — Est-ce que j'ai une tête de voleuse ?

— Non, — balbutia l'automédon, — mais j'ai déjà été refait

— On ne vous refera pas, soyez tranquille.

Et avisant les deux petits garçons qui, près de leur sœur, regardaient bouche bée.

— Qu'est-ce que ces deux mômes ?

— Mes frères.

— Montez dans la voiture, mes petits. Comme cela, cocher, vous aurez deux gages au lieu d'un.

Le cocher se mit à rire.

— Un vieux monsieur à longs cheveux va descendre, il gardera le fiacre.

C'est à ce moment que la Verrue, qui passait, aperçut et reconnut Sidonie. Elle l'avait vue plusieurs fois à la Bibine et s'arrêta aussitôt.

— Tiens, Sidonie ! Que fais-tu là ? Tu n'es donc plus avec ton mastroquet.

— Non, — répondit-elle.

— Et où est-il, lui ?

— Je ne sais pas.

Les enfants, sans se faire prier, venaient d'envahir la voiture.

— Eh ! je les connais, ces mômes. Qu'est-ce que vous faites par ici, petits chenapans ?

— Ça ne te regarde pas, — riposta l'aîné.

— Vous demeurez donc dans ce quartier maintenant ?

— Si on te le demande, tu répondras que tu n'en sais rien.

— Eh ! sale Verrue ! — cria le plus petit.

— Plante-z'y un poireau dans le milieu, — ajouta l'aîné, — ça lui fera un jardin sur le pif !

— Sont-ils insolents, ces mauvais drôles ! Je vous ferai flanquer une tripotée par votre père.

— C'est pas mon père. C'est le père à Mimile, c'est pas le mien.

— Tu serais bien embarrassé de dire quel est le tien ? — répliqua la Verrue.

Mais quelques passants s'étaient arrêtés ; on riait et le groupe menaçait de grossir. La Verrue entraîna Sidonie.

— Viens avec moi, nous allons causer.

L'enfant, brûlé du désir de s'esquiver, saisit cette occasion, ne voyant plus Fanny près d'elle.

Il n'était pas tard ; elle aurait encore le temps de prendre le dernier train pour retourner chez sa tante Culot, et, s'il le fallait, chez sa mère, quand elle serait assurée que l'homme qu'elle redoutait n'y serait plus.

Elles quittèrent presque aussitôt l'avenue de Clichy pour gagner le boulevard par des rues transversales, ce qui fait que Nicolaï avait perdu leurs traces.

La Verrue ne cessait d'interroger sa petite compagne avec une insistance telle que celle-ci se renferma dans un mutisme absolu, ou ne faisait à ses questions que des réponses évasives.

— Tu peux parler, va, — répétait la Verrue. — Je ne vendrai pas la mèche... Le mastroquet t'a emmené avec lui... C'est tout naturel. Il tient à toi, cet homme. Tu es travailleuse et gentille et il n'en trouverait pas une autre pour le même prix... Mais pourquoi avez-vous décanillé de la boîte? Dis, pourquoi?

— On m'a défendu de le dire.

— Tu peux bien le confier à moi, voyons?... Est-ce que tu crois que je ne m'en doute pas? Tu me crois donc bien bête!

— De quoi vous doutez-vous?

La *Verrue* se pencha vers la fillette et lui dit quelques mots qui la firent rougir.

— Oh! — s'exclama-t-elle avec indignation..., — ce n'est pas vrai... Ce n'est pas vrai!...

— Bah! Quand ça serait!...

Arrivées sur le boulevard, Sidonie voulut la quitter.

Mais la fille, qui sans doute avait ses idées, ne l'entendait pas ainsi; elle s'empara du poignet de la petite, qu'elle tint solidement:

— Tu vas venir avec moi. Aie pas peur donc. Je vais te montrer à mon homme. Tu veux bien voir mon homme? C'est lui qui va être épaté. Il ne savait pas que tu étais à la *Bibine*. Tu le connais bien, mon homme. C'est un ancien à ta mère. Il l'a lâchée parce qu'elle était toujours malade et qu'elle voulait pas travailler. Il faut bien qu'une petite femme travaille pour son homme. Enfin, je blâme pas ta mère; je la connais pas. Chacun ses idées, quoi!... Faut jamais contrarier les goûts... On ne fait rien de bien. Tu veux bien voir l'ancien à ta mère, hein?

— Non, — dit Sidonie. — Je n'ai pas le temps. Il faut que je reprenne le train.

— Le train? Quel train? Tu vas me faire croire qu'il faut que tu retournes à la *Bibine*.

Elle serrait la petite plus fort.

— Lâchez-moi, — dit Sidonie.

— Mais pourquoi veux-tu t'en aller? C'est tout près d'ici. Tu verras des bons zigues. Va, on ne te fera pas de mal. On se réunit dans un caboulot où l'on rigole. On te trouvera un joli petit gigolo. N'en manque pas dans le quartier... Puis, tu sais, on est comme chez soi...

Le patron est bien avec la rousse... C'est un ancien flique... Aussi, jamais inquiété. Et puis, tu sais, si tu as la frousse du père Bibinard, nous lui tirerons une colle de longueur... il n'y verra que du feu. Allons, dégrouille-toi!

— Non, laissez-moi m'en aller.

— T'es bête!... Viens toujours voir. On te fera pas licher de force. Si t'en as assez au bout d'un quart d'heure et que la société ne te plaise pas, tu te lèveras et tu diras : « Bonsoir la compagnie. » C'est pas plus malin que ça.

— Non, je ne veux pas... D'abord maman m'attend.

— Tiens, tout à l'heure c'était le train, maintenant c'est ta mère. Je la connais. Cette mère-là porte culotte, elle a un bouc au menton et s'appelle le père Bibinard. Allons, pas de blague. C'est à deux pas. Tu ne feras qu'entrer et sortir.

— Lâchez-moi, — dit Sidonie essayant de se dégager.

— Je te lâcherai dans le caboulot... Viens...

— Lâchez donc cette petite, — dit une voix. — Vous voyez bien qu'elle ne veut pas aller avec vous.

C'était Fanny qui les avait suivies à quelque distance et qui, voyant la *Verrue* entraîner l'enfant malgré sa volonté, s'interposait.

— De quoi vous mêlez-vous ? — demanda l'ignoble fille, prenant une attitude agressive.

— De ce qui me regarde. Sa mère me l'a confiée. N'est-ce pas vrai, ma petite ?

— Oui, — répondit l'enfant. — J'étais avec madame. Je veux retourner avec elle.

La Verrue, furieuse de cette soudaine intervention, se préparait à défendre sa proie, mais, craignant un esclandre, elle jugea prudent de s'abstenir.

— Eh! va donc, petite grue! — vociféra-t-elle, lâchant l'enfant. — On sait ce que tu vaux, futur gibier de Saint-Lazare!

Et montrant le poing à Fanny :

— Toi, ma fille, je te rattraperai.

Fanny se contenta de hausser les épaules, prit l'enfant par la main et, pour échapper aux curieux qui se rassemblaient déjà, sauta avec elle dans un fiacre.

CLXXIX

LE RÊVE

En quittant Sarah, Nicolaï se rendit chez la mère de Sidonie, dans l'espoir d'y trouver l'enfant.

Déçu encore une fois, il apostropha la mère.

Elle avait bien peu d'autorité sur sa fille.

Comment donc l'avait-elle élevée? Savait-elle qu'elle était partie hier avec une fille publique de la plus basse catégorie, surnommée la *Verrue?*

Un joli type! Elle ferait assurément l'éducation de Sidonie, ou plutôt l'achèverait, car cette éducation avait dû être commencée chez Pieter Snip, un cabaret de souteneurs et de filles.

— Arrange-toi, — conclut-il. — Si je ne retrouve pas Sidonie, je te coupe les vivres. Tu te débrouilleras.

Il sortit sur cette menace que d'ailleurs il était parfaitement décidé à tenir, laissant la pauvre femme atterrée.

Vers onze heures, il rentra à son hôtel.

— Je vous ai changé de chambre, — lui dit mystérieusement le garçon. — La petite dame n'est pas encore rentrée; mais si elle n'a pas fait de *levage,* vous n'aurez qu'à tirer le verrou de votre côté; j'ai dévissé celui du sien... Le reste ira tout seul; c'est affaire à vous.

— Ça va bien, — répondit Nicolaï. — Merci.

Il mit un louis dans la main du garçon, et, entré dans sa chambre, s'assura qu'il avait dit vrai, en faisant jouer le verrou de la porte de communication.

Il tourna la clef et se trouva dans la chambre de Fanny.

Après quoi, il rentra dans la sienne, retira sa redingote et ses chaussures, et se jeta habillé sur son lit.

Un peu après minuit, il entendit ouvrir la porte de la chambre de sa voisine.

Malédiction! elle n'était pas seule.

Elle disait :

— « Entre... c'est ici! »

Elle avait fait un *levage,* suivant l'expression du garçon d'hôtel, qui devait bien rire dans sa loge.

— Eh bien! qu'attends-tu? — dit Fanny. — Déshabille-toi.

On se déshabilla en silence.

Il entendit le bruit des talons de bottines retirées et qui frappaient le plancher d'un petit coup sec, et, quelques temps après, le craquement du lit sous un corps léger, puis sous un corps plus lourd.

Et il s'endormit en prononçant de sourdes malédictions.

Son sommeil fut lourd et agité.

Les inquiétudes, les transes qu'il avait éprouvées dans la journée le hantaient.

On sait avec quelle rapidité, quelle foudroyante rapidité, les idées s'enchaînent dans les rêves.

En un clin d'œil, dans l'espace d'un éclair, un monde de pensées et de sentiments peut traverser notre esprit.

Des journées entières, des semaines, des mois, des années sont vécues en quelques secondes.

C'est un des phénomènes psychologiques les plus curieux et les plus inexplicables qui existent, dont chacun a pu se rendre compte, et dont Agathon de Potter, dans une *Étude sur l'hypnotisme* parue dans la *Philosophie de l'Avenir*, cite entre autres ce remarquable exemple :

« J'étais à Paris dans un hôtel, et un assassinat avait été commis dans une chambre voisine de la mienne.

« — Pourvu, — me disais-je, — qu'on ne m'accuse pas ! »

« Au moment où je faisais cette réflexion, j'entends frapper à ma porte ; j'ouvre, et je me trouve en **présence de trois agents de police**.

« Un d'eux me mit aussitôt la main sur l'épaule :

« — Au nom de la loi, — dit-il, — je vous arrête. Suivez-nous. »

« Je suis en prison.

« Un jour blafard éclaire à peine ma cellule, et je songe, assis sur mon lit, à ma femme, à mes enfants, qui doivent maintenant me savoir arrêté, et qui sont sans doute au désespoir.

« La porte s'ouvre...

« Un gardien paraît, suivi de deux gendarmes qui me mettent les menottes et m'ordonnent de marcher.

« — Où allons-nous ?

« — Chez le juge d'instruction. »

« Je suis chez le juge.

« Debout entre les gendarmes, je réponds aux questions du magistrat.

« — Accusé, — me dit-il enfin, — toutes les présomptions sont contre vous. Avouez votre crime, c'est le seul moyen de vous concilier l'indulgence du jury.

« — Mais, monsieur, je vous jure que je suis innocent ! Je suis le docteur X..., de Bruxelles. »

« — Je ne sais, accusé, si vous êtes vraiment le docteur X..., M. Bertillon établira votre identité. Je vous ferai seulement remarquer que votre nom ne fait rien à l'affaire. »

« On me réintègre dans ma cellule.

« Alors, j'ai une impression très singulière, celle des jours, des semaines et des mois qui passent.

« Dès les premiers jours, j'ai appris que ma femme s'est suicidée, me croyant coupable, et que mes enfants ont disparu.

« Je passe en cour d'assises.

« On m'interroge, et je proteste énergiquement de mon innocence.

« Mais je ne vois autour de moi que des visages sévères ou méprisants, et personne ne semble ajouter foi à mes paroles.

« Aucun des témoins qui devaient parler en ma faveur ne s'est présenté.

« Mon avocat plaide et on ne l'écoute pas.

« Après une courte délibération, le jury me reconnaît coupable à l'unanimité, et la cour, appliquant la loi, me condamne à la peine de mort.....

« C'est le matin.

« Un groupe de messieurs vêtus de noir est entré dans ma cellule.

« — Docteur, — me dit l'un d'eux, — ayez du courage ! Le moment de l'expiation est venu. »

« Je m'habille, je me confesse, je bois un verre de rhum qu'on me tend.

« Deibler — que je reconnais pour avoir vu son portrait chez un photographe — coupe mes cheveux et le col de ma chemise, puis on me hisse dans un fourgon, et en route pour la guillotine.

« Je suis au pied de l'échafaud.

« La place est noire de monde, et un peloton de gendarmes à cheval, sabres au clair, forme le carré autour de moi et de la sinistre machine, dont le couperet étincelle au soleil levant.

« L'aumônier s'approche, pose un crucifix sur mes lèvres... puis, brusquement, les aides du bourreau me saisissent, m'entraînent et me pressent contre une planche qui bascule.

« Je veux me débattre, me défendre, mais déjà ma tête est prise dans la lunette de la guillotine.

« Presque aussitôt, j'entends le rapide glissement du couteau qui tombe...

« Et je reçois sur le cou un choc effroyable, suivi d'une douleur si atroce, si épouvantable, que je me réveille en sursaut...

Dans l'attente de la croustillante histoire, les deux hommes s'étaient rapprochés.

« Voici ce qui avait causé ce rêve :

« Le ciel de mon lit s'était détaché pendant mon sommeil, et le bord dudit ciel de lit m'était tombé sur le cou.

« La sensation que j'avais éprouvée avait éveillé en moi l'idée de guillotine.

« La guillotine m'avait donné les idées d'accusation, de cour d'assises et de jugement, et j'avais fait le rêve que je viens de vous conter.

« Ce qui est vraiment remarquable, c'est que ce rêve m'ait paru durer trois mois.

« En effet, il n'a pu guère durer plus d'une seconde, car j'ai dû être réveillé presque subitement, en recevant cette lourde masse sur le cou. »

Le rêve de Nicolaï fut peut-être aussi singulier, quoique avec une durée plus longue.

Il avait, avant de s'endormir, entendu sonner les trois quarts de minuit à l'horloge voisine et, lorsqu'il fut tiré brusquement de son somme, il constata, en consultant sa montre, qu'il était une heure moins cinq.

Sa vie entière passa devant ses yeux, avec ses moindres détails, depuis le moment où, petit garçon, il volait son père et sa mère pour satisfaire ses vices naissants, jusqu'au moment où il fut condamné pour faux et envoyé au bagne.

Tous les crimes, depuis, et les plus nombreux s'étaient accumulés sur sa tête, laissant légère sa conscience.

D'aucun il n'éprouvait le remords, et si ses nuits étaient parfois troublées, c'était par la crainte du gendarme.

Cette crainte, il l'éprouvait cette fois plus que de coutume avec l'intensité du rêve plus forte souvent que la réalité.

Il se voyait poursuivi par une nuée de policiers en uniforme, en bourgeois, attachés à ses pas, suivant ses traces.

Il leur échappait après des prodiges d'audace et d'adresse et fuyait, fuyait pour les voir encore derrière lui.

Pourchassé d'asile en asile, de cachette en cachette, il parvenait à sortir de Paris et, tout à coup, se trouvait devant le cabaret de la *Bibine*.

Des voix en sortaient.

« C'est lui, — disait-on. — Voilà l'assassin ! »

Il se retournait, malgré lui, voulant fuir et ne le pouvant pas, cloué au sol par cette force mystérieuse toute-puissante dans les cauchemars; et, sur le seuil du cabaret, il voyait ses trois victimes, Ivan Petrowith, le comte Gobsky et Pieter Snip, réduits à l'état de squelettes mais, ayant conservé leurs visages humains.

Et tous trois tendaient vers lui leurs longs bras sans chair, hurlant à la fois :

— Le trou ! le trou !... il nous a jetés dans le trou... Assassin ! assassin ! assassin !...

Ils s'élançaient pour le saisir, mais soudain ses pieds se détachaient du sol et il courait avec la légèreté d'un oiseau de basse-cour qui, les ailes étendues, ne fait qu'effleurer de ses pieds la terre.

Et, tout à coup, il se trouvait devant la villa des *Lauriers roses*.

La mère Culot se tenait sur le bord du chemin, près de la grille toute grande ouverte.

— Entrez vite, — disait-elle, — Sidonie est là.

— Où ?

— Là-haut ! Sur son lit... Ne faites pas de bruit... Elle dort.

Enfin, elle était là !

Il oubliait les agents, les policiers, les gendarmes..., il oubliait le, trois squelettes qu'il avait laissés hurlant derrière lui.

Il allait gravir les marches de l'escalier, mais la vieille le retenait par le pan de sa redingote.

— Pas si vite, — lui disait-elle. — La petite vous attend... Je l'ai préparée à vous recevoir. Elle a fait toilette de nuit. Je lui ai dit d'être gentille, aimable et obéissante. Elle a promis qu'elle serait tout cela... Mais c'est une peine qui mérite salaire... Toute peine mérite salaire, n'est-ce pas ? Et plus le danger qu'on court est grand, plus la somme doit être rondelette.

— Quel danger ? — demandait Nicolaï impatient. — Vous ne courez aucun danger en laissant une enfant à son père.

— Oh ! oh ! son père ! oh ! oh ! son père, — ricanait la mère Culot. — C'est alors le père Loth ! Donnez-moi dix mille francs.

Il la repoussait avec des injures et gravissait lestement l'escalier.

Encore là, il avait des ailes.

Il se trouvait transporté des premières marches jusque sur le palier sans presque les avoir touchées du pied.

Il poussait une porte entr'ouverte, la porte d'une jolie chambre à coucher.

Sidonie était là, en effet, étendue sur un lit, les yeux clos, la bouche souriante.

Un simple drap la couvrait à mi-corps, dessinant ses formes graciles et laissant voir une coquette chemisette de fine batiste, garnie de fausse dentelle, une de celles qu'il lui avait achetées récemment quand il l'attendait pour pendre la crémaillère, comptant partir avec elle au loin, le lendemain.

Il s'approchait du lit et la palpant de ses mains que la joie faisait trembler :

— Sidonie, — disait-il, — viens, lève-toi, mon enfant... Nous allons partir.

Elle se réveillait sous sa caresse, et, ouvrant ses grands yeux pleins d'effroi, reconnaissait l'homme :

— Non, non, — criait-elle, — laissez-moi. Je n'ai rien dit... Ne me mettez pas dans le trou avec les autres..., le trou, le trou plein de chaux... Au secours ! au secours !

Il sortit brusquement de son cauchemar, entendant encore retentir les cris d'effroi de la petite fille et s'essuya le front inondé d'une sueur froide.

Rêvait-il donc encore? La « jument de nuit », comme disent les Anglais, continuait-elle à piétiner sur sa poitrine, ou les murs de cet hôtel avaient-ils de diaboliques échos qui répercutaient les clameurs confuses des cauchemars?

Il se dressa sur sa couche.

Non, il ne rêvait pas.

La voix de Sidonie éclatait dans la chambre voisine; c'était bien elle qu'il venait d'entendre dans son rêve.

Elle répétait :

« Le trou..., le trou plein de chaux! Au secours! au secours!

Et près d'elle, la voix de Fanny, essayant de la calmer :

— Eh bien! quoi? Qu'est-ce qu'il y a, ma petite? Qu'est-ce qui te prend? Il n'y a pas de trou ici... Tu es dans un bon lit, à côté de moi Réveille-toi! allons, réveille-toi!

— Oh! j'ai eu peur! — fit Sidonie.

— De quoi rêvais-tu donc? Tu t'imaginais tomber dans un trou?

— Non..., on voulait me jeter dedans.

— Qui ça?

— Un homme...

— Une fosse au cimetière?

— Oh! non... un trou plein de chaux... Il y avait à côté une lanterne et, dans le fond du trou, je voyais trois...

Elle s'arrêta soudain, elle reprenait ses sens; elle s'aperçut qu'elle allait trop parler, qu'elle avait peut-être déjà trop parlé.

— Il y avait trois... quoi? — demanda Fanny... — Voyons..., réponds donc... Trois cadavres?

— Oui, — fit l'enfant.

— Les cadavres de qui?

— Je ne sais pas.

— Et qui voulait te jeter dans le trou?

— Je ne sais pas.

— Un homme que tu ne connais pas?

— Non, madame, je ne le connais pas.

Nicolaï avait écouté, haletant; il s'attendait à entendre son nom sortir des lèvres de l'enfant.

Il respira.

Mais, maintenant, il n'avait pas de doute.

Le trou, la chaux, les trois cadavres, la lanterne éclairant la scène disaient assez qu'elle avait tout vu, qu'elle avait assisté au crime et à l'enfouissement des cadavres!

Il s'expliquait maintenant son horreur en sa présence, l'effroi qu'il lui inspirait.

Ce qu'il n'avait fait que soupçonner devenait une certitude, une horrible certitude.

Qu'allait-il faire en face de ce danger nouveau et terrible?

Fanny heureusement ne se doutait de rien.

Elle ne connaissait ni la *Bibine*, ni son patron; elle ignorait la disparition d'Yvan Petrowith et du comte Gobsky; elle n'avait donc aucun intérêt à presser Sidonie de questions; mais si, au lieu de tomber entre ses mains, l'enfant était tombée entre celles de la Verrue et de son souteneur qui cherchaient la clef du mystère, c'en était fait de lui!

Trop clairvoyant, trop intelligent pour ne pas voir du premier coup dans quelle impasse il était acculé, il sentit la nécessité d'en sortir, dût-il faire de nouvelles victimes.

C'était une question de vie ou de mort.

CLXXX

L'ARRÊT DE MORT

« Non, madame, je ne le connais pas », avait répondu Sidonie.

L'enfant, évidemment, ne voulait pas parler, soit par crainte, soit pour tout autre motif.

Mais gardera-elle longtemps le secret?

Une personne plus adroite ou seulement intéressée ne lui arracherait-elle pas la vérité de la bouche?

Ainsi son sort tout entier reposait sur le plus ou moins de discrétion d'une petite fille.

Fanny n'avait pas insisté!

Elle attribuait sans nul doute les imaginations de sa compagne de lit aux fantasques extravagances des rêves.

Le silence régna dans la chambre voisine, mais non la paix dans l'âme ténébreuse du forban.

Il s'assit sur sa couche, se demandant quel parti prendre.

Le hasard, ou plutôt le diable, qui, depuis si longtemps, lui servait de patron, semblait encore le favoriser.

Alors qu'il recherchait Fanny, pensant découvrir par elle les traces de Sidonie, le génie du mal le conduisait comme par la main dans l'hôtel même où il retrouvait à la fois Fanny et Sidonie.

Les gens qui ne croient ni à Dieu ni au diable croient généralement en leur étoile, cette étoile ne fût-elle qu'une lanterne fumeuse, qui sert à les guider dans les ténébreux dédales, et cette singulière circonstance qui jetait en quelque sorte l'enfant sous sa main, au moment où il croyait qu'elle lui échappait encore, le confirma dans la pensée qu'il ne devait plus laisser échapper, cette fois, l'occasion.

L'occasion? Quelle occasion?

L'occasion de quel forfait?

Voilà justement ce qu'il se demandait en pressant, dans ses doigts crispés, sa tête scélérate.

Accroupi, les coudes sur les genoux, son menton long et carré, indice d'audace et d'énergie, dans la paume de ses mains dont le pouce énorme atteignait la première phalange de l'index, — pouce d'assassin, disent les disciples de Lavater, — il réfléchissait sur ce qu'il devait faire.

Les pensées les plus diverses prenaient en tumulte possession de son cerveau.

L'une d'elles, blottie d'abord obscurément derrière les autres, se montrait tout à coup, grandissait, dominait les premières, s'emparait de lui.

Il la repoussa, il essaya de la repousser, mais elle devint persistante, dominante, impérieuse.

Cette Sidonie, cette enfant de ses œuvres, découverte sans qu'il y songeât, sans qu'il eût même soupçonné son existence, lui devenait fatale.

C'est à cause d'elle, pour l'avoir, en prendre possession comme d'une proie, qu'il n'avait pas de suite gagné la frontière, riche du million volé, à cause d'elle qu'il s'était attardé au lieu de fuir et que maintenant il allait être pris.

Sa mort, l'horrible mort au moment de jouir en paix après sa vie de luttes et de crimes tenait à un mouvement de ses lèvres.

Partir sans elle, il ne le pouvait plus, car il laissait derrière lui le danger constant, l'incessante menace.

Partir avec elle, en supposant contre toute vraisemblance qu'elle consentît à le suivre, c'était s'attacher au pied le boulet du forçat, la même menace de mort qui partout le hanterait.

Pour sa tranquillité, pour sa sauvegarde, il résolut ceci :

Sidonie devait mourir !

Enfer et potence ! Tuer cette enfant !

Lui qui avait échafaudé sur sa jolie tête brune tout un avenir de tranquille paix !

Faire de cette jeune chair, la chair de la sienne, de la viande pour les vers !

Il le fallait ! Il le fallait !

De quel front l'approcherait-il depuis qu'il savait qu'elle avait vu s'accomplir le crime.

Inutile de vouloir payer d'audace.

Elle avait vu !

Où ? Comment ? Il ne s'en rendait pas compte encore ; mais elle avait vu mettre les cadavres dans le trou...

Eh bien ! malheur sur elle. Elle irait rejoindre les autres dans le trou !

Sa détermination était bien prise. Il se jeta en bas de son lit.

Le quart d'une heure sonnait.

Le plus grand silence régnait dans l'hôtel.

Dans la chambre voisine, la fille et la fillette dormaient.

Comment accomplir le meurtre ?

Ferait-il deux cadavres ?

Pendant qu'il avait la main..., un de plus, un de moins... Oui, il ferait deux cadavres.

Comment, d'ailleurs, tuer Sidonie et laisser Fanny vivante ?

Son crime serait inutile ; le danger ne ferait que changer de face, ce serait tomber de Charybde en Scylla.

Le meurtre de l'une entraînait fatalement le meurtre de l'autre.

Puis ce sera si simple : une besogne facile et propre qui ne laisse nulle trace de sang.

Il réfléchit encore longuement, debout, près de sa fenêtre, écoutant machinalement le roulement de quelques fiacres, suivant d'un œil distrait la marche hâtive de passants attardés.

La demie d'une heure sonna.

— Allons, — dit-il, — c'est le moment.

Il fouilla dans la poche de sa redingote, en sortit d'abord un revolver qu'il mit dans celle de son pantalon, puis une minuscule fiole qu'il plaça dans le gousset de son gilet.

Et doucement, très doucement, il ouvrit la porte.

Il écouta quelques secondes, et n'entendant que le souffle régulier de Fanny et de sa petite compagne, entra hardiment.

Une seule fenêtre donnant sur la rue, une fenêtre couverte d'épais rideaux rouges, mais non fermés hermétiquement.

Un rayon de lune filtrait dans la chambre et éclairait les objets de sa lumière pâle.

Sur la pointe des pieds, il s'approcha du lit.

Il distingua parfaitement le visage de la jeune femme, couchée sur le côté, la couverture rejetée jusqu'à mi-corps à cause de la chaleur, la gorge découverte.

Sidonie, couchée de l'autre côté, le visage tourné vers la muraille, restait dans l'ombre ; mais on voyait en touffes épaisses, sur le blanc oreiller, les boucles brunes de sa chevelure.

Le forban demeura pendant un moment en contemplation devant ses victimes, semblant indécis.

Se demandait-il par qui il fallait commencer?

Mais son plan était bien arrêté.

C'était Fanny qu'il frapperait d'abord!

Fanny morte, l'enfant restait à sa merci.

CLXXXI

PRÈS DU LIT

La pitié chez un sage qui vit d'après la raison — dit Spinoza — est mauvaise et inutile.

Je doute que Nicolaï eût jamais lu une ligne de Spinoza, ni même connu l'existence du fameux Juif hollandais, mais les puissants esprits se rencontrent sans avoir eu de rapports entre eux.

Et, d'après ce que l'on a vu jusqu'ici de l'ancien associé de Karl Hauser, on ne peut nier que ce fût une intelligence supérieure.

Se placer au-dessus de la vulgaire pitié, tailler dans la vie son chemin à coups de bâton ou de hache sans s'inquiéter sur qui l'on frappe et de ce qui tombe, fouler aux pieds les vaincus et fermer l'oreille aux plaintes et aux gémissements des blessés, telle est la sagesse de ceux qui ont apporté dans nos mœurs la belle maxime de la *lutte pour la vie*, l'impitoyable dicton de l'égoïste Amérique qui excuse et justifie tous les forfaits, pourvu que le criminel sorte vainqueur de l'arène : *struggle for life*.

... j'arrivai à celle du salon et je mis mon œil à la serrure.

Et, c'était bien la lutte pour la vie qui était en ce moment engagée entre l'ancien forçat de Nouméa et ses inconscientes victimes.

Lui vivant, elles étaient de trop.

Il fallait qu'elles disparussent pour sa tranquillité, sa sécurité présente et future.

L'une était sa fille, qu'importe?

Liv. 269. — H. GEFFROY, édit. — Reproduction interdite.

On lui avait enseigné autrefois, lorsqu'il usait sa culotte sur les bancs de l'école, qu'Abraham n'avait pas hésité à sacrifier son fils unique Isaac, l'espoir de sa vieillesse, l'orgueil de sa vie, et que, sans remords ni pitié, il avait levé le bras sur la victime pour obéir à l'ordre de Dieu, et ses maîtres encourageaient fort le vieux et fanatique scélérat.

En ce moment même, l'histoire du patriarche lui revenait en la mémoire, et il se disait, comme excuse, qu'il pouvait bien sacrifier sa fille pour obéir à la loi de la conservation beaucoup plus puissante et plus raisonnable que les caprices du père Jéhovah.

Cependant il aimait cette enfant. Oui, il l'aimait, il n'y avait pas à en douter puisque, sans elle, il serait bien loin... Il l'aimait à la façon antique, à la façon de l'époque reculée, où le patriarche, maître de la tente, prenant la main des vierges, disait à ses fils :

— O mes fils, voici vos femmes !

Et la mettant dans la main de leurs frères, ajoutait :

— O mes filles, voici vos époux !

Après avoir fait au préalable son choix dans le blanc gynécée.

Incestes qui perpétuèrent la race d'Adam.

Les rêves ne sont que des réminiscences confuses, l'écho intime de nos pensées incohérentes.

Et, au moment décisif, il se rappelait le sien.

Etait-ce vraiment comme père qu'il aimait Sidonie, et, si c'était comme père, n'était-ce pas dans le sens abominable de Loth.

Sa perversité native, développée, sans cesse accrue, poussée maintenant au sadisme, lui faisait envisager avec un calme effrayant ce crime monstrueux.

Les paroles de la mère Culot, imaginées dans ses rêves d'érotomane, répondaient à ses secrètes aspirations.

Donc, sans la moindre pitié, il considérait cette femme et cette enfant vouées à l'abominable holocauste.

Il est bien décidé.

La besogne accomplie, il partira au jour.

Il a consulté depuis longtemps l'indicateur de la ligne du Nord et de l'Est ; il dînera paisiblement à Strasbourg ou à Bruxelles.

Il est près du lit.

Son œil satanique flamboie ; ses mains tremblent presque, non de peur, mais d'une impure émotion.

Il va sacrifier d'abord la femme... puis, près de son cadavre, il immolera l'enfant.

Avec précaution, il sort de sa poche la fiole contenant le redoutable narcotique, celui-là même dont Luciana possède la recette et qui a servi aux cigarettes offertes par elle au traître Rémy.

Une goutte entre les lèvres et le poison subtil attaque avec une rapidité foudroyante l'organisme, se répand dans les veines, glace le sang, et sans presque se réveiller l'on passe de vie à trépas.

On ne peut mourir plus proprement.

— Belle chose que la chimie ! — dit-il.

Couché sur le dos, la bouche entr'ouverte, Fanny semble se prêter aux visées de l'assassin.

Il s'approche encore et penché sur elle, retenant son souffle, il débouche la fiole...

Un cri se fait entendre.

— Au secours ! Au secours !

C'est Sidonie qui vient de le pousser.

Dressée sur son séant, l'œil hagard, d'un bras elle montre la silhouette de l'assassin, qui dans la clarté lunaire se dessine nettement sur la muraille.

Nicolaï épouvanté bat précipitamment en retraite, s'enfonce dans l'ombre de sa chambre, ferme sans bruit sa porte et pousse le verrou.

Cependant Fanny s'est réveillée en sursaut, et, de mauvaise humeur, apostrophe vertement celle qui vient de la sauver de la mort.

— Quoi ? Qu'est-ce qu'il y a encore, petite sotte ! Tu rêves ? Décidément tu es une mauvaise coucheuse.

— Je l'ai vu ! — s'écria Sidonie.

— Qui ça ?

— Lui ! Il était là, je vous jure qu'il était là, madame... Penché au-dessus du lit... Je ne dormais pas, j'avais les yeux ouverts. J'ai vu son ombre sur le mur.

— Allons, tu es folle. C'est une marotte chez toi. Dors, cela vaudra mieux.

Mais tout en faisant semblant de traiter de folie l'effroi de l'enfant, elle ne put s'empêcher de dire en elle-même.

— Cette terreur de cet homme n'est pas naturelle. Il y a certainement quelque chose là-dessous.

. . . .

Nicolaï se leva de bonne heure et se hâta de partir avant le réveil de ses voisines.

— Eh bien ? — lui demanda le garçon clignant de l'œil, et avec cette familiarité que prennent de suite les complices.

— Rien de fait — répondit Nicolaï

— Je m'en suis douté hier soir quand je l'ai vue rappliquer avec une gamine. Elle m'a dit :

« — C'est la petite d'une amie que j'emmène demain à la campagne

« J'en ai été vexé pour vous... Mais monsieur voit bien que ce n'est pas ma faute.

— Je vous rends toute justice — répliqua le forban. Elle quitte aujourd'hui l'hôtel ?

— Elle ne m'a pas dit autre chose que ce que je viens de répéter... Elle n'a donc pas positivement donné congé de sa chambre. En tous cas nous le saurons avant midi. Monsieur garde t-il la sienne?

— Sans doute... La petite femme m'a tapé dans l'œil... Peut-être ne va-t-elle à la campagne que pour la journée. Elle vaut bien qu'on l'attende.

— Si monsieur veut repasser avant midi nous saurons à quoi nous en tenir.

— Peut-être repasserai-je.

— Si monsieur voulait laisser un petit mot à la dame.

— Inutile.

— Monsieur veut-il que je lui dise qu'un monsieur très bien.,. tout ce qu'il y a de plus chic... désire lui parler.

— Gardez-vous-en bien, mon ami. Ne parlez pas de moi... Ça l'effaroucherait...

— Comme monsieur voudra.

— Vous pouvez me rendre un service.

— Je suis à la disposition de monsieur.

— Quand cette dame partira, si elle prend une voiture, tâchez d'entendre quelle direction elle donne au cocher.

— J'ai de bonnes oreilles.

— Au cas contraire, si elle prend le train, elle vous chargera sans doute de sa malle, ne la quittez que lorsque vous l'aurez entendue demander son billet. Il y aura bon pourboire.

Quand il rentra le soir à l'hôtel, le garçon prit une mine attristée et le suivit dans sa chambre.

— Eh bien! demanda Nicolaï, — quoi de neuf?

— Mauvaise nouvelle, monsieur.

— Elle est partie?

— Oui, monsieur, je suis fâché de vous l'annoncer.

— C'est un petit malheur, — fit négligemment l'assassin. — Et savez-vous où elle est allée?

— Oui, monsieur... J'ai suivi à la lettre les instructions de monsieur. J'ai porté sa valise à la gare. Je voulais prendre son billet, mais elle a refusé. Néanmoins, je me suis tenu près du guichet et j'ai entendu : *Londres, troisième.*

— Et la petite ?

— Ah ! la petite demoiselle est partie avec elle.

Nicolaï lança un juron énergique.

Ainsi, encore une fois, Sidonie lui échappait.

Une vrai guigne ; le sort se déclarait contre lui.

— Pare à virer ! — se dit-il en lui-même. — Il n'est que temps. L'horizon s'obscurcit.

Il fouilla dans sa poche, mit dix francs dans la main du garçon d'hôtel.

— Merci, mon ami, voici pour votre peine.

— Monsieur ne garde pas la chambre ?

— Non.

Il tourna brusquement les talons et partit à grands pas, comme un homme pressé.

Le garçon le suivit des yeux jusqu'à ce qu'il eût tourné le coin de la rue, alors il poussa un éclat de rire :

— Vieux cancre, va !... Dix francs ! Il m'avait promis un louis... Vieille canaille ! C'est égal, c'est encore lui qui est volé ! Ça fait cinquante balles qu'il crache pour du vent ! Plus souvent que je laisserais une gentille petite femme comme ça entre les mains de ce salaud ! Cours à Londres si tu veux, tu la chercheras longtemps !

. . . .

Fanny était partie un peu avant onze heures, payant sa chambre et donnant congé.

Le garçon s'était offert de porter sa valise à la gare.

— Nous n'allons pas à la gare, — répondit Fanny.

Il s'offrit alors d'appeler un fiacre.

— Merci. C'est inutile.

Ayant ainsi rempli consciencieusement sa promesse à Nicolaï, il ajouta :

— Il y a un monsieur qui va être bien fâché du départ de madame.

— Comment cela ?

— Il est amoureux de madame, paraît-il, car il est resté tout exprès à l'hôtel... Il s'est dit comme ça : « Voilà une petite dame qui me botte. »

— Vous ne plaisantez pas ?

— Jamais, madame. Même qu'il m'a dit de le placer dans la chambre à côté de celle de madame. Moi, ça m'était égal, vous comprenez, du moment qu'il y a le verrou. On n'est pas forcé de le tirer.

— Mais il n'y avait pas de verrou de notre côté, — s'écria Sidonie. — J'ai regardé, je l'ai dit à madame, ce matin.

— Pas de verrou! — dit le garçon, feignant la surprise. — Vous devez vous tromper, ma petite demoiselle.

— Non, elle ne se trompe pas, — reprit Fanny. — J'ai vérifié moi-même.

— Ah! le vieux sensuel. Voyez un peu où ça peut vous pousser, la passion. Il aura décroché le verrou dans la journée. Ça ne respecte rien, ces vieux polissons-là. Je vais joliment lui remiser son fiacre, quand il va revenir! Vieille canaille!

— C'est donc un vieux? — demanda Fanny.

— Dans la cinquantaine, — repartit le garçon, qui fit aussi exactement que possible la description de son client.

— Il n'est pas beau, mais il est peut-être cossu, ce qui est une compensation, — conclut-il en riant.

Fanny ni Sidonie ne riaient.

Cette dernière, surtout, semblait terrifiée.

— Partons, madame, partons, — fit-elle tout bas, tirant Fanny par la manche.

— Si vous voulez l'attendre, — reprit le garçon, — il a dit qu'il reviendrait vers midi pour savoir si madame allait passer encore une autre nuit à l'hôtel.

— Quelle audace! — s'exclama la jeune femme, avec un grand air de dignité offensée.

— Madame a peut-être tort.

— Mêlez-vous de vos affaires.

— Eh! — se dit en lui-même le larbin, — ce sont mes affaires! Si tu restais, petite chipie, ça mettrait dans ma profonde quelques jaunets de plus.

— Si cet homme revient demander après moi, vous lui direz que j'ai pris le train.

— C'est cela! je lui dirai que vous êtes repartie pour Londres..... ou pour Bordeaux... Il cherchera, mais il ne va pas être content, pour sûr.

— Ça, je m'en moque.

— C'est bien fait pour lui... Il a aussi par trop de toupet! Aller dévisser des verrous pour s'introduire chez les dames! C'est dégoûtant!

Fanny se hâta de quitter l'hôtel, prit une voiture à l'heure, se fit conduire au bureau de poste de la place de la Bourse, réclama une lettre au nom de Fanny Félix, lettre qu'on lui délivra aussitôt.

— Ah! — s'exclama-t-elle joyeuse, après en avoir pris connaissance. — Mon petit homme est ici, je vais le revoir.

Et comme Sidonie ouvrait sur elle ses grands yeux surpris et interro-
gateurs :

— C'est mon mari, — ajouta-t-elle. — Il revient de voyage. Nous nous
sommes donné rendez-vous à Paris. Je lui ai écrit poste restante que
j'étais arrivée et il me répond qu'il est arrivé aussi et qu'il m'attend.

— Est-ce que nous resterons à Paris, madame? — demanda Sidonie,
effrayée à la pensée d'être exposée à rencontrer de nouveau l'homme abominable qui la poursuivait.

— Non, ma fille, nous partirons tous ensemble, répondit Fanny,

— A Londres, Madame?

— Oui, à Londres.

— S'il allait nous retrouver là-bas?

— Tranquillise-toi. Londres est une grande ville, cinq fois au moins
plus grande que Paris. Pour nous retrouver, il faudrait que le diable lui-
même lui serve de guide.

— Oh! madame! Il est le diable, lui !

Elles étaient remontées dans le fiacre, se dirigeant vers la nouvelle
adresse que Fanny venait de recevoir.

— Oui, — répétait la petite fille, — c'est le diable en personne... Comment a-t-il pu nous découvrir, s'il n'était pas le diable? Voyez, je ne
m'étais pas trompée. Il est bien venu cette nuit. Il est entré dans notre
chambre. Il voulait me tuer.

— Oh! pas te tuer! — répliquait Fanny, qui ne soupçonnait guère le
danger qu'elle avait elle-même couru, ne se doutait pas que sa vie n'avait
tenu qu'à l'insomnie de l'enfant.

— Vous ne m'abandonnerez pas, madame? Vous ne me laisserez pas
à Paris?

— Non, mon enfant, je te le promets.

— Mais peut-être M. votre mari ne voudra-t-il pas de moi?

— Rassure-toi. Mon mari est un bon mari, il veut ce que je veux.

Elle disait « rassure-toi », sans être trop rassurée elle-même.

Elle craignait la vengeance de cet homme mystérieux qui lui avait
donné une somme si considérable pour enlever un enfant à son profit, et
elle gardait l'enfant et la somme,

Elle ne se faisait aucun scrupule de garder les mille francs.

Elle se disait les avoir gagnés; si la mission n'avait pas été achevée
suivant les clauses du traité, ce n'était pas sa faute.

Il ne fallait s'en prendre qu'à l'enfant qui s'obstinait à fuir ce prétendu
et singulier père.

CLXXXII

NICOLAÏ HEUREUX

Nicolaï s'était décidé à se hasarder dans son petit logement de Montrouge, désireux de savoir s'il y avait du nouveau.

Il avait besoin de refaire sa toilette, de changer de linge, puis de prendre un petit sac de voyage qu'il portait en bandoulière, car la masse volumineuse de ses papiers et les douze cent mille francs qu'il portait sur lui le gênaient considérablement.

Pénétrant par le passage opposé à celui où se trouvait la loge du concierge, il put donc entrer et sortir sans être aperçu.

Il ne remarqua chez lui rien d'anormal ; tous les objets se trouvaient dans la place ou plutôt le désordre où il les avait laissés ; selon toute apparence, personne n'était venu en son absence.

Quand il eut pris tout ce qu'il jugea nécessaire, qu'il eut retouché son camouflage, rajusté sa fausse moustache et sa perruque, il ressortit, fit le tour du carré de bâtiments et du jardinet, et entra chez le concierge comme un homme qui revient de voyage, demandant sa correspondance.

On lui remit trois lettres qu'il s'était écrites à lui-même, changeant chaque fois d'écriture, et mises à différents bureaux de poste, mais portant toutes trois la même suscription :

« *Monsieur le comte Gobsky.* »

Il s'y donnait des rendez-vous imaginaires, et signait de noms supposés et illisibles.

Son but était de vérifier si la police s'inquiétait de lui sous le nom qu'il usurpait et décachetait ses lettres, ce qu'il eût aisément reconnu à certains signes particuliers.

Mais il se rassura ; ses lettres étaient intactes ; aucune n'avait passé par le cabinet noir.

— Bon, — dit-il au concierge, après avoir feint de lire sa prétendue correspondance, — moi qui comptais prendre un peu de repos..... Il faut que je reparte aujourd'hui ou demain... Quel guignon !

Il traversa alors ostensiblement l'étroite allée des jardinets qui mettait en communication l'avenue d'Orléans et la rue Friant, et sortit pour monter dans le train de la gare de l'Est.

Malgré la presque certitude qu'il venait d'avoir qu'il n'était pas filé, que

— Lâchez donc cette petite, dit une voix, vous voyez bien qu'elle ne veut pas aller avec vous.

la police ne s'inquiétait pas de lui, qu'on ne soupçonnait pas en « Gobsky » l'ex-forçat déguisé sous les noms désormais *brûlés* de Nicolaï et de comte de Ladra, il ne se sentait nullement à l'aise dans cet appartement connu d'Allan et de la préfecture.

Plus que jamais, le bâtard de Karl Hauser lui inspirait des craintes;

plus que jamais il était convaincu que s'il n'appartenait pas exactement à la police, il avait avec elle des intelligences.

Ah! s'il avait pu le tenir en quelque coin désert, avec quelle satisfaction il l'eût étranglé!

Descendu à la gare de l'Est, il avait erré de droite et de gauche dans les quartiers excentriques, ayant constamment l'œil aux aguets pour s'assurer qu'il n'était pas suivi, puis vers le soir s'était rapproché de son hôtel, harcelé par le danger qui le menaçait du côté de Sidonie.

Ah! s'il l'avait tenue, elle aussi, en quelque coin désert!

On a vu comment il s'était trouvé déçu par l'annonce du départ subit pour Londres de Fanny et de sa petite compagne.

Il ne savait plus quel parti prendre, ses plans étaient détruits, ses projets anéantis.

Une sorte de vertige s'emparait de lui, il sentait le vide se faire dans son cerveau.

Depuis plusieurs nuits, il ne dormait pas, et ses quelques instants de sommeil, troublés de cauchemars, loin d'être un repos, s'ajoutaient au poids de ses fatigues cérébrales.

Une sorte de ramollissement détendait ses muscles et ses nerfs.

Il faut joindre à cela, l'ennui du désœuvrement,

Il ressemblait à ces gens qui, après une existence agitée, remplie des tracas et des soucis des affaires, prennent leur retraite et passent tout d'un coup de l'activité à l'oisiveté absolue.

Ils s'imaginent jouir d'un repos bien gagné et ce repos les annihile et les tue.

Il n'avait même pas le courage d'ouvrir un journal si ce n'est pour parcourir la *Chronique des tribunaux*, cherchant l'affaire de la *Banque coloniale*, la marche des poursuites contre Karl Hauser; mais, à part son arrestation mentionnée en quelques lignes, plus rien.

Police et parquet gardaient le secret, et ce secret l'inquiétait fort.

Si au moins les journaux avaient parlé, s'étaient livrés à leurs conjectures habituelles, il aurait tiré des déductions, des avis divers et se serait arrangé en conséquence; mais il n'y avait même pas la rubrique ordinaire « La justice informe, ou on est sur la trace des complices. »

Une seule chose le stimulait, le secouait dans sa torpeur physique et cérébrale, la peur d'être pris.

Il avait passé ses journées dans les cafés paisibles à peu près vides en dehors des heures de l'apéritif, non sur la terrasse, mais dans l'intérieur, ayant soin, avant de s'asseoir, de s'assurer que personne ne pouvait le reconnaître.

Jamais au milieu de ses voleries les plus effrontées, de ses combinaisons les plus scélérates, alors que, directeur de banque, il s'appropriait les épargnes qu'on lui confiait; jamais. même au lendemain de ses forfaits, il ne s'était senti tant de veulerie et de pusillanimité.

Le découragement et l'ennui le rongeaient comme ne l'avait, en aucun temps, hanté le moindre remords.

Après sa déception à l'hôtel, il pensa prendre le train et aller souper et coucher dans quelque hôtellerie de banlieue.

Peut-être le changement d'air donnerait-il un autre tour à ses idées et jetterait-il un peu de clarté dans les ombres de son cerveau!

C'est assurément ce qu'il eût pu faire de mieux; mais une sorte de fatalité le retenait à Paris, le poussait vers Sarah.

Il se sentait seul, isolé, malheureux, malgré ses douze cent mille francs intacts, sur sa poitrine.

« Malheur à l'homme seul! » a dit l'Ecclésiaste, et seul au milieu de la foule, dans cette ville immense où personne ne le connaissait sous sa métamorphose, à l'exception de Sarah, et dont il ne voulait être connue de personne, il éprouvait le besoin de se raprocher de cette fille.

Elle l'intéressait malgré lui. Il subissait son ascendant comme elle l'avait fait un instant subir à Karl Hanser.

Elle était entourée d'une atmosphère de sensualité.

Tout en elle provoquait à l'amour.

Il est des femmes, et même de jolies femmes, près desquelles on reste froid, mais la Noire était une de ces courtisanes qui, sans provocations, d'un simple coup d'œil, d'un mouvement de hanches, d'une envolée de jupe, réveillent les sens les plus engourdis.

Ah! c'était bien autre chose que la fade et languissante Clarinette, pour laquelle il avait éprouvé un caprice passager.

La blonde sœur de l'inepte Pâloignon, pas plus que la blonde et perfide Luciana, ne lui disait plus rien.

Puis à qui aurait-il parlé de Sidonie!

A tout hasard, il alla frapper à la porte.

On fut quelque temps avant de répondre, mais, ayant entendu du bruit, il s'obstina.

— Qui est là? — demanda enfin la Noire.

Sur sa réponse, elle ouvrit.

Elle avait l'œil mauvais, l'expression de la physionomie dure.

Elle l'apostropha brutalement.

— Comment, c'est vous?

— Heureux que tu n'ajoutes pas « encore ».

Elle répondit :

— La simple politesse m'a retenue,

Il jeta un rapide coup d'œil dans la pièce.

Sur la table, près de la fenêtre, des boîtes contenant les divers appareils nécessaires à la confection des fleurs, et à côté, un petit paquet de roses non achevées.

— Vous le voyez, — ajouta-t-elle, — je travaillais,... j'allais allumer ma lampe.

Il se mit à rire silencieusement, montrant qu'il n'en croyait pas un mot.

— Vous ne me croyez pas, — fit-elle. — Vous avez tort. Je me suis dit qu'il fallait me ranger, chercher à gagner ma vie d'une façon honnête. Le métier de fleuriste m'a toujours plu..... je l'avais déjà commencé, j'y reviens.

— Je t'en félicite.

— Ce que vous avez cru être une frime, une étiquette pour dissimuler une autre profession, est la vérité.

— Eh bien, mais — je le répète — je t'en félicite et je ne puis qu'encourager de si beaux sentiments.

— Vous vouliez quelque chose de moi ?

— Mais oui, je veux ta présence... Je m'ennuyais, et j'ai pensé que je pourrais passer près de toi une soirée agréable. Tu m'acceptes ici ?

— Vous avez le droit d'y être, monsieur le comte. Tout ici est à vous, puisque vous avez tout payé : la chambre et celle qui l'occupe, à raison de cent cinquante francs par mois.

— C'est que, tu le sais, mes moyens ne me permettent pas plus de générosité. Il ne tient cependant qu'à toi d'augmenter tes appointements. Je te l'ai dit déjà : Du jour où tu m'amèneras Sidonie, je les double.

— Encore avec votre Sidonie.

— Encore et toujours. Tant que je ne l'aurai pas, je la réclamerai. C'est ma fille. En attendant, je viens te chercher pour dîner.

— Dîner ! mais je sors de table. Demain, si tu le veux, mais c'est trop tard aujourd'hui, mon pauvre marquis de la verte gibecière.

Et elle montra sur un coin de la cheminée, sur une feuille de papier, un restant de charcuterie, du pain et une bouteille aux trois quarts vide.

— Voilà le repas qui me va, — dit Nicolaï. — qu'est-ce qu'il y a de meilleur qu'une bonne tranche de saucisson ou de jambon sur le pouce, arrosé d'un verre de vin ? L'eau m'en vient à la bouche. Cela vaut tous les festins sur une table couverte de fleurs et entourée de laquais.

— Surtout des vôtres, de ceux que nous avons rencontrés cassant du sucre sur votre tête.

— Vive l'honnête pauvreté !

— C'est joli à dire, quand on a les goussets bien garnis. Moi, j'aime mieux autre chose.

« La sainte pauvreté, j'en ai soupé !

— Il ne tient qu'à toi de la changer en sainte aisance.

— Que faire pour cela ?

— Chercher à me plaire.

— Et pour te plaire, t'amener ta fille. Je te vois encore venir. J'y ai réfléchi. C'est scabreux, sais-tu ?

— Qui ne risque rien n'a rien. Mais, en ce moment, ce n'est pas ma fille que je demande, mais à manger.

— Va au restaurant. Tu remonteras après.

— Non, je suis ici, j'y reste, comme a dit un de vos célèbres maréchaux... Je suis revenu, voici deux nuits que je ne parviens pas à fermer l'œil.

Il jeta cinq francs sur la table.

— Voilà cent sous, cours vite et reviens de même.

Elle s'en alla comme à regret, avec une mauvaise humeur visible.

Dès qu'elle fut sortie, Nicolaï se mit à examiner la chambre, ouvrit les armoires, regarda sous le lit.

Il avait allumé la lampe, et s'étant assuré qu'il était seul, rouvrit les armoires à nouveau.

Il y en avait deux : l'une garnie de rayons sur lesquels s'alignaient des assiettes, des tasses et quelques articles de batterie de cuisine.

La seconde, plus profonde, servait de garde-robe.

— L'on pourrait se cacher là au besoin, — se dit Nicolaï.

Il examina plus attentivement, et reconnut que cette garde-robe n'était qu'un petit passage de communication condamné, que le propriétaire avait transformé en armoire.

Il ouvrit ensuite la fenêtre garnie d'un petit balcon ou mieux d'une balustrade posée sur le rebord du toit, car la chambre formait mansarde.

Il se pencha, la chambre d'à côté avait aussi son balcon, d'où l'on pouvait, avec un peu d'audace, en supposant qu'on ne fût pas pris de vertige, descendre sur le toit de la maison voisine beaucoup plus basse, et, de là, gagner tout un pâté de maison datant de l'époque où les Batignolles ne faisaient pas partie de Paris.

Sur ces entrefaites, Sarah rentra avec ses provisions.

Elle jeta un regard inquiet sur le lit défait, et voyant Nicolaï à la
fenêtre, se rassura :

— Tu regardes si l'on peut filer sur les toits en cas de poursuites? —
demanda-t-elle moitié riant, moitié sérieux.

Il répondit simplement :

— Le sage doit toujours être prêt. On ne sait ce qui peut arriver.

Il se mit à table, mangea de bon appétit et vida à lui seul la bouteille.

— Ma foi, — dit-il — il y a longtemps que je n'avais fait un si bon
dîner.

— Tu n'es pas difficile.

— Ah! ma chère, c'est l'art de la vie, ne pas être difficile. Depuis mes
malheurs, je deviens philosophe. Quand je songe que l'on va chercher si
loin, avec tant d'efforts, le bonheur et qu'il est à votre portée, sous votre
main, que vous n'avez qu'à tendre pour le saisir comme je saisis cette
bouteille... Et il est là, il est là..., au fond de cette bouteille... Corde à
potence! plus rien. Fais-moi passer ce restant qui est sur la cheminée...,
je me sens en train comme un cocher de fiacre.

— Tu vas peut-être me chanter quelque chose?

— Si ça te fait plaisir..., justement, tiens, le *Cocher de fiacre.*

Et, à la stupéfaction de Sarah, il se mit à entamer avec des gestes grotesques et une voix des plus fausses :

> « Le soir il mène Éléonore
> Avec un vieux tout plein de feux
> Qui lui dit en baissant le store :
> « Cocher, au pas..., va où tu veux!.... »

— Alors, arrêtons-nous, fit Sarah.

— *Compris* — continua Nicolaï.

> Compris! Sans souffler mot, il roule
> Au Bois, comme un pauvre martyr,
> Dans les chemins que fuit la foule
> Mais où l'amour prend son plaisir!...
>
> Pour ces trajets, il est commode
> S'il entend un seul bruit, eh bien!
> Il sifflotte un air à la mode
> Il ne voit rien... de *l'entretien!...* »[1]

— Non, mais on l'entend! — s'exclama une voix derrière la porte. —
Ouvrez.

1. Henri Buguet.

— Hein! Qu'est-ce? — dit Nicolaï se levant d'un bond et cherchant machinalement de l'œil un objet qui pût lui servir d'arme.

Sarah partit d'un éclat de rire.

— Eh bien! Qu'avez-vous? De qui avez-vous peur?

« Des voleurs? des gendarmes? Ne reconnaissez-vous pas une voix de femme; c'est une connaissance à moi..., la voisine d'à côté.

— Peut-on entrer? — demanda la voisine.

Sans demander l'assentiment de son hôte, Sarah ouvrit la porte et une jeune femme blonde, assez joliette, passa discrètement la tête, montrant son minois éveillé.

— Entrez donc, Constance, monsieur ne vous mangera pas... C'est mon fol amant... Il est gentil, n'est-ce pas? mon fol amant? Nous faisons un couple assorti.

— Tiens, monsieur ressemble... ressemble à une personne que j'ai connue à Londres..., c'est-à-dire que j'ai vue une ou deux fois chez maman.

— Ah! mademoiselle... ou madame vient de Londres?

— Mademoiselle? madame? Vous pouvez dire les deux... Je suis mademoiselle tout en étant madame, c'est-à-dire que je ne suis ni dame ni demoiselle — répondit-elle avec volubilité... De Londres? Non je n'en reviens pas... Il y a de cela des mois que je n'y ai mis les pieds. Sale ville!

« Elle ne m'a laissée que de mauvais souvenirs.

« Mon enfant y est mort et ma mère y a été assassinée.

— Oh! fit Nicolaï — C'est tout un drame.

— Oui, mon vieux. Et je ne vous ai pas tout dit. Ma mère a épousé l'homme qui avait acheté ma fleur d'innocence sous promesse formelle de mariage.

— C'est trop drôle! — s'exclama Nicolaï. — Vous allez vite nous raconter ça.

— Non, ça vous ferait trop rire.

— Justement. J'ai besoin de rire. Sarah, va nous chercher du vin... et du meilleur. Tiens, voilà dix francs, tu monteras aussi des brioches! Ah! tonnerre de Dieu! Je me sens tout à fait à mon aise... Hé! qu'est-ce que vous chuchotez là, toutes les deux?

— Un secret — répliqua Constance — que les hommes ne doivent pas savoir.

Et elle continua tout bas :

— Il s'impatiente, vous savez.

— Eh bien, qu'il s'en aille! Je ne peux pas chasser le *micheton* pour le *micтом*.

— C'est qu'il ne veut pas s'en aller, l'animal. Voyez dans quelle position je suis, si mon amant vient, il y aura de la casse!

— Enfin, qu'est-ce qu'il dit?

— Il dit qu'il ne s'en ira pas, qu'il préfère attendre.

— Attendre quoi? il m'embête à la fin?

— Allez le calmer, ça vaudra mieux, et puis nous achèverons de saoûler votre vieux... Ça sera drôle!

On le voit, depuis que nous avons connu à Londres Constance Violette, la timide, naïve et un peu niaise pensionnaire, fille de la mère Badoure, elle avait fait quelque progrès.

Il est vrai, comme elle le disait elle-même, que des mois et des mois s'étaient écoulés depuis, et il n'en faut pas tant pour déniaiser une fille.

— Vieux Putiphar, — dit tout haut Sarah, — j'exécute vos ordres..., du vin et des gâteaux, avez-vous dit?... Je vous laisse seule avec mademoiselle; elle est blonde et jolie, tachez de vous tenir.

Le libidineux forban, en termes grivois et en une pantomime grotesque, jura fidélité.

Mais, aussitôt Sarah sortie, il saisit la jolie blonde par la taille et l'assit de force sur ses genoux.

— Eh! dites donc — s'exclama-t-elle — comme vous y allez!... Vous ne filez pas longtemps le parfait amour, vous, et ne perdez pas les minutes en déclarations passionnées... Vous y allez vivement. A bas les pattes ou je griffe...

— Griffe! j'ai la peau dure.

— Votre amie verra la marque... Qu'est-ce qu'elle dira?

Nicolaï pensa qu'il valait mieux terminer gaiement la soirée que de la finir en disputes; il se contenta de quelques baisers qu'on lui laissait prendre bon gré mal gré, et quand Sarah rentra, tous deux étaient assis à une distance convenable l'un de l'autre.

— Ma chère, — dit Nicolaï, — j'ai luliné votre amie en votre absence, mais mes escarmouches ont été vigoureusement repoussées. Elle est digne de son nom de Constance et son amant est un heureux gaillard.

— C'est qu'il est fidèle et constant aussi, lui, — répondit Sarah.

Elle débarrassa prestement sa table pour y étendre une serviette en guise de nappe et des soucoupes en guise d'assiettes.

Deux bouteilles de champagne et une énorme brioche composaient le menu.

Elle n'avait que deux verres et un pot de confiture vide; Constance s'offrit d'aller dans sa chambre chercher ce qui manquait.

Elle disparut après avoir échangé un coup d'œil avec Sarah et revint avec deux verres, pour le cas, — dit-elle — où l'on en casserait un.

— Je me sens le plus heureux des hommes — s'exclama Nicolaï après

— Il nous a jetés dans le trou ! assassin ! assassin !

avoir vidé sa coupe — installé entre deux jolies nymphes, une brune et une blonde ! Que peut-on désirer de plus.

— Il ne manque qu'une rousse, — dit Sarah ; — faut-il aller vous la chercher ?

— Non, ma chère ; puisque je viens de vous déclarer que je me sentais le plus heureux des hommes. Vous deux me suffisez.

Et il entonna

> Pour l'amour d'une blonde
> J'ai fait bien des faux pas
> Les beautés de ce monde
> A mes yeux n'avaient pas
>   D'appas
>
> . . . .
> Pour l'amour d'une brune
> J'ai fui le sol natal;
> Sur le cours de la lune
> J'ai mis mon capital
>   Total!

— Assez! assez, — fit Sarah.

— Monsieur a une très jolie voix! — s'exclama en riant Constance. Il devrait la c ltiver.

— Oui, il chante comme un sanglier domestiqué qui a le nez pris dans une porte.

— Ça me rappelle un peu les cantiques de mon couvent quand j'étais digne de porter la fleur d'oranger.

— Ah! mademoiselle sort du couvent.

— Oui, monsieur... du *Verbe Incarné*, s'il vous plaît.

— Peste!

— Un couvent de filles nobles. Maman avait cette marotte de m'élever comme une duchesse.

— Ça n'a pas réussi?

— Pas précisément.

— Il faut, — dit Sarah — mettre dans cette maison de Dieu votre petite Sidonie.

— Non, non..., je me chargerai moi-même de son éducation.

— Monsieur a une fille? — demanda Constance.

— Et très gentille, paraît-il.

— Le fait est que si elle tient de monsieur!...

— Ne vous moquez pas de moi, belle Constance; si je suis laid, j'ai des qualités appréciables. Demandez à votre amie.

— Certes, je n'ai pas à me plaindre.

— A propos... Ton petit jeune homme, l'Anglais?... tu ne l'as plus revu.

— Vous ne l'appelez plus « petit crétin »?

— Non. . je le crois malin en diable. Mais si je ne l'appelle plus « petit crétin », je continue à l'appeler « petite canaille ».

— N'en dites pas de mal devant mademoiselle.

— Pourquoi pas? J'en dirai ce que je pense devant tout le monde... devant lui-même.

— Vous persistez à croire qu'il appartient à la rousse?

— *Chi lo sa?*

— Ne parlez pas chinois. Vous faites de la peine à Mlle Constance. Elle l'a pris pour amant.

— Diable! depuis quand?

— Depuis hier — répondit Constance.

— Oui, mon cher. Elle l'a vu l'autre jour quand il est venu ici. Ils se sont rencontrés dans l'escalier. Alors, ma foi, comme il est gentil et qu'elle même...

— Est charmante...

— Ils se sont plus.

— Mais vous m'intriguez et me peinez, monsieur.

— Pourquoi, belle enfant?

— Vous venez de parler de la rousse.

— Ah! il ne faut pas y faire attention, — dit Sarah! — monsieur a une marotte. Il voit la police partout... à cause de ses opinions politiques... qui ne sont pas celles du gouvernement,

— Monsieur est anarchiste, peut-être?

— Non, je suis royaliste.

— Ah! j'aime mieux ça, — s'écria Constance, — non pas que je m'occupe de politique, moi, mais j'ai été élevée avec des gens bien pensants... et voyez-vous quand on a reçu une éducation décente...

— Dites donc, — proposa Nicolaï, — si nous nous mettions à notre aise?

— Mais nous y sommes.

— Je veux dire en costume plus léger.,. Il fait si chaud, ici.

— Retirez vos culottes, allez, — dit Sarah.

— Ce n'est pas de refus, si mademoiselle Constance n'y voit pas d'objection.

— Oh! Et mon amant qui va venir. Il ne manquerait plus qu'il entre ici et me trouve en compagnie d'un monsieur dans cette position... Il est très jaloux, mon petit homme!

— Je suppose qu'il n'entrera pas ici.

En ce moment, on entendit frapper à la porte de la chambre voisine.

— Le voilà! — fit Constance se levant. — Je me sauve.

— Mais non, — se hâta de dire Sarah avant que Nicolaï ait pu s'y opposer. — Ne vous en allez pas; dites-lui qu'il vienne prendre un verre avec M. le comte Gobsky.

— C'est cela, — répliqua joyeusement Constance, — nous ferons une partie carrée!

CLXXXIII

PARTIE CARRÉE

A cette proposition de Sarah, immédiatement acceptée par Constance, et pour laquelle il n'avait pas été consulté, Nicolaï s'était subitement rembruni.

Il comptait achever gaiement la soirée et peut-être la nuit avec ces deux jolies filles, dont l'une était le fruit nouveau, toujours appétissant et toujours désiré, et voilà que « cette petite canaille d'Allan », dont il était loin d'attendre la venue, arrivait se jeter en tiers importun dans ses projets de plaisirs, ses moments d'oubli.

Il y avait bien longtemps qu'il ne s'était trouvé si en train, si plein de bonne humeur, si disposé à noyer ses soucis, ses appréhensions, ses craintes.

Cette soirée improvisée lui rappelait son jeune temps, celui où, novice à bord, puis, plus tard, commis aux écritures, il passait ses nuits d'escale dans tous les ports du globe, en compagnie de joyeux drilles et de joyeuses commères, à vider les bouteilles et à faire l'amour.

Le verre en main, une maritorne sur les genoux, l'on narguait les mauvais temps, les tempêtes, les dangers passés et ceux qui vous attendaient peut-être au lever de l'aurore; l'on oubliait tout pour vivre quelques heures de grossière joie.

Et il lui avait semblé un instant vivre ces heures de sa jeunesse, oublier les dangers passés et ceux de demain !

Et voilà que ce maudit bâtard de Karl Hauser survenait en trouble-fête, l'arracher à ses moments d'oubli, lui disant comme ces moines sinistres et fâcheux ;

« Frère, il faut mourir ! »

— Que le diable l'emporte !

Mais le diable ne l'emporta pas.

Il le vit sur le seuil de la porte, entraîné par Constance, hésitant, l'air benêt, témoignant une stupéfaction grande, avec une bouteille de champagne sous chaque bras.

— Monsieur le comte, balbutia-t-il. — Monsieur le comte... Excusez-moi... Je ne savais pas...

— Je vous ai déjà fait observer, — répliqua vertement Nicolaï, — de ne pas m'assommer de mes titres... Si vous aviez quelque tact, vous comprendriez que cela sonne mal ici...

— Mais au contraire, — s'écria Constance, — ça sonne très bien. Il n'y a encore que cela de vrai, la noblesse. Pour moi, je préférerais pour amant un comte pané qu'un banquier juif !

— C'est affaire d'opinion, — fit Sarah.

— Non, — répliqua la fille de la mère Badoure, — c'est affaire d'éducation. Quand on a été bien élevé, ça reste toujours.

— Allons, entrez, jeune homme... Peste, deux bouteilles de champagne. On allait faire une petite noce avec mademoiselle... Eh bien ! mais... je ne vous retiens pas.

— Non, — dit Constance. — Monsieur et madame ont partagé avec moi leur liquide, et il est juste qu'ils partagent le nôtre.

— Certainement, — appuya le jeune Parker.

—Allons, asseyez-vous, jeune homme, près de votre amie. Buvons donc... Une partie carrée, comme disait mademoiselle? je ne demande pas mieux. Mais, je renouvelle la proposition que j'ai déjà faite : « Que l'on se mette à l'aise ! »

En sa qualité de sujet de la reine Victoria, le pudique Allan rougit beaucoup de cette proposition qu'il déclara choquante, mais comme il faut hurler avec les loups, ou, suivant le dicton de son pays, « faire à Rome ce que les Romains font », ce qui est le comble de la sagesse, il se décida à se dépouiller du complet que sa mère lui avait acheté dans *Cheapside*, qui est, comme chacun sait, la place des tailleurs en renom. — Constance ne cessant de lui répéter que c'était dans les usages de la jeunesse dorée le nec plus ultra de la *gomme* de Paris.

Il ne fallut rien moins que cette transformation d'un jeune Anglais en caraïbe pour décider Nicolaï et lui faire reprendre sa bonne humeur première.

Le champagne aidant à la joie, il se tordait sur sa chaise, et un instant on le vit se rouler sur le plancher.

La gaieté d'ailleurs fut générale, mais comme il n'est si bonne compagnie qu'il ne faille quitter, les bouteilles étant vides et les boutiques fermées, on se souhaita le bonsoir vers une heure du matin et Constance emmena son petit ami.

Un quart d'heure après, Nicolaï qui, depuis deux nuits, avait à peine fermé l'œil, remplissait la chambre de Sarah de sonores ronflements.

. . . .

Sarah dormait aussi, lorsqu'elle fût réveillée par un bruit singulier qui assurément ne sortait ni de la gorge, ni des narines de son vilain compagnon de lit.

C'était un bruit sourd venant du fond de la chambre.

L'armoire qui servait de garde-robe venait de s'ouvrir, et une ombre rampait, tâtait les chaises, en ayant soin de ne pas s'y heurter.

— C'est toi? — demanda-t-elle à voix basse.

— Oui, — répondit la voix d'Allan.

— Qu'est-ce que tu fais là? Qu'est-ce que tu cherches. Tu vas le réveiller.

— Pas de danger. Il est saoûl comme la truie de David.

— Enfin, qu'est-ce que tu veux?

— Mon gilet!

— Tu es assommant! Tu le prendras demain.

— Mais, j'en ai besoin maintenant... Je m'habille.

— Tu t'habilles? Pourquoi faire?

— Je vais coucher à mon hôtel. Je ne veux pas que tu m'accuses d'avoir couché avec Constance.

— Ah! — fit-elle. — Il serait bien temps de partir. Tu me prends pour une imbécile.

— Le voici, — dit-il enfin, après avoir exploré longuement.

Il disparut par où il était venu et, quelques minutes après, Fanny l'entendit ouvrir et fermer la porte de la chambre de sa voisine et descendre l'escalier.

— Petit serin, va — murmura-t-elle. — Pour qui me prend-il?... C'est égal, c'est tout de même gentil de sa part de vouloir éviter de me rendre jalouse. On voit bien que ce n'est pas un paltoquet comme sa crapule de père. Quoi qu'en dise Ladra, il ne tient pas de race.

Et elle se retourna pour s'endormir, s'éloignant le plus possible de son compagnon qui ronflait toujours.

CLXXXIV

SUR LES TOITS

Nicolaï continuait à ronfler et Sarah commençait à fermer l'œil, lorsqu'elle fut de nouveau brusquement réveillée par un bruit de pas, pesant lourdement sur les marches de l'escalier de bois.

Et elle entendit la voix du concierge dire :
— C'est ici!

Ici! c'était sa porte; c'est là que les pas s'arrêtèrent.

— Qu'est-ce? — se demanda-t-elle, effarée.

Mais, au même instant, on faisait la réponse.

On heurtait brutalement, et une voix rude cria :

— Ouvrez, au nom de la loi!

Elle secoua vivement son compagnon.

— Lève-toi! — dit-elle. — Lève-toi!... La police!

Ce mot terrible, même pour les innocents, à plus forte raison pour les coupables : « la police », produisit son effet immédiat.

Jamais coup de revolver tiré aux oreilles d'un homme endormi ne lui fit faire un plus violent soubresaut qu'à Nicolaï.

En moins de rien, il sauta hors du lit et passa son pantalon.

— Potence et corde! — s'exclama-t-il sourdement, — on m'a vendu! Quelqu'un m'a vendu! Malheur à lui!

On frappait de nouveau, plus rudement.

— Qui est là? — demanda Sarah faisant mine de sortir d'un somme.

— Ouvrez, — répéta-t-on, — ou nous enfonçons.

— Qui êtes-vous?

— La police.

— Un instant, messieurs, vous me donnerez bien le temps de passer ma chemise.

— Allons, leste, pas tant de façons!

— Sauve-toi, — dit-elle à Nicolaï, — sauve-toi!

— Par où? J'ai examiné la fenêtre. Pas moyen... pas d'issue.

— Si, par celle de la chambre d'à côté... Passe par la garde-robe. Vite!

Elle lui ramassait ses effets, les lui lançait en un paquet, le poussait dans l'armoire, donnait un tour de clef, et jetait la clef dans le vase de nuit.

On s'impatientait dehors d'une façon significative, ainsi que le témoignaient de grands coups de pieds.

Une voix commanda :

— Crevez la lourde!... Allez-y carrément.

— Voilà! voilà! — cria la jeune femme.

Et elle courut ouvrir, retenant son jupon, non encore agrafé.

— Eh bien! quoi, messieurs? Que me voulez-vous?

Elle se trouvait en face d'un homme en bourgeois et de deux agents en uniforme, dont l'un tenait une lanterne.

Le concierge restait à l'arrière-plan.

—Ce n'est pas à toi qu'on en veut, la belle,—dit l'homme en bourgeois, l'écartant et pénétrant dans la chambre suivi des agents,— du moins pour le moment.

Un peu rassurée, elle ricana :

— Est-ce que vous venez pour constater un flagrant délit d'adultère?

Ils ne répondaient pas; éclairant le lit, un agent se baissa pour regarder dessous.

— L'oiseau est envolé,— fit-elle.

— Oh! il ne peut être loin.

— Enfin, messieurs, qui cherchez-vous?

Ils allèrent aux placards.

L'exploration de celui contenant la vaisselle fut vite faite; ils se heurtèrent au second.

— Où est la clef?

— La clef?... Attendez, messieurs... Elle doit être là.

— Elle fit mine de chercher, d'abord sur la cheminée, puis sur la table, s'impatienta, tourna sur elle-même.

— Ah! j'y suis.., dans mes poches.

Elle prit sa robe, son mantelet, fouilla vainement.

— Vous vous payez nos têtes,— dit l'homme en bourgeois, — méfiez-vous, il pourrait vous en cuire.

Et faisant un signe aux agents :

— Enfoncez-moi ça!

— Ah! messieurs, pardon... la voici... Ne crevez pas mon armoire, je vous prie. Le propriétaire me ferait payer les dégâts... La clef était tombée dans le vase.

Elle la retira avec des pincettes, l'essuya avec soin et la tendit aux agents.

— Ouvrez vous-même.

Elle dut enfin s'exécuter, ouvrit, et derrière les paquets de jupes et de hardes accrochées, on n'eut pas de peine à découvrir la communication.

— Ah! ah! il a filé par là!...

— L'escalier est gardé en bas?

— Oui, monsieur.

Sous une forte poussée, la porte céda, les agents se ruèrent.

De grands cris éclatèrent dans la chambre qu'ils venaient d'envahir.

Constance, au bruit de l'irruption, criait à l'assassin et appelait au secours.

Un cri se fait entendre : « Au secours! au secours! c'est lui!... »

— Allons, ne piaule pas tant, — lui dit un agent, — ou nous t'emballons.

— M'emballer? Pourquoi?

— Tais ton bec!... Où est l'homme qui était ici?

— L'homme qui était ici?... Parti!

— Par où?

— Dame! par où l'on s'en va d'ordinaire, par la porte... à moins qu'il n'ait sauté par la fenêtre.

— Je n'ai tiré le cordon pour sortir à quiconque — dit le concierge — excepté au petit jeune homme qui vient voir la fleuriste, et il y a plus d'une heure de cela.

— Mais c'est de ce petit jeune homme dont je parle. Je n'ai vu personne autre.

— Ce n'est donc pas chez la fleuriste qu'il vient?

— Il vient pour nous deux, — riposta Constance. — Ça vous la coupe... Vous ne pourriez pas servir deux dames à la fois, vous! De quoi vous mêlez-vous donc?

La croisée était entr'ouverte, ce qu'expliquait parfaitement la chaleur de cette nuit d'été; mais l'homme en bourgeois demanda avec insolence à Constance pourquoi elle couchait la fenêtre ouverte, à quoi elle riposta que son médecin le lui avait recommandé.

Un des agents, se penchant au dehors, fit observer que celui qu'on cherchait avait dû s'échapper par là.

C'était en effet la voie prise par Nicolaï.

Au cinquième étage, la chambre de Constance formait mansarde, et sa fenêtre ouverte sur le rebord du toit offrait une sortie assurément périlleuse pour une personne sujette au vertige, mais qu'un ancien marin, habitué dès l'enfance à se suspendre sur l'abîme, pouvait tenter sans danger.

Il suffisait d'enjamber la barre d'appui, de suivre sans la lâcher la sévéronde ou saillie de la toiture, et de sauter sur le toit de la maison voisine d'un mètre et demi environ plus bas.

De ce toit, l'on pouvait gagner un pâté d'une cinquantaine de vieilles maisons construites à l'époque où la règle de la stupide uniformité des façades et de l'égal niveau des toitures n'était pas encore en vigueur, ce qui donnait aux anciennes villes le cachet pittoresque que les grossières et ignorantes édilités, ennemies de l'art, font disparaître chaque jour.

Nicolaï, nu-pieds, coiffé de son haut de forme, vêtu de son pantalon, de sa chemise, avec ses chaussures et le reste de ses effets sous le bras, eût présenté un singulier aspect sous le clair de lune à quelque veilleur de mansarde.

Il marchait avec précaution mais aussi rapidement que possible sur ces pentes irrégulières de briques, s'arrêtant de temps à autre pour prêter l'oreille et s'assurer qu'il n'était pas poursuivi.

Quand il se crut suffisamment éloigné, il s'embusqua derrière une ligne de cheminées, remit ses chaussures et acheva de se vêtir.

C'est alors qu'il s'aperçut que le sac de cuir, acheté dans la journée même et où se trouvaient ses papiers et ses banknotes, avait été oublié dans la chambre de Sarah.

Il n'y avait pas songé dans la précipitation de sa fuite, renouant hâtivement le paquet de ses hardes que lui jetait la Noire dans le placard, qu'elle refermait aussitôt.

Il n'avait qu'à pousser la porte de communication, traverser la chambre, pour gagner la fenêtre qui se trouvait être également ouverte, comme à son intention.

Constance ne dormait pas ; au bruit que faisaient les agents, cela lui eût été difficile, et il lui avait entendu dire tout bas, comme il passait rapidement près de son lit :

— Ne vous cassez pas le cou

Non, certes; il avait fait en sa vie bien d'autres escalades, et s'il trébuchait un peu en se mettant au lit, l'alerte policière l'avait subitement dégrisé.

Bon pied et bon œil encore! Il se le prouvait à lui-même en explorant fermement les toitures, escaladant ici, se laissant glisser là, cherchant de l'œil une issue, une rampe, un conduit, un échafaudage pour toucher le sol.

CLXXXV

DANS LA MANSARDE

Le meilleur plan était de se risquer à tout hasard dans la première fenêtre à tabatière qu'il rencontrerait.

S'il avait la chance de trouver la pièce vide, tout allait de soi ; il sortirait au matin, au moment où les servantes vont aux provisions et où les concierges sont occupés du nettoyage de la cour.

Si, au contraire, un locataire occupait la mansarde, il pourrait arriver qu'il ne se réveillât pas et, s'il ne se réveillait pas, l'essentiel était de ne pas l'effrayer, de le prendre par les sentiments, inventant une histoire d'amour, se disant surpris par un mari jaloux... que l'honneur d'une femme était en jeu...

S'il fallait jouer du couteau... Eh bien, il jouerait du couteau. Il n'en était pas à son coup d'essai.

Il allait donc maintenant avec précaution examinant les trappes.

Quelques-unes étaient ouvertes, mais trop petites pour y passer le corps.

Enfin, il arriva devant un assez large vasistas, soulevé de quelques centimètres sur son châssis.

Il saisit la barre à crans qui le fixait, écouta et, n'entendant rien, souleva complètement le vasistas et se laissa glisser sans bruit dans la mansarde.

C'était une très petite chambre où, dans la nuit claire, il distingua une couchette et, dans cette couchette, quelqu'un homme ou femme.

Le doute ne lui fut pas laissé longtemps, car, comme il se dirigeait à tâtons vers l'endroit où il supposait la porte, l'individu se dressa sur son séant, allongea le bras sur une petite table et Nicolaï entendit le bruit significatif de la baguette de sûreté d'un revolver qu'on retire brusquement.

En même temps, une voix sourde demanda :

— Qui est là ? Qui va là ?

Il frémit. Cette voix, il lui semblait la reconnaître. Était-ce possible ? Rêvait-il encore ? Était-ce un cauchemar ? Non, il ne rêvait pas, mais assurément il se trompait.

— Rassurez-vous, — dit-il, — je ne suis pas un malfaiteur. Je viens d'être surpris par un mari. Ne me livrez pas. Je ne demande qu'à gagner la porte.

Mais l'autre, d'un bond, se jetait hors du lit et lui sautait à la gorge :

— Ah ! c'est toi, bandit ! C'est toi ! Le diable, mon saint patron que j'invoquais tout à l'heure, te jette dans mes mains. C'est toi ! C'est donc toi ! Quel miracle ! oui, je croirai aux miracles, maintenant ! Ah ! tu vas y passer, brigand, voleur ! Rends-moi mon argent, rends-moi mon argent...

Il desserra les doigts ; il était temps... Nicolaï râlait.

— Ah ! vache ! ah ! salaud ! on te traque donc aussi ! La police te donne la chasse ! attention ! Réglons ensemble nos petites affaires.

Il ferma et assujettit le vasistas, puis revint à Nicolaï qui, difficilement, affaissé sur une chaise, reprenait sa respiration.

— Ah ! sale crapule, tu ne t'attendais pas à te trouver nez à nez avec Karl Hauser, Karl Hauser que tu as livré, vendu... que tu croyais pincé, emballé, bouclé pour le restant de ses jours, comptant jouir paisiblement de tes rapines. Mais le voici, Karl Hauser. Ah ! ah ! ah ! tu es venu te jeter dans la gueule du loup, voleur, traître, mouchard ! Le diable me brûle ! Tu ferais croire à la Providence !

— Pas de bruit, pas d'esclandre ! — riposta Nicolaï qui reprenait son sang-froid à mesure qu'il reprenait haleine. — Du bruit, à quoi bon ! La police est à mes trousses. Elle peut d'un moment à l'autre entrer ici par le même chemin que moi... Alors nous sommes ratiboisés tous les deux. Je vous croyais en prison, c'est vrai... Vous vous êtes échappé, ce n'est pas pour y retourner probablement... Laissez-moi parler... Ne m'interrompez pas. Vous me traitez de mouchard, vous m'accusez de vous avoir vendu: c'est faux! Vous vous trompez sur mon compte... Prenez-vous-en à un autre... un autre qui vous touche de près... Non, de cela, je me lave les mains. Quant à vous avoir volé, c'est une autre affaire. Je n'ai fait que voler un voleur... J'ai repris le million des filles du commandant Gayrouan, la dot qui vous avait été confiée par le comte Ivanoff. Est-ce qu'il vous appartient, ce million?

— Et à toi? Il t'appartient?

— Autant qu'à vous. J'ai dirigé, fait fructifier pendant dix ans votre banque... Qu'est-ce que vous auriez fait sans moi... Des bévues, de grosses maladresses germaniques qui vous eussent conduit, il y a longtemps, dans les mines. Il est juste que je me paye de mes dix ans de travaux.

— Infâme fripon! Et tu me dépouilles? Tu me laisses sans un sou... Si encore, tu avais partagé.

— Vous n'auriez pas voulu.

— Allons, rends-moi mon argent, où tu ne sortiras pas vivant d'ici.

— Vous serez bien avancé d'avoir ma peau!

— Tu n'as donc pas sur toi les banknotes?

— Non.

— Où sont-elles?

— Tu ne le sauras pas, — répondit Nicolaï prenant tout à coup le tutoiement familier des amis ou des complices.

— Alors, j'aurai ta peau!

Il se jeta de nouveau sur lui, cherchant à l'étrangler, mais Nicolaï avait soudain sorti un couteau de sa poche et Karl Hauser n'eut que le temps de se jeter en arrière, pour éviter le coup.

Il ressaisit son revolver.

— Arrête, — lui dit Nicolai. — Tu vas faire du bruit..., réveiller les voisins..., nous livrer. Toujours des maladresses... Tu veux ma peau?... Je ne te la laisserai pas prendre... Battons-nous tranquillement, en bons marins... sans bruit, au couteau.

— Soit! — fit Hauser en sortant le sien.

Tous deux se mirent en garde, et le couteau au poing, dans cette chambre de quelques pieds carrés, les deux gredins s'observaient dans la pénombre lunaire, prêts à s'élancer.

Des craquements sur les tuiles se firent entendre au-dessus de leurs têtes.

— Chut! — fit Nicolaï en se jetant dans un recoin du mur. — Les voici! Ne bougeons pas.

Karl Hauser s'accroupit au pied de sa couchette.

On marchait sur le toit avec précaution.

Les bandits perçurent distinctement le pas de plusieurs hommes.

La vitre du vasistas s'obscurcit bientôt, une ombre se pencha, cherchant à percer les ténèbres.

Puis, après un examen de quelques secondes et un essai infructueux pour soulever la vitre, l'on passa.

Ils restèrent quelque temps dans la même position, immobiles, écoutant, chacun ne perdant pas son adversaire de vue.

Nicolaï se leva le premier.

— Nous sommes des idiots! — fit-il. — Nous perdons la boule... Revenons à des idées plus saines. Nous ne devrions avoir d'autres ennemis que les policiers qui viennent de passer... A quoi bon nous battre! La vie est trop courte pour l'abréger. Nous pouvons avoir encore du bon temps. Je t'ai volé le million que tu as volé toi-même au comte Ivanoff, qui le tenait sans doute de ses propres voleries ou des voleries de ses ancêtres sur les serfs de ses domaines, volés dans quelque guerre de jadis. Tous voleurs!

— Après?

— Après! Je t'offre de partager. Cinq cent mille francs sont bons à prendre pour qui n'a rien que la prison ou la potence en perspective. Avec cinq cent mille francs, on peut encore se passer du bon temps. Ça te va-t-il?

Karl Hauser réfléchit un instant.

— Eh quoi! tu hésites? Tu loges dans un galetas. Tu n'as peut-être pas cent sous dans ta poche et tu ne sautes pas sur cette aubaine inespérée, car tu n'as jamais compté me voir revenir te les offrir?

— Non, certes.

— Alors?

— Ça me va... donne.

— Remets ton couteau dans ta poche.

— Voilà!

— Jette à terre ton revolver.

— Je te connais, tu le ramasserais.

— Eh bien! jette-le là-haut, sur cette planche.

— Il y est... L'argent, maintenant? — fit Hauser tendant la main.

— Il faut aller le chercher, — répliqua Nicolaï.

— Où cela?

— D'où je sors.

— Et d'où sors-tu?

— De chez ton ancienne maîtresse, celle que tu as menée à Londres, la belle et brune Sarah.

— Où est-elle, que je l'étrangle.

— Pas de bêtises.

— Tu sors de chez elle? Tu es donc son complice?

— Non, son amant.

— Ah! elle est devenue ta maîtresse!

— Naturellement, — répliqua cyniquement le forban, — c'est toujours des amis de son amant qu'une femme devient la maîtresse.

S'il eût fait moins sombre, Nicolaï aurait pu lire sur la physionomie de son ancien complice une expression signifiant clairement:

« Elle n'est pas dégoûtée! »

Mais il passa la main sur son front:

— Pourquoi n'est-elle pas restée au fond de la mer, cette gueuse? Fatalité! fatalité!

— J'ai fais le même vœu pour Luciana...

« Ce n'est pas à la fatalité qu'il faut s'en prendre, mais à la jupe! à la jupe! c'est elle qui nous a perdus.

— Et c'est vous deux qui m'avez vendu. Cette coquine ne se souvient donc pas que j'en sais assez long sur elle pour faire tomber sa tête?

— De qui parles-tu? De Luciana ou de Sarah?

— Ce que je dis de l'une peut s'appliquer à l'autre.

— Non, je ne crois pas qu'elle t'ait dénoncé, elle méditait une vengeance plus sérieuse.

— Elle se trouvait là, pourtant, lorsqu'on m'a arrêté... Si le coup ne vient pas d'elle, il vient de toi.

— J'espère te donner les preuves du contraire.

— Qui donc alors?

— Ne le devines-tu pas? Ne l'as-tu pas soupçonné, ce jeune Anglo-Saxon qui te ressemble si fort et que, m'a confié Sarah, tu as tenté d'étrangler.

— Ah! la petite crapule.. c'est bien possible... Mon fils!... un reliquat du *Yacht-Rouge*.

— Et un joli! car c'est lui, ce ne peut-être que lui qui m'a dénoncé à la police.

Et, en quelques mots, il mit Hauser au courant de ce qui s'était passé la veille.

Se frappant le front tout à coup:

— C'est lui, j'en suis sûr maintenant... car lorsque j'ai traversé la chambre de la voisine de Sarah, je ne me rappelle pas l'avoir vu dans son lit... Mais dans quel but me dénoncer?... Ah! j'y suis... Et mon sac de nuit?... Le million! Le million!...

Il resta un moment atterré, puis, se redressant soudain :

— Ah! Il faut en avoir le cœur net.

Il soulevait le vasistas, mais, de nouveau, le bruit des pas qui s'étaient éloignés se faisait entendre et se rapprochait.

A nouveau, les tuiles craquèrent; à nouveau, une tête se pencha sur le vasistas, y resta longtemps.

Puis on se releva et on s'éloigna comme à regret, comme un chasseur qui se dit :

— Il faut partir, mais c'est là qu'est le gîte!

CLXXXVI

UNE BONNE POIGNE

Il n'y a pas encore longtemps que les cuistres universitaires professaient un absolu mépris pour les muscles et que, dans les écoles publiques, sous la direction gouvernementale, qui, en fait de directions, en donne souvent de bien mauvaises, l'on développait le cerveau au détriment de l'estomac.

Être savant, c'était être malingre et chétif.

A cette époque, tous les polytechniciens portaient lunettes, et la myopie était l'apanage du savoir.

Celui qui avait bon pied et bon œil n'était pas considéré comme un bon mathématicien.

Dans les écoles, le professeur de latin et de grec ne regardait qu'avec dédain le fort en gymnase, à l'encontre des Anglais, qui placent le vainqueur des jeux athlétiques bien au-dessus du fort en thème et du lauréat en vers grecs ou latins.

Et encore maintenant, combien, dans notre pays de préjugés et de routine, ne fait-on pas passer, dans les programmes d'éducation, certaines sciences qui ne servent et ne serviront jamais à rien dans la vie avant celle de l'hygiène et la culture des muscles d'où la vie dépend.

Heureusement pour lui, Karl Hauser qui, dans sa jeunesse, n'avait que peu fréquenté les universités, avait cultivé les siens.

Il marchait avec précaution...

Sa force physique naturelle s'était considérablement développée par l'exercice, et il n'est guère de lutteurs de foire avec lesquels il n'eût pu faire bonne figure, peu de « professionnels » qu'il ne fût parvenu à *tomber*.

C'est à ses muscles qu'il devait sa liberté présente, grâce à son formidable poing qu'il était en vie.

On raconte que le lieutenant de vaisseau Cournet, arrêté au coup d'Etat et « emballé » dans un fiacre, était, sous la conduite de deux agents, dirigé sur Mazas.

Tandis que le véhicule roulait, l'officier de marine, au moment où ses gardes s'y attendaient le moins, assomma d'un formidable coup de poing celui de droite, et, comme le gauche se précipitait sur lui, il le saisit par le cou et... l'étrangla.

Puis, tranquillement, ouvrit la portière, sauta légèrement sur la chaussée et disparut.

Quand le fiacre arriva à Mazas, le gardien qui vint ouvrir trouva, au lieu du prisonnier, deux cadavres d'agents, dont l'un avait la tempe fracassée et le second la langue tuméfiée pendant hors de la bouche.

Un cas analogue se présenta pour Karl Hauser.

Lors de son arrestation par Dimitri, il s'était laissé, l'on s'en souvient, emmener sans essayer la moindre résistance; docilement même il s'était laissé passer les menottes.

Non content de cette précaution, Dimitri avait fait monter avec lui un second agent pour lui prêter main-forte, et, sachant à quel gaillard il avait affaire, en demanda un troisième au poste voisin.

A son grand mécontentement, le brigadier le lui refusa.

Dimitri n'insista pas, d'ailleurs. La tenue de son prisonnier le rassurait.

Il semblait résigné ou plutôt accablé sous tous ces coups du sort qui tombaient à la fois, et s'était assis d'un air morne dans le fiacre à côté de l'agent.

Seulement, quand celui-ci demanda le renfort d'un gardien de la paix, un vague sourire erra sur ses lèvres.

— Vous voici content! — dit-il en langue russe à Dimitri.

— Assez! — répliqua l'autre.

— Assez?... Vous êtes difficile. Une capture comme la mienne n'est pas une capture ordinaire... Elle vous vaudra de l'avancement.

— Je l'espère.

— C'est bien fait pour moi, — continua Karl Hauser. —Voilà ce que c'est que de se livrer aux femmes! Elles vous livrent ensuite... La vieille histoire de Samson et de Dalila est toujours vraie. C'est celle de l'humanité!

— Vous philosophez très bien.

— Je philosophe toujours ainsi... quand il n'est plus temps.

Il y eut un moment de silence; puis, se tournant tout à coup vers l'agent :

— Ah çà! d'où diable me connaissez-vous?

— Ça date de loin.

— Les vieilles connaissances sont les meilleures... Vous riez ?... Je ne me plains pas de la vôtre, car vous m'avez tiré d'un mauvais pas.

— J'ai fait de mon mieux.

— Oui... Vous êtes arrivé à temps. Sans vous, j'étais étranglé par ces brutes.

— Aussi, vous me devez de la reconnaissance.

— Je suis prêt à le reconnaître et je vous en devrai davantage encore si vous consentiez à me rendre un léger service...

— Qui est ?...

— De desserrer un peu... oh! très peu, la vis des jolis bracelets que vous m'avez mis; je ressens une douleur intolérable et j'ai les muscles des bras engourdis.

— Est-ce donc serré si fort? — demanda Dimitri, se penchant pour examiner les poignets du prisonnier.

Mais, au même instant, celui-ci, d'un coup sec, brisait la chaîne des menottes qui, devenant à son poing arme offensive, frappait l'agent au dessus de l'oreille. Le sang jaillit et Dimitri s'affaissa sur la banquette avec un soupir rauque.

Le mouvement avait été si rapide que le second agent resta un instant plongé dans une sorte de stupeur.

Il n'en croyait sans doute pas ses yeux, que la rapidité et l'audace du forfait commis, lui présent, tenaient démesurément ouverts.

Ce ne fut qu'une seconde, mais cette seconde de paralysie physique et mentale suffit au bandit redoutable, et, avant que le policier ne revînt de sa stupéfaction, deux mains lui encerclaient le cou, des doigts crispés entraient dans ses chairs, ses yeux sortirent de leur orbite, et il retomba, langue pendante et masse inerte à côté de son supérieur.

— Ils ont leur compte, — se dit Karl Hauser, respirant bruyamment. — S'ils ne sont pas escofiés, ils n'en valent guère mieux.

Il les releva, les appuya chacun dans un coin, l'un en face de l'autre :

— Oui, — ajouta-t-il, — on peut leur mettre un écriteau sur le ventre : « Bon pour le champ des navets! »

Il baissa le store et s'assit paisiblement près de la portière opposée, guettant le moment opportun pour descendre de voiture.

Le cocher n'avait rien entendu, rien soupçonné. Il continuait sa tranquille allure, touchant de temps à autre de la mèche de son fouet son haridelle.

On était en plein jour, et en sautant sur la chaussée sans temps d'arrêt, Hauser eût certainement attiré son attention; puis, avant de sortir du fiacre, il sentait l'urgence de se débarrasser de ses compromettantes menottes. Il fouilla les poches de ses victimes, s'empara d'abord de leur porte-monnaie, de leur montre, de leur couteau et de son propre revolver, dont Dimitri s'était saisi; puis, à l'aide du manche de couteau de l'un d'eux, parvint à faire sauter le cadenas du cabriolet.

Ainsi dégagé, il attendit l'encombrement traditionnel du coin de la rue et du boulevard Montmartre et, profitant de l'arrêt, ouvrit la portière, la referma, puis, faisant de la main un signe amical aux deux agents qui semblaient somnoler dans leur coin, s'esquiva au travers des voitures, gagna le trottoir et se perdit dans la foule.

Quand le fiacre arriva à sa destination, les gardiens de la paix, surpris de n'en voir personne descendre, s'approchèrent pour constater qu'encore une fois la police était roulée.

Les deux agents qui ne donnaient plus aucun signe de vie furent transportés à l'hôpital.

Les journaux ne parlèrent pas de l'aventure; aucun reporter ne se trouvant là pour la raconter.

La police, honteuse de sa défaite, garda dès lors un silence prudent.

C'est ce qui explique comment Nicolaï, ni personne autre d'ailleurs, n'était au courant de cette audacieuse évasion ; aussi, en entendant la voix de son ancien maître, puis associé et complice, sa stupéfaction n'avait-elle pas été moindre que celle de l'agent qui voyait tuer son camarade sous ses yeux.

Revenu de sa première surprise, il avait essayé de jouer de ruse, se sentant impuissant dans une lutte corps à corps, méditant sournoisement quelque coup de Jarnac.

Partager le magot, jamais!

C'était du moins sa première pensée secrète ; mais la réflexion venant, séparé provisoirement — il le pensait, — du butin mal acquis, pourchassé à son tour par la police, dénoncé lui-même comme il avait dénoncé Karl Hauser, hors la loi comme lui, comme lui et plus que lui peut-être chargé de crimes, il se dit que pour faire face aux périls il ne le pouvait plus seul maintenant.

Dans le danger, tous les êtres cherchent un refuge les uns près des autres, sentant instinctivement que l'union fait la force.

Or, le danger se montrait imminent et les pas des agents qui faisaient craquer les tuiles des toits au-dessus de leur tête avaient une sorte d'écho en dedans d'eux-mêmes, écho sensible aux bondissements de l'artère de leur mamelle gauche, que je n'ose qualifier, pour de tels scélérats, du nom sacré de cœur.

— Ils sont partis, — fit Nicolaï à voix basse, rompant le premier le silence. — Ouf! j'ai eu un moment de malaise.

— Chut! Es-tu bien sûr qu'ils sont partis?

— L'on peut s'en assurer. Nous n'allons pas rester toute la nuit l'oreille tendue et l'œil fixé sur cette trappe de verre... Il me faut rentrer dans mon argent... pardon, *notre* argent.

— C'est donc vrai. Il n'est pas sur toi?

— Ah! fouillez-moi, — dit Nicolaï, prévenant ainsi un mauvais coup possible et même probable. — Vous ne gagneriez rien, je vous le répète, à me crever la peau. Tenez, — ajouta-t-il, ouvrant sa chemise, — je l'avais là sur la poitrine. Ça me gênait, ça faisait une bosse, ça pouvait attirer l'attention. J'ai eu la fatale idée, pas plus tard qu'hier, d'acheter un de ces petits sacs de cuir que l'on porte en bandoulière. Mal m'en a pris. Je l'ai oublié en fuyant par la fenêtre... Mais je sais où je l'ai laissé. Vous me croyiez, n'est-ce pas?

— Et cette ceinture?

— Cette ceinture heureusement est bien bouclée.

« Grâce à elle, nous ne mourrons pas encore de faim.

Il surprit un éclair fauve dans l'œil de son complice, où éclatait toute la férocité de l'ancien pirate Gluckstein.

Il eut peur.

— Voulez-vous que nous partagions?

— Oui, — répondit brutalement Hauser.

— A votre aise! Tout est en or et billets. C'était pour les éventualités.

— Tu es homme de précaution.

— Je l'ai toujours été...

— Je te rends cette justice.

— Nous n'allons pas perdre notre temps à compter, n'est-ce pas? — dit Nicolaï, vidant le contenu de sa ceinture sur la couchette. — Je vais faire deux tas aussi égaux que possible... Vous choisirez vous-même le vôtre.

— Fais... dépêchons.

— Ah! j'ai aussi hâte que vous d'en finir.

Bientôt, deux petits tas d'or brillèrent, à la lueur lactée des étoiles, sur des billets bleus tranchant sur le brun sale de la couverture.

— Choisissez.

— Je prends celui-ci, — dit Hauser, étendant la main droite; — puis cet autre, — ajouta-t-il en saisissant le second tas de la gauche.

— Eh bien, et moi? — s'écria Nicolaï, suffoqué.

— Toi! tu diminueras ce petit acompte de ma part du million, — riposta Hauser, goguenard, — du million que tu as oublié dans la chambre de la Noire .. Ça ne te va pas?... Oh! si ça ne te va pas, il faut le dire carrément!... Nous pouvons encore arranger les choses..., à la fourchette, ou mieux, au surin.

— Ça me va, — répondit Nicolaï. — Mais il faut aviser illico et me donner un coup de main.

— C'est bien! Du moment que tu mets les pouces, je suis prêt à mettre les poings.

Nicolaï avait une furieuse envie de se ruer sur son acolyte, mais une sage prudence le retint. Ah! s'il avait été le plus fort!

Si seulement il avait eu la certitude de sortir son couteau de sa poche sans que l'autre s'en aperçût! Comme il le lui aurait planté entre les deux épaules, au bon endroit!

Mais Hauser se méfiait, ouvrait l'œil, surveillait tous ses mouvements.

— Il n'est peut-être pas très prudent d'ouvrir de suite cette tabatière, dit-il, désignant le vasistas, — mais nous ne pouvons attendre le jour ni prendre le chemin de l'escalier. La rue doit être gardée... Nous serions pris comme dans une souricière... Et l'on n'échappe pas deux fois aux griffes de la rousse. Soulève doucement la plaque et écoute... Je vais, pendant ce temps reprendre mon couteau.

Et tandis que Nicolaï soulevait le vasistas avec des précautions infinies, il s'approcha de la planchette où, sur la demande du coquin, il avait jeté son arme.

— Eh bien? — qu'entends-tu?

— Rien.

— Alors, allons-y... Passe devant. Je t'emboîte le pas.

CLXXXVII

LE SAC

Ils s'avançaient lentement, avec précaution, non plus debout comme l'avait fait Nicolaï dans sa précipitation de fuir, mais sur les mains et les genoux pour éviter tout bruit; prêtant l'oreille et fouillant du regard les tas de cheminées à mesure qu'ils avançaient.

L'aube naissait, il fallait pourtant se hâter.

Enfin, ils arrivèrent sans encombre, l'un suivant l'autre, Nicolaï ouvrant la marche jusqu'au-dessous du rebord du toit que dominait la mansarde de Constance, par où Nicolaï s'était élancé.

D'un rétablissement habile et vigoureux, il pouvait atteindre la barre d'appui de la fenêtre.

— Elle est fermée — dit-il à voix basse.

— Escalade — ordonna Hauser — et frappe aux carreaux. Inutile de s'exposer tous deux aux atouts des fliques... Je me cale ici... S'ils se présentent, j'ai de quoi les recevoir.

Nicolaï obéit en frémissant à la première partie de l'ordre. Il subissait, bouillant de colère, l'ascendant de son ancien maître.

La force est toujours la force et s'impose partout, avec elle il est toujours facile de passer la jambe au droit.

Il savait qu'il suffisait d'une poussée pour que le Juif allemand qui le domptait perdît l'équilibre et tombât dans le vide... Mais ne l'entraînerait-il pas dans sa chute?

Puis, ce n'était ni le lieu ni l'heure de livrer bataille.

Cramponné à la barre d'appui, il hésitait avant de frapper. Les rideaux étaient tirés; il se demandait s'ils ne dissimulaient pas toute une escouade d'agents aux aguets.

— Frappe donc! — répéta Hauser qui, à un mètre au-dessous, revolver au poing et couteau à la ceinture, se tenait sur la défensive.

Du bout de ses doigts, Nicolaï frappa sur la vitre.

Une voix répondit de l'intérieur; les rideaux s'agitèrent.

Il respira; il distinguait le visage de Constance; la fenêtre s'ouvrit.

— Vous êtes seule? — demanda Nicolaï.

— Ah! c'est vous! Je ne vous reconnaissais pas... Je vous prenais pour un roussin attardé à votre poursuite... Et je lui ouvrais la porte par pure politesse. Il faut toujours se mettre bien avec ces gens-là. Dieu, quelle binette! Que vous êtes drôle ainsi. Ce n'est pas pour vous flatter, mais, mon pauvre vieux, vous marquez encore plus mal qu'avant. La perruque vous allait mieux... C'est Rosa qui va rire!

— Trêve d'âneries. Où sont les agents?

— Les agents!... Ils ont depuis longtemps montré leurs talons, pas sans jurer et sacrer comme des possédés! J'en pouffais en moi-même, tout en prenant un air contrit. Vous leur avez joué ce qui s'appelle un pied de cochon. Vous avez eu tout de même de la veine de ne pas vous casser le cou.

— Ils n'ont rien dit en partant?

— Si. Ils croient que vous vous êtes laissé glisser dans une cour au moyen d'un conduit. Savez-vous que vous êtes joliment ingambe pour votre âge. C'est égal, vous ne ferez pas mon caprice, je vous aimais mieux avec vos moustaches! Ah! je veux voir la tête de Rosa! Il s'en est peu fallu qu'on ne l'embale, vous savez.

— Et le jeune homme?

— Quel jeune homme?

— Ton amant.

— Ah! c'est vrai! j'oubliais mon fol amant. Parti aussi, il y a belle lurette... bien avant l'arrivée des agents.

— Il est propre, ton fol amant! Tu les choisis bien, merci! Sais-tu qu'il est de la police? C'est lui qui m'a vendu.

— Pas possible!

— Il t'a quittée pour aller me dénoncer.

— Allons donc!

— Il n'y a pas « d'allons donc ». Mais gare à sa peau!

— Tu m'épates, vieux. C'est Rosa qui va être étonnée. Ah! la petite canaille!

— Les agents n'ont rien emporté avec eux?

— Rien que je sache?

— Tu ne leur as pas vu un sac de cuir dans les mains?

— Je n'ai rien vu... non, je ne crois pas qu'ils aient rien emporté. Si vous aviez un sac de cuir, il est dans la chambre de Rosa.. à moins que vous ne l'ayez emporté sur les toits... Passez par là, ça fera moins de bruit.

« Ah! ce méchant petit Englishman est de la police! »

Elle ouvrit elle-même la porte de communication dissimulée par un rideau de serge couvrant un amoncellement de robes et de jupes, et Nicolaï, sans plus s'inquiéter d'Hauser, qui se morfondait sur le toit, attendant des nouvelles, pénétra dans la chambre voisine.

Sarah ne dormait pas; la conversation, dont elle entendait çà et là des bribes, l'avait réveillée.

Elle sauta hors du lit et fit flamber une allumette.

— C'est donc encore vous! — fit-elle. — Vous m'en causez des émotions! Vous avez juré ma mort. Ah! vous avez repris votre ancienne tête... Je vous aime mieux comme ça... Vous êtes plus nature.

— Oh! malheur! quelle trombine! — dit à son tour Constance, qui avait suivi Nicolaï pour juger de l'effet de sa transformation, — je n'aimerais pas le rencontrer au coin d'un bois, ton fol amant!

Le « fol amant », pendant ce temps, remuait les chaises, regardait dans les coins, explorait la chambre.

Il se jeta de nouveau sur lui, cherchant à l'étrangler.

— Que cherchez-vous?

— Mon sac? Tu as rangé mon sac?

— Votre sac? Vous mériteriez que je vous le donne. Quel sac? je n'ai pas rangé de sac.

— Comment, — riposta-t-il, blême d'horreur, — un sac acheté hier dans l'après-midi et qui contient des papiers importants!...

Liv. 274. — H. GEFFROY, édit. — Reproduction interdite. Mort du Czar. 166

— Eh bien?

— Où est-il?

— Est-ce que je sais? Est-ce que vous me l'avez donné à garder, votre sac?

— Je l'ai accroché là, en entrant, sur le dos de cette chaise.

— Si vous l'avez accroché là, il doit y être encore.

Nicolaï et les deux femmes se mirent à chercher.

Sarah, en effet, se rappelait vaguement avoir vu un sac de cuir; on fouilla partout, on retourna tout vingt fois, on explora les endroits où il était invraisemblable qu'on l'ait pu mettre.

— Misérable! misérable! — hurlait sourdement Nicolaï, enfonçant ses doigts crispés dans son crâne jaune. — Ah! malheur à qui a fait le coup. Il m'a été volé! volé! volé! ou par la police... ou par vous!

Elles se récrièrent, l'accablèrent d'injures. Tout ce que l'on voudra, elles étaient tout ce que l'on voudra, excepté voleuses!

Ses papiers? Que voulait-il qu'elles fassent de ses papiers?... Sans doute il les avait perdus, laissé tomber sur les toits en se sauvant, et maintenant il les accusait de les avoir volés!

Lui, pendant la bruyante explosion de cette indignation de femmes, perdant toute prudence et oubliant qu'elles pouvaient être entendues, tournait dans la chambre comme un fauve en cage, trébuchait, se heurtait aux meubles, pressait sa tête dans ses mains, s'arrachait les cheveux, avait des gestes de fou, à la fois hideux, grotesque, lamentable.

De grosses larmes coulaient lentement le long de ses joues ridées et blafardes.

Il jetait des phrases incohérentes, sans suite, entrecoupées d'éclats de rire.

— Volé! ruiné!... Le travail de toute une vie!... Ah! ah! ah! c'était bien la peine... Plus rien, rien, rien... Et Sidonie! Sidonie!... Ah! qui a fait le coup!... Et moi qui promettais dix mille francs à qui me rendrait Sidonie... Dix mille francs!... dix mille sous!... dix mille centimes! ah! ah! ah! triple salaud! Je n'ai même pas dix centimes... Tout pris, le gueux, tout pris...

Les femmes, d'abord furieuses, s'inquiétaient, s'apitoyaient devant cette douleur non feinte.

— Mais enfin, — s'écria Constance, — il y avait donc de l'argent dans ce fameux sac?

Il la regarda d'un air égaré.

— De l'argent! — répéta-t-il, — de l'argent!

Et marchant sur elle, droit, raide, sinistre comme un spectre, posant

ses mains sur ses épaules, geste qui la fit reculer d'épouvante, il dit d'une
voix lente et sépulcrale :

— Tu demandes s'il y avait de l'argent ?

— Eh bien, oui... est-ce que je sais, moi. Je puis bien vous le demander...

— Il y avait plus d'un million.

— Plus d'un million ! — s'exclamèrent à la fois les deux filles, ouvrant
des yeux énormes.

— Plus d'un million, — répéta-t-il. — Toute ma fortune, mon bien,
ma poire pour la soif !

— Mâtin ! — fit Constance, — c'est là une fameuse poire, et elle est
joliment grande, ta soif !

Sarah réfléchissait ; elle se rappelait la visite nocturne d'Allan Parker, alors que Nicolaï dormait d'un profond sommeil, et son exploration à
tâtons des effets de celui-ci, sous prétexte de chercher son gilet... Son gilet ? Ah ! plus de doute, c'était le sac du comte de Ladra qu'il cherchait,
qu'il avait emporté... et pour s'assurer de l'impunité, il était allé le dénoncer à la police. Ah ! la petite canaille ! le portrait de son père ! Et, de
plus, un mouchard, un infâme coqueur ! [1].

---

[1]. C'est le nom que les malfaiteurs donnent aux dénonciateurs. Il y a les *coqueurs*
libres et les *coqueurs* détenus. Le coqueur libre est le simple mouchard, celui qui, pour
échapper à une arrestation ou s'attirer l'indulgence de la police, dénonce ses camarades.
Quant aux *coqueurs* détenus, il en existe deux sortes sur lesquelles Canler, dans ses
Mémoires, donne d'intéressants détails :

« La première, — dit-il, — prend le nom de *moutons*. Elle est composée d'individus
qui, renfermés dans les prisons, cherchent à captiver la confiance de leurs compagnons
de détention pour obtenir l'aveu des crimes qu'ils ont commis, et la connaissance des
preuves et pièces de conviction qu'on pourrait produire à leur charge.

« Lorsque deux de ces individus se trouvent dans la même prison, ils ignorent
complètement le rôle qu'ils jouent chacun de son côté, et il n'est pas rare de voir ces
deux moutons multiplier des rapports pour se dénoncer mutuellement, croyant ainsi
rendre de grands services à la police et en être généreusement récompensés.

« Les qualités essentielles du coqueur détenu sont, avant tout, l'habileté et la prudence.

« Il est excessivement difficile et même fort dangereux de jouer un rôle pareil dans
une prison, car celui qui est *mouton* court risque d'être assassiné par ses compagnons,
s'ils viennent à le savoir.

« Aussi la police parvient-elle rarement à décider les voleurs à *moutonner* leurs
camarades.

« La deuxième classe, que les voleurs désignent sous le nom de *musique*, est composée
de tous les malfaiteurs qui, après leur arrestation, se *mettent à table*, c'est-à-dire font
des révélations sur les vols qu'ils ont commis, ainsi que sur leurs complices.

« Les *coqueurs*, pendant le cours de l'instruction, qui dure quelquefois un an ou deux,
sont placés, à la Conciergerie, dans une pièce séparée, et n'ont aucune relation avec les
autres prisonniers qui, sans cette précaution, leur feraient un mauvais parti pour se
venger de leur trahison.

« Recevant toutes les semaines, en récompense des services rendus, une ou deux

Et, tout haut, elle laissa échapper ces mots :

— C'est lui! ce ne peut être que lui!

Nicolaï les saisit au passage. Ils confirmaient ses soupçons, ses secrètes pensées :

— Oui, n'est-ce pas, c'est lui... C'est cette petite canaille!... C'est Allan Parker!... Ah! le misérable! où le retrouver maintenant?

Il songea seulement alors à Karl Hauser oublié au rebord du toit.

— Ah! ah! son père le retrouvera... Son père saura le dénicher... Oui, à nous deux, nous le retrouverons... Nous allons nous mettre en chasse... Un million! plus d'un million! ça vaut la peine d'être partagé, hé! Karl Hauser?

Il se précipita comme un fou vers la porte de communication. Sarah le retint :

— Karl Hauser, dis-tu?... Que parles-tu de Karl Hauser... Tu deviens fou? où vas-tu?

— Lâche-moi... le chercher... il est là, sur le toit... qui attend.

— Es-tu fou? Réellement, es-tu fou?... Empêchez-le, retenez-le, Constance.

Mais il les repoussait brutalement, pénétrait dans la chambre de Constance, courait à la fenêtre laissée ouverte.

— Après tout, — fit Sarah, — laissons-le. Il est devenu fou. S'il se jette en bas du toit, tant pis pour lui.

Elles l'avaient suivi cependant, et elles le voyaient penché sur la barre d'appui.

Le corps en avant, le cou tendu, il appelait à voix basse :

— Hauser! Karl Hauser! Où es-tu?

Personne ne répondait.

— N'es-tu pas là? — reprenait Nicolaï d'une voix haletante. — Réponds donc... Il n'y a rien à craindre... pas d'agents... mais du nouveau... Karl! Karl Hauser.

Les deux femmes, derrière lui, écoutaient, anxieuses, elles aussi.

— C'est donc vrai! — murmurait Sarah frémissante. — Roland était

pièces de cinq francs, suivant l'importance des renseignements qu'ils ont donnés à la police, ils attendent tranquillement le jugement de leur affaire, et, après leur condamnation, restent à la Conciergerie ou sont envoyés à Sainte-Pélagie dans des salles séparées, pour y subir leur peine.

« Là, ils trouvent encore moyen de rendre des services à la police, qui fait passer devant eux tout individu arrêté qu'elle suppose devoir être un repris de justice, un voleur de profession ou un forçat en rupture de ban, dont elle croit ne pas connaître le véritable nom, et s'il appartient à l'une de ces trois catégories, il est rare qu'il ne soit pas reconnu par l'un des *musiciens*. »

donc là. Par quel miracle? Il s'est donc échappé? Comment a-t-il pu
s'échapper? Ah! il est capable de tout... Il n'ose se montrer... Sans doute,
il me sait là... Je suis prête à le recevoir!

Elle avait sorti doucement un couteau de sa poche, un de ces *surins* à
virole, qui tiennent bien en main, et dont elle savait, on l'a vu, se
servir.

Nicolaï ne distinguant rien sur le toit désert que blanchissaient les
lueurs de l'aube, et, fatigué d'appeler en vain, se retournait, découragé.

— Il a regagné sa tanière, — dit-il, se parlant à lui-même. — Oui, il a
dû regagner sa tanière... Cependant, cela m'étonne... Il avait trop intérêt
à me suivre..., à pénétrer ici...

— Savait-il m'y rencontrer? — demanda la Noire. — Lui avais-tu dit
qu'il m'y rencontrerait?

— Je le lui avais dit... Mais ce n'est pas ce qui devait le pousser...,
c'était le million, le million à partager..., aussi, je ne m'explique pas..., à
moins toutefois...

Mais, s'arrêtant soudain, le regard fixé sur la porte d'entrée :

— Cette porte est ouverte!... Qui a ouvert cette porte? — demanda-
t-il. — Qui l'a ouverte?

— Pas moi, — répliqua Constance, effrayée. — Elle était fermée à
clef, je puis le jurer... Oui, je le jure, elle était fermée à clef quand je
vous ai ouvert la fenêtre.

— Plus de doute! — fit Nicolaï atterré. — Il est entré pendant que
nous parlions, que nous cherchions le sac... Il a tout entendu... Il a su
que l'argent était volé... volé par son fils... son exécrable fils... ah! la
petite crapule, je ne m'étais pas trompé sur son compte... mais comment
mettre la main dessus.

Et il s'arrêtait sur cette réflexion, hochant la tête, les mains dans ses
poches vides, l'œil hagard.

— Oui, comment mettre la main dessus? où le découvrir? où le chercher? Et comment le chercher... Pas le sou... plus le sou!

Encore un temps d'arrêt coupé de soupirs rauques.

— Et cette crapule d'Hauser a vu qu'il n'avait rien à espérer, rien à
attendre ici. Lui, il peut chercher son fils, courir après le million volé... Il
a l'argent! le bandit... Il m'a dépouillé, le scélérat! Il emporte tout. Il m'a
tout volé...

— Comment! lui aussi ? — s'écria Sarah.

— Oui, les deux font la paire... deux voleurs, le père et le fils... Il m'a
tout volé, tout, tout, tout... mes pauvres derniers billets de mille que je
gardais si précieusement en cas de désastre... la poire pour la soif!

Les deux femmes écoutaient bouche béante, yeux écarquillés, stupéfaites.

Constance surtout ne pouvait comprendre comment dans cette fuite
précipitée sur les toits, l'amant de Sarah s'était laissé voler son argent.
Des toits n'étaient cependant pas une forêt de Bondy. Les rôdeurs nocturnes n'y dressaient pas des embuscades, et ce n'est pas le chemin des
gouttières que prenaient pour rentrer dans leur domicile les bourgeois
attardés.

Elle croyait fermement à un accès de folie; mais, aux derniers mots de
Nicolaï, elle ne put tenir son sérieux.

— Ah çà! mon petit père, — s'exclama-t-elle — combien donc en gardez-
vous de poires pour votre satanée soif? C'est ce qu'on peut appeler une
pépie carabinée! Cherchez donc dans vos goussets, peut-être en trou-
verez-vous une autre.

— Une autre? — rispota Nicolaï à qui le désespoir enlevait son habituel sang-froid, et qui fouilla convulsivement ses poches. — Une autre?
Voilà ce qui me reste de plus de vingt mille francs.

Et il sortit une petite poignée de cuivre où brillait, solitaire, une pièce
de cinquante centimes.

La vue de son désastre étalé en quelque sorte dans le creux de sa main,
redoubla son désespoir. De nouveau il arpenta convulsivement la chambre,
prenant son front dans ses mains, s'arrêtant soudain pour tomber sur
une chaise d'où il se relevait tout à coup pour marcher encore en laissant échapper à voix basse les mêmes mots sans cesse répétés :

— Que faire! Que devenir? Perdu!... Ruiné!... les scélérats! les scélérats?... Que devenir?... Et Sidonie!... Et Sidonie!...

Un sanglot lui montait à la gorge, l'étouffait.

Il eut une espèce de râle, et porta la main à son cou, arrachant sa cravate, rompant le col de sa chemise...

Puis à l'effroi des deux femmes, spectatrices muettes, il s'abattit sur
le plancher.

CLXXXVIII

MONSIEUR FÉLIX

Abandonnons pour un moment Sarah et Constance, fort embarrassées
de Nicolaï étendu sans mouvement, et cherchant à le ranimer au moyen de
plusieurs pots d'eau versés à profusion sur son visage et son crâne, pour

rejoindre Fanny que nous avons laissée en compagnie de la petite Sidonie dans un fiacre les transportant à l'adresse envoyée *poste restante* par son « petit homme », monsieur Félix.

Quand la voiture les eut déposées à l'endroit indiqué, elles montèrent trois étages et Fanny sonna.

Un gros homme en manche de chemise, le visage rasé à l'exception de petits favoris courts, dits *pattes de lapin*, à l'air correct et prétentieux d'un domestique de bonne maison, ouvrit.

— Ah! enfin te voici, ma petite Fanny, — dit-il en l'embrassant d'abord sur les deux joues, puis sur les lèvres, — comme c'est gentil à toi d'être venue.

— C'est tout naturel. Ne suis-je pas ta petite femme?

— Sans doute... Mais depuis dix mois...

— J'aurais pu l'oublier... Mais tu le vois, je ne l'ai pas oublié.

— C'est ça que je trouve gentil... Allons viens vite... avant que les autres...

— Quels autres?...

— Des invités, — fit-il en la lutinant et l'entraînant par la taille.

— Finis. Je ne suis pas seule.

C'est alors qu'il aperçut Sidonie restée timidement sur le palier et n'osant entrer.

— Tiens! Qu'est-ce que cette petite?

— C'est une petite qui m'est confiée et que j'emmène à Londres... Je te raconterai cela... Toute une histoire... Est-ce ici que nous allons déjeuner?... Je meurs de faim... Entre, ma mignonne, c'est mon mari... M. Benoît Félix.

C'est un bon garçon, il ne te mangera pas.

— Non, répondit en riant M. Benoît Félix qui n'est autre que le personnage que nous avons déjà vu au café avec les deux domestiques du « comte de Ladra », — non, la chair est trop tendre. Ça a besoin de se raffermir...

— Hé, ça fleure bon chez toi, — dit Fanny levant le nez et humant des parfums qui arrivaient de la cuisine.

— Mais oui... j'ai mis les petits plats dans les grands pour te recevoir. Reluque un peu dans la chambre à côté.

— Peste! — s'exclama la jeune femme entrant dans la chambre voisine. Tu te mets bien. Oh! oh! Tu reçois donc des ambassadeurs?

Sur deux tables placées bout à bout et dont l'une était un peu plus basse que l'autre, l'ancien valet de chambre de l'évêque anglican avait étendu un drap en guise de nappe et sur ce drap placé cinq couverts.

Des bouteilles de vin blanc flanquaient les quatre coins de la table, tandis que d'autres coiffées de cire rouge et bleue alignées sur la cheminée montraient que l'amphytrion n'entendait pas limiter la soif de ses convives à ces quatre bouteilles.

Au milieu de la table un gros bouquet dans un de ces vases en verre bleu tendre comme on en gagne aux tourniquets des fêtes foraines annonçait que l'hôte de céans savait les égards et les galanteries que l'on doit aux dames.

— Je vais mettre pour la petite un sixième couvert.

— Mais qui donc as-tu invité ?

— Des gens qui m'ont fait des politesses et à qui j'ai promis de présenter ma petite femme qui revient de Londres. N'oublie pas que tu es dame de compagnie dans une famille anglaise. Ça pose toujours... Oh ! ce sont des gens très chics. D'abord M. Baptiste, un vieux copain et Mlle Maria, son amie. Une jeune femme très distinguée, ma foi. Lui, était valet de chambre chez des *rastas* qui ont levé le pied, des comtes de mon derrière, comme il y en a tant à Paris. Ah ! malheur ! Mais comme je le leur disais l'autre jour que j'ai eu l'avantage de déjeuner avec eux... pourvu qu'ils payent, ces rastas... le reste ne nous regarde pas.

— Sans doute. Et l'autre invité ?

— L'autre c'est un monsieur très chic aussi... un voisin. Je ne sais pas au juste ce qu'il fait, mais on voit qu'il a du monde. Je crois, entre nous, qu'il est dans la police.

— Ah ! là ! là ! Et tu reçois cet individu ?

— Je te crois. Quand je dis de la police ; c'est de la haute police. Une homme important, quoi !... Pas un galapiat. Il peut être utile. Il m'a promis de me faire avoir des commandes pour le champagne en Russie et en Allemagne.

— Comment ? tu vas vendre du vin, maintenant. Et ton évêque ?

— Fini ! lâché ! Je n'en veux plus. J'en ai soupé d'être larbin. A mon tour d'être patron. Et gare dessous ! Il faudra qu'on marche droit.

— Tu as fait ton beurre alors ?

— Peuh ? une misère. De quoi aller petitement au début. Il y avait pas très gras avec mon évêque, méfiant et rapiat. Un salaud, quoi ! oui, je le dit carrément, un salaud ! Il n'aurait pas dû cependant être regardant avec moi... si je racontais tous ses trucs... ah ! malheur ! ce qu'il a gagné de l'argent avec les sauvages... Les a-t-il assez volés, ce filou !... attention que je veille aux fourneaux ?

Il disparut un instant dans la cuisine, d'où il cria :

— Et toi, qu'est-ce que tu as fait tout ce temps-là ?

— Qu'est-ce que tu fais-là ? Qu'est-ce que tu cherches ?...

— Dame ! j'ai vécu comme j'ai pu... c'est pas avec l'argent que tu m'as
envoyé que j'aurais pu faire bouillir la marmite.

— Je pense bien... C'est pas ma faute, va. L'évêque ne m'a payé que
quand je l'ai quitté. Et encore il a fallu que je me fâche ! Quel tas de
salauds que tous ces *singes*... mais patience... je le serai à mon tour. Oui,
ma pauvre chatte ; je pense bien que tu n'as pas roulé carrosse...

— Je le pourrais, peut-être...

— Pas possible ! Et tu as refusé ?...

— J'ai refusé, mais il est encore temps...

— Conte-moi ça bien vite.

— Figure-toi qu'il y a un vieux qui me suit partout.

— C'est bon ça, les vieux ! Est-il riche ?

— Je le crois !... Il se trouve que c'est le frère d'un bonhomme que j'ai connu à Londres dans la panade. Un comte, rien que ça. Et pas un *rastaquouère*, celui-là ! Il m'a montré ses parchemins. C'était écrit en polonais, mais ça ne fait rien, j'ai bien vu que c'était pas du toc.

— Et alors ?

— Et alors, ce pauvre diable vivotait misérablement en vendant des petits dessins drôlets qu'il cachait dans son chapeau.

— Pouah ! — fit M. Benoît d'un air dégoûté. — De la pornographie. Je vois ça d'ici. Ces gens-là ou devrait les condamner aux travaux forcés à perpétuité... Je suis en cela de l'avis de M. le sénateur Béranger ! En voilà un homme... et, on peut le dire, un grand homme !

Il faisait l'admiration de mon évêque, qui s'était abonné à son journal. Ah ! comme c'est bien pensé, ce qu'il écrit. Quand on lit ça, on devient un autre homme. On s'améliore, on se purifie ! Rien de tel, vois-tu, que les bonnes mœurs ?

— Ah çà ! tu m'épates !

— Oui, ma petite, — continua-t-il en s'adressant à Sidonie. — Je ne sais pas qui vous êtes, je vous vois pour la première fois, mais souvenez-vous de ce que je vous dis... et je puis parler savamment puisque, tel que vous me voyez, j'ai vécu longtemps dans la société d'un évêque d'Angleterre, j'ai été à la fois son valet de chambre et son cuisinier, et je l'ai entendu dire maintes fois que la moralité était la sauvegarde des sociétés ! Soyez morale, ma petite. Soyez morale, tout est là. Mais, oui, tout est là ! ah ! malheur !

— Pourquoi, malheur ? — demanda Fanny.

— Je dis « malheur », quand je pense à la perversité du monde. C'est ignoble !... Oui, quand je serai retiré bourgeois, je m'inscrirai comme membre de la *Société contre la licence des rues*. Mon rêve est de devenir maire dans quelque bon petit coin de la banlieue, et alors, gare aux marchands de journaux et d'images... Tout ce qui choque la morale, saisi...

— Je ne te reconnais plus.

— Ah ! les voyages changent un hommes !

— Alors, si tu es maire, je serai mairesse ?

— Dame ! pourquoi non ? Si tu sais te tenir. Le tout est de savoir se tenir... Est-ce pas, donc, ma petite chatte, — fit-il en s'approchant de Si-donie, immobile sur sa chaise et lui prenant le menton. — Est-ce que vous savez bien vous tenir?

— Oui, monsieur.

— Mais, elle est gentille tout plein, cette petite... Tournez votre minois de mon côté. Tiens, tiens, tiens! Je ne l'avais pas encore bien vue... Gentille tout plein. Êtes-vous bien sage, ma mignonne?

— Oui, monsieur.

— Ah! c'est très bien. Il faut toujours être bien sage. Vous avez fait votre première communion?

— Pas encore, monsieur.

— Pas encore? Quel âge avez-vous donc?

— Douze ans!

— Mais, c'est l'âge de la première communion, cela?

— Nous étions dans un endroit isolé, où il n'y a pas d'église; alors, il fallait aller loin et mon maître ne voulait pas...

— Ah! ces maîtres; tous égoïstes. Ils ne pensent qu'à eux... ne songent qu'à leurs intérêts sans s'inquiéter de ceux du pauvre domestique... Vous êtes catholique, je suppose, ma petite chatte?

— Oui, monsieur.

— Eh bien! si mon évêque vous voyait, il ferait comme un curé dont on m'a parlé qui, attablé un vendredi saint devant une poularde, l'a baptisée limande; il vous baptiserait de suite protestante et vous ferait faire votre première communion sous les deux espèces, comme ils appellent ça. Ah! il y va rondement! Ce n'est pas lui qui passe des mois à vous enseigner le catéchisme! En a-t-il baclé de ces baptêmes, chez les sauvages de l'Afrique! En a-t-il baclé, l'animal! C'était vraiment rigolo!

— Qu'est-ce qu'il y avait de rigolo? — demanda Fanny.

— La façon de procéder, donc. Une fois, il a baptisé d'un coup un village : hommes, femmes, enfants, vieillards, petits garçons, petites filles, tout ça dans leur costume, la mode du pays, quoi!

— Qui consiste?...

— En un collier de coquillage.

— La mode du paradis terrestre.

— Il les a fait entrer dans la rivière jusqu'aux genoux, sur une ligne; puis il est passé le long de la ligne et, avec une bouteille à whisky, faute de vase et parce que c'était plus commode, il leur a arrosé successivement la noix de coco à tous en leur disant :

« — Je vous baptise, mes enfants, comme saint Jean a baptisé dans le Jourdain Notre-Seigneur Jésus. Dès ce moment vous êtes chrétiens et vous appartenez à la religion anglicane. Bénissez-le Seigneur d'un si grand bienfait ! »

« Les bons nègres sortaient de l'eau, se mettaient à genoux, répétant sans les comprendre les actions de grâce que l'évêque adressait au ciel en leur nom, s'attendant sans doute à ce que les bienfaits du grand manitou allaient pleuvoir sur eux sous forme de gibelotte ou quelque autre friand morceau.

« Alors l'évêque, la prière en commun terminée, bénissait la foule, puis ajoutait :

« — Maintenant, mes enfants, que vous voici chrétiens et que vous avez l'honneur d'appartenir à la grande et respectable Église anglicane, il faut vous rendre digne de cet honneur.

« — Certainement, *massa*, — disaient à l'unisson les bons nègres.

« — La première des conditions, — continuait l'évêque, — la première des conditions d'un chrétien respectable membre de la sainte Église anglicane est d'observer la décence et la modestie. Voulez-vous observer la décence et la modestie?

« — Oui, *massa*, — répondaient les nègres qui n'avaient jamais entendu parler de cela et pensaient sans doute que c'était quelque nouvelle cérémonie à accomplir, à la suite de quoi le grand manitou leur ferait, en la personne de son ambassadeur, une distribution de gigots et de biftecks.

« — Alors, il faut vous vêtir, mes enfants. Ne vous apercevez-vous pas que vous êtes nus et que cet état de nudité choque la plus élémentaire pudeur.

« — Mais nous sommes venus au monde comme ça, — objectaient les anciens du village. — Si ce n'est pas bien d'être comme ça, pourquoi le grand manitou nous a-t-il fait comme ça?

« — Laissez-moi tranquille avec votre grand manitou, — répondait l'évêque indigné. — Il n'y a plus de grand manitou. Il n'y a de vrai manitou que celui des chrétiens, celui de la respectable Église anglicane, et il vous ordonne, par ma bouche, de cacher vos parties naturelles. Et ceux qui ne les cacheront pas à l'aide des objets que j'ai rapportés exprès pour vous de la vieille Angleterre, le pays des saints, seront plongés dans les feux de l'enfer, où ils brûleront toujours, toujours.

« — Mais quand ils seront morts à force de brûler, — objectait un vieux raisonneur, — ils ne souffriront plus.

« — Silence ! pas d'observation ! — interrompait l'évêque. — Tu es encore trop borné pour comprendre les sublimités de notre sainte religion.

Ils étaient tous très effrayés. Mais l'évêque les rassura en faisant ouvrir une grande caisse pleine de caleçons de bain et une seconde remplie de casquettes, un vieux stock démodé d'un marchand de la Cité, et en échange de bonnes pincées de poudre d'or, de plumes d'autruche et de dents d'éléphants, il se débarrassa avantageusement de sa cargaison, obligeant tous les nouveaux chrétiens anglicans, sous peine de l'enfer, de se procurer un caleçon et une casquette. Et il fallait les voir, comme ils étaient fiers, les convertis, se promenant majestueusement dans leurs rues bordées de huttes, en caleçon de bain et en casquette de drap... Ah! c'est un malin, mon évêque, et, rentré sous sa tente, il a bu à la conversion des bons nègres plus d'un verre de *soda-whisky !...*

On ne se doute pas en France de ce que les fonds de magasin, les articles de rebut et hors d'usage ont à faire dans les missions évangéliques des *clergymen* anglais. Tout pasteur de l'Église anglicane est doublé d'un négociant roublard. Et quand on refuse les marchandises, les redingotes noires font appel aux habits rouges... Et pif paf, ça y est! [1]

Et M. Benoît Félix partit d'un gros rire, ce qui démontre qu'il ne désapprouvait pas trop ces procédés des hautes civilisations.

Puis il continua, s'adressant à Sidonie :

— Quel drôle de pays, ma petite fille. Il n'y a rien de tel que de voyager pour s'instruire. Vous voyez-vous vous balladant dans les rues en caleçon de bain et une casquette!

— Ça ne me ferait rien si c'était la coutume, — répondit sagement Sidonie.

---

[1]. Rien de plus vrai, la Bible précède le massacre et l'extinction de la race que l'on prétend convertir et civiliser.

Dans un livre très documenté qui vient de paraître, l'auteur de *L'Anglais est-il un Juif ?* M. Louis Marthin Chagny dit avec juste raison :

« Ces clergymen, avec leurs airs inoffensifs, sont des oiseaux de malheur : le Peau-Rouge d'Amérique, en voyant apparaître la première lévite, eût pu se dire que sa race en mourrait; l'Indien de l'Hindoustan, que deux millions des siens périraient de faim par an. Là où ils abordent, ils font des convertis, des huguenots, judas et traîtres aux leurs, contre lesquels s'élèveront des haines trop justifiées, suivies de dragonnades ou de nouvelles Saint-Barthélemy. En Algérie, ils fomentent contre nous l'insoumission des Arabes que nous aurons à réprimer. A Madagascar et au Tonkin, au Dahomey probablement aussi, c'est à eux que de nombreuses mères devront d'être en deuil. Ils apportent le vice dissimulé sous le masque de l'honnêteté. » (L'Angleterre suzeraine de la France par la franc-maçonnerie.)

Ce que nous prenons pour du fanatisme religieux n'est que du mercantilisme. La propagande biblique n'est qu'un prétexte pour avoir un pied dans le pays, y placer les produits d'Albion, en attendant l'occupation définitive et fatale.

— Oh! Et la morale, — fit M. Benoît paraissant très choqué, — qu'est-ce que vous en faites, de la morale?

— Je ferais comme tout le monde.

— C'est cela! Vous la mettriez dans votre caleçon.

Il attira Fanny dans la cuisine :

— Ah çà! voyons! — lui demanda-t-il tout bas, — qu'est-ce que c'est que cette gamine? D'où sort-elle? Elle n'a pas l'air bête du tout... Qu'est-ce que tu veux en faire?

— Moi? rien, à te dire vrai, elle m'est tombée en quelque sorte, sur les bras, et j'en suis même assez embarrassée. Je l'ai prise sans trop réfléchir, obéissant à un bon sentiment. Je vais te raconter cela...

Elle se préparait à relater à la suite de quelle aventure, l'enfant lui était échue, en passant sous silence ce qui pouvait blesser les susceptibilités cependant peu farouches de son « petit homme », lorsqu'un coup de sonnette l'interrompit.

C'étaient M. Baptiste et Mlle Maria, celle-ci resplendissante dans une fraîche toilette décrochée de la garde-robe de Luciana, et son compagnon se prélassant dans la plus belle redingote de Nicolaï à laquelle il ne manquait que la rosette multicolore qui l'avait primitivement ornée.

— Ah! c'est gentil à vous d'être venus. Ma petite femme, dont je vous parlais l'autre jour, arrive justement de Londres... oui, pas plus tard qu'à l'instant, elle s'est amenée toute frétillante.

Il fit les présentations en règle.

Les deux femmes se saluèrent cérémonieusement, bouche pincée, le regard vipérin, comme elles avaient vu faire à leurs maîtresses, car Fanny, avant de *descendre dans la rue*, comme disent les Anglais, avait servi de petites bourgeoises.

Elle s'excusa de sa toilette négligée; elle était venue à la bonne franquette, ignorant que son mari avait du monde, recevait des gens si comme il faut.

— Et cette jolie petite fille? — demanda Mlle Maria.

— C'est la petite d'une de mes amies, — répondit Fanny, — sa maman me l'a confiée pour qu'elle apprenne l'anglais.

Sidonie jeta un regard étonné sur sa protectrice, qui — elle le croyait du moins — l'engageait comme petite servante pour prendre soin d'enfants, et elle avait déjà remarqué avec surprise que M. Félix ne s'était pas informé de sa progéniture. Elle mentait donc? Mais réflexion faite, puisqu'on l'emmenait en Angleterre, il était tout naturel qu'on voulût lui apprendre l'anglais.

Elle fut cependant tout à fait suffoquée quand Mlle Maria ayant demandé à Fanny si elle avait des enfants, celle-ci répondit négativement.

On n'attendait plus que le voisin pour se mettre à table. Il arriva enfin, à la satisfaction générale.

C'était un homme gros et grand, au visage complètement rasé, au type tudesque.

Il s'avançait d'un air joyeux, la main tendue, le sourire aux lèvres ; mais, à la vue des invités de son amphytrion, un vif mécontentement se peignit sur son visage.

— Ah ! diable ! — s'exclama-t-il — Je vous croyais seul... J'avais accepté un déjeuner de garçon, sans façon et en négligé, et je vois qu'il y a des dames.

— Eh bien, tant mieux — répliqua M. Benoît Félix ; — je suppose que vous n'avez pas peur du sexe... L'une de ces dames est la mienne — ajouta-t-il, désignant Fanny. — Et l'autre dame est l'amie de monsieur.

— Puisque chacun a sa chacune, je vais faire, moi, triste figure,

— On vous donnera cette petite, monsieur Kauffmann — répondit l'amphytrion. — Vous m'avez dit l'autre jour que vous aimiez les jeunesses ; vous êtes servi à souhait... Vous ne vous plaindrez pas ?

— Non, certes. Elle est gentille, cette enfant... Vous vous assoierez alors à table à côté de moi — ajouta M. Kauffmann en prenant le menton de Sidonie. — Comment vous appelez-vous, ma mignonne ?

— Sidonie, monsieur.

— Sidonie ! répéta le gros homme. — Tiens... ce nom...

— Quoi donc ? — dit familièrement M. Baptiste, — ça vous rappelle une de vos anciennes ?...

— Allons, à table ! cria M. Benoît — ces dames sont servies.

Fanny était déjà dans la salle à manger pour jeter un dernier coup d'œil sur la table. M. Félix offrit son bras à Mlle Maria, et M. Kauffmann, affectant une politesse exagérée, le sien à la petite fille qui, ne s'étant jamais trouvée à pareille fête, l'accepta toute rougissante.

— Comment s'appelle votre papa ? — lui demanda-t-il en se penchant sur elle.

— Je ne sais pas, monsieur.

— Comment, vous ne savez pas ?

— Non, monsieur... Je n'ai pas de papa.

CLXXXIX

A TABLE

Si le premier mouvement de M. Kauffmann, en entrant chez l'ancien valet de chambre-cuisinier de l'évêque anglican, marchand de casquettes et de caleçons de bain, avait décelé une sorte de mécontentement, le second, un observateur, l'eût attribué à une surprise qui n'avait rien d'agréable.

Mais, en homme qui sait vivre, le nouveau venu réprima aussitôt ces gestes peu séants en bonne compagnie, et garda dès lors le sourire banal et vaguement bienveillant, qui sied aux gens bien élevés.

Sa surprise cependant semblait partagée par tous les convives.

Le valet et la femme de chambre du « comte et de la comtesse de Ladra » ouvrirent, à l'entrée de M. Kauffmann, des yeux en boule de loto, et Mme Benoît Félix ne parut pas moins stupéfaite.

Seuls, M. Benoît et Sidonie restaient l'œil calme et le front serein.

A la surprise de tous, se mêlait une vague inquiétude, et quand M. Kauffmann, qui se trouvait à table entre la petite-fille et la femme de chambre, dit à cette dernière, pour rompre un silence gênant et se rendre aimable :

— Vous avez une toilette ravissante, madame...

« Madame » frémit de la tête aux pieds.

Peut-être M. Benoît l'avait-il prévenue que M. Kauffmann appartenait à la police, et ne se sentait-elle pas la conscience bien nette sur la façon dont elle s'était procuré une partie de la garde-robe de sa maîtresse !

M. Baptiste ne se trouvait pas non plus à l'aise.

On eût dit que sa belle redingote le gênait aux entournures et que son pantalon lui serrait les genoux.

Mais la plus gênée de tous était visiblement Fanny; tandis que l'attention de son « petit homme » était partagée entre la table et la cuisine, elle oubliait ses devoirs de maîtresse de maison.

Quant à M. Kauffmann, le premier émoi passé, il ne laissait plus rien paraître.

Il tenait le dé de la conversation, racontait des histoires drôlettes, redoublait de gaieté et de rasades, faisait honneur à tous les plats, buvait

Elle courut ouvrir retenant son jupon non encore agrafé.

en véritable Teuton et sa gaieté, d'abord factice, devint tout à fait réelle après la deuxième bouteille qu'il vida.

Bref, il fit si bien que les appréhensions premières parurent se calmer.

La gaieté est communicative et le vin de Champagne aidant, elle parut bientôt sur tous les visages.

Se penchant alors vers sa voisine de gauche, la petite Sidonie :

Liv. 276. — H. GEFFROY, édit. — Reproduction interdite.   Mort du Czar. 168

— Allons, ma petite reine, — dit-il, — nous allons tous chanter à la ronde. Donne-nous l'exemple, c'est aux jeunes à commencer.

— Oh! monsieur, — dit l'enfant, qui, pour la première fois de sa vie, venait de goûter au champagne et semblait le trouver à son goût, — je ne sais pas chanter.

— Ta, ta, ta! Toutes les petites filles chantent. Tu ne vas pas nous faire croire qu'on ne chante pas dans ton école?...

— Ne serait-ce que des cantiques? — ajouta M. Benoît. — Est-ce chez les bonnes sœurs que tu vas?

— C'est chez les bonnes sœurs que j'allais, oui, monsieur.

— Alors tu vas nous chanter

> Esprit saint, descendez en nous!
> Inondez nos cœurs de vos feux les plus doux!

... je crois que c'est quelque chose comme ça.

— J'ai oublié!

— Oublié? Il y a donc longtemps que tu ne vas plus à ton école?

— Oui, monsieur.

— Elle est assez savante! — dit en riant M. Kauffmann.

— Oh! — fit M. Baptiste, — les petites filles en savent toujours plus long qu'on ne le croit.

— Ça, c'est bien vrai, — dit Mlle Maria, — quand j'avais son âge, j'avais à la fois trois amoureux.

— Rien que ça! — s'exclama M. Baptiste. — Trois à la fois! Vous alliez bien, ma belle!

— Trois amoureux à douze ans! Racontez-nous ça, — ajouta M. Benoît, — ça doit être assez drôlichon.

— Oh! monsieur Benoît, ne vous léchez pas trop les babines. Le premier, c'était mon bon ami de première communion, un joli petit serin! Il faut vous dire qu'on me l'avait donné pour *bon ami* avant même que je lui eusse jamais parlé.

— Comment cela?

— Nous étions, de par nos places au catéchisme, destinés l'un à l'autre. J'étais la douzième des filles, lui le douzième des garçons. Les places décidaient; il n'y avait pas de choix. La première petite fille avait pour amoureux le premier petit garçon, et ainsi de suite. C'était la règle. Qu'il fût beau ou laid, qu'il vous plût ou vous déplût, c'était votre amoureux; il fallait l'accepter comme tel..., en tout bien tout honneur, s'entend.

— Qui entendrait le contraire? — demanda M. Benoît, goguenard.

— Personne autre qu'un polisson comme vous, monsieur Benoît.

— Continuez, belle enfant.

— Un jour, comme je sortais de l'église, je vois débusquer de derrière un pilier un petit garçon à l'air très bête qui m'aborde et me dit :

« — Tu sais, tu es ma bonne amie !

« — Ah ! c'est donc toi, mon bon ami ? — lui répondis-je. — Comment t'appelles-tu ?

« — Ernest... C'est moi le douzième au catéchisme ? Est-ce que ça t'amuse, toi, le catéchisme ?

« — Pas trop.

« — J'ai demandé ton nom. Tu t'appelles Maria.

« — Oui.

« — Ernest et Maria, ça fait très bien ! Ne trouves-tu pas ?

« — J'aime bien Ernest.

« — Alors nous sommes petit homme et petite femme.

« — C'est pourtant vrai. Qu'est-ce qu'il faudra que je fasse ?

« — Tu te laisseras embrasser dans les coins...

« — Ah ! pour ça, non !

« — Ah ! mais si ! C'est dans la règle. Toutes les bonnes amies se laissent embrasser par leur bon ami. Demande aux autres petites...

« — Je demanderai... Et puis quoi encore ?

« — Ensuite je t'écrirai des billets doux où je t'appellerai « ma petite « chérie... » Et tu me répondras.

« — Mon petit chéri !

« — Naturellement.

« — Et ensuite ?

« — Ensuite ? C'est tout... Tu veux bien ?

« — Mais oui, puisque c'est la coutume.

« Et ce qui fut dit fut fait. Deux ou trois fois par semaine, soit avant, soit après le catéchisme, il ne manquait pas de me glisser un petit billet où il m'exprimait la tendresse de ses sentiments.

— Qu'est-ce qu'il vous disait ?

— Oh ! pas de longues phrases : « Tu es bien gentille » ou bien : « J'ai pensé à toi » ou encore : « Ma mère m'a flanqué une volée, mais ça m'est égal. Je te verrai demain au catéchisme. » En échange je lui en donnais où je ne faisais pas non plus grand frais d'imagination ; mais cependant mes billets doux étaient plus affectueux que les siens ; c'était presque invariablement : « Mon petit chéri, je t'aime beaucoup, je suis bien heureuse d'être ta petite femme » : ou bien : « Je suis bien contente d'être ta petite femme, mon petit chéri, je t'aime beaucoup. » C'était un peu monotone, mais j'y ajoutais parfois ce post-scriptum pour varier : « J'ai bien embrassé ta lettre. »

— Et vous l'embrassiez?

— Pas du tout. C'était pour lui faire plaisir ce que je lui en disais, mais je me gardais bien de lui dire qu'au lieu de sa lettre j'embrassais mon cousin Paul qui était du même âge que mon « bon ami Ernest », mais beaucoup plus dégourdi, et qui, lui aussi, m'appelait sa petite femme. Ça m'en faisait donc deux à la fois, lorsque survint un troisième larron...

— Eh bien, continuez.

— Ma bouche s'y refuse... Respectons l'innocence.

— Mais, — dit Baptiste, — vous aviez un bon tour de votre évêque à nous raconter, monsieur Benoît. Vous nous l'avez promis... Vous souvenez-vous?

— Je m'en souviens... Mais je répondrai comme Mlle Maria : « Ma bouche s'y refuse, respectons l'innocence. » A la place, je vais vous chanter quelque chose, puisque la petite demoiselle ne veut pas nous honorer d'un cantique du Sacré-Cœur.

> Monsieur le curé de Fouilly,
> *En pinçait* pour sa bonne ;
> Il promettait le paradis
> A la jeune friponne :
> « Un baiser doux comme le miel,
> De ta lèvre, ma belle,
> Te conduiras tout droit au ciel !
> Ne me sois pas rebelle » [1].

— Vous le voyez, je donne l'exemple : A qui le tour?

— Il est joli l'exemple, — s'écria Fanny. — J'espère qu'on ne le suivra pas, car cette petite serait joliment édifiée.

— C'est votre parente ? — demanda M. Kauffmann qui semblait prendre un vif intérêt à l'enfant.

— Non, c'est une petite qui m'a été confiée...

— Pour l'emmener à Londres apprendre l'anglais, — ajouta M. Benoît.

— Ah! vous savez l'anglais? *Do you speak English?*

— *Yes, sir.*

— Vous savez, n'essayez pas de faire la cour à ma femme dans cette langue d'outre-Manche, croyant que je ne comprends pas, — s'écria l'amphytrion — Je vous préviens loyalement sachant les égards qu'on doit à ses invités. Puis ça me gênerait que vous lui disiez à mon nez : « *I love you.* »

1. Léo Lelièvre.

(Je vous aime.) *I speak English as well as you.* (Je parle anglais aussi bien que vous.)

— Diable! — fit Kauffmann d'un ton plaisant. — Et moi qui allais lui poser des questions inconvenantes.

— Posez-en-lui en allemand ou en russe... je serai plus tranquille.

— Madame ne parle ni le russe, ni l'allemand, c'est fâcheux, — répliqua le gros homme.

— Pourquoi fâcheux? — demanda Fanny.

— Parce que, — répliqua-t-il en le regardant fixement — j'aurais eu quelque chose à vous dire que votre mari ne comprenne pas.

— Moi aussi, — répondit Fanny.

— Eh bien, c'est cela — s'exclama M. Benoît riant, — ne vous gênez pas pendant que vous y êtes... Faites-vous de l'œil... Tâtez-vous les pieds sous la table. Je vais mettre le nez sur mon assiette pendant que l'ami Baptiste va vous chanter son couplet.

— Bravo! — appuya Mlle Maria. — Mais vous savez, Baptiste, quelque chose de convenable.

— Comment donc? Je vais vous chanter la *Cigarette*. Passez-m'en une... car il faut joindre les gestes aux paroles.

> Pour fumer, tu veux, ma Jeannette,
> Espiègle au caprice exigeant,
> Savoir faire une cigarette
> De tabac au charme enivrant!
> Ma mignonne, je veux t'apprendre,
> Avec ce moule, en quatre fois,
> La bonne façon de s'y prendre,
> Pour en faire de premier choix!... 1.

— Ah! ça, c'est gentil!... A la bonne heure — fit la femme de chambre — Ce n'est pas comme ce qu'a chanté M. Benoît avec son curé de Fouilly. N'est-ce pas votre avis, madame Félix?

Mais Mme Félix n'écoutait pas. Elle était plongée dans ses réflexions; l'esprit ailleurs, de l'autre côté du détroit à Londres, à la taverne du *Star* où elle avait rencontré, pour la première fois, cet excellent M. Kauffmann.

Dès qu'il était entré, elle avait eu, on ne l'a pas oublié, un mouvement de surprise, mouvement partagé par le visiteur.

Elle se disait :

— Je connais cette tête-là? Où l'ai-je vue?

Et lui, de son côté, se remémorait avoir rencontré quelque part cette petite femme joliette, brune et maigre.

1. Félix Lebrun.

Il ne faut qu'un mot, un geste pour mettre des égarés sur la voie; Fanny et l'invité de son « petit homme » se souvinrent tout à coup.

Le mot « Londres » éclairait le coin obscur de leur mémoire.

Fanny se disait :

— Oui, c'est à Londres que j'ai vu ce gros homme à tête de juif allemand. Mais il a quelque chose de changé qui m'a empêché de le reconnaître tout d'abord. Il portait favoris et moustaches.

« C'est bien lui; c'est l'amant de cette fille qu'on appelle la *Noire*; c'est celui qui a renversé d'un coup de poing le pauvre père Montrelune et qui a roué de coups des voyous venus de Paris... Son nom?... Roland! Roland! Celui à qui le petit Édouard, l'amant de Paméla ressemble si fort... celui dont les autres disaient :

« — Un meg d'aplomb. »

« Oui, c'est bien Roland!

Il ne paraissait plus autant « d'aplomb », l'amant de Sarah la Noire; il avait pâli, ses joues tombaient molles et flasques, ses cheveux passaient à la couleur farine, il paraissait fatigué, murmurait-elle — et visiblement il avait passé une nuit sans sommeil.

— Ah! il s'appelle Kauffmann. Peut-être, après tout, était-ce son vrai nom : Roland Kauffmann. On sait que les amants de ces dames ne sont connus dans leur milieu que par leur nom de baptême.

Cette rencontre l'inquiétait. Elle avait été vue par lui en singulière compagnie et elle redoutait, devant M. Benoît Félix, une indiscrétion qui pouvait la discréditer aux yeux de son petit homme.

On a beau être mari complaisant, la complaisance a des limites et tel qui prêtera sa femme à Mgr l'évêque ou à M. le sénateur rougira de la voir s'accoler avec des casquettes à trois ponts.

De son côté, Karl Hauser se disait :

— Je la reconnais. C'est la petite brune surnommée Fanny-hareng saur, celle qui prit ma défense quand Musclé et Riz-de-Veau se ruèrent sur moi au café du *Star*. Elle criait :

« — C'est pas du jeu, faut pas se mettre deux contre un! »

« Et quand l'ennemie de Sarah, une grosse luronne appelée Paméla, affirma que j'étais un hercule de foire de Berlin, elle répondit :

« — Oh! alors, si c'est un Prussien, qu'ils tapent dessus! »

Et il ajoutait :

— Pourvu qu'elle ne me reconnaisse pas!

Mais tous deux s'apercevaient en même temps qu'ils s'étaient mutuellement reconnus.

— N'est-ce pas votre avis, madame Félix? — répéta la femme de chambre.

— Oui, oui, c'est très joli!

M. Baptiste continua, fier de l'approbation :

> Du bout des doigts, saisis ce tube,
> Il est en forme de rouleau,
> Et d'une cigarette, il cube
> Le tabac, juste à son niveau.
> Tourne, à présent, la manivelle
> Légèrement il faut presser,
> Pour ne point perdre une parcelle
> De ce qui pourrait dépasser!

— Bravo! bravo! — cria Mᴵˡᵉ Maria enthousiasmée, — c'est tout plein gentil... Ça vous donne envie de faire des cigarettes.

— Eh bien, contentez votre envie, mademoiselle — dit Hauser. — Voici du tabac et du papier.

— Oh! jamais, monsieur; il n'y a que les cocottes qui se permettent de fumer.

Et Mᴵˡᵉ Maria prit un air de dignité offensée.

On sonna.

Karl Hauser pâlit.

La police peut-être?

— Qui diable cela peut-il être? — demanda M. Félix en se levant. — Un fâcheux! Il y a toujours des gens qui arrivent à contretemps; des gêneurs qui choisissent le moment où vous êtes à table, en train de rigoler avec des amis, pour vous raser.

— N'ouvrez pas, voilà tout — dit Hauser.

— Ah! Il le faut bien. Ça peut être pour affaire.

Il alla ouvrir et on l'entendit dans la pièce voisine qui disait :

— Ah! c'est vous miss; eh bien entrez. Vous tombez à pic. Avez-vous déjeuné? Non. Alors tant mieux... Venez, venez, miss.

Et une voix de femme répondait avec un fort accent anglais :

— No, no, mister Félix, vô avez de la compagnie..., no, pas ce matin, mister Félix.

Il y eut un bruit de lutte, et l'instant d'après, l'amphytrion parut tirant par la main une femme au costume excentrique qui, à la vue des convives dit avec une grande dignité :

— Lâchez la main de môa, mister Félix... Lâchez la main de môa..., je suis consentante.

« Présentez môa à ces *ladies* et à ces *gentlemen*.

Puis, apercevant tout à coup Karl Hauser, elle alla à lui et lui tendit la main.

— Ah! bonjour, mister Kauffmann, comment vô portez vô? Je souis content de vô trouver ici?

— Monsieur Baptiste et mesdames — dit solennellement M. Félix — permettez-moi de vous présenter une de nos plus saintes filles de la Grande-Bretagne, un des plus vaillants soldats de la glorieuse milice du général Booth dont vous n'êtes pas sans avoir entendu parler...

— Oh! mister Félix — interrompit l'Anglaise — ne complimentez pas si beaucoup, vous faisez rougir moâ.

— Je m'arrête, miss, je m'arrête puisque j'offense votre modestie.., j'achève ma présentation...

« Mesdames et messieurs, nous étions en train de parler de vertu et de morale... La vertu? la voici! La morale? elle est là en personne..., en la personne de miss Helen Higgins, capitaine dans l'armée du Salut!

— Que lord Jésus donne à vô sa grâce et à loui l'éternelle gloiry — dit miss Helen Higgins en s'asseyant.

CXC

LA SALUTISTE

Après son audacieux coup du fiacre où il avait laissé inanimés deux agents pourtant solides, Karl Hauser s'était perdu dans la foule et avait marché à tout hasard devant lui, ayant soin toutefois de quitter, au premier coin de rue, les boulevards sur lesquels il craignait de rencontrer des visages connus, ses amis des beaux jours ou ses dupes.

Il remonta vers les faubourgs et, chemin faisant, entra dans un bazar, se munit d'une valise qu'il emplit successivement des objets les plus indispensables à un changement de toilette et de costume, et sa valise pleine, ayant l'air d'un voyageur nouvellement débarqué qui veut économiser les frais d'un fiacre, il arriva devant un hôtel meublé de modeste apparence, juste ce qui convenait à sa mine d'humble piéton.

Il s'inscrivit sous le nom de Fritz Kauffmann, né à Strasbourg, exerçant la profession de placier en bières et ayant opté pour la nationalité

— Allons, finis ! Je ne suis pas seule.

française, ce qui, joint au paiement d'un mois d'avance, lui concilia les
bonnes grâces de l'hôtelière.

— Je ne suis pas riche — lui dit-il — ces brigands d'Allemands
m'ont ruiné... ah ! les coquins !... Donnez-moi ce que vous avez de plus
modeste.

Et on lui avait donné, à raison de vingt-cinq francs, cette chambre sous les toits.

C'était tout ce qui lui fallait, tout le prix qu'il pouvait mettre, car, avec les quelques centaines de francs recueillis dans les poches des deux agents, il ne pouvait aller bien loin; et traqué comme il l'était, comme il allait l'être, il se demandait par quel miracle du dieu des Juifs il parviendrait à échapper.

Abattu non sous le poids du remords, mais sous les incessants assauts de la crainte des gendarmes, salutaire terreur qui constitue le remords de la majeure partie de l'espèce humaine et conserve l'honnêteté relative des foules, il s'abîmait dans ces tristes réflexions lorsqu'on frappa à sa porte.

Il tressaillit. Quoi? déjà?

Les agents venaient-ils l'arrêter?

Ah! cette fois, on ne le prendrait pas vivant.

Il saisit son revolver, s'assura qu'il était chargé de ses six cartouches, le plaça dans la poche droite de son veston bien à portée de sa main, et demanda :

— Qui est là?

— Moi? — répondit une voix de femme, — c'est encore moi, monsieur Félix.

Il respira. Ce n'était pas les agents.

— Le diable soit loué! dit-il, — Satan, je te promets une chandelle... ce sera la première fille passable que tu enverras sur mon chemin.

Il riait. C'était une idée qui lui venait tout à coup. Sacrifier un tendron au diable! Quelle bonne histoire! Il s'étonnait de ne pas y avoir songé plus tôt.

Il ouvrit.

Hélas! celle qui se présentait avait dépassé l'âge où l'on appelle une fille un tendron, bien qu'elle fût encore dans celui des tendresses — le cœur ne vieillit pas. — C'était une femme maigre et sèche qu'on eût dit enfermée dans un fourreau de parapluie, tant le *waterproof* qui l'enveloppait semblait moulé sur un bâton.

Un grand chapeau de paille noir, ayant la forme d'un seau à charbon orné de quelques rubans rouges, encadrait son visage ascétique et cachait une partie d'une chevelure qui avait dû être abondante et au blond de laquelle se mêlaient de nombreux fils d'argent. Elle tenait sur le bras un paquet assez volumineux enveloppé dans un journal.

A la vue de l'homme qui lui ouvrait, son œil, d'un bleu clair, triste et doux, manifesta l'étonnement.

— Aoh! — fit-elle. — Ce n'être pas ici chez M. Félix, je avais trompé moâ.

— Oui, miss, vous faites erreur, — répondit Hauser, — c'est sans doute la porte à côté.

Et il referma la sienne.

— Le diable se moque de moi, — murmura-t-il, — de m'envoyer ce vieux débris d'Albion.

Il entendit frapper à plusieurs reprises à l'endroit indiqué sans que la visiteuse obtint de réponse.

Finalement elle revint à sa porte.

— Vô connaissez M. Félix? — demanda-t-elle.

— Je n'ai pas cet honneur, — répondit Hauser.

— C'est le gentleman qui demourait à côté.

— Et il n'y demeure plus?

— Oh! je souis certain il y demoure encore. Il attend son femme de Angleterre.

— Ah! très bien, — fit Hauser. — Entrez donc, si vous avez quelque commission pour M. Félix, je m'en chargerai avec plaisir quand il rentrera, à moins que vous ne préfériez l'attendre chez moi?

— Oh! monsieur! — fit-elle tout à fait choquée de cette indécente proposition, — je ne connaissais pas vô.

— Nous ferons connaissance.

— Ce n'être pas l'habitioude des dames anglaises de entrer dans la chambre des messieurs...

— Une fois n'est pas coutume... Et puis nous sommes en France. Chaque pays a ses mœurs.

— Les mœurs des dames françaises sont plus dévergondées que celles des dames anglaises.

— Ne m'en parlez pas, ça fait frémir...

— On dit qu'il y a beaucoup de dames françaises qui trompent leur mari.

— C'est révoltant! — fit Hauser avec un grand sérieux. — En Angleterre on ne voit rien de la sorte.

— Quelquefois, mais très rarement... oh! excessivement rarement. Les dames anglaises sont fidèles.

— Fidèles jusqu'à la mort.

— Oui, monsieur.

— Vous n'êtes pas mariée, vous?

— Non, — soupira l'Anglaise, — je souis une *miss*...

— Miss? tant mieux... Moi, je suis célibataire. Alors rien ne vous empêche d'entrer. Nous n'exciterons la jalousie de personne, vous d'un mari, moi d'une femme…. Et si nous péchons, ce ne sera pas le péché odieux d'adultère.

· — Vô avez raison, — répliqua la fille d'Albion entrant délibérément avec son paquet qu'elle posa sur une chaise, — vô parlez comme un homme biblique.

— Je suis biblique aussi, — répliqua Hauser, — homme pieux et craignant Dieu.

— Il faut toujours craindre Dieu, — répliqua-t-elle sentencieusement.
— car ceux qui ne craignent pas Dieu, finissent par craindre les *policemen!*

— Oh! que vous dites vrai! — fit Hauser.

Il la voyait mieux, maintenant qu'elle était assise en face de la fenêtre à tabatière, ouverte sur le toit.

C'était une blonde qui avait dû être assez jolie et appétissante en ses années printanières, mais ses années printanières étaient depuis longtemps envolées… et où sont, non pas les neiges, mais les roses fraîches d'antan?

— Et, maintenant, à qui ai-je l'honneur de parler? — demanda cette épave de la flibusterie et du crime, à ce débris de beauté.

— Je m'appelle Helen Higgins, — répondit-elle.

Oui, l'on pouvait dire avec Jacques Aubertin :

« Elle est bien fanée, la pauvre fleur, et toute décolorée. Transplantée d'Angleterre sous le soleil de France, elle a été prise, au printemps de l'an dernier, d'un frissonnement insolite et d'un éréthisme bien pardonnable du pistil. Un vent tiède l'a caressée ; elle a reçu, quelque jour, une poussière de pollen. Mais l'amour, dont elle attendait une vitalité nouvelle, l'a brisée, étiolée, la fleur pâlie »… des noces de la mère Badoure!

Ce nom d'Helen Higgins ne disait rien à Karl Hauser. Il ne connaissait pas l'ancienne victime du docteur Morris Homerton, la locataire de la vieille proxénète.

Elle ajouta :

— Je souis de l'*Armée du Salut.*

— Ah ! — s'exclama le forban. — Vous appartenez à cette sainte milice créée par le général Booth.

— Un grand saint, — ajouta-t-elle d'un air convaincu.

— Oui, — fit Hauser, — je le connais…, pas personnellement, mais, enfin, je l'ai vu dans plusieurs circonstances mémorables…

— A London, sans doute.

— Vous l'avez dit, miss… à Londres…, car j'ai habité quelque temps l'Angleterre.

— Comme M. Félix.

— M. Félix?... ah! oui..., mon voisin. Et que faudra-t-il lui dire de votre part à M. Félix?

— Que je souis venue simplement et que j'ai apporté à lui le petit paquet.

— Votre commission sera faite, belle miss.

— Belle! oh! je ne souis pas belle. Je ai été belle dans le temps, mais je souis devenue laide!

— Vous vous calomniez.

— Non, je connais bien moâ dans le miroir. J'ai eu si beaucoup de chagrins!

— Des déceptions d'amour, je vois ça d'ici.

— Vô avez deviné, monsieur. L'amour, il a été bien méchant pour moâ.

— Oh! le vilain! Mais est-ce l'amour ou l'amoureux?

— C'est le même. Il a trompé moâ.

— Combien de fois?

— Chaque fois, monsieur.

— Ah! diable!

— Faut pas appeler le diable, monsieur. Il vient trop sans que vô appeliez loui.

— Est-ce qu'il vous aurait visité souvent?

— Oui, monsieur. J'ai été une fille très méchante; j'ai écouté le diable..., puis après j'ai écouté lord Jésus. Il a chassé le diable de moi et y est entré à sa place. Et maintenant..., je souis sauvée!

— Eh bien, moi aussi, je suis sauvé. Je suis, moi aussi, un zélé *salutiste*.

— Ah! j'en suis bien aise.

— Embrassons-nous alors.

— Je veux bien. Comme un frère et une sœur, pas comme un homme et une femme.

— Non sans doute. Frère et sœur, rien que frère et sœur, — fit Hauser attirant la salutiste sur ses genoux.

— Elle est à peine passable, — se dit-il, — mais enfin j'ai promis à Satan la première qui viendrait. Chose promise, chose due.

Elle protesta avec véhémence:

— Comment osez vô!... Oh! lord Jésus!... Vô étiez donc le diable!.. Je avais visité le diable! *Shocking!* Oh! lord! oh! lord... Je étais le plus faible. Oh! lord!

. . . .

Karl Hauser, que Nicolaï avait oublié sur le toit dans sa préoccupation au sujet de son sac et son effarement de ne plus le retrouver, Karl Hauser, dis-je, n'avait pas attendu longtemps.

Suivant le chemin qu'il avait vu suivre à Nicolaï, il s'était approché de la fenêtre et, voyant la chambre vide, n'entendant que la voix des deux femmes coupée par les sourdes interjections de son ex-associé, il escalada la barre d'appui, pénétra dans la chambre et écouta.

Il se rendit bientôt compte que l'argent, le million, avait été volé. S'il n'était pas volé, si le sinistre coquin jouait une comédie destinée à le rendre dupe, il comprit que ce n'était ni le lieu ni le moment de tirer l'affaire au clair.

Il redoutait les éclats de voix, les cris des femmes qui n'eussent pas manqué d'attirer les voisins, surtout la police qui devait être aux aguets. En outre, il se savait dans un milieu hostile et avait tout à redouter de Sarah devenue sa mortelle ennemie.

L'irruption de l'amant de Luciana dans sa misérable mansarde avait été si soudaine, si inattendue, les incidents s'étaient passés si rapides, qu'il n'avait pas encore eu le temps de la réflexion.

Il lui semblait avoir vécu ces deux heures — car deux heures à peine s'étaient écoulées — dans une sorte de rêve éveillé.

La dispute dans la mansarde les couteaux tirés, les pas des agents faisant craquer les tuiles et apportant avec eux la terreur, l'ascension par la lucarne, le rampement sur le toit, jusqu'à la courte station devant la fenêtre par laquelle Nicolaï venait de pénétrer, tous ces faits s'étaient succédés sans interruption comme les anneaux d'une chaîne, un engrenage diabolique, l'entraînant en quelque sorte malgré lui à la poursuite d'un fantastique million sans laisser à sa calme raison de Germain, à sa perspicacité de Juif, la moindre place pour s'interposer et crier :

« Casse-cou ! »

Nicolaï fuyait-il réellement la police et était-il entré chez lui par hasard ? ou, par des circonstances qu'il ne comprenait pas, avait-il découvert sa cachette ?

Son étonnement, sa peur et plus que tout cela l'or qu'il portait sur lui éloignaient cette dernière conjecture.

Quoi qu'il en fut, il connaissait son gîte maintenant ; il devenait urgent d'en déguerpir.

Mais comment ?

Allait-il retourner par les toits, prendre ou détruire dans son taudis tout ce qui pouvait le compromettre, lancer sur ses traces les limiers de la préfecture..., puis attendre que la porte d'entrée fût ouverte et s'en

aller tranquillement comme un commis qui se rend à son bureau, un paisible citoyen à ses affaires.

Ou bien fallait-il s'esquiver par l'escalier de cette maison où il venait
de s'introduire ?

Mais il réfléchit que si l'on cherchait Nicolaï, la maison devait être
gardée, surveillée.

On l'arrêterait, on le questionnerait, on découvrirait son identité...
et alors c'était la fin.

Mieux valait retourner à sa mansarde et donner à Nicolaï le change en
lui laissant croire à une sortie par la porte.

C'est ce qu'il fit.

Pendant qu'on se lamentait chez Sarah, que les femmes faisaient chorus et se laissaient apitoyer par les explosions de douleur du voleur volé,
il ouvrit doucement la porte du corridor, et retournant à la fenêtre, reprit
par les toits, au risque de se rompre le cou, le chemin par où il était
venu.

Arrivé dans son galetas, il referma soigneusement le châssis, par
excès de précaution, car le jour grandissait, et il n'y avait plus à craindre
que Nicolaï se hasardât sous les fenêtres des maisons avoisinantes pour
tenter l'aventure d'une nouvelle expédition.

Puis il se mit à compter son argent.

— Allons, — se dit-il, — mon vieux Karl Hauser, tu n'es pas perdu
et Jehovah qui présidait au ghetto, siège de ton honorable famille, te
ménage sa protection jusque dans ce nid à rats. Hier tout semblait
t'abandonner... Tu te couchais désespéré, n'ayant même pas de quoi
acheter une corde pour te pendre, et cette nuit le scélérat qui t'a volé
vient lui-même t'apporter de l'argent... un acompte, en attendant le
reste... Vingt-six mille six cents francs !... plus qu'il n'en faut pour
tenter la fortune... si les messieurs de la préfecture m'en laissent le temps.

Il fit sa toilette, mit du linge propre, ses billets en son portefeuille
et l'or en son gousset, et tout prêt à sortir s'allongea sur son lit en
attendant le moment favorable de s'en aller sans attirer l'attention.

Comme il descendait, laissant sa valise qui ne contenait d'ailleurs que
du linge sale et ses vieux effets, il rencontra dans l'escalier son ancien
voisin de mansarde, l'ami de la *salutiste* qui, depuis deux ou trois jours,
était descendue d'un étage et avait remplacé son taudis par un petit appartement très convenable.

Il remontait avec un filet rempli de provisions.

— Salutations, monsieur Kauffman... Vous êtes bien matinal aujour-
d'hui.

— Mais, — répliqua Hauser, — vous l'êtes encore plus que moi.

— Je reviens de faire mon petit marché aux halles... j'économise ainsi vingt pour cent sur les achats et au moins trente et même quarante, si je faisais faire mes commissions par une bonne... Rien de tel que de se servir soi-même quand on le peut..., ces domestiques, tous voleurs!

— Il y en a pourtant d'honnêtes, — répondit Hauser d'un air bonhomme.

— Non, monsieur, non..., ou du moins ceux-là sont des phénix. Le larcin est si facile dans les grandes maisons! Il est à la portée de toutes les mains...

Puis, se reprenant :

— Quand je dis *voleurs*, entendons-nous, c'est *chipeurs* que je veux dire... Ce que les maîtres gaspillent, ils l'épargnent, voilà tout;... et entre nous, la plupart des maîtres méritent d'être volés... A propos de voleurs, il paraît qu'on en cherche dans le quartier.

« Une bande de cambrioleurs à ce que m'a dit notre hôtelière...

— Ah! vraiment.

— Oui, j'ai aperçu des agents à chaque coin de rue et d'autres qui se promenaient le long du trottoir. Il paraît qu'ils ont poursuivi un de la bande, cette nuit, sur les toits. Vous n'avez rien entendu?

— Non, — dit Hauser.

— En tout cas, puisque vous êtes de la boîte, vous allez savoir ce que c'est.

— Oh! — fit Hauser. — je ne m'occupe pas des cambrioleurs... C'est du menu fretin laissé aux agents subalternes... Alors la rue est gardée, dites-vous?

— Ça m'en a tout l'air. On examine entre quatre z'yeux tous les gens qui entrent et sortent, surtout ceux qui sortent...

— Je vais savoir ce que c'est, — fit Hauser.

— Vous n'avez pas oublié que c'est ce matin que nous déjeunons ensemble?

— Non, non, je ne l'ai pas oublié!

Hauser avait en effet accepté à déjeuner de son voisin. A la suite de son entrevue avec miss Helen Higgins, des relations amicales s'étaient établies entre lui et le valet de chambre. Dans sa détresse, Hauser se raccrochait à toutes les branches et, avec son flair de juif, avait senti que ce jocrisse roublard pourrait peut-être lui être utile.

Il avait accepté d'autant plus volontiers son invitation que l'exiguïté de sa bourse ne lui permettait que de maigres repas de gargotte, et son large estomac, habitué aux plantureuses ripailles, commençait à crier famine.

Une fois, il a baptisé d'un coup tout un village.

Maintenant que plus de vingt-cinq mille francs lui lestaient le gousset, il avait de quoi se refaire l'estomac et songeait-il non au déjeuner de M. Benoît, mais à s'échapper au plus vite de ce gîte qui, connu de Nicolaï, ne lui offrait plus de sûreté.

La nouvelle que les agents gardaient la rue lui fit abandonner, pour le moment du moins, son projet de fuite.

LIV. 278. — H. GEFFROY, édit. — Reproduction interdite.   MORT DU CZAR. 170

Il feignit cependant de descendre, et son voisin lui cria du haut de l'escalier :

— A midi, n'est-ce pas? Vous n'êtes pas Parisien... vous serez donc exact.

— Comptez sur moi.

Quand il eut entendu l'ancien larbin fermer la porte, il remonta doucement l'escalier et s'enferma dans sa chambre, où il attendit, dans des transes mortelles, tressaillant au moindre éclat de voix, au moindre bruit de pas, l'heure du déjeuner.

Seul, dans ce galetas, rien ne pouvait le distraire de ses tristes réflexions.

Sa pensée allait alternativement de Nicolaï à Allan Parker, les deux êtres qu'il détestait le plus au monde.

Il les unissait dans une même haine.

Il n'avait jamais eu l'affection paternelle bien développée; comme tous les égoïstes, il reportait tout à lui, et femme, enfants, maîtresses, famille, n'étaient que de négligeables accessoires. Il avait, en quelque sorte, abandonné son fils Wilhelm à lui-même, toléré et entretenu ses fantaisies, plutôt par indifférence que par amitié, se débarrassant des charges et des soucis d'une éducation sérieuse.

Quand son fils avait été cruellement blessé dans un duel avec le lieutenant Saint-Aubin, il sentit, il est vrai, se remuer un peu ses sentiments paternels.

Son cœur battit à l'annonce de la catastrophe, comme il battit en apprenant sa mort.

Mais il se dit en même temps que, puisque Wilhelm savait tout, il valait mieux pour tous les deux qu'il mourût et il était allé contempler à la Morgue le cadavre de celui qui, toute sa vie, eût été désormais un reproche vivant.

Il avait rentré ses larmes stériles en reconnaissant qu'il n'aimait son fils que depuis qu'il l'avait perdu.

Mais l'autre, l'enfant du crime, le fils d'Éva Parker, lui inspirait une véritable aversion, non parce qu'il voyait en lui ses propres vices, mais parce qu'il avait l'intuition que ces vices naissants se tourneraient en grandissant contre lui.

Il s'était dit, en apprenant si fortuitement son existence, que c'était un danger constant et une menace.

— Et je ne m'étais pas trompé, — murmurait-il, — puisque c'est lui qui m'a dénoncé.

En cela, il se trompait; la dénonciation venait d'une note anonyme envoyée par Nicolaï à la **Préfecture de police**; mais bien qu'il connût tout le degré de scélératesse de son complice, il ne supposait pas, vu le nombre de cadavres qui leur servait de trait d'union, qu'il eût l'audace de le livrer, car, en le livrant, ne s'exposait-il pas lui-même à de terribles et légitimes représailles?

La soustraction du million volé par l'amant de Luciana et qui, sans ce chenapan d'Allan, revenait, en partie, en sa possession, cette soustraction audacieuse, suivie de la dénonciation de Nicolaï, confirmait la juste opinion qu'il s'était faite de son fils et donnait un nouveau stimulant à sa haine.

Ah! s'il l'avait tenu, avec quelles délices il aurait serré dans ses doigts formidables son cou d'adolescent jusqu'à ce que sortît de sa gorge la langue tuméfiée!

Il fallait le retrouver, le jeune bandit, lui reprendre de gré ou de force l'argent volé!

Mais où? Mais comment?

Comment lui, échappé des griffes policières, lui traqué, signalé, guetté, arriverait-il à faire rendre gorge à ce rejeton maudit!

L'heure où l'ancien valet de chambre de l'évêque anglican l'attendait, le surprit dans ses réflexions.

Il passa la main sur son front comme pour les effacer, chasser les prévisions sinistres.

Il était encore sur ses jambes, libre et le gousset garni! Rien donc de perdu!

Il se sentait en bon appétit, n'ayant pas, pour économiser sa dernière pièce de cent sous, dîné la veille, et il descendit allègrement, doublement alléché par la faim et la bonne odeur qui s'échappait du logement de l'estimable **M. Benoît Félix.**

Nous avons assisté à son entrée, à sa surprise, et nous le reprenons ayant retrouvé son sang-froid, à côté de l'ardente Helen Higgins, capitaine de l'armée du Salut.

CXCI

L'ARMÉE DU SALUT

Il n'est personne en France qui ne connaisse au moins de nom l'*Armée du Salut*, une des plus excentriques et à la fois des plus curieuses formes qu'aient jamais affectée les sectes religieuses.

Elle prit naissance vers 1860 dans le seul pays où elle était possible, la terre grasse, où poussent et fleurissent toutes les excentricités, j'ai nommé l'Angleterre, d'où elle se répandit rapidement comme toutes les épidémies dans les colonies et les pays de langue anglaise et de culte protestant.

C'est l'évangélisme dans ce qu'il y a de plus naïf et de plus grossier, la propagande religieuse revenue au titre primitif, faite par des illettrés, des illuminés, souvent des pitres; la prédication à la foule ignorante, hébétée, sans temples ni prêtres.

Hommes, femmes, jeunes filles, adolescents, le premier venu peuvent monter sur l'estrade, sur une chaise, un banc, un escabeau et faire leur sermon.

« Ma cathédrale est la voûte céleste », dit son fondateur.

Ce fondateur est William Booth, qui se fait appeler le « général ».

Energumène doublé d'un habile fumiste, il débuta dans la vie, comme apprenti tailleur.

Après ses heures d'atelier, il allait suivre assidument les prêches d'une confrérie de sectaires, les *méthodistes*, et dès l'âge de quinze ans commençait à prêcher avec quelques jeunes fanatiques bourrés de lectures bibliques, dans les carrefours de Nottingham, sa ville natale.

Doué d'une véritable éloquence populaire, il avait à peine dix-sept ans que le ministre de la congrégation l'engageait à venir prêcher dans son temple, lui offrant tous les avantages attachés à un service régulier de prédication.

Mais William Booth s'y refusa, préférant le prêche en plein air dans les quartiers populeux, basant son système de propagation évangélique sur ceci :

« Le cerveau humain subit d'autant plus fortement les impressions religieuses qu'il est plus inculte, et les moyens les plus bruyants et en apparence les plus vulgaires sont les plus efficaces pour s'emparer des natures abruptes et des esprits grossiers. »

A dix-neuf ans, on le pressa de nouveau de devenir ministre selon l'orthodoxie du réformateur Wesley que suivent les méthodistes, il refusa et partit pour Londres qui lui offrait un plus vaste champ.

Sa réputation et ses succès s'accrurent rapidement.

Devenu célèbre, il épousa miss Mumford, une jeune fille d'une grande beauté qui, depuis trois ans, le suivait dans ses pérégrimations dans les comtés, le secondait dans son œuvre, et l'a secondé jusqu'à sa mort, étant à la fois, suivant sa propre expression, sa compagne, son amie, sa conseillère.

« Si j'ai été, — écrit-il, — le père du mouvement salutiste, ma pieuse compagne en a été la mère. »

Après son mariage il alla prêcher dans les îles de la Manche où il avait été déjà, puis dans tous les centres ouvriers de la Grande-Bretagne voyant grossir partout le nombre de ses prosélytes.

Revenu à Londres en 1864, William Booth se trouvait en pleine résurrection du sentiment religieux.

Des missions évangéliques s'organisaient dans tous les quartiers.

Booth commença ses prêches dans le plus pauvre et le plus populeux de l'immense métropole, *Whitechapel*, en plein air comme toujours, dans un espace libre ménagé sur la principale artère du district.

Sa théorie, il ne faut pas l'oublier, était de *sauver* le peuple hors des temples, pour l'envoyer ensuite aux temples y achever son instruction religieuse.

Dès qu'il avait assemblé à Whitechapel un nombre suffisant d'auditeurs, l'on se rendait processionnellement sous une tente, appartenant à la *Société des amis* ou *Quakers*, et dressée dans un cimetière où l'on priait et chantait des hymnes.

Un orage ayant enlevé et mis en pièces la tente, il loua pour l'office dominical une salle de bal du voisinage. Le bal durait jusque fort avant dans la nuit, et la salle à peine évacuée, l'on disposait les bancs pour le service religieux du matin.

Le propriétaire cumulait les professions de maître de danse et de photographe, et pour cette dernière il opérait spécialement le dimanche; mais comme pour se rendre à l'atelier de l'*artiste*, les clients traversaient un coin de la salle transformée en cénacle évangélique, le prédicateur interrompait son prêche pour les admonester au passage.

— Où allez-vous, mes frères?

— Nous faire *portraicturer* — répondait-on.

— Hé quoi! n'êtes-vous pas chrétiens? Ignorez-vous que se faire *portraicturer* le jour du Seigneur est une offense au Seigneur? Vous voulez laisser votre image à vos parents, à vos amis, peut-être à une tendre épouse, à une fiancée! Rien de plus naturel. Mais ne craignez-vous pas qu'étant en état de péché, cette image ne reflète la laideur de ce péché. Ah! mes chers frères, écoutez au moins auparavant la parole divine. Elle effacera vos fautes comme l'éponge que vous passez sur une souillure. Écoutez... écoutez la parole de Dieu et le visage que vous transmettrez aux vôtres au lieu d'exprimer l'agitation et les troubles de votre âme, ne respirera plus que la céleste béatitude.

« J'en convertissais ainsi beaucoup, » — écrit William Booth dans ses mémoires.

De ce bastringue ouvert à la plus basse catégorie de la population date véritablement la création de l'*Armée du Salut*.

Ne pouvant l'occuper que le dimanche, on trouva pour les prêches quotidiens un ancien entrepôt.

Mais le service était continuellement troublé, non seulement par les huées de la populace groupée au dehors, mais par des projectiles, pierres, poignées de boue, détritus, chats crevés, légumes pourris et même des pétards et des fusées qu'on lançait au travers des fenêtres préalablement brisées.

La congrégation se réjouissait et entonnait *alleluia* pendant les explosions.

« Heureux les persécutés en mon nom ! » a dit Jésus.

Après une courte apparition dans une chapelle, ce qui souleva les protestations des Salutistes, qui repoussent tout signe symbolique d'adoration, on loua une écurie, d'où l'on dut partir bientôt sur les réclamations d'un club de gymnasiarques qui prétendaient que les chants troublaient leurs exercices.

La boutique d'un charpentier, un chantier en construction, des étables, une baraque foraine, une salle de cabaret, un vieux théâtre furent successivement témoins des efforts et des infortunes des Salutistes qui, comme tout ce qui est nouveau choque la routine et sort de la commune ornière, se heurtaient non seulement au mauvais vouloir, aux railleries et à l'hostilité générale, mais avaient de plus à soutenir de sérieux combats dans les rues.

Des bandes aggressives s'organisèrent sous le nom de *Skeleton Army* (armée du squelette), avec un drapeau portant une tête de mort et des tibias en sautoir, et livrèrent, en pleine rue, de véritables batailles à l'armée de ces nouveaux sectaires.

Il y eut des scènes sanglantes.

Des femmes, des jeunes filles furent battues, renversées, foulées au pied ; des hommes assommés à coups de bâton.

La police dut prendre d'énergiques mesures pour mettre fin à ces désordres.

Les Salutistes furent bientôt assez nombreux pour former des groupes dans tous les quartiers de la métropole et leur organisation devenait d'année en année en quelque sorte militaire, indépendamment des combats presque journaliers qui leur donnaient une teinte guerrière.

Déjà, en 1877, un évangéliste arrivant dans une localité annonçait prêches par des affiches portant en gros caractère *La guerre à Whitby,* *La guerre à Birmingham,* etc., et il signait faisant précéder son nom du grade de *capitaine.*

Quant à William Booth, depuis des années on ne l'appelait que « le général », mais ce n'est qu'en 1878 que la secte, après différents noms, adopta définitivement celui de *Armée du Salut.*

Tout, dès lors, fut organisé militairement.

On apprit aux évangélistes les principaux commandements militaires ; chaque corps, c'est-à-dire chaque *mission,* eut à sa tête un *capitaine* assisté d'un ou deux lieutenants suivant l'importance du groupe, d'un sergent-major, de sergents et de caporaux, tous revêtus d'un uniforme, képi, vareuse et pantalon bleu foncé, gilet rouge, et les insignes du grade comme dans l'armée anglaise

Des femmes, des jeunes filles sont capitaines, lieutenantes, sous-officières.

Chaque corps a son drapeau, son numéro, sa musique, son lieu de rassemblement appelé *caserne,* ses enfants de troupe des deux sexes.

Deux *missions* forment un *district* commandé par un *major.*

Pour développer l'esprit de corps, inspirer la confiance, stimuler le zèle, et en même temps tenir tous les membres au courant des nouvelles concernant les missions éloignées et des intérêts de l'association entière, le « général » établit, dès 1879, des *Conseils de guerre* où l'on se rend non seulement de tous les points de la Grande-Bretagne, mais où les colonies envoient leurs délégués.

Ces conseils sont suivis de prières qui durent toute la nuit.

C'est dans une de ces réunions que fut adopté le drapeau emblématique rouge et bleu, portant au centre l'écusson des Salutistes : Un *S* traversé d'une croix avec deux épées en sautoir dans un cercle entouré de gloires, et pour cimier, la couronne de David avec la devise *Blood and Fire* (Feu et sang), non qu'ils aient l'intention de mettre tout à feu et à sang, mais ils font ainsi allusion au *sang* de Jésus-Christ, et au *feu* de l'Esprit-Saint.

Dès 1880, un journal hebdomadaire devenu bientôt bi-hebdomadaire, le *War cry* (cri de guerre), connu à Paris et dans les centres salutistes de langue française sous le nom de *En avant!* devint l'organe officiel de l'armée du Salut.

Ce réceptacle des plus idiotes billevesées et des plus écœurantes inepties que peuvent enfanter des cerveaux bibliques, s'éleva en quelques années à une vente de plus de 500,000 par semaine, un des signes les plus caractéristiques de l'Imbécilité publique.

Un second journal *The little Soldier* (le Petit Soldat), destiné spécialement à la crétinisation de l'enfance, dépasse hebdomadairement cent mille numéros!

De *Whitechapel*, district populeux et misérable, William Booth, en s'agrandissant, établit son quartier général dans l'un des centres les plus riches de la Cité.

Là, sont les bureaux, son imprimerie, son état-major, son administration enfin, vrai ministère communiquant avec toutes les parties du monde, car l'armée du Salut a fait tache d'huile.

Avec une singulière rapidité, elle s'est répandue dans les cinq continents.

D'où vient l'argent?

Il abonde.

Des quêtes, des donations, des souscriptions subviennent aux dépenses énormes de la propagande, à l'entretien et aux appointements des officiers salutistes.

On sait la générosité du public anglais, dès qu'il s'agit de ce qui touche à la religion.

Créer une secte est une opération plus fructueuse que fonder une banque.

C'est par millions que se comptent les offrandes arrivées à l'habile fondateur.

Pour en grossir encore le chiffre, il imagina, en 1891, sa fameuse croisade contre la misère qu'il intitula *In Darkest England* (Dans l'Angleterre la plus noire), imitant *In Darkest Africa*, d'un autre fumiste, le trop fameux explorateur Stanley, qui s'ouvrit un passage à travers l'Afrique en massacrant les malheureux habitants.

Rien que l'annonce de l'entreprise de Booth lui rapporta plusieurs millions.

Au commencement de 1892, le mouvement salutiste avait pris de telles proportions que William Booth était devenu le héros du jour.

Il venait de faire un voyage en Australie et son retour produisait en Angleterre un véritable événement.

Ce voyage lui rapporta plus de 50,000 livres sterling.

Grâce au savoir-faire de ce chef, savoir-faire qui surpasse celui des plus célèbres puffistes américains, l'armée du Salut avait dès lors pris place à côté des plus puissantes organisations religieuses et sociales.

Mais ce qui contribua surtout à l'étonnant succès de l'apôtre, ce furent les scandales de la *Pall Mall Gazette*.

Je l'ai dit jadis ailleurs [1], tout le monde sait que le général Booth fut

1. En Police-Court, 1891.

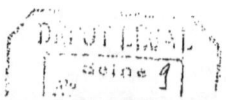

— Tu sais! tu es ma bonne amie.

l'instigateur de ces scandales et mit le feu à cette traînée de poudre qui fit ensuite explosion dans les grandes villes de l'Europe.

Il serait, en effet, profondément naïf de s'imaginer que Londres a la spécialité de certains vices.

Ils sont communs à toutes les agglomérations humaines.

Le seul côté curieux et plaisant de l'étalage qui se soit fait alors, c'est que l'Angleterre s'était toujours posée vis-à-vis du continent dans son rôle grotesque de champion de la morale et de l'austérité des mœurs.

On s'est souvent demandé quels motifs poussèrent ce barbon, qui commande à toute une armée de filles jolies et très mineures, à causer ce tapage inouï.

Avait-il besoin d'un autre demi-million de livres sterling, pour se bâtir un temple destiné à éclipser celui de tous ses confrères en fumisterie religieuse?

Quoi qu'il en soit, il s'offrit aussitôt de *sauver* et de loger et nourrir les six mille petites filles que la nouvelle loi que fit éclore la révélation des scandales privait de leur gagne-pain, demandant à cet effet des souscriptions dont il a déclaré tout d'abord qu'il disposerait à son gré et ne rendrait compte qu'à lui seul.

En attendant, à l'époque de ce récit, il engageait déjà depuis longtemps, sous le nom *d'alleluia lasses* (fillettes de l'alleluia), toutes les petites rôdeuses des parcs de Londres et des abords des casernes, dans les rangs de son armée.

Quoique ce chapitre puisse paraître un hors-d'œuvre, il était nécessaire pour l'explication de ce qui va suivre.

CXCII

LA CONFESSION D'HELEN HIGGINS

Bien qu'on fût presque au dessert quand se présenta l'ancienne victime amoureuse du docteur Morris Homerton, elle eut bien vite rattrapé les convives, tant elle avalait rapidement les morceaux et faisait disparaître en un clin d'œil le contenu de son assiette.

— Je aime si beaucoup la couisine française! — disait-elle en manière d'excuse.

Mais il était visible que cet appétit glouton ne venait pas seulement de sa prédilection pour nos savantes sauces, mais d'un estomac qui sortait d'un long jeûne, car, autant par économie que par mortification, on ne fait pas toujours gras dans l'armée du Salut.

Si, chaque année, le général Booth touche des sommes énormes, il les encaisse soigneusement, en pasteur prudent et sage, en père de famille qui songe à l'avenir.

C'est avec la plus grande parcimonie qu'il distribue à ses fidèles la manne bienfaisante tombée non du ciel, mais de la bêtise publique, plus profonde que l'Empyrée.

Les *missions* doivent autant que possible se suffire à elle-même et envoyer mensuellement à la caisse commune, dont William Booth règle seul la comptabilité, le surplus des recettes.

Il faut croire qu'elles n'étaient pas très considérables au siège social français du quai de Valmy, car la pauvre Helen Higgins n'avait pas l'air de manger à sa faim tous les jours.

Elle demanda de l'eau ; on lui versa une pleine rasade de purée septembrale.

Elle protesta pour la forme.

Les règlements salutistes interdisent toute boisson fermentée.

— Je n'admets pas cela, — s'écria M. Félix. — Notre-Seigneur Jésus n'a-t-il pas dit en versant à boire à ses apôtres : « Buvez, ceci est mon sang. » Or, il est bien évident que c'est du vin qu'il leur a versé, car si c'était de l'eau, il leur aurait insinué par là qu'il avait du sang de navet. A votre santé, miss Higgins, et videz votre verre !

Dès lors, Helen Higgins ne se fit plus prier et de même qu'elle avait rattrapé les convives en mangeailles, elle les eut bientôt rejoints en boisson.

Malgré sa longue abstinence, elle fit voir qu'elle possédait encore un « coffre » solide, plus solide assurément que celui des deux autres dames, Parisiennes étiolées, car Hauser n'était presque occupé qu'à lui remplir son verre qu'il trouvait constamment vide.

— Quel entonnoir ! — se disaient ces dames.

D'ailleurs, rien dans ses manières ne paraissait de cet excès de libations. Miss Higgins conservait son beau calme, son œil seulement brillait davantage et ses joues se piquaient de points violacés.

Au dessert, quand elle eut vidé quelques coupes de champagne, l'amphytrion qui, comme on l'a vu, malgré ses préceptes nouveaux, ne crachait pas sur la gaudriole, voulut achever de réjouir ses convives, et voyant la salutiste en l'état qu'il souhaitait, lui demanda, après avoir cligné de l'œil aux autres dames :

— Je n'ai pas l'honneur de vous connaître depuis bien longtemps, miss Higgins, mais ce peu de temps m'a suffi pour apprécier vos qualités.

— Je n'ai point de qualités, — répondit modestement la salutiste, — je suis une pauvre fille très méchante... Oh ! je connaissais bien moâ.

— Pardon, miss Higgins ! J'ai su apprécier vos qualités chrétiennes et votre zèle dans l'apostolat, lorsque la mission du révérend Fuckinson s'est rencontrée sur la côte d'Ivoire avec celle du général Booth.

— Oui, c'est là que nous nous sommes connus.

— Les deux missions ont même failli en venir aux mains, — continua l'ex-cuisinier, — le révérend Fuckinson s'attendait à opérer seul les conversions et voilà que vous arrivez !

— La terre d'évangélisation appartient à tout le monde, — répondit miss Helen ; — plus il y a d'évangélistes, plus il y a de convertis.

— C'est possible; mais il n'y avait pas assez de convertis pour les caleçons de bain que nous avions en *stock*, et voilà que vous débarquez avec une cargaison... C'était une concurrence déloyale.

— Pourquoi déloyale?

— Parce que nous vendions les nôtres, et que vous donniez les vôtres pour rien ou presque pour rien.

— Nous travaillions pour le lord Jésus, nous salutistes, tandis que vous autres, avec le révérend Fuckinson, vous travailliez pour le lord maire de London qui voulait se défaire de sa pacotille de caleçons.

— On ne peut pas toujours travailler pour le Ciel; il faut bien boire et manger.

— Boire surtout le bon vin de la Champagne, — dit la salutiste en vidant son verre.

— Mais racontez à ces messieurs et à ces dames, miss Higgins, comment vous avez renoncé au monde et à Satan et à ses œuvres, pour entrer dans l'armée du Salut.

— Je ai bien renoncé à Satan, — dit-elle — mais loui, il n'a pas renoncé à moâ. C'est pourquoi vous me voyez encore si méchante. Mais je confesserai poubliquement à notre grand *Hall d'Oxford-street* quand je retournerai à l'Angleterre que j'ai bu du champagne et que j'ai fait encore un autre péché.

— Oh! quel péché? — demandèrent les dames.

— Je ne pouis le dire ici, — répondit-elle en jetant un regard sur Hauser — mais je le dirai là-bas... Et mes frères et mes sœurs ploureront avec moâ, et je serai encore une fois sauvée.

— Eh bien! confessez-nous vos anciens péchés, et nous pleurerons avec vous.

— Ça, je veux bien que vous plouriez avec moâ. Ça fait du bien de plourer quelquefois... mais les péchés de moâ sont trop numéreux pour que je les confesse un par un. Ça prendrait un temps trop long... Pouis, il y a là à côté de moâ une jeune demoiselle, et mes péchés ne peuvent pas être dits devant les jeunes demoiselles... Je veux dire à vô seulement que je suis été très méchante et que le Satan il était tout à fait entré dans moâ-même.

— Par quelle porte? — demanda le cynique Allemand.

— Vô le savez bien, vô, par quelle porte, malhonnête. Vô êtes aussi très méchant.

— Continuez, miss Higgins. Heureusement que votre conduite présente rachète vos erreurs passées. Mais il ne faut pas être trop sévère pour le pauvre monde... Nous ne sommes pas des anges, nous n'avons pas d'ailes.., sans cela nous volerions tout droit au Ciel sans nous vautrer plus longtemps dans la boue terrestre.

— Ça c'est très bien, mister Félix.

— Oh! ce n'est pas de moi, — répondit modestement le cuisinier, — Je vous répète les propres paroles du révérend Fuckinson

— C'est une canaille, loui! — déclara miss Helen avec fermeté.

— Comment, le révérend évêque Fuckinson, une canaille! — s'exclama l'ex-cuisinier, manifestant une surprise qu'évidemment il n'éprouvait pas.

— Un homme très méchant! — appuya la salutiste.

— Pourquoi? Parce qu'il a fait concurrence au général Booth pour la vente des caleçons de bain?

— Non parce qu'il a voulu retirer le pantalon de moâ.

— Où cela? Quand cela? — demandèrent les femmes, qui se tordaient de rire.

— Je pouis pas le dire devant cette jeune demoiselle.

— Ah! elle nous embête, cette jeune demoiselle, — s'exclama Mlle Maria. — Il faut l'envoyer à la cuisine voir si le café est passé.

— Non, il faut envoyer elle à l'armée du Salut... Volez-vous aller à l'armée du Salut, gentille petite miss? Vous deviendrez une jolie *alleluia lass*.

— Je ne sais pas ce que c'est, madame, — répondit Sidonie.

— Je vais expliquer à vô. Les *alleluia lasses* sont les *misses* de l'armée de nô. Le général, il aime très beaucoup les *alleluia lasses*, parce que elles sont très ioutiles.

— Qu'est-ce qu'elles font?

— Elles font les conversions, elles jouent du tambour de basque et elles chantent les cantiques. Ah! de si jolis cantiques! Aussi elles prêchent et font leur confession pioublique. Mais vô n'avez pas été méchante encore, ma petite?

— Non, madame, — fit avec conviction Sidonie.

— Avec tout ça, miss Helen Higgins, — dit l'amphytrion, — vous

nous aviez promis la vôtre... nous devions tous pleurer ensemble...
Allons, buvez un coup, ça vous donnera du courage.

— Je ai pas besoin de vin de Champagne pour donner du courage
à moâ, répondit-elle en vidant sa coupe, — le lord Jésus est suffisant.
Mais, je vous l'ai dit, je ne pouvais pas parler devant la jeune demoiselle,
parce que j'ai été très méchante... Je aimais les messieurs trop beaucoup.
Et je avais été bien pounie, parce que ceux que je avais aimés, ils ont été
perfidieux et menteurs.

— Ah! c'est mal!

— Oui, monsieur Kauffmann, ils avaient promis le mariage à moâ, et
jamais ils n'ont marié moâ... Alors, je étais très malheureuse, je plourais
beaucoup et je volais détruire moâ, quand j'ai rencontré l'armée du Salut...
Oh! lord Jésus! *thank God!* Je étais sauvée !

— Comme ça, tout d'un coup? — demandèrent les dames.

— Le lord Jésus éclaire tout d'un coup des lumières du Saint-Esprit
les pêcheurs qu'il veut sauver, — répondit la salutiste.

Cependant l'ivresse gagnait les convives, à l'exception d'Hauser et de
Fanny, qui s'observaient et s'étaient modérés.

La petite Sidonie s'était endormie sur sa chaise et l'amphytrion, en
trébuchant, l'avait étendue sur le canapé.

Puis, friand, ainsi que M. Baptiste et Mlle Maria, d'histoires scabreuses,
il s'était rapproché comme eux de l'Anglaise, dont la langue, désormais
déliée, se trouvait prête à toutes les confidences, et tous trois écoutaient
avidement les détails de sa confession.

Quant à Hauser, il s'entretenait avec Fanny à voix basse, lui déclarant
qu'il la reconnaissait pour l'avoir rencontrée à Londres dans certain
milieu interlope.

— C'est vrai, — répondit-elle ; — mais vous-même n'étiez pas, il me
semble, en trop bonne compagnie.

— Les hasards des voyages, — répondit Hauser.

— Et moi, ceux du veuvage, — répliqua-t-elle en riant. — Gardons-
nous mutuellement le secret.

Il dissimulait ses craintes; mais ce qu'il ne pouvait se dissimuler, c'est
que cette rencontre pouvait avoir de fâcheux résultats.

Fanny l'avait connu sous le nom de Roland; elle l'avait entendu
appeler « baron Hauser » ; elle savait maintenant qu'il avait pris celui de
Kauffmann. De ces trois noms, quel était le véritable?

— Oui, — ajouta-t-il, — j'avais suivi une petite brune qui m'a four-
voyé dans un vilain monde.

— Vous rappelez-vous ce vieux Polonais que vous avez si malmené?

— Ah! ce vieux fou! Il me traitait de voleur.

— Il criait à qui voulait l'entendre que vous lui aviez volé un million.

— Ne se prétendait-il pas comte?

— Comte Gobski, parfaitement. Il l'était; il m'a montré ses papiers... Mais voilà le plus drôle!...

— Quoi?

— J'ai rencontré à Paris son frère ou plutôt son Sosie.

— Ah! vraiment.

— Cette petite fille qui semble vous intriguer si fort...

— Eh bien?

— C'est lui qui me l'a confiée.

— Qui ça, lui?

— Le frère du comte Gobski.

— Expliquez-vous... je ne comprends pas, — dit Hauser avec chaleur, se sentant sur une piste.

Fanny alors, à voix basse, pendant que la salutiste détaillait ses aventures de jeunesse à son auditoire alléché et attentif, Fanny, dis-je, raconta sa rencontre avec le personnage qui semblait avoir pris à tâche de se donner l'apparence du bonhomme qu'on surnommait dans le quartier cosmopolite de *Soho-Square* le père Montrelune.

Comme son « mari » lui avait laissé entrevoir que Kauffmann appartenait à la police, elle pensait ainsi, — car elle ne voyait pas sa situation bien claire à l'égard de l'enfant, — se mettre à l'abri en cas où on l'eût inquiétée.

Hauser était assez fin pour reconnaître Nicolaï dans la description qui lui en fut faite; mais quel mobile le poussait à assumer la personnalité du vieux Gobsky et, ce qui l'intriguait davantage encore, quelle était cette petite fille qu'il désirait tant garder?

Il se rappelait les paroles de Nicolaï alors qu'il se désespérait de ne pas trouver le sac contenant le million volé.

« Plus rien, rien... Et Sidonie! Sidonie!... Et moi qui promettais dix mille francs à qui me rendrait Sidonie!... »

Qu'est-ce que cela signifiait?

Il se perdait en conjectures.

— Vous vous mettez dans de mauvais draps, — dit-il après un moment de silence.

— C'est ce que je crains..., mais j'ai pour me couvrir l'autorisation de la mère.

— L'avez-vous vue, la mère?

— Oui, quelques instants. Je lui amenais la petite fille, qui sachant que ce fameux père dont elle a peur comme de la peste était en haut, a refusé de monter.

— Tout cela est bien singulier, — dit Hauser, — et quelle est votre opinion, à vous?... Pensez-vous qu'il soit réellement son père?

— Peut-être l'est-il? Mais à la façon de Loth, alors... C'est mon idée...

Et comme le forban faisant mine de s'indigner, de refuser à croire à des monstruosités pareilles, elle ajouta :

— Ça vous étonne tant que ça! Tenez, jouons franc jeu. Vous m'avez dit tout à l'heure que vous aviez été entraîné à Londres dans un vilain groupe à la suite d'une belle brune, vos amours...

— Eh bien?

— C'est possible que vous aimiez la belle brune, mais vous aviez un autre mobile!...

— Lequel?

— Celui de mettre la main sur une bande de gredins... Ne le niez pas... Vous êtes de la police.

— Et quand cela serait? — répondit Hauser, visiblement flatté.

— Oh! moi, ça ne me gêne pas, mais alors, puisque vous êtes de la police, vous ne devez pas ignorer que ces horreurs sont plus fréquentes qu'on ne le croit.

Il est douteux que Fanny eût lu le *Torquemada*, de Victor Hugo, où le pape Alexandre VI répond au grand inquisiteur par ces deux vers cyniques :

> Est-ce que vous croyez que si ma fille est belle,
> Je me gênerai, pour être amoureux d'elle?

Mais les péripéties d'une enfance malheureuse l'avaient poussée dans des milieux où ne sont pas rares ces aberrations que nous couvrons de toute notre indignation et de tout notre dégoût.

Mais, comme l'écrivait récemment Léopold Lacour, au sujet du procès retentissant de ce riche négociant de Toulon, devenu l'amant de sa fille mineure, « nous subissons là un sentiment que des générations et des générations nous ont légué, sous l'influence ininterrompue de lois sociales et religieuses qui, depuis des siècles et des siècles, quoique souvent modifiées elles-mêmes, n'ont pas cessé de faire peser sur ce genre d'amour la réprobation et le châtiment; et c'est pourquoi nous le regardons comme quelque chose d'horrible, même au point de vue naturel, tandis que le savant qui étudie l'homme et son histoire en naturaliste, constate qu'il fut des peuples, et qu'il est encore des peuplades où ce crime contre la nature apparut ou apparaît conforme aux vœux de l'espèce, fut ou est légal.

— Lâchez la main de moâ, mister Félix, je suis consentante...

« Encore maintenant, chez quelques indigènes de Californie, le père
peut épouser sa fille; et l'on sait qu'en Égypte et en Perse, le mariage était
permis entre frère et sœur.

« D'ailleurs, la Bible, outre l'histoire des filles de Loth, a celle du mariage
successif de Jacob avec Léa et Rachel, compliquée de ce fait que Léa,
l'aînée, n'était pas morte.

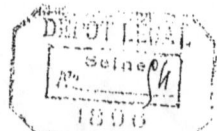

« Comment les bons chrétiens et catholiques accommodent-ils ces violations *sacrées* de la loi naturelle et divine avec leur chrétienne ou catholique horreur de l'inceste?

« Quant à la passion de Mahomet pour sa fille Fatime, elle est demeurée célèbre et on en trouve un amusant aveu dénué d'artifice dans une phrase excitante du prophète, que l'historien Gibbon donne en latin :

Ingero linguam meam in os ejus.

Mais écrivant une simple histoire de mœurs contemporaines et non un traité des maladies morales dont est affligée notre pauvre espèce, je passe outre pour me hâter de conclure avec Léopold Lacour :

« Le dix-septième, que quelques-uns appellent encore le grand siècle, eut des indulgences qui sont vraiment charmantes, à l'égard de telles amours incestueuses.

« Il n'en voulut pas à Mme de Longueville d'avoir eu des bontés trop intimes pour ses frères, de passer au moins pour en avoir eu; et je ne sais plus si ce n'est pas Mme de Sévigné, qui disait de Bussy, tout gentiment, qu'il aimait bien sa fille, puisqu'il *couchait* avec. »

Dans les classes populaires, c'est bien pis.

« Pourquoi feindre de l'ignorer? Le viol de la fillette ou de la jeune fille par un père rentrant saoul, mais c'est très fréquent « en bas », à la ville et la campagne... »

Il arrive aussi souvent qu'un jeune garçon « se déniaise avec sa sœur, qui est comme sa petite femme, dans le lit où on les laisse ensemble jusqu'à un âge trop avancé pour que ça n'arrive pas ».

Aussi Karl Hauser, bandit auquel aucun vice n'était étranger, ne s'étonna-t-il nullement de la remarque de Fanny et sourit-il au contraire en homme qui se place au-dessus des préjugés communs et des opinions toutes faites.

— Ah! ah! — fit-il — ah! ah! Vous croyez. C'est bien possible, en vérité.

Et il alluma un cigare sans doute pour se donner le temps de la réflexion.

Tomber sur cette enfant était pour lui une aubaine inespérée. Il se félicitait intérieurement du hasard qui avait placé sur son chemin la fille de l'homme qui l'avait dépouillé, de l'être qu'il détestait le plus.

Quel parti en tirer?

Il n'en savait rien encore; tout allait dépendre des circonstances et surtout des intentions de Fanny.

— Alors, — lui dit-il après avoir tiré quelques bouffées et suivi machinalement les circonvolutions bleuâtres de la fumée de son havane, — que comptez-vous faire de la gamine?

Fanny haussa les épaules, geste qui signifiait clairement : « Je n'en sais ma foi rien. »

— Donnez-la-moi, — fit Hauser.

— Qu'est-ce que vous en ferez?— répliqua-t-elle le regardant fixement comme pour lire au fond de sa pensée.

Il vit qu'il venait de commettre une imprudence.

— Je la mettrai aux *Enfants moralement abandonnés*, — répondit-il, — une excellente institution dont vous ignorez probablement l'existence. On y est très bien, on y apprend un métier...

— Et on y est en prison.

— Ah! Que voulez-vous? On ne peut pas cependant laisser ces enfants gourgandiner dans les rues.

— Non, répondit Fanny. — Pas de cela. Cette petite est gentille et douce. Elle n'a rien fait pour qu'on la prive de sa liberté.

— Mais si on la laisse à elle-même avec une mère telle que vous me l'avez décrite, elle deviendra bien vite un gibier de Saint-Lazare.

— Sans doute, mais je ne là laisserai pas..., je trouverai bien à la placer dans une maison honnête.

Hauser n'insista pas et continua à fumer silencieusement se disant en lui-même qu'il ne perdrait ni la femme ni l'enfant de vue.

A côté d'eux on causait toujours en petit comité et l'on ne s'ennuyait pas à en juger d'après les rires de M. Baptiste et de Mlle Maria et les exclamation du maître de céans qui répétait :

« Oh! la bonne histoire! Elle est bien bonne celle-là! »

Quant à miss Helen Higgins qui faisait les frais de la conversation, elle conservait tout son sérieux d'apôtre et son flegme britannique.

— Eh bien! Il paraît qu'on s'amuse dans ce coin, — dit Hauser.

— Oui, — répliqua Benoît Félix, — pendant que vous vous amusez du vôtre... Vous avez donc fini d'entreprendre mon épouse?

— Oh! je n'ai pas encore commencé.

— Nous parlions de choses sérieuses, — dit Fanny, — nous nous occupions de l'avenir de cette petite.

— Sona venir? — s'écria miss Higging. — Il est tout trové, si vo volez bien. Je embrigade la jeune demoiselle dans l'Armée du Salut.

— Une bonne idée! — fit M. Benoît.

— Expliquez-vous!

— Je la présenterai à un ami de moâ, le major Kidney, qui est chargé par le général Booth de l'escouade des petites demoiselles.

— Mais elle est çatholique, —. fit observer Fanny.

— Oh! le major Kidney, il sera bien plus content, il la convertira et en fera une belle petite protestante.

— Qu'est-ce que je disais avant votre arrivée, — s'écria M. Félix. — Juste comme mon évêque, le révérend Fuckinson. Il n'y va pas par quatre chemins : « une deux, » ça y est! De lapin on devient brochet, et de catholique protestant.

— Le temps d'avaler une praline, — conclut Fanny. — Il n'y a qu'une petite difficulté, c'est qu'il faut le consentement de l'enfant.

Il était l'heure de se séparer; chacun se leva un peu trébuchant à l'exception de la salutiste qui parut plus raide que de coutume.

On eût dit un morceau de bois sec qu'aucun coup de vent ne pouvait plier.

Elle resta la dernière, sans doute pour ne pas rendre témoin les autres invités d'une défaillance possible; mais la défaillance n'eut pas lieu. Seulement près de la porte, en prenant congé, elle dut s'appuyer de la main au mur.

Hauser s'approcha d'elle.

— Je vous reverrai? — demanda-t-il.

Elle lui jeta un regard effaré.

Il dut répéter sa question.

— Non, jamais, — répliqua-t-elle en colère. — Vo êtes un méchant homme. Vo avez fait môa méchante l'autre jour. Vo êtes le diable. Je veux plus voir jamais, jamais, jamais vo !

Et, là-dessus, elle descendit raide, digne, majestueuse, se tenant à la rampe et lâchant à chaque marche un hoquet.

Hauser, stupéfait de la virulente apostrophe, dont il ne s'expliquait pas la cause, descendit derrière elle.

— Eh bien! quoi! Miss Higgins! Qu'est-ce que vous avez?

— Je avais mal au cœur, — dit-elle. — Ne touchez pas môa... Votre vue fait mal à mon cœur?

— Comment, vous me recevez ainsi, divine Helen, moi si houreux de vous revoir.

— Vo ! vo êtes un perfidieux! allez flirter avec Mme Félix.

CXCIII

ALLELUIA

Nous voici de retour à Londres, non pour courir après la fortune, mais pour suivre quelques-uns, je ne dirai pas des héros, mais des personnages de ce drame.

C'est un samedi, jour où les banques, les grands magasins, les ateliers sont fermés dès deux heures, afin de donner aux commis et aux ouvriers une demi-journée de plaisir, car le dimanche ne compte pas, il doit être consacré au Seigneur et au repos.

De l'est à l'ouest, du nord au sud, de White-chapel à Hammersmith, d'Hampstead à Depford et Greenwich, Londres retentit d'un seul nom : *Booth ! William Booth ! le général !*

De tous les points de la métropole, de l'extrémité des comtés, des bandes joyeuses se dirigent sur Hyde-Park.

Aux carrefours, le long des grandes artères qui conduisent à ce parc célèbre, retentissent des coups de grosse caisse, de tambourins et de cymbales.

Bruyants, mais en bon ordre, s'avancent militairement les bataillons des Salutistes, quelques-uns commandés par une femme, quelquefois une très jeune fille.

Les hommes les plus vigoureux ouvrent la marche, les sœurs (alleluia lasses), les adolescents, les enfants, les faibles, forment le centre, et l'arrière-garde est protégée par de solides frères.

Le drapeau flotte au vent et la musique joue, non des airs funèbres ou d'église, mais des marches triomphales et populaires, des hymnes nationaux.

« — Il faut du bruit à la foule, — a dit Booth, — un tambour et une grosse caisse attireront toujours plus de monde et plus vite que la voix de stentor du plus puissant prédicateur. Allez donc, la musique, et en avant ! »

Chaque centre, c'est-à-dire chaque district ou quartier, envoie ses contingents de salutistes des deux sexes, décorés de rosettes aux couleurs de l'armée, le chapeau et le képi orné d'un large ruban rouge où se lit en lettres d'or, *welcome* (bienvenue).

Car la manifestation a pour but de souhaiter la bienvenue au général retour de mission lointaine.

A deux heures précises sous l'arc de triomphe de marbre du parc, enseignes déployées et musique en tête,

> Escortés de cent canailles,

Comme les moines ivres de Piron, les pieux bataillons défilent.

Hubert Booth, adjudant général, à cheval, secondé par un essaim d'aides de camp, range les troupes sur le terrain.

Après les musiques, vient un peloton de porte-drapeaux déployant les couleurs de toutes les nations du monde, jusqu'à l'étendard du Céleste Empire, où l'armée du Salut a pris pied.

Puis flottent au vent des oriflammes aux versets bibliques, aux inscriptions variées :

> *La Cité d'or acclame cordialement le retour du glorieux général.*
> *Sauvez nos âmes!*
> *Prisonniers de Jésus-Christ.*
> *Nous réclamons la liberté des rues pour le Bien.*
> *La mort vient; après la mort, le jugement; ne frémissez-vous pas?*
> *Rentrez en vous-mêmes.*
> *Comment éviter la damnation ? Vous n'avez qu'à nous suivre !*
> *Etes-vous sauvés?*
> *Nous nous rencontrerons au ciel.*
> *Vive le général !*
> *Alléluia !!!*

Les organisateurs avaient annoncé, dans les prospectus distribués à profusion, le défilé de nombreux chariots où devait se dérouler une suite de tableaux vivants d'un réalisme au moins aussi saisissant que ceux offerts aux Parisiens par M. Chirac :

Scènes d'intérieur d'ivrognesses et d'ivrognes ;

Scènes de *public-houses* (cabarets);

Les six fameuses toiles animées de Charles Cruikshank représentant les désordres causés par la funeste bouteille d'eau-de-vie dans une famille d'artisan ;

Petites Guenillardes vendant des fleurs, de celles dont parle Clovis Hugues :

> Avec des gestes coquets
> La pauvre petite dresse
> Sa main pleine de bouquets.

> Et c'est ainsi que l'infâme
> Misère fait, ô douleur!
> Vendre la fleur par la femme
> Et la femme par les fleurs.

Le programme annonçait encore dans la série variée des tableaux vivants :

Hommes et femmes sauvés de la ruine physique et morale;

Prostituées ramenées dans le chemin de la vertu;

Et d'autres alléchants et édifiants tableaux.

La police, cet éternel trouble-fête, s'opposa à ce spectacle pittoresque et essentiellement couleur locale.

— Que le diable emporte la police! — murmurait-on dans la foule. — Nous aurions eu d'amusantes scènes.

Néanmoins, pour ne pas causer trop de désappointement aux curieux, on remplaça cette partie du spectacle ambulant par l'exhibition de tous les *artistes* qui devaient y prendre part.

Affreux coquins ramassés dans les plus affreux bouges de Londres, *poivrots* lamentables, pâles voyous, mégères et fillettes en guenilles suivaient pêle-mêle en bataillon serré, riant et grimaçant à la foule, exhibant sans vergogne leurs loques, leur dégradation, leur saleté, leur misère, l'affichant sur une bannière, comme si la vue de leur troupe immonde ne suffisait pas :

> *Écume des bouges!*
> *Ceux que l'armée va sauver!*

Et derrière, un frais essaim de jeunes et jolies filles, vives et pimpantes sous leur sévère costume de salutistes, agitant les unes des tambourins, les autres de grands éventails indiens, groupées autour d'un étendard bleu de ciel portant en lettres d'or :

> *CELLES QUE L'ARMÉE A SAUVÉES!*

Mais des cris s'élèvent; les oriflammes et les étendards s'agitent.

— Le voici! le voici!

— Vive le général!

— *Alleluia!*

Ponctuellement, ainsi qu'il sied à un Anglais et à un gentleman, à la minute dite, le héros de la fête paraît dans une victoria accompagné par Bramwel-Booth, celui-là même qui fut mêlé aux scandales de la *Pall Mall*

Gazette, et fit enlever, de concert avec William Stead, le directeur de cette feuille, la petite Éliza Armstrong, pour faire son salut.

Un état-major à cheval escorte la victoria.

Coups de fanfares, acclamations, coups de sifflets, huées, cris d'animaux saluent le triomphateur.

Des interpellations, des observations flatteuses ou ironiques s'élèvent de la foule.

— Voici un homme qui vaut mieux que nous tous! — crie une grosse commère à trogne enluminée.

— Ah! le vieux chéri, — s'exclame une autre, — faites un peu de place, je vous prie, que j'en rassasie mes yeux.

— Et moi, — ajoute une autre, — que je danse une gigue en son honneur.

— A bas les charlatans! — vocifèrent quelques voix.

— A la Tamise, les puffistes!

— Où est la petite Éliza Armstrong?

— Vivent les Salutistes!

— A bas les voleurs d'enfants!

— Les suborneurs de petites filles.

— Hue! Hue!

Des coups de poing s'échangent. Voyous et pickpockets accourent, bousculent, poussent, fouillent les poches.

Les hommes vocifèrent; les femmes crient; quelques-unes se trouvent mal. La police arrive, augmente le désordre. On casse quelques mâchoires. Une vraie fête anglaise!

Le « général » passe.

Acclamations et injures, il accepte tout du même sourire, salue à droite, salue à gauche, agite son chapeau, agite son mouchoir, agite sa longue barbe, agite ses mains.

Deux victorias chargées de hauts dignitaires suivent la sienne.

Enfin il se présente devant son armée en bataille, et des rangs des bataillons, en même temps que les éclats stridents de cinquante fanfares, s'élèvent les cris de joie de dix mille salutistes.

— Vive le général!

— Vive le lord Jésus!

— Alleluia.

— *Welcome!*

— En route pour le ciel!

— Amen!

> Ivre de joie et d'amour furieux,
> Le peuple salue ce passant glorieux!

Seul, dans ce galetas, rien ne vint le distraire de ses tristes réflexions.

C'est à croire que tout ce peuple est fou!

La victoria s'arrête, flanquée à droite et à gauche de celles des hauts dignitaires.

Les troupes salutistes, sous le commandement de leurs chefs, opèrent un mouvement militaire et forment un carré dont les victorias sont le centre.

Liv. 281. — H. GEFFROY, édit. — Reproduction interdite.   Mort du Czar. 173

Le « général » se lève et, salué par des acclamations frénétiques, monte sur le siège du cocher, où il se tient debout pour être plus en vue de la foule.

Il est revêtu de son uniforme, moitié militaire, moitié clérical, longue lévite à brandebourgs noirs couverts en partie par sa barbe vénérable.

Nue tête, les bras en croix, les yeux clos, le visage tourné vers le ciel, il appelle sur les salutistes agenouillés la bénédiction du Très-Haut. Puis on lui passe les *Saints Évangiles*.

Il les ouvre lentement, gravement, et d'une voix forte, lit quelques passages du VI° chapitre de l'apôtre Luc.

— « Faites du bien et prêtez sans en rien espérer, et votre récompense sera grande et vous serez les enfants du Très-Haut.

« Donnez et on vous donnera.

« On vous donnera une bonne mesure pressée et secouée et qui répandra du grain par-dessus les bords ; car on vous servira de la même dont vous vous servez envers les autres. »

Ils sont, — on le voit, — soigneusement choisis.

A bon entendeur, salut!

Trop habile pour insister, il se contente en refermant le livre, d'exhorter la foule profane que l'on a laissé pénétrer dans le carré, de venir le soir même à la grande salle d'*Oxford-Street*, et ceux de l'assistance qui ne seraient pas *sauvés* de profiter de cette superbe et peut-être unique occasion.

— L'objet de mon voyage, — dit-il ensuite, — fut moins d'étendre l'ère de mon action que de me rendre un compte exact de la marche de *mon armée* dans les colonies, de m'assurer des positions occupées, de voir ce qui me restait à faire.

— Et de battre monnaie ! — crie une voix.

— Sans doute, on est toujours heureux de recevoir de l'argent, c'est nécessaire à l'entretien des corps et à la conversion des âmes. Les temps ne sont plus où la manne tombait directement du ciel, où l'on s'habillait d'une peau de bête et d'une ceinture de feuilles de figuier. Tout coûte, et pour vivre, il faut de l'argent. J'ai des centaines et des centaines de très jeunes filles qui ne vivaient que du vice et que j'ai arrachées au vice. Il faut qu'elles vivent de la vertu. Qui donc peut me reprocher de battre monnaie? Les malintentionnés, les imbéciles, les fous?

Cela dit d'un ton paterne, souleva les bravos des auditeurs.

Le discours de Booth fut suivi de prières, d'hymnes et se termina par une convocation nouvelle pour le soir même au quartier général.

Puis l'on se sépara comme l'on était venu, chaque bataillon se rendant dans ses quartiers respectifs.

Oxford Hall, le centre des prêches salutistes de Londres, est une vaste salle pouvant contenir plusieurs milliers de spectateurs.

Des tribunes disposées comme dans une salle de théâtre forment le fer à cheval. Au fond, sur une plate-forme garnie de gradins, se tiennent les salutistes.

C'est là qu'on prêche, qu'on exhibe les nouveaux convertis, qu'on fait les confessions publiques, que s'assoient en longues lignes les jeunes et vieilles filles de l'Alleluia, tandis que le bruyant orchestre, à l'encontre des autres salles de théâtre, se tient sur les gradins supérieurs et domine le tout.

Toute la famille, j'allais dire irrespectueusement la « bande » Booth est installée sur l'estrade d'honneur ; car il faut vous dire qu'à l'instar de quelques-uns de nos gouvernants présents et passés, le pontife a distribué les meilleurs postes aux membres de sa famille.

C'est ainsi qu'à ses côtés, on voit Bramwell Booth, chef d'état major général, l'ancien compère de William Stead dans les scandales de la *Pall Mall Gazette*, de sadique mémoire; miss Eva Booth, adjudante générale; Mme la maréchale Kate Booth, devenue l'épouse du « colonel » Clibborn, et qui, pour me servir de l'expression de son père, voyage avec son époux dans le même *céleste bateau!* Mistress Booth Tudler, première aide de camp, et un tas d'autres Booth.

Ce népotisme, le « général » l'avoue sans vergogne. « C'est la chair de sa chair. Ils ont tous été au *feu*, pourquoi ne seraient-ils pas à l'honneur? »

D'ailleurs, l'armée du Salut est sa création, sa chose. Il a le droit de disposer de son œuvre, contrairement à nos « maîtres » qui, n'ayant rien fait pour la République, — au contraire, — en disposent comme de leur bien.

Après les prières du début, le général prend les *Saints Évangiles* et relit les passages du VIe chapitre de l'apôtre Luc, pour l'édification de ceux qui ne l'auraient pas entendu déjà et rafraîchir les mémoires paresseuses :

— « Faites du bien et prêtez sans en rien espérer... Donnez et on vous donnera... »

Puis Bramwell Booth, qui est sourd comme un pot, lâche alors son puissant cornet acoustique, qui lui a servi à humer les paroles de l'apôtre, pour parler à tous.

Il exprime au nom de l'armée du Salut, répandue au quatre coins du globe, les vœux de tous les soldats pour le jubilé du général et l'anniversaire de son soixante-sixième printemps!

Pour célébrer cette date mémorable, il propose d'offrir un cadeau au grand chef. Un conseil tenu par les gros bonnets en a fixé le chiffre à la bagatelle de 50,000 livres sterling! — je dis *un million deux cent cinquante mille francs*, — dont il fera l'usage qui lui conviendra le mieux.

On s'explique maintenant la lecture suggestive des versets de saint Luc : « Donnez! Donnez toujours! »

Cet appel est accueilli par des cris d'enthousiasme. Tous ces idiots se félicitent comme s'ils allaient partager le gâteau.

L'enthousiasme redouble quand le pontife se lève à nouveau, fait signe qu'il va parler.

Et il parle d'or, le roublard!

— Quelques amis, dit-il, ont déjà commencé à souscrire et même à envoyer leur obole.

« Laissez-moi relever quelques noms sur la liste de ces hommes de bien :

« Un ami de Londres.............................. 25,000
« Un autre ami................................... 25.000
« Un ami russe................................... 25,000

Tonnerre d'applaudissements.

— Je continue :

« Un ami de Liverpool 10,000
« Un officier d'état-major....................... 2,500
« Un capitaine salutiste......................... 12,500

« Et moi-même, conclut-il modestement, bien que pauvre homme, j'ai souscrit une guinée pour chacune de mes cinquante années de grâce.

« Soit cinquante guinées, car c'est à seize ans que j'ai commencé mon salut.

Bref, il déclare qu'il a déjà recueilli 700 livres sterling, en belles espèces sonnantes.

— En outre, ajoute-t-il, un ami lui a offert un tableau estimé 250 livres, et un second, qui n'a pas d'argent comptant, lui a donné une maison.

« Maintenant, mes chers frères, je vais vous donner un échantillon de mes dépenses et vous montrer que j'emploie saintement les fonds que votre générosité et votre amour du bien me confient.

Et s'adressant à la cantonade :

— Allons, debout les *alleluia lasses!* Approchez, mes enfants! En avant, la musique!

L'orchestre, qui n'attendait que ce signal, éclate en bruyantes notes. Grosse caisse, clairons, violons, fifres, cymbales, tambourins, tout est en branle; et en branle aussi se met un bataillon enjuponné de jeunes filles, dont beaucoup très jolies.

Elles portent le waterproof sombre à large collet et le chapeau des salutistes, gravissent l'escalier de l'estrade, défilent deux à deux sur la plate-forme et font front militairement.

Leur âge varie de onze à seize ans.

— Voici mes nouveaux enfants, — dit le patriarche — de nouvelles recrues de l'armée !

Les recrues baissent les yeux d'un air hypocrite tandis que, dans l'assistance des *alleluia* s'élèvent en chœur.

— Etes-vous sauvées, mes enfants, — demande paternellement le général.

— Nous sommes sauvées, — répondent-elles en chœur.

— Vous croyez à la Rédemption.

— Nous croyons à la Rédemption.

— Très bien, mes enfants. Vous allez raconter au pieux auditoire, pour son édification, de quelle façon vous avez été sauvées! Que les plus coupables, que celles dont la vie a été le plus remplie d'iniquités prennent la parole, et se rappellent qu'il y aura plus de joie au ciel pour un seul pécheur converti que pour cent justes, et que plus les fautes du pécheur ont été grandes, plus grande sera la joie des élus. *Amen!*

— *Amen* ! répète l'assistance.

Alors une fillette de treize à quatorze ans s'avance un peu hors du rang, et commence la confession publique.

Elle avoue hardiment et sans broncher, comme si elle récitait une leçon bien apprise, comme quoi elle avait été séduite, à l'âge où l'on ne songe d'ordinaire qu'à jouer à la poupée, par un frère d'une année plus âgée qu'elle, puis, le premier pas fait, s'était livrée aux petits garçons du voisinage et avait continué cette vie d'impuretés jusqu'à ce qu'elle avait fait la rencontre d'une petite amie qui, ayant débuté comme elle, avait été touchée par la grâce et était devenue salutiste.

Elle l'avait un soir emmenée au prêche, et après avoir écouté les paroles divines, elle avait compris toute l'horreur de son genre de vie, fait amende honorable et était maintenant... sauvée.

D'autres suivirent, racontant à peu près la même histoire qui ne variait guère que dans les détails, et ne prouvant qu'une chose, la profonde démoralisation des bas-fonds de Londres, démoralisation résultant de l'effroyable misère qui oblige père, mère, enfants, voisins à vivre dans la plus étroite promiscuité des taudis.

Toutes avaient enfin rencontré un sauveur qui les tirait des griffes de Satan, c'est-à-dire de celles de la misère, en les admettant dans la sainte cohorte.

Quand une demi-douzaine eurent ainsi fait leur confession publique, avec un sans-gêne qui eût fait rougir un dragon de la reine, le « général » jugeant la démonstration suffisante, entonna un cantique d'actions de grâces que répéta l'auditoire, tandis que les fillettes converties passaient dans les rangées de bancs de la salle avec des tirelires où chacun déposait son offrande.

Puis la quête terminée et les petites salutistes replacées en ligne, le « général » reprit :

— Voici maintenant un autre succès pour l'armée du salut. Non seulement nous retirons des antres du vices les petites infortunées pour les appeler à nous, mais nous opérons des conversions jusque chez les papistes.

— Bravo! bravo ! — cria la foule.

— Je vais, — continua William Booth, — vous présenter une petite Française que nous avons arrachée à l'idolâtrie romaine, pour en faire une salutiste. La gloire de cette conversion ne revient pas à moi, mais à l'un de nos plus zélés officiers, à une pieuse et sainte fille qui a suivi une de mes missions en Afrique et qui, de retour, à son passage dans la Babylone moderne, nous a ramené une recrue.

« Avancez, capitaine Helen Higgins! Montrez l'enfant que vous avez sauvée.

Miss Helen, à cet appel, monta sur l'estrade, tenant par la main la petite Sidonie toute rouge et toute confuse.

Elle se mit en face du public, faisant placer Sidonie à ses côtés.

Et les regards de l'assistance allaient de la mine austère et ascétique de la salutiste au joli visage de l'enfant.

— Alleluia! alleluia! — cria t-on.

— Elle est gentille, la petite grenouillarde !

— Voilà une bonne acquisition pour l'armée.

— On la croquerait.

— Elle est presque aussi jolie qu'une Anglaise.

— Il y a donc de jolies filles à Paris?

— Il y en a partout, arriéré !

— Pas tant qu'à Londres, je suppose.

— Ça, c'est la vérité.

— Vive le capitaine Helen Higgins!

— Vive la petite *Froggy* [1]!

— Parle-t-elle anglais?

1. Grenouillarde. Sobriquet que les Anglais donnent aux Français.

— Il faut qu'elle fasse sa confession !

— Je suppose que ça serait trop choquant !

— Ces Français sont si immoraux !

— Paris est la sentine de tous les vices !

— Qu'elle se confesse ! qu'elle se confesse !...

Pendant ces colloques, ces apostrophes partant de tous les points de la salle, Helen Higgius tenait ses yeux modestement baissés, tandis que Sidonie, dont l'émotion première était passée, les promenait avec surprise et curiosité sur l'assistance, ne comprenant d'ailleurs pas un mot de ce qu'on disait.

— Baissez les yeux, petite effrontée ! — crièrent plusieurs voix ; — ces Français n'ont pas de pudeur !

Et d'autres répétaient :

— Qu'elle se confesse ! qu'elle se confesse !

Le « général » Booth leva la main pour obtenir le silence :

— Mes amis, — dit-il quand le calme se fut rétabli, — la nouvelle recrue que nous vous présentons et que vous amène le capitaine Helen Higgins...

— Bravo ! bravo pour le capitaine Higgins !

— Ne m'interrompez pas, s'il vous plaît... Cette nouvelle venue ne se confessera pas à vous, comme l'assistance le demande, pour plusieurs raisons. La première est qu'elle ne parle pas l'anglais... la seconde...

— La première suffit, — crièrent quelques irrévérencieux n'appartenant sans doute pas à l'armée.

— La seconde — continua le patriarche sans se troubler — est que c'est une pure enfant.

— Comme Élisa Armstrong ? — demandèrent les mêmes voix :

— Son cas, — reprit le général toujours imperturbable, — offre en effet quelques particularités semblables avec celui de la jeune personne dont vous venez de prononcer le nom...

— Parlez, parlez...

— Mais plus abominables encore.

— Ah ! ah ! — cria-t-on de toutes parts.

— Expliquez-vous, général.

— Je laisse la parole au capitaine Helen Higgins.

— Vive le capitaine Higgins.

— Ne gazez rien, capitaine.

— Dites tout, au nom du salut.

— La morale l'exige.

CLXCIV

PENSION DE FAMILLE

Helen Higgins qui jusqu'ici avait tenu ses yeux baissés, les promena sur l'auditoire.

Elle toussa légèrement comme il convient à une personne dont le jeûne, les mortifications et les austérités de toutes sortes ont attaqué la poitrine, et tenant toujours la main de Sidonie dans la sienne, commença d'une voix lente et un peu faible au début, son récit :

Ce fut d'abord une entrée en matière ou la limonade évangélique coulait de ses lèvres comme un filet d'eau d'un robinet; puis elle raconta les horreurs de Paris.

Tous les pieux Anglais qui ont voyagé en France et séjourné à Paris, ne fût-ce que vingt-quatre heures, racontent les vices de ce qu'ils appellent la « gaie cité »

C'est l'abomination de la désolation !

— La sainte mission dont m'avait chargée notre vénérable général, — dit-elle, — comportait ma visite à certains lieux que je n'ose pas nommer...

— Hear ! Hear ! (écoutez ! écoutez !), criait-on de toutes parts dans l'auditoire alléché.

— Mais vous devinez, n'est-ce pas, continuait l'orateur, — vous devinez ce que je veux dire?

— Nous devinons... les antres infâmes de la moderne Babylone ! — spécifia un des membres de l'assistance qui voulait qu'on mette les points sur les i.

— Le saint uniforme dont je suis revêtu couvrait l'imprudence de mes démarches... mais je ne craignais rien, guidée et fortifiée que j'étais par le Saint-Esprit...

— Écoutez, écoutez !

— Oui, écoutez, mes frères, car ce que vous allez entendre va vous faire dresser les cheveux sur la tête...

— Rien ne nous étonne de l'immoralité des Français!...

— Écoutez, écoutez!...

— Or, quand nous sommes arrivés à Paris, nous avons trouvé notre caserne du quai Valmy fermée. Une moitié du bataillon était partie pour la Suisse et l'autre moitié était revenue ici.

« Qu'est-ce que vous avez ?... — Je avais mal au cœur, » dit-elle...

« Un homme qui se trouvait là, un Français, nous dit que nous ne pourrions pas nous loger parce qu'elle était en réparation, et il nous donna l'adresse d'une maison bourgeoise que les Français appellent *pension de famille*, et où nous trouverions — dit-il — plusieurs *alleluia lasses* anglaises.

« — C'est très confortable, — ajouta-t-il, — et aussi très bon marché. »

« Nous arrivons à la place indiquée, ayant laissé notre petit bagage à la gare, dans l'incertitude ou nous étions sur l'endroit où nous nous arrêterions pendant notre séjour.

« La maison avait une belle apparence et tous les volets étaient fermés, sans doute à cause du soleil... C'est extraordinaire comme ces Parisiens craignent le grand air et le soleil!... Il n'y avait pas écrit : *pension de famille* sur la porte, mais il y avait un très gros numéro qu'on pouvait voir de très loin.

« Nous sonnons, — continua l'orateur; — une jeune servante à la mine assez effrontée nous ouvre et paraît un peu surprise de nous voir, moi surtout.

« — Qu'est-ce que vous désirez? — demanda-t-elle.

« — Vous avez des chambres à coucher? » — lui demanda à son tour mon compagnon.

« La jeune servante effrontée nous regarde comme si nous arrivions de la lune, et se met à rire, sans doute de l'accent et du mauvais français de mon compagnon... Ces Français sont toujours prêts à se moquer des Anglais et ça me donnait sur les nerfs, les rires de cette méchante petite servante, parce que je voyais les passants s'arrêter derrière nous et rire aussi comme des imbéciles, probablement à cause de notre saint uniforme... C'est un peuple si léger!... Il faut si peu de chose pour le faire rire... Je dis sévèrement à la jeune servante effrontée :

« — Miss, c'est sérieux..., c'est très malhonnête à vous de rire... Répondez au lieu de vous moquer... Le gentleman et moi, nous avons besoin d'une chambre. »

« Elle reprend heureusement son sérieux :

« — Oh ! — fit-elle, — c'est bien, madame..., je vais de suite demander à madame.

« Elle disparaît et nous laisse dans le corridor, qui indiquait tout à fait une maison bien tenue, tandis que tous ces imbéciles de Français continuaient à rire derrière, à se moquer de nous, et à dire des impertinences, surtout à mon adresse. Mon compagnon voulait boxer, mais je le retins par ces paroles de notre lord Jésus :

« Celui qui est humilié en mon nom sera glorifié au ciel.

« Celui qui reçoit un soufflet sur la joue droite doit tendre immédiatement la joue gauche. »

« Cependant, je dois confesser que j'ai été impertinente, moi aussi, et que je leur ai fermé la porte sur le nez, en leur criant :

« — Attrapez, vilaines gens ! »

— C'est bien ! bravo !

— La servante effrontée revient et nous fait signe de la suivre.

« Elle nous introduit dans une petite chambre, une sorte de *parloir*, où il y avait un sopha, un lavabo et autres objets indispensables à la toilette.

« — Ces Français sont plus propres que je ne le croyais, — me dit mon compagnon, — chez nous il n'y a de lavabo que dans les chambres à coucher ou dans les water-closets. Je vois qu'ils en mettent jusque dans les petits salons d'attente, pour qu'on puisse se laver les mains.

« — Mais pourquoi nous fait-on attendre ici ? — demandai-je.

« — C'est pendant qu'on prépare nos chambres. »

« La petite servante effrontée était sortie sans nous dire autre chose que : « Ça vous suffira, je pense. » A quoi on n'avait pas répondu

« Nous attendons dix, quinze, vingt minutes, et nous commencions à nous impatienter, lorsque la petite servante frappe à la porte et se présente avec des serviettes.

« — Eh bien, — lui dit mon compagnon, — vous nous faites attendre longtemps. »

« Et pour se moquer d'elle, il ajouta :

« — Est-ce que vous nous apportez le thé ?

« — Si vous le désirez, — répond la servante effrontée, — mais peut-être aimeriez-vous mieux du champagne ; MM. les Anglais demandent toujours du champagne.

« — Non, nous ne voulons pas de champagne, nous sommes *teetotalers* (buveurs d'eau). Tous les salutistes sont buveurs d'eau. »

« Elle se met à rire comme si elle ne le croyait pas.

« — Alors vous voulez du thé ?... fit-elle.

« — Oui..., avec un peu de jambon et des œufs. »

« Ça a fait beaucoup rire la demoiselle effrontée qui s'est en allée en répétant :

« — Du jambon et des œufs ! Vous êtes de drôles de types ! Je vais demander à madame. »

« Un moment après, on frappe encore à la porte et, cette fois, c'est une dame à cheveux gris et à l'air très respectable qui entre :

« — Je vois que vous êtes des étrangers, — dit-elle après nous avoir salué bien poliment, — et que vous ignorez les usages de la maison. Je veux bien vous commander une tasse de thé avec ce que vous avez demandé en plus, mais seulement parce que vous êtes des Anglais. Nous ne donnons pas d'habitude à manger aux clients.

« — Seulement à coucher ? — demanda mon compagnon.

« — Oui, — fit-elle en riant, — quand on couche avec une de mes dames, mais pas avec une dame du dehors. »

— Ecoutez ! écoutez !

« — Cette dame est une amie, — dit mon compagnon véritablement indigné et choqué, — je ne couche pas avec.

« — Alors pourquoi l'avez-vous amenée ? Si vous désiriez une dame anglaise, nous en avons plusieurs ici...

« — Oui, oui, je veux voir des dames anglaises — répondit mon compagnon, qui ne comprenait pas très bien ce que lui disait cette vénérable personne, — faites venir les dames anglaises...

« — J'y consens, si madame n'y fait pas d'objection.

« — Non, je n'objecte pas, — répondis-je, — je veux voir, moi aussi, les dames anglaises...

« — Ah! je comprends, — réplique la dame. — Vous êtes des raffinés.

« — Non, — dit mon compagnon, — nous sommes des Londonniens. »

« Elle sortit là-dessus ; nous étions bien étonnés tous les deux des usages de cette *pension de famille* où l'on ne pouvait avoir que difficilement du jambon et des œufs, et nous faisions toutes sortes de conjectures, quand la porte s'ouvrit et la dame à cheveux gris entra avec... oh! comment dirais-je le mot?...

— Dites! dites !

— Ecoutez ! écoutez!

— ... Avec trois créatures qui n'étaient habillées que d'un petit gilet de flanelle.

— Oh ! oh !

— *Shocking !*

— Ce n'étaient pas des Anglaises.

— Ecoutez! écoutez!

— J'ai le regret de dire avec confusion, — continua Hélène Higgins, — que c'étaient de nos compatriotes.

— Honte ! honte !

— « Débrouillez-vous à votre aise » — dit la dame à mine respectable, et elle sortit en refermant la porte.

« D'abord les trois dames, que je rougis d'appeler Anglaises, restèrent un moment très étonnées de nous voir tous les deux, puis elles se mirent à rire aux éclats, puis elles dansèrent devant nous la gigue et, ensuite, deux d'entre elles sautèrent sur les genoux de mon compagnon, tandis que la troisième vint s'asseoir à côté de moi en continuant à rire comme une folle à cause de mon waterproof salutiste et de mon chapeau d'alleluia... Et cette méchante fille se mit à me tutoyer et à me demander ce que je venais faire, **si je voulais** être pensionnaire dans la maison.

« — Non, — lui dis-je, indignée, — j'étais venue, en effet, pour être pensionnaire, mais puisque les dames sont habillées seulement d'un gilet de flanelle, je ne veux plus être pensionnaire et je veux m'en aller de suite.

« — Tu as donc bien peur de t'enrhumer? — me dit cette méchante fille; — mais on ne s'enrhume pas, on s'y habitue. C'est d'ailleurs partout comme ça dans tous les couvents de Paris.

« — Comment! nous sommes donc dans un couvent de catholiques? — m'écriai-je.

« — Oh! — répondit-elle, — toutes les dames ne sont pas catholiques; il y a des Juives, des protestantes, comme nous trois... »

— Honte! honte! — cria l'auditoire.

— Alors elle me donna plusieurs petits coups sur l'estomac et me dit en riant :

« — Je te vois d'ici en gilet de flanelle! »

Et elle me parla d'une poupée qui aurait appartenu à une certaine miss Jeanneton.

— Et le frère salutiste? — Que faisait-il pendant ce temps? — demandaient plusieurs voix.

— Le frère salutiste, il était si en colère qu'il est sorti. Les deux dames l'ont suivi. Et il m'a dit qu'il les avait évangélisées et converties, ce que je crois, car quand ils sont rentrés tous les trois au bout d'un petit quart d'heure, les dames étaient vêtues plus convenablement; elles avaient une robe de chambre.

— Très bien! très bien!

— Où est ce frère?

— Il est à Paris, — répondit Helen; — il a dit qu'il voulait évangéliser toutes les dames de cette pension de famille.

— Honte pour ces pensions de famille!

— Honte pour Paris!

— Sodome et Gomorrhe!

Des rires bruyants partaient dans l'auditoire, et des apostrophes désobligeantes à l'adresse de l'oratrice, venant sans nul doute de mécréants qui s'étaient glissés dans la foule pieuse.

Les salutistes indignés protestèrent contre ces irrévérencieuses clameurs.

Quelques vigoureux « soldats » s'élancèrent de l'estrade sur un signe du « général », et les perturbateurs furent expulsés tambour battant, c'est le cas de le dire, car l'on donna l'ordre à l'orchestre de jouer une bruyante marche militaire pendant les exécutions.

— Nous payons la salle, — observa sagement le général Booth, — donc nous sommes chez nous, et tout citoyen jouit du droit légitime, dans la vieille Angleterre, d'expulser de chez lui quiconque apporte chez lui le désordre.

Et il conclut par ces paroles des évangiles :

— « Celui qui tire l'épée périra par l'épée. »

CXCV

LE CAS DE SIDONIE

Pendant ce récit, débité avec le sans-façon et la bonhomie qui caractérisent les discours des salutistes, la petite Sidonie était restée debout près de sa nouvelle protectrice et présentatrice ne comprenant naturellement pas un mot de la narration.

Elle crut tout d'abord qu'il s'agissait d'elle et que miss Helen relatait les événements qui avaient amené leur rencontre.

Mais elle avait été vite détrompée, car tous les regards s'attachaient sur la narratrice et elle-même paraissait complètement oubliée.

Après l'histoire de l'aventure de la « pension de famille » et l'indignation sincère qu'elle souleva dans le clan des ignorants et des imbéciles, toujours en majorité dans toutes les assemblées, aussi bien religieuses que politiques, — car le petit nombre voyait que l'on s'était moqué de la salutiste et riait sous cape à gorge déployée, — plusieurs voix interpellèrent le capitaine.

— Et la petite Française ?... Parlez-nous donc de la petite Française ? — demandait-on.

— La ramenez-vous de la « pension de famille » ? — ajoutaient les autres.

— Était-elle aussi habillée d'un gilet de flanelle ?

— Oh ! combien *shocking !*

— Ces immoraux étrangers !

— Il n'y a rien de tel encore pour la morale que la pieuse vieille Angleterre !

— Écoutez ! écoutez !

— Non, — répondit Helen quand le flot des questions se fut apaisé, — elle n'était pas habillée d'un gilet de flanelle, mais, au contraire, bien décemment.

— Alors quoi ?

— Pourquoi l'avoir amenée ici ?

— Ce n'est pas dans une pension de famille que je l'ai découverte, mais chez des amis de sa propre famille.

— Pourquoi ne l'y avez-vous pas laissée ?

— N'interrompez pas ainsi constamment l'orateur, — dit le chef d'état-major Bromwell Booth, promenant de tous côtés l'entonnoir de son cornet acoustique pour saisir le sens des interruptions, — on n'en finira plus.

— Il a raison !

— Elle buvait du champagne ! — continua Helen.

— Oh ! oh ! *shocking !*

— Et que faisait-elle encore ?

— La pernicieuse liqueur lui avait alourdi la tête... elle dormait.

Ce sommeil de l'innocence parut déconcerter l'auditoire. On s'attendait à d'autres révélations.

— Et comment se trouvait-elle dans une compagnie où l'on buvait du champagne ?

— Parce que sa mère l'avait vendue, — répliqua Helen qui n'avait que de vagues et confus renseignements sur l'histoire de Sidonie.

— Vendue ! Répétez... Voulez-vous dire que sa mère l'avait vendue... véritablement vendue ?

— A un vieux gentleman ! — continua la narratrice.

— Honte ! honte ! — crièrent plusieurs centaines de voix.

— Filles de Sion, voilez-vous la face ! — cria le général Booth.

L'ordre fut exécuté avec une ponctualité toute militaire.

Les filles de l'armée salutiste se couvrirent le visage, les unes de leur livre de cantiques, les autres de leur tambour de basque.

— Mais, — ajouta Helen Higgins, — cette petite Française qui est une enfant sage et pure, s'est enfuie...

— Un bon point pour la petite Française.

— Faites-la descendre dans la salle que tout le monde la félicite et l'embrasse.

— Vous pouvez la féliciter de vos bancs, — dit le général Booth. — D'ailleurs, elle passera dans la salle pour faire la quête.

Cette annonce refroidit considérablement les enthousiasmes et le capitaine salutiste put continuer l'histoire fantaisiste de sa protégée.

Elle reprit :

— Elle s'est enfuie et le hasard, le mauvais sort, ou plutôt la Providence, qui voulait l'entourer d'épreuves, la conduisit dans une taverne fréquentée par des voleurs et des assassins.

— Oh! oh!

— Était-ce pour y boire? — demanda un facétieux.

— A la porte les perturbateurs!

— Qu'on les chasse à coups de pied!

— Écoutez! écoutez!

— Ce n'était pas pour y boire, mais pour y servir à boire aux voleurs et aux assassins... Et parmi ces rebuts de l'espèce humaine, elle reconnut l'homme qui l'avait achetée à sa mère. Celui-ci ne la reconnut pas heureusement... il était ivre. Alors elle s'enfuit de nouveau au milieu de la nuit avec une jeune demoiselle qu'on avait attirée dans cet endroit dans un but criminel... Elle retourna alors chez sa mère, et c'est à elle que nous l'avons rachetée.

Ce conte invraisemblable et à dormir debout fut accueilli par des applaudissements répétés.

— Honneur au capitaine Helen Higgins! — crièrent mille individus faciles à satisfaire.

— Et c'est ainsi qu'en France, en plein milieu de Paris, dans une métropole qui a la ridicule audace de s'affirmer le centre de la civilisation, — déclama un officier salutiste, — se pratique ouvertement, comme vous en avez sous les yeux la preuve vivante, la vente des enfants.

— C'est une infamie! — cria-t-on.

Un curieux éleva la voix :

— Combien donc l'avez-vous payé cette petite fille? Ne peut-on pas savoir le prix?

— Vous voulez en acheter une? — risposta d'un autre point de la salle un questionneur ironique.

— Je veux me rendre compte.

— L'argent ne fait rien à l'affaire, — répondit Helen Higgins, — nous l'avons payée cher, mais on ne peut payer trop cher une âme qu'on arrache à Satan.

— Enfin, combien? — répétèrent d'autre voix, — nous voulons savoir le prix des enfants à Paris.

— Cent livres sterling... sans compter les faux frais! — dit le général; — vous comprenez que nous ne pourrions longtemps continuer ce commerce, — ajouta-t-il en riant, — il nous faudrait la caisse des Rothschild, — je ne la possède pas encore... Mais j'espère que la générosité des personnes présentes ne me fera pas défaut et fera rentrer dès ce soir cette petite somme dans ma caisse. Faut-il vous relire le chapitre de saint Luc?

— Non, non... nous le savons par cœur.

— Très bien... Conformez-vous-y.

— Vous avez des chambres à coucher?...

Et le patriache alla se rasseoir.

— Ce n'est pas tout, — ajouta l'ancienne maîtresse délaissée du docteur Morris Homerton, — cette tendre enfant était plongée dans les erreurs, des honteuses superstitions catholiques; nous l'avons arrachée à l'idolatrie...

— Bravo! Très bien!

LIV. 283. — H. GEFFROY, éditeur. — Reproduction interdite. MORT DU CZAR. 175

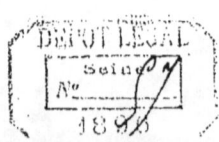

— Elle est maintenant protestante et salutiste; elle est sauvée!

— Alleluia! amen!

Et, se penchant vers Sidonie, elle lui murmura à l'oreille en français :

— Vô bon petit fille, vô allez dire tout haut en langage anglais ces paroles :

« *I am saved!* » (je souis sauvée!) Vô avez bien compris, n'est-ce pas?

— Oui, madame.

— Alors, disez.

— *I am saved!* — répéta docilement l'enfant.

Cette déclaration dans la langue de l'auditoire fut accueillie par un tonnerre d'applaudissements et une succession d'*alléluias* partis de tous les points de la salle.

Puis, sur un signe du chef d'état-major Bramwell Booth, l'assemblée entière se leva et entonna un hymne d'action de grâce qu'une gentille *lass* accompagna de coups vigoureux sur le clavecin :

> Gloire à Jésus,
> Une recrue de plus!
> Ciel, ouvrez-vous,
> Pour nous recevoir tous
> Nous allons droit
> Au bon endroit.
> Salut, salut!
> À la recrue!
> De lord Jésus!

Après cette étonnante poésie chantée avec toutes sortes de gestes et de remuements de hanches, qui rappelaient les célèbres *danses du ventre* de la rue du Caire, un capitaine salutiste plaça dans les mains de la nouvelle recrue de lord Jésus une longue tirelire, et la petite fille, armée de cet appareil menaçant pour les bourses et accompagnée et guidée par la capitaine Helen Higgins, passa entre les bancs dans les longues rangées de spectateurs ou pour mieux dire de fidèles.

Ce fut du délire.

Chacun voulait voir, toucher, embrasser la petite papiste fraîchement convertie.

Sidonie, confuse de cette ovation à laquelle elle ne comprenait rien, trouvait, à l'encontre de ce qu'elle avait entendu dire, les Anglais fort aimables mais un peu trop embrasseurs, et s'y prêtait de bonne grâce.

La tirelire qu'on lui avait confiée fut lestement remplie.

Elle s'en déchargea entre les mains d'un officier salutiste, qui lui en remit une seconde, lestement remplie à son tour, et cet échange s'accomplit une dizaine de fois.

— Quel succès ! — se disaient entre elles les autres petites *alleluia-lasses*, — souriantes, mais jalouses. — Mais cette gamine française a l'air si effronté. Elle a dû *flirter* sur les boulevards, pour sûr, en sortant de sa taverne d'assassins et de voleurs.

Un vieux gentleman enthousiaste lui demanda poliment la permission de l'embrasser en sa qualité de sœur en lord Jésus, et lui donna cinq livres sterling.

Quelques autres, moins cossus ou moins ardents à la propagation de la foi, donnèrent un ou deux souverains.

On trouva ainsi quantité de pièces d'or mêlées aux pièces blanches et aux gros sous.

Ceux-ci, il faut le constater, étaient en plus grand nombre et obligeaient plus que le reste au renouvellement de la tirelire.

Mais les gros sous ne sont pas à dédaigner.

Ce sont — dit le proverbe — les *pennies* qui font les schellings, et les schellings qui font les guinées.

Si William Booth ne rentra pas ce soir-là dans les cent livres (deux mille cinq cents francs) qu'il affirmait avoir payés pour le rachat de la petite papiste, il reçut du moins un fort acompte.

Mais cette exhibition n'était que la première d'une série ; il entendait bien se rattraper sur les subséquentes.

Les choses en étaient là et marchaient comme sur des roulettes, c'est-à-dire que les offrandes continuaient à pleuvoir dans l'escarcelle de bois et les baisers sur les joues de l'enfant, lorsqu'un brouhaha confus d'abord, puis des clameurs, des cris, des protestations s'élevèrent.

— A la porte ! à la porte ! — hurlait-on à l'extrémité de la salle, celle faisant face à la tribune officielle, — qu'on la chasse à coups de pied ! *Kick her out !*

Et une voix féminine aiguë, perçante, dominait le tumulte, disant avec un accent français très prononcée :

— Je réclame cette enfant ! Je réclame cette enfant ! J'ai des droits sur cette enfant ! Sidonie ! Sidonie ! Venez ici, ma belle !

— Une Française ! Une perturbatrice payée par les sales papistes, — disait-on dans la foule. — Ils sont capables de tout ! à eux la spécialité de suborner les enfants !

Et d'autres criaient :

— Chassez-la ! chassez-la !

En vain, le général Booth éleva la voix et la main pour faire cesser le tumulte, en vain son chef d'état-major lança vers l'endroit d'où partait le scandale ses officiers et ses soldats les plus déterminés, on ne parvint pas à obtenir le silence ; l'enragée Française n'en criait que plus fort.

Alors, sur un geste, l'orchestre entier, assis sur les gradins du fond de la salle, se leva comme un seul homme : caisses, cuivres, flûtes, tambourins, hautbois éclatèrent en un carnavalesque tintamare, et les salutistes, également debout, hurlèrent tous en chœur :

> Gloire à Jésus !
> Une recrue de plus !
> Ciel, ouvrez-vous,
> Pour nous recevoir tous !
> Nous allons droit
> Au bon endroit.
> Salut, salut !
> A la recrue
> De lord Jésus !

CXCVII

NOUVELLE INTERRUPTION

Au milieu du tumulte, quelques officiers et sous-officiers salutistes, — je l'ai déjà dit, — s'étaient élancés pour essayer de rétablir le calme.

Encore maintenant, malgré les progrès du mouvement évangéliste, le public n'est que trop disposé à rire pour que l'on présente de gaîté de cœur le flanc aux sarcasmes, d'autant plus que la réclameuse soulevait une question que chacun interprétait à sa façon, suivant ses sympathies ou ses antipathies.

Enfin les délégués du général parvinrent à atteindre cette fâcheuse trouble-fête au milieu du groupe qui la serrait de près, les uns la malmenant, essayant de l'expulser, les autres, le petit nombre, prenant sa défense.

Ils l'enlevèrent à demi-suffoquée et la portèrent au pied de l'estrade, tandis que la grosse caisse et tous les instrument faisaient rage et que a bagarre continuait au fond de la salle.

— Pourquoi causez-vous ce scandale ? — demanda sévèrement le général.

— Parce que je suis responsable de cette enfant, répliqua la Française désignant Sidonie qui, heureuse de voir une compatriote, s'échappa des mains de miss Helen Higgins et vint l'embrasser :

— Oh! Madame Félix — s'exclama-t-elle — que je suis contente!

— Vous le voyez, — dit Fanny rendant la caresse à la petite fille, — cette enfant me connaît, elle vient à moi...

— Elle connaît aussi Helen Higgins puisqu'elle est venue avec elle. Capitaine Higgins, c'est à cette femme que vous avez achetée cette petite Française?

— Non, — répondit le salutiste.

— A qui, alors?

— A sa tante.

— Sa tante n'a aucun droit sur elle, s'écria Fanny, — puisqu'elle a sa mère et c'est sa mère qui me l'avait confiée.

— Ah! — s'écria le général, — expliquez-vous, arrangez-vous toutes les deux..., ne me rompez pas la tête... Vous n'aviez pas besoin de faire tant de vacarme, vous, dame française, vous pouviez venir vous expliquer sans causer ce scandale. Ah! lord Jésus! Mes frères...

Il fit signe à la musique de se taire.

— Mes frères! Écoutez! C'est une méprise, une simple méprise, tout va s'arranger...

Mais toutes les foules contiennent des éléments hostiles, même les plus pieuses assemblées, et le vénérable patriarche fut interrompu par des cris divers :

— C'est une réédition de l'histoire d'Élisa Armstrong.

— Rendez la petite fille.

— Vous ne pouvez plus opérer sur des Anglaises, vous opérez à l'étranger.

Mais d'autres criaient plus nombreux :

— C'est la Française qui a vendu l'enfant!

— A la potence!

— A la Tamise!

Le brouhaha allait grossissant; l'inquiétude gagnait l'état-major et les alleluialasses assises sur les gradins.

Bramwell Booth tournait dans toutes les directions l'entonnoir de son vaste cornet acoustique essayant de recueillir les interpellations.

Booth s'agitait, levant les bras au ciel, implorant le silence :

— Nous allons chanter l'hymne « Gloire à Jésus », page 144 du recueil... l'hymne « Gloire à Jésus »... page 144!

Mais personne ne l'écoutait, et à l'exception des alleluialasses qui, sur un signe de lui, entamèrent le cantique, le tumulte continuait.

— Il faut en finir, — criait-on, — faites cesser ce scandale.

— Qu'on conduise la Française à la police.

— Non, à la Tamise ! à la Tamise !

Ce dernier avis était surtout celui des Salutistes, car des bureaux de police, ils le savaient par expérience, on n'en sort qu'avec des horions et des éclaboussures.

— Que la capitaine Higgins s'explique.

— Nous voulons la vérité.

— Parlez, général, parlez.

— Écoutez, Écoutez !

William Booth fit signe qu'il allait parler et un silence relatif se rétablit :

— Mes frères dit-il d'un air navré, — vous me voyez désolé de cet horrible scandale. D'après les quelques explications que je viens d'entendre, cette Française serait dans son droit de réclamer la petite fille que nous avons convertie... Notre dévouée amie, la capitaine Higgins, l'a véritablement achetée et payée cent livres sterling, mais c'est la tante de l'enfant et non sa mère qui a conclu le marché... nous en sommes pour nos cent livres sterling. Elles sont sorties de notre poche ; qui les fera rentrer ?...

— Vous êtes déjà en partie couvert par la quête, observa quelqu'un.

— Oh ! quelle erreur ! Je dirai le chiffre de la quête... Vous verrez, chers frères, que nous sommes loin, bien loin du compte... Mais, il n'importe ! le déficit sera inscrit aux profits et pertes.

— Vous ne perdrez rien, général Booth, — dit une voix forte et mâle, une voix de commandement, — je me porte caution pour les cent livres sterling.

Ces paroles prononcées dans un anglais très correct, quoique avec un accent français, firent tourner toutes les têtes du côté d'où elles venaient.

Et l'on vit s'avancer, fendant la foule, un gentleman de solide carrure au visage hâlé et rasé à l'exception de deux petits favoris, à l'œil franc, à la physionomie loyale, ayant enfin la tournure bien caractéristique des hommes de mer.

— Qui êtes-vous ? — demanda d'un air affable le général au nouveau venu lorsqu'il fut près de l'estrade.

— Je m'appelle Jean Gayrouan, — répondit celui-ci, — et je suis capitaine et propriétaire du navire marchand *Le Tour-du-Monde*.

— Comment vous portez-vous, *monsieur le capitaine* ? — dit en français le chef de l'armée du Salut, — se baissant pour tendre la main à notre vieille connaissance. — Soyez le bienvenu.

Gayrouan saisit la main qu'on lui tendait et lui donna deux vigoureuses saccades à l'anglaise, ce qui souleva l'enthousiasme des assistants.

— Alors, *monsieur le capitaine*, vous venez réclamer cette petite fille, que mes vaillants soldats ont arrachée aux œuvres de Satan.

— Oui, — dit Gayrouan, — on a disposé de cette enfant à l'insu de sa mère, et voici l'autorisation formelle qui me donne le droit de la reprendre partout où je la trouverai.

— Mais son père?

— Elle n'a pas de père vivant que je sache, ou du moins ce père est inconnu.

Gayrouan tendit au patriarche une autorisation écrite, cette fois, sur papier timbré et visée par le maire de l'arrondissement, de reprendre Sidonie.

— Je ne suis pas bien au courant de l'affaire, — dit le général salutiste, après avoir lu, — cette petite fille, qui est depuis quelques jours à Londres, ne m'a été amenée qu'hier; mais, d'après ce que j'avais compris, elle nous était bien légitimement acquise ayant été moralement abandonnée par ses parents... En tous cas, elle va vous êtes rendue.

Puis, s'adressant à Sidonie qui, à la vue de Gayrouan, était devenue très pâle.

— Vous connaissez ce gentleman, mon enfant? — lui demanda-t-il en français.

— Oui, monsieur.

— Vous avez compris ce qui vient de se passer... Ce gentilhomme arrive de Paris pour vous réclamer au nom de votre mère... Je ne vous demande pas si vous êtes consentante ou non... il faut vous soumettre..., mais je veux que vous déclariez ici tout haut si vous avez été bien ou mal traitée par les Salutistes depuis que vous êtes avec eux.

— J'ai été bien traitée, — répondit Sidonie.

— Vous n'avez pas à vous plaindre d'eux en quoi que ce soit?

— Non, monsieur.

— Très bien; vous avez entendu, *monsieur le capitaine*?

— J'ai entendu.

S'adressant alors à l'assemblée :

— La petite Françoise vient de déclarer devant ce gentlemen et moi qu'elle était parfaitement satisfaite de la conduite des Salutistes à son égard.

— Très bien! très bien! — cria-t-on dans la foule.

— Il est bon, devant les calomnies qui nous assaillent, de prendre ses précautions... Maintenant, *monsieur le capitaine*, permettez-moi une question que je me garderais de vous poser si je ne me trouvais pas en face d'un brave marin et d'un gentlemen.

— Posez, général Booth, posez, — répondit en souriant Gayrouan.

— Pourquoi vous êtes-vous fait précéder par cette femme qui a causé dans cette pieuse enceinte un scandale digne des assemblées politiques et des réunions de démagogues.

— Quelle femme? — demanda Gayrouan surpris. — Je ne me suis fait précéder d'aucune femme. Je fais mes affaires moi-même et n'ai pas besoin d'ambassadeur... Je voulais même, général Booth, vous demander des explications à ce sujet, car je suis entré précisément au moment où vous parliez des droits d'une Française à reprendre cette petite fille qu'on vous aurait vendue cent livres sterling...

— Parfaitement, — appuya le patriarche salutiste, — cent livres sterling.

— Il faut en avoir le cœur net... Il n'y a que moi, Jean Gayrouan, qui aie des droits sur cette petite fille, droits que m'a donnés sa mère. Où est cette femme, cette Française?

— Où est la Française? — répéta le général.

Chacun regarda, on chercha, on appela, mais Fanny avait disparu pendant que l'attention de la salle entière se portait sur le commandant Gayrouan.

CXCVIII

GAYROUAN PERPLEXE

A la suite de quelles circonstances le commandant Jean Gayrouan, que nous avons laissé en Russie, s'usant en vaines démarches pour éclairer l'entourage du czar sur la singulière maladie qui frappait Alexandre III, se trouvait-il actuellement à Londres, en pleine armée de Salut, réclamant dans le grand *Hall d'Oxford Street* la petite Sidonie.

Le vrai peut quelquefois n'être pas vraisemblable

a dit Boileau; mais, en ce cas, rien de plus vrai et de plus naturel.

On se souvient de la lettre adressée par lui à Saint-Albin, dans laquelle il le priait de se rendre immédiatement à bord du *Tour-du-Monde*, accom-

— Elle est maintenant protestante et salutiste... Elle est sauvée !...

gné par le prince Michel Zowsky et de deux officiers de l'escadre russe. Il s'agissait d'interroger Remy et de lui faire répéter, en leur présence, la déposition que Saint-Albin et lui étaient parvenus à arracher chez Luciana au misérable instrument des vengeances judaïco-germaniques.

    La déposition devait être écrite en français et en russe, signée par les

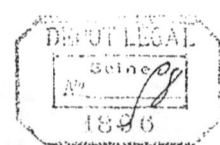

témoins, et être immédiatement envoyée à Saint-Pétersbourg, à l'hôtel Verine.

Sans cette preuve écrite, les médecins qui, suivant la coutume, avaient tous émis un avis différent sur le genre de maladie de l'empereur, se refusaient à admettre les traces d'empoisonnement qu'aucun n'avait su découvrir.

Ils préféraient inventer de nouvelles maladies, ou, pour mieux dire, baptiser de noms nouveaux des maladies vieilles comme le monde ou les vices de l'humanité.

Aussi, fut-il frappé de découragement et d'épouvante quand il reçut, au lieu de l'attestation qu'il attendait, la nouvelle de la mort subite du traître Remy, mort qui détruisait, en quelque sorte, les preuves de l'empoisonnement du czar, puisque le lâche coquin qui avait glissé le poison néfaste était à son tour frappé par la même arme scélérate.

Que faire, maintenant?

Il ne lui restait plus qu'à rejoindre son bord.

Une grave responsabilité pesait sur lui.

Que faire du cadavre de cet homme empoisonné sur son propre navire, sur lequel il avait été subrepticement et illégalement embarqué.

Il avait cru agir pour le mieux, non dans son intérêt propre, mais dans celui de l'empereur.

Il n'avait obtenu les aveux de Remy que sous la promesse formelle qu'il ne serait pas livré à la justice, et il avait tenu parole, en honnête marin, qu'il était.

Mais nul n'a le droit de se soustraire à l'action de la justice, bien que cette action soit souvent injuste et néfaste.

Que faire maintenant, — il ne cessait de se le répéter, — de ce cadavre gênant?

A première vue, rien de plus facile.

Gagner le large et, une fois les côtes hors de vue, attendre pour plus de sûreté la nuit, mettre un boulet aux pieds du mort et lui donner pour tombe la grande bleue.

Qui s'inquiéterait jamais de ce disparu?

Qui en parlerait? On ne lui connaissait ni parent, ni ami, ni famille.

Lui-même, pour se soustraire aux recherches, avait effacé toute trace qui eût pu le faire découvrir.

Le hasard l'avait livré à Gayrouan, et les seuls êtres qui connaissaient son identité, les scélérats, ses complices, étaient les premiers intéressés à ce que sa tombe restât muette.

Oui, mais en agissant ainsi ne se faisait-il pas le complice des assassins?

Luciana pouvait elle-même parler. Qui peut répondre de la langue d'une femme?

N'en voit-on pas, chaque jour, dénoncer inconsciemment, dans l'irréflexion du moment, sous les menaces ou dans des accès de crise hystérique, les êtres qui leur sont les plus chers, père, frères, mari, amant, fils même et dont elles savent que le châtiment entraînera leur châtiment à elles, leur ruine ou leur mort?

Et n'avait-il pas tout à redouter d'une ennemie, de cette abominable Luciana qui, depuis son enfance, poursuivait les siens de sa rage jalouse et dont la haine se montrait d'autant plus féroce qu'elle n'avait à leur reprocher que des bienfaits?

C'est pourquoi, n'ayant plus rien à faire en Russie, il jugea inutile d'y prolonger son séjour et d'y attendre Olga, qui, maintenant libre dans la capitale de la Sibérie orientale, semblait retarder avec intention son retour.

Il fallait si possible, avant son départ pour l'extrême Orient, retrouver Nicolaï et Hauser ou plutôt le million qu'ils avaient si audacieusement volé à ses filles.

Il songeait à tout cela pendant le trajet de Saint-Pétersbourg à Paris où il courut, dès son arrivée, au bureau de poste de la gare, anxieux des nouvelles des siens.

Outre les lettres de sa femme et de ses filles, une de Saint-Albin l'attendait.

Le lieutenant de vaisseau lui détaillait aussi brièvement que possible les incidents survenus depuis la mort de Remy.

Dans le désarroi général, et après s'être consulté avec sa tante et le prince Zowsky, on avait conseillé à maître Luc de déclarer la mort subite de son passager qu'on inscrivit alors seulement sur le livre du bord sous le nom qu'il s'était donné lui-même, *Pierre Krosny.*

La visite de l'étrangère si imprudemment introduite sur le navire, les quelques mots échangés en russe entre elle et le passager, le paquet de cigarettes qu'elle avait offert en partant, tout fut consigné dans le rapport.

On omit naturellement de relater que Pierre Krosny, prisonnier et non passager, avait été conduit de vive force sur le *Tour-du-Monde;* mais, comme il était à peu près libre d'aller et venir sur le pont, que les seuls matelots Lemoussu et Le Lubez, âmes damnées du vieux Luc et qui se seraient fait hacher plutôt que de le trahir, étaient de tout l'équipage seuls dans la confidence, Saint-Albin pensait que ce fâcheux événement n'aurait de conséquences désagréables pour personne à bord.

Aussi le nom de Luciana ne fut même pas prononcé.

Ce n'était d'ailleurs que sous celui de Nadège que Luc l'avait connue; il ne mentait pas en déclarant qu'il s'était amouraché, sans plus d'informations, de cette étoile de café-concert qui avait brillé pendant les quelques nuits de fête pour disparaître sans laisser de traces.

Un magistrat s'était transporté à bord.

C'était un de ces types devenus de plus en plus rares à Paris, mais encore assez communs en province, empesés et tirés, en quelque sorte, à quatre épingles comme leurs vêtements, qui ont conservé toute la maussaderie et la raideur fatigante de la vieille école.

Guindé, gourmé, affectant une austérité de sectaire puritain, il blessa, par sa morgue et son peu d'urbanité, dans les questions qu'il posa à Luc, les susceptibilités du vieux loup de mer, qui finit par lui répondre avec une certaine brusquerie au sujet de Luciana :

— Eh bien quoi, monsieur le juge, une toquade, après?... Vous n'en avez jamais eu de toquades?... Vous me le diriez que je vous répondrais : Nisco... Faut aller conter ça aux jeunes marsouins, mais pas à un vieux mathurin comme le papa Luc.

— Que voulez-vous dire?

— Que j'avais hissé le grand foc et que je courais à toutes bordées sur le vent de Vénus... Est-ce que quand vous mettez le cap sur une baleine à cottes pour faire en sa compagnie une demi-heure d'escale, vous lui demandez ses états de service, le nom de sa bonne grand'mère et son certificat de vaccin?

— Je ne comprends pas votre langage, — avait sévèrement répondu le magistrat.

— Je parle pourtant français, étant natif des environs de Saint-Malo, en la province de Bretagne. Mais si vous ne saisissez pas mon patois de mathurin, c'est pas tout à fait ma faute...

— Taisez-vous.

— Je ne demande pas mieux... Permettez, alors, monsieur le juge, que je remise ma chique... En usez-vous, sans vous offenser?... C'est fameux pour la pépie.

Ces détails, qui faisaient sourire le commandant Gayrouan, ne le rassuraient qu'à moitié et lui laissaient une partie de ses appréhensions premières.

Il savait combien il faut se tenir sur ses gardes contre les griffes de la justice et les chinoiseries des lois, et que si la Révolution de 89 a fait table rase de quantité d'abus, elle a été impuissante à réfréner l'effroyable omnipotence du magistrat.

La torture physique a été abolie sous Louis XVI, mais la torture

morale est entre les mains du premier juge d'instruction venu. Il peut en
user et en abuser à son gré, comme usaient et abusaient des chevalets,
des tenailles rougies, et de la pendaison par les pieds, les tourmenteurs
du xv⁰ et du xvi⁰ siècle.

Qu'on se rappelle ce juge d'instruction qui, sous le second Empire,
parvint à faire avouer à une malheureuse femme innocente qu'elle avait
assassiné son père, en la séparant de son enfant qu'elle allaitait et qu'elle
savait dépérir loin d'elle, et lui déclarant qu'on ne le lui rendrait que
lorsqu'elle aurait reconnu son prétendu crime !

Gayrouan se sentait d'autant moins rassuré qu'il se trouvait dans son
tort et reconnaissait avoir bien imprudemment agi. Une chose, une seule,
pouvait le tirer de ce mauvais pas, c'était retrouver l'abominable Nicolaï,
l'âme ou tout au moins l'un des principaux moteurs de l'infernale conspiration.

Il fut subitement tiré de ses réflexions par trois personnes qui venaient
d'entrer sur le quai de départ, et dont deux excitaient la curiosité générale
et les sourires de presque tous ceux qui passaient ou stationnaient dans
la gare. ›

Lui-même, qui, après avoir pris connaissance de ses lettres, se dirigeait
vers la salle où les bagages sont soumis à l'examen de la douane, s'arrêta
comme tout le monde pour voir ces voyageurs.

C'étaient un homme, une femme et une petite fille, qui, chargés de sacs
de voyage, se hâtaient vers le train à destination de Calais, chauffant en
gare et prêt à partir.

L'homme et la femme étaient revêtus de l'uniforme de l'Armée du
Salut.

L'homme, un gros et solide gaillard d'apparence tudesque, avait le
visage rasé à l'exception d'un collier de barbe roussâtre encore très courte
et mélangée de nombreux poils blancs qui lui donnait l'aspect d'un maître
d'école d'il y a trente ans; la femme, longue, mince, au visage émacié,
portant encore des traces d'une beauté qui s'effaçait devant l'approche
de la quarantaine, avait le type bien connu de la vieille fille anglaise qui a
passé l'âge du mariage, mais pas celui des illusions.

Quant à la petite fille, mignonne, vive, gentille et proprette, on reconnaissait à première vue la petite Française, et ce fut elle d'abord qui fixa
l'attention de Gayrouan.

De suite, il la reconnut.

C'était l'enfant que lui avait amené Rita; la fillette qui avait inconsciemment protégé sa fille, la petite servante de la *Bibine* qui avait fui la
maison de son maître, dont la bouche se fermait à toute confidence

comme si elle craignait sans cesse de voir, devant elle, briller l'éclair sinistre du couteau d'un assassin, et qui s'était enfuie si soudainement, dans la terreur d'être interrogée par un juge...

Que faisait-elle avec ces salutistes?

L'avait-on embauchée dans la grotesque armée?

Il regarda la femme à côté de qui l'enfant marchait; elle lui était inconnue.

Ses yeux s'arrêtèrent alors sur l'homme.

Ah! celui-ci, il lui semblait le reconnaître.

Cette grosse face rougeaude, ses yeux ronds et inquiets de voleur, cette lourde carrure... Mais oui, c'était lui..., c'était l'ennemi de vingt ans..., le bandit Karl Hauser qui avait coupé ses moustaches, laissé croître sa barbe et s'esquivait, déguisé en salutiste.

Quelle métamorphose!

Il en resta un moment stupéfait, anéanti, tant la rencontre était soudaine, inattendue.

Que devait-il faire?

Lui sauter à la gorge?

Crier à la police d'arrêter le coquin?

Le trio marchait rapidement, courait presque.

Le coup de sifflet aigu annonçant le départ venait de retentir, et tandis qu'il hésitait encore il vit Hauser prendre la petite Sidonie, la hisser dans un compartiment de 3e classe, et s'y élancer derrière elle, suivi de la salutiste.

Il se précipita.

L'employé le retint.

— Je n'ai pas de billet, je veux attraper un coquin... un coquin qui part à l'étranger.

— Vous êtes de la police?

— Jamais de la vie.

L'employé le regarda comme on regarde un fou.

— Vous l'attraperez un autre jour, alors... Aujourd'hui, c'est un peu trop tard.

En effet, le train s'ébranlait.

— Vous avez raison, — fit tranquillement Gayrouan.

CXCVIII

SUR LA PISTE

Superstitieux comme tous les marins et surtout les marins bretons, le commandant du *Tour-du-Monde* réfléchissait sur ce singulier hasard qui, à peine arrivé à Paris, le mettait en présence de son vieil ennemi, fuyant sous un misérable déguisement, en emmenant avec lui cette mystérieuse petite fille qui gardait au fond de son cœur quelque terrible secret, et il se dit que cette rencontre était pour lui de bon augure.

Cette pensée l'encouragea pour poursuivre le plan que depuis longtemps il méditait et que les événements qui avaient occasionné son départ précipité en Russie avaient empêché d'exécuter.

Il se fit conduire au Grand Hôtel et le lendemain, avant déjeuner, prenait le chemin de fer de Vincennes et s'arrêtait à la station que lui avait indiquée Rita, station non loin de laquelle se trouvait le cabaret de Pieter Snip.

La taverne, hantée par les cambrioleurs et les maraudeurs, était toujours hermétiquement fermée : un écriteau indiquait que le terrain était à louer ou à vendre.

Il fit curieusement le tour de la bicoque et frémit à la pensée du danger qu'y avait couru sa chère Rita.

Puis il suivit les bords du canal et toujours, sur les indications de sa fille, se dirigea vers la villa des Lauriers-Roses.

Elle aussi était fermée et portait le même écriteau : « A louer ou à vendre. »

Une bonne femme, qui paraissait l'observer depuis sa visite extérieure à la Bibine et qui le suivait à quelque distance, s'approcha sournoisement et l'interpella :

— Une jolie villa, monsieur. Pour être une jolie villa, c'est une jolie villa! C'est un *artiste* qui l'habitait avec sa dame. Ils sont partis rapport à de mauvaises affaires. Madame dépensait beaucoup d'argent, et monsieur ne vendait pas sa peinture. Faut vous dire que c'est une drôle de peinture. Je m'y connais pas, mais c'est du vrai barbouillage, et les petits garçons à l'école des frères peuvent en faire autant.

« Il collait de la couleur, pif, paf, ça y était. De près, on n'y voyait rien

du tout. Mais, de loin, on distinguait à volonté des maisons, des vaisseaux
ou des vaches. Enfin, il y en a qui aiment ça, qu'est-ce que vous voulez?
Moi, ma partie, c'est la cuisine, et l'empereur Napoléon III, qui s'y connaissait, m'a même dit : « Mme Culot, à vous le pompon pour faire cuire les
petits pois ! »

— Ah! vous avez connu l'empereur?

— Parfaitement, oui, monsieur. Et, sans vous offenser, je lui ai parlé
comme je vous parle à vous... Un bien brave homme et pas fier... Si monsieur veut visiter la villa, c'est moi qui en ai la clef.

— Vous l'avez sur vous?

— Non, chez moi... Mais c'est tout près. Voyez c'te maison là-bas...,
la première de la rangée. Ah! on a bien du mal, allez, dans la vie du
monde. Depuis que nous n'avons plus l'empereur Napoléon III, rien ne
marche. « Mame Culot, — m'a-t-il dit, — notez bien mes paroles et inscrivez-les, je le disais l'autre jour à Ugénie : Quand ils ne m'auront plus, ils
me regretteront. » Et c'est la vérité, monsieur..., mais ils n'osent pas
l'avouer. Tenez, j'ai mon mari, le père Culot, c'est un salaud, un vrai
salaud, ivrogne et feignant, c'est le cas de dire. Il ne s'occupe que de
politique, cet homme; faut lui rendre cette justice, ça lui prend tout son
temps. Alors, vous comprenez, c'est la pauvre mère Culot qui trime...
Donc, mon homme qui s'est donné du mal aux dernières élections..., ça,
on ne peut pas dire le contraire, il s'en est donné du mal... C'était pour
une espèce de fripouille, un souland comme lui, nommé Levaseux, qui se
dit socialisse... Socialisse, va te coucher ! C'est tout des fricoteurs, monsieu, ces gens-là... et au fond, si on leur garnissait le gousset, ils seraient
plus bonapartistes que vous et moi...

— Mais, je ne suis nullement bonapartiste, — répondit en riant Gayrouan.

— Je ne vous en estime pas moins, monsieur, je ne vous en estime
pas moins... Chacun ses opinions. Pour en revenir à ce salaud de Levaseux, qui a été blackboulé, c'est bien fait, croyez-vous qu'il n'a même
pas donné la pièce à mon homme, qui s'était démanché la mâchoire à
hurler partout : « Votez pour Levaseux ! Votez pour Levaseux. » Ah! le
salaud. Je l'ai rencontré l'autre jour, je lui ai pas mâché ses quatre
vérités, même que ma nièce était là, la petite Sidonie, qui pourrait vous
le dire si elle n'était pas partie à Londres avec un monsieur et une dame,
des gens bien comme il faut.

— Ah! vous avez une nièce appelée Sidonie?

— Oui, monsieur... Et bien gentille, je vous prie de le croire. C'est
frais, c'est mignon, c'est travailleur, c'est honnête, et ça compte à peine
douze ans.

Un vieux gentleman enthousiaste lui demanda poliment la permission de l'embrasser.

— Et où est-elle ?

— A Londres, je vous dis, monsieur. Elle a une bonne place... Son avenir est assuré. Elle doit ça à moi... Elle pourra dire qu'elle a de la chance.

— N'est-ce pas elle qui était servante dans le cabaret qui est là-bas et qu'on appelle la *Bibine* ?

A cette question, la mère Culot changea de visage. Son teint d'ordinaire pas très clair passa au jaune safran.

— Oui... c'est vrai... Elle a été là-bas quelque temps... Mais ils ont fermé leur baraque... Des mauvaises payes... Est-ce que monsieur voudrait acheter le terrain ?

— Je ne dis pas non, — fit Gayrouan. — En abattant la bicoque, on peut élever à la place une jolie villa.., l'endroit est riant. Est-ce que vous en avez aussi la clef ?

— Non, monsieur. Qui a la clef ?... C'est sans doute M. le commissaire de police... Mais, peut-être, — ajouta-t-elle en enveloppant Gayrouan d'un regard méfiant, — monsieur en est-il ?

— De quoi ?

— Bédame! de la Préfecture... Y a pas de mal à ça, au contraire. Qu'est-ce que nous ferions, nous autres les braves gens, si nous n'avions pas de police ? Nous serions tous assassinés dans nos lits.

Gayrouan eut un mouvement comme pour s'indigner du soupçon de cette vieille, mais il se ravisa. Il valait mieux laisser la vieille dans un doute salutaire.

Il hocha la tête sans rien répondre, ce qui ne fit que la confirmer dans sa supposition.

— Savez-vous, ma bonne femme, — dit-il brusquement, — que la Préfecture la cherche, votre nièce ?

— Jésus! mon Dieu! Que me dites-vous là? Est-ce qu'elle aurait fait un mauvais coup, ce chérubin du bon Dieu?

— On ne l'accuse pas d'avoir fait quelque chose de mal, mais on la cherche pour donner d'utiles renseignements.

— Ah! Seigneur!... Des renseignements sur qui? sur quoi? J'en ai les sangs tout tournés.

— Avec qui est-elle partie ?

— Avec des gens très bien, je vous l'ai dit, monsieur.

— En êtes-vous sûre ?

— La dame avait l'air bien respectable. C'est une religieuse anglaise.

— Et l'homme ?

— L'homme? Je ne l'ai pas vu.

— Eh bien! l'homme est un gredin que la police cherche... Il est sous le coup d'une condamnation à mort.

— Ah! mon Dieu! ah! mon Dieu! — fit la mère Culot, suffoquée de cette nouvelle, — condamné à mort!

— Il le sera assurément. Et c'est à cet homme que vous avez livré votre nièce. Combien vous a-t-il payée ?

— Mais, monsieur, — s'exclama la vieille, — je ne le connais pas, moi, cet assassin. C'est une dame très respectable qui est venue me demander si je voulais laisser partir ma nièce avec elle.

— Comme cela... de but en blanc ?

— Oh ! elle la connaissait... Elle l'avait rencontrée à Paris chez des bourgeois, et dame ! on s'est arrangé.

— Avec qui ?

— Avec moi... puisque je vous ai dit que je suis sa tante.

— Mais elle a une mère, — objecta sévèrement le commandant.

— Ah ! vous savez qu'elle a une mère ! Eh bien ! vous devez savoir alors que sa mère n'a pas une bonne conduite... Non, pour sûr, et qu'elle est la mère d'enfants de cinquante boucs... Moi, je ne la vois plus sa mère... j'aime pas les femmes qui se conduisent mal... La moralité avant tout ; et comme me disait l'empereur Napoléon III :

« Il n'y a encore que ça, mame Culot, la moralité... »

— Laissons l'empereur Napoléon III de côté, s'il vous plaît, et répondez à mes questions... Ainsi vous avez disposé d'une enfant qui ne vous appartenait pas ?...

— Écoutez donc, mon bon monsieur, — fit la mère Culot terrifiée, — j'ai fait pour le mieux. C'était pour la sauver d'un vieux Sardanapale qui la pourchassait partout... Même qu'il est allé chez sa mère... Il disait qu'il était son papa...

— Et où est-il ?

— Ah ! il ne m'a pas donné son adresse, le vieux grigou, mais vous pouvez l'avoir chez la mère de Sidonie.

C'est tout ce que Gayrouan demandait, il se fit indiquer la demeure de la pauvre femme et, laissant la mère Culot toute bourrelée d'inquiétudes, ne doutant plus qu'elle n'eût affaire à un inspecteur de police, il reprit immédiatement le train de Paris, sauta dans un fiacre et se fit conduire à l'adresse indiquée.

Sur le pas de la porte il remarqua une fille aux cheveux d'un blond très pâle et dont la laideur était accrue par une petite verrue sur l'une de ses narines.

Elle allait et venait le long du trottoir, ne perdant pas de vue l'entrée de la maison où pénétrait Gayrouan.

Il n'y porta d'ailleurs pas grande attention, se fit indiquer par la concierge le logement de celle qui cherchait, monta l'escalier et, arrivé sur le palier, s'apprêtait à tirer le cordon de la sonnette, lorsqu'il entendit une voix d'homme, une voix crapuleuse de voyou de barrière :

— Tu te mets bien, Sidonie. Mince de *lusque* ! C'est galbeux ici... T'es tombée sur un miché *urf*. T'as rien de la veine... T'es en train de rouler carrosse... Alors on va gentiment casquer pour son petit bibi.

— Je te répète que je n'ai rien... qu'il n'y a pas un sou à la maison, — répondait une voix de femme.

— Et ta sœur?... Tu vas me faire accroire que ton miché te laisse sans thune... Un miché calé comme ça, qui du premier coup te met dans tes meubles... C'est égal, c'est pas chic de ta part... Tu décanilles sans avertir ton petit homme... qui en avait mal jusque dans les petits boyaux de ne plus reluquer sa petite femme...

— Ta petite femme? Il y a longtemps que c'est fini. Tu oublies donc la Verrue?

— La Verrue? Ne m'en parle pas... Elle trouillotte de la hurlette... C'est pas elle qui lèvera un micheton comme le tien.,. La Verrue? J'en veux plus..., j'ai soupé de sa fiole..., puisque je te dis qu'elle repousse du goulot... j'y dois pourtant un chaudron d'eau bénite, puisque c'est elle qui t'as dénichée ici? Pas vrai, les amours? Allons, les gosses, c'est-y vrai, oui ou non?

— Oui, papa..., à preuve que c'est quand Sidonie a décanillé avec une gerce qui attendait le vieux dans un sapin.

— Le vieux micheton?

— Oui, papa.

— Encore une cachotterie à propos de Sidonie. T'avais jamais dit qu'elle était à la *Bibine*, une turne au diable au vert, hors des fortifs, sur le bord du canal.

— Pourquoi te l'aurais-je dit? Est-ce que tu me disais tes affaires?

— Où est-elle?

— Ça ne te regarde pas.

— Pourquoi ce qu'elle a décanillé de chez le mastroquet, et pourquoi ce que le bistro a fermé sa boîte, tout d'un coup, sans faire signe aux camaros?

— Est-ce que ça me regarde?

— Pourquoi ce que deux zigues de ma connaissance ont trouvé Sidonie au milieu de la nuit, en chemise et les fesses en l'air, le nez dans un trou de cave?

— Qu'est-ce que c'est que cette histoire?

— Une histoire qui est pas claire.

— Elle n'est pas plus claire pour moi que pour toi... car c'est la première nouvelle... Sidonie ne m'a jamais dit un mot de cela.

— Tiens! tu me fais gâcher du gros... T'en as du vice... plus que je ne croyais, et si je me retenais pas je t'allongerais une giroflée à cinq feuilles... Ouvre l'œil seulement, je ne te dis que ça, et dis à ta petite gonzesse qu'elle ouvre l'œil également si elle ne veut pas se faire poser un gluau. J'ai dit. Maintenant, aboule!

— Quoi?

— Pas tes puces... mais la bonne galette.

— Pour la dixième fois, je te répète que je n'ai pas le sou.

— Et moi pour la deuxième, je te demande : « Et ta sœur? » Allons, crache les picaillons... N'est-ce pas, mes petits agneaux, que votre maman a des jolis petits rondins jaunes?

— Je sais pas.

— Que si, vous le savez. Dites où ils sont, mes amours, si vous ne voulez pas être décarcassés tout vifs. Presto! Ouvrez vos plombs. Allons! allons!... Accouchez-vous?

— Dans sa poche.

— Qu'est-ce que je disais! Eh bien, la petite femme chérie, videz vos profondes... Qu'on fasse voir ces jaunets à bibi?

— Jamais, jamais, tue-moi plutôt.

— Je te demanderai pas la permission, gaupe!

Et Gayrouan entendit un bruit de lutte, de meubles renversés, les cris d'un bébé à la mamelle auxquels se mêlaient ceux de la malheureuse femme.

— Et mes enfants! C'est le pain de mes enfants! Tu ne vas pas me voler le pain de mes enfants! C'est tout ce que j'ai, je te le jure, tout ce que j'ai.

— Tu taperas ton miché... Tu le feras casquer..., aboule, rosse..., aboule, chameau! Ah! je sens les picaillons... les jolis petits picaillons!

— Mon Dieu! mon Dieu! — criait la malheureuse femme, se débattant de toutes ses forces sous l'étreinte du gredin. — Ça va donc être toujours ainsi! Lâche-moi ou j'appelle... Au secours! au secours!

— Tais ta gueule... Tais-la... Je te serre le gaviot.

— Au secours! au sec...!

— Ah! chameau! ah! chameau!

Gayrouan entendit un dernier cri étouffé, une sorte de râle.

Il tourna le bouton de la porte; elle était fermée à clef.

Il n'hésita pas, d'un violent coup d'épaule il la fit sauter en dedans.

CC

GAYROUAN CHEZ LA MÈRE DE SIDONIE

A la vue de cet intrus qui faisait irruption avec un tel sans-gêne, le souteneur de la Verrue lâcha sa victime et se releva d'un bond, fouillant précipitamment sa poche pour y chercher une arme.

Avant qu'il eût eu le temps de sortir son couteau, un violent coup de canne, qui lui fit pousser un cri de douleur et de rage, lui paralysait le bras.

Il s'élança alors tête en avant, manœuvre fréquente chez les voyous de barrière, et qui, vigoureusement exécutée, crève l'estomac ou tout au moins renverse celui qui reçoit le coup; mais Gayrouan se méfiait et se tenait sur la défensive. De nouveau, sa canne s'abattit et, atteignant cette fois la nuque, envoyait rouler sur le plancher le bandit.

— En as-tu assez? — demanda Gayrouan.

— Oui, — répondit le voyou d'une voix étouffée.

— Alors, relève-toi... et file.

Le souteneur, qui n'avait plus qu'un bras valide, se releva péniblement.

Le sang maculait son col de chemise, coulait en un épais ruisseau le long de son cou.

Il gagna sans mot dire la porte d'un pas chancelant.

— Que je ne te retrouve jamais ici! — lui dit Gayrouan.

— Excusez, patron... C'est donc vous qui financez. J'en savais rien... parole d'honneur.

— Allons, marche, crapule..., et si jamais tu maltraites cette femme, c'est à moi que tu auras affaire.

— Ayez pas peur, — riposta-t-il en ricanant d'un air féroce, — je serai doux comme un petit mouton.

Cette scène avait été si rapide, que la pauvre femme, à demi étranglée, reprenait à peine ses sens quand le vaurien sortit de la chambre.

Elle jeta un regard où la surprise se mêlait à la reconnaissance sur cet inconnu qui venait de l'arracher à une atroce mort.

Pendant que le bandit se ruait sur leur mère, les deux marmots terrifiés s'étaient d'abord réfugiés dans la pièce voisine d'où ils suivaient les péripéties de la lutte; mais à l'irruption de Gayrouan, leur terreur redoubla et, tandis que leur petite sœur hurlait, ils se précipitèrent sous le lit.

— Pardonnez-moi ma façon un peu brusque d'entrer, — dit le mari après avoir relevé et assis dans un fauteuil la malheureuse femme, — mais j'ai entendu appeler au secours et je suis arrivé... à temps. Quel est donc l'homme qui vous traitait ainsi?

— Oh! monsieur, je croyais lui avoir échappé, mais il me relance partout, et a fini par me découvrir ici. Sous prétexte qu'il est le père d'un de mes enfants, bien qu'il n'ait jamais rien donné pour son entretien, il me prend tout ce que je peux gagner, vend mes meubles et me quitte lorsqu'il a fait table rase. Puis il revient à nouveau, quelque temps après, s'assurer s'il y a quelque chose à prendre.

— Vous ne pouvez donc vous débarrasser de lui?

— Impossible, monsieur... Il menace de me tuer, et, vous le voyez, il est homme à tenir parole.

— Pourquoi ne vous adressez-vous pas à la police?

— Est-ce que l'on écoute une femme comme moi. Je l'ai tenté une fois, l'on m'a mise à la porte en me disant que je n'avais que ce que je méritais.

Elle prit en pleurant l'enfant qui criait, le calma et lui donna le sein.

— Si encore, — continua-t-elle, — je pouvais travailler à loisir, mais je ne le puis, je suis malade bien souvent, et mon travail est irrégulier et peu productif.

— Mais, c'est assez confortable ici, — dit Gayrouan regardant autour de lui, — et ce mobilier est à peu près neuf.

— En effet, monsieur. Depuis peu de jours, je suis dans mes meubles, — dit-elle en souriant tristement, — combien y resterai-je?

— Vous avez donc pu réaliser des économies pour acheter tous ces objets?

— Je dois cela à la générosité soudaine d'un homme que je croyais depuis bien des années mort pour moi, car il ne m'avait jamais donné signe de vie..., au père de ma fille aînée.

— Ce qui revient de la flûte s'en retourne au tambour, — fit Gayrouan.

— Mais le père de votre fille aînée ne peut-il donc vous protéger... vous défendre contre son... rival.

— Ils ne sont pas en rivalité et ne se connaissent même pas. Il y a près de six mois que je n'avais vu le second et douze ans au moins que le premier m'avait quittée.

— Le père de Sidonie?

— Oui, monsieur, — fit-elle, surprise de cette question, — la connaissez vous?

— Parfaitement. Et c'est même pour vous parler d'elle que je venais ici, car ce n'est pas le simple hasard qui m'a fait me trouver à votre porte... Oui, je connais Sidonie... je l'ai eue pendant quelques jours, chez moi...

à mon hôtel... Elle a dû vous parler de moi... de ma famille... je suis le commandant Gayrouan.

— Oh! monsieur, soyez mille fois le bienvenu. Oui, elle m'a parlé de vous et de vos bontés et de celles des vôtres...

— Elle a eu de singulières façons de les reconnaître, car elle s'est enfuie par un beau matin, sans mot dire et sans motif apparent.

— Je n'ai jamais su pourquoi, monsieur, c'est une enfant extraordinaire, et, par moments, je la crois un peu folle.

— Non, elle n'est pas folle... Un mystère l'enveloppe. Cette enfant a dû, c'est ma conviction, être témoin de quelque crime et elle craint de parler, par terreur de l'assassin. Vous l'aviez, du reste, placée dans un étrange endroit.

— Je l'ignorais, monsieur. C'est une vieille tante qui lui avait trouvé cette place, pour mieux la surveiller, — disait-elle. — Je croyais que c'était une bonne auberge, je ne m'imaginais pas un affreux cabaret de ce genre. D'ailleurs, elle ne servait pas les clients. Mais que me dites-vous? Elle aurait été témoin d'un crime?

— C'est, pour moi, presque une certitude... Mais, pourquoi son père, qui doit être à l'aise, puisqu'il vous a acheté ce mobilier, pourquoi son père ne s'occupe-t-il pas d'elle ?

— Ah! monsieur, vous parliez de mystère, c'est là encore qu'il y a un mystère... Elle éprouve pour son père un éloignement incroyable, presque de l'horreur!

— En vérité? — dit Gayrouan surpris.

— S'occuper d'elle?... Mais il ne demande que cela. Il voulait l'emmener, se charger de son éducation, en faire une demoiselle, la doter..., la petite n'a rien voulu entendre et se sauve quand elle le voit.

— C'est assez singulier... Et vous a-t-elle donné la raison de cette antipathie?

— Elle ne m'a rien dit... absolument rien. Sinon, qu'elle détestait son père.

— Quel homme est donc ce père, qui reparaît après douze ans? Il a dû vous quitter avant la naissance de sa fille.

— En effet, j'étais grosse, quand il m'a abandonnée.

— Vous habitiez Paris?

— Non, monsieur, la Nouvelle-Calédonie. Je suis la fille d'un déporté politique de la Commune. Mon père est mort là-bas. J'ai voulu revenir en France, et je me suis trouvée dans la plus noire misère.

— Pourquoi n'avez vous pas eu recours aux anciens amis de votre père? On voit des communards occuper les plus hautes fonctions..., on

— Je réclame cette enfant !...

en compte à la Chambre, au Conseil municipal, au Ministère, l'un d'eux
même, un certain Barrère est ambassadeur !... N'ont-ils donc rien fait pour
la fille d'un coreligionnaire politique ?

— Ah ! monsieur, vous ne les connaissez pas... Je me suis tout d'abord
adressé à eux, pleine de confiance, je ne demandais pas une aumône, mais

du travail... J'invoquais le nom de mon père mort au bagne... Ils ne m'ont
pas écoutée et m'ont fait éconduire.

— Le père de Sidonie était-il aussi de la Commune ?

— Non, monsieur... J'ai honte de le dire... Il était condamné pour
faux ; je l'ai su depuis.

— Il habite Paris ?

— Provisoirement, monsieur. Il me disait qu'il partirait pour l'étranger
aussitôt qu'il aurait Sidonie.

— C'est chez vous qu'il l'a rencontrée ?

— Non, c'est à cet endroit d'où elle s'est sauvée, le cabaret où elle
était petite servante.

— Comment est cet homme ? — demanda Gayrouan frappée d'une idée
subite.

— Un maigre avec de longs cheveux, à l'air sournois et qui paraît de
cinquante à cinquante-cinq ans. Mais quand il est venu chercher Sidonie,
il s'était maquillé pour qu'on ne le reconnaisse pas et portait de longues
moustaches.

— Comment s'appelle-t-il ?

— Il se fait appeler le comte Gobsky.

— Vient-il souvent vous voir ?

— Depuis plusieurs jours, je ne l'ai pas revu.

— Peut-être a-t-il renoncé à s'occuper de votre fille ?

— C'est probable... devant le mauvais vouloir et l'antipathie bien
marquée de l'enfant...

— Eh bien ! moi, ma chère dame, si vous voulez me confier votre
enfant, je m'en occuperai. Elle plaît beaucoup à ma femme et à mes filles.
surtout à l'une d'elles, celle qui a passé la nuit près d'elle à cette taverne
de bandits... Je pense et j'ai tout lieu de croire, bien qu'elle se soit enfuie
de chez moi, qu'elle n'éprouvera, ni pour moi ni pour aucun des miens,
l'antipathie qu'elle ressent pour l'homme que vous dites son père... Nous
allons, ma famille et moi, entreprendre un long voyage, mais je vous
promets de vous donner souvent de ses nouvelles... Y consentez-vous ?

— Ce serait avec plaisir, monsieur, mais son père ?

— L'a-t-il reconnue ?

— Non.

— Il n'a aucun droit sur elle, alors.

— Je lui ai cédé tous les miens par écrit.

— C'est une grande imprudence de votre part, mais un second écrit
peut annuler le premier. D'ailleurs, puisque Sidonie le fuit, il ne peut l'utiliser que pour la contraindre de vive force ou la faire enfermer dans une

maison de correction... Je suppose que votre cœur de mère n'envisagerait
ce résultat qu'avec horreur.

— Cela est vrai, monsieur... d'autant plus que cet homme ne m'inspire
aucune confiance, et j'aimerais beaucoup mieux savoir ma chère petite
entre les mains d'un monsieur comme vous qui vous êtes montré si bon
pour elle, mais...

— Mais?

— Je crains la colère de l'autre.

— Savez-vous où est votre fille?

— Chez sa vieille tante... la femme d'un jardinier nommé Culot.

— On vous a trompée, ma pauvre femme; je sors de chez cette mère
Culot. Elle a livré votre fille à des scélérats... du moins j'ai vu Sidonie
prendre le train pour Londres en compagnie d'un coquin capable de tous
les crimes.

— Que me dites-vous? — s'écria la mère. — Comment ma fille n'est
plus chez sa grande-tante.

—Non, depuis hier.

Gayrouan, alors, raconta la rencontre de la veille, Sidonie prenant le
train avec un salutiste et un forban déguisé en membre de l'Armée du
Salut.

— Ne vous tourmentez pas, — ajouta-t-il en voyant la malheureuse
éplorée, — je puis facilement suivre ses traces, vous la ramener; et peut-
être retrouverais-je une autre piste que je cherche... mais il me faut
pleins pouvoirs pour reprendre l'enfant.

La mère n'hésita plus; elle donna au commandant du *Tour-du-Monde*,
l'écrit qu'il désirait et qu'il fit le jour même dûment légaliser avec toutes
les formalités voulues.

Puis il prit congé de la mère, lui laissant une petite somme suffisante
pour attendre son retour.

— Quant au gredin qui vous moleste, je crois la leçon d'aujourd'hui
suffisante. En tout cas, je vais le signaler à la préfecture de police qui le
fera surveiller de près.

Il avait à peine fermé la porte que les deux marmots qui avaient tout
entendu sortirent de leur cachette et, à la vue des quelques louis laissés
par le commandant, dansèrent autour de la table en poussant des cris de
joie.

CCI

EXPLICATIONS

Nous avons dit qu'au moment où Gayrouan réclamait la petite Sidonie au nom de sa mère au général William Booth, qui, d'ailleurs, s'empressa de la lui donner, Fanny avait disparu.

Ce n'est pas, à vrai dire, de son plein gré qu'elle abandonnait ainsi la lice, où elle était entrée en si valeureux champion, résolue à défendre ses droits, bien qu'elle eût certains doutes sur leur validité, mais elle s'était éclipsée sur un signe et un mot d'un gentleman perdu dans la foule des salutistes, et qui n'était autre que l'honorable M. Kauffmann.

A la réclamation soudaine et inattendue de Jean Gayrouan, alors que l'attention de la salle entière se portait sur la sympathique figure du commandant du *Tour-du-Monde*, portant son uniforme d'homme de mer, il s'était vivement approché de Fanny et lui avait jeté à l'oreille ce mot terrifiant :

— N'insistez pas... disparaissez... ou vous serez poursuivie pour détournement de mineure...

Et il ajouta, comme elle le regardait, effarée :

— Explications dehors.

Donc elle s'était perdue dans la foule à la suite de Karl Hauser.

Mais pourquoi la « femme » de M. Benoît Félix venait-elle exprès de Paris pour réclamer l'enfant?

Voici ce qui s'était passé.

L'ancien gouverneur de la Banque de Saint-Pétersbourg et Berlin, le banqueroutier de la Banque coloniale avait hâte de quitter la France, devenue pour lui un terrain aussi brûlant que celui de l'Empire russe, et s'il n'avait pas gagné la frontière aussitôt après son exploit en fiacre sur les deux agents, c'est que d'abord il se trouvait sans sou ni maille, et qu'ensuite il supposait avec juste raison son signalement donné sur toutes les voies ferrées.

Maintenant que, grâce aux vingt et quelques mille francs enlevés à Nicolaï, il se sentait suffisamment lesté pour entreprendre un voyage, il y avait sérieusement songé.

La Suisse, la Belgique, l'Italie sont des pays soupçonneux, méfiants, tracassiers, où l'on ne se fait nul scrupule d'importuner les voyageurs que l'on soupçonne manquer de la correction légale.

La chasse que l'on faisait alors aux anarchistes laissait tout à craindre à quelqu'un qui n'aime pas les curiosités de la police.

L'Espagne, travaillée par les nouveaux apôtres de la régénération sociale qui obligeaient à se tenir en éveil tous les alguazils du royaume, était dangereuse également.

Restait l'Angleterre. C'était encore le plus sûr lieu, bien qu'il y eût contre lui un mandat d'extradition d'abord émanant du gouvernement russe, et de plus un mandat d'arrêt pour tentative d'assassinat sur la personne d'un agent étranger attaché à la police de la Grande-Bretagne, sans compter les autres « peccadiles » du nommé Gluckstein !

Sur cette terre hospitalière pour les fugitifs de toutes races et de tout acabit, jamais l'on est forcé d'exhiber de papiers ni de subir au débarqué de questions indiscrètes.

C'est le sol béni de tous ceux qui ont eu maille à partir avec les magistrats de leur contrée, et que la police voit passer d'un œil indifférent et laisse parfaitement libres et indemnes pourvu, que, de leur côté, ils se conforment aux lois du pays.

Dimitri était le seul qui, là-bas, pouvait le reconnaître, mais Dimitri gisait à l'hôpital, dans l'impossibilité de lui nuire de longtemps.

La difficulté était de gagner le port, de prendre le paquebot, et c'est à quoi il songeait jour et nuit.

Quant le jour est morose et la nuit sans étoiles, dit le poète russe Nekrassov,

> Quant le vent d'automne fait rage,
> Toute l'âme s'enténèbre,
> L'esprit languit.
> Il n'y a de secours que dans le sommeil
> Mais tout le monde ne peut dormir...

Et il ne dormait guère jusqu'à sa rencontre avec Nicolaï, et surtout celle avec la salutiste.

Ce fut miss Helen Higgins qui, sans en avoir le moindre soupçon, fut le sauveur du redoutable bandit, en ce sens qu'elle lui inspira l'idée et lui procura les moyens de se faire passer pour salutiste.

L'armée du Salut, bien que comprenant dans ses rangs nombre d'individus au passé peu recommandable, n'inspire que peu de méfiance, et son uniforme est, en beaucoup de cas, un excellent permis de circulation... Et qui eût deviné, sous le déguisement de salutiste, le fameux banquier juif dont la débâcle avait fait tant de bruit ?

Il avait, d'ailleurs, à l'instar de Nicolaï, suffisamment transformé son visage pour que ses familiers mêmes aient eu quelque difficulté à le reconnaître, et il fallait l'œil perspicace du commandant du *Tour-du-Monde* pour l'avoir deviné dans sa métamorphose.

La petite fille qui l'accompagnait ajoutait en quelque sorte à sa sécurité.

Quant à cette dernière, voici comment, pour l'enlever, l'on avait dû procéder.

La décider au départ avait été facile, puisque dès le principe elle comptait sur la place en Angleterre que lui proposait Fanny, mais Fanny, qui s'était attachée à cette enfant, comptait la garder et à aucun prix ne voulait la céder à la salutiste.

Il fut donc nécessaire d'user de ruse, ruse grossière d'ailleurs, dont Hauser se chargea en entreprenant son nouvel ami, l'ancien valet de l'évêque Fuckinson, M. Benoît Félix, qui s'y prêta de bonne grâce.

Fanny, dans un de ses moments d'expansion fréquents chez les femmes, ayant raconté la façon dont la petite fille était tombée entre ses mains et les tentatives infructueuses et presque désespérées de son prétendu père pour la lui reprendre, M. Benoît Félix hocha gravement la tête et déclara qu'il ne pouvait, en gardant l'enfant chez lui, se rendre complice d'une affaire qui lui paraissait des plus louches.

— D'un moment à l'autre, le vieux monsieur pouvait revenir, enlever l'enfant et alors, — disait-il, — s'il arrivait du grabuge, il en serait responsable, et tout le potin retomberait sur lui. Pas de ça, Lizette ! Il faut réintégrer la gamine à sa mère.

> Laissons les enfants à leur mère,
> Laissons les roses aux rosiers.

Fanny rendit donc Sidonie, mais celle-ci, craignant sans cesse de voir arriver chez sa mère l'abominable assassin qui la poursuivait et qu'elle avait vu à l'œuvre dans ce qui lui paraissait comme un sanglant cauchemar, supplia sa mère de la laisser retourner chez sa tante Culot, qui la reçut sinon à bras ouverts, du moins avec une certaine satisfaction.

Justement, la salutiste venait lui faire des ouvertures.

Karl Hauser, qui n'avait pu se procurer l'adresse de la mère, avait obtenu par Benoît Félix celle de la tante et, sans se montrer, y avait conduit Helen Higgins.

Celle-ci, se disant envoyée par la mère, n'avait pas eu de peine à la décider à lui confier l'enfant. Elle serait très bien dans l'armée du Seigneur qui enrégimentait quantité de petites filles comme elle et leur faisait une position.

— Quelle position? — demandait la mère Culot — Est-ce celle de bonne à tout faire chez de vieux messieurs ?

— Oh! no, médème — répondait Helen froissée, — vô trompéz vô beaucoup. Le petit fille sera sainte. Elle prêchera dans nos *halls* et convertira très beaucoup de gens.

— Oh! — s'exclama à son tour la mère Culot, — je ne savais pas que ma nièce pourrait prêcher. C'est comme si l'empereur Napoléon III, quand j'ai eu le plaisir de faire sa connaissance chez M. le curé Fricard, un bien brave homme dont vous avez peut-être entendu parler ?...

— No, — fit miss Helen — je jamais connu le révérend Fricard.

— C'est comme si l'empereur Napoléon III m'avait dit : « Mame Culot vous allez nous chanter la messe. » Enfin, elle est intelligente et du moment que vous lui apprendrez.

— Oh! no, jamais lui apprendre la messe.

— La messe ou les vêpres, ça m'est égal.

— Prêcher seulement, prêcher la bon nouvelle, le venue de lord Jésus, madame Quioulot, de lord Jésus qui s'est fait lui-même un homme pour sauver le genre humain.

— Ben, il avait joliment du temps à perdre le lord Jésus, et il fallait qu'il s'ennuie diablement au Paradis pour venir le passer sur la terre...

— Oh! médème Quioulot! médème Quioulot! — s'écria la salutiste, scandalisée par ces paroles impies.

— Parce que, continua la tante de Sidonie, sans s'émouvoir, comme disait l'empereur Napoléon III à M. le curé Fricard : « Le monde ne vaut pas cher. »

— C'est pour rendre lui cher, médème Quioulot.

— Et vous croyez que Sidonie sera capable de ça? Elle ne sait même pas son catéchisme.

— No apprendrons elle tous les choses ioutiles — déclara avec conviction miss Higgins.

Elle obéissait strictement à Hauser en qui elle voyait peut-être un mari probable, et elle tenait à le contenter.

Celui-ci, sachant par Fanny les étranges prétentions de Nicolaï sur cet enfant, voulait la lui arracher à tout prix.

Qui sait s'il ne pourrait pas se servir d'elle contre lui?

Aussi avait-il autorisé à pousser jusqu'à deux billets de mille l'indemnité à payer à la tante avide, indemnité qui ferait taire ses derniers scrupules.

— Tu feras faire à la vieille un reçu de cent livres sterling, — dit
Hauser qui, depuis la station de la salutiste dans sa chambre, se donnait le droit de la tutoyer en privé, — ton général remboursera et tu auras
de cette façon cinq cents pour ta peine.

— J'ai dit à vo déjà que vo êtes le diable — avait répondu la tendre
Hélen — vo faisez moâ très méchante fille et conduisez moâ à l'enfer tout
droit avec vo.

— Je l'espère bien, — ripostait Hauser.

La mère Culot concluait ce marché inattendu avec d'autant plus de
plaisir, qu'elle craignait à chaque instant que l'enfant ne lui fut enlevé par
les ruses de celui qu'elle appelait le « vieux bouc ».

C'était donc une excellente aubaine; mais elle appréhendait le refus de
sa nièce.

A son entière satisfaction, Sidonie accepta.

L'Anglaise avait su capter ses bonnes grâces, et se voyant délaissée par
sa première protectrice, elle ne fit aucune difficulté pour suivre la nou
velle amie.

Elle se sentait par ce moyen sauvée de l'homme abominable qu'elle
abhorrait.

Mais Fanny, bien qu'affligée de se séparer de l'enfant, n'entendait pas
la perdre de vue.

Nous avons dit qu'elle éprouvait pour l'infortunée petite fille une affection sincère; aussi, deux ou trois jours après leur séparation, alla-t-elle
prendre de ses nouvelles, et elle sut que Sidonie, toujours par crainte du
vilain homme, était retournée chez la tante Culot, s'y trouvant plus en
sûreté qu'auprès de sa mère, qu'elle savait seule et sans énergie contre son
odieux père.

De plus, ses insupportables petits frères rendaient le séjour sous le
toit maternel un véritable enfer.

Fanny ne renonçait pas au projet d'emmener l'enfant à Londres au cas
où Benoît Félix se déciderait à y retourner. « Là — pensait-elle — on se
trouverait à l'abri des poursuites du vieux chenapan. » Aussi, quelles ne
furent pas sa surprise et sa fureur en apprenant par la mère Culot elle-
même que Sidonie était partie la veille, emmenée — disait la mère Culot
— par une religieuse de la Grande-Bretagne.

L'ancienne servante de l'abbé Fricard ne put s'empêcher de rire en
voyant le désappointement de la jeune femme.

Elle se rappelait sa propre déconvenue lorsque rentrant chez elle,
elle avait trouvé la chambre de Sidonie vide.

— Au secours ! au secours !

— Hein ? — fit Bibi-bel-œil regardant à son tour. — Mais c'est pas le michet.

— Le père Montrelune ! — murmura la Sauterelle.

— Tu dis ?

— Un type que j'ai connu à Londres... Bouge pas, frangin... nous allons rigoler.

Nicolaï ne vit d'abord en entrant que la Verrue qu'il reconnut aussitôt pour la fille qui avait couché avec son souteneur dans le même hôtel que lui et dont, au travers de la cloison, il avait entendu une partie de la conversation au sujet de Sidonie.

Vivement contrarié de la rencontre il allait ressortir en s'excusant lorsqu'il aperçut étendu sur le sopha son ancienne maîtresse.

— Oh! oh! — fit-il — Elle est malade?

— Oui, monsieur. — répondit la Verrue — Ça lui a pris comme ça tout d'un coup... des vapeurs, quoi!

Nicolaï s'approcha et constata du premier coup le désordre des vêtements, le corsage ouvert et déchiré, la jupe également déchirée, les cheveux défaits et tombant en méches éparses sur les épaules.

— C'est une crise, — reprit la Verrue. — Elle étouffe, elle se débat, elle se dégrafe, elle se déchire que c'en est effrayant... Ça lui prend quelquefois à cette pauv' dame. Monsieur la connaît?

— Oui, — répondit Nicolaï.

— Tenez, elle s'est même égratignée et en tombant elle s'est cognée la figure... Ah! on ne peut pas la laisser seule. C'est bien malheureux, allez.

— Où sont ses enfants?

— A l'école, qu'ils sont, y ne vont pas tarder à rentrer. Mais ça aime à polissonner dans les rues, vous savez, ces gosses.

— Mais Sidonie, où est-elle?

— Ah! je vois que monsieur connaît la famille... toute la famille. Sidonie? je sais pas où elle est. Elle est partie de la place où elle était... c'est tout ce que je peux dire... mais asseyez-vous donc, monsieur. Vous n'en paierez pas plus, allez.

— Merci... vous êtes bien aimable, — répondit Nicolaï regardant autour de lui avec méfiance comme s'il flairait quelque danger. — Y a-t-il longtemps... qu'elle est dans cet état?

— Pas bien longtemps... dix minutes, peut-être un quart d'heure.

— Un quart d'heure! diable, c'est beaucoup... Mais je sais ce qu'il faut pour ces syncopes... je vais la soigner... Ne vous en inquiétez pas.

Et comme la Verrue ne bougeait pas de sa chaise, il ajouta:

— Inutile de vous déranger plus longtemps... Vous pouvez vous en aller, mademoiselle.

Elle se leva, jetant un regard vers la porte derrière laquelle se tenaient ses deux acolytes, comme pour les consulter sur ce qu'elle devait faire; Nicolaï surprit ce regard et, tournant les siens du même côté, aperçut une ombre dans l'entre-bâillement.

— Tiens, fit-il simplement, — vous avez quelque ami dans la chambre voisine.

— Une connaissance à moi, — répondit la Verrue. — Un jeune homme... Il est timide... Il n'aime pas se montrer.

Nicolaï fit un pas en arrière et s'adossant au mur, la main droite dans sa poche, dit d'un ton assez paisible :

— Eh ! monsieur... n'ayez crainte. Ne vous gênez pas... Montrez-vous... vous êtes ici chez moi.

La Sauterelle se montra.

— Eh bien, ma vieille branche ! Comment ça va?

« Quelle rencontre... T'as donc retrouvé ton million. Père Montrelune?... C'est moi, oui c'est moi... Tu me remets donc pas?...

— Vaguement, — répondit Nicolaï.

— T'as la mémoire courte... Tu étais pourtant là quand la mère Badoure nous a rincé les crochets et que t'as tiré ton magasin de ton chapeau... A-t-on rigolé ce soir-là... La pauvre mère Badoure ne s'attendait pas à ce qu'on lui coupe le gaviot... Ah ! malheur, ce que c'est que de nous ! Moi, elle me bottait, cette femme. Ma passion, c'est les grosses dondons. Que voulez-vous, monsieur le marquis, chacun ses vices... Puis je lui piquais la romance et elle aimait ça, cette femme... Ça prouve qu'elle avait du sentiment, quoi!... C'est pas un mal. Dommage qu'on l'ait saignée... Nous aurions fait bon ménage... Alors les affaires ont marché que te voilà devenu michet sérieux de la gonzesse... T'as rien l'air épaté de me voir... Mais, dis donc? y me semble que t'as plus la même gueule.

Il avait débité ces phrases sans arrêter, jouissant d'abord de l'étonnement de celui qu'il prenait pour le comte Gobsky; mais, à mesure qu'il parlait, il examinait avec attention le visage et ce visage lui paraissait, en effet, tout autre que celui entrevu à Londres.

Nicolaï de son côté, d'abord quelque peu surpris, se demandait à qui il avait à faire, et, voyant qu'on le prenait pour sa victime dont il endossait l'identité, se gardait de rien répondre de crainte de commettre une maladresse qui eût détrompé son interlocuteur.

Celui-ci involontairement lui tendit la perche.

— J'ai donc changé de gueule aussi que tu ne me remets pas. C'est moi qui étais assis en face du petit micheton à Pamela-la-Luronne, y avait là M. le baron de Lourde-patte, dit l'Hercule du nord, M. Belatout, dit le musclé, le citoyen la Casserole, jeune homme d'avenir, mais qui a été arrêté en chemin...

— Riz-de-Veau! — continua Nicolaï.

— Oh! tu vois bien que tu te rappelles. Oui, Emile Pâloignon, dit

Riz-de-veau, dit *Cul-de-Poule* rapport à sa bouche en rebords de pot de chambre, était là présent. Bonne compagnie, tous aristos quoi !

Et le plus chic de la *sociiiélé* c'était votre serviteur la Sauterelle, M. le marquis, — conclut-il en s'inclinant ironiquement.

— Comte ! — rectifia Nicolaï, — comte seulement.

— Ah ! oui, comte Goblintosky, Blagotosky, quelque nom de ce genre-là, qu'il faut éternuer en le prononçant.

— Comte Gobsky.

— Gobsky, c'est bien ça... Mais, je te le répète, c'est plus la même trombine. T'étais pas giron avant, tu l'es encore moins.

— Une fluxion ! — fit Nicolaï.

— Une fluxion rentrée alors... Ce que tu dois casquer pour faire des caprices !... Est-ce que tu as aussi une fluxion de jaunets ?

— Je l'avais, — répondit Nicolaï qui bouillait de subir cet interrogatoire.

— Et elle s'est fondue avec des petites femmes... Ah ! vieux voluptueux ! T'as dû t'en fourrer, hein ?

> J'avais un grand sac d'écus
> Que m'avais légués mon grand-père,
> Des écus blancs qui brillaient plus
> Que tous les écus de la terre !
> Ah ! mes écus, qu'en as-tu fait,
> Qu'en as-tu fait, Margot la brune ?

— Ni Margot la brune, ni Jeannette la blonde... On me les a volés.

— Ah çà ! on te vole donc toujours. T'as pas de veine ! Tu fréquentes la mauvaise compagnie, pour sûr. A Londres, tu disais qu'on t'avait chipé un million... Combien qu'on t'a chipé à Paris ?

— Un million et plus.

— Tu te payes ma poire !

— Je dis la vérité.

— Tu la dis plus sur le même air que chez les Angliches. T'as changé ta gueule, t'as donc aussi changé ton cornet à piston ?

— Une bronchite !

— Mince ! T'as donc eu tous les malheurs depuis que tu as décanillé de London ?

— Tu ne crois pas dire si vrai.

— Enfin t'a toujours trouvé le moyen de mettre ta gonzesse dans ses meubles... T'es devenu michet sérieux... C'est bien, ça !... Dis donc, la

Verrue, tu voudrais bien trouver un type comme monsieur pour te rem-plumer...

— Je te crois.

— Moi, à la place de monsieur le comte, je lâcherai cette fumelle qui est toujours patraque pour te prendre. Tu te portes toujours bien, toi, t'es gironde comme tout et t'as bon appétit.

— Pour sûr, — appuya le laideron.

Il se pencha vers la femme toujours étendue et dit avec une nuance d'inquiétude :

— Est-ce qu'elle a filé son saladier?

— Pas de danger, — fit la Verrue. — On l'entend renâcler.

— Ne la réveillez pas, — dit Nicolaï.

Cette invite entrait trop dans les idées du jeune gredin pour qu'il songeât à s'y opposer.

— Je suis content de cette rencontre — continua Nicolaï. — Je ne m'y attendais pas. Tu me croiras si tu veux, mais je te cherchais ainsi que Riz-de-Veau.

— Pour?...

— Vous faire gagner quelques billet de mille.

— Des fafiots mâles? Mince de luxe! T'es rien chouette, père Montre-lune.

« Et qu'est-ce qu'il faudra faire?

— Je l'expliquerai.

— Un machabée?

Nicolaï fit un signe évasif.

— T'as donc abandonné la peinture pour le nourrissage des marmots? — demanda la Sauterelle après un moment de silence.

— Pour mon compte, oui; je nourris un marmot (je médite un vol)... Il s'agit de reprendre ce qui m'a été volé.

— Tu y tiens donc à cette blague. Tu nous l'as déjà faite à Londres. Ça ne mord plus.

— Ce n'est pas une blague. Sarah que tu connais a été témoin du coup. J'ai été roulé, quoi! Et sais-tu par qui?

— Cause toujours, ça m'instruira.

— Par le fils à Roland... par cette petite canaille que tu as peut-être vue à Londres..

— Comment! Je l'ai vu ici quand les fliques ont mis le grappin sur le cou de monsieur son père. Il rigolait comme une baleine!... Ah! c'est lui, le client?

— C'est lui. Sarah m'avait indiqué l'endroit où j'avais chance de te rencontrer avec Riz-de-Veau... les *Trois Marmites* ou chez la mère *Clampart*...

— Mais, père Montrelune, — observa la Sauterelle méfiant, — pourquoi n'as-tu pas été confier tes chagrins au qnart d'œil?

— Quand tu verras Sarah, elle te dira pourquoi?

La Sauterelle parut réfléchir un instant.

— C'est à voir, — commé dit l'Hercule. — Mais Riz-de-Veau est pour l'instant incapable de nous donner un coup de main. M. le Figé (juge) l'a envoyé passer quelques mois à la campagne (prison).

— Fâcheux! — fit Nicolaï.

— Faut pas te cauchemarder pour ça, mon vieux colon. Si réellement t'as besoin de deux francs zigues on te dénichera ça dans les bons prix. Tout dépend du turbin. C'est-il pour envoyer ton client figurer à la Morgue?

— Ce n'est pas absolument nécessaire... pourvu que je rentre dans mes fafiots.

— T'es rien toc-toc! Qui peut jamais savoir? On rapplique à l'ouvrage avec de bonnes intentions, comme des petits saints qui veulent gagner le paradis. On veut pas faire le moindre bobo au client... Seulement le débarrasser en douceur de ce qui gêne sa profonde. Mais v'là monsieur qui se fâche... Monsieur est insensible aux bons procédés... Le v'là qui piaille, qui dit des gros mots... qui se lance dans des airs de musique... Alors, tu comprends la moutarde monte au nez du pauvre purotin — « Ingrat » qu'il dit — et il lui coupe le sifflet... Le pante ne l'a pas volé. Faut toujours que le vice soit puni, pas vrai donc?

— Et la vertu récompensée.

— Et quelle récompense nous donneras-tu?

— Dix du cent.

— Mettons vingt et je te trouve ton homme.

— L'Hercule-du-Nord?

— Des navets! Je dis pas qu'il n'est pas d'attaque. C'est même un merq... Mais comme Riz-de-Veau il est en villégiature. Le v'là pour longtemps au régime des fayots. Va falloir s'en passer, mais ne te décarcasse pas le ciboulot... je connais un zigue et un bon qui fera l'affaire aussi bien que l'Hercule et qui ne renacle pas devant un coup de surin envoyé à propos... Pas vrai la Verrue?

La jeune personne ne répondit pas.

Etait-ce à cause du proverbe « qui ne dit rien approuve ou consent? » ou de cet autre : « Le silence est d'or. »

— Où est-il? — demanda Nicolaï.

— Est-ce que ça presse?

— Oui, car voilà quatre jours déjà que la petite flique... Il en est, tu
sais ?

— Je m'en suis douté.

— Voilà quatre jours que la petite flique m'a dévalisé. J'ai été malade
depuis... et n'ai pu sortir. D'ailleurs la masure était gardée par la rousse...
et je craignais d'être filé.

— Ah! sacré! T'as bien regardé en venant, s'il n'y avait pas derrière
toi de filature?

— Rassure-toi, je m'y connais... Je n'ai qu'une frousse, celle que le
friquet ne lève le pied.

— Tu sais où le piger?

— Je m'en doute... Et où est ton copain?

— Ici! présent! — dit l'ami de Mlle la Verrue, sortant tout à coup de
la chambre en faisant le salut militaire à Nicolaï — à votre service, patron.

Celui-ci reconnut aussitôt le souteneur.

— Que faisais-tu donc là ? — lui demanda-t-il.

— Ben, quoi! je prenais *la bonne air* à la fenêtre, je peux jamais monter à un cinquième sans prendre la bonne air à la fenêtre. Ça rafraîchit
les poumons, pas vrai, la Verrue?... Ma petite marmite m'a dit comme ça :
« Allons voir c'te pauvre Nini qu'est malade ». Donc nous sommes venus...
nous avons rencontré la Sauterelle en chemin. « Accompagne nous, —
que nous lui avons dit. — Les amis de nos amis sont nos amis et plus on
est de fous plus l'on rit. Ça l'égayera, c'te fille. Pas vrai, la Verrue?

— C'est sûr.

— Tais ton bec. Est-ce que milord y trouve à redire? milord serait-il
jaloux ? Oh! là là!

— Y aurait pas de quoi! — fit la Verrue.

— Ferme ton plomb, je te dis... Donc milord était en train de raconter qu'il avait besoin d'un bon zigue pour lui donner un coup de main?

— Tu as de bonnes oreilles.

— Et je m'en sers.

— Alors, écoute, fit Nicolaï... Peut-on parler devant cette jeune personne? — demanda-t-il en désignant la Verrue.

— Vous pouvez y allez carrément, c'est une seconde moi-même.

— Alors elle va être utile. Mais passons dans la chambre à côté, nous
serons mieux qu'ici.

— Roupille-t-elle toujours, la gonsesse? — demanda Bibi-bel-œil faisant un signe d'intelligence à la Verrue.

— Oui.

— Veille-la. Et si elle ouvre les chassis, appelle-moi.

Il entrèrent dans la pièce voisine et Nicolaï exposa son plan.

— Pendant les quatre jours qui ont suivi le vol, je ne me tenais pas sur pied... Mais on voyageait pour moi... Peut-être connaissez-vous une fille venant de Londres, appelée Paméla-la-Luronne?...

— Je ne connais que ça. — fit la Sauterelle — Une princesse garnie d'avant-scènes des plus affriolants.

> Offrant aux yeux de si gros balluchons,
> Qu'elle pourrait vous étourdir un homme
> En lui flanquant un coup de ses nichons.

Il allait répéter le refrain, mais son camarade l'interrompit brutalement :

— Bouche ton égout, graine de bois de lit ! C'est pas le moment de se lancer dans les airs d'opéra... Ouvre tes esgourdes aux paroles de milord et recueille-les comme des perles.

— Si je connais Paméla ! Mais c'était justement la bonne amie du petit jeune homme qui a confisqué vos fafiots, mon prince, et qu'on appelait à Londres Edouard.

— Justement, — reprit Nicolaï — Eh bien, elle est à Paris, et Sarah qui n'est pas une bête...

— Elle a oublié de l'être — dit la Sauterelle.

— Et qui a gardé, je ne sais pourquoi une dent contre elle...

— Elles se sont crépées le chignon...

— Mais ferme ton plomb !

— Est parvenu à la dénicher, pensant que par ce moyen elle trouverait les traces...

— Du petit micheton.

— Et c'est fait !

— Et alors?... — demanda Bibi-bel-œil.

— Et alors il faut l'attirer ici... C'est pourquoi, mes gentilshommes, j'ai besoin de votre concours.

— Pourquoi l'attirer ici? — objecta Bibi-bel-œil, — ne peut-on le poisser chez Pamela?

— Non, elle flaire le magot et vendrait la mèche.

— Tout pour elle, alors, — fit la Sauterelle. — Elle veut tout pour elle... Rien pour les camarluches !

— Ils n'auront pas à se plaindre, — dit Nicolaï. — S'ils savent manœuvrer.

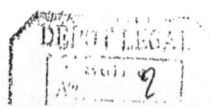

— En as-tu assez?... demanda Gayrouau.

— Mon général, donnez vos ordres.

— Ils sont simples et faciles à comprendre. Éloigner Paméla de chez elle, se procurer un échantillon de son écriture... Quant au reste, je m'en charge. Voilà pour la première partie du programme.

— Et la seconde?

— La seconde vous sera communiquée en temps et lieu.

Liv. 290. — H. GEFFROY, édit. — Reproduction interdite.   Mort du Czar. 182.

— Quel aplomb ça vous donne les monacos, tout de même! — remarqua philosophiquement la Sauterelle. — A Londres, où tu faisais concurrence aux marchands de cartes transparentes, t'avais l'air tout déconfit; les purotins et les marmiteux t'auraient donné deux sous... Maintenant, tu jaspines en dab. Mince! Ferait pas bon flasquer près de toi sans trique... Mais, du moment que M. le comte finance...

— Il entend être obéi.

— Rien de plus juste... Mais tu sais, petit père Goblesky, dans les opérations de ce genre faut abouler, *primo*, de la galette;... *secundo*, de la galette, et *tertio*, encore de la galette;... c'est-à-dire que nous en voulons avant, pendant et après. Est-ce pas ton avis, Bibi-bel-œil?

— C'est juste ce que je pensais.

Nicolaï fit une mauvaise grimace.

— Je ne paye qu'après, — dit-il.

— Après, c'est pas assez.

— Graisse-nous seulement la patte d'un fafiot femelle (billet de banque de cinq cents francs) — ça nous mettra du cœur au ventre, — dit la Sauterelle.

— Moi, d'abord, travailler sans un petit acompte, ça me fait les foies blancs. Allons un peu de courage à la poche, comme disait dans le temps l'Hercule, à la foire au pain d'épice.

— Je n'ai pas d'argent... Vous admettrez bien qu'ayant été volé je n'aie pas cinq cents francs sur moi.

— Crache cinq louis alors.

— Même pas cinq louis, même pas un.

— Nom de Dieu! tu es rudement pané.

— C'est pourquoi je veux me refaire.

— Tu peux bien cracher une thune... Nous n'avons pas encore boulotté ce matin, parole d'honneur la plus sacrée! depuis hier nous n'avons pas même un petit pain dans le coffre.

— Ni moi non plus, — répondit Nicolaï, — comme vous je me trouve à jeun.

Il disait vrai, et d'ailleurs cela se lisait sur sa mine.

— Emprunte à ta gonzesse, — conseilla amicalement Bibi-bel-œil. — Ses mioches, que j'ai rencontrés quand ils allaient à l'école, m'ont dit: « Maman a reçu des picaillons. »

« — Comment cela, mes petits amours? — que je leur ai demandé.

« — C'est un vieux qu'est venu, — qu'ils m'ont dit. — Il a casqué des jaunets!

« — Beaucoup?

« — Une bonne poignée.

« — Et où les a-t-elle embusqués, ta maman, ces petits envoyés du bon Dieu ?

« — Je sais pas, — que m'a répondu l'aîné qui est un fité singe et un amour d'enfant, — nous avons bien reluqué, mais elle nous a chassés pour que nous voyions pas. »

— Supposons, — continua le souteneur, — qu'elle en ait boulotté un, et même deux, c'est tout. Où sont les camarades ?

— Qui est cet individu ? — demanda Nicolaï, vivement intrigué, car sa victime de Nouméa avait perdu, pendant ses longues étapes de misère, tout ce qui peut tenter les désirs d'un homme et le pousser pour les satisfaire à une générosité qui lui semblait insolite.

— Le miché sérieux ? — s'exclama la Sauterelle. — Ton rival ? Oh ! passe-moi mon flacon d'essences ! Ça te défrise, vieux paillasson ! Tu croyais que t'étais seul à roucouler avec madame, la romance à deux. Ah ! laisse-moi rire ! V'là qu'il y a d'autres pigeons que toi. Xi ! xi ! xi ! Prends ta revanche, vieux birbe. Paye-toi sur la bonne galette du miché numéro deux, en attendant de te payer sur la bête. Hardi ! part à trois ! perquisitionnons.

— Part à quatre, — fit la Verrue entrant. — Dis donc, hé ! la Sauterelle, j'en suis, moi !

A dire vrai, Nicolaï n'était revenu chez la mère de Sidonie que dans l'intention de fouiller ses tiroirs et au besoin ses poches.

Il ignorait la visite de Gayrouan, mais il pensait qu'il devait rester quelque argent à son ancienne maîtresse et il était bien résolu à le lui reprendre, si modique que fût la somme.

Dans son dénûment actuel, rien n'était négligeable ; les quelques pièces de menue monnaie recueillies dans son gilet avaient à peine suffi à vivre pendant les trois jours passés chez Sarah, et il se trouvait littéralement sans le sou.

Aussi la nouvelle que l'infortunée avait reçu la visite et les secours d'un inconnu, tout en le surprenant et l'inquiétant, lui causait une vive satisfaction que diminuait cependant la pensée d'avoir à partager avec les deux jeunes gredins et leur compagne, partage inévitable dans les conditions où l'on allait découvrir l'argent.

— Ah ! — se disait mentalement l'ancien directeur de la *Banque de Saint-Pétersbourg et Berlin*, l'ex-partenaire de celui de la *Banque Coloniale*, — en être réduit à m'associer à trois coquins pour partager quelques pièces d'or ! Potence et corde !

— Tu grinces des dents ? — demanda la Sauterelle.

— Je réfléchis, — répondit Nicolaï

Cependant Bibi-bel-œil apostrophait la Verrue :

— Qu'est-ce que tu veux, gueule d'empeigne! Part à trois? nous verrons ça, si t'es sage?... Eh ben! et la peau de chien?

— Elle renacle toujours.

— Faut la laisser... Te cauchemarde pas, elle a la vie dure..., c'est comme une vieille chatte... Faudra s'y prendre en trois temps pour l'escoffier. Allons, ouste, dépêchons. C'est l'heure de la sortie de l'école... Faut trouver le magot et se cavaler avant que les gosses rappliquent.

— Je l'ai fouillée, — dit la Verrue, — elle n'a rien dans ses profondes.

— T'as visité les gigots?

— Oui... Et les nichons, et le bidon, et tout... Nib de braise (pas d'argent).

— La vache!... Aide-moi à soulever le poussier. Je peux plus me servir de mon empoigne droite. J'y ai reçu un atout... Ah! malheur! Je pourrais même pas tenir un surin.

— Dis donc, — fit tout bas la Verrue, — pendant que la Sauterelle et Nicolaï se livraient à une minutieuse expertise des tiroirs d'une commode. — Qu'est-ce que tu vas faire de ce vieux bibassier?

— Nous verrons ça après le gueuleton.

Le logement qu'avait loué Nicolaï se composait, on s'en souvient, de trois pièces.

Dans la première, qui servait à la fois de salle à manger et de petit salon, était étendue la mère de Sidonie.

Elle ne contenait d'autre mobilier qu'un canapé, un fauteuil, quelques chaises, une table et le buffet.

Les deux autres, plus copieusement meublées, étaient, outre une commode et une armoire, garnies de plusieurs placards.

Après avoir bouleversé les lits, remué les matelas et fouillé les paillasses, on se mit à explorer ces placards.

Vaines recherches! Nicolaï surtout se désespérait; les gredins lui avaient formellement déclaré qu'ils ne se mettraient en campagne que le ventre bien lesté.

Et lui-même se sentait des tiraillements d'estomac qui le rendaient incapable d'aucun effort sérieux.

L'estomac gouverne l'humaine machine; quand il est vide, tout devient flasque, le cerveau comme les muscles.

« Le ventre est roi, le ventre est dieu, » disait Victor Hugo, formidable mangeur.

Que faire cependant? Où trouver de l'argent, si l'on sortait bredouille de cette maison?

Nicolaï avait, il est vrai, la ressource de faire racheter ses meubles au marchand pour le tiers de ce qu'il les avait vendus ; et certes, il n'eût pas hésité à prendre de suite ce parti extrême, s'il n'y avait pas eu dans la maison un gardien de l'ordre et de la propriété représenté par le concierge.

Fatigués de leurs infructueuses recherches, Bibi-bel-œil, la Sauterelle et la Verrue s'étaient assis, maussades et découragés.

— Pas même un bout de fricot dans la turne, — disait piteusement la Sauterelle. — Cette gerse ne boulotte donc pas?... Ni pain, ni vin, ni carne. En v'là une sale marmite !

La mère de Sidonie ne faisait, en effet, pas de provisions ; à cause des deux garnements, gourmands et gaspilleurs, elle n'achetait pour chaque repas que le strict nécessaire, et la récente visite de Bibi-bel-œil, dont elle appréhendait une seconde, n'était pas pour l'encourager à garnir son garde-manger.

Le souteneur venait autrefois non seulement s'héberger chez elle, lorsqu'il flairait l'odeur de cuisine, mais amenait des amis qui mettaient tout à sac.

Après une exploration minutieuse du foyer et des casseroles, la Sauterelle n'avait découvert que des oignons, du lard cru et des légumes secs.

— Rien à bouffer, rien à pitancher, pas de galette, je travaille plus, — déclara-t-il nettement. — Oui, mon vieux marquis de la Panne, je te l'envoie pas dire.

Nicolaï, qui réfléchissait, le dos appuyé contre l'entablement de la cheminée, haussa les épaules.

— Ce n'est pas le moyen de se tirer d'affaire, — dit-il. — Penses-tu que les alouettes vont te tomber toutes rôties dans le bec?... Qui d'entre vous veut se charger d'une commission pour Paméla?

— Moi ! — répondit la Verrue, — si vous me donnez son adresse.

— Cela va de soi ! Tu connais la fille?

— Je l'ai connue avant son départ pour Londres... Nous nous sommes rencontrées plusieurs fois dans des caboulots et des bastringues... C'était la gonzesse à Riz-de-veau..., elle se rappellera bien de moi.

— Le fait est, — dit Bibi-bel-œil, — que quand on a vu une fois ta trogne!...

— Qu'est-ce qu'il faudra que je lui dise, à Paméla? — demanda la Verrue, sans relever cette impertinence.

— Tu lui diras que Riz-de-Veau l'attend ici.

— Mais il est à Mazas?

— Raison de plus.

— Comprends pas.

— Inutile de comprendre. Dis-lui seulement ceci : « Riz-de-Veau t'attend; il est avec les copains..., dépêche-toi ! » Tu pourras nommer les deux gentilshommes ici présents, tu ne mentiras pas.

— Et après?

— Après?... c'est tout.

— Mais si elle refuse?

— C'est là que je l'attends... Dis-lui alors d'écrire deux lignes à Riz-de-Veau, sans quoi il fera branle-bas et ira la trouver chez elle, au risque de se faire empoigner.

— Et quand j'aurai ces deux lignes, ça me fera de belles cuisses.

— Peut-être que ça contribuera à les engraisser... Cours vite et reviens de même.

Et comme elle hésitait, regardant son amant pour le consulter :

— Eh! va donc, morue! — fit-il en manière d'encouragement.

Elle sortit là-dessus, mais on l'entendit aussitôt pousser une exclamation.

— Quoi? qu'est-ce qu'il y a? — demandèrent à la fois les trois chenapans.

— La gerce! — fit-elle.

— Eh bien! — dit Bibi-bel-œil. — Est-ce qu'elle est claquée, la gerce?

— Claquée?... Elle nous a fait voir le tour; elle s'est tiré des flûtes.

— Ah! la chienne!

Ils se ruèrent dans la chambre. Elle était vide... Vide le canapé, vide le berceau !

Pendant qu'on discutait et qu'on fouillait, elle partait, emportant son enfant.

— Et elle nous a enfermés à clef! — s'exclama la Verrue.

Au même instant, de violents coups de pied ébranlèrent la porte.

Les quatre bandits tressaillirent :

— La rousse! — se dirent-ils. — La gueuse a mangé le morceau !

Les coups de pieds redoublaient. On entendait des voix enfantines; ils se rassurèrent.

— C'est les gosses! — dit Bibi-bel-œil.

C'étaient les « gosses », en effet, qui revenaient de l'école ; l'aîné criait :

— Maman! maman! Eh! ouvre donc! la battante est fermée. Est-ce que tu roupilles, maman?

Et le plus jeune d'ajouter :

— Elle ne répond pas, la vieille; papa l'a peut-être estourbie?

— Pourvu qu'il ait laissé de quoi boulotter! — répliqua philosophiquement l'aîné.

— Eh! taisez vos gueules, sale marmaille, graine de chien, ou je vous crève la paillasse, — leur dit Bibi-bel-œil, d'un ton menaçant, — on va vous ouvrir.

Les enfants, terrifiés, se turent pendant que le souteneur, à l'aide d'un ciseau, faisait sauter la serrure.

CCIV

PETITE FEMME!

La première chose que fit Allan, après s'être emparé de la sacoche de Nicolaï, fut de se rendre dans un café où il rédigea en anglais une petite note dans laquelle il signalait à la police, sans donner d'ailleurs aucune explication, l'homme qu'il venait de voler.

« Le comte de Ladra, — disait-il en anglais, — et le comte Gobsky ne font qu'un. Vous le trouverez chez une fleuriste, nommée Sarah. »

Et il donnait l'adresse.

Il remit le billet à un agent en passant près d'un poste de police et, avant que celui-ci fût ressorti du poste où il avait transmis sa missive à un sous-brigadier, le jeune coquin avait disparu.

Certain de n'avoir pas été suivi, il rentrait rapidement à son hôtel et malgré son flegme anglo-saxon, dansa presque de joie en reconnaissant l'importance de son vol :

Un million deux cent mille francs en billets de banque de France et en banknotes de la Grande-Bretagne!

— Il s'agit maintenant de sauver tout cela! — se dit-il. Il procéda immédiatement au remaniement de sa valise, enveloppa le volumineux paquet de papiers soyeux dans un journal qu'il fixa avec une ficelle comme un objet de peu de valeur, écrivit dessus en anglais : « Lettres d'affaires et papiers de famille », puis, ayant lacéré en petits fragments la sacoche de Nicolaï, il alla la jeter dans le water-closet.

Ses effets empaquetés, sa valise fermée, il s'étendit sur son lit pour attendre le jour, en ayant soin de placer sous sa tête, en guise d'oreiller, sa précieuse valise.

Il ne voulait pas quitter l'hôtel trop tôt, de peur de soulever des soupçons, car il n'avait pas prévenu la veille de son départ; mais, à sept
heures, il sonna le garçon et demanda sa note et une voiture.

Après avoir erré quelque temps sur le quai de la gare du Nord, fait
mine de prendre un billet pour Londres, il sortit, reprit un fiacre, se fit
conduire au boulevard Saint-Martin et de là se rendit à pied avec sa
valise chez Paméla qui habitait un hôtel meublé du voisinage.

Il trouva la fille au lit, elle avait passé la nuit au Moulin-Rouge et en
était revenue bredouille; elle le reçut à bras ouverts.

— Ah! te voilà, mon petit Édouard, je savais bien que tu me revien-
drais... Comme c'est gentil d'avoir pensé à ta petite femme!... D'où viens-
tu? tu parais fatigué! tu es tout pâle! T'as fait la noce, coquin! avoue que
t'as fait la noce! T'as dépensé ta bonne galette avec des petites femmes qui
ne valent pas ta Paméla... Pas vrai, mon coco?... Mais je suis pas jalouse...
je t'aime trop pour être jalouse... je sais bien que les jeunes gens ça n'est
pas fidèle... Couche-toi, mon petit homme, ça te reposera... Après, tu feras
risette à ta petite femme!

Elle avait débité cela, tout d'une haleine, tandis qu'Allan s'affalait sur
un sopha.

Alors, tendrement, comme eût fait une mère d'un petit enfant, elle se
mit à le déshabiller, lui retirant ses effets, l'un après l'autre, jusqu'à ses
bottines et ses chaussettes.

Puis elle le souleva, le prit dans ses robustes bras et le porta dans son
lit.

— Ouf! t'es tout de même lourd. En as-tu pris une cuite, pour être
vanné comme ça! Te reste-t-il de la galette, au moins?

— Oui, — dit Alian.

— On ne te l'a pas volée, t'es bien sûr? Tu sais, les petites femmes de
Paris se chargent de fouiller les profondes quand on « est bu ».

— Je ne suis pas bu, — dit Allan.

— T'es seulement vanné. Ça fait rien, va, mon petit homme, repose-
toi près de ta petite femme. Quand tu auras dormi, nous batifolerons.

Mais il n'avait garde de dormir. « A bon chat bon rat! » Il avait l'œil
sur sa sacoche.

Elle se glissa à côté de lui, le couvrit de baisers bruyants, l'accabla
de démonstrations passionnées.

— T'as bien fait de venir retrouver ta petite femme, mon chéri, mon
bibi, mon coco. T'en trouveras pas une comme elle pour te conduire dans
les bons endroits. T'es Anglais, tu sais. On vole les Anglais, partout à
Paris. Je t'empêcherai d'être filouté, moi. Ah! je suis à la coule!... je

— No, fit miss Helen... je... jamais connu le révérend Fricard.

défendrai la bourse de mon petit homme... Il ne faut pas qu'on la lui fasse...

« Et puis tu sais, t'étais jaloux de Riz-de-Veau. Dis pas non, ne mens pas... t'étais jaloux... Ah! je le voyais bien, t'étais jaloux... Eh bien, Riz-de-Veau, n, i, ni, c'est fini. Plus de Riz-de-Veau! Il est pincé. Il a écopé pour six bons mois pendant lesquels tu peux être tranquille sur la fidélité de

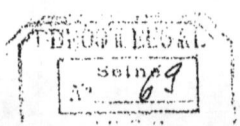

ta petite femme... Et pis, quand même y serait dehors?... Je suis libre de ma
personne, mon petit chérubin, et je l'ai donnée à toi.... Je le répète, c'est fini
avec Riz-de-Veau, y m'embête, y me rase, y me canule..., j'en veux plus.

D'un air fatigué, le fils de Karl Hauser écoutait, la pensée ailleurs, ce
flux de paroles.

Il s'était réfugié chez cette fille dans la première hâte du moment,
pour se donner le temps de réfléchir.

Les formalités à remplir sur les registres d'hôtel l'effrayaient; dans
son ignorance de nos mœurs administratives, vexatoires et tracassières,
aussi puériles qu'inutiles, il prenait ces formalités au sérieux et s'imaginait
que, chez Paméla, n'ayant pas de nom ni de renseignements à donner au
cerbère de la porte, il se trouvait momentanément en sûreté.

— Qu'est-ce que tu as dans ton sac? — continua-t-elle.

— Du linge et des effets.

— Et ta galette? où que tu la mets?

— Dans ma poche.

— Faut bien prendre garde, tu sais? A Paris, c'est plein de filous...
Tu n'as pas idée comme il y a des filous!

— Pas plus qu'à Londres, je pense.

— Si, si, bien plus qu'à Londres... Sais-tu ce que tu as dans tes
poches, seulement?

— Oui.

— Combien?

— Ah! tu m'embêtes.

— T'es pas gentil! Je te demande ça, mon bibi, c'est pour que tu
fasses attention. C'est dans ton intérêt.... Qui prendra tes intérêts, si ce
n'est ta petite femme? Mais t'as sommeil, je vois ça, tu veux dormir? dors,
mon coco, dors. Je te parlerai plus.

Il ferma les yeux, s'endormit ou feignit de s'endormir. Au bout de
quelque temps, elle se leva et, après quelques tours dans la chambre, les
yeux fixés sur Allan pour s'assurer qu'il n'ouvrait pas les siens, elle passa
une inspection minutieuse des poches du jeune drôle.

Elle trouva dans le veston une banknote de cinq livres sterling qu'elle y
laissa et, dans le pantalon et le gilet, plusieurs pièces d'or et de la monnaie
de billon. Elle allégea cette petite somme d'un louis, de deux francs cinquante en argent, et remit le tout en place après avoir repris six sous.
Rien n'est à dédaigner.

Allan se réveilla vers onze heures et envoya Paméla chercher à déjeuner malgré les protestations de celle-ci qui insistait pour être menée au
restaurant.

— Puisque t'as de la galette! — disait-elle. — Qu'est-ce ça peut te faire?

Ça *faisait* beaucoup à Allan. Il ne voulait pas quitter son sac de nuit, et, d'un autre côté, il ne pouvait l'emporter avec lui sans éveiller les soupçons sur son contenu.

Il tint bon, lui donna de l'argent et elle sortit en grommelant.

Avec l'instinct de gaspillage particulier aux filles les plus avares, quand ce ne sont pas elles qui font les frais, elle revint avec plus de mangeaille qu'il n'en eût fallu pour quatre personnes.

— Combien avais-tu d'argent dans ton porte-monnaie? — lui demanda-t-elle encore.

— Je n'en sais rien.

— A peu près?

— Cinq ou six louis et de la monnaie.

— Compte maintenant.

— A quoi cela me servirait-il?

— C'est parce que je t'ai volé, mon petit homme; histoire de savoir si tu t'en apercevrais..., si tu savais ce que tu fais de ta douille... Oui, je t'ai volé six sous... Tiens, je te les rends.

— Garde-les, — fit Allan.

Elle était fixée, maintenant. Elle pouvait rapiner sans qu'il s'en aperçoive.

Le soir, elle insista de nouveau pour qu'il les menât dîner sur les boulevards. Il prétexta un violent mal de tête, refusa de sortir. Elle eut beau dire et beau faire, il tint bon.

Elle dut encore aller chercher à manger, ne dissimulant pas sa mauvaise humeur, se consolant cependant en lui comptant tout le double et même le triple.

— C'est très cher, — disait-elle, — de boustifailler comme ça. Au restaurant on mange mieux et meilleur marché.

Le lendemain, à déjeuner, même chanson.

Enfin, le soir, elle déclara formellement que cette vie de recluse l'embêtait et, comme Allan, qui avait copieusement mangé et bu, ne pouvait plus prétexter une migraine, il se décida à sortir.

— Ta chambre ferme-t-elle bien à clef? — demanda-t-il.

— Elle ferme, c'est tout ce que je peux te dire... Pourquoi me fais-tu cette question?

— Parce que je ne sais pas s'il est prudent d'y laisser mon sac de voyage.

— J'y laisse bien mes effets.

— Mon sac contient des papiers de famille.

— Qu'est-ce que tu veux qui te les vole?

— Est-ce que je sais? on vole le sac et ce qu'il y a dedans... Le voleur ne viendra pas me rapporter mes papiers sous prétexte qu'ils ne lui seront pas utiles.

— Satanés papiers!

— C'est des papiers concernant un héritage que ma mère m'a confiés... Si c'était perdu, nous perdrions tout.

— Alors, si c'est ça, prends-le avec toi, ton sacré sac, ou remets-le au propriétaire de l'hôtel...

— Non, je préfère le prendre avec moi...

Il emporta donc son sac, qui était d'un bon poids, au restaurant : rien que de très naturel, mais il ne pouvait cependant le « trimbaler » au *Moulin-Rouge*, chez *Lisbonne*, chez *Bruant*, au *Néant* et dans les différents endroits ou Paméla comptait le mener.

On rentra donc ce soir-là, après s'être contenté de prendre des bocks sur la terrasse d'un estaminet du boulevard Saint-Denis.

Mais, le jour suivant, quand il parla de sortir de nouveau avec son sac, Paméla entra dans une violente colère:

— Tu me dégoûtes, à la fin, avec ton sacré sac. J'en ai assez. Tu veux donc que tout le monde se fiche de nous? On ne voit que toi avec ton sac. Dieu, quel amour! Qu'est-ce que tu as dedans? Un nouveau-né, pour sûr. Fiche-le dans la Seine et qu'on n'en parle plus. En v'là une comédie. Il n'y a que des Anglais pour avoir des manies pareilles. Ah! malheur!

« Non, tu sortiras tout seul... Mais moi, je ne sors plus avec toi en compagnie de ton sac, sans compter que le probloque s'imagine que nous déménageons ses frusques à la cloche de bois... Nom de Dieu! croirait-on pas?... T'as donc un million dans ton sac?

— Plus que ça! — répondit Allan.

— On le croirait, ma foi!

Il se décida pourtant à laisser son sac, en en retirant toutefois le paquet de banknotes qui, comme nous l'avons dit, était enveloppé dans un journal; il l'eût fait déjà, sans la crainte de l'indiscrétion de la grosse fille, qui n'avait même pas besoin de déficeler le paquet, mais simplement de l'écorner de l'ongle pour en découvrir le contenu.

Il était assez volumineux; aussi, le voyant sortir avec précaution, Paméla s'exclama :

— Nom d'un chien! Y en a là, des paperasses.

— Pour une fortune, — dit imprudemment Allan.

— Fais voir un peu?

— Qu'est-ce que tu veux voir?... des papiers d'affaires?... tu n'y comprendrais rien; d'abord, c'est écrit en anglais.

Elle n'insista pas, à son grand soulagement, et consentit à aller acheter une pièce de toile cirée pour envelopper les précieuses paperasses de façon à présenter un paquet convenable et non encombrant.

Mais le soir, au *Moulin Rouge*, où elle le conduisit aussitôt après le dîner, toutes les filles et fleurs de macadam interpellaient Allan au sujet de ce qu'il portait sous le bras, se livrant à cent facéties d'un goût douteux, ce qui occasionna à Paméla, qui n'était pas endurante, ce que ces demoiselles appellent des « attrapages de bec ».

Elle sortit furieuse, disant à Allan :

— Tu ne m'attraperas plus avec ton paquet.

La brouille se mettait déjà dans le nouveau ménage, d'autant plus que les louis se fondaient, que la petite somme chaque jour largement échancrée par les rapineries de Paméla allait être réduite à zéro.

— T'as donc pas d'autre galette? — lui dit-elle, au lendemain de la scène du *Moulin Rouge*, — ta maman t'envoie donc rien?... elle n'a donc pas de cœur?... Avec quoi donc qu'elle veut qu'un jeune homme vive à Paris... Elle veut se débarrasser de son petit fiston..., te faire crever sur la paille, quoi!

— Mais, — répondit Allan, — elle m'a promis de m'envoyer de l'argent à la fin du mois...

— Ah! et combien?

— Un billet de mille.

Paméla ouvrit des yeux énormes.

— Mille balles! C'est une bonne mère!... Je croyais qu'elle voulait te faire claquer du bec... Mille balles! t'es rien veinard... Mais, dis donc, mon petit coco, nous y sommes à la fin du mois... Et où vas-tu les palper ces mille balles?

— Chez un agent de change, place de la Bourse.

— Alors faut y courir pas plus tard qu'aujourd'hui, car il ne nous reste plus qu'un jaunet.

Contre son habitude, elle ne proposa pas de sortir pour déjeuner au restaurant, sous prétexte qu'il fallait faire des économies, se priver, être sage.

Il n'était pas certain — avait ajouté Allan — que l'agent ait reçu l'ordre de donner les subsides.

Au fond elle se méfiait et voulait rapiner le plus possible sur la dernière pièce d'or.

Elle prit donc le louis et revint avec trente sous de charcuterie et du vin au litre, comptant pour le tout huit francs cinquante au jeune homme, réservant — dit-elle — le reste pour le dîner.

Elle avait bien l'intention, si les subsides n'arrivaient pas d'ici deux ou trois jours, de flanquer « le petit Anglais » à la porte, au moins momentanément, quitte à le reprendre quand elle le saurait lesté.

Avec son paquet sous les bras et son air godiche, il commençait à lui donner sur les nerfs.

Dans l'après-midi, Allan, après s'être fait minutieusement indiquer le chemin de la place de la Bourse où demeurait son prétendu agent, entra dans un *water-closet*, défit son paquet et en retira un billet de mille francs, puis s'en revint en longeant les boulevards.

C'est sur ces entrefaites que Paméla reçut la visite de l'envoyée de Nicolaï, la Verrue.

En voyant ce laideron plus que modestement vêtue et qui avait la mine et les allures d'une rôdeuse des boulevards de la Chapelle ou de Ménilmontant, elle fit un geste de désagréable surprise.

— Vous ne me remettez pas, mademoiselle? — demanda humblement la Verrue.

— Non, pas du tout.

— Nous nous sommes connues pourtant... dans le temps... aux *Trois-Marmites*... et chez la mère Clampart.

Paméla fronça le sourcil.

— Il doit y avoir bien longtemps... car je m'en souviens plus.

— Oh! oui! il a coulé de l'eau sous les ponts depuis! — insista la Verrue. — J'étais toute gamine alors, j'avais treize, quatorze ans... et vous sortiez de Saint-Lazare.

— Enfin, qu'est-ce que vous me voulez? — s'écria la drôlesse, furieuse.

— Moi!... rien, personnellement... Seulement faut pas faire de magnes avec moi... Je viens de la part de Riz-de-Veau.

— Riz-de-Veau!... qu'est-ce que vous me chantez là, ma fille; il est à l'ours.

— Paraît que non, puisque je le quitte à l'instant. Il vous attend chez l'ancienne à Bibi-bel-œil.

— Connais pas.

— C'te blague! Vous connaissez toujours bien Bibi-bel-œil et la Sauterelle.

— Alors quoi?

— Alors ils vous attendent impatiemment tous trois chez la menesse en question.

— Riz-de-Veau? Tu ne te trompes pas, ma fille? Émile Pâloignon? Riz-de-Veau?... Il a donc brûlé la politesse aux fliques?

— Faut croire! Je lui ai pas demandé d'explications... Il est arrivé avec mon meg. Il m'a dit : « Cours chez ma gonzesse... Dis-lui qu'elle rapplique *illico*. J'ai à lui parler. » Il est probable que, s'il avait pu venir, il ne m'aurait pas envoyée. Il a de bonnes jambes, il serait venu.

Paméla se sentait perplexe.

Si elle se rendait à l'appel de Riz-de-Veau, elle ne pourrait être rentrée pour le retour d'Allan qui, peut-être, rapporterait mille francs dont elle comptait le dépouiller le plus lestement possible.

Ne la trouvant pas chez elle, rien ne l'empêchait d'aller chercher non pas fortune, mais « petite femme » ailleurs..., et alors comment le retrouver et ramener le pigeon au pigeonnier.

D'un autre côté, comme toutes les filles de cette catégorie, elle redoutait son ancien souteneur.

Qu'arriverait-il si elle ne se rendait pas à son appel?

Il était capable de venir la relancer, de la battre, de causer un esclandre et de se faire prendre à nouveau.

La Verrue, qui guettait ses impressions sur son visage, lui dit d'un air indifférent :

— Si vous ne pouvez y aller... je lui porterai un mot, ça le fera patienter... On sait bien qu'on n'est pas toujours libre.

— Justement, — fit Paméla, — j'attends un monsieur très chic..., un riche Anglais.

— N'hésitez pas alors.

— C'est une bonne idée que tu me donnes, ma petite, — fit Paméla. — Oui, je me rappelle de toi, maintenant... Tu étais une gosseline drôlichonne... Ça ne va donc pas les affaires?

— Pas trop... Puis, vous savez, Bibi-bel-œil est jamais content... Toujours des torgnoles!... Ah! malheur, je suis pas heureuse avec lui... mais je l'aime, cet homme.

— C'est le cœur qui nous perd toujours, vois-tu, ma pauvre fille. C'est comme moi avec Riz-de-Veau.

Elle s'était assise et écrivait :

« Mon petit home chairi,

« Je peu pat venire toute suite. Jatan un Anglé poure taporté de la galette. Patiant un peut.

« Ta petite fame qui t'ème.

« PAMÉLA. »

— Voilà! Tu vas lui porter de suite.

— Puisque je suis venue exprès.

Elle se hâta de sortir, emportant le billet, mais, moins d'une heure après, Paméla, qui attendait toujours le retour d'Allan, la vit revenir.

— Faut rappliquer, — dit la Verrue tout essoufflée de sa course, — Riz-de-Veau est furieux. Il a dit qu'il voulait vous voir... Urgence, — qu'il a dit. Il prend le train tout à l'heure. Il a aussi dit comme ça que si vous ne rappliquiez pas, il manquerait son train et viendrait tout casser. En v'là un meg qui vous aime!

— Et mon Anglais? — fit Paméla.

— Eh bien, laissez-lui un mot... Faut vous dépêcher... Riz-de-Veau est capable de s'amener et de se faire poisser.

La grosse Paméla, sans défiance, reprit sa plume et de sa plus belle main traça ces lignes :

« Mon petit home chairi,

« Je m'apsente pour quequetan. Ne soi pat anquié. Patientunpeut. Je revien toute suite.

Ta petite fame qui t'ème.

« Paméla. »

— Voilà! Il trouvera ceci en rentrant.

Puis, après réflexion, tout en rajustant sa coiffure.

— Peut-être Riz-de-Veau va-t-il me retenir?... Et cependant si l'Anglais apporte de la douille!...

Une pensée traversa son esprit; elle regarda la Verrue; la parfaite laideur de la fille la décida :

— Dis donc, ma petite... Si tu l'attendais ici... Ton amant n'a pas besoin de toi... Si mon Anglais vient et qu'il veuille s'en retourner, retiens-le.

— Comment?

— Batifole un peu avec lui. Il est rigolo... tu verras.

— Si c'est pour vous rendre service... Mais, vous savez, je vous le cache pas... Je suis guère en train pour batifoler... J'ai l'estomac dans les talons.

— T'as pas déjeuné?

— Non. Il me faut courir depuis ce matin, rapport à Riz-de-Veau.

— Ça tombe bien, ma fille. Ouvre le buffet... Tu trouveras de quoi boustifailler... Ça te fera passer le temps en attendant le miché.

— Bien obligée, c'est pas de refus.

— D'abord, je n'en veux pas chez moi...

Cela ne pouvait mieux tomber, en effet, pour la misérable fille qui
mourait littéralement de faim; aussi Paméla venait à peine de fermer la
porte qu'elle se mit à dévorer les reliefs de charcuterie restant du déjeuner.

Elle finissait quand Allan entra, son paquet sous le bras.

Il paraissait avoir fait de copieuses libations, car il se tenait à peine
sur ses jambes, et poussa un *Aoh* britannique en trouvant la Verrue à la

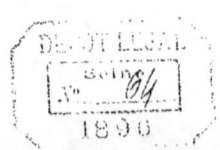

place de Paméla; mais cette exclamation ne témoignait nul mécontentement, au contraire.

— Où est Mme Paméla? — demanda-t-il.

— Elle est sortie... Vous êtes monsieur l'Anglais qu'elle attendait,
n'est-ce pas?

— Oui, mademoiselle, je suis monsieur l'Anglais.

— Eh bien! elle m'a chargée de vous attendre pour vous remettre ce
billet.

— Voyons, — fit Allan, — qui s'assit pour lire plus commodément,

     « Mon petit home chairi,

  « Vien me retrouvé toute suite à l'adres que voici. Tu nai pat ansurté
a l'hotel. Vien, tu sora tou.

     « Ta petite fame qui t'éme,

                         « Pamela. »

Ce billet — est-il besoin de l'ajouter? — était écrit par Nicolaï qui, à
l'aide du premier, avait parfaitement imité l'écriture de la luronne, et la
Verrue le donnait à la place de celui qui lui était destiné.

Tout ivre qu'il fût, Allan pâlit.

Il questionna la Verrue.

— Je ne sais rien, — fit-elle en minaudant, — sinon que Mme Pamela
m'à bien recommandé de vous emmener de suite pour la rejoindre.

— Alors, elle ne viendra pas? demanda-t-il.

— Non, puisqu'elle vous attend là-bas.

Il se leva en trébuchant, s'approcha de la fille, lui prit la tête et l'embrassa tendrement.

Mollement, elle se défendait.

Il y voyait trouble, car il lui dit :

— Vous êtes jolie, bien jolie, mademoiselle

— Vous trouvez? — dit-elle, visiblement flattée.

— Oui, je veux vous aimer.

— Oh! Et Mme Pamela? Que dirait Mme Pamela?

— Zut pour Mme Pamela! — fit-il en l'entraînant dans l'alcôve.

On prit une voiture qui déposa le couple à la porte, mais la Verrue
refusa de monter, elle redoutait avec juste raison la colère de la redoutable Paméla qui, se voyant dupée, n'eût pas manqué de passer sur elle sa
fureur.

Paméla cependant n'était plus là.

Elle n'avait trouvé que Bibi-bel-œil qui s'était proposé pour la recevoir et lui avait dit :

— Tu manques ton homme de cinq minutes, ma pauvre fille... Cours vite... Il t'attend chez un des mastroquets de la gare de l'Est... je sais plus lequel ; mais tu le dénicheras facilement. Il veut te voir absolument avant de prendre le train...

— Nom de Dieu ! il me fait manquer un rendez-vous avec un Anglais...

— Tu le retrouveras, ton Anglais... Et tu ne retrouveras peut-être plus ton petit homme si tu tardes.

— Il a donc pu décaniller ?... Comment ça se fait, qu'il ait pu décaniller ?

— Il te racontera tout ça ; cours, je te dis... Prends un sapin... et si tu le trouves pas chez le mastroquet... attends sur le quai... Peut-être tu le reconnaîtras pas, il s'est camouflé chiquement ; je le remettrais pas moi-même, un vieux copain ; c'est à ne pas y croire... mais il te verra bien, lui :

> Adèle, t'es toujours belle !

« Allez, joue la fille de l'air.

— Est-ce qu'il a de la galette ?

— T'inquiète pas... il a tout ce qu'il faut... Ah ! il leur a joué un bon tour, aux roussins... Je me ferai réveiller pour en rire... Sacré Riz-de-veau, va ! Y a pas son pareil... non... on ne trouverait pas son pareil... même en cherchant... cours, cours... Tu l'attraperais plus...

Il parlait encore que la grosse fille descendait les escaliers quatre à quatre, tandis que la Sauterelle sortait en riant de la chambre voisine, s'exclamait :

— Il est rien réussi, le coup... Laisse-moi pouffer ! Je voyais le moment où j'allais lui roucouler :

> Adèle, t'es belle,
> J'en pince pour tes gros nichons,
> T'es ronde, t'es blonde.

« Mais zut ! j'ai trop le gosier sec pour avoir le cœur à la romance... Faut maintenant faire silence et attendre le petit micheton. Un bon point à la Verrue. Jusqu'à présent elle a bien manœuvré. Faudra te montrer généreux pour la gonzesse à Bibi-bel-œil, père Montrelune.

— Je le serai, — répondit Nicolaï.

On avait renvoyé les enfants en leur promettant un bon dîner s'ils ne revenaient pas avant deux heures, mais la disparition de leur mère ne laissait pas que d'inquiéter Nicolaï.

Bibi-bel-œil le rassui ...

— Je vas vous dire, patron... Faut pas vous tourmenter... Cette gerse que vous honorez de vos bontés a été dans le temps ma gonzesse. Elle m'a lâché salement, et je l'ai remplacée par la Verrue. Maintenant, chaque fois qu'elle me voit, elle a la frousse, rapport à ce qu'elle a mal agi. Et, quand elle nous a vu rappliquer, elle a craint une batterie et a fait la morte. Puis elle a décanillé de peur de recevoir des atouts. Qu'est-ce que vous voulez? elle est comme ça, c'te femme. C'est sa nature de pas aimer les coups de tampon. Faut pas trop lui en vouloir. Elle guette dans le voisinage et ne rappliquera que quand je serai parti... A la bonne heure, avec vous, on peut s'entendre et causer gentiment... Vous n'êtes pas comme l'autre meg... un tigre, monsieur, pour la jalousie... C'est lui qui m'a fichu le bras en compote... Quel salaud !

— C'est l'homme dont vous m'avez parlé tout à l'heure et qui a donné une poignée d'or à votre ancienne maîtresse, d'après le dire des enfants?

— Oui, monseigneur !

— Ton rival, ma vieille branche...

Ton rival, ton rival préféré...

« C'est rigolo, ça lui fait toujours grincer des dents, à ce pauvre Montre-'une... Est-il passionné, ce vieux ?

— Assez de plaisanteries ! — commanda Nicolaï. — Nous causerons de cela tout à l'heure. Il s'agit de s'entendre quand *l'autre* va venir... et d'écouter mes instructions.

— Nous ouvrons nos esgourdes, monseigneur !

CCV

LA CHAMBRE AUX MACCHABÉES

— Monte, mon chéri, — dit la Verrue à Allan, qui bien que non complètement dégrisé de ses libations sur le boulevard par son amoureux entretien avec le laideron, ne perdait pas la carte et tenait serré sous le bras le précieux paquet que ne quittait pas des yeux la fille. — Monte, mon chéri... Mais, réflexion faite, peut-être ferais-tu tout aussi bien de ne pas monter.

— Pourquoi cela?

— Est-ce qu'on sait? On veut peut-être te jouer un vilain tour?

— Qui te fait supposer cela?

— Je ne sais pas, moi... une idée qui me passe par la tête.

— Dis quoi?

— Je peux pas dire... Une idée, c'est une idée! Qu'est-ce que tu as dans ce petit baluchon?

— Rien! des papiers de famille.

— Ils n'en ont pas besoin là-haut.

— Qui est donc là-haut?

— Dame! je ne sais pas. Je dis *ils* comme je dirais autre chose. Puisque Paméla t'écrit de venir la retrouver... Elle n'est peut-être pas seule?

— Quand elle t'a remis ce billet pour moi, était-elle seule?

— Non! puisqu'elle était chez les gens chez qui elle te dit de venir... Mais faut pas rester longtemps comme ça à jacasser sur le trottoir... Tu nous fais remarquer...

Cette observation décida Allan. Il entra dans le corridor.

C'était une de ces maisons encore assez communes dans les anciens quartiers où l'on peut entrer et sortir sans être vus de la loge.

La Verrue obéissait-elle à un mouvement de compassion pour ce jeune homme qu'elle savait conduire à un guet-apens en le dissuadant tout à coup de monter? ou voulait-elle s'approprier pour elle seule le butin qu'elle soupçonnait contenu dans ce paquet, sans toutefois se douter de son importance? c'est ce que l'on ne saurait dire.

Quoi qu'il en fût, dans ce corridor, elle insista de nouveau pour l'empêcher d'aller à sa perte.

— Laisse-moi au moins ton petit baluchon, — dit-elle. — Tu le trouveras quand tu descendras. Je t'attendrai. Tu ne vas pas coucher là-haut.

Ce conseil prudent produisit l'effet tout contraire à celui désiré. La méfiance du jeune voleur s'en augmenta; il serra fortement sous son bras sa liasse de banknotes et repoussa brutalement la fille qui essayait de le retenir.

— Comme tu voudras, mon mignon... Alors, je te dis au revoir... Tu ne me fais pas un petit cadeau?

Il se souvint qu'il avait oublié de la payer.

Il lui mit un louis dans la main.

— Oh! que tu es gentil! — s'exclama le laideron, peu habitué à de pareilles aubaines. — Merci!

Elle fit quelques pas pour sortir, puis, se retournant :

— Si tu veux me revoir, tu sais où me trouver?... Place Clichy. Tu m'y verras tous les soirs. Je ne suis jamais loin de là... Tu as tort, va, de monter là-haut... tu ferais bien mieux de venir avec moi... Il est encore temps.

S'il avait hésité, cette dernière invite le décidait.

Il vit la laideur de la fille et se hâta de grimper l'escalier.

Arrivé à la porte qu'il s'était soigneusement fait indiquer, il frappa :

— Entrez, — dit une voix qui n'avait rien de commun avec le timbre de Paméla.

Le jour baissait. Il se trouvait en face de la fenêtre et ne vit d'abord devant lui qu'une forme grêle d'homme, une sorte de gringalet mal bâti penché sur une jambe.

— Mlle Paméla est-elle ici? — demanda-t-il, contrarié et surpris de ne pas la voir.

— Oui, môssieu, — répondit la Sauterelle. — Mlle Paméla attend môssieu avec impatience... Si môssieu veut se donner la peine d'entrer à côté...

Allan eut un moment d'hésitation; cet affreux gnome ne lui disait rien de bon. Il fit cependant quelques pas dans la direction indiquée, et la porte s'ouvrit pour lui livrer passage.

Il crut que c'était Paméla qui venait à sa rencontre et, ne voyant personne, il appela :

— Paméla! Mademoiselle Paméla!

Mais, aussitôt, une violente poussée le jetait dans la chambre.

Il poussa une exclamation, croyant à une plaisanterie de mauvais goût de la fille, trébucha et faillit tomber en avant.

Deux mains, ou plutôt deux serres d'oiseau de proie le retinrent, s'accrochèrent à son cou, et une voix qu'il reconnut, une voix diabolique, lui dit avec un horrible ricanement :

— Enfin! petite crapule, je te tiens!

Et il vit, à deux pouces de la sienne, la face hideuse de Nicolaï.

Il jeta le bras droit en avant pour repousser son ennemi, tenant toujours son paquet serré sous le gauche. Mais il le sentit glisser malgré ses efforts. Un troisième larron s'en emparait.

— Mon argent! — dit Nicolaï.

— Je le tiens! — fit Bibi-bel-œil.

— *Help! Help!* (au secours!) — essaya de crier Allan.

— Ah! tais-toi, petit voleur!

Et les ongles de Nicolaï entrèrent dans sa gorge, tandis que la Sauterelle le tenait à bras-le-corps.

— Paméla! — fit-il d'une voix étranglée.

— Partie! — dit Bibi-bel-œil. T'as trop tardé. Elle a dit que tu la faisais poser et qu'elle avait soupé de ta fiole. V'là ce que c'est de t'être attardé à batifoler avec la Verrue. Ah! môssieu séduit ma bonne amie. Petit débauché! Vous vous êtes donné des noms d'oiseaux, hé! Vous vous êtes payé ma poire? A mon tour de rire!

Et la Sauterelle, gesticulant et se dandinant sur ses jambes torses, entonna en sourdine :

> Vous vous donniez des noms d'oiseaux
> Doux comme un chant de tourterelles.
> Tu l'appelais : « Petit pinson. »
> Elle répondait : « Petit oison. »
> L'amour des femmes a des ailes,
> A des ailes!

— Tais donc ta gueule! Tu nous bassines.

— Voleurs! — laissa échapper Allan, roulant par terre, à demi étranglé.

— Pas de gros mots, môssieu, — dit Bibi-bel-œil, nous sommes tous ici des gentilshommes...

— Si vous n'êtes pas satisfait, — ajouta la Sauterelle, — nous irons en découdre... Vos armes, môssieu. Moi, c'est le burin.

— Pressons, — fit Nicolaï, — cette petite crapule, vous le savez, est un flique.

— Faut-il l'escofier?

— Bâillonnons-le toujours et saucissonnons-le. Nous verrons après... Où est le sac?

— Vous cauchemardez donc pas, milord, je le tiens.

— Lâche-le et fais ce que je dis. Qui paye bien a droit de commander.

— Brigadier, vous avez raison.

Pendant que Bibi-bel-œil et la Sauterelle, après avoir bâillonné le jeune Allan à l'aide d'une serviette, le ficelaient ou mieux le saucissonnaient de façon à ce qu'il ne pût remuer un membre, Nicolaï dépaquetait la liasse des billets et à sa grande joie constatait, *de visu*, que le tas n'était pas diminué.

Ce n'était pas le moment de les compter, il en retira seulement deux, les engloutit dans sa poche et referma le paquet.

Les deux acolytes, qui venaient de terminer leur besogne près d'Allan et l'avaient poussé sous le lit, en cas de visite imprévue, s'approchèrent alors :

— Eh bien! quoi, père Montrelune, — fit la Sauterelle, — c'est pas le moment de fermer, faut ouvrir.

— Voilà, jeunes gens, voilà, — répondit Nicolaï! sortant de sa poche un des billets de mille, — partagez-vous ce fafiot... cinq cents francs chacun, vous avez je crois gagné votre journée.

— De quoi! de quoi! Cinq cents balles! Tu rirais trop! Décidément, t'as une araignée qui te travaille le plafond ou tu nous prends pour des marioles...

— C'est pas dans les conditions, — appuya Bibi-bel-œil, — vous avez dit vingt pour cent... cinq cents balles sur un million, ça ne fait pas vingt pour cent.

— Le vieux veut nous monter le coup!

— Le million est fortement entamé, — répliqua Nicolaï.

— Entamé ou non... nous voulons notre compte.

— Tenez, — répondit Nicolaï! qui s'attendait sans nul doute à ces justes réclamations et qui sortit le second billet, — voilà. Ça fait mille francs chacun... c'est tout ce que je peux faire pour vous... pour le mal que vous vous êtes donné, ça me semble largement payé...

— Des nèfles! — fit la Sauterelle. — Nous avons travaillé à trois; c'est part à trois qu'il nous faut.

— Sans compter, — ajouta Bibi-bel-œil, — cette pauvre Verrue, qui a fait les trois quarts et demi de l'ouvrage, qui vous a amené Paméla et le pente, et qui fait le guet dans la rue... Je demande qu'on la paye avant tout partage.

— Combien! demanda Nicolaï.

— Dix mille balles!

— Tu perds la boule?

— Nous la perdrions si nous acceptions tes arrangements. Ah çà! pour qui nous prends-tu? Est-ce que nous turbinons à l'heure, nous autres, comme des malheureux *ouvriers*, qui s'esquintent le tempérament pour le profit d'un patron qui empoche tout et distribue le reste aux camaros... Pas de ça, ma vieille... N'y a pas à dire ni *si*, ni *mais*, ni *car*, tu va cracher les dix milles balles pour la Verrue, et part à trois pour le reliquat...

— Et si je refuse? — fit Nicolaï, menaçant.

— Si tu refuses... nous déligottons le jeune homme et nous lui rendons son magot à condition qu'il y aura pour Bibi et mezique (moi) une récompense honnête... Eh! là-bas, sous le poussier... pas vrai, jeune homme, que vous aimez mieux le petit fourbi que je propose à milord Montretout!

— Ma visite surprend madame !...

Vous pouvez pas répondre « oui »; mais je donne ma tronche à couper
que vous partagez mon avis.

— Mais le magot est à moi, — s'écria Nicolaï, — je n'ai fait que
reprendre mon bien à cette petite crapule. Il me l'avait volé. Je m'aide de
votre concours pour m'emparer de ce qui m'appartient. Je vous paye largement ce concours... Deux mille francs me semblent suffisants... Je veux

bien ajouter cinq cents francs pour la Verrue, mais vous n'aurez pas un fifrelin de plus... Et maintenant, arrière !

Il s'était reculé lui-même jusqu'à la fenêtre, et sortait de sa poche un revolver.

— Un rigolo ! — dit Bibi-bel-œil. — T'oserais pas. Un rigolo ? Tu flanches ! T'amènerais ici des visites... Pas de bêtises, hein ! vaut mieux s'entendre... Nous y perdrions tous.

— Soit, — fit Nicolaï. — Cent mille francs à chacun... Ça vous va-t-il ?

— Tope là, vieille branche, — dit Bibi-bel-œil. — Moi, ça me va.

— Moi aussi, — ajouta la Sauterelle ; — aboule, marquis.

— Un instant... Il faut supprimer le petit flique.

— Demande pas mieux, — dit Bibi-bel-œil. Il ne pourra plus manger le morceau.

— Allons-y carrément.

— Faut d'abord, — observa la Sauterelle, — le tirer de dessous le flacul (lit).

Et, selon son habitude, il se mit à ricaner en chantonnant :

> On va lui percer le flanc,
> Ah ! que nous allons rire !
> On va lui percer le flanc,
> A ce chien d'enfant.

— Tirez-le par les abattis... je tiens la tronche.

Et les deux gredins se mirent à tirer le bâtard d'Hauser qui, bâillonné et ficelé, ainsi que nous l'avons dit, ouvrait des yeux pleins d'épouvante, tandis que la Sauterelle recommençait son refrain :

> On va lui percer le flanc,
> Ah ! que nous allons rire !

Et froidement, quand leur victime fut au milieu de la pièce, il s'interrompit, pour sortir un couteau de sa poche qu'il ouvrit et dont il tourna la virole.

— Pas de ça, potence et corde ! — fit Nicolaï, lui arrachant d'un brusque mouvement le couteau des mains. Pas de besogne qui salisse, hé ! clampin !

— Le vieux a raison, — dit Bibi-bel-œil. — Faut éviter les taches... quand on peut.

— Tenez, mes agneaux, vous n'avez que cela à faire. C'est de l'ouvrage propre et vous n'aurez pas besoin de vous laver les mains.

En même temps, il jetait sur la face angoissée d'Allan un oreiller qu'il arrachait du lit.

— Le vieux la connaît dans les coins, — dit Bibi-bel-œil.

— Maintenez, pressez ferme. N'ayez pas peur qu'il vous morde... Hardi, les deux !

De tout leur poids, les deux bandits s'appuyaient sur la tête et la poitrine du misérable, qui essaya pendant une ou deux secondes quelques soubresauts nerveux... puis demeura immobile.

— Ça y est ! — dit Bibi-bel-œil. — Le momichon a son compte.

— Bonsoir, monsieur l'Anglais, — ajouta la Sauterelle. — Bien des choses chez vous.

— Chez toi aussi, — fit Nicolaï, lui plongeant jusqu'à la virole le couteau dans le dos.

Le mouvement fut si rapide que Bibi-bel-œil, qui se relevait, reçut en plein visage le jet de sang chaud qui l'aveugla, l'empêchant de se rendre compte de ce qui venait de se passer.

— Eh ben ! quoi ? Eh ben ! quoi ? — fit-il, effaré, portant la main à ses yeux.

Mais Nicolaï ne lui laissa pas le temps de la réflexion : la seconde d'après, l'amant de la Verrue tombait, la gorge trouée, sur le cadavre de son compagnon.

— Ramasse ta part de million, salaud ! — murmura Nicolaï en guise d'oraison funèbre

Il s'assura que tous trois étaient bien morts, puis procéda à sa toilette, se lava soigneusement ses mains sanglantes, fit disparaître les quelques taches qui maculaient sa redingote, jeta l'eau teintée de rouge dans l'évier, enleva sa perruque, ses fausses moustaches, reprit enfin sa physionomie de Nicolaï, pour quelques instants seulement, car il sortit d'une de ses poches une petite boîte en fer-blanc, contenant diverses substances graisseuses, et commençait à se livrer sur sa vilaine figure à un travail de camouflage, quand de grands coups ébranlèrent la porte.

— Les exécrables marmots ! — grommela Nicolaï et son œil eut un éclair sinistre.

C'étaient eux en effet qui s'annonçaient par leur habituel tapage.

Il fallait avant tout ne pas éveiller l'attention des voisins dont plusieurs devait être rentrés.

La maison, aux étages supérieurs surtout, était occupée par des ouvriers et de petits employés dont la plupart ne revenaient que le soir et prenaient leurs repas au dehors, mais quelques-uns pouvaient être rentrés.

Nicolaï ferma la chambre où gisaient les trois cadavres, prit la lampe et ouvrit aux deux galopins qui se précipitèrent sans rien voir dans la chambre en criant :

— Maman! j'ai faim!

Ils s'aperçurent alors seulement que leur mère n'était pas là et qu'un étranger, — car ils ne reconnurent pas Nicolaï ou plutôt « le vieux Polonais » sous sa nouvelle transformation, — leur avait ouvert.

— Où est maman?— demanda l'aîné. —Est-ce qu'elle a fait à manger?

— Votre mère n'est pas rentrée, mais elle va revenir.

Il se sentait l'estomac en défaillance et leur montrant une pièce de quarante sous qu'il avait trouvée avec d'autre menue monnaie, des pièces d'or et des billets dans les poches d'Allan préalablement fouillées :

— Vous allez, — leur dit-il, — chercher un pain et du jambon... Après quoi, je vous donnerai pour le reste.

— Du poulet? — dit le plus petit.

- - Oui, du poulet et du rôti..., vous aurez tout cela..., mais filez d'abord.

Pendant qu'ils faisaient leur commission, il déplaça le lit, rangea les trois cadavres côte à côte le plus près possible de la muraille et roula sur eux le lit de façon qu'en entrant on ne pouvait les voir.

Il terminait à peine que les enfants revenaient avec le jambon et le pain.

— Très bien..., allez maintenant chercher du vin et du poulet.

— Un tout entier, n'est-ce pas, monsieur?

— Oui, un tout entier. Et prenez votre temps..., ne courez pas de peur de tomber et de casser la bouteille.

Ils redescendirent les cinq étages et rapidement il épongea et fit disparaître la mare de sang, lavant ensuite le carrelage à grande eau.

Ils n'avaient pas fini quand les enfants revinrent.

— J'attends votre mère, leur dit-il, je ne veux pas me mettre à table sans elle... Mais vous devez avoir bien faim, mes petits amis.

— Oh! oui, m'sieu, nous avons très faim.

— Tenez, voici deux francs pour chacun... Allez manger au restaurant..., faites-vous servir... faites la noce.

— Est-ce que vous nous laisserez du poulet pour demain?

— Oui, oui. Déguerpissez.

Ils sortirent en se bousculant et poussant des cris de joie.

Débarrassé d'eux, Nicolaï se mit à table, c'est-à-dire qu'il mangea rapidement une partie du jambon sur le pouce et vida, presque d'un trait, la moitié du litre, puis réconforté, l'estomac rempli, les idées revinrent flotter dans son cerveau ; il les saisit, les condensa et étudia sa situation, ce qu'il n'avait pu faire encore.

Tout s'était passé si rapidement et en quelque sorte si inopinément.

Seule, la reprise du million sur le misérable Allan avait été méditée, étudiée. La question de le tuer ou de le laisser en vie reposait sur la tournure que prendraient les événements. Le vagabond, le repris de justice qui attaque au coin d'un bois, ne procède pas toujours avec l'intention arrêtée de tuer sa victime ; il veut seulement la dépouiller et s'il la tue c'est que le plus souvent les circonstances l'y obligent.

Mais, dans tous les cas, s'il hésite, ce n'est pas par humanité, ni parce qu'il lui répugne de verser le sang, mais parce qu'il est toujours dangereux de laisser derrière soi un cadavre.

« Il n'y a que les morts qui ne reviennent pas », a dit un conventionnel célèbre. C'est une erreur, les morts ou du moins beaucoup de morts faits avant le temps reviennent, en la personne des juges et des gendarmes, se venger de leur assassin. Le souci de sa propre sécurité avait obligé Nicolaï de supprimer le voleur retrouvé de son million, et le souci de la préservation de ce million l'obligeait à se défaire de ses complices !

Le voilà seul maintenant avec trois cadavres, trois nouveaux cadavres inatendus, et qui, si le hasard le voulait le mettaient dans la nécessité de leur en adjoindre un quatrième. Car enfin, la mère de Sidonie pouvait rentrer d'un moment à l'autre et si elle ne s'apercevait pas ce soir même du crime, si elle se couchait paisiblement sans soupçonner le macabre voisinage, demain, après demain, la terrible odeur décèlerait les corps.

Fallait-il la supprimer à son tour ? Mais il lui faudrait également supprimer l'enfant qu'elle portait dans ses bras, et dont les cris s'il la laissait vivre eussent attiré les voisins, et fatalement aussi, de toute nécessité, supprimer les deux galopins.

Pourquoi ne l'avait-il pas fait déjà quand il les avait sous la main ? C'était pourtant besogne si simple et si propre !

Une forte pression à la gorge de chacun d'eux, et il les fourrait à leur tour, loques humaines, avec les autres, sous le lit.

N'était-ce pas un service à leur rendre, à ces jeunes gredins, gibier futur de la Grande ou Petite Roquette ?

Mais sa tête sonnait alors le creux, les bonnes idées n'y arrivaient pas. On ne travaille jamais bien à jeun.

Il s'était assis à côté de son litre de vin à demi vide, le coude sur la table, le front dans la main.

— Réfléchissons, — se disait-il, — et ne nous enlisons pas dans les bancs de sable, métaphore pour : « Ne nous engluons pas dans les mares de sang. »

« Qui m'a retenu ici, dans ce Paris odieux, tandis que je devrais être au loin au fond de quelque paisible campagne, jouissant d'un repos bien gagné... à l'abri de toute poursuite, muni de mon million, et des papiers de ce Gobsky, enveloppé, couvert de son identité?... C'est la damnée petite Sidonie... cette enfant de malheur qui m'a ensorcelé! quelle folie m'a poussé à ses trousses... Sans elle, sans le stupide caprice qui m'attachait à ses pas, mon million ne m'eût pas été volé, et je n'aurais pas le poids encombrant de trois nouveaux Macchabées sur les épaules... car ils vont me gêner dans ma course!... ah! la satané petite coquine, moi qui lui voulais tant de bien! Que n'est-elle au diable!

Il s'interrompit... Quelques coups discrets furent frappés à la porte.

« Qui cela pouvait-il être? son ancienne maîtresse n'eût pas frappé si discrètement à son propre logis?

La Verrue peut-être? Oui, la Verrue sans nul doute qui, ne voyant pas ressortir son amant, venait prendre de ses nouvelles. Ah! il allait lui en donner de bonnes? Est-ce qu'il l'enverrait aussi rejoindre ses trois camarades?

Elle n'était pas grosse, la chétive créature! Elle tiendrait bien sous le lit... Une de plus, une de moins, pendant qu'il était en main... Un coup de pouce... ce serait vite fait.

Il n'ouvrait pas cependant, hésitait, non par crainte de se mettre sur la conscience une nouvelle victime, mais il se pouvait que ce ne fût pas la Verrue, que ce fût une voisine, et il ne tenait pas à se montrer aux voisins.

On frappa plus fort et une voix qui fit tressauter Nicolaï et se dresser tout haletant dit au travers de la serrure :

— Maman, es-tu là? C'est moi!

— Sidonie! — s'exclama-t-il, — le diable me l'envoie!

D'un bond il fut à la porte, l'ouvrit, allongea le bras et saisissant celui de la petite fille épouvantée et stupéfaite, il l'attira brusquement dans la chambre et referma la porte à clef.

—Ah! ah! — fit-il, avec une joie sauvage, une joie qui le faisait grincer des dents tant il s'y mêlait de férocité... — Ah! ah! enfin! je te tiens!

Et comme elle allait crier, appeler au secours, il lui mit la main sur la bouche.

CCVI

L'AVEU

Il faut nous reporter à quelques jours en arrière, retourner à Londres à la soirée mémorable où le général Booth, le grand prêtre des *salutistes,* s'était empressé de rendre séance tenante au commandant Jean Gayrouan la nouvelle recrue que lui avait amenée de France la capitaine Hélène Higgins.

Le lecteur se souvient que Karl Hauser, transformé en salutiste, avait emmené prestement Fanny de la salle, en lui déconseillant de persister dans ses réclamations au sujet de la petite fille.

— Vous vous feriez poursuivre pour détournement de mineure, — lui avait-il murmuré.

Et Fanny se l'était tenu pour dit.

Gayrouan avait donc emmené l'enfant sans encombre, mais Hélène Higgins, trouvant son honneur en quelque sorte engagé dans l'affaire et sa situation de capitaine compromise par son imprudente démarche, entendait bien ne pas laisser échapper sa proie.

Descendant rapidement de l'estrade, elle avait fendu la foule et rattrapé le commandant par le bras au moment où, tenant la petite fille par la main, il allait atteindre la porte de sortie.

C'est même ce moment d'arrêt qui l'empêcha de voir Karl Hauser et Fanny qui arrivaient en même temps par un côté opposé.

— Je étais beaucoup fâché, Mossieu, — dit-elle à Gayrouan, — que vô emportez de l'armée de nous cette pauvre petit demoiselle. Ne volez-vô pas sauver elle?

— Justement, — répondit Gayrouan en riant, — je veux la sauver et moi aussi.

— Vo très bien parler et moa bien contente, si volez bien faire salutiste à Paris. Je aimais très beaucoup la petit demoiselle...

— Eh bien, — répondit Gayrouan, — mon intention était de demander demain à vous voir pour vous adresser quelques questions, et puisque vous voici, accompagnez-moi jusqu'à mon hôtel, où nous pourrons causer tranquillement.

— Je vais avec vô — fit la Salutiste.

On prit un *cab* dans *Oxford circus,* tous trois y montèrent et, en trois minutes de course rapide, ils furent devant l'hôtel.

Hélène ni Sidonie n'avaient soupé. On ne devait se mettre à table qu'après le prêche, repas frugal, il faut le dire, composé de pain, de chester et d'eau.

Gayrouan fit monter dans sa chambre un souper plus substantiel, des viandes froides et du champagne.

Quand le commandant voulut remplir la coupe de l'Anglaise, celle-ci se récria :

— Je promettais de toujours boire de l'eau, — dit-elle.

— A qui l'avez-vous promis.

— A lord Jésus.

— Bah ! — dit Gayrouan. — Pour une fois, il ne s'en formalisera pas. D'ailleurs, moi, je vous ferai observer que c'est simplement de la tisane... Lisez plutôt : *Tisane de Champagne.*

Dès lors, elle ne fit plus d'objection, fit mine de tremper ses lèvres comme si elle en goûtait pour la première fois, puis comme elle était altérée par le long débit de paroles qui en avait coulé, elle vida la coupe d'un trait, disant en toute sincérité :

— Aoh ! je aimais très beaucoup ce tisane-là !

Ce qui fit rire et le commandant et la petite Sidonie.

La coupe vidée fut à nouveau remplie et, au troisième verre, la salutiste, sentant sa langue se délier alla d'elle-même au-devant des questions de son amphytrion.

C'était précisément ce qu'il demandait.

Elle raconta sa rencontre avec M. Kauffmann, pseudonyme sous lequel Gayrouan reconnut aussitôt Karl Hauser, comme il l'avait reconnu sous le costume salutiste.

Il sut qu'il habitait à Paris une chambre des plus modestes, presque un galetas, mais que, néanmoins, son gousset semblait bien garni, qu'il était soudain devenu salutiste, touché sans doute par la grâce d'en haut, et que c'était lui qui avait conseillé la zélée missionnaire d'emmener à Londres la petite Sidonie.

— Mais que voulait-il en faire? — demanda Gayrouan.

— Il a dit à moa que le père de la petite demoiselle était un très méchant homme et qu'il ferait du mal à elle.

— Vous connaissez donc votre père? — dit Gayrouan à l'enfant.

— Oui, monsieur.

— Je croyais qu'il avait disparu.

— Il est revenu, — répondit Sidonie; — il a donné de l'argent à maman et il voulait que je parte avec lui... mais je n'ai pas voulu.

Il procéda immédiatement au remaniement de sa valise...

— Pourquoi?

Elle hésita un moment, puis finit par dire :

— J'ai peur.

— Peur? — s'exclama Gayrouan qui avait présente en la mémoire la conversation récente avec la mère de l'enfant et qui brûlait d'éclaircir le mystère. — Peur de votre père? Pourquoi cette frayeur? Il était donc brutal avec vous? Vous battait-il?

— Oh! non, monsieur. Il ne m'a jamais touchée et je n'ai d'ailleurs jamais vécu avec lui.

— Mais enfin, cette crainte a une cause quelconque; ne pouvez-vous me l'expliquer?

Elle baissa la tête, les yeux fixés sur le tapis, geste particulier aux enfants embarrassés ou qui ne veulent pas répondre aux questions.

Il y eut un moment de silence qu'interrompit la salutiste :

— Je savais bien pourquoi, — dit-elle, — le petit fille a peur de son père. C'est un homme impie qui jamais ne priait le lord Jésus et que le Saint-Esprit n'avait pas rendu visite. Il avait abandonné l'âme de loui à mossieu le diable et le corps de loui aux boissons spiritueuses. N'est-ce pas, mon petit fille? Il y a très beaucoup de papas comme loui dans la Angleterre. Il faudra convertir loui et il sera sauvé.

— Ce sera, je le crains, une tâche difficile, — dit Gayrouan en souriant — et vous y perdriez, ma pauvre demoiselle, votre temps, vos cantiques, votre éloquence et les guinées du général Booth! Quant à être sauvé, si c'est l'homme que je soupçonne, il ne demande, en effet, qu'à se sauver... mais des gendarmes...

Sidonie releva la tête et ses yeux s'attachèrent sur ceux du commandant d'un air à la fois interrogateur et approbatif.

— Sait-il donc quelque chose? — pensait-elle.

Gayrouan reprit :

— Voyons, parlez-moi franchement, ma chère petite; je suis votre ami..., je vous l'ai prouvé..., je vous l'aurais prouvé davantage si vous m'en aviez laissé le temps... Je ne voudrais donc pas vous trahir... Cette dame est-elle de trop?... Voulez-vous qu'elle nous laisse causer...

— Non, — fit l'enfant — miss Higgins a été bonne pour moi... et ne voudrait pas non plus me faire arriver de la peine...

— Vous avez bon cœur et vous êtes reconnaissante : mérite rare. Eh bien, moi aussi, je vous suis reconnaissant du service que vous avez rendu à ma fille Rita qui, grâce à vous, a pu regagner Paris... Je voulais prendre soin de vous..., vous tirer de ce triste milieu..., vous vous êtes enfuie de chez moi..., je ne vous demande pas pourquoi..., j'en devine la raison. Maintenant je veux vous poser une simple question. Répondez-moi avec confiance : Que fait votre père? quelle profession exerce-t-il?

— Je ne sais pas... Mais Mlle Rita le connaît bien, le connaît mieux que moi.

— Comment! ma fille connaît votre père? Où l'a-t-elle vu? Serait-ce le tenancier de cette auberge, ou plutôt de ce cabaret où elle s'est trouvée si soudainement et si singulièrement indisposée?...

— Non, monsieur, c'est un autre... qui est venu avec elle et les deux qui ont couché chez nous et qui sont revenus ensuite avec Mlle Rita.

— Il y avait un vieux polonais, le comte Gobsky, et un jeune homme... Lequel est votre père?

— L'autre!

— Eh bien, votre mère m'a parlé de lui longuement. Il paraît qu'il se fait appeler le comte Gobsky, et qu'il s'est affublé d'une perruque et de longues moustaches, ce qui lui donne quelque air de ressemblance avec celui dont il a pris le nom. Vous l'avez vu sous ce déguisement?

— Oui, monsieur!

— Qu'est devenu alors le comte Gobsky, le vrai?... Vous le savez... Oh! je vois que vous le savez... Dites-le-moi... La présence de miss Higgins vous gêne-t-elle?

— La présence de moâ ne doit pas gêner le petit fille — observa Helen, — Nous autres salutistes, nous faisons la confession pioublique devant nos frères et nos sœurs... nous disons tous nos péchés...

— C'est très bien, — dit Gayrouan, — quand il ne s'agit que de vos propres péchés, mais j'aime à croire que vous ne confessez pas ceux de vos voisins.

Elle comprit sans doute, car elle se leva tout en jetant un regard désespéré sur la bouteille de champagne vide; puis, tout à coup, s'appuyant d'une main sur le dossier de sa chaise et posant l'autre sur sa poitrine plate, soupira bruyamment :

— Ah! lord! — fit-elle, — lord Jésus!

— Qu'est-ce qui vous prend? — demanda Gayrouan.

— Je sentais moâ pas bien.

— Où souffrez-vous?

— Je avais mal à mon cœur.

— Diable! qui a pu vous occasionner ce malaise? Le jambon peut-être?

— No, pas le jambon... Je pensais que c'était la tisane...

— La tisane de champagne?...

— Yes, sir!

— Peut-être bien, — dit Gayrouan d'un ton sérieux, — c'est un peu fade sur l'estomac... Je vois ce qu'il vous faut.

A son tour il se leva, alla prendre sur la cheminée un flacon de rhum, en emplit la moitié de la coupe de la salutiste et la lui offrit.

— Buvez cela, — dit-il.

— Oh! lord, qu'est-ce que c'est? — s'exclama-t-elle, détournant la tête avec une violente expression de dégoût et faisant mine de repousser le verre des deux mains.

— Du vieux jamaïque...

— Du spiritueux! No, no, mossieu le capitaine, nous autres, salutistes, jamais ne buvons de spiritueux... jamais... jamais...

— Même pas comme médecine?

— Comme médecine, oui... quelquefois...

— Mais c'est comme telle que je vous l'offre... C'est excellent pour la digestion.

— Oh! alors je pouis bouver tout?

— Sans doute, il faut boire tout.

Elle prit la coupe, huma le parfum, fit une légère grimace comme si l'odeur lui déplaisait, puis, comme un malade qui en prend son parti et veut en finir d'un coup avec un remède nauséabond, elle vida le contenu d'un trait.

Replaçant ensuite le verre et se frappant à petits coups l'estomac :

— Ça va mieux... bon médecine... Ah! merci... ça va bien!

— Encore un petit coup? — dit le capitaine qui retenait à grand'peine son envie de rire.

Elle ne répondit pas et laissa de nouveau emplir à moitié sa coupe.

— Avalez cela, miss Higgins, et la guérison sera complète.

— Je vais essayer.

Cette fois, elle dégusta lentement, buvant à petites gorgées, levant les yeux au plafond comme pour remercier le Très-Haut des bonnes choses qu'il donnait aux mortels.

Et le sourire aux lèvres, l'œil humide et radieux, elle reposa son verre et remercia son amphytrion.

— Ça va tout à fait bien, maintenant. Bon médecine, très bon médecine... Merci, très beaucoup.

Elle prit la main de Gayrouan, la serra dans les siennes :

— *Good bye !* mossieu le capitaine, merci encore. Je aimais beaucoup les gentlemen français... comme vô... *Good bye !*

Elle le regardait fixement, les yeux mouillés, tenant toujours sa main. La présence de Sidonie la gênait évidemment; sans l'enfant, elle l'eût embrassé.

Sa main enfin se dégagea.

— Adieu, miss Higgins, adieu.

Mais, pleine de tendresse, elle reporta ses démonstrations sur Sidonie, la couvrit de baisers et de larmes.

— Adieu, bon petit fille, je quittais vô, je laissais vô avec un bon gentleman qui aimera vô très beaucoup.

Puis, revenant à Gayrouan :

— Je étais pas fâché contre vô pour avoir pris à môa le petit fille...
Elle sera plus confortable avec vô qu'avec les salutistes. *Good bye!* au revoir !
Que le lord Jésus et le Saint-Esprit vous bénissent tous les deux... et nous
nous reverrons au ciel !

— C'est cela ! — fit Gayrouan — nous nous rencontrerons là-haut...
Mais laissez-moi votre adresse en attendant le ciel, je puis avoir besoin de
vous sur la terre.

— Je serais beaucoup heureuse si vô avez besoin de môa, je ne pouis
vô donner mon adresse privée... je vis avec les *alleluia lasses*, les demoiselles salutistes... mais si vô écrivez à môa au quartier général de l'armée,
pour voir môa toute seule, je viendrais de souite à vô, dans votre chambre. *God bless you !*

— Maintenant, — dit Gayrouan quand l'amoureuse salutiste fut partie
— maintenant que nous sommes entre nous, dites-moi, mon enfant, ce
qu'est devenu le vrai comte Gobsky.

— Il est mort ! — répondit Sidonie.

— Mort ? Et où est-il mort ?

— A la *Bibine*.

— Pendant que vous étiez là ?

— Oui, monsieur.

— Vous l'avez vu mourir ?

Elle hésita quelques secondes, puis répondit :

— Non, il était déjà mort.

— Mais alors, puisque vous avez quitté le cabaret au matin avec ma
fille, c'est pendant qu'elle y était encore... Elle n'a pourtant rien vu. Il est
vrai qu'elle est restée longtemps sans connaissance... C'est donc pendant
ce temps-là ?...

— C'est pendant la nuit, — dit l'enfant.

— Et où cela ?

— Dans la cave.

— Ah ! je comprends... on l'a assassiné ?

— Oui, monsieur.

— Et c'est votre père avec le cabaretier qui a fait le coup ?

— Mon père.

— Avec la complicité du cabaretier ?

— Oui, monsieur.

— Et on l'a enterré dans la cave ?

— Oui, monsieur... avec les deux autres.

— Comment les deux autres ? Quels deux autres ?

— Mon patron et le Russe.

Et, tremblante encore au souvenir du drame nocturne, elle le raconta tout entier, tel qu'elle l'avait vu se dérouler par le soupirail de la cave, sans rien omettre des horribles et macabres détails, la fosse creusée par son père et le tenancier de la *Bibine*, les deux cadavres étendus côte à côte, leur mise en terre, puis le coup asséné sur le crâne de son maître, tandis qu'il se baissait pour prendre le sac de chaux, et enfin l'enfouissement final.

Gayrouan avait écouté, attentif et stupéfait.

Quand la petite fille eut terminé son récit, il demeura un moment silencieux, réfléchissant.

— Quoi! — se disait-il, — un tel scélérat resterait impuni, ou du moins subirait un châtiment en ridicule proportion avec la monstruosité de ses crimes! Cela ne se peut! Voilà l'erreur de notre justice! Ne pas proportionner la punition en raison du forfait. Livrer ce misérable à la justice française, c'est le livrer à la mort par la guillotine, c'est-à-dire une mort rapide, sans souffrance, après quelques mois d'emprisonnement pendant lesquels s'instruirait son procès; le même châtiment que pour un meurtrier ordinaire, un misérable qui a tué pour voler, parce qu'il avait faim et, circonstance plus atténuante encore, parce que sa femme, sa vieille mère criaient famine! L'égalité du supplice devant l'inégalité des crimes! Devant de tels scélérats, on rêve des supplices d'Orient. De ceux des Chinois qui entretiennent, tout en le mutilant lentement et savamment, la vie du condamné!... Ah! le bandit! Non, la mort est une peine trop douce... Il y a mieux!...

La petite fille l'examinait anxieusement, effrayée de son silence, effrayée surtout de l'expression terrible qu'avaient prise tout à coup les traits d'ordinaire si calmes et si bienveillants du marin.

— J'ai peut-être eu tort de vous raconter cela, — dit-elle, — je dis qu'il est mon père..., mais moi je ne le connais pas.

— Renie-le... renie-le, ma pauvre petite... Tu n'as rien de commun avec lui. T'a-t-il élevée? A-t-il pris soin de ton enfance? S'est-il jamais occupé de toi?

— Non, jamais.

— Le hasard, après douze ans, le pousse sur ton chemin, alors qu'il ignorait même ton existence, et parce que tu es une jolie petite fille, que tu es bonne, sage et travailleuse, il jette son dévolu sur toi... et veut faire valoir de prétendus droits qu'il n'a pas... Tu as eu raison de le fuir, tu as raison de le haïr.

— Vous ne me conduirez pas au juge, n'est-ce pas, monsieur? — demanda-t-elle, suppliante.

— Non, mon enfant, je te le promets, nous n'aurons rien à démêler

avec la justice ; mais il faudra suivre les instructions que je te donnerai...
Rassure-toi, mon enfant, ajouta-t-il en voyant une pâleur soudaine couvrir
les joues de Sidonie. Je ne t'ordonnerai rien qui puisse te compromettre,
ni même blesser la délicatesse de tes sentiments... Il faut seulement me
promettre de ne plus chercher à t'enfuir...

— Je vous le promets, monsieur.

— Et de m'obéir.

— Je vous le promets aussi.

— C'est bien, je compte sur toi.

Il se faisait tard ; il sonna et fit donner à la fillette une chambre à
côté de la sienne, et dès qu'elle fut couchée se mit à écrire.

CCVII

BOARDING-HOUSE

Nous avons dit que Karl Hauser, alias M. Kauffmann, s'était lentement
éclipsé de la grande salle des salutistes, entraînant avec lui Fanny, la
« femme » de son nouvel ami, l'ancien valet de l'évêque Fuckingson,
missionnaire évangélique.

Il redoutait surtout d'être reconnu du commandant du *Tour-du-Monde*,
mais le marin, occupé ailleurs, n'avait pu l'apercevoir.

Aussitôt dans la rue, il héla un fiacre, y poussa sa compagne, s'y
engouffra lestement après elle, jetant au cocher une adresse qu'elle lui
donna.

Vingt minutes après, ils descendaient tous deux devant une maison
d'honnête apparence, dans un quartier assez éloigné du centre, vers le
nord de la vaste métropole.

Une femme aux pommettes rouges, où zigzaguaient en tous sens une
infinité de petites veines bleues, au nez fortement culotté, vint ouvrir.

— Ah ! c'est vous, — dit-elle à Fanny qui se montrait la première, —
vous êtes bien en retard ce soir, je viens d'envoyer Polly se coucher...
Elle est fatiguée, la pauvre fille.

Puis, apercevant tout à coup Karl Hauser, elle fit un brusque mouvement
de stupéfaction.

— Comment ! vous ramenez un gentleman ?

— C'est un ami de mon mari, — répondit Fanny, — un Alsacien. Je viens de le rencontrer à *Oxford Hall*, à la convocation du général Booth...

— Ah ! monsieur est salutiste ?

— Oui, madame, répondit Hauser, je suis venu exprès de Canterbury et j'ai manqué mon train de retour.

— Alors, — continua Fanny, — j'ai pensé qu'au lieu d'aller coucher à l'hôtel, je pouvais l'amener ici... puisque vous avez des chambres vacantes.

— Plus qu'une — répondit la dame au nez culotté, — et encore une toute petite au deuxième étage... Il est arrivé justement ce soir par le train de Calais-Douvres deux ladies, une comtesse et sa fille. Oh ! des dames de haute distinction.

— Des Françaises ? — demanda Fanny.

— Non, des Anglaises... mais la vieille dame est veuve d'un gentilhomme français... Alors, si le gentleman veut se contenter de la petite chambre... une nuit est vite passée...

— Certainement, — dit Kauffmann, — je me contenterai du moindre coin.

— Je n'ai pas l'habitude de loger pour une nuit, — reprit l'hôtesse — et c'est une exception que je fais en faveur de Mme Benoît Félix, qui vient de la part de sa grâce mylord Fuckingson... Entrez alors.

Elle introduisit Karl Hauser et Fanny dans le parloir, puis, se tournant vers cette dernière :

— Voulez-vous être assez bonne pour me présenter le gentleman ?

— M. Kauffmann, — dit Fanny, — associé de la maison Kauffmann, Félix et Cie, importations et exportations.

La dame au nez culotté salua.

— Monsieur Kauffmann, Mrs Ripley, veuve du capitaine Ripley, — continua Fanny.

Ce fut au tour de M. Kauffmann de s'incliner et, la présentation faite, l'hôtesse et le client se serrèrent la main.

— Peut-on vous offrir un petit rafraîchissement ? — demanda la dame.

— Volontiers, — répondit Kauffmann.

— Eau ou limonade ?

— Rhum, — répondit Kauffmann.

— Oh ! lord ! — s'exclama l'hôtesse — jamais pareil ingrédient n'entre dans ma maison.

— Ah ! diable ! — fit Kauffmann — alors je prendrais du whiskey.

— Vous ne m'avez pas compris, mister... Kauffmann. Ce n'est pas du rhum spécialement que je parle, mais des liqueurs en général, des alcools, des spiritueux... ni rhum, ni whiskey, ni brandy, ni gin...

Elle finissait quand Allan entra son paquet sous le bras.

— Je comprends, c'est ici un *hôtel de la tempérance.*

— Ce n'est pas un hôtel, mister Kauffmann — répondit avec dignité la veuve du capitaine Ripley, — c'est une maison privée où l'on n'admet que des personnes connues ou sur la recommandation d'amis, tels que sa grâce monseigneur l'évêque Fuckingson qui a bien voulu m'accorder son très haut patronage. Et, c'est sur la recommandation d'un autre évêque que sont venues les deux ladies de ce soir...

— Une clientèle d'évêques! — interrompit Kauffmann — Vous devez avoir du champagne?

— C'est un breuvage dispendieux, — répliqua Mrs Ripley sans sourciller... — Le docteur me l'a recommandé pour combattre mes maux d'estomac... Il me coûte à moi une demi-guinée la bouteille.

— Et à moi, combien me coûtera-t-il?

— Il faut que je prélève mon petit bénéfice.

— C'est de toute justice.

— Mettons douze shellings!

— Apportez-en deux bouteilles! — dit Kauffmann en posant sur la table deux souverains.

— Oh! lord! — s'exclama-t-elle. — Deux bouteilles! Pour madame et pour vous?

— Et pour vous, car j'espère bien que vous nous ferez, mistress Ripley, l'honneur de trinquer avec nous.

— A la française! — fit-elle, toute rayonnante de joie. — Certainement... Je ne puis refuser à un aussi aimable gentleman.

Karl Hauser l'avait gagnée du premier coup. Le forban savait ce qu'il faisait et que, par ces bouteilles de mauvais champagne payées trois fois ce qu'elles lui coûtaient à elle-même, il entrait en client considéré dans la maison.

Aussi, dès le lendemain, au premier déjeuner que l'on montait dans les chambres, porta-t-elle elle-même le thé à Fanny.

— Vous m'aviez annoncé une petite fille, — lui dit-elle, — et vous m'amenez un monsieur.

— Eh bien! mistress Ripley, je suppose que vous ne vous en plaigniez pas?

— Oh! lord! au contraire... Il est généreux et a la main ouverte... On voit que c'est un vrai gentleman.

— Je vous crois, — répondit Fanny.

— Est-il obligé de partir sitôt?... Tâchez donc de le retenir... Il y a ici de jolies femmes..., nous faisons de la musique le soir..., on chante..., on danse..., malheureusement, on manque de messieurs. Est-ce qu'il est marié?

— Non, — dit Fanny.

— Ça tombe bien... Il est un peu vieux, il est vrai, mais il doit avoir des guinées en banque.

— Plus de vingt mille livres, — dit Fanny, qui tenait à donner une haute idée du personnage qu'elle avait introduit et qu'en son for intérieur, elle s'imaginait toujours être un espion de la police.

— Oh! lord! vingt mille livres! Et moi qui lui ai donné une chambre de bonne.

Fanny la rassura :

— Qu'importe! — dit-elle. — Comme tous les vrais gentlemen, il n'est pas difficile... Vous savez bien, mistress Ripley, qu'il n'y a que les parvenus et les voyous qui ne sont jamais contents de rien et se montrent les plus exigeants...

— Vous avez bien raison...

Elle sortit, entendant la servante qui montait avec un plateau chargé du thé et de ses accessoires pour le nouveau client.

— Donnez-moi cela, — lui dit-elle — je vais le porter moi-même.

Karl Hauser dormait profondément, n'ayant pu fermer les yeux qu'aux premières lueurs de l'aube, échaffaudant dans sa cervelle toutes sortes de plans qu'il démolissait les uns après les autres.

Il s'était arrêté à celui-ci : Partir pour l'Amérique... Gagner Chicago... Avec les vingt mille francs repris à Nicolaï, se livrer, en attendant mieux, au commerce productif des cochons.

Vingt mille francs!... une misère! Mais tant d'archi-millionnaires actuels avaient commencé avec vingt fois moins!

Mais pourrait-il gagner l'Amérique sans entraves? Il était parvenu à l'aide de son déguisement de salutiste, en compagnie d'une salutiste, à tromper l'œil de la police française, à quitter Paris et à débarquer sans être inquiété sur le quai de Londres, sans éprouver la terrible sensation de la main d'un détective s'appuyant sur l'épaule, sans entendre les terribles mots : « Pardon, monsieur Karl Hauser, ou monsieur Gluckstein, j'ai un *warrant* contre vous! »

Serait-il aussi heureux en prenant le train pour Southampton ou Liverpool?

Certes, il lui en coûtait de quitter la vieille Europe en laissant un million derrière lui, le million volé à la famille Ivanoff, mais le salut avant tout.

Puis quel espoir de jamais rentrer en possession de cette fortune, de jamais même en revoir une parcelle.

Son fils, son abominable fils, cependant si semblable à lui, en aurait bientôt fondu une partie dans les crapuleuses orgies de la capitale, se laissant gruger le reste par les filles et les filous!

Une chose le consolait un peu, le faisait rire, c'est en songeant à la tête de Nicolaï volé.

C'est si amusant de voir un fripon trouvant plus fort que soi.

Adieu donc le million, et vogue la galère! Il n'est pas qu'en France ou l'on trouve des gogos ! La graine de niais bien semée offre partout de bonnes récoltes !

Enfin l'essentiel était de fouler le sol anglais, de se sentir dans cette vaste métropole où, malgré l'habileté des agents, un coquin, doué d'intelligence et de prudence, peut braver longtemps toutes les recherches. *Jack l'Eventreur* et tant d'autres ne l'ont que trop prouvé !

Le conseil donné à Helen Higgins de prendre avec elle la petite Sidonie avait surtout pour but de déjouer la police française. La salutiste et l'enfant lui servaient en quelque sorte de manteau pour traverser la zone dangereuse.

C'était là le point important ; après, il eût vu quel parti tirer de la fille de Nicolaï.

Mais à quelque chose malheur est bon.

La reprise en possession de Sidonie par le commandant du *Tour-du-Monde* le remettait en rapport avec la concubine de Benoit Félix qui venait de lui rendre, sans s'en douter, un immense service en l'introduisant dans ce *Boarding-House* (hôtel privé), sous les prétendus auspices d'un évêque missionnaire.

Il avait hâte de quitter les salutistes, qui, tout en l'accueillant cordialement, le regardaient, les chefs surtout, d'un œil quelque peu soupçonneux. On ne l'avait guère questionné encore, mais il sentait qu'on allait le faire, et il disparaissait à propos.

Après toutes ces réflexions, il en était arrivé à la conclusion de ne pas précipiter son départ, de laisser écouler quelques jours encore, et puisqu'un bienheureux hasard l'avait conduit sous ce toit hospitalier et fermé au gros public, d'y attendre les événements.

C'est dans cette pensée qu'il s'endormit, aussi fut-il agréablement surpris en entendant Mrs Ripley lui en faire, de sa propre bouche, la gracieuse proposition.

Elle avait, comme nous l'avons dit, pris le plateau à thé des mains de la servante, et ayant pénétré dans la chambre de son nouvel hôte, après quelques petits coups discrets restés sans réponse, elle posa le plateau sur un guéridon qu'elle roula près de son lit, puis toussa en manière d'avertissement.

— Ah ! c'est vous, mistress Ripley, — dit Karl Hauser, ouvrant les yeux.

— C'est moi, monsieur Kauffmann. Voici votre thé... Vous avez sans doute bien mal dormi dans cette pauvre chambre, sur cette étroite couchette.

— Nullement... Je me trouve très bien.

— Vous êtes un parfait gentleman, vous savez vous accommoder de tout; c'est justement ce que vient de me dire Mme Félix, une dame charmante, en vérité... Il est fâcheux que vous partiez aujourd'hui... Je vous aurais donné une chambre plus confortable..., plus digne d'un gentleman comme vous... Voyons, réellement, êtes-vous si pressé que cela? Je sais que les affaires sont les affaires... Mais, véritablement, comptez-vous partir aujourd'hui même?... Il y a en ce moment des dames charmantes..., je ne parle pas de la comtesse qui est arrivée hier et dont la fille est d'une rare beauté..., mais des autres dames, bien faites pour retenir un célibataire et lui faire oublier le souci des affaires pendant quelques heures agréablement occupées...

— Ah! — fit Hauser. — Qui avez-vous donc ici?...

— Nous avons Mrs Rowlinson, la femme d'un ingénieur, actuellement dans les Indes occidentales. Son mari a dû la renvoyer en Angleterre à cause de la fièvre jaune qu'il craignait pour elle. Une dame charmante et qui chante comme Mme Patti... Nous avons Mrs Holychurch, la femme d'un clergyman du Canada, de passage à Londres..., très jolie et pas collet-monté... Elle raconte de bonnes histoires sur le clergé du Canada... Et puis encore, une veuve d'un officier tué par les Achantis... et enfin les deux misses Lovecock, un peu mûres mais aimables, quoique filles d'un magistrat... Tous les soirs on cause, on joue, on fait une petite sauterie... Restez, monsieur Kauffmann, vous ne vous ennuierez pas...

M. Kauffmann savait, en effet, par expérience, pour y avoir vécu dans le temps, qu'on ne s'ennuyait pas dans certains *Boarding-Houses*.

On s'y livre même à des jeux que réprouve la stricte morale, mais que couvrent et dissimulent des dehors de respectabilité. C'est là qu'on rencontre des veuves de maris qui n'ont jamais existé qu'à l'état d'amants, des femmes qui attendent de Chine ou des Indes un époux qui ne vient jamais, de vieilles demoiselles en quête de maris, et des jeunes gens dépourvus de scrupules à la recherche d'une vieille amoureuse, dont le nombre des guinées en banque bouche les yeux sur celui des ans et sur un orageux passé.

On y *flirte* partout, dans le salon, la salle à manger, l'escalier et les chambres.

La table y est passable et, ainsi que le logement, d'un prix bien inférieur à celui des hôtels. Aussi nombre de gens qui viennent de l'étranger, des colonies ou des comtés, passer quelque temps à Londres, ont soin de se procurer des introductions pour ces maisons d'honnête apparence où la vie côte à côte entre gens de sexes différents se change souvent en douce intimité.

— Soit! — fit Karl Hauser après avoir écouté le boniment de la
dame. — En manquant mon train hier soir, j'ai manqué un rendez-vous
d'affaire... mon client ne m'attend plus... et que je parte un jour plus tôt
ou plus tard...

— Réfléchissez, monsieur Kauffmann. Je sais ce que sont les affaires...
En tous cas, vous restez pour le *lunch?*

— Certainement, dit Kauffmann.

Il avait laissé sa valise dans un hôtel borgne de Charlotte-Street. Ne
se fiant qu'à lui, il alla la chercher lui-même, s'assura que personne
n'était venu le demander, paya sa note et reprit à pied son chemin, où il
ne monta dans un cab, pour se faire conduire à sa nouvelle résidence,
qu'après force détours pour s'assurer que nul agent ne le filait et dépister
le fileur au cas où il aurait été suivi.

Cette course avait exigé un certain temps, et quand il arriva à son
hôtel, il lui restait juste celui de s'habiller pour paraître décemment à
table et être présenté aux aimables convives, prévenus, par leur hôtesse,
de l'arrivée d'un noble et riche étranger.

CCVIII

TABLEAU!

Karl Hauser s'attendait donc à se trouver au milieu d'un gynécée de
« vieilles gardes » ayant roulé dans maintes scabreuses aventures, passé
gaillardement leurs belles années printanières et estivales, et qui, sentant venir le moment de la froide bise, cherchaient un cœur pour s'y
réchauffer.

Il fit toutefois ses restrictions pour les deux misses Lovecock, dont
la chambre était contiguë à la sienne, et qu'il aperçut dans le corridor,
rentrant précipitamment chez elles avec un petit cri de colombes
effarouchées, à un moment où il ouvrit sa porte.

Il était évident qu'elles avaient toutes deux bletti et jauni dans le
vertueux célibat.

Leur laideur, du reste, expliquait leur vertu. Mais de cette vertu
stérile, elles se sentaient depuis longtemps lasses, et leur plus âpre
désir, l'objet même de leur secrète et constante pensée, était de s'en
défaire à la première occasion. Mais, voilà! cette occasion qu'elles

auraient pu trouver à l'époque de leurs vingt ans, depuis autant d'années elles l'avaient, par fausse honte, laissée échapper, et plus les automnes s'accumulaient, plus les occasions devenaient rares; aussi voyaient-elles avec effroi venir l'heure fatale où sonnerait le funèbre glas de l'hiver où, dans les champs gelés de Cythère, le fruit défendu ne se cueille jamais plus.

Nevermore! Nevermore! comme chantait le corbeau d'Edgar Poé. Jamais plus! jamais plus!

A l'annonce de l'arrivée de ce gentleman cossu, qui avait dépassé la cinquantaine et que, par conséquent, dans leur suave naïveté de vieilles vierges, elles supposaient ne devoir pas se montrer fort difficile, elles tressaillirent toutes deux d'un doux espoir et passèrent la matinée à guetter le nouveau venu — qui sait? — peut-être le mari qui leur tombait du ciel, envoyé par le bon Dieu en récompense de leur long et douloureux martyre.

Et le cri de colombe effarouchée qu'elles poussèrent de concert quand il ouvrit sa porte n'avait que le but perfide et insidieux d'attirer son attention.

A dire vrai, le gros forban ne plut ni à l'une ni à l'autre des deux sœurs, mais l'âge de se montrer délicates avait depuis longtemps rejoint les vieilles lunes, et c'était un homme, après tout.

Elles ressemblaient à cette ingénue *fin de siècle* à qui l'on venait de présenter comme prétendu un godelureau ridicule et grotesque.

« Mais il est affreux, — lui dit une amie.

« C'est un homme! — répondit philosophiquement la pure enfant, telle que nous les fabriquent, — ô horreur! — nos modernes lycées.

Quand l'ancien écumeur descendit pour déjeuner, il les entendit venir derrière lui et s'effaça pour les laisser passer en s'inclinant avec un salut discret.

— C'est tout à fait un gentleman! — fit l'une.

— Parfait! — appuya l'autre.

Et cela fut dit de façon à être entendu.

— Il y a peut-être à tirer parti de l'une ou l'autre de ces vieilles guenons, — pensa Hauser. — Peut-être de toutes deux. Dans la situation où je suis, il ne faut négliger aucune occasion. Attendons que les présentations soient faites.

On sait qu'en Angleterre il est malséant d'adresser la parole à quelqu'un, spécialement à une dame, avant de lui avoir été, au préalable, présenté.

Les présentations eurent lieu, régulièrement faites par la maîtresse de céans et cinq fois avec une élégance toute tudesque, le gros Juif allemand courba sa lourde tête et tendit sa main de voleur et d'assassin.

— La comtesse et sa fille se font excuser, — dit Mrs. Ripley. — Sa Seigneurie a la migraine et sa charmante fille ne veut pas la laisser seule, je suis bien fâchée de vous l'apprendre... mais j'espère qu'elle nous honoreront de leur présence au dîner.

— Nous l'espérons, — ajoutèrent les dames.

L'ex-banquier qui s'était — je l'ai dit — attendu à rencontrer une collection de « vieilles gardes », reconnut avec grand plaisir qu'il s'était trompé.

A l'exception des misses Lovecock dont l'aînée et la plus laide portait le nom poétique d'Étherhalda et la cadette celui de Winifred, elles pouvaient passer pour de jolies femmes même dans un pays comme l'Angleterre, fertile en beautés.

L'une d'elles, surtout, attira particulièrement l'attention du vieux bandit, non pas seulement par sa beauté, qui avait dû être remarquable dans sa jeunesse, — elle paraissait dépasser la trentaine, — mais par l'air de profonde tristesse empreint sur ses traits.

C'était la veuve de l'officier tué en Afrique dans un combat contre les Achéntis, le major Burnett, et bien que plusieurs années se fussent écoulées depuis cette irréparable perte, elle portait sur son visage toute la désolation et la désespérance d'une veuve de la veille.

Karl Hauser, en homme qui a vécu, savait à quoi s'en tenir sur la sincérité du chagrin de ces veuves *inconsolables,* chagrin qui se fond comme beurre en la poêle à frire sous les baisers d'un amant ou d'un nouveau conjoint.

Mais on ne peut toujours verser des larmes,

Et tant pleurer les morts, quand nous aussi mourrons.

Mistress Ripley qui avait placé son nouvel hôte à sa droite, Fanny à sa gauche, avait donné pour voisine à celui-là, par une délicate attention, la plus jolie femme du clan, c'est-à-dire la veuve éplorée du héros mort au champ d'honneur.

Il avait donc tout le loisir de l'examiner de près, et plus il la regardait, plus il lui semblait que ses traits ne lui étaient pas inconnus, qu'il avait vu cette jolie femme si triste quelque part.

De son côté, la veuve du major Burnett paraissait se livrer à la même réflexion.

— Enfin! petite crapule, je te tiens!!!

Elle regardait à la dérobée son voisin cherchant sans doute à mettre
un nom sur ce visage, lorsque tout à coup la tristesse répandue sur ses
traits se changea en une expression d'effroi.

Nul doute que tous les convives n'eussent remarqué ce changement
extraordinaire et soudain si, au même moment, la porte ne se fût ouverte
pour livrer passage à une vieille dame de mise un peu excentrique et

dont le nez culotté et les joues couperosées pouvaient rivaliser avec le nez et les joues de la maîtresse de céans.

Derrière elle, venait une jeune femme de mise élégante, mais un peu tapageuse, et remarquablement jolie.

Mistress Ripley se leva aussitôt :

— Madame la comtesse de... de...

Elle s'interrompit, cherchant le nom.

— Pardonnez-moi, mylady... ces noms étrangers sont si difficiles à prononcer.

— De Sauvignon ! comtesse de Sauvignon ! — dit en souriant la vieille dame. — Excusez-nous, ma fille et moi, si nous nous présentons ainsi au milieu de votre lunch... Ma migraine est passée... je ne voulais pas vous causer de dérangement et encore moins priver ma chère enfant ni moi de votre aimable société.

— Ah! charmant! charmant! Bien aimable de votre part... Vite, Polly, des couverts pour ces ladies.

Et s'adressant à la vieille dame :

— Mylady, voulez-vous me permettre de vous présenter mes hôtes?...

La comtesse de Sauvignon s'inclina.

— Mistress Holychurch, la femme d'un révérend vicaire au Canada; mistress Rawlinson, dont le mari est ingénieur aux Indes ; les misses Etherhalda et Winifred Lovecock; mistress Burnett, veuve du major Burnett, tombé glorieusement sur le champ de bataille; Mme Fanny Félix, épouse d'un gentleman attaché aux missions évangéliques de sa grâce mylord Fuckingson ; enfin Mein Herr Kauffmann, richissime industriel... Vous voyez, madame la comtesse, que vous ne serez pas en trop mauvaise compagnie.

A chaque nom la « comtesse de Sauvignon » inclinait la tête avec un sourire qu'elle essayait de rendre gracieux, et en entendant appeler celui de Kauffmann, elle salua également, mécaniquement, jetant sur l'individu un regard distrait et vague, un regard sans pensée.

Les deux sœurs Lovecock se poussèrent même du coude, la cadette murmurant à l'aîné :

— On dirait que cette dame a un commencement d'intoxication.

— Taisez-vous donc, petite sotte, — répliqua miss Etheralda qui se plaisait à appeler sa sœur « petite sotte » comme lorsqu'elle avait quinze ans, bien qu'elle eût de trente années dépassé ce bel âge ; mais il lui semblait que ça la rajeunissait.

Cependant si le visage de « mein Herr Kauffmann » n'éveillait aucun souvenir en l'esprit de la vieille ponteuse de Monte-Carlo, il n'en fut pas de même chez la fille qui à la vue du forban fit un violent soubresaut.

— Quelle singulière ressemblance! — se dit-elle en prenant place à table.

Le hasard voulut qu'elle se trouvât presque en face de Karl Hauser qui, de son côté, parut vivement contrarié et se mit à manger le nez dans son assiette, n'ouvrant désormais sa large bouche que pour happer les morceaux.

L'arrivée des deux dames semblait avoir jeté un froid sur les convives; personne ne disait mot; il était du devoir de la maîtresse de céans de rompre la glace.

Elle n'y manqua pas.

— Eh bien, mein Herr Kauffmann, comment trouvez-vous la cuisine anglaise?

— Bonne! — dit Kauffmann, — simple, mais saine.

Ces quelques mots tirèrent la vieille dame de son espèce de torpeur.

On eût dit qu'elle venait d'entendre gronder tout à coup le tonnerre.

Elle regarda celui qui parlait, et son œil, tout à l'heure terne, s'alluma d'une sanglante lueur.

Sa fille aussi avait levé la tête :

— Je ne me trompe pas, — murmura-t-elle tout bas à sa mère, — c'est lui!

— Lui? Tu crois?... Qui ça, lui?

— Vous le savez bien... Ne me faites pas dire le nom... Il nous observe.

— Je ne vois pas bien..., j'ai les yeux troublés..., puis il y a si long-temps...

— Il y a moins longtemps que vous..., moi!

— Alors tu es sûre?...

— C'est son visage et sa voix...

— On mange beaucoup de saucisses et de choux aigres en Allemagne? — continua mistress Ripley qui ne voulait pas laisser tomber la conversa-tion et faisait son possible pour l'alimenter.

— Vous voulez dire de la *choucroute*, — fit Hauser.

— C'est cela, de la choucroute. L'aimez-vous, mein Herr Kauffmann?

— Pas énormément.

— Monsieur préfère des jeunes filles! — affirma d'une voix haute et sarcastique la comtesse.

Toutes les dames levèrent la tête, stupéfaites, comme frappées d'hor-reur, et un *aoh!* significatif fit le tour de la table.

Kauffmann très pâle vida son verre, feignant n'avoir pas entendu ou pas compris l'apostrophe.

— Vous entendez, juif Karl Hauser — cria la vieille dame — c'est à vous que je m'adresse.

— Pardon! Vous me parlez?

— Oui, je vous parle, traître, suborneur, voleur, assassin!

Et raide comme un pieu, avec des mouvements saccadés, elle se dressa, les mains sur la table, le haut du corps penché dans la direction d'Hauser, le foudroyant du regard, tandis que diverses exclamations partaient de toutes les bouches.

— Oh! lord! quel scandale! — disait mistress Ripley.

— Affreux! — appuyait mistress Rawlinson.

— Epouvantable! — s'exclamait mistress Holychurch.

— *Shocking!* — murmuraient les misses Lovecock appuyant la main sur leur cœur comme si elles allaient se trouver mal.

Et Fanny, de son côté, fit chorus, en disant en français :

— Ah! ben! En voilà une histoire! Elle est raide celle-là!

La veuve éplorée du major tué chez les Achantis, seule, ne disait rien; mais, d'un mouvement brusque, elle éloigna son siège de celui de son voisin qu'elle continuait à regarder avec une vive attention.

Quant à Karl Hauser, s'il n'avait pas reconnu tout d'abord la « comtesse de Sauvignon » il avait reconnu Mathilde; mais, comptant que son maquillage, la disparition de ses favoris et de ses moustaches le rendaient méconnaissable, il avait avec son audace habituelle affronté son regard, ne pouvant d'ailleurs faire autrement.

Se levant brusquement de table, il jeta sa serviette dans son assiette et, se tournant vers la maîtresse de la pension bourgeoise, lui dit avec colère :

— Cette femme est folle... Il fallait me prévenir que je me trouverais en compagnie de folles... La plaisanterie est mauvaise... je vais vous régler ma note... J'ai l'honneur de vous saluer.

— Arrête, arrête!... juif Karl Hauser! — cria l'ancienne institutrice. — Ne te sauve pas ainsi... Ne cherche pas à donner le change. Tu t'es rasé, tu as maquillé ta face..., mais je te reconnais, suborneur, voleur, assassin!

Hauser s'arrêta. Il pensa que, sortant après pareille apostrophe, il aurait eu l'air de prendre la fuite, et, dans son trouble, il répéta, sans le savoir, les propres paroles de son fils Wilhelm à sa première rencontre à Monte-Carlo avec la vieille ponteuse, rencontre tragique, cause de son suicide :

— Que voulez-vous dire, misérable femme ?

— Tiens, tu me parles comme ton fils lorsque je lui ai appris que tu étais l'assassin de sa mère!...

— Ah! c'est donc toi, vieille coquine! — hurla le forban plein de rage, faisant plusieurs pas pour s'élancer sur l'accusatrice qui l'attendait sans broncher, s'étant rapidement emparé d'un couteau à découper le gigot.

Mistress Ripley et Fanny s'étaient jetées au-devant de l'assaillant.

— Lord! lord! Quel scandale! Mein Herr Kauffmann! Mein Herr Kauffmann! je vous en supplie!

— Eh bien! — disait en français Fanny, — je vous y introduirai encore dans le monde, vous!... Laissez donc cette vieille folle et fichez vite le camp...

— Vous avez raison, — dit Hauser, — cette femme est folle ou ivre... Elle empeste l'eau-de-vie.

— Ma mère n'est ni folle ni ivre, — dit à son tour Mathilde. — Vous feignez de ne pas la reconnaître... Mais moi me reconnaissez-vous?

— Pas davantage.

— Faut-il vous rafraîchir la mémoire? De nombreuses années ne se sont pas écoulées, cependant, depuis le jour où vous m'avez attirée chez vous sous un prétexte fallacieux, pour abuser de ma jeunesse et de mon nexpérience!...

— Ah! quel scandale! — gémissait mistress Ripley.

— Oui, *ladies,* — continua Mathilde, — cet homme m'a fait boire des vins frelatés et pendant la nuit, au milieu de mon sommeil, m'a déshonorée.

— Ah! *shocking!*

— Abominable!

— Monstrueux!

— Quel scandale!

— Des sels! des sels!, — crièrent à la fois Etheralda et Winifred en s'affaissant sur leur siège.

Le forban eut un terrible ricanement et haussant les épaules, il s'écria :

— Quelle comédie! Réellement c'est assez bien joué... On les croirait presque en vérité!... La mère et la fille se valent... Ne voyez-vous pas que ce sont deux aventurières qui cherchent du scandale et veulent en tirer parti... C'est leur seul moyen d'existence, sans doute... Comtesse de Sauvignon! Si ça ne fait pas suer... Demandez-lui donc qu'elle vous communique son certificat de mariage!... Je regrette d'avoir mis les pieds dans cette maison où un honnête homme est exposé à essuyer de tels affronts... à recevoir les injures de coquines venues on ne sait d'où... de coureuses de tripots... Elles doivent être assurément connues de la police, ces deux femmes-là!...

— Ah! quel scandale! — gémissait toujours mistress Ripley.

La voisine de Karl Hauser, la veuve du major tué par les Achantis, avait écouté, palpitante et vivement intéressée, le commencement de l'allocution, et son visage s'éclairait d'une soudaine lueur.

Elle avait eu même un geste de la main comme si elle allait parler ; mais, se retenant, elle continua d'écouter, silencieuse, les yeux fiévreusement attachés sur le prétendu Kauffmann, écarta à nouveau le plus possible sa chaise de la sienne.

Après sa violente diatribe, Karl Hauser se dirigeait vers la porte.

Alors elle se leva :

— Arrêtez, monsieur, — dit-elle. — Un mot, s'il vous plaît?

— Quoi encore? — fit-il.

— Madame, — s'écria Mrs Ripley. — Je vous en prie, ne vous mêlez pas de cette affreuse affaire.

— Elle me regarde, — répondit la veuve.

Et s'adressant à tous les convives :

— Ces dames ne sont ni folles, ni ivres, ni aventurières. Elles disent la vérité. L'homme qu'elles accusent est un scélérat... et le pire des scélérats...

— Encore une ! — s'exclama le forban. — Ça se gagne!

— Je le reconnais, — continua la jeune veuve sans s'émouvoir, — je le reconnais, bien que vingt années se soient écoulées et qu'il ait maquillé son visage... Ah ! c'est le Dieu vengeur qui l'a poussé ici... Cet homme que vous voyez, ladies, est un ancien pirate qui s'est emparé d'un navire dont il a assassiné le capitaine pour faire, avec une bande de scélérats comme lui, la traite des nègres... Cet homme que vous voyez a sur ce même navire abusé de ma mère et de ma sœur... Puis, pour échapper aux croiseurs français, il a fait sauter le navire, l'équipage et sa cargaison de *colis noirs*...

« Ma sœur et moi, grâce à Dieu, avions pu nous sauver avant la catastrophe... Est-ce vrai, ce que je dis? Je ne suis ni aventurière, ni folle, ni prise de boisson... Je suis Betsie Parker !... Me reconnais-tu, enfin, banqueroutier Karl Hauser, négrier Gluckstein, capitaine du *Yacht-Rouge* ?

C'était Betsie Parker, en effet, qui, depuis l'arrestation de son mari, avait quitté sa demeure et était venue cacher sous un faux nom sa honte dans cet hôtel privé où nul ne soupçonnait en elle la malheureuse épouse du docteur assassin.

Sa sœur, la bonne Éva, lui avait offert après son désastre une généreuse hospitalité dans sa villa de Westcombe Park, mais elle avait décliné cette offre, ne voulant pas se livrer à la curiosité indiscrète et aux commentaires des gens du voisinage.

En de telles infortunes, le mieux est de s'effacer, de disparaître, de s'enfuir en quelque coin ignoré où nul de ceux qui vous ont autrefois connus ne peut soupçonner votre existence.

Éva d'ailleurs payait sa pension et pourvoyait à tous ses besoins.

— Décidément, elles sont toutes folles ! — riposta le bandit poussant un éclat de rire féroce, — madame Félix, où diable m'avez-vous mené?... Je suis ici dans une maison de santé, une succursale de Bedlam. A qui le tour à m'apostropher?

— A moi! — dit une voix claire, derrière l'ancien négrier.

Il se retourna.

Debout comme un spectre, sur le seuil de la porte qu'elle venait lentement d'ouvrir, se tenait Éva Parker, pâle et menaçante.

En dépit de son audace et de son habituel cynisme, devant cette femme dont il avait brisé la vie, cette femme qui lui barrait le chemin d'un geste tragique, il recula, surpris et effrayé.

— Oui, c'est moi, c'est bien moi... Tu me reconnais, tu dois me reconnaître, car il n'y a pas bien longtemps tu es venu nocturnement, comme un voleur que tu es, pour m'assassiner et assassiner mon fils... le tien, misérable !... Qu'en as-tu fait? Qu'as-tu fait de mon fils?

— Nécessairement, je ne l'ai pas dans ma poche, votre fils !... c'est un joli coco ! Il est associé aux pires chenapans de Paris...

— L'agent Dimitri que tu as tenté d'assassiner...

— Encore un autre que j'ai tenté d'assassiner !... *By Jove*, toutes ces femmes sont folles ! Où m'a-t-on fourré?... C'est bien dans une succursale de Bedlam que je suis... Section des agitées... Où est le médecin? Allons, place ! Je vais chercher le médecin !

— Inutile de courir, monsieur Gluckstein, — dit une voix mâle, — le médecin, le voici !

Et un gaillard de forte taille, aux solides épaules, écartant de la porte Éva Parker, se présenta, barrant à son tour la sortie.

Le forban pâlit.

— Qui êtes-vous?

— Le médecin, je vous dis, monsieur Gluckstein, ou, si vous le préférez, l'aide d'un médecin qui guérit les gentlemen comme vous de tous les maux par une petite opération qui consiste à leur attacher au cou une cravate de chanvre.

— Ah çà ! vous êtes fou aussi, vous?

— Non pas, non pas. Excusez-moi... Je suis simplement un modeste inspecteur aux investigations criminelles... C'est vous dire que c'est moi qui fournit les malades comme vous à mylord le Juge, lequel les confie ensuite au grand guérisseur, M. l'homme qui pend...

— Ah! quel scandale! — continuait à gémir mistress Ripley.

— Donnez-moi vos poignets, monsieur Gluckstein.

— Je ne m'appelle pas Gluckstein.

— Oh! le nom ne fait rien à l'affaire... Ce qui importe, c'est votre personne. Je la tiens, elle ne m'échappera pas.

— En vertu de quel mandat m'arrêtez-vous?

— En vertu d'un mandat de Sa Majesté notre gracieuse reine, délivré contre M. Gluckstein.

— Je vous répète que je ne m'appelle pas Gluckstein.

— Oui, je sais... Vous vous appelez Karl Hauser. Eh bien, j'ai aussi un mandat d'extradition contre le baron Karl Hauser. Le chef de la police russe s'intéresse, paraît-il, vivement à vous.

— Je ne m'appelle pas plus Karl Hauser que Gluckstein, je suis le baron Alexandre Bereneff.

— Raison de plus, mon camarade. Je vous disais justement que le nom ne faisait rien à l'affaire. Au nom de la République française alors, je vous pose le grappin dessus.

Et, de sa poigne formidable, une poigne de lutteur professionnel, l'inspecteur aux investigations criminelles saisit l'épaule du forban qui, en dépit de sa force herculéenne, sentit qu'il avait affaire à plus vigoureux que lui.

On trouve toujours plus vigoureux que soi!

— Allons, presto, les poignets?

Gluckstein, — Hauser, — Bereneff, — Kauffmann, vit que toute résistance serait inutile et même dangereuse, d'autant plus que par la porte large ouverte il aperçut sur le seuil deux *policemen* en uniforme, redoutables gaillards prêts à prêter main-forte.

Une voiture attendait.

Avant d'y monter avec les deux constables, l'inspecteur, y poussant le prisonnier, les avertit:

— Vous savez, mes garçons, c'est un dangereux coquin. Il a déjà démoli plusieurs agents, y compris ce pauvre Dimitri... Ouvrons l'œil.

La portière se referma et le fiacre partit au galop.

— ... Ramasse ta part du million, salaud!

CCIX

LES « FILATURES[1] ».

Le simple hasard, cause de tant de singuliers dénouements, n'avait pas, comme bien l'on pense, conduit *l'inspecteur aux investigations crimi-nelles* à l'hôtel privé de Mme veuve Ripley.

1. On appelle en argot *filature* la surveillance exercée par un agent de la police qui suit les allées et venues d'une personne qu'il soupçonne ou qu'on lui a désigné ; du verbe *filer*, suivre, espionner.

Betsie Parker, sans se douter du résultat, avait amené la catastrophe finale de son ancien suborneur par une démarche où il ne se trouvait pas mêlé.

C'est ainsi que les plus petites causes, les plus indifférentes en apparence, produisent souvent les plus grands effets.

« Si Roxelane — disait Voltaire — avait eu le nez plus long ou plus court, la face du monde eût été changée. »

Mais il n'est pas besoin de remonter si haut dans l'histoire ancienne ; il suffit de se rappeler quelques événements très récents de la moderne.

Passons.

En ce qui nous concerne, si Betsie Parker ne recevant pas de nouvelles de son fils, et inquiète du silence de l'ingrat, qui pourtant se portait très bien alors, mais, tout entier aux plaisirs de Paris, n'avait même pas songé à faire part de son arrivée à sa mère; si Betsie — disons-nous — ne s'était pas adressée, par l'intermédiaire de son ami de l'ambassade anglaise, à la Préfecture de police, pour avoir des nouvelles d'Allan, après la double arrestation de son beau-frère Morris Homerton et de l'ex-directeur de la Banque coloniale française, on n'eût jamais songé à découvrir celui-ci en la personne de herr Kauffmann, en la respectable et quiète maison patronnée par plusieurs évêques de l'Église anglicane.

Dimitri, gravement malade à l'hôpital et donnant de sérieuses inquiétudes, avait, à la visite d'un confrère envoyé *ad hoc*, fourni tous les renseignements qu'il savait, jusqu'à la bagarre chez Karl Hauser, où l'on avait arraché à grand'peine le jeune chenapan à la fureur paternelle.

Mais là s'arrêtaient naturellement les indications du policier russe.

On sut, d'autre part, que le jeune Anglo-Saxon avait été emmené par une fille sur laquelle la police ouvrait l'œil, bien qu'elle eût une conduite d'apparence régulière, installée nouvellement dans une chambre meublée dont un vieux monsieur à tête exotique, qui venait parfois la voir, payait sans doute le loyer. La confection de fleurs artificielles, dont elle se disait ouvrière, ne paraissait pas suffisant pour son entretien.

Mais comme la plupart des ouvrières en chambre ne peuvent que très difficilement gagner leur vie, elle rentrait dans la catégorie des femmes qui s'aident d'un amant ou d'un protecteur.

Les choses en étaient là quand une dénonciation anonyme désigna le vieux monsieur comme étant à la fois Gobsky et Ladra.

Gobsky, on ne le cherchait pas ; mais Ladra, on le cherchait.

La police fit donc irruption chez Sarah, transformée en *Rosa, fleuriste*, mais nulle trace de Gobsky-Ladra, pas plus que du dénonciateur.

Si l'on n'avait pas arrêté la fleuriste, notée comme brebis galeuse, c'est qu'on pensait que le bouc reviendrait au bercail.

D'autre part encore, un jeune homme, d'extérieur anglais, habillé de vêtements de coupe anglaise, avait été vu, avec un sac de voyage, se livrant à de nombreuses libations sur la terrasse de différents cafés du boulevard.

Voyant ce jeune insulaire ivre, un agent le suivit pour le protéger contre les tentatives d'exploiteurs et d'escrocs qui s'attachent spécialement aux étrangers.

Il était entré chez une fille en carte, connue de la police et nouvellement retour de Londres, où elle avait fait un séjour de plusieurs mois.

Il resta chez la fille la journée, la nuit, et ne sortit avec elle que le lendemain soir, toujours avec son sac de voyage.

Le lendemain on les vit ensemble au *Moulin Rouge*, mais un volumineux paquet enveloppé de toile cirée remplaçait le sac de nuit.

Vivement intrigué, l'agent courut chez la fille et s'adressa au concierge qui ne put donner que de vagues renseignements.

— Mais, — dit-il, — si c'est quelqu'un que monsieur l'agent cherche, son sac de nuit est resté dans la chambre de la demoiselle.

Ils montèrent tous deux, le concierge ouvrit, et l'on trouva, en effet, le sac de nuit ouvert, mais l'agent eut beau fouiller, rien n'indiquait l'identité du personnage, ni un nom ni une adresse.

— Voici ce qui y suppléera peut-être, — fit l'agent, sautant sur une photographie fichée en un coin de la glace au milieu de photographies de femmes dont la profession se lisait aisément, — c'est là mon *English*...

Il la retourna.

— C'est *tiré* à Londres, mais on a effacé le nom du photographe... N'importe, ça servira, — ajouta-t-il, la mettant dans un calepin.

— Comment, vous la prenez ? — demanda le pipelet.

— Parbleu !

— Mais que va dire la jeune personne ? Elle va crier comme une possédée... C'est une luronne pas commode.

— Vous lui répondrez que c'est la police qui la lui a prise et qu'elle vienne la réclamer à la préfecture... Ça lui clouera le bec.

Cette raison péremptoire cloua également le bec du cerbère, car il n'éleva plus la moindre objection.

Ce sont ces renseignements auxquels était jointe cette photographie qui avaient été immédiatement transmis à la police de Londres, qui, très courtoise et expéditive, dépêcha un inspecteur à Betsie Packer pour lui

❡

demander si la photographie trouvée chez Paméla était celle de son fils, et aussi pour obtenir d'autres renseignements.

Le moindre indice peut mettre sur une piste. Justement la veille au soir éclatait au *Hall* des Salutistes le scandale soulevé par Fanny.

Les réunions des soldats évangéliques de l'armée du général Booth, bien que couvertes par la sainteté du motif, ne sont pas exemptes des visites d'agents de la police secrète. On en envoie, au contraire, une bonne escouade ; aussi apprit-on, dès le soir même, au bureau central de *Scotland-Yard*, l'incident dans tous ses détails, tandis que deux *détectives* se lançaient sur la piste, l'un de Fanny, emmenée par un homme d'aspect tudesque, l'autre du commandant Gayrouan, emmenant la capitaine salutiste et la petite fille qu'il venait de réclamer.

Le *détective* ne pouvait pénétrer dans l'hôtel du marin français, mais il attendit dans la rue la sortie de la salutiste et, dès qu'elle parut, la voyant un peu « excitée », il l'aborda, non comme agent de police, mais comme amateur du beau sexe.

— Un mot, miss Helen Higgins, — lui dit-il.

On sait que la Salutiste n'était pas farouche.

En outre, le rhum pris après le champagne produisait son effet ordinaire sur elle. Bref, c'est surtout quand elle avait bu qu'elle sentait son cœur s'emplir de tendresse. Son premier mouvement fut de toiser des pieds à la tête l'impertinent qui se permettait de l'interpeller ainsi, en pleine rue, et en pleine nuit, mais voyant, à la lueur d'un bec de gaz voisin, qu'il était beau garçon et paraissait un *gentleman*, son œil s'adoucit.

— Que me voulez-vous ? — dit-elle. — Je ne vous connais pas.

— Ah ! miss Hélène Higgins, vous ne connaissez pas tous vos admirateurs.

— Admirateurs ? — répéta-t-elle visiblement flattée, mais croyant avoir mal entendu.

— Oui, divine salutiste, je suis un de vos admirateurs, et il ne tient qu'à vous que je ne change ce substantif en un plus doux.

La pauvre fille se montrait d'autant plus sensible aux compliments que depuis de longues années elle n'en entendait guère, mais la brutalité de celui-ci la suffoqua.

— Divine ! — répliqua-t-elle, — je ne suis pas divine.

— Vous êtes une fille divine, — reprit audacieusement le détective, — puisque vous vous livrez aux œuvres divines... Je vous ai suivie... que voulez-vous, adorable Hélène ? je n'ai pas pu m'empêcher de vous suivre... Si je suis coupable, ne vous en prenez qu'à vous-même... et pardonnez-moi.

— Je vous pardonne, — reprit la tendre Hélène.

— Alors, pour me le prouver, acceptez de moi un petit rafraîchissement.

Son costume salutiste lui imposait la plus grande réserve ; aussi repoussa-t-elle d'abord avec une indignation feinte cette inconvenante proposition.

L'autre insista, lui dit qu'il connaissait un bar où, par une porte de derrière, on pénétrerait dans un petit salon où l'on pourrait causer à l'aise ; enfin, il manœuvra si bien, tout en marchant, qu'ils arrivèrent devant la porte en question et qu'il y poussa la capitaine de l'armée du Salut.

Elle se trouva, en effet, dans un petit réduit assez coquet, vide de clients, garni d'une table et d'une banquette capitonnée.

— Demandez pour moi de la limonade, je ne boirai que de la limonade — dit-elle.

— C'est entendu... Limonade et whisky... Limonade pour vous... whisky pour moi... et quand le garçon sera parti nous opérerons le mélange. ..

— Oh ! méchant homme !

— Il faut bien sauver les apparences, miss Hélène Higgins. Tout le secret de la vertu est là ! Sauver les apparences.

Hélène ne crut pas devoir relever cette cynique parole.

— D'où savez-vous mon nom ? — demanda-t-elle.

— Votre nom ? Il faudrait n'avoir jamais assisté à vos édifiantes réunions pour l'ignorer... Ah çà ! — continua-t-il en glissant la main sous sa taille, — quelle est cette femme qui réclamait la petite Française ?

— Ne me chatouillez pas, méchant... C'est la femme d'un gentleman français qui a suivi l'évêque Fuckingson dans une mission pour convertir les nègres d'Afrique.

— Fuckingson ! je connais ça... Un saint homme qui amène annuellement, dans le giron de l'église anglicane, des peuplades entières de nègres auxquels il vend des caleçons de bains ; maison Weis, Lévy, Fuckingson et Cie, *conversion et exportation*, office dans Cheapside, cité. J'ai reçu un prospectus.

— Il aime beaucoup les petites négresses.

— Pouah ! Ça sent le bouc. Je préfère les grandes blanches, les blondes suaves comme vous... Mais voilà ! j'arrive trop tard... la place est prise.

— Prise ? — se récria la « grande blanche » — et par qui ?

— Par ce gros Allemand en compagnie de qui vous êtes revenue de France.

— M. Kauffmann ?

— Ah! je ne sais pas son nom... Est-ce que c'est un missionnaire aussi.

— Il le deviendra peut-être.

— Il paraît, en effet, avoir tout ce qu'il faut pour cela. Vigoureuse santé et roublardise, sans compter ses autres secrètes qualités... Et que vient-il faire à Londres, ce brave M. Kauffmann? Avouez-le, c'est votre amoureux!

Miss Hélène rougit.

— Non, je jure — protesta-t-elle.

— Ne vous défendez pas, miss Higgins. Vous avez bien le droit d'avoir un amoureux... surtout pour le bon motif. Nous ne sommes pas comme ces stupides catholiques qui se vouent au célibat, au mépris de la loi divine : « Croissez et multipliez »... Il y a longtemps que vous le connaissez, ce M. Kauffman ?

— Il vous intéresse donc bien.

— J'en suis jaloux.

— Vous avez tort... Il ne me plaît pas du tout... S'il y a longtemps que je le connais?... Une semaine tout au plus. J'allais porter un paquet de *tracts* (petites brochures ou feuilles bibliques que distribuent les protestants) chez M. Félix, un *ami* de l'évêque Fuckingson, et, me trompant de porte, je suis entré chez M. Kauffmann. Voilà! Depuis nous nous sommes revus chez M. Félix... le roman, vous le voyez, n'est ni intéressant ni long.

— Mais la petite fille que vous avez convertie ?

— Oh! ça, c'est une autre histoire.

Elle raconta en quelques mots l'aventure de la petite Sidonie et comme quoi elle avait cru bien faire en arrachant cette enfant à des parents indignes. On l'avait dûment payée à une tante qui semblait une vieille coquine et qui en avait la direction. Le « général » avait cru devoir la rendre pour éviter le scandale, mais l'affaire n'était pas finie.

Le *détective* en revenait toujours à Kauffmann.

— Je n'en sais pas davantage — répondait la salutiste — adressez-vous à lui.

Il en fut pour ses frais de whisky et de déclaration amoureuse, et fixa pour le lendemain un rendez-vous.

Il revint toutefois au bureau de Scotland Yard avec la conviction que ce Kauffmann était un personnage suspect.

Au bureau central de police, il se croisa avec le collègue qui venait de filer Karl Hauser et Fanny jusqu'à l'hôtel privé de Mrs Ripley.

Tous deux consultèrent leurs notes et reconnurent que le fameux

Alexandre Bereneff avait de grands airs de parenté avec le personnage qui s'affublait actuellement du nom de Kauffmann.

Justement le superintendant de service venait de recevoir par le courrier du soir les renseignements concernant le jeune homme que l'on supposait être Allan Parker et chargea l'un des détectives, l'inspecteur qui avait entrepris Hélène Higgins, de les communiquer à la première heure à Betsie Parker avec ordre de se faire introduire par elle, sous un prétexte quelconque, chez la maîtresse de l'hôtel garni.

Le prétexte était d'autant plus facile à trouver que l'on savait que la malheureuse sœur de Betsie, la femme de Morris Homerton, y cachait sa honte sous le nom de veuve du major Burnett.

La mission cependant ne laissait pas que d'être délicate ; il s'agissait de ne pas commettre de bévue. Dans la Grande-Bretagne, les bévues des agents ne sont pas admises comme en France, où tout ce qui émane de la préfecture de police jouit de singulières immunités.

De l'autre côté de la Manche, toute arrestation non justifiée, toute plainte de citoyen molesté à tort, entraîne, non seulement la révocation, mais l'emprisonnement du constable fautif.

Il y aurait beaucoup de bon à prendre chez nos voisins, et nous y gagnerions fort à ne pas demeurer dans la perpétuelle admiration de nous-mêmes et la contemplation de notre nombril que nous nous imaginons être le centre de l'univers !

Betsie Parker consentit donc à servir d'introductrice à l'inspecteur aux investigations criminelles qui, sur son chemin, donna l'ordre à deux constables de l'attendre dans la rue et d'être prêts au premier signal.

Si Kauffmann était l'homme qu'on supposait, l'on ne pouvait prendre trop de précautions.

Ils arrivaient au bon moment.

La dispute commençait.

D'un geste impératif, l'inspecteur éloigna la servante qui voulait annoncer la sœur de la « veuve du major » qu'elle connaissait pour l'avoir vue plusieurs fois déjà, et, tous deux, attentifs dans le vestibule, assistèrent aux péripéties du drame qui se déroulait dans la salle voisine, attendant le moment de fournir les éléments du dernier acte.

CCX

AU TAS !

— Ah! ah! enfin, je te tiens! — répétait entre ses dents l'abominable Nicolaï, une main appuyée sur la bouche de la petite Sidonie, pour l'empêcher de crier, et de l'autre enveloppant sa taille.

Il la tenait comme un tigre tient sa proie, et ses doigts crispés semblaient des griffes de fauve.

Ses yeux lançaient des flammes et ses lèvres minces s'amincissaient encore en un effroyable rictus.

Il ne lui faisait pas de mal pourtant; il se contentait de la tenir pressée contre lui, jouissant férocement de son épouvante, épouvante qu'exprimaient les yeux de l'enfant.

Elle faisait de vains efforts pour se débattre, échapper au monstre, mais la terreur la paralysait; il eut retiré sa main de sa bouche, desserré son étreinte, elle n'eût pu ni crier ni fuir.

Elle était pareille à ces gens que le cauchemar hante, qui veulent appeler et qui restent sans voix, qui réunissent toutes leurs forces pour tâcher de courir, de se sauver d'un danger imminent et qui sentent à chacun de leurs pieds un poids de vingt kilos... un pas, et c'est le salut, et ils sont impuissants à faire ce pas.

— Ah! ah! je te tiens! je te tiens!

Il y avait dans le ton dont il prononçait ces mots de triomphe, à la fois de la férocité et une sorte de tendresse... sans doute la tendresse du loup pour l'agneau dont il va se repaître et qui jouit d'avance du plaisir que vont lui procurer les chairs pantelantes de sa victime, de l'apaisement qu'il éprouvera à satisfaire sa faim, à étancher sa soif dans le sang!

— Qu'est-ce que je vais faire de toi? — dit-il.

Il ricanait; il savourait en raffiné l'épouvante de l'enfant.

— Si tu me promets de ne pas appeler, de ne pas élever la voix, je vais retirer ma main de ta bouche, car je veux voir ton visage, tout ton visage... Promets-le moi... fais signe avec la tête que tu le promets.

Sidonie fit un signe affirmatif.

Il retira sa main...

— Là! c'est bien! j'aime mieux comme cela... Là! regarde-moi... Ah! je sais que tu me hais, que je te fais horreur, que tu trembles à ma vue...

Il l'attira brusquement dans la chambre.

j'avais rêvé autre chose, moi... Je voulais t'emmener, te garder près de
moi... faire de toi ma petite amie, puisque tu es ma fille... Pieter Snip n'a
pas menti : tu es ma fille et ta mère te l'a confirmé!...

Au nom de Pieter Snip, elle eut un tressaillement qui n'échappa pas au
gredin.

— Ah! ah! ce nom te rappelle la scène... la scène de la cave... Tu as

tout vu, je le sais... tu as vu les deux cadavres, puis celui de Pieter Snip
les rejoindre dans le trou... dis-moi que tu as tout vu... je veux entendre
de ta bouche que tu as tout vu...

— Oui, — fit-elle d'une voix si basse que c'est à peine s'il l'entendit.

— Et tu ne m'as pas dénoncé... c'est bien !... Pourquoi ne m'as-tu pas
dénoncé ? Est-ce parce que tu avais peur que je te tue ?... Est-ce parce que
je suis ton père ?

L'enfant ne répondit pas.

— Tu n'en as parlé à personne autre? Cet homme, ce Gayrouan avec
qui tu es restée au *Grand-Hôtel*, tu ne lui en as rien dit pendant ton séjour
avec lui ?

— Non, — dit-elle.

— Ni à sa fille?

— Non.

— Je voulais t'emmener, — continua Nicolaï, — tu as refusé de me
suivre, tu t'es sauvée de moi comme de la peste, je ne voulais pourtant
que ton bien... ton mauvais vouloir a attiré sur moi toutes sortes de malheurs et de dangers. Qu'est-ce que je vais faire de toi?... de toi qui as mon
secret?

— Grâce ! — fit-elle, suppliante, voyant que son œil qui s'était un instant
adouci redevenait sinistre et mauvais.

— Grâce ? — répéta-t-il — Pourquoi te ferais-je grâce ? Quel intérêt
ai-je à te faire grâce? Si je te fais grâce, tu resteras le cauchemar de toute
ma vie ; tu seras le couperet sans cesse suspendu sur ma tête : un mot de
toi peut m'envoyer à la guillotine ; même quand tu ne voudrais pas le dire,
ce mot, une imprudence peut t'échapper... et alors, c'est fini ! Je ne suis
plus à mon tour qu'un cadavre, comme ceux que tu as vus dans la cave.
Donc l'un de nous deux est de trop sur la terre, et comme, bien que tu sois
ma fille, j'aime mieux ma peau que la tienne..., il faut que je te tue !

Elle tremblait comme une feuille que secoue le vent du soir, et, penché
sur elle, la retenant de ses mains entre ses genoux, il jouissait de son
épouvante.

— Il faut que je te tue, — répéta-t-il les yeux dans les yeux, sa face
patibulaire si près du doux et pâle visage de l'enfant, qu'il la suffoquait
de son haleine. — Il faut que je te tue comme je tue tous ceux qui se mettent sur mon chemin. Ah! tu ne me connais pas : tu crois que je n'ai assassiné que ces trois hommes que tu as vu enfouir dans la cave de Pieter
Snip, j'en ai assassiné bien d'autres...

Il s'arrêta.

— Tu trembles! tu me hais? tu vas me haïr bien davantage encore...

mais ça me fait plaisir... parce que, — ricana-t-il, — j'ai le cœur tendre, et si tu ne me haïssais pas, cela me le saignerait de te tuer.

Il se leva, lui saisit le poignet.

— Suis-moi.

— Non, non, je vous en prie, grâce! grâce! Ne me tuez pas... je ne dirai rien, je ne dirai jamais rien, je vous le jure! — dit-elle d'une voix suppliante, se rejetant en arrière, essayant de se dégager de son étreinte.

— Allons! fais ce que je t'ordonne!

D'un brusque mouvement, il la tira, la traîna dans la chambre voisine, et, sans lui lâcher le bras, prit la lampe, la posa par terre, près du lit.

— Écoute, — lui dit-il d'une voix haletante et basse, — je veux bien te faire grâce, je ne te tuerai pas, mais à une condition..., c'est que tu feras mes volontés...

Un gros soupir, un soupir à la fois de soulagement et d'appréhension sortit de la poitrine de l'enfant.

Ses volontés? Qu'allait-il exiger d'elle?

Mais la vie, la douce vie à laquelle se raccrochent les plus misérables, la vie où elle entrait à peine et qui pourtant déjà lui avait été si dure, elle ne voulait pas si tôt la perdre.

— Je vous obéirai, — dit-elle tout bas.

— Et, d'abord, tu vas me promettre de ne pas chercher à fuir.

— Je le promets.

— Si tu ne tenais pas ta promesse, — fit-il d'un ton de menace, — moi, je tiendrai la mienne. Tout ce qui essaye de me tromper, de me duper, de me trahir, je le supprime... Regarde sous le lit.

— Oh! non, je ne veux pas voir! — dit l'enfant, reprise de terreur.

— Regarde, te dis-je, regarde s'il y a encore une petite place pour toi.

— Non, non!

— Est-ce ainsi que tu tiens déjà ta promesse?

Il la poussa, la jeta sur ses genoux et, lui prenant la tête des deux mains, la tourna vers les cadavres :

— Tu les vois? les vois-tu? Ils sont trois... trois comme dans la cave de Pieter Snip... trois qui me résistaient.

Elle poussa un cri d'horreur.

— Tu ne distingues pas bien peut-être... tu ne vois que le premier; c'est Bibi-bel-œil, l'amant de ta mère;... il ne la rançonnera plus, je lui ai rendu service... Les autres, tu ne peux les voir... Viens ici, pour t'assurer qu'ils sont bien trois... compte les pieds, mais touche-les donc... Il y a six pieds... tu le vois... six pieds... six pieds d'hommes.

Et, comme elle rejetait la tête en arrière, il la poussait de force sous le lit, lui faisant heurter du front les semelles des morts.

Un vent de folie le fouettait; le crime appelait le crime: entre ses paroles hachées, entrecoupées, sortait un halètement rauque, une coulée de bave, et il continuait à écorcher le visage de l'enfant contre les talons.

Mais bientôt il ne remua plus qu'une chose inerte; toute résistance avait cessé.

Il lâcha prise; la tête de l'enfant frappa le carrelage, tout le corps s'affaissa; elle resta sans mouvement.

— Enfin!

Ce mot s'échappa en sifflant de sa bouche. Il se pencha sur elle, dégrafa son corsage, desserra les cordons de sa jupe, glissa la main jusqu'au cœur, sentit les faibles battements. Il la prit, la porta sur le lit cachant les cadavres, et posa la lampe sur la table de nuit, de façon à bien éclairer l'enfant.

Alors, il s'approcha avec un rictus diabolique et féroce...

En ce moment, quelques coups secs et cependant discrets retentirent à la porte de l'appartement.

— Encore! — murmura Nicolaï avec un horrible blasphème. — Ah! je vais aussi lui régler son compte à celui ou à celle-là!

Il prit le couteau à virole, le couteau de la Sauterelle qui avait servi à le tuer et encore humide de l'eau où Nicolaï l'avait trempé pour enlever les traces de sang, le mit tout ouvert dans la poche de côté de sa redingote, s'assura que son revolver se trouvait bien à portée de sa main et souffla la lampe.

— Sidonie! — appela derrière la porte une voix de femme, — Sidonie, tu es là?

— Potence et corde! c'est sa mère, — dit Nicolaï. — Bah! elle ira au tas!... au tas comme les autres, au tas!

Avant de tirer le verrou, car, comme l'on s'en souvient, Bibi-bel-œil avait, après son départ, dû forcer la serrure, le bandit, prudent, demanda:

— Tu es seule?

— Oui; — répondit-elle.

Il ouvrit alors, entre-bâilla la porte:

— D'où viens-tu?

— Comment! vous êtes encore là? — fit-elle avec un geste d'épouvante.

— Où sont les marmots?

— Ne sont-ils pas rentrés?

— Oui, mais n'ayant rien à leur donner à manger, je les ai envoyés à la gargotte.

— Les autres sont partis?

— Tu le vois bien.

— Ah! Dieu soit loué!

— Ce n'est pas Dieu qu'il faut louer de t'en avoir débarrassé, c'est moi! Allons, entre.

— Où est Sidonie?... Elle dort?...

— Couchée... Elle est malade... C'est pourquoi je te demandais si tu ramenais les marmots... Il ne faut pas qu'ils réveillent leur sœur.

— Malade? Qu'a-t-elle?

— Rien de dangereux... Va voir.

Elle hésitait à entrer. Quelque chose lui semblait suspect.

— Comment êtes-vous encore ici?

— Parce que je t'attendais.

— Pourquoi n'y a-t-il pas de lumière?

— Ah! assez de questions...

Il la prit par le bras, la tira violemment :

— Mais entre donc, idiote!

L'enfant qu'elle tenait dans ses bras, réveillé en sursaut, se mit à pousser de grands cris.

Le bandit ferma rapidement la porte et rattrapa la femme avant qu'elle ne fût entrée dans l'autre pièce.

— Tu ne m'as pas répondu? Je t'ai demandé d'où tu venais? Je paye ici... je suis le maître.

— Où je suis allée? Tu veux le savoir? Tu crains peut-être que je sois allée au bureau de police... car j'ai tout entendu, vois-tu : oui, j'ai tout entendu... Et si je suis partie, c'est que je suis lasse de la vie, lasse de me trouver sans cesse en contact avec des voleurs, et qui sait! peut-être des assassins... Oui, j'étais partie avec l'intention de me détruire. J'ai erré longtemps sur les quais..., j'ai attendu la nuit, que la nuit fût bien noire, afin que personne ne me voie et ne vienne à mon secours... Mais j'ai eu un remords, j'ai regardé ma pauvre petite qui me souriait gentiment, qui me tendait ses petits bras..., et je me suis dit que je n'avais pas le droit de la priver de la vie; que peut-être elle serait plus heureuse que moi, elle... Non, je n'ai pas osé... j'ai été lâche... je n'ai pas osé... Alors, je suis revenue lentement, lentement, pensant trouver la maison vide... de ces gens... de ces coquins!

— Dont l'un a été ton amant?

— A qui la faute! à qui la faute!... Et, à la porte, la concierge m'a dit que Sidonie était rentrée... depuis longtemps rentrée.

— Oui, elle s'est sentie malade... elle s'est couchée... D'où vient-elle donc?

— Elle ne vous l'a pas dit?

— Puisque je te le demande... Elle a donc quitté la mère Culot? Allons, parle, explique-toi... Pas de cachotteries avec moi.

— Je vais d'abord allumer la lampe.

— Tu allumeras la lampe après. Pas besoin de lumière pour écouter ton ramage.

— Je veux la voir d'abord... lui parler...

— Tu ne lui parleras qu'après m'avoir dit d'où elle vient. C'est ma fille, j'ai le droit de connaître ses actes.

— Oh! rassurez-vous, homme vertueux! Une personne honorable, en qui j'ai toute confiance, s'est chargée de la ramener à moi... et, vous le voyez, a tenu parole... Je suis étonnée seulement qu'elle soit revenue seule. Mais peut-être a-t-on été empêché?

— Et cette personne honorable, serait-ce indiscret de connaître son nom?

— On ne m'a pas recommandé le secret. C'est un officier de marine. On l'appelle le commandant Gayrouan.

— Misérable! — s'écria Nicolaï sortant soudain de sa poche le couteau qu'il palpait fébrilement depuis quelques minutes.

Il le leva sur la malheureuse, mais se contint; une réflexion l'arrêta : « Ça tache », et il prit la femme à la gorge.

Elle eut le temps de jeter un cri, un seul.

— Au tas! au tas! — dit-il entre ses dents, — au tas avec les camarades!

L'enfant criait; il lâcha la gorge qu'il serrait, pour arracher la petite des bras de sa mère et la lança sur le canapé, puis ressaisit sa victime...

— Hé! là! Y a donc branle-bas dans la cambuse. Le vent souffle au grand foc! Ouvrez la soute! — dit du dehors une grosse voix.

— Qui est là? — demanda le forban.

— Des mathurins qui veulent renouer connaissance. Ouvre donc, vieux gabier.

— Connais pas.

— Ouvre, je te dis. Nous voulons te causer en douceur... Pas de pétard!

Et, comme il se demandait s'il fallait ouvrir ou non, sous une violente poussée la porte céda.

A la lueur de la lumière astrale, il lui sembla que toute une escouade envahissait la chambre.

Il s'accula contre la fenêtre, le revolver au poing, mais à peine levait-il le bras, qu'il retombait inerte et brisé le long de sa cuisse.

Il poussa une sorte de rugissement sourd, le rugissement d'une hyène impuissante et acculée.

Son revolver lui échappa, tomba sur le carrelage avec un bruit sec.

Un formidable coup de bâton asséné d'une main solide et sûre venait de s'abattre sur son poignet.

— Atout ! — fit une voix.

— Bien ajusté — dit une autre.

Il ne distinguait dans l'ombre que les noires silhouettes de trois hommes, tandis que lui, sans y réfléchir, s'était, dans son trouble et sa précipitation, acculé contre la fenêtre où son corps se dessinait en relief accentué sur la clarté laiteuse des vitres.

La douleur qu'il ressentit à son poignet brisé fut atroce ; il chancela, s'appuya de la main gauche, armée encore du couteau de la Sauterelle, contre le dossier du canapé où l'enfant continuait à pousser des cris aigus, et les quelques cheveux qui lui restaient sur le sommet du crâne se hérissèrent.

Si la chambre eût été éclairée, les assaillants auraient vu sa face, d'ordinaire livide, prendre les teintes du safran bouilli et ses yeux arrondis sortir de leur orbite, comme repoussés de sa tête par l'épouvante qui emplissait son cerveau.

Il se sentait perdu, cette fois, bien perdu.

Son indomptable énergie, son habituel sang-froid, son audace de monstrueux coquin l'abandonnaient.

Ses jambes fléchirent sous lui.

Il se mit à trembler, et ses dents claquèrent.

Il avait reconnu la voix, la voix railleuse qui criait : « Bien ajusté ! »

Et cette voix qui le faisait trembler, reprit :

— Ouvre l'œil à tribord, garçon ; la patte du sale caïman tient une lame.

— Ayez pas peur, patron ; il va lâcher son surin ou il nous dira pourquoi.

Et, au même instant, un second coup aussi vigoureusement appliqué que celui qui venait de lui briser le poignet droit lui écrasait les doigts de la main gauche.

Comme le revolver, le couteau tomba.

— Repique, atout ! —redit le second du *Tour-du-Monde*, le brave maître Luc, car c'était lui qui venait de faire irruption dans la chambre avec ses deux fidèles matelots et « pays » Le Lubez et Lemoussu.

— Tu as ton compte, salaud ?

— Canailles ! — rugit sourdement Nicolaï.

— Oh! oh! pas de gros mots, ou je te fais boucher avec une vieille chaussette le groin qui te sert de museau.

Et s'adressant à ses matelots :

— Au fanal, garçons!

Le Lubez fit flamber une allumette, mit le feu à un rat de cave qu'il sortit de sa poche et, élevant le bras, éclaira la pièce.

CCXI

LE LIT

Le premier objet qui attira leur attention fut tout d'abord, naturellement, le bandit.

Et, devant son visage terrifié, sa mine piteuse, les trois marins éclatèrent de rire.

— Vous le reconnaissez, garçons! — s'écria maître Luc. — Vous le reconnaissez, le caïman qui voulait nous faire boire un bouillon froid dans le golfe de Finlande, le satané pilote d'Archangel!

— Par saint Yves, mon patron, — dit Le Lubez, éclairant la face du monstre, — c'est bien sa tête à potence... Il s'est tondu le poil, mais je le reconnais à ses quinquets de crocodile.

— Et à ses dents de requins, — ajouta Lemoussu.

— Ah! salaud!

— Frétille pas, — continua Lemoussu à un mouvement que fit Nicolaï, — ou je mouche ton museau avec mon éventail!

Et il brandit ce qu'il appelait son éventail, c'est-à-dire le nerf de bœuf qui lui servait de canne et avec lequel il avait arrêté net, sur l'un et l'autre bras, les tentatives meurtrières.

Toute cette scène, depuis le moment où, d'un vigoureux coup d'épaule, les marins avaient enlevé la porte malgré son verrou, s'était passée en moins de temps qu'il ne faut pour en lire les détails.

Les logements voisins se trouvaient vides de leurs locataires, sans doute, car aucun ne sortit sur le palier pour se rendre compte de la cause du bruit.

Dans ces ruches humaines, occupées par des familles d'ouvriers, les disputes sont journalières, le tapage est la note habituelle, les batteries sont fréquentes, et les éclats de voix n'attirent plus l'attention.

Debout sur le seuil de la porte se tenait Éva Parker, pâle et menaçante.

La petite fille, d'ailleurs, jetée brusquement sur le canapé, couvrait, par ses cris perçants, tous les bruits.

Personne, si toutefois il y avait quelqu'un, ne se montra donc pour voir ce qui se passait.

Luc remit la porte en place, y appuya une chaise pour la maintenir, tout en disant à ses hommes :

— Ficelez-le.

— Que voulez-vous faire de moi ? — demanda Nicolaï d'une voix presque suppliante.

— Tu vas le voir, pirate.

— Vous n'allez pas m'assassiner?

— T'assassiner?... Tu nous prends donc pour des bandits de ton espèce? Non... nous avons mieux dans notre sac.

Lemoussu et Le Lubez l'avaient déjà saisi, lui pressant les bras; mais il laissa échapper un tel cri de douleur qu'ils lâchèrent prise.

— Eh bien! quoi? Tu renâcles déjà?

— Vous m'avez cassé le poignet! — fit Nicolaï, élevant avec effort son bras droit dont la main pendait inerte.

Puis, montrant sa gauche :

— Voyez, j'ai les doigts brisés.

Luc s'était approché.

— En effet. Te voilà privé de tes deux ailes... Tu ne pourras plus voler de longtemps... Attache-lui seulement les pattes.

Il prit l'enfant qui criait, la caressa doucement de sa main rude.

— Eh bien! quoi? Eh bien! quoi? petit cancrelat, on va te donner ta maman.

La maman revenait à elle, elle se relevait péniblement, ahurie et effrayée de voir ces trois hommes qu'elle ne connaissait pas.

Elle crut d'abord se trouver en présence d'accolytes de la Sauterelle et de Bibi-bel-œil, mais l'honnête figure de maître Luc la rassura.

— Ça va mieux, la petite mère? — lui dit-il amicalement en l'aidant à se relever. Nous sommes arrivés à temps, hein ! Le bon vent nous poursuit... Asseyez-vous là, là, et prenez la moucheronne; j'ai peur de l'écraser dans mes doigts... Voyez-vous, nous ne sommes pas habitués, nous autres vieux phoques, à tenir ces joujoux-là.

— Merci, monsieur, — dit la mère prenant son enfant dont les derniers cris s'étouffèrent sur le sein maternel ; — qui êtes-vous?

— Un ami, — répondit Luc, — envoyé par le commandant Gayrouan tout exprès pour vous débarrasser de ce crocodile.

Elle passa la main sur son front et vit confusément la face cadavérique de Nicolaï entre deux hommes penchés sur lui et occupés à une besogne qu'elle ne s'expliquait pas.

— Que lui fait-on? — s'exclama-t-elle.

— On le ficelle pour l'empêcher de danser la gigue... Alors, il a voulu vous serrer la vis ?

— Où est Sidonie? — fit-elle, saisie d'une terreur subite.

— Sidonie ! Oui, le commandant m'en a dit deux mots... Ni vue ni connue... Est-ce qu'il l'aurait estourbie ?

Il passa rapidement dans la chambre à coucher, fit flamber une allumette, regarda autour de lui et aperçut sur le lit la fillette.

La mère l'avait suivi, et voyant sa fille sans mouvement, poussa un cri
d'horreur.

— Sidonie ! Sidonie !

L'allumette s'éteignait, Luc en fit flamber une seconde, vit la lampe,
l'alluma et s'approcha du lit éclairant l'enfant, que sa mère secouait, la
croyant morte.

Le marin, lui aussi, la crut morte.

Elle était couchée sur le dos, les lèvres entr'ouvertes, les dents serrées
les cheveux épars sur l'oreiller, à demi dévêtue, le corsage déchiré, les jupes
relevées jusqu'au-dessus du genou, mais elle respirait encore, et sous la
main on sentait les faibles pulsations du cœur.

— Mon enfant ! — s'écria la mère affolée. — Qu'est-ce qu'il a fait à
mon enfant ?

Sur ces entrefaites, on entendit frapper à la porte.

C'était le commandant Gayrouan.

Il jeta dans la pièce un rapide coup d'œil, vit Nicolaï assis sur une
chaise, les mains sur les cuisses, les jambes serrées dans une courroie et
dont les dents claquaient.

— Te voici donc enfin, misérable !

Devant son vieil ennemi, il essaya de reprendre un peu de son audace,
mais malgré lui, ses dents continuaient à claquer et ses genoux se heurtaient convulsivement.

— Qu'est-ce que vous allez faire de moi ? — demanda-t-il. — Vous m'aviez
solennellement promis de passer une éponge sur les choses anciennes...
vous l'avez juré à Saint-Pétersbourg sur la tête de votre femme et de vos
filles... Vous ne vous en souvenez plus. ?

— J'ai juré, c'est vrai, mais, scélérat, tu viens de le dire toi-même, j'ai
juré pour ce qui concernait le passé, à condition que toi, de ton côté, tu ne
chercherais plus à me nuire ni à nuire aux miens. As-tu tenu ton serment ?

— Oui, — répondit audacieusement Nicolaï.

— Tu mens... Tes basses vengeances se sont tournées du côté de ma
fille. Sous de faux prétextes, à l'aide de ton habileté de faussaire, tu l'as
attirée dans un guet-apens... Elle en est sortie sauve, mais tu l'as fait
coucher dans une taverne de voleurs et d'assassins, tenue par un de tes
compagnons de bagne, Pieter Snip, l'ancien lieutenant et complice de
ton digne patron, le négrier Gluckstein, le bandit Karl Hauser, le

banqueroutier Bereneff, que l'on vient d'arrêter à Londres sous le nom de Kauffmann.

— Oh! il s'était donc échappé? — demanda Nicolaï, qui ignorait, comme l'on sait, l'aventure du fiacre.

— Mais, cette fois, il est entre bonnes mains et il ne s'échappera plus... pas plus que toi, scélérat!

— Vous allez me livrer à la police?

— ... Qui serait fort surprise en fouillant la cave de Pieter Snip.

— Malédiction! — râla le misérable, — la petite gueuse m'a vendu.

— Où est-elle? — demanda Gayrouan, regardant autour de lui. — Je lui ai fait prendre les devants... pour embrasser sa mère, j'espère qu'il n'est rien arrivé de fâcheux à cette enfant... Il faut tout appréhender avec un tel gredin...

— Justement, mon commandant, — dit maître Luc, — il lui est arrivé du fâcheux... Elle est allongée sur le lit dans la chambre à côté et ne grouille pas plus qu'un paquet de câble.

— Elle est morte? — s'écria Gayrouan.

— Non, mon commandant, mais m'est avis qu'elle n'en vaut guère mieux.

Gayrouan courut au lit, où la mère frottait avec du vinaigre les tempes et les poignets de l'enfant, qui entr'ouvrait faiblement les yeux.

— Ah! elle revient... elle revient à elle, — fit la mère, — Sidonie, ma chère petite..., c'est moi!

Un sourire triste erra sur les lèvres pâles de la fillette.

Elle regarda autour d'elle avec étonnement, puis tout à coup:

— Oh! non, non... je ne veux pas... grâce!

Gayrouan s'approcha, lui prit la main.

— Ne crains rien, mon enfant... je suis là, avec de bons amis... nous ne laisserons personne te faire de mal... rassure-toi... rassure-toi...

Mais les yeux de l'enfant, maintenant grands ouverts, se fixaient devant elle avec épouvante.

— Pas là, — suppliait-elle. — Non, non, grâce!

— Elle délire, — dit le commandant. — Elle m'a quitté bien portante Depuis quand est-elle ainsi?

— Je ne sais ce que lui a fait cet homme, — répondit la mère. — Quand je suis entrée, il s'est jeté sur moi me menaçant de mort... Que lui ai-je dit? Rien, pourtant... J'ai simplement demandé où était ma fille? Il m'étranglait... ces messieurs ont parlé très haut... et quand je suis revenue à moi...

Elle s'interrompit, Sidonie criait à nouveau:

— Je ne veux pas... ayez pitié de moi... oh! pas là... pas là... c'est trop horrible!

Ses yeux étaient hagards ; elle se débattait comme pour échapper à une puissante et effroyable étreinte, repoussant des mains un affreux vampire.

— Oh! mon Dieu! ma pauvre enfant devient folle! Que lui a-t-on fait?

— Ne vous inquiétez pas, — dit Gayrouan, — elle a été effrayée... c'est le délire occasionné par une peur.

Il prit la tête de la petite fille dans les mains, lui caressant doucement le front :

— Ne me reconnais-tu pas, ma petite? C'est moi, qui t'ai ramenée de Londres... Tu es chez ta mère... avec des amis qui te protégeront...

— L'autre !... où est l'autre?...

— L'autre?... Rassure-toi... il ne peut plus te faire aucun mal.

Ses regards erraient dans la chambre, s'arrêtant alternativement sur sa mère, sur Gayrouan, sur Luc qui s'était approché; puis, tout à coup, elle fit un brusque mouvement pour se jeter hors du lit.

On l'y maintint.

— Non! — cria-t-elle, — je veux m'en aller de là, je veux partir d'ici... ôtez-moi de là... ôtez-moi,.. ôtez-moi...

Elle continuait à se débattre sous les mains de Gayrouan qui la maintenaient sur la couche, répétant :

— Otez-moi!... ôtez-moi! Ils sont trois... J'ai vu leurs pieds... trois... trois...

— Oui, ma chère petite, — fit Gayrouan pensant qu'elle faisait allusion aux cadavres de la cave de Pieter Snip, — mais ils ne sont plus là.. ici, tu es chez ta mère... loin de là-bas!

— Ils sont trois, je veux dire trois sous le lit... ôtez-moi, ôtez-moi!

Le commandant, étonné de cette insistance, se baissa, allongea la main et poussa une exclamation de surprise.

Il venait de sentir un bras inerte.

Luc, de son côté, saisissait un pied.

— Tonnerre de Brest! — s'écria-t-il — la petite sardine a raison... Un instant, que je palpe...

Il s'était agenouillé, tâtonnant :

— Elle a raison, — répéta-t-il — que le diable me brûle! Deux, trois... Je compte trois paires d'escarpins. Elle a dit vrai, le compte y est. Hé! les emplumés... Est-ce que vous vous préparez pour un voyage au long cours... Ne remuez pas si fort, vous allez vous décarcasser... Montrez un peu l'opposé de vos bottes... Qu'est-ce que vous fourbissez là-dessous... Vous reniflez le parfum des punaises?

— Celui que je tiens est mort, — dit Gayrouan — tirant à lui le cadavre de Bibi-bel-œil. Un beau mâle de tapis franc... mais, je le reconnais... c'est celui qui l'autre jour a fait connaissance avec ma *badine*... Je lui avais bien dit de ne plus revenir... mal lui en a pris de ne pas suivre mon conseil... On lui a fait une jolie entaille entre les côtes... voyez.

· Il cherchait du regard la mère de Sidonie.

Avec l'enfant qui venait de se précipiter hors du lit, elle se réfugiait au fond de la chambre.

— Voyez donc... c'est bien l'homme qui vous molestait.

— C'est lui ! — fit-elle, pâle de terreur.

— Ses camarades ne valent pas mieux, — dit Luc à ton tour — Pouah ! c'est donc ici une succursale de la Morgue !... Je comprends maintenant que la petite sardine n'aimait pas habiter au-dessus d'un pareil entrepont... Qui a fait le coup ? L'homme d'Archangel pour sûr ? Hé, garçons, ouvrez l'œil sur la satanée fripouille — dit-il à Lelubez et Lemoussu, accourus au spectacle macabre et n'en croyant pas leurs yeux.

— Craignez rien, patron. Il a les pattes ficelées et ses ailes ne fonctionnent plus.

Gayrouan s'était relevé ; il prit la mère de Sidonie qui commençait à donner autant que sa fille des signes d'affolement, et les poussa toutes deux dans la cuisine, leur ordonnant de n'en bouger sous aucun prétexte ; puis, traversant rapidement la première pièce, où le bandit, auteur de tant d'assassinats, assis et attaché sur sa chaise, semblait indifférent à ce qui se passait comme s'il y était absolument étranger, il ouvrit brusquement la porte du corridor pour s'assurer que sur le palier aucun voisin n'écoutait.

Depuis longtemps le gaz était éteint, il ne découvrit rien dans l'ombre épaisse ; mais, restant un moment immobile et attentif, il entendit un bruit de respiration haletante.

— Qui est là ? — demanda-t-il à voix basse, avançant les deux mains et tâtonnant dans le vide.

— C'est nous, m'sieur, — répondit une voix d'enfant.

— Ah ! c'est vous, les frères de Sidonie ?

— Oui, m'sieur. Elle est décanillée, Sidonie, — dit l'aîné.

— Est-ce que le m'sieu qui nous a donné de quoi boulotter chez le troquet est encore là ? — demanda le second.

— On est bien chez le troquet d'en face — ajouta l'aîné.

— Je vas te dire ce que nous avons boulotté.

— Depuis quand êtes-vous là ?

— Je sais pas.

— Vous avez entendu du bruit ?

— Oui... on en a fait du boucan dans la boîte... Nous avons cru que

Bibi-bel-œil estourbissait maman... alle beuglait... alors nous n'osions pas
entrer...

— Nous attendions que ça soye fini.

— Braves enfants ! — s'exclama ironiquement Gayrouan indigné de
ce cynisme enfantin. — Et si votre mère était morte, qu'est-ce que vous
deviendriez ?

— Je sais pas.

— Nous bazarderions tout ce qu'il y a dans la boîte.

Gayrouan s'assura, en faisant flamber une allumette, que personne
autre n'écoutait sur le palier et appela Le Lubez.

— Prends une de ces petites fripouilles et boucle-la avec sa mère...
mais qu'il ne voie rien. Je me charge de l'autre...

— Entendu, — fit le marin, se saisissant de l'aîné terrifié — Je lui
calfate les hublots.

Il l'emporta, lui couvrant les yeux de sa large main, tandis que Gayrouan
procédait de même pour le plus jeune.

— Gardez-les, — dit-il à la mère — et pas un mot de ce qui s'est
passé.

Puis il alla pour fermer la porte, et s'apercevant que la serrure était
simplement dévissée il la fit replacer sans bruit par l'un des marins.
S'approchant alors de Nicolaï :

— Maintenant à nous deux, misérable !

CCXII

LE CHOIX

— Est-ce que vous allez m'assassiner ? — demanda de nouveau le
bandit qui se remit à trembler.

— T'assassiner ? T'exécuter, tu veux dire... Te tuer comme un chien
enragé ? T'écraser du talon comme une vipère qui vient de vous mordre...
Mais le supplice serait trop doux...

— Qu'allez-vous me faire ? Vous venger ? Vous avez promis... vous ne
vous souvenez plus.

— Tes abominations, tes scélératesses et tes forfaits que tu as perpétrés
depuis ma promesse, l'annulent. D'ailleurs ce n'est pas le bourreau de ma
famille que je veux punir en toi, tu n'as été que l'instrument d'un autre

scélérat. Je ne punis pas non plus l'ennemi de gens en somme peu dignes de pitié, j'en excepte le comte Gobsky, auquel une vieillesse misérable avait fait durement expier des fautes de jeunesse et d'âge mûr, mais tu es entré dans une abominable conspiration contre la vie de l'empereur Alexandre III.

— Moi ! — se récria le bandit.

— Toi !... Inutile de nier... je sais tout... j'ai tout entendu de la bouche de ton agent, l'ancien garçon d'hôtel de Vérine, un scélérat qui a subi la peine du talion et est mort par le poison des propres mains de ton ancienne maîtresse.

— Alors plus de preuves, — dit Nicolaï d'un air de triomphe.

— Va, j'en ai assez pour te faire pendre, mais je ne veux pas que tu sois pendu.

— Vous préférez que je sois guillotiné.

— Guillotiné non plus. Je veux même te soustraire à la justice française.

— Vous voulez me hacher en morceaux... inventer pour moi des supplices de cannibales... de chinois...

— Non, je veux que tu vives le plus longtemps possible.

— Je comprends, — fit le misérable poussant un soupir de soulagement — vos matelots m'ont déjà estropié des deux bras ; ils vont me casser les deux jambes, me crever les yeux et dans cet état me mettre dans la rue en me disant :

« Gagne ta vie. »

— Tu n'y es pas... Je vais te laisser le choix du châtiment.

Le forban jeta sur Gayrouan un regard effaré :

— Vous ne plaisantez pas ? — demanda-t-il — ne vous jouez pas de moi... Je suis entre vos mains... Ne pensez-vous pas que je sois assez puni, moi, que vous avez connu puissant, considéré...

Gayrouan l'interrompit :

— Ah ! non... puissant, je l'admets... tu avais la puissance que donne l'argent, bien ou mal acquis, sur la foule cupide et imbécile... Mais, malgré tes millions, tu étais au fond méprisé de tous, ainsi que le sont les voleurs comme toi, fussent-ils députés, sénateurs, ministres !... Tu n'étais qu'un tripoteur de sales affaires... un *pick-pocket* de la haute pègre...

— Eh bien, oui, mais j'étais adulé par tous, bien que tous savaient que j'étais, comme vous le dites, un pickpocket de la haute pègre. Je donnais des dîners, des soirées, des bals, et à mes dîners, mes soirées, mes bals accouraient des princes, des généraux, des ministres, des ambassadeurs... Mes salons, bien qu'on sût que c'étaient les salons d'un voleur, étaient encombrés de hauts politiciens, de savants, de littérateurs de marque et sans la

Gluckstein... vit que toute résistance serait inutile.

faillite de la *Banque de Saint-Pétersbourg et Berlin,* sans celle de la *Banque coloniale française,* j'aurais les feuilles pleines de mes louanges et tout ce monde d'honnêtes gens, me sachant voleur, et ma femme, drôlesse, viendrait encore nous baiser les mains... Est-ce vrai, commandant Gayrouan?... Vous ne répondez pas... Vous pensez comme moi... Et, maintenant, après avoir tenu le haut du pavé dans Saint-Pétersbourg et Paris, après avoir eu hôtel, chevaux, valets, voitures, me voici échoué dans une chambre de pauvresse, mutilé, ruiné, perdu, loque humaine.

— Mais prêt à recommencer ta vie de crimes, si tu en avais les moyens...

— Nul ne peut répondre de demain, — répliqua philosophiquement Nicolaï. — Vous m'avez donné le choix entre les moyens de châtiment... Qu'entendez-vous par là... par châtiment?...

— La guillotine? La potence? Les mines sibériennes?

— Ah! vous voulez me livrer à la justice!

— Je n'ai jamais eu l'intention de me faire justice moi-même. Nous ne sommes pas chez les Peaux-Rouges.

— Il n'y en a plus, les honnêtes blancs les ont tués. Eh bien, je choisis les mines sibériennes.

— C'est bien ce que j'avais pensé. Et maintenant, pourquoi ces trois nouveaux cadavres? je ne te parle pas de ceux enfouis dans la cave de Pieter Snip.

— Vous avez bien raison, — répondit le cynique forban qui, sentant quelque espoir d'échapper à la mort, reprenait une partie de son audace, — c'étaient des gens, comme vous venez de le dire, en somme peu recommandables, Pieter Snip, ancien forçat, le second du fameux *Yacht-Rouge* qui me fit connaître Karl Hauser; Yvan Petrowith qui vous plongea son couteau dans les côtes; il n'y a que le Polonais. Mais celui-ci pouvait me vendre, et dans la situation où je me trouvais, tout ce qui gêne, on le brise... Quant aux trois macchabées qui gisent dans la chambre voisine, ils ne sont, non plus, bien dignes de commisération. Le premier, Bibi-bel-œil, un souteneur et un escarpe; le second, la Sauterelle, même profession. Quant au troisième, c'est le fils bâtard de Karl Hauser, jeune homme plein d'avenir, arrêté net dans sa carrière.

— Le fils de Karl Hauser! Et pourquoi l'as-tu tué?

— Ce n'est pas moi qui l'ai tué. Ce sont les autres. Il m'avait volé un million..., votre million.

— Le million que tu as enlevé de la Banque coloniale, que tu as volé au faux Alexandre Bereneff.

— Qui l'avait volé à la succession Ivanoff.

— Oh! justice des choses!

— Vous avez bien raison de le dire, commandant Gayrouan, c'est ce million volé aux héritiers du comte Ivanoff qui m'a conduit ici.

— Et où est-il?

— Là! à votre disposition... Je l'ai glissé sous cette armoire... Je vous le rends, commandant, et je me recommande à vos bontés.

— Regarde, Luc.

Luc se baissa, passa la main à l'endroit indiqué et ramena le paquet enveloppé de toile cirée. Il était encore ouvert; dans sa précipitation à le cacher, Nicolaï n'avait pas pris le temps de le fermer.

Les bank-notes anglaises, les billets français s'étalaient un peu en désordre aux regards éblouis de Luc et des deux matelots.

Un éclair passa dans les yeux de Nicolaï.

Plus d'un million! Cette misère pour un banquier tripoteur, cette fortune pour tout autre, cause première de ses crimes, épave suprême sur laquelle il comptait pour sa vieillesse, pour finir sa vie, pour s'éteindre doucement et en paix comme le juste, ce million se fondait, s'évanouissait, pis encore, passait aux mains de son ennemi triomphant.

Il laissa échapper une sorte de sifflement entre ses dents serrées, sifflement de vipère qui était son rire.

— Du papier, — dit-il, — Banque de France! *Bank of England!* c'est avec ça qu'on mène les hommes... qu'on pousse les troupeaux humains!... qu'on peut transformer le plus inoffensif imbécile en un scélérat consommé!... Du papier!...

— Tu philosophes, — dit Gayrouan.

— Je fais de mon mieux... c'est ma dernière consolation. Il y a toujours eu un fonds de philosophie et d'honnêteté en moi. Si j'avais trouvé dans mon berceau dix mille francs de rente, je serais... qui sait?... je serais devenu un honnête homme... Je ne puis m'empêcher de penser que ce qu'on appelle l'honneur tient à bien peu de chose... C'est comme la vertu des filles qui tient à quoi? à une rencontre? Les neuf dixièmes de ce qu'on appelle « les honnêtes gens » ne sont au fond que des scélérats auxquels il n'a manqué que l'occasion. N'est-ce pas votre avis, commandant?

Gayrouan haussa les épaules.

Il lui déplaisait de répondre à ce cynique coquin.

Peut-être, intérieurement, partageait-il son avis et se disait-il que nombre de gens qui peuplent les bagnes auraient pu faire des ministres et des ambassadeurs... tout dépendait du point de départ!

Faisant signe à Luc et aux deux matelots, il passa dans la chambre funèbre.

Nicolaï, prêtant l'oreille, l'entendit donner à voix basse, sans toutefois comprendre, de secrètes instructions.

— S'il voulait me livrer, il l'aurait déjà fait, — pensa-t-il.

Car, bien que se fiant à la parole du commandant du *Tour-du-Monde*, il lui restait un doute.

Son poignet, ses doigts brisés par le nerf de bœuf du matelot le faisaient horriblement souffrir ; la fièvre le gagnait, il était dévoré d'une soif ardente ; il demanda de l'eau.

Le Lubez porta à ses lèvres une carafe qu'il vida d'un trait.

Puis on lui apporta une cuvette où il trempa ses membres endoloris.

— Tu n'as plus besoin de rien ? — lui dit le commandant.

— Non, — répondit-il.

— Alors, debout !

On lui délia les jambes.

Il se leva sans prononcer une parole, plongé dans une complète prostration.

Le tremblement qui l'avait un instant quitté le reprit et le secoua.

— Ecoute — lui dit Gayrouan — et, dans ton propre intérêt, suis mes instructions à la lettre.

— J'écoute.

— Tu vas sortir le premier avec ce brave homme — continua le commandant, désignant Le Lubez — il consent à prêter son bras de loyal marin pour que tu y appuies le tien... Il brûlera ensuite sa veste souillée par ton contact.

— Pour sûr ! — dit Le Lubez !

— N'essaye pas de lui échapper... Nous te suivrons de près... A la moindre tentative, je te livre à la police... Tu auras à rendre compte non plus des voleries de la Banque coloniale, mais des squelettes de la cave de Pieter Snip et des cadavres que nous laissons ici.

Nicolaï ne répondit pas.

— Obéissance passive... exécution stricte des ordres... Tu as compris ?

Il fit de la tête un signe affirmatif.

— En route !

— Pose ton crochet sur mon bras — dit Le Lubez. — Pilote de malheur !

Nicolaï obéit passivement, et l'honnête matelot ne put réprimer un mouvement de répulsion, comme s'il eût touché un animal répugnant, au contact du bras du forban.

— Marchons et doucement.

Ils sortirent de l'appartement.

Lemoussu, à l'aide d'un rat de cave, descendit derrière eux, éclairant l'escalier.

Minuit sonnait à l'église voisine,

CCXIII

DÉPART

On se rappelle qu'après le départ de la capitaine salutiste, la tendre Helen Higgins, de l'hôtel où était descendu le commandant Gayrouan, celui-ci, aussitôt Sidonie couchée, s'était mis à écrire; puis, ne s'en fiant à personne qu'à lui, ainsi qu'il faisait loin des siens, quand il s'agissait d'affaires importantes, il avait porté lui-même ses lettres à la poste de *Charing-cross* et en même temps télégraphié à maître Luc, au *Tour-du-Monde*, en rade de Toulon.

« Partez pour Paris avec Lemoussu et Le Lubez. Vous attends au Grand Hôtel. »

Luc reçut la dépêche le lendemain à la première heure et prit aussitôt le train avec ses deux fidèles matelots.

— Ça sent encore l'orage, — dit-il; — qu'en pensez-vous, garçons ? Préparez-vous à bourlinguer.

— Boute avant ! — répondit Le Lubez. — Branle-bas sur toute la ligne.

— Bitte et Bosse, — appuya Lemoussu. — Je commençais à me faire vieux de rester ainsi en panne.

— Ah ! — soupira Luc — si c'était seulement pour poser le grappin sur le damné salaud d'Arkhangel !

— Que le grand saint Yves, mon patron, vous entende ! — conclut Le Lubez.

Du haut de sa demeure céleste, le grand saint Yves l'avait sans doute entendu, et tous les trois, maître Luc, Le Lubez et Lemoussu, poussèrent une exclamation de joie, manifestée par un vigoureux juron, quand le commandant Gayrouan, qui avait pris, en même temps qu'ils prenaient le train de Toulon-Paris, celui de Londres-Paris, et qui les devançait de quelques heures, leur annonça qu'il était sur la piste du *Caïman*.

Après avoir couru quelques magasins avec la petite Sidonie, pour faire les emplettes nécessaires à l'enfant, il l'avait envoyée chez sa mère, où elle devait l'attendre.

La petite fille mit d'autant plus d'empressement à suivre les instructions du marin qu'elle était prévenue qu'il l'emmènerait avec lui pour un long voyage et qu'elle ne reverrait sa mère de longtemps.

Elle allait sans crainte ; si l'homme qu'elle redoutait de rencontrer se trouvait là, elle savait que son protecteur ne tarderait pas à venir et à la protéger.

De son côté, Gayrouan avait besoin de se concerter avec Luc et les deux matelots sans mettre l'enfant dans la confidence de ses projets ; mais, obligé de se rendre chez son agent général, il avait envoyé maître Luc et ses hommes pousser, en l'attendant, une reconnaissance, ayant le pressentiment qu'il se passait quelque chose d'insolite.

Il n'est personne qui n'ait ressenti ces secrètes intuitions qui vous poussent à agir dans un sens ou dans l'autre et auxquelles on se reproche de n'avoir pas obéi. Gayrouan ne fut donc nullement surpris de trouver Nicolaï entre les mains de maître Luc et rendit grâce sinon au grand saint Yves, mais à la bonne inspiration qui lui avait fait précipiter son départ de Londres.

. . . .

Le *Tour-du-Monde* est encore dans la rade de Toulon, mais on se prépare à lever l'ancre.

Aussi, grande joie à bord.

L'homme de mer n'est heureux qu'en mer, comme le vrai soldat — hélas ! où sont-ils, les vétérans de jadis ? — n'est heureux qu'en campagne.

Dans le port, après les journées de ripailles, quand il est gavé de boissons et de filles, Mathurin s'ennuie et aspire à la grande bleue.

C'est là sa vraie maîtresse, à laquelle, éloigné d'elle, il songe sans cesse et toujours... malgré ses caprices, ses rigueurs et ses mortelles colères.

Donc fête à bord ; branle-bas de liesse.

On attendait, d'ailleurs, le commandant, absent depuis tant de semaines, et que tout l'équipage adorait.

Il a télégraphié de Paris, le matin même, au départ, recommandant expressément à sa femme et à ses filles, de ne pas venir à sa rencontre, mais de rester à bord.

Le lieutenant Saint-Albin, qui venait d'être promu au grade de capitaine de frégate, et le prince Michel Zowsky qui, ainsi que Saint-Albin, avait obtenu de l'avancement et un congé de six mois, vinrent seuls présenter à la gare leurs compliments de bienvenue à leur futur beau-père, qui leur montra Sidonie toute rougissante et confuse de se trouver en face de ces beaux officiers qui lui parlent affectueusement comme à une petite demoiselle... Ah ! où est le temps où, au cabaret de la *Bibine*, elle rinçait les verres des escarpes et des souteneurs !

Cependant une teinte de tristesse obscurcissait son joli visage ; elle avait quitté sa mère, elle savait qu'on l'emmenait bien loin, et elle se demandait quand elle la reverrait.

Mais, à cet âge, les tristesses sont passagères et le moindre rayon de joie dissipe les ombres des jeunes fronts.

Puis elle savait la position de sa mère désormais assurée.

Le commandant du *Tour-du-Monde* avait chargé son agent armateur, Clairet, en qui reposait toute sa confiance et qui la méritait, de lui acheter un fonds de commerce dans la banlieue de Paris...

Consultant les *Petites Affiches*, Clairet n'avait eu que l'embarras du choix, et la fille du communard mort au bagne, abandonnée par les anciens coreligionnaires politiques de son père devenus députés ou ministres en attendant la prochaine géhenne, fut confortablement installée dans sa position nouvelle par ceux que les énergumènes arrivés au pouvoir appelaient jadis des réactionnaires.

Patronnée par un homme considérable dans le commerce parisien, elle s'établit sous son nom de fille, qu'elle n'avait jamais porté dans sa détresse, comme propriétaire d'une jolie boutique de mercerie.

Par les soins de ce même Clairet, ancien officier de marine, on la délivra de ses deux abominables marmots en les mettant dans une école de mousses; mais ce ne fut pas sans démarches et sans peines, car, même pour être mousse, il faut des protections.

Jean Gayrouan, escorté de ses deux futurs gendres, se rendit au port où l'attendait une embarcation, laissant Luc et ses deux matelots se charger de ses bagages, consistant, outre sa malle, en caisses de marchandises destinées à l'Extrême-Orient.

L'intention de Clairet était de les expédier à Toulon par petite vitesse, mais Gayrouan insista pour les prendre avec lui, devant lever l'ancre aussitôt son arrivée à bord.

La machine chauffait quand il mit le pied sur son magnifique navire, accueilli par les *hourras* enthousiastes de l'équipage, *hourras* qui redoublèrent quand il eut ordonné une double ration de vin.

Sa femme et ses filles lui firent une chaleureuse réception et versèrent de douces larmes de joie.

Toutes trois étaient rayonnantes de bonheur, bonheur sur lequel cependant l'absence prolongée d'Olga jetait un peu d'ombre.

— Que n'est-elle avec nous? — disait Mᵐᵉ Gayrouan. — Il me semble que si elle avait brûlé du même désir de nous voir, elle serait ici maintenant...

— Pourvu — murmurèrent Nadine et Rita — qu'il ne lui soit pas arrivé quelque nouveau malheur!

— Je compte sur des nouvelles d'elle à Odessa, — dit Gayrouan ; — je lui ai télégraphié dans la capitale de la Sibérie orientale, — et le télégramme lui parviendra par les soins du gouverneur, — que nous l'attendions à Odessa, ou qu'elle nous y attende si elle y arrive, ce qui est probable, avant nous.

— Comment, nous allons à Odessa? — demandèrent les jeunes filles.

— Oui, mes mignonnes, à Odessa d'abord, après nous reviendrons sur nos pas pour cingler vers l'orient.

— Et où nous marierons-nous?

— Mais, à Odessa... C'est bien entendu. Est-ce trop loin?

Les jeunes filles rougirent.

Certes, c'était trop loin pour leur légitime impatience. Elles avaient espéré que le mariage se ferait à Rome.

— Nous y comptions aussi, — dit Saint-Albin, — et vous voyez Michel tout à fait déconfit de la nouvelle.

— En effet, commandant, — dit à son tour le prince. — vous êtes par trop cruel.

— C'est une nécessité, — répondit simplement Gayrouan. — D'ailleurs, ne tenez-vous pas à ce que le général prince Zowsky, votre père, assiste à la noce?

— J'eusse préféré — riposta en riant le jeune homme — lui présenter ma femme que ma fiancée... Mais nous nous inclinerons, Saint-Albin et moi, devant votre arrêt.

Les dames firent à la petite Sidonie un chaud accueil que refroidissait un peu cependant le souvenir de sa fuite du *Grand Hôtel* et de son apparente ingratitude.

— J'espère — lui dit amicalement Rita — que maintenant tu ne t'échapperas plus.

— Oh! non, mademoiselle!

— Cela, d'ailleurs, te serait difficile à moins d'avoir des ailes ou de nager comme un poisson.

— Aurais-je des ailes et des nageoires, — répliqua l'enfant, — je ne chercherai plus à vous fuir... je suis bien trop heureuse de me retrouver avec vous.

— Elle vous racontera quelque jour son histoire, toute son histoire, — dit Gayrouan, — et vous serez effrayées... Mais voici le brave Luc qui aborde avec mes colis... Permettez-moi de vous quitter, je vais assister au transbordement et à l'emmagasinage...

Et il cria à Luc :

— Ohé! pas d'avarie?

— Tu les vois? les vois-tu? Ils sont trois... trois comme dans la cave de Pieter Snip.

— Tout va bien, commandant.

Celui-ci se frotta les mains en signe de satisfaction profonde.

— Oh! — s'exclama Mme Gayrouan — ce sont des marchandises précieuses!...

— Plus que vous ne croyez, ma chère amie, et dont la perte me serait très sensible.

LIV. 301. — H. GEFFROY, édit. — Reproduction interdite.   MORT DU CZAR. 193.

— Allez, allez, et revenez vite.

Une bordée de corvée aida à la manœuvre, mais, comme il ne restait plus sur le chaland qu'une caisse d'assez grande dimension et de forme carrée sur laquelle était écrit *fragile* avec les indications *dessus* et *dessous*, maître Luc renvoya les hommes de corvée emmagasiner les précédentes pendant que Le Lubez et Lemoussu se chargeraient de la dernière.

On leva l'ancre aux premières lueurs de l'aube et le *Tour-du-Monde* sortit majestueusement de la rade et entra dans la pleine mer.

Quand les dames montèrent sur le pont pour le déjeuner dressé sur le gaillard d'arrière, on n'apercevait plus les côtes que comme une légère brume flottante sur l'horizon.

Après le déjeuner, tandis que les amoureux se perdaient dans l'azur des yeux de leur bien-aimée et écoutaient le gentil babillage de Rita et de Nadine, le commandant Gayrouan et sa femme parcouraient les journaux et les revues apportées de Paris.

Mais, pendant que la fille du comte Ivanoff feuilletait négligemment les *Magazines*, Gayrouan lisait avec attention une affaire dont, sous le titre : *Les Mystères des Batignolles*, un journal du soir donnait la primeur ;

« Un drame mystérieux vient de mettre en émoi une rue d'ordinaire paisible des Batignolles.

« Dans un petit appartement abandonné depuis quelques jours par sa locataire, une femme, jeune encore, et mère de plusieurs enfants en bas âge, la police vient de découvrir trois cadavres.

« D'après les renseignements que nous avons puisés à bonne source, il résulterait qu'un individu d'un certain âge et, suivant les apparences, de nationalité étrangère, un Italien ou un Anglais, dit la concierge, a loué, il y a trois ou quatre semaines, un petit appartement composé de trois pièces au cinquième étage d'une maison occupée en grande partie par des familles d'artisans et de petits employés.

« Cet appartement était — dit-il — pour une veuve, mère de famille, qui viendrait l'occuper dès le lendemain.

« L'appartement fut aussitôt meublé par un brocanteur du voisinage qui fut payé immédiatement ainsi que le concierge, qui reçut d'avance six mois de location, et, le lendemain même, la nouvelle locataire vint s'installer avec trois enfants dont un à la mamelle.

« L'étranger, qui l'attendait, avait fait monter à dîner d'un restaurant voisin et, dès lors, le concierge soupçonna qu'il était l'amant de cette veuve.

« Il ne faisait, d'ailleurs, que de fort rares visites à sa maîtresse et ne passait jamais la nuit, ce qui laisse à supposer que c'est un homme marié.

« Mais il n'était pas le seul amant, car des gens de mauvaise mine res-semblant fort à des rôdeurs de barrières furent vus par des voisines entrer chez cette femme. On y entendait même, fréquemment, des éclats de voix, des bruits de disputes et de batteries.

« Malgré sa physionomie honnête et ses allures modestes, la nouvelle venue, au dire du concierge et des voisines, n'était qu'une prostituée. Aussi se gardait-on d'intervenir quand on entendait du tapage chez elle et n'osait-on même pas sortir pour écouter sur le palier, de peur de se rencontrer avec quelque souteneur.

« Sur les réclamations de plusieurs voisins et la plainte du concierge, le propriétaire de l'immeuble se proposait de donner congé par huissier à sa locataire, lorsque arriva le mystérieux incident que nous allons relater.

« Quelques jours avant la découverte du crime, son protecteur payant, celui que dans le langage de ce monde l'on nomme le *miché sérieux*, vint passer la journée chez sa maîtresse.

« Il est probable qu'il n'était pas attendu, car il dut se rencontrer avec d'autres hommes, amants de rencontre. De là, dispute, tapage, bataille.

« La prétendue veuve, effrayée, s'enfuit, laissant les combattants s'ar-ranger entre eux... Mais elle revint le soir à la nuit.

« L'étranger l'attendait. Il envoya même chercher à souper par les enfants, puis les renvoya prendre leur repas chez un marchand de vin où ils dépensèrent chacun deux ou trois francs.

« Il voulait être seul avec sa maîtresse, sans doute pour accomplir le crime qu'il méditait.

« Que se passa-t-il? On l'ignore. Les voisins entendirent, comme de coutume, des éclats de voix et des bruits de dispute.

« Il leur sembla qu'il y avait là plusieurs hommes, ils entendirent même à un moment donné des cris d'enfant. Une petite fille criait : « Ne me tuez pas... Grâce! Ne me tuez pas. »

« Ils ne bougèrent pas, cependant, tant ils étaient terrifiés. Puis les bruits cessèrent... Ils entendirent descendre l'escalier à plusieurs personnes : l'un des voisins dit « une douzaine au moins », ce qui paraît peu vraisemblable.

« Quant au concierge habitué aux allées et venues nocturnes d'une grande partie de ses locataires dont plusieurs travaillent de nuit, soit dans des imprimeries, soit sur le chemin de fer, il laisse, comme cela se fait dans nombre de ces maisons ou plutôt de ces niches humaines où tout contrôle est impossible, la porte entr'ouverte.

« Il n'eût donc pas même fait attention à la sortie nocturne des clients de la prétendue veuve, si celle-ci n'était venue elle-même devant sa loge lui dire :

« — Monsieur Chipoux, ne vous inquiétez pas si vous ne me voyez d'ici quelques jours. Je pars avec mon monsieur à Trouville.

« — Avec les enfants ! — ajouta une voix qu'il reconnut pour celle du « Monsieur ».

« — C'est bon, — murmura M. Chipoux, — bon voyage et bon débarras.

« Et il leur cria :

« — Ne vous hâtez pas trop de revenir... car vous recevrez une mauvaise nouvelle. »

« Il faisait allusion au congé que sa locataire allait recevoir par voie d'huissier.

« — Quelle nouvelle ? — demanda la femme d'une voix altérée.

« — Vous la connaîtrez assez tôt. »

« Elle n'insista pas, et il entendit l'un des enfants qui disait :

« — Oh ! quelle veine ! Oh ! quelle veine ! Nous décanillons pour Trouville.

« — C'est là qu'on va bien boulotter, » — ajouta l'autre.

« Ce furent les dernières paroles entendues.

« Le concierge, qui avait été réveillé brusquement, ne se rendit pas exactement compte de l'heure intempestive que choisissaient ses locataires pour partir et se rendormit.

« Ce ne fut que le quatrième jour après ce départ que les voisins se plaignirent de la mauvaise odeur qui emplissait le palier et paraissait émaner de l'appartement provisoirement vacant.

« On crut d'abord à quelque restant de viandes ou de légumes qui pourrissaient, mais l'odeur devenant de plus en plus nauséabonde, les soupçons du concierge, éveillés par ce départ précipité et nocturne, s'accentuèrent et il alla faire sa déclaration au commissaire de police qui, accompagné d'un serrurier, se rendit immédiatement sur les lieux et fit ouvrir la porte.

« Le serrurier remarqua que la serrure avait dû être enlevée, puis remise.

« On entra. Rien d'anormal cependant ne se présentait dans la première pièce.

« Sur la table, une bouteille vide, un verre, et dans une assiette un poulet à peine entamé et qui commençait à se pourrir, un couteau de table et du pain.

« Par terre, près d'une chaise, une cuvette avec un peu d'eau dans le fond.

« On passa dans la pièce voisine et un affreux spectacle s'offrit aux yeux du magistrat et des personnes qui l'accompagnaient.

« Par terre, gisaient trois cadavres dans un état de décomposition.

« Deux des victimes, des jeunes gens de vingt à vingt-cinq ans, avaient été tuées à coups de couteau, et la troisième, presque un adolescent, avait dû être étranglée ou plutôt étouffée, car elle ne portait aucune marque de strangulation, mais les yeux grands ouverts sortaient presque de l'orbite.

« Il n'y avait d'ailleurs nulle trace de lutte.

« La troisième pièce, une cuisine, minutieusement visitée par le commissaire de police, n'offrait rien de particulier et tout y était dans un état normal.

« Après un minutieux examen des cadavres, quelques agents appelés reconnurent l'identité de deux d'entre eux.

« Ce sont deux souteneurs et cambrioleurs de la pire espèce sur lesquels la police avait depuis longtemps l'œil, et portant les noms symboliques de *Bibi-bel-œil* et la *Sauterelle*. Ce dernier, même, avait été arrêté récemment et, faute de preuves, bénéficiait, après quelques jours au Dépôt, d'une ordonnance de non-lieu.

« D'autre part l'adolescent fut reconnu pour un jeune Anglais arrivé à Paris depuis quelques semaines et fréquentant des filles de mauvaise vie et des gens sans aveu.

« On se perd en conjectures sur les mobiles de ce triple assassinat, commis, il faut bien l'avouer, sur des gens peu dignes d'intérêt.

« Un fait digne à noter, c'est que la Sauterelle et Bibi-bel-œil étaient, d'après des renseignements que nous avons obtenus à la dernière heure, des commensaux d'un cabaret hors barrière, dont le patron a disparu sans raison connue et sans laisser de traces. »

Dans le numéro du lendemain, le dernier qu'il eut apporté, Gayrouan lut les lignes suivantes :

« Le mystère qui entoure le triple assassinat des Batignolles n'est pas encore éclairci. Cependant la police croit être sur de bonnes pistes.

« Grâce à l'habileté du service de Sûreté, on vient de faire deux importantes arrestations. Ce sont deux femmes que l'on soupçonne n'être pas étrangères au drame. L'une est une fille publique appartenant à la dernière catégorie de la prostitution parisienne. Elle porte l'aimable surnom de la Verrue, et était la maîtresse d'un des souteneurs dont on a trouvé le cadavre. On l'aurait vu entrer dans la maison en compagnie de Bibi-bel-œil, puis en ressortir seule longtemps après. Bien qu'elle s'enferme dans un système de dénégations absolues, elle a joué, selon toute probabilité, un rôle dans cette sinistre affaire. L'autre femme arrêtée, également inscrite sur les registres de la police, est connue dans le monde interlope sous le nom de Pamela la Luronne. On l'aurait vu au *Moulin-Rouge* et dans différents établissements de Montmartre en compagnie du jeune étranger dont le cadavre a été trouvé avec les deux autres. D'après l'aveu même de la fille Pamela, il aurait passé trois jours chez elle, mais, affirme-t-elle, il n'avait sur lui aucune somme importante. Il en était même à son dernier louis et devait aller toucher chez un agent de change, dont il lui donna l'adresse près de la Bourse, une somme de mille francs envoyée par sa mère. Informations prises à l'adresse indiquée, le jeune Anglais qui se nommait Allan Parker, y est absolument inconnu. D'après les dires de cette fille, ce serait la *Verrue* qui aurait conduit le jeune homme dans la chambre où on l'aurait trouvé assassiné. Mais comment et pourquoi les deux souteneurs qui l'auraient attiré dans ce guet-apens auraient-ils été aussi assassinés? Dans tous les cas un paquet enveloppé de toile ciré que portait constamment avec lui le jeune Anglais, qu'il disait contenir d'importants papiers de famille, n'a pas été retrouvé sur le lieu du drame.

« Nous continuerons à tenir nos lecteurs au courant des particularités qui conduiront à l'éclaircissement du *mystère des Batignolles*. »

Gayrouan passa les deux journaux à Luc qui, après avoir pris connaissance des passages signalés, haussa les épaules et ricana.

— Cherchez, mes petits cancrelats, cherchez! — dit-il.

Maître Luc en voulait à la justice française, non pas qu'il eût eu jamais maille à partir avec les séides de Thémis, mais il ne pouvait oublier la façon cavalière dont l'avait traité le magistrat venu à bord pour suivre l'enquête au sujet de la mort du traître Rémy.

Il avait vu le moment où ce juge, à face de caïman, — comme il disait, — allait l'accuser lui, l'honnête, loyal et brave loup de mer, d'être sinon l'auteur du crime, tout au moins le complice du criminel.

Ah! c'était trop fort! Ce particulier en longue redingote, au cou encerclé dans un faux col semblable à un carcan, l'examinant derrière ses lunettes avec de petits yeux de crocodile, avait été sur le point de lui dire: « Voyons, mon ami, avouez; votre complice a fait des aveux complets... avouez, vous mériterez l'indulgence du tribunal! »

As-tu fini?

Le magistrat plaidait le faux pour savoir le vrai, comme il est coutume, et ces procédés jésuitiques, ces circonvolutions de paroles répugnaient à la nature franche du vieux marin qui avait coutume d'aller droit au but.

Et il s'ébaudissait du bon tour qu'il jouait à la sainte borgnesse, la Dame à l'épée à double tranchant, à la balance à faux poids.

— Qu'ils cherchent, les damnés justiciards, — répétait-il, — qu'ils se décarcassent... ils n'auront jamais le fin mot!

Il rendit les journaux à Gayrouan, qui les déchira et en jeta les fragments au vent du matin.

Personne à bord, à part les témoins, ne savait donc rien du mystère des Batignolles.

CCXIV

LA VOIX

Cependant, le *Tour-du-Monde* fendait sous un ciel sans nuage les flots bleus de la Méditerranée. Le vent s'était levé, la mer devenait houleuse; d'énormes lames soulevaient le majestueux navire comme elles eussent fait d'un bouchon de liège ou d'une coquille de noix, et de temps à autre, de lourds embruns s'abattaient avec fracas sur le pont.

A chaque coup de barre, le steamer craquait comme prêt à se démembrer et donnait fortement de la bande pour se relever aussitôt en un mouvement onduleux.

Néanmoins, les passagères restaient sur le gaillard d'arrière accrochées aux cables et aux bastingages, pour jouir de l'admirable spectacle.

On passait non loin des côtes d'Italie, assez près pour distinguer les blanches villas aux gracieuses campaniles, les grands cloîtres aux murailles roussies comme de vieilles forteresses, avec leurs frêles clochers émergeant de fouillis de verdure, les môles énormes, les phares, les larges taches blanches des villes et des bourgades endormies sous le soleil, les bateaux à vapeur et leur long panache de fumée, et les nuées de tartanes aux voiles latines, qui chassaient rapidement sous le vent dans la direction du port.

L'horrible et peu poétique mal de mer épargnait les passagères, à l'exception de Sidonie dont c'était la première longue traversée et qui gémissait dans sa cabine.

Les fiancés, bien entendu, se tenaient près des voyageuses passant le temps que leur laissaient les surprises et les imprévus du magique panorama qui se déroulait, à leur murmurer à voix basse et la main dans la main l'hymne éternelle que chantent les amoureux.

Parfois le vent qui fouettait les blondes chevelures les envoyait comme à plaisir sur le visage des deux jeunes hommes qui humaient avec les senteurs marines le doux parfum des bien-aimées.

D'autrefois un coup de roulis ou de tangage faisant chavirer la jeune fille, plus peut-être qu'il n'était naturel, sur la poitrine de l'officier qui retenait dans ses bras sa fiancée rougissante, favorisait l'échange de baisers qui furtifs n'en étaient que plus délicieux.

On dit que les peuples heureux sont ceux qui n'ont pas d'histoire. Les gens heureux n'en ont pas non plus. Le bonheur est le calme plat dans l'océan des jours.

C'est pourquoi le sage *Vicaire de Wakefield*, dont Goldsmith nous raconte la délicieuse histoire, affirmait que le temps qui précède le mariage, ce que les Anglais appellent *the courtship*, est le plus heureux de la vie.

Il est vrai qu'il parle de natures honnêtes, d'âmes candides et de cœurs sains.

« Aussi, — ajoute le bon vicaire, — faut-il faire durer ces heures précieuses le plus longtemps possible, car après viendront la lassitude qui suit la satisfaction, la satiété qui suit la plénitude, puis l'habitude funeste à l'amour. »

Sans doute le capitaine Saint-Albin et le prince Michel Zowsky ne partageait pas entièrement les idées du vertueux pasteur de l'Église anglicane, dont la continuelle lecture des saints Evangiles et des œuvres du réformateur Wesley avait un peu engourdi l'intellect et beaucoup gelé les sens, car ils se demandaient quelle bizarre idée avait eu leur beau-père de remettre la consécration de leur union en la ville d'Odessa, tandis qu'il était si simple de la faire à Toulon ou à Rome!

Pourquoi cette importune traversée jetée au travers de leurs légitimes impatiences?

Puisqu'on entreprenait un voyage de noces, n'eût-il pas été agréable de le commencer au port?

Mais ni l'un ni l'autre n'eût osé adresser le moindre affectueux reproche au commandant du bord qu'ils respectaient non seulement comme un chef et un père, mais affectionnaient comme un ami.

Ils se contentaient de prendre, ainsi que nous l'avons vu, à la dérobée, tout ce qu'ils pouvaient honnêtement prendre, délicieux acomptes que sait toujours abandonner à propos une aimante fiancée.

Quant à Rita et Nadine, plus calmes, parce que plus ignorantes, elles se contentaient de jouir délicieusement du présent.

Comme le revolver, le couteau tomba.

Sidonie, elle aussi, se prit à jouir de l'heure présente et du merveilleux panorama, quand furent passées les horribles tranchées du mal de
mer.

Et entourée d'attentions, enveloppée en quelque sorte de la bienveillance générale, choyée par les matelots, elle comparait les douceurs du
temps actuel avec les horreurs du passé, de celui où, pauvre petite ser-

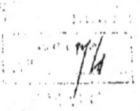

vante de cabaret, elle essuyait la mauvaise humeur de Pieter Snip qui avait ses jours noirs, les rebuffades ou les grossières et cyniques plaisanteries des hôtes de la Bibine.

Ces cas étaient rares, il est vrai.

Si Pieter Snip la gourmandait parfois rudement, il ne la brutalisait pas, et il fallait lui rendre cette justice qu'il ne la mettait que le moins possible et seulement en temps de presse en contact avec son ignominieuse clientèle.

Mais quelle nausée que ce souvenir!

Quelle épouvante lui laissait encore en sa jeune âme la vision des dernières scènes!

Si près et déjà si loin!

Et cependant, bien que chaque minute, chaque seconde l'en éloignait davantage, il lui semblait qu'un lien maudit l'attachait là-bas, et que le navire qui l'emportait remorquait comme un pesant chaland, le faisceau des heures funestes de son enfance malheureuse et tourmentée.

Elle cherchait à rompre la chaîne maudite, à effacer le souvenir; sans cesse, obstinément, il se présentait.

La nuit était venue.

Les bras appuyés sur le bastingage, le menton sur les bras, elle suivait de l'œil la ligne de plus en plus sombre des côtes où pointaient çà et là, les lumières du rivage, les feux éclatants des phares.

Mais ses yeux ne voyaient rien de la grande scène nocturne.

Ils erraient des cadavres de la cave de Pieter Snip à ceux de la chambre de sa mère; et la scène atroce et hideuse où l'homme, le méchant homme lui heurtait le front contre les pieds des morts,... de ceux qu'il avait assassinés comme dans la cave de Pieter Snip.

Ah! le démon! C'était bien le diable incarné que ce monstre à face humaine!

Et cependant... c'était grâce à lui, grâce à sa visite au cabaret de la Bibine, grâce à ses crimes accomplis et à ceux qu'il méditait encore qu'elle était sortie de cet enfer.

Si trois squelettes ne gisaient pas dans un lit de chaux, elle serait encore là-bas, dans la baraque de platras et de planches, sur le bord du canal, occupée à laver la vaisselle et à faire les lits des chambres des souteneurs et de leurs maîtresses.

Elle était, sans les forfaits de cet homme, destinée à devenir tôt ou tard, plus vite tôt que tard, la proie d'un des misérables clients de son maître, après l'avoir été de son maître.

Elle en avait assez vu pendant son enfance, alors qu'elle partageait la chambre unique de sa mère pour savoir ce qui l'attendait dans la vie : les amants de quelques nuits qui se succédaient et qu'on l'obligeait à appeler « papa » qui rentraient un soir ivres, puis tous les soirs rouaient sa mère de coups, lui volaient ses pauvres épargnes et disparaissaient pour ne plus revenir.

Et elle avait grandi dans cette atmosphère néfaste, dans ces transes de chaque jour, de chaque heure, dans cette terreur de l'inconnu qui pouvait d'un moment à l'autre surgir.

Et la famille s'augmentait au milieu de cette misère. Il y avait à peine du pain pour un, et il fallait en trouver pour trois, pour quatre, pour cinq.

Aussi quand la tante de sa mère, la femme Culot, avait, dans un but que le lecteur a deviné, trouvé pour elle cette sordide place chez Pieter Snip, l'avait-elle acceptée comme une délivrance et fait de son mieux pour satisfaire le vieux forçat libéré.

Et sa douceur, son bon vouloir, son activité avaient humanisé le forban, l'ancien négrier.

Mais l'autre, l'assassin, ce monstre impitoyable, qu'était-il devenu ?

Elle ne voulait pas y songer, tant sa seule image la remplissait d'épouvante, et d'ailleurs avant de s'embarquer, pendant le voyage de Paris à Toulon, Gayrouan lui avait dit :

— Écoute, mon enfant, et grave mes paroles en ta mémoire. Le passé est mort, ne le réveille pas. Dis-toi que ta vie, depuis le jour où tu as eu l'âge de te souvenir jusqu'à celui où je t'ai fait sortir de l'appartement de ta mère, fut un mauvais rêve et que tu te réveilles seulement aujourd'hui. Ne parle donc à personne ni de ce que tu as vu, ni de ce que tu as entendu. N'en parle ni à ma femme ni à mes filles. Je les ai prévenues d'ailleurs, elles ne te questionneront pas... Quand le moment sera venu, je te le ferai savoir... Tu pourras alors raconter les scènes étranges et abominables dont tu as été témoin... D'ici là, tais-toi ? Tu as bien compris ?

— Oui, monsieur — avait-elle répondu.

Et certes, elle ne demandait pas mieux qu'il eût exigé d'elle une telle promesse.

Les paroles de Pieter Snip, qui lui aussi lui recommandait le silence, étaient encore présentes à sa mémoire, et elle s'étonnait que l'honnête homme, le brave marin, le loyal officier lui fasse les mêmes recommandations que le logeur des rôdeurs de nuit.

Mais, encore une fois, qu'était devenu le scélérat ?... Son père ?

Le commandant l'avait-il livré à la police ?

Elle le pensait, car, quand elle sortit de la cuisine où on l'avait enfermée avec sa mère et ses frères, elle ne le vit plus dans l'appartement.

Le Moussu et Le Lubez, absents également, avaient dû se charger de la besogne et conduire le monstre au poste le plus voisin.

Sa mère était partie avec maître Luc qui prenait, pour la nuit, soin d'elle et de ses enfants.

Le brave homme l'avait conduite dans un hôtel, près de la gare du Nord, la présentant comme sa légitime épouse, demandant deux chambres, dont une pour les enfants.

Mais le garçon d'hôtel retiré, il gardait la chambre pour lui-même et renvoyait les enfants à leur mère.

Quant à Sidonie, elle n'avait pas quitté son bienfaiteur qui l'emmenait à son hôtel.

Elle repassait ces événements récents dans son esprit, le menton appuyé sur les bras et les yeux fixés sur la silhouette de la côte italienne qui se détachait en noir fusain sur le sombre indigo de la mer.

Chaque soir après le repas, l'on montait sur le pont quand le temps s'y prêtait et alors, après quelques causeries, elle se retirait par discrétion soit dans sa cabine, soit sur une autre partie du navire.

Luc, qui l'avait prise en affection, l'appelait quelquefois avec lui sur le banc de quart où elle se plaisait à laisser flotter ses cheveux au vent.

Ce soir-là, elle s'était mise à l'avant du navire pour rêver à son aise.

Une grande paix l'enveloppa tout à coup... les sombres images qui la hantaient s'évanouirent comme si la fraîche brise les emportait sur ses ailes; et avec le murmure des flots de la mer apaisée qui battaient en cadence les flancs du navire, arrivèrent les notes d'un chant russe triste et doux que Rita accompagnait sur la mandoline.

Les officiers et les passagères étaient assis sur le gaillard d'arrière, attentifs et charmés, et non loin d'eux, groupés à quelque distance, les hommes de l'équipage écoutaient la mélodie.

Voici ce que Rita chantait en russe :

> Quelle chaleur! Halte cocher!
> J'interromps ici mon voyage.
> Tous les moujiks sont à faucher;
> On ne voit personne au village.

> Près de l'auberge, sur le banc,
> La nianiouchka seule est assise.
> Pour bercer l'enfant au front blanc
> Elle chante, voix indécise

Qui va toujours s'assoupissant.
Elle chante et dort, la nourrice...
Arrête, écoutons en passant
Ce chant triste et sans artifice.

« S'il veut éviter le malheur
Qu'Eromouchka courbe la tête.
Plus bas que la plus humble fleur.
Tandis que rage la tempête... [1].

Ces paroles que Sidonie ne comprenait pas la reportèrent tout à coup à sa plus tendre enfance, et la mélodie lui rappela une romance avec laquelle sa mère aimait à la bercer sur ses genoux et à l'endormir ; puis, avec l'enchaînement naturel des pensées, elle s'en remémora une seconde également affectionnée par sa mère : *Les quatre âges du cœur.*

Et seule, bien seule, sur le gaillard d'avant, elle se mit à chanter :

Petite enfant, j'aimais d'un amour tendre
Ma mère et Dieu, saintes affections,
Puis mon amour aux fleurs se fit entendre,
Comme aux oiseaux et comme aux papillons !...

Elle achevait le premier couplet losque sur le gaillard d'arrière des applaudissements retentirent.

— Bravo ! bravo ! — disaient les officiers, tandis que les matelots battaient des mains.

Et elle entendit la voix de Saint-Albin qui demandait :

— De qui sont ces vers ?

— D'un des poètes les plus populaires de notre Russie, du malheureux Nekrassov, — répondit Mme Gayrouan.

— Pourquoi malheureux ?

— Parce qu'il l'a été... Son enfance a été assombrie par un père exécrable, toujours ivre, un tyran domestique sous lequel tout tremblait et qui fit périr sa mère, martyre résignée et douce, à force de mauvais traitements. Le foyer ne lui rappelle que des images funestes, des scènes de brutalité et d'orgie, entre sa mère victime, des ivrognes hôtes de son père et leurs chiens. Chassé de la maison paternelle, il mena une vie errante, misérable, amassant des haines et quand l'aisance vint il était trop tard pour qu'il pût en jouir. Il mourut de consomption, il y a une quinzaine d'années, et la jeunesse nihiliste de Saint-Pétersbourg conduisit au cimetière le corps de son farouche poète, Nicolaï Nekrassov.

— Oui, — ajouta le prince, — on jeta même sur ce mort dangereux

1. Traduction du vicomte E. Melchior de Voguë.

d'énormes blocs de granit rouge, comme pour l'empêcher de sortir de sa tombe.

— Bah! — fit maître Luc, — les blocs de pierres n'empêchent pas les morts de revenir.

— Il s'appelait Nicolaï, — dit Nadine, — ce nom me fait horreur.

Il faisait aussi horreur à Sidonie depuis qu'elle savait, par Gayrouan, que c'était celui de son père; et ce nom, jeté tout à coup dans la nuit, évoquait la vision du passé.

Encore une fois, elle vit sa sinistre figure se dresser devant elle.

Une obsession, cela devenait une obsession.

Elle revoyait le monstre penché sur elle, approchant sa face grimaçante, sa longue figure maigre de scélérat audacieux, avec son œil brillant d'une sinistre joie, se penchant toujours plus près, toujours plus près, tandis que la bave coulait de ses lèvres entr'ouvertes.

— « Ah! ah! je te tiens! — murmurait-il, tordant sa mâchoire en un ricanement féroce, — enfin, je te tiens! »

Elle poussa un cri d'horreur.

— Quoi? Qu'est-ce?

Une voix, une voix effacée semblant sortir des profondeurs de l'abîme, courait sur les flots.

Elle l'appelait :

— Sidonie! Sidonie!

A-t-elle mal entendu?... oui, elle a mal entendu, sans doute. C'est le bruit de la vague.

Elle écoute.

— Sidonie! Sidonie!

Non, elle ne se trompe pas.

C'est bien son nom qui court avec la vague.

C'est bien son nom qui sort de la mer.

— Sidonie!

Encore! La voix est basse et sifflante et cependant très distincte.

Elle glisse sur les flots, comme celle du *roi des Aulnes* dont toute petite fille elle écoutait avec épouvante la légende pleine d'horreurs, le roi des Aulnes qui enlève à leurs mères les petits enfants pour les coucher dans les profondes et humides retraites sur un lit d'algues vertes.

— Sidonie! Sidonie!

Elle n'a plus de doute. C'est *lui*, c'est le père monstrueux qui l'appelle, ou plutôt c'est l'âme scélérate du monstre qui la poursuit.

Il est mort, il doit être mort et son affreux fantôme glisse aux flancs du navire.

Maître Luc vient de le dire : « Les blocs de pierre n'empêchent pas les morts de revenir. »

Une indicible angoisse, l'épouvantement qui fait dresser les cheveux sur la tête s'emparent d'elle, elle veut fuir, échapper au fantôme, ne plus entendre sa voix d'outre-tombe, elle se heurte contre un matelot qui passe et tombe évanouie sur le pont.

Et là-bas, au gaillard d'arrière, la douce voix de Rita continuait la plainte de Nekrassov :

> Pour la justice et pour l'honneur,
> Pour les floraisons éternelles
> Jamais un grain dans notre cœur,
> Ne tomba des mains paternelles.
>
> Toi du moins, des communs niveaux,
> Sauve, enfant, ton âme féconde
> Pour l'œuvre des temps nouveaux,
> Qui régénéreront le monde.

— Pardon, excuse — interrompit Le Lubez, — c'est la petite Sidonie qui vient de se trouver mal.

CCXV

LA CABINE HANTÉE

Elle se trouva longtemps mal.

On la porta dans sa cabine et elle fut prise de délire. Rita qui la soignait entendit d'étranges paroles sortir des lèvres de l'enfant.

Elle assista pendant près de huit jours à des drames étranges, lugubres et fantastiques, qui se déroulaient dans la cervelle en feu de la petite malade et que celle-ci répétait en partie tout haut.

C'étaient des cadavres dans une cave close, des cadavres sur un lit, puis des voix qui l'appelaient, des spectres diaboliques qui couraient autour du navire, tendant leurs bras de goule pour la saisir.

Et elle criait comme elle avait crié dans la chambre funèbre, dans la chambre de sa mère :

— Non, non... pas là... pas là... je ne veux pas.

Enfin, après quelques jours, la petite tête redevint calme, les noirs fantômes s'évanouirent, le danger était passé.

Et quand Rita et Nadine voulaient l'interroger sur les épouvantes de ses nuits, car c'est la nuit que surgissaient les spectres, elle ne répondait que par un triste sourire.

— Je rêvais, — disait-elle, — je ne me souviens plus.

Elle se souvenait bien, mais elle voulait tenir sa promesse, la promesse faite à Gayrouan.

Un matin, au commencement de sa convalescence, il renvoya ses filles et s'assit près de sa couchette.

— Tu vas mieux, ma petite Sidonie?

— Oh! oui, commandant... je suis bien... tout à fait bien.

— Qu'as-tu éprouvé si soudainement?... Dis-moi comment est venu ce malaise. Le Lubez m'a raconté que tu étais appuyée contre le bastingage et que tout à coup tu t'es rejetée en arrière en poussant un cri d'effroi.

— Oui, j'ai eu peur.

— Peur de quoi?

— Est-ce que... Est-ce que... l'homme est mort?

— Quel homme? — fit le commandant jouant l'étonnement. — De quel homme parles-tu?

— Vous savez bien... Nicolaï!

— Pourquoi me demandes-tu cela?

— Parce que s'il est mort... il *revient*.

— Comment, il revient?

— Il revient, c'est sûr! — répéta-t-elle, pensive.

— Explique-toi.

— Oui, j'ai entendu sa voix... pendant que Mlle Rita chantait... j'ai bien reconnu sa voix qui *flottait* sur la mer, comme s'il était là, là, à côté du vaisseau... J'avais chanté, moi aussi, une chanson que je sais de ma mère... alors, il m'a appelée...

— Tu as rêvé?

— Non, non, commandant... je n'ai pas rêvé, j'étais bien éveillée puisque je chantais, et j'ai entendu :

« Sidonie! Sidonie!

« Alors j'ai cru que je me trompais, que c'était le bruit des vagues et j'ai écouté encore et j'ai encore entendu :

« Sidonie! Sidonie!

« Et cela plusieurs fois... j'ai voulu me sauver et je me suis heurté contre un homme que je ne voyais pas... j'ai cru que c'était *lui* qui venait me prendre... et je me suis évanouie. Oh! ne me laissez pas seule, commandant, ne me laissez pas seule, il me prendrait, il m'emporterait avec lui...

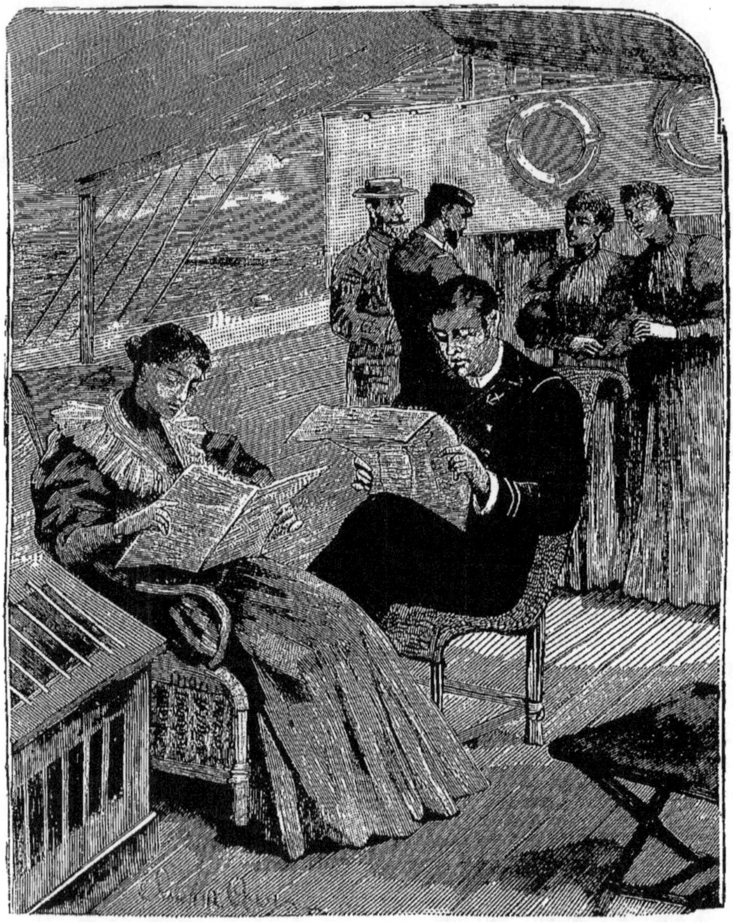

Le commandant Gayrouan et sa femme parcouraient les journaux et les revues apportées
de Paris.

— Rassure-toi, ma chère petite... *Il* ne te prendra pas, il ne t'empor-
tera pas, il ne te fera aucun mal. Tu es en sûreté ici... Mais ne parle de
cette histoire à personne, pas même à mes filles... on te prendrait pour
folle... l'on se moquerait de toi. Ne prononce jamais, tant que ne sera pas
terminé ce voyage, le nom de Nicolaï.

Il semblait que ce nom maudit fût sur le *Tour-du-Monde* comme ces mots

de mauvaise augure, ces nombres cabalistiques que les anciens n'osaient prononcer... Sur ce navire échappé par miracle à une perte certaine, perte méditée et amenée par lui, nul n'évoquait le nom du pilote scélérat, ou, si l'on en parlait parfois sur le gaillard d'avant, c'était à voix basse comme si l'on eût craint de voir surgir son fantôme.

Sur le gaillard d'arrière où se tenaient les officiers et les passagères, le même silence régnait à l'égard du forban.

Qu'était-il devenu ?

Interrogé par sa femme et ses filles, puis par Saint-Albin et Michel Zowsky à son retour de Paris, sur les deux associés en crimes, les écumeurs continentaux Karl Hauser et Nicolaï, il avait répondu que tous deux étaient enfin dans l'impossibilité de continuer la série de leurs abominables exploits.

Et tous avaient poussé un soupir de soulagement.

Mais comme on insistait pour connaître les détails, il avait montré la feuille anglaise où était relatée l'arrestation de l'ex-directeur de la banque de Saint-Pétersbourg et Berlin, puis avait juré de ne plus parler de ces scélérats dont le souvenir l'assombrissait.

— Vous avez raison, — avait répondu sa femme, — rien que leur nom prononcé suffit à empoisonner le voyage.

— Surtout pas un mot de Nicolaï devant l'enfant... Vous saurez pourquoi après.

Cette recommandation avait un peu surpris. Quoi de commun entre le scélérat et cette petite fille. Mais on respectait le silence de Gayrouan ; on connaissait cette obstination bretonne comme on savait sa parole sûre et qu'à l'encontre des politiciens qui pirouettent autour de la leur, s'en font un jeu, jettent des promesses à la légère ou qui pis est avec l'intention formelle de ne pas les tenir.

On gardait aussi, par une sorte d'accord tacite, le silence sur la mort de Remy.

Le souvenir de ce drame si récent eût étendu un crêpe sur les joies du voyage, puis n'était-ce pas rappeler au brave maître Luc son imprudence, la faute commise dont il se sentait si honteux et se montrait si repentant. C'est pourquoi, par délicatesse, aucune allusion ne fut faite à ce sujet.

La cabine où l'empoisonneur avait rendu sa vilaine âme au diable avait été fermée et, pour que la vue même de la porte n'en vînt pas attrister les passagères, on avait condamné le couloir qui y donnait accès du côté des appartements de la famille du commandant, en l'obstruant par la grande caisse que Le Lubez et Le Moussu avaient transbordée.

De plus on avait dû prendre l'emplacement des cadres de quelques matelots pour y placer des caisses d'étoffes de fabrique française, destinées au Japon, car depuis quelques années les Japonais, peuple cependant éminemment artiste, se laissent envahir, sous la pression anglaise, par les modes et les coutumes de l'Europe occidentale et voient disparaître petit à petit leur pittoresque et brillant costume qui sied à leur pays et à leur ciel, pour s'affubler de nos vêtements ternes et grotesques, ce qui prouve — en dépit de l'intelligence qu'on leur attribue — l'infériorité de leur race, car tout imitateur est, par cela même qu'il imite, un esprit inférieur, quand surtout l'on quitte le beau pour adopter le laid.

Mais revenons à la cabine funèbre.

Si le couloir était obstrué d'un côté, il se trouvait libre de l'autre.

On pouvait y pénétrer par l'écoutille du gaillard d'avant, par une porte de communication sous l'escalier même.

Pour faire place aux marchandises destinées aux Japonais et qui encombraient provisoirement, comme je viens de le dire, les cadres de quelques hommes de l'équipage, Le Moussu et Le Lubez, sur l'ordre de maître Luc, occupaient une cabine commune dans le couloir même de celle où l'on avait trouvé le cadavre de l'ancien garçon de salle de Verine, l'agent de Nicolaï, cabine que, malgré son confort, aucun des hommes de l'équipage ne leur enviait.

On connaît les idées superstitieuses de la plupart des gens de mer, spécialement des Bretons dont l'équipage du *Tour-du-Monde* était en grande partie composé, et un mort, surtout un mort par suite d'un suicide ou d'un crime, leur inspire une crainte invincible.

Quand le drame s'est passé sur leur navire, il n'est pas rare d'en voir beaucoup le quitter et chercher un engagement ailleurs.

Le mort porte la malchance et les planches du bâtiment sur lequel il a posé le pied sont destinées à être disjointes dans quelque désastreuse tempête.

Il n'avait fallu rien moins que l'affection qu'ils portaient à leur commandant et à leur second et les avantages attachés à leur situation, — car Gayrouan leur attribuait d'après leur rang d'ancienneté une part dans les bénéfices, — pour que le plus grand nombre d'entre eux n'aient pas quitté le navire.

Mais une terreur mal déguisée régnait à bord; aucun homme n'eut passé devant la cabine de l'empoisonné sans faire le signe de la croix, et si le silence régnait à son sujet sur le gaillard d'arrière, il n'en était pas de même sur celui d'avant où couraient à voix basse, pendant les belles nuitées, les plus étrange propos.

On racontait qu'on avait entendu des bruits singuliers sortir de la cabine maudite.

C'était parfois des éclats de rire féroce et des hurlements.

L'aventure arrivée à la petite Sidonie avait apporté un nouvel aliment aux racontars.

Au cri de terreur poussé par elle, quelques matelots étaient accourus et avaient vu l'effroi peint sur son visage.

Pourquoi cet effroi alors que tout était calme, et pourquoi le commandant ne laissait-il approcher personne de son lit, pendant son délire?

Sans doute elle avait *vu!*... Vu quoi? quelque chose d'horrible... le fantôme assurément, le spectre du mort!

Un matelot, le gabier Mahurec, affirmait avoir entendu, distinctement entendu, le nom de Sidonie prononcé à haute voix, comme si une âme en peine l'appelait à son aide, une âme qui aurait flotté sur les eaux.

Il s'était penché par-dessus les bastingages et avait aperçu un grand oiseau gris qui fuyait, sans doute l'âme du défunt.

— Mais pourquoi le défunt appelle-t-il la petite fille plutôt qu'un autre? Ils ne se connaissaient pas — objectait un matelot.

Tous se regardaient roulant des yeux énormes.

— Ah! — répondait Mahurec — Pourquoi? Va le lui demander

Ce qu'il y avait de plus grave, c'est que Le Moussu et Le Lubez semblaient par leur silence confirmer ces histoires.

— Voyons, vous autres, qui couchez près de la satanée cabine, — leur demandait-on, — n'avez-vous jamais rien entendu?

Ils hochaient gravement la tête.

— Allons, parlez, parlez.

— Il ne faut pas parler de ces choses — répondait lugubrement Le Lubez.

— Ça porte malheur! — ajoutait Le Moussu.

Le lendemain cependant, pressé de questions, Le Lubez éclata :

— Mille tonnerres! je ne voulais pas vous en parler, parce que, voyez-vous, je ne veux pas passer pour un capon, non je ne veux pas passer pour un capon...

— On sait que tu n'es pas capon — répondit l'auditoire — personne ne te prend et ne te prendra jamais pour un capon... c'est des choses contre lesquelles il n'y a pas de caponnerie... parle...

— Eh bien, j'ai eu la frousse...

— Tu as vu le revenant?

— Non, je l'ai entendu.

— Ah! — fit d'une commune voix l'auditoire attentif et anxieux — qu'est-ce que tu as entendu?

— Le Moussu aussi a entendu. Pas vrai, Le Moussu?

— Oui, — répondit celui-ci d'un air sombre...

— Eh ben, quoi! accouchez donc tous les deux.

— C'est-à-dire que le diable en personne a choisi pour son logement la damnée boîte et y remplace le mort... à moins que ce ne soit l'âme du mort.

— C'est l'âme du mort, — affirma l'assistance.

— Ceux d'entre vous qui l'ont aperçu de son vivant ont pu constater qu'il avait une vraie gueule de caïman, — continua Le Lubez.

— Ne parle pas comme ça des trépassés, — fit Mahurec en se signant.

— Quand les trépassés étaient des coquins dans ce monde-ci, je me soucie comme d'une chique trop sucée de ce qu'ils sont devenus dans l'autre, — répondit Le Lubez, — Tout ce que je leur demande c'est qu'ils ne viennent pas troubler mon somme.

— Il est peut-être au purgatoire, — objecta Mahurec, — il demande des prières.

— Je ne sais où il est... mais s'il n'est qu'au purgatoire, le Père Éternel ne lui a pas rendu justice... mais s'il attend mes oraisons pour l'empêcher de rôtir, il attendra encore longtemps... car il rôtit, pour sûr... Ça fait simplement frémir... Pas vrai Le Moussu?·

— De l'entendre, ça me donne la petite mort, — répondit Le Moussu — le froid me coule dans le dos comme une fontaine.

— Alors, c'est des hurlements?

— Comme qui dirait quelqu'un qu'on étendrait sur le gril.

— Le grand saint Laurent, quoi?

— Je voudrais les entendre — dit un sceptique, probablement le seul de l'auditoire.

— Les entendre, mon pauvre Mathurin. Tu n'as qu'à rappliquer à l'entrée du couloir à minuit. C'est l'heure où commence le branle-bas.

Le sceptique, un bas Normand surnommé Gros Salé, pâlit à cette proposition, mais plaisanté par ses camarades, se déclara prêt à tenter l'aventure.

— Tout ça, c'est de la faribole — s'écria-t-il — Je suis comme saint Thomas, mon patron, je demande à tâter, je demande à voir.

— C'est fait, Gros Salé! Rapplique sur le coup de minuit.

Il n'y manqua pas; il se présenta à l'extrémité du passage suivi de quelques camarades qui le poussaient.

Ils écoutèrent en retenant leur souffle. Mais bientôt on perçut en effet un bruit sourd, une sorte de rugissement de plus en plus accentué.

Il ventait, la houle commençait à secouer le navire; mais la voix s'entendait au milieu des sifflements du vent.

— C'est un truc à Le Lubez et à Le Moussu,— murmura Gros Salé qui néanmoins s'était arrêté net à l'entrée du couloir.

— Non, — dit Mahurec, dont les dents claquaient, — c'est bien une voix de l'autre monde.

. — Avance, alors, avance, puisque tu fais le malin — dirent les autres au Gros Salé.

Se sentant appuyé par une demi-douzaine de solides gaillards, il avança lentement, avec précaution, le cœur palpitant, la respiration haletante et arriva, son falot à la main, près de la cabine hantée.

La voix s'entendait distinctement; elle criait lamentable et forte :

— Ayez pitié! ayez pitié! miséricorde !

— Qui est là? qui parle là? — demanda Gros Salé essayant d'affermir la sienne.

Comme réponse diabolique, la porte s'ouvrit avec fracas, un grand souffle s'engouffra dans le corridor avec un bruit de tempête, le falot s'éteignit et Gros Salé, fou de terreur, battit précipitamment en retraite en criant au secours.

Mais les autres, loin de lui venir en aide, l'avaient déjà précédé dans sa fuite.

Si la panique ne les eût saisis, s'ils se fussent moins hâtés de se réfugier dans leurs cadres, ils auraient pu voir deux ombres sortir subrepticement de la cabine hantée, en refermer avec soin la porte et gagner sans mot dire celle occupée provisoirement par Le Lubez et Le Moussu.

CCXVI

LE FANTOME

Le *Tour-du-Monde* n'allait que lentement et ne suivait pas la route directe.

Après avoir longé les côtes d'Italie jusqu'au détroit de Messine, au lieu de pointer directement entre la Grèce et l'île de Crète et mettre ensuite le cap sur le Bosphore, le commandant avait donné l'ordre de remonter vers l'archipel Ionien pour redescendre et faire le tour de la Grèce jusqu'à Athènes où il voulait faire escale.

Il donnait à entendre que le voyage serait ainsi plus agréable et plus instructif pour ses filles, toutes deux enthousiastes des hauts faits de l'histoire grecque.

Il était visible, cependant, qu'une autre pensée le préoccupait, car au Pirée le *Tour-du-Monde* ne stoppa guère qu'une heure, le temps de mettre une embarcation à la mer, d'aller au port et d'en revenir.

Ce fut le commandant lui-même qui fit le voyage. Il rapportait divers journaux, quelques feuilles illustrées qu'il donna à sa femme et à ses filles, gardant les autres pour lui.

Dès que le navire eut repris sa marche, il les emporta dans sa cabine et en commença le dépouillement.

— Je n'avais jamais vu papa si occupé de suivre les événements politiques, — dit Nadine à sa sœur.

— Ni moi non plus, — répliqua Rita, — car je ne suppose pas qu'il suive les romans-feuilletons ni les faits divers.

C'était pourtant les faits divers qui préoccupaient en ce moment le commandant Gayrouan.

Il s'était procuré les quelques feuilles de France qui trouvent des lecteurs dans la capitale de la Grèce, depuis les vieux numéros parus depuis son départ de Toulon jusqu'aux plus récents datés de l'avant-veille et il eut bientôt, sous la rubrique *Le Mystère des Batignolles*, découvert ce qu'il cherchait.

Voici les dernières nouvelles données par les feuilles se disant les mieux renseignées.

« Le mystère qui entourait le triple crime commis aux Batignolles commence à s'éclaircir.

« La police est sur la bonne piste.

« Elle vient d'opérer une succession de rafles et de ramasser dans le nombre des vagabonds, des souteneurs et des filles, plusieurs individus dont les dénégations mal assurées et les réponses incohérentes donnent tout lieu de supposer qu'on a mis la main sur les auteurs de cet effroyable forfait. »

Le lendemain, sous la même rubrique, le *Petit Parisien* ajoutait de nouveaux détails.

« Nous nous empressons de donner à nos lecteurs les renseignements que nos reporters viennent de recueillir sur la ténébreuse affaire des Batignolles qui impressionne si vivement, et à juste raison, le public parisien.

« Grâce à l'activité et l'intelligence des agents de notre admirable service de Sûreté, l'on vient de découvrir de nouvelles pistes.

« Nous n'avions pas fait mention d'une jeune fille de treize à quatorze ans, qu'on dit être la fille aînée de la locataire de l'appartement où s'est passé le drame.

« Cette fillette qui n'habitait pas avec sa mère et qui ne venait que rarement la visiter, a été vue précisément le jour même où sa mère a disparu, c'est-à-dire le jour du crime.

« Il était important de retrouver cette enfant qu'on dit d'une physionomie douce et agréable.

« Après maintes recherches, on a découvert qu'une jeune fille, répondant au signalement donné par le concierge et plusieurs voisins, avait passé la nuit avec une jeune femme paraissant appartenir à la classe des dames de bonne volonté, dans un des hôtels avoisinant la gare du Nord où elle s'était inscrite sur le registre sous le nom de Fanny F..., résidant à Londres.

« Cette femme, qui se livre sans doute au trafic lucratif mais dangereux qui fait le sujet d'un livre de notre confrère Yves Guyot et que la pudeur nous empêche de désigner autrement, aurait conduit le lendemain même l'enfant chez un nommé B. F. se disant ancien cuisinier et valet de chambre d'un membre de l'épiscopat de l'Église anglicane.

« Appelé devant le magistrat instructeur, cet individu, qui paraît appartenir à la catégorie de gens affligés de mœurs inavouables, s'est retranché dans un système de dénégations absolues, feignant l'ignorance au sujet du sort de l'enfant.

« Il a prétendu, paraît-il, que la fille Fanny F... sa maîtresse, qu'il n'avait pas vu depuis longtemps, venant d'un voyage en Afrique à la suite d'une mission de propagande évangélique, lui avait amené cette petite fille simplement pour déjeuner et qu'elle avait dû partir avec elle pour Londres. L'enfant lui ayant été confiée par les parents pour qu'elle lui trouve une situation.

« Devant la bizarrerie et l'incohérence de ces déclarations, le juge d'instruction a signé immédiatement pour le cuisinier-valet de chambre de l'évêque missionnaire, un ordre d'écrou.

« Dans la perquisition faite à son domicile, l'on a trouvé une certaine quantité de valeurs au porteur, qu'il prétend être le fruit de ses économies et qui sont, à n'en pas douter, le produit de vols, des livres et des chansons obscènes, et, détail bon à relever, plusieurs paquets de ces petits extraits évangéliques et historiettes bibliques que les protestants zélés ont coutume de distribuer gratis aux passants.

Et un affreux spectacle s'offrit aux yeux du magistrat.

« Il y a tout lieu de supposer que ledit B. F., qui doit appartenir à une bande de dangereux cambrioleurs et d'escarpes de la pire espèce, s'introduisait à domicile à l'aise de ces pieuses brochures.

« Bonnes gens, méfiez-vous des propagateurs évangéliques! »

Gayrouan ne put s'empêcher de sourire, mais il trouva le bouquet dans le numéro portant la plus récente date :

On vient enfin de mettre la main sur le pot aux roses. Nous voulons parler de la petite fille qui a disparu et qu'on croyait assassinée.

« Quand nous disons « on vient de mettre la main », nous voulons dire que la police est maintenant sur la bonne piste.

« Dans l'interrogatoire de l'individu dont nous avons entretenu avant-hier nos lecteurs et que le juge d'instruction a envoyé au dépôt, il aurait donné le nom d'une femme habitant la banlieue de Paris, qu'il affirme ne pas connaître, mais dont lui a parlé sa maîtresse et qui serait la tante de la petite fille disparue...

« Des agents du service de la Sûreté se sont transportés hier chez cette femme qui prétend se nommer Culot et dont le mari est jardinier.

« C'est une vieille de mine patibulaire que la visite des agents a jetée dans la consternation.

« Elle était tellement troublée qu'elle n'a fait d'abord que des réponses incompréhensibles et contradictoires où se trouvait mêlé le nom de Napoléon III.

« Enfin, pressée de questions, elle a fini par déclarer qu'un vieux monsieur, de physionomie étrangère, avait, à plusieurs reprises, offert, pour sa nièce Sidonie, une grosse somme d'argent, qu'il avait même essayé de l'enlever de chez elle, bref que, pour la soustraire aux mains de cet homme, elle l'avait laissée partir en Angleterre avec une *religieuse* anglaise qui avait promis d'en prendre le plus grand soin.

« Le signalement donné par cette femme répond assez exactement à celui du « protecteur » de sa mère, celui-là même qui avait loué l'appartement pour sa maîtresse.

« Pendant les pourparlers des agents et de la mère Culot, son mari rentra en état complet d'ivresse et commença par insulter grossièrement les envoyés de la préfecture de police, en les traitant de « sales roussins et de mouchards ».

« Renseignements pris dans le pays par nos reporters près des habitants, entre autres près d'un de nos amis politiques, digne de toute confiance, le citoyen Levaseux, qui a présenté sa candidature aux dernières élections législatives et n'a échoué que grâce aux manœuvres déloyales de son concurrent, la femme Culot ne serait qu'une abominable proxénète en rapports constants avec un ancien forçat libéré, patron d'un cabaret borgne, à l'enseigne la *Bibine*, lieu de rendez-vous de tous les mauvais sujets, maraudeurs et escarpes des environs, lequel a mystérieusement disparu depuis quelque temps sans laisser de traces.

« Qui sait s'il n'est pas pour quelque chose dans le triple assassinat des Batignolles ?

« Quant au prétendu jardinier Culot, ce serait toujours, d'après les renseignements que nous a gracieusement fournis le citoyen Levaseux, un homme perdu de vices, vivant d'expédients, énergumène des plus dangereux et anarchiste militant.

« Nous ne surprendrons pas nos lecteurs en leur apprenant que le digne couple Culot a été envoyé au Dépôt.

« Le chef de Sûreté a dirigé immédiatement deux de ses meilleurs limiers à Londres, à la recherche de la petite Sidonie.

« N'avions nous pas raison de dire qu'on tenait le pot aux roses.

« La petite doit en savoir long ! »

Comme il avait fait des précédentes, Gayrouan communiqua ces nouvelles à Luc qui, par des gestes animés, témoigna de sa jubilation.

— Laissons-les s'empêtrer, — dit-il, — rien que pour le plaisir de voir comment ils se dépêtreront... Tant qu'ils ne poseront pas le grappin sur de braves gens, nous pourrons rire.

— C'est mon avis, — répondit le commandant du *Tour-du-Monde*. — En somme, l'arrestation de Mlles *la Verrue* et *la Luronne* et celle du couple Culot me laissent assez froid... Quand la justice aura reconnu son erreur, elle les lâchera...

— A moins qu'elle ne reconnaisse pas son erreur.

— Ce qui arrive parfois, — dit Gayrouan.

> Assez souvent dame Justice
> Livre un innocent au supplice,
> Quand le plus mauvais garnement
> Est renvoyé sans châtiment.

Mais alors nous interviendrions.

— J'y ai déjà pensé. Ça m'inquiétait un peu.

— Rassure ta conscience, mon brave Luc. Tout est prêt pour parer aux atouts... Et — pour changer de conversation — rien de nouveau depuis la panique de l'autre nuit ?

— Rien, mon commandant. Ces satanés Bretons courent au feu comme à la soupe ; ils ne renâclent devant aucun vivant, mais ils ont la frousse des morts... C'est heureux ! car l'aventure de la petite Sidonie et les racontars de Mahurec leur faisaient ouvrir des yeux aussi ronds que des hulots... Mais, que diable lui voulait-il, à cette petite ?

— Ce n'est pas lui qui le dira jamais, — répondit le commandant.

On avait mis le cap sur les Cyclades et la nuit était venue lorsque le navire entra dans les eaux de l'archipel grec.

De bâbord et de tribord, on apercevait distinctement les grandes ombres des côtes et bientôt l'on fut si près d'une des îles, qu'on distinguait à la lueur des phares les maisons éparses sur le rivage.

Vers onze heures, avec une pluie fine qui se mit à tomber, souffle une forte brise et les vagues grossissent.

Les dames, les officiers et tout ce qui n'est pas de quart rentrent dans les cabines.

Maître Luc seul est à son banc; il ne reste sur le pont que les hommes de vigie.

Le plancher luisant d'eau reflétait, dans les oscillations du roulis, la lumière qui venait d'un phare voisin, puis tournant le flanc, penché du côté opposé, restait un instant dans l'ombre.

Tout à coup, Mahurec, l'un des deux hommes de vigie sur le gaillard d'avant, poussa une exclamation de surprise.

Son bras tendu désignait une ombre qui venait de surgir de l'écoutille et s'avançait avec précaution.

— Qu'est-ce? — lui dit son compagnon.

— Ouvre l'œil au cabestan.

— Quoi?

— Tu ne vois rien?

— Si, je vois quelqu'un.

— Tu le connais?

— Le diable me brûle si je distingue qui ça peut être.

— Ni moi.

— D'où sort-il?

— Je te le demande. Il tient un paquet rond...

— Chut! Il s'arrête... Quel peut être ce caïman?... Bon Dieu, il arrive sur nous.

— Notre-Dame d'Auray, — murmura Mahurec — ayez pitié de moi! C'est l'âme de l'homme mort.

— Le revenant? Pas de bêtise. Les âmes des morts ne marchent pas. Tu n'en a donc jamais vu? Ça glisse, ça glisse... C'est un vivant, je te dis... Tu vois bien, il a un paquet qui lui pend sur le côté.

— Crois-tu?

— On dirait une boule.

En ce moment, le rayon d'un phare tournant éclaira de sa vive lumière le visage de celui qui causait aux deux mathurins, enfants de la Bretagne, un si violent émoi.

L'émoi n'en diminua pas, au contraire.

— Que la hune du grand foc m'écrabouille la boussole si je n'ai pas vu cette hure quelque part! — dit tout bas celui qui avait appelé sainte Anne d'Auray à son secours.

— Je l'ai vue aussi, — répondit l'autre.

— Attends! C'est...

— N'est-ce pas?

— Je veux être pendu... c'est le damné pilote suédois... le pilote d'Arkhangel!

— Nous rêvons, Mahurec, nous rêvons...

— Tu crois?...

— Fais comme moi, tape-toi le front...

— J'ai beau me taper le front, je vois encore le caïman.

— C'est pas possible, c'est son ombre.

— Sautons toujours dessus.

Ce rapide dialogue, ces brèves paroles échangées n'avaient pris que quelques instants, mais celui qui en était l'objet vit bien qu'il attirait l'attention des vigiers.

Il vit aussi ou plutôt il devina leur mouvement; se jetant vivement de côté, en deux ou trois bonds il atteignit le bastingage.

Au moment où Mahurec, le premier élancé, se préparait à le saisir, il disparaissait par dessus bord.

— Un homme à la mer!

— Un homme à la mer!

Les deux cris retentirent en même temps.

— Stop! — commanda maître Luc qui, de son banc de quart, les yeux attentifs à la direction du navire, avait assisté seulement à la fin de la scène.

En un instant, le pont fut plein de matelots courant çà et là ahuris, lançant les bouées de sauvetage.

— Qui? qui? qui qu'est à la mer? — demandait-on de tous côtés.

— Le pilote!

— Quel pilote?

— Le pilote suédois! Le damné pilote d'Arkhangel.

— Il est saoul, ce Mahurec!

Mais Luc donnait des ordres :

— Aux chaloupes! Aux chaloupes! Vivement, garçons! Il faut qu'on le prenne, vous entendez tous, qu'on le prenne à tout prix!

CCXVII

LA CHASSE AU FANTOME

Deux chaloupes furent mises à la mer, l'une à bâbord, l'autre à tribord, et douze bons matelots avec leurs quartiers-maîtres ramèrent vigoureusement en explorant avec soin les vagues.

Des deux côtés, la terre était voisine; un bon nageur pouvait facilement l'atteindre.

La nuit était toujours fort obscure, la pluie continuait et les feux du phare tournant se trouvaient plutôt nuisibles qu'utiles, car ils éblouissaient tout à coup les matelots pour les replonger l'instant d'après dans une obscurité plus profonde.

De plus, la houle empêchait de voir à vingt brasses.

Mais, dans les deux embarcations, régnait la plus profonde stupéfaction.

Comme Mahurec et son camarade étaient restés à leur poste, les questions succédaient aux questions sans que nul pût y répondre.

Le damné pilote d'Arkhangel à bord du *Tour-du-Monde*, du navire qu'il avait voulu faire sauter! Cela dépassait toutes les imaginations!

Et les exclamations de colère et de haine alternaient avec celles de l'étonnement.

— Ah! le bandit! ah! le caïman!

— Enfin, nous allons avoir sa peau!

— On ne le tient pas encore.

— Mais nous allons le tenir.

— A moins que ce ne soit le diable en personne.

— Nous le verrons bien.

— Mais que faisait-il à bord?

— Nous faire sauter à nouveau, pour sûr.

— Bandit! c'est lui qui sautera.

— Faut le trouver! faut le trouver d'abord.

— Vous direz tout ce que vous voudrez, il y a là-dedans du diabolique. Le commandant est un brave homme. On se ferait crever la peau pour lui et sa brave famille.

— Oui, et aussi pour maître Luc.

— Aussi pour maître Luc, mais le navire est hanté.

— On a jeté sur lui un sort.

— C'est l'homme qui est mort dans la cabine, on n'a jamais su ni comment ni pourquoi.

— Non, ce n'est pas lui puisque déjà nous avions eu des mistoufles, là-bas, au nord.

— A cause du damné pilote.

— C'est lui qui est cause de tout.

— Qu'on le trouve, nom de Dieu !

— A mort ! à mort !

Depuis dix minutes au moins ils ramaient tantôt droit devant eux, tantôt tournant à droite, un instant après à gauche, pour revenir en arrière, et les deux embarcations n'avaient encore rien découvert.

Les rameurs commençaient à être convaincus qu'ils avaient réellement affaire à un esprit infernal qui se jouait d'eux, le revenant de la cabine hantée, lorsque l'un des deux quartiers-maître- cria :

— A bâbord ! à bâbord ! ramez ferme, garçons ; je vois sa tête à bâbord !

Tous les regards se portèrent dans la direction indiquée par le quartier maître, et ils distinguèrent en effet une sorte de boule qui s'élevait et se baissait suivant le mouvement des vagues.

C'était bien une tête, une tête d'homme, la tête du bandit qui cherchait à s'échapper.

Mais ce qu'il y avait d'étrange et qui frappait vivement l'imagination des matelots c'est que tantôt elle paraissait noire et tantôt d'une blancheur livide.

On eut dit alors que le nageur se retournait pour juger de la distance qui restait entre lui et ceux qui le poursuivaient.

Ce qui surprenait surtout, c'est que parfois pendant une minute on continuait à lui voir la face.

Le quartier maître expliqua ce phénomène en disant que le fuyard nageait pour se reposer, de temps en temps sur le dos.

Enfin, ils approchaient.

Oui, c'était bien la tête d'un nageur ; il ne songeait plus à se retourner maintenant, et devait aller de toute sa vitesse, escaladant le sommet des vagues — de peur, sans doute, d'être englouti en les coupant — puis disparaissant dans le profond sillon liquide pour reparaître plus loin l'instant d'après.

On voyait, sous la lumière éblouissante des feux du phare, ses cheveux ruisselants d'eau.

En quelques vigoureux coups de rames, ils l'eurent bientôt atteint.

Le fuyard est là, dans l'ombre de la barque.

— Empoignez-le, — commande le quartier-maître.

Un matelot, deux, trois matelots allongent la main pour le saisir par la tête.

Les cheveux sont trop courts, ils glissent dans les doigts, la tête s'enfonce et reparaît.

— Arquepincez-le donc, — crie à nouveau le quartier-maître, étonné que l'homme ne soit pas déjà saisi.

— C'est le diable en personne, — reprend un matelot, — pas moyen de lui prendre la crinière.

— Les bras! prenez les bras.

— Pas moyen.

Au brusque mouvement que firent à la fois les trois rameurs pour saisir les bras, la barque faillit chavirer, le quartier-maître, debout à l'arrière, trébucha et tomba dans l'eau en poussant une kyrielle de jurons à l'adresse du satané pilote de malheur.

On eut quelque peine à le ramener à bord; l'embarcation, dont personne ne tenait plus le gouvernail, courait à la dérive, dansant sur la pointe des vagues, et par un contretemps vraiment diabolique, quand le quartier-maître réussit enfin à réembarquer et à reprendre tout ruisselant sa place, le fuyard avait disparu.

— C'est pas naturel — disaient les matelots.

La pluie avait redoublé de violence; elle fouettait avec un bruit sec les eaux, soulevant une buée épaisse qui empêchait de voir devant soi.

On ne pouvait maintenant que louvoyer à l'aventure, tout en se rapprochant de la côte.

Ce désarroi dura dix minutes encore — dix minutes pendant lesquelles les rameurs fouillaient vainement la crête écumeuse des vagues et leurs sillons mouvants.

L'ondée cessa, l'on put alors voir plus aisément sur la surface agitée; mais plus de tête, plus de boule ni noire ni blanche.

Loin, sous le vent, on apercevait de temps en temps la noire silhouette de l'autre chaloupe, qui surgissait tout à coup au sommet d'une vague pour disparaître l'instant d'après.

— C'est pas possible, — dit le quartier-maître qui, debout, à nouveau fouillait l'espace. — Le caïman nage sous l'eau..., ou alors c'est le diable en personne... Si ce n'est pas le diable, comme je le crois...

— C'est le diable pour sûr! — dirent les matelots.

— Si ce n'est pas lui, — reprit le quartier-maître, — il ne peut aller loin. Ouvrons l'œil et le bon!

...elle se heurte contre un matelot qui passe et tombe évanouie sur le pont.

A peine cet avertissement jeté, un rameur cria :

— Le voici ! le voici ! Ce coup-ci, nous le tenons ; hardi, garçons ! Il nage sur le dos, on voit sa frimousse.

A dix brasses environ de la barque, on voyait, en effet, sur l'eau, la face blafarde du nageur.

Il devait être sur le dos, et, sans doute, être très las, car il semblait ne plus avancer.

La vague le soulevait et l'abaissait sans qu'il parût faire un mouvement.

— Ne le manquons pas, cette fois, — commanda le quartier-maître, encore furieux de son bain forcé. — Allez-y carrément, harponnez-le comme un simple phoque.

Un marin se saisit aussitôt d'une gaffe et la lança dans la direction du nageur.

— Manqué! maladroit!

— J'ai cependant bien visé l'estomac. Bon, le v'là qui se retourne. Attends, mon vieux crocodile, gare à ton dos.

Il lança la gaffe une seconde fois, et une seconde fois elle s'enfonça dans le vide.

Un troisième essai ne fut pas plus heureux.

Les matelots commencèrent à se signer.

— Je vous dis que c'est le diable, nom de Dieu!

— C'est le revenant!

— C'est l'âme du mort.

On était tout près, maintenant.

Le nageur ne montrait plus que le sommet de sa tête.

Le contre-maître prit un harpon, et, furieux, le lança de toutes ses forces sous la nuque, bien entre les deux épaules.

— Attrape, Caïman, — dit-il entre ses dents. — Si tu n'es pas le diable, tu le sentiras et tu m'en diras des nouvelles.

Mais ce devait être évidemment le diable, car non seulement le nageur ne parut pas sentir le coup, mais il continua à montrer sa tête au-dessus des vagues.

Le harpon n'avait frappé que le flot.

Il y eut alors une panique générale.

Les six rameurs crièrent d'une commune voix :

— A bord! à bord!

Et le quartier-maître, aussi terrifié que les autres, mit la barre sur le *Tour-du-Monde.*

Mais, au moment où l'on virait de bord, l'un des hommes d'équipage poussa d'une voix étranglée un nouveau cri de détresse :

— Il nous suit, c'en est fait de nous; il vire avec nous, il nous suit.

— C'est pourtant vrai, il nous suit!

Le quartier-maître se retourna et, à son indicible épouvante, il vit le nageur s'avançant derrière le canot.

Il était sur le dos, car on voyait le blanc de la face, et, sans mouvement apparent, suivait le sillage de l'embarcation.

En vain ils faisaient force de rames, le fuyard devenu maintenant le chasseur conservait sa distance, semblant les narguer.

Le quartier-maître, armé de sa gaffe, se mit à repousser le spectre.

Il frappait de grands coups qui parfois, mais rarement, atteignaient la tête du fantôme et la faisait un instant disparaître dans l'eau, mais, quelque effort qu'il fît, il ne parvenait pas à atteindre le corps.

Alors il recommençait à frapper avec rage, comme un fou, sur la tête maudite, la tête du damné qui avançait toujours, silencieuse et sinistre, les yeux grands ouverts.

Les six rameurs aussi restaient silencieux.

Penchés sur les avirons, la poitrine haletante, ils fuyaient devant le fantôme.

On entendait leur respiration rauque; la sueur coulait de leurs fronts et presque tous murmuraient des prières.

Un tout jeune homme, un garçon de vingt-trois ans qui avait laissé une fiancée au pays, pleurait comme un enfant en prononçant le nom de sa bien-aimée et appelait à son secours pour conjurer l'esprit diabolique la patronne renommée de la Bretagne, Notre-Dame d'Auray, qu'il mêlait au nom de Jésus.

— Ah! la douce Yvonne! bon Jésus, Sainte-Anne d'Auray, ayez pitié de nous!

Tandis que le quartier-maître, frappé de folie, s'acharnait à coups de gaffe à repousser le fantôme, l'un des rameurs, qui avait eu la présence d'esprit de lâcher ses avirons pour saisir la barre, l'abandonna à son tour et, le corps penché, se mit à regarder avec un effarement mêlé d'une stupéfaction profonde le visage fantastique.

Après une minute de contemplation, le cou tendu, la bouche ouverte, les yeux dilatés par une indicible épouvante, comme un rayon du phare venait d'abattre son jet régulier sur les flots, éclairant la tête du spectre, il cria :

— Le Moussu! C'est Le Moussu!

— Hein? Quoi? — clamèrent les autres.

— Le Moussu, je vous dis.

— Où ça?

— Là! là! la tête!

Tous les rameurs se levèrent; la tête maintenant se noyait dans l'ombre; on attendait le nouveau jet du phare.

Le quartier-maître continuait à frapper le vide.

La vive, aveuglante lumière électrique glissa sur les ondes, inondant de sa clarté passagère l'embarcation et les vagues qui la soulevaient.

La tête se détacha nettement sur une crête d'écume ; elle semblait rouler sur elle-même comme si elle n'avait pas de corps ; tantôt l'on voyait le noir des cheveux, tantôt le blanc livide de la face.

La terreur augmenta.

Le harpon enfin l'atteignit, s'enfonça dans les chairs, la ramena près du bord.

C'était bien la tête de Le Moussu, la tête seule, mutilée, séparée du tronc.

Un cri d'horreur s'éleva.

Le quartier-maître ramenait sa gaffe, la secouait, et la sinistre épave, détachée du crochet, roulait sous les pieds des matelots, au milieu des cris et de la confusion générale.

CCXVIII

EXPLICATIONS

Cependant la seconde embarcation avait en vain louvoyé et tiré des bordées vers l'autre île ; on n'avait rien découvert malgré les jets de lumière électrique que lançait de ce côté le *Tour-du-Monde* et qui illuminaient tout ce coin de mer.

Gayrouan portait son attention à cet endroit moins éclairé par le phare et aussi parce que l'accès des côtes y était plus facile à un nageur.

Mais l'équipage, voyant la première embarcation regagner le navire, crut qu'on avait attrapé le fuyard et qu'on le ramenait à bord, exécuta la même manœuvre et arriva presque en même temps.

Le commandant, Luc, tous les officiers étaient rassemblés, anxieux, sur le pont.

— Eh bien ? — demanda Gayrouan avant même qu'on eût jeté l'échelle. — L'avez-vous pris ?

Le quartier-maître de la première embarcation, accroupi sur son banc, se trouvait dans un tel état de prostration et d'effarement qu'il ne put même répondre.

Ce fut un des rameurs qui répliqua :

— C'est le diable d'enfer que nous avons poursuivi, commandant, et

il nous a jeté à sa place une tête qui ressemble à celle de Le Moussu...
Ah! le Caïman!

— Ah! — fit Gayrouan. — Vous avez retrouvé la tête?

— Où est Le Moussu? — cria-t-on de l'équipage.

— Embarquez! — ordonna Gayrouan.

Ils montèrent; l'un d'eux tenait la tête dans son béret; il la posa sur
le plancher du pont.

— Ah! mon pauvre Mathurin! — s'exclama Le Lubez, les larmes aux
yeux et portant les mains à son front.

Des hommes effarés, terrifiés, formèrent le cercle; nul ne questionnait, tant on était ahuri.

La tête, placée en pleine lumière, était le point central du groupe.
Bien qu'elle portât les marques de nombreuses éraflures et de fortes con-
tusions faites par les crocs de la gaffe du quartier-maître, elle était fort
reconnaissable.

Elle avait été détachée assez proprement du tronc à l'aide d'un instrument très tranchant, juste au-dessous de la nuque, et un énorme morceau de liège maintenu au cou à l'aide d'une cheville expliquait comment
elle avait pu surnager.

En la prenant pour l'examiner de plus près, le commandant fut étonné
de sa légèreté, mais il s'aperçut bien vite qu'un coin du crâne avait été
brisé, ouverture par où l'on avait fait couler la cervelle, remplacée par
une quantité de morceaux de liège.

— Qui a fait le coup? Qui a fait le coup? — crièrent les marins exas-
pérés. — A mort! à mort!

— C'est le diable! — dit Mahurec. — On ne peut tuer le diable. C'est
lui qui aura nos peaux.

Et, se jetant à genoux, il commença un *de profundis*.

— Non, — dit le commandant, — celui qui a fait le coup, c'est le
pilote d'Arckangel.

Une rumeur s'éleva.

— Le pilote d'Arckangel? Comment et pourquoi se trouvait-il à bord?
Déjà il avait voulu faire sauter le navire, et s'il n'avait pas réussi c'était
grâce à un miracle, à l'intervention soudaine, à la protection de la *Sorcière d'Or*. Par quel infernal mystère se trouvait-il sur ce navire même où
tous les hommes de l'équipage se seraient fait un devoir et un plaisir de
l'écharper? Et le voilà maintenant qui disparaissait et laissait dans sa
fuite, à la place de sa personne satanique, la tête d'un des leurs. Et le corps
où était-il? où était le corps de ce pauvre Le Moussu? Était-il seulement

l'unique victime? Où était son compagnon Le Lubez? Il avait dû assister au crime? Qu'il se montre! Qu'il parle! Le Lubez! Le Lubez!

— Ben, quoi! me voici, — répondit le matelot. — Que voulez-vous que je vous narre? mon chapelet n'est guère plus long que le vôtre. Je rou pillais quand on a crié : « Un homme à la mer! » Alors j'ai sauté en bas de mon cadre et j'ai dit comme ça :

« Le Moussu, eh, debout!

« Comme il ne répondait pas, le pauvre bougre, j'ai voulu le secouer, du flan! Pas de Le Moussu... Je me suis dit comme ça :

« Il est déjà sur le pont! houp! allons-y. Et j'enfile l'échelle : « Qu-est-ce qu'il y a? » que je dis à Mahurec contre qui je me heurte et qui paraissait plus mort que vif.

« — Un fantôme! — qui me dit.

« — Qui ça?

« — L'autre, l'homme, le mort, le pilote!

« — Est-ce que je sais? alors quoi! je n'en entends pas davantage, je pense à mon satané pilote que le commandant m'avait donné en garde..., je me plonge dans l'écoutille, je cours à la cabine et, qu'est-ce que je vois?... la porte de la cage ouverte, l'oiseau envolé et, à la place, ce pauvre Le Moussu couché tout de son long, dans une marmelade de sang et plus de tête sur les épaules! Ah! le Caïman! Et dire qu'il s'est échappé.

— Il faut le retrouver... Le commandant? où est le commandant?

Gayrouan était monté sur la passerelle.

La houle augmentait. De gros paquets d'eau s'écrasaient sur le pont. Au milieu de cet archipel, dans ces passages hérissés de rochers, la mer était dangereuse.

— Que lui voulez-vous, au commandant? — dit Luc.

— Les embarcations à la mer!

— Vous êtes fous. Vous perdez la boussole, garçons! Le Caïman a maintenant abordé. Vous ne trouverez rien, attendons le jour.

Mais tous l'entouraient, l'interrogeaient, voulaient savoir comment le pilote d'Arckangel se trouvait à bord.

D'autres, plus effarés, criaient :

— C'est fini, nous en avons assez. Nous vous respectons, maître Luc, nous respectons notre commandant et sa famille, mais nous demandons qu'on nous mette à terre. Le *Tour-du-Monde* est *marqué*, il n'y a pas à dire, il est marqué pour la fin finale. C'est trop clair! Voilà le commencement; Le Moussu a payé de sa peau, nous allons tous y passer.

— Nous recauserons de cela demain — dit Luc. — A vos cadres! Sucez vos chiques... et faites le mort!

L'on sortait du dangereux détroit.

L'aube se levait.

Les Cyclades, bientôt, se baignèrent dans la vapeur rosée de l'aurore, le vent tomba et les terreurs de la nuit s'évanouirent devant les clartés du levant.

La mer redevenait calme.

Gayrouan donna l'ordre de stopper et descendit de son banc de quart.

Le maître d'équipage rassembla les matelots.

— Mes amis, — dit Gayrouan, — il s'est passé cette nuit un drame, c'est le second à mon bord; je ne parle pas de la tentative échouée, grâce, non à la *Sorcière d'Or*, comme le disaient quelques-uns d'entre vous, mais à la présence d'esprit de la bien-aimée sœur de ma femme, la noble Olga Ivanoff.

— C'est vrai! c'est vrai! — approuvèrent plusieurs voix.

— Le scélérat, — continua Gayrouan, — qui, avec une audace inouïe, a mis vos jours en péril, est un des plus grands coquins, des plus habiles en même temps, que le monde ait jamais connus... Vous venez d'en avoir une triste preuve, hélas! puisque sa scélératesse et son astuce coûtent la vie à l'un de vos compagnons.

— Vengeance! à mort le Caïman! nous voulons sa peau!

— Qu'en feriez-vous? — demanda Gayrouan.

— Nous le pendrions par les pieds à une vergue, — répondirent les uns.

— Nous le hacherions en menus morceaux, — dirent d'autres.

— Attaché par la ceinture à une corde avec un boulet aux pieds, nous le plongerions dans la mer pour l'en retirer avant l'asphyxie complète, et l'y replonger et l'en retirer toujours comme cela jusqu'à ce qu'il ait craché son dernier bouillon.

— Oui, c'est un bon truc! Le plaisir, si la bête a la vie dure, peut durer une bonne heure.

D'autres détaillèrent différents procédés en usage autrefois dans la marine et qui ne le cèdent en rien, comme raffinement de cruauté, aux supplices compliqués et ingénieux des nations de l'extrême Orient expertes en l'art des tortures.

— Et après? — demanda froidement Gayrouan.

— Après?... après?... Il serait mort.

— Voilà justement ce qu'il ne faut pas... il faut qu'il vive.

Et comme tous le regardaient, surpris, il ajouta :

— Il y a quelque chose de plus terrible que la mort.

L'équipage écoutait en silence, frappé de la sombre énergie avec laquelle le commandant du *Tour-du-Monde* venait de prononcer ces dernières paroles.

Gayrouan, se tournant vers le prince Michel Zowsky et Saint-Albin, également silencieux, continua :

— Cet homme m'appartient… Vous savez, messieurs, qu'il a été le lâche instrument du bourreau de ma famille, qu'il a aidé à la ruine des miens, qu'à cause de lui, ma femme et mes filles ont souffert la noire, l'effroyable misère, que ce n'est pas sa faute si elles n'ont pas succombé. Il a tenté de les frapper par tous les moyens, même dans leur honneur ! Quand il a su que ses victimes lui échappaient, il a voulu faire, de leur unique soutien, un cadavre; j'ai été frappé par un misérable armé par lui d'un poignard, et, grâce à ses artifices, la noble Olga Ivanoff, celle qui dans la froide mer de Finlande nous a sauvés du désastre médité, comploté par lui, grâce, dis-je, à sa scélératesse, la sœur de ma femme gémissait il n'y a pas longtemps encore dans la sombre Sibérie, la terre des épouvantes… Il a commis d'autres forfaits, vols et assassinats, pour lesquels le réclame la justice française. La peine de mort l'attendait là-bas, la simple guillotine. Mais la guillotine, en abattant dans l'ignoble panier la tête de ce scélérat, le punira-t-elle de tous ses crimes? C'est vraiment un châtiment trop anodin pour un tel bandit. La justice s'en déclarerait satisfaite. Mais moi, l'offensé, je ne m'en déclare pas satisfait. Je veux, j'ai voulu que le bourreau des miens soit payé selon ses œuvres. Les œuvres scélérates en ce qui me concerne — et je ne parle pas d'un autre crime plus abominable encore par ses conséquences — ont été perpétrées dans l'empire russe, c'est pourquoi je l'ai soustrait à la justice française pour le livrer à celle du Czar !

— Parfait! parfait! — fit le prince Zowsky.

— Je vous approuve, mon oncle, — dit Saint-Albin.

— Et moi donc! — cria Luc.

— Nous vous approuvons tous, commandant, — ajouta l'équipage d'une seule voix.

— Le hasard m'a mis sur la piste du coquin. J'ai télégraphié au brave Luc de me rejoindre avec deux hommes. Il a pris les bons gabiers Le Lubez et Le Moussu, ses pays, sur la discrétion desquels il pouvait compter. Nous avons arrêté le scélérat au moment même où il venait de commettre un triple crime et où il se préparait à en commettre un quatrième… Je lui ai donné le choix: être livré à la justice française ou à celle du Czar? J'étais certain de la réponse. La lâcheté gît au fond de l'âme de tout coquin, si l'on appelle lâcheté l'amour de la vie. En Russie, ses forfaits, ceux du moins dont on peut donner des preuves, n'entraînent

— Qui est là ? — Qui parle là ?...

pas la mort... Et il veut vivre. Puis il comptait sur les imprévus du
voyage. Le bandit avait raison... Mais qui pouvait supposer...?

— Pauvre diable de Le Moussu, c'est lui qui a écopé, — dirent plusieurs voix.

— Expédié comme colis de marchandises dans une caisse à claire-voie,
— continua Gayrouan, — il est venu de Paris à Toulon en grande vitesse
et fut transbordé immédiatement sur ce navire.

« J'ai dissimulé sa présence à bord pour plusieurs raisons; en premier lieu parce que je craignais la pitié des femmes; puis je ne voulais pas empoisonner leur voyage par la constante pensée qu'elles vivaient dans le voisinage de ce scélérat. Cette pensée les eût obsédées, eût répandu sur toute chose une ombre de deuil, les eût couvertes comme d'une sorte de drap mortuaire, eût pesé ainsi que le couvercle d'un cercueil sur la joie de tous...

— C'est vrai! c'est vrai!

— Le secret était si bien gardé que les futurs époux de mes filles, le prince Michel Zowsky, et mon neveu, le capitaine Saint-Albin, ignoraient que nous transportions avec nous ce monstre à face humaine.

— Le diable d'enfer en personne! — murmura Mahurec, — quand on le repigera, je l'irai dire à Rome... Si jamais on veut l'agripper, on ne prendra que du vent.

— Nous l'agripperons, — fit Gayrouan avec calme et confiance, — et s'il nous est échappé, c'est un peu de votre faute à tous.

Une sorte de brouhaha s'éleva du groupe des matelots.

— Notre faute? Comment cela?

— Sauf votre respect, commandant, — dit une voix, — les camarades demandent pourquoi c'est leur faute.

— Faute bien excusable et fort compréhensible. Nous avons enfermé le forban dans la cabine où est mort un autre scélérat, poussé par lui à un abominable crime; peut-être voyait-il dans ses cauchemars le fantôme de son prédécesseur; mais plusieurs fois il poussa des cris, qui firent supposer que la cabine était hantée, qu'il y *revenait* l'âme du mort.

— C'est la vérité; nous l'avons cru.

— Plusieurs d'entre vous ont voulu en avoir le cœur net et ont déclaré qu'ils viendraient dans la cabine.

— Nous étions de ceux-là, — dirent quelques voix.

— Le Lubez et l'infortuné Le Moussu en avertirent maître Luc. Celui-ci craignant que, découvrant le prisonnier et reconnaissant en lui le pilote d'Arckangel, vous ne lui fassiez un mauvais parti ou tout au moins ébruitiez sa présence, donna l'ordre de le transporter provisoirement ailleurs et de faire en sorte de chercher à éclaircir le mystère de cette cabine...

— Ah! les damnés bougres! ils nous ont donné une rude frousse!

— C'était donc pas le revenant, — fit Mahurec, — et moi qui avais promis un cierge de cent sous à Notre-Dame d'Auray!

— Tu changeras ton cierge en « blanche »[1], — dit le sceptique que

1. Eau-de-vie de genièvre.

nous connaissons déjà, — et tu la renifleras à sa santé, ça te fera plus de
bien, et à elle autant d'effet.

— On avait enfermé le forban dans la petite cambuse qui est à côté de
la soute au charbon. Il y a trouvé des morceaux de liège provenant d'une
ceinture de sauvetage et, le malheur l'a voulu, une vieille lame de couteau
que, réintégré dans sa cabine, il a emmanchée à un morceau de bois et
aiguisée contre la bordure de fer de sa couchette. Sous quel prétexte
a-t-il appelé Le Moussu, et comment celui-ci a-t-il répondu seul à son
appel, malgré l'ordre formel de maître Luc, c'est ce que nul ne peut
expliquer ; en tout cas, quand Le Lubez qui dormait s'est réveillé au cri de :
« Un homme à la mer ! », ne voyant pas Le Moussu dans son cadre, il a
supposé qu'il était sur le pont, et c'est lorsqu'on lui dit qu'on avait vu le
sinistre pilote, qu'il courut à sa cabine et vit la porte ouverte et le cadavre
décapité de son malheureux compagnon.

« Il est facile, — ajouta le commandant, — de rétablir la scène du
crime. Je tiens à bien vous le démontrer pour vous vous faire comprendre
qu'il n'y a là rien de surnaturel.

« Au moment où l'infortuné Le Moussu, sans défiance, a ouvert la porte,
le scélérat qui l'attendait couteau au poing s'est jeté sur lui, et lui a plongé
sa lame dans la poitrine sans même que Le Moussu ait eu le temps de
pousser un cri, que d'ailleurs personne n'aurait entendu.

« Puis, il l'a décapité, a cassé un coin du crâne, l'a vidé de sa cervelle
et a rempli la cavité de liège, de façon à ce que la tête pût se maintenir sur
l'eau, et pût ainsi, dans la nuit, donner le change à ceux qui le poursuivaient.

« Il a réussi, comme vous en avez eu l'expérience. Habile nageur, et
aidé sans doute, par la ceinture de sauvetage, il a pu filer d'un côté, pendant qu'on poursuivait de l'autre la tête du malheureux Le Moussu qu'emportait un des courants fréquents dans cet archipel. Voilà tout le mystère,
mes amis, vous voyez qu'il n'y a là, ni revenant, ni diablerie ; il n'y a
qu'un habile et monstrueux scélérat qui, à l'heure présente, cherche un
refuge dans l'une de ces îles, s'il n'a pas été brisé contre un des rochers
dont sont hérissés ces dangereux parages.

Le commandant du *Tour-du-Monde* devinait juste et le nouveau drame
qui avait eu son navire pour théâtre s'était exactement passé comme il le
racontait.

Voyant qu'ils n'avaient en affaire à aucune puissance des ténèbres, que
nul fantôme autre que celui évoqué par leur propre imagination et leur
superstitieuse ignorance ne hantait le navire, qu'aucun esprit malfaisant
ne leur avait jeté un sort, ils se rassurèrent et abandonnèrent le projet

qu'ils avaient eu tout d'abord de quitter le bâtiment, abandonnant même leur mensualité et leurs primes futures, quelque effort qu'on eût fait pour les retenir.

Gayrouan, qui connaissait ses hommes, avait prévu du premier coup le fâcheux résultat qu'entraînerait cette nouvelle tragédie dont l'un des leurs venait d'être victime; aussi s'était-il empressé de rassurer son équipage en lui donnant les sincères explications que vous venez de voir.

Il tenait à ses marins, il les aimait et se savait aimé d'eux; il savait qu'il avait leur confiance, mais il connaissait aussi leurs superstitions et leur terreur de l'occulte.

Il fut donc heureux de ce résultat, d'autant plus qu'il lui eût été difficile de combler les vides qui se seraient produits.

Le jour venait, effaçant les ténèbres de la mer, et avec les premiers rayons de l'aurore disparurent les ténèbres de ces esprits incultes.

Tout autour d'eux se dressaient les rochers des Cyclades baignés dans la vapeur rosée du matin, vapeur qui allait bientôt fondre sous les fournaises du Levant.

La pluie avait depuis longtemps cessé, le vent tombait, et les vagues écrasaient de plus en plus mollement leur arête écumeuse.

Le navire resté en panne reprit lentement sa marche.

L'on visita successivement Delos et Mykonos, près desquelles on se trouvait, et l'on fit escale dans chaque port.

Vaines recherches; nulle part on n'avait donné asile à un naufragé, aucune trace du bandit.

Gayrouan alors se décida à quitter la mer grecque et à mettre le cap sur le détroit des Dardanelles.

Mme Gayrouan ni ses filles ne soupçonnèrent ce qui s'était passé à bord.

Par un excès de délicatesse, le commandant exigea que le drame fût tenu secret.

Elles avaient bien été réveillées comme tout le monde par le cri lancé tout à coup : « Un homme à la mer ! » et elles s'étaient jetées hors de leurs lits, mais Gayrouan leur avait enjoint de ne pas quitter leur appartement, leur faisant comprendre qu'en telles circonstances, au milieu de la nuit, par une grosse mer, et dans ces parages hérissés d'écueils, leur présence sur le pont pourrait détourner son attention et gêner la manœuvre.

Ce ne fut qu'au matin qu'il leur fit dire par Saint-Albin que le malheureux Le Moussu s'était noyé.

Le lendemain soir, après le coucher du soleil, on lui fit ses funérailles. La tête et le corps furent enveloppés dans un linceul, et le maître d'équipage lut devant l'assistance debout et tête ñue l'office des morts.

Les femmes à genoux récitaient des prières.

Puis on attacha un boulet aux pieds du cadavre et la nouvelle et pitoyable victime de l'infâme Nicolaï, lancée par-dessus bord par huit mains vigoureuses, disparut dans les profondeurs de la tombe bleue.

Alors, à la stupéfaction profonde de la femme et des filles du commandant, à peine le linceul liquide s'était-il refermé sur le cadavre qu'une grande clameur s'éleva.

C'était l'équipage qui, les regards et les bras tournés vers le commandant du navire, dans la posture des suppliants des bas-reliefs antiques implorant le dieu des revendications et des implacables colères, criait par trois fois, tout entier, comme un seul homme :

— Vengeance ! Vengeance ! Vengeance !

CCXIX

LES VIERGES RUSSES

Laissons le *Tour-du-Monde* voguer vers le détroit de Constantinople qu'il traversera après avoir fait une courte escale dans la pittoresque capitale de l'empire des Sultans, pour fendre les eaux de la mer Noire et mettre le cap sur Odessa.

Bientôt la superbe ville paraîtra avec les clochers de ses quarante églises, ses bazars, ses musées, ses rues spacieuses.

Le navire longera l'énorme môle de la quarantaine et entrera majestueusement dans le vaste port, à la grande joie des heureux jeunes gens et de leurs fiancées émues et rougissantes, car c'est là le but de la course, la terre bénie où doit se consacrer le double mariage, l'union complète des corps et des cœurs.

Pendant les quelques semaines qui viennent de s'écouler depuis la nouvelle de la grâce d'Olga Ivanoff, une voiture attelée de quatre chevaux file à grande vitesse au travers des immenses steppes.

Devant soi, derrière, autour, un pays sans horizon, sans accident de terrain, plat et monotone.

Rien que la vaste étendue des mornes solitudes, sous un ciel couleur de plomb que rayent de temps en temps de noirs essaims de corbeaux

qui tout à coup tourbillonnent et s'abattent avec de lugubres croasse
ments.

Une longue ligne de poteaux rustiques indique le chemin qu'on va
suivre et qui se perd dans la distance.

Au galop! au galop! Les routes marquées par des poteaux succèdent
aux routes et toujours devant soi la longue et interminable ligne qui semble
s'allonger à mesure qu'on avance.

Avec les croassements intermittents des corbeaux, les grelots des chevaux, le souffle du vent sont les seuls bruits qui troublent le solennel
silence.

Mais voici que vers la fin du jour l'on aperçoit les isbas aux toitures
de bois, les isbas badigeonnées de rouge et de vert que domine le clocher
d'une église aux couleurs claires.

Le fracas des grelots a signalé les voyageurs et déjà accourent des
mendiants qui assaillent et poursuivent la voiture jusqu'à ce qu'elle
s'arrête; avec accompagnement de supplications :

— Petite mère! Petit père! Un morceau de pain!

Et des petites filles loqueteuses se précipitent des *isbas* pour présenter
des amphores pleines de fraises sauvages, parfumées et fermes.

— Petite mère! Petit père! achetez-nous!

C'est jour de marché dans la bourgade et le juif y domine. On le voit
partout mêlé aux paysans avec sa longue *talare* (lévite) noire, ses culottes
graisseuses et rapiécées, ses bas jadis blancs et ses babouches jaunes. Il est
coiffé d'un bonnet carré en peau de renard d'où s'échappent de longues
papillotes huileuses et discute ses prix avec un vieux parapluie de coton
sous les bras.

On voit aussi des paysans ruthènes, les cheveux bouclés sur les épaules, la chemise brodée serrée à la taille par un ceinturon de cuir, les pans
flottant sur le pantalon, des Polonais à tunique à brandebourgs, chaussés
de fortes bottes, moustache hérissée et barbe touffue.

La voiture s'est arrêtée devant la porte d'une hôtellerie.

— Petite mère! Petit père!

Le postillon fait claquer son fouet :

— Place! place à Son Excellence et à la barina.

Des moujiks écartent les mendiants et les petites vendeuses de fraises,
deux jolies servantes accortes viennent aider les voyageurs à descendre.

Nos lecteurs les connaissent.

C'est d'abord le prince Demetrius Zowsky qui saute le premier à terre
pour offrir sa main à Olga Ivanoff.

Descend à son tour de la *Kibitka* une jolie jeune fille que, malgré son visage pâle et anémié l'on reconnaît pour la malheureuse compagne d'Olga Ivanoff, Teka Runoff, la victime de la brutalité et de la lubricité des cosaques su, la route d'Irkoutsk.

Transportée à l'hôpital, elle était tombée dangereusement malade et elle avait même passé pour morte.

Le premier soin d'Olga, une fois libérée, avait été de s'occuper de cette infortunée jeune fille.

Teka était à peine convalescente et Olga dut attendre sa complète guérison avant de lui faire entreprendre le long et fatigant voyage de la province d'Irkoutsk à Saint-Pétersbourg.

En cette circonstance, le prince Demetrius Zowsky se montra pour l'ex-prisonnière plein d'attention et de dévouement.

Le fait est que le vieux soldat se trouvait vivement épris. Il sentait battre son cœur comme celui d'un jeune devant les beaux yeux et la royale prestance de la fille des Ivanoff.

Il était touché autant par ses malheurs, les injustices qu'elle avait subies que par sa beauté et sa haute intelligence.

Puis entre eux existait une étroite communauté d'idées.

Ardent patriote, il ne voyait comme Olga et la secte entière des *Vierges Russes* le salut et la grandeur de l'Empire que dans une étroite alliance avec la France et la guerre au germanisme, ce germanisme introduit par cette étrangère russifiée, cette princesse d'Anhalt-Zerssbt, criminelle couronnée sous le nom de Catherine II, et que l'histoire imbécile appelle la grande Catherine.

Mais une autre question préoccupait encore l'esprit du prince : le relèvement de la femme slave, et c'est en quoi il communiait d'idées avec celle que les *Vierges Russes* avaient nommée leur présidente d'honneur.

Le hasard voulut que précisément, dans ses pérégrinations premières, Olga avait séjourné dans plusieurs de ces villages en dehors de tout contact avec la civilisation — je ne dirai pas des peuples d'Occident mais des lambeaux de civilisation russe, où les idées modernes sont entrées comme autant de coins qui font craquer le vieil édifice de préjugés et de tyrannies ; plusieurs de ces villages enfin qui conservent encore l'institution de la grande famille telle qu'elle était jadis comprise, institution qui n'a pas été moins funeste que le servage au développement intellectuel et moral du peuple russe.

En raison de la curiosité de ces mœurs si différentes des nôtres, chez nous surtout, où la femme est placée sur un piédestal d'où elle reçoit dédaigneusement l'encens de la foule idolâtre, le lecteur me pardonnera cette petite digression.

Ces familles — d'après Tikhomirov — composées de vingt à trente membres et même souvent de cinquante à soixante, étaient soumises à l'autorité absolue de l'ancien (bolchak), ordinairement le plus vieux grand-père. Il gérait les travaux, contrôlait la consommation, réglait les mariages des membres. La famille travaillait en commun, prenait en commun ses repas et habitait souvent une demeure commune. On peut s'imaginer ce que devient l'homme dans une pareille vie, ajoute Tikhomirov.

Des dizaines d'yeux épient chacun de ses mouvements; il n'a ni volonté, ni propriété, ni même sentiment, dont il puisse disposer à son gré.

Mais c'est surtout le sort de la femme, de la nouvelle venue dans la maison, de la bru enfin qui est lamentable; elle a contre elle toutes les femmes de la famille parce qu'elle est la plus jeune, souvent la plus jolie; elle doit obéir à ses anciennes qui se vengent sur elle de leurs misères passées, et l'autorité despotique du grand-père ne la ménage pas; maintes fois même elle devient la victime de sa lubricité.

Les drames judiciaires fourmillent de cas de ce genre, d'abominables scènes de jalousie entre le fils et le père terminées par des coups de hache, quand ce ne sont des empoisonnements du vieux séducteur par la bru qui se venge ainsi des violences forcément subies.

C'est le souffre-douleur de la maison, l'esclave du mari, lui-même esclave du *bolchak*.

Le proverbe dit :

> Qui va-t-on frapper ? — La bru.
> Qui apportera de l'eau? — La bru.
> Pourquoi la frappera-t-on? — Parce qu'elle est la bru.

Et lorsqu'elle entre dans la maison encore vêtue de ses habits de noce,

> Le beau-père dit :
> On nous amène une ourse.
> Et la belle-mère dit :
> On nous amène une mangeuse d'hommes.
> Et les beaux-frères disent :
> On nous amène une saligaude.
> Et les tantes disent :
> On nous amène une fainéante.

Voilà qui n'est pas fait pour encourager les jeunes filles au mariage! Cependant l'épousée tâche de plaire à sa nouvelle famille, elle est douce, obéissante, dévouée. Rien n'y fait; la haine, la terrible, l'implacable haine féminine la poursuit; aucune vexation ne lui est épargnée, son mari même est impuissant à la protéger.

Les hommes commençaient à se signer...

Ah! c'est une lamentable épopée que celle de la jeune femme russe,
épopée que redit sa plainte dans un chant des Grands Russiens :

> Moi, la jeune, j'ai sommeil,
> Ma tête penche sur l'oreiller.
> Et le beau-père va et vient dans le vestibule,
> Il se promène tout furieux...

> Il frappe, il tonne, il frappe, il tonne,
> Il empêche la bru de dormir;
> Lève-toi, lève-toi, fainéante!
> Lève-toi, lève-toi, dormeuse!
> Toi, fainéante, dormeuse, sans ordre!

Puis c'est la belle-mère, puis les tantes, puis tous :

> Fainéante, sans ordre, lève-toi!

Le mari courbe la tête; il doit se taire devant l'ordre du *bolchak*, il ne s'appartient pas, sa femme ne lui appartient pas, ils appartiennent tous deux au despotisme de la grande famille. Ils ne peuvent disposer d'une heure qui serait un vol pour tous, il ne peut que murmurer tout bas :

> Dors, dors, ma sage,
> Dors sur mon cœur, ma très douce,
> Encore une minute de sommeil,
> O toi, trop tôt mariée.

« Il y a trois grands malheurs, disait le poète Nekrassow :

> Épouser un esclave,
> Être mère d'esclaves,
> Se soumettre à un esclave jusqu'à la tombe.

« Et ces trois malheurs pèsent sur la femme et la terre russe. »

Mais peut-être celui qui souffre le plus est le mari aimant qui ne peut défendre celle qui s'appuie sur son cœur.

Ah! oui, le Talmud a raison, c'est un malheur de naître femme en certaines régions maudites, et le Russe peut-il, chaque matin, comme le Juif de la légende, rendre grâce à Dieu de l'avoir fait homme.

Il ne faudrait pas croire que cet état d'infériorité et de servage fût le lot exclusif de la femme du paysan, du moujik; la Russe des classes aisées subissait sous d'autres formes le même avilissant despotisme.

Elle n'avait même pas le droit, jeune fille, de choisir son mari. Le mariage était préparé par des intermédiaires, et que l'époux choisi lui plût ou non, elle n'avait qu'à se soumettre.

Elle était dès lors à la discrétion du mari, pas autre chose que sa première servante, vivant isolée, à la tartare.

On réglait sa boisson, sa nourriture. Elle ne pouvait donner un ordre dans la maison sans avoir au préalable consulté le maître, ses sujets de conversation même étaient réglés et ne devaient pas dépasser les choses

de la vie domestique. A toute autre question il lui était prescrit de
répondre :

— Je ne puis rien dire, je n'ai pas d'opinion là-dessus, je ne sais rien.

Et, en effet, elle ne savait rien.

Quand Pierre Ier *ordonna* aux hommes et aux femmes de se réunir dans
des *assemblées*, on considéra cette mesure comme une innovation étrange
et dangereuse, et l'on y fut d'abord réfractaire; aussi le Czar se vit-il
obligé de publier un décret qui imposait ces réunions comme une corvée
obligatoire et expliquait en détail comment le maître de la maison devait
se comporter envers ses invités et ses invités envers lui. La femme ne
savait ni quelle tenue observer, ni de quoi parler.

On l'envoyait chercher dans ses appartements où avaient seuls accès de
jeunes garçons qui servaient à la fois de serviteurs et d'espions au maître,
et la présentation offrait le caractère d'une véritable solennité. Introduite
dans la salle où se trouvaient les invités, elle s'inclinait et présentait à
chacun une coupe de vin dans laquelle elle trempait au préalable ses lèvres,
puis elle se retirait.

Jamais ne paraissaient les filles.

Au-dessus du lit des époux se trouvait suspendue une cravache ou un
fouet symbole de l'autorité maritale, car, dans le code à l'usage des époux,
il était dit que le mari doit surveiller sa femme, et au besoin la sauver par
la terreur. C'est d'ailleurs le système employé par l'Église : sauver les
âmes par la crainte de l'enfer.

Ce code ou *Demostroï* que nous a fait connaître M. Louis Léger, l'éru-
dit Français le plus familier avec les études slaves, contient entre autres
maxime :

« Il ne faut pas frapper avec un bâton, ni avec un instrument de fer,
mais il faut, pour punir, frapper avec un fouet : cela est raisonnable, et
cela fait mal; cela est terrible et *bon pour la santé.* »

« Bats ta femme avant de dîner et, de nouveau, avant souper.

« La femme n'est pas un vase, elle ne se cassera pas si tu la bats.

« Femme sans craintes est pire qu'une chèvre... »

« Le mari ne doit pas oublier que quand il châtie il doit le faire sans
colère et uniquement pour le bien de son épouse. Pourvu qu'il garde son
sang-froid, il peut frapper aussi longtemps qu'il lui plaît.»

Ces mœurs sont loin ; cependant elles reparaissent de temps à autre.

Maintenant encore, les coups sont de règle dans les ménages de
paysans.

Je t'étrille comme ma pelisse, mais je t'aime comme mon cœur, — dit
le moujik en rossant sa moitié.

Le nihilisme qui fut, dès le début, c'est-à-dire aux premières années de la libération des serfs, un mouvement philosophique et littéraire, rendit de grands services à la femme, en proclamant son égalité absolue avec l'homme, et en revendiquant pour elle la liberté de l'amour.

« Mais la question de l'émancipation de la femme ne fut pas restreinte au droit mesquin de « l'amour libre » qui, au fond, n'est que le droit de choisir son maître. Bien vite, on laissa la question de l'amour à l'appréciation individuelle, et l'on revendiqua purement et simplement la liberté. Or, comme il n'y a pas de liberté sans indépendance économique, la lutte, changeant d'aspect, devint la revendication du libre accès à tous les enseignements supérieurs ainsi qu'aux professions exercées par l'homme instruit.

« Le combat fut long, ardent, à cause de la résistance de la famille russe, encore moyenâgeuse et barbare.

« Les femmes le menèrent vaillamment et lui donnèrent l'allure passionnée qui caractérise presque toutes nos dernières luttes sociales.

« A la fin, la victoire leur resta.

« Le gouvernement lui-même dut s'incliner devant le triomphe des femmes.

« Alors aucun père ne menaça plus sa fille de la tirer par les tresses, quand elle voulut aller à Pétersbourg étudier la médecine ou suivre d'autres cours de sciences supérieures.

« La jeune fille ne fut plus obligée de fuir la maison paternelle, et les nihilistes n'eurent plus besoin de recourir au « mariage fictif » pour la rendre maîtresse d'elle-même[1]. »

C'était le but que poursuivaient dans chaque grand centre de la Russie un groupe de jeunes filles instruites et intelligentes, appartenant comme les nihilistes à toutes les classes de la société.

On y voyait des princesses, des petites bourgeoises et de simples couturières.

Le premier article de leurs statuts exigeait qu'elles restassent filles tant que la femme russe n'aurait pas conquis sa pleine et entière liberté.

— Eh bien! voilà cette liberté conquise, — disait le prince Demetrius ; — on peut même affirmer que ce qui caractérise la femme russe maintenant, c'est son amour de l'indépendance.

— Cela est vrai, prince, nous ne sommes plus l'esclave d'autrefois, confinée dans sa maison, derrière trente serrures, comme dit la chanson populaire, ne recevant de visites que celle des moines mendiants ou de ces

---

1. Stepniak, *La Russie souterraine*, traduction de Hugues Le Roux.

bouffons religieux, qui, par humilité, feignent l'imbécillité, mais qu'il y a à faire encore pour le développement de son intelligence. Entrez dans n'importe quelle de ces isbas, demandez un livre, l'on vous apportera un livre de dévotion, une compilation de prières... C'est là tout le régal intellectuel de ces cerveaux abêtis.

— Mais, ma chère enfant, — répondait le prince, — ce cas n'est pas particulier en Russie. Croyez bien qu'en France, en Italie, en Espagne, et même dans la Grande-Bretagne, le niveau intellectuel des campagnardes n'est pas au-dessus de celui de la paysanne russe. Vous trouverez partout les mêmes préjugés, la même ignorance, la même étroitesse d'esprit et les mêmes oiseuses lectures. Et, cependant, il n'y a pas bien des lustres que ces nations nous traitaient de barbares [1].

Ils causaient ainsi dans l'hôtellerie où ils s'étaient arrêtés, seuls, dans une petite pièce ornée d'images de saints, où on leur avait servi le repas.

Téka Runoff, fatiguée du voyage, s'était retirée depuis longtemps, heureuse que sa maîtresse lui ait dit n'avoir plus besoin d'elle.

On entendait à côté dans la salle commune, le bruit des moujiks, qui

---

1. Le prince Demetrius Lowsky avait raison.

Il ne faut pas trop traiter les Russes de barbares, et quant au fouet qui jouait autrefois dans les ménages un si grand rôle dans toute l'étendue de l'empire du czar, nos pères en usaient largement.

La correction conjugale était fort en vigueur chez nous ; les vieux fabliaux en témoignent en ne cessant de la prôner.

« La femme doit tout endurer de son mari doucement », dit le proverbe.

Mais les coups ne servent pas à grand'chose, les partisans de la trique ont la sagesse d'en convenir :

« Battez votre femme tout le jour — dit Rutebœuf — meurtrissez-la de coups, le lendemain il n'y paraîtra seulement pas ; elle sera prête à recommencer. »

Il faut rendre toutefois cette justice à nos braves ancêtres. De même qu'il y avait la *trêve de Dieu* suspendant pour quelque temps les hostilités, il y avait, en certains endroits, la *trêve au bâton*.

Par un sentiment de galanterie tout à fait gauloise, c'est le mois de mai, le mois des roses et des amours qu'on choisissait pour ces moments de répit aux corrections conjugales. La trique alors était soigneusement remisée et gare à l'époux qui la tirait de son coin.

C'était alors fête pour les autres femmes qui se vengeaient sur le délinquant des coups de leurs époux.

Dans son amusant et instructif recueil des *Fêtes populaires de l'ancienne France*, C.-M. Guichot n'omet pas celle du mari châtié :

« Toutes et quantes fois qu'un mari frappe sa femme durant le mois de May, les femmes du lieu le doivent trotter sur l'asne, ou le mettre sur charrette et trébuchet, et conduire trois jours durant, en lui baillant son droit ; c'est assavoir pain, eau et fromage. »

jouaient aux cartes en buvant d'énormes quantités d'eau-de-vie, à pleins verres, comme nos paysans boivent du vin. Le climat d'une part et la nourriture peu variée de l'autre exigent ces excitants.

Les bruyantes conversations venaient jusqu'à eux; tous parlaient à la fois, car le paysan russe, naturellement bavard, le devient à l'excès lorsqu'il est pris de boisson.

Par la fenêtre ouverte, car la journée était belle, l'on voyait le marché qui touchait à sa fin. Tout à côté passait un pope avec les saintes images, précédé de la croix et accompagné d'un enfant de chœur qui tenait l'encensoir.

Tous les moujiks se jetèrent à genoux, et ceux qui jouaient aux cartes interrompirent leur partie pour se découvrir et se signer. En ce moment, une jeune fille entra, apportant le samovar; elle s'inclina respectueusement devant l'image de sainte Barbe placée au-dessus de la cheminée, salua les autres saints d'un léger signe de tête, et enfin adressa ses politesses à ses hôtes.

— Combien ce peuple des campagnes est resté superstitieux, — dit Olga; — sa dévotion est aussi aveugle que fanatique. Il se passionne non pour l'idée, mais pour le mot.

— Vous pouvez dire pour la lettre, — répondit le général en riant; — rappelez-vous ces sectaires qui se faisaient pendre et brûler vif pour soutenir qu'il fallait écrire Iesus avec un I et non deux, ainsi que le prescrit l'orthographe grecque; et ceux qui bravaient également le bûcher et la potence pour chanter trois fois l'Alleluia au lieu de deux, comme le prescrivent les orthodoxes.

— Les orthodoxes — répliqua la jeune femme — étaient aussi fanatiques et idiots que les sectaires.

— Sans doute, mais ces insanités en matière de religion ne sont pas non plus particulières à la Russie.

Olga servit le thé.

Il y eut un moment de silence, pendant lequel le général contemplait sa compagne d'un œil admiratif.

On eût dit qu'il la voyait pour la première fois, tant il y avait de douceur et d'extase dans son regard, et certes il eût été difficile d'avoir devant soi un plus charmant spectacle.

Dans tout l'éclat de son opulente beauté, la fille du comte Ivanoff réunissait en elle tous les charmes qui ont fait de la grande dame russe une merveille de séduction et de grâce.

Après un peu d'hésitation, comme s'il se livrait un combat en lui-même, le prince rompit le premier le silence.

— Écoutez, chère Olga, — dit-il, — permettez à un vieux soldat, peu
habitué au langage des cours, à vous dire sa façon de pensée, et ne me
gardez pas rancune si vous trouvez ma franchise trop brutale.

— Parlez, prince.

— Comment se fait-il qu'avec votre beauté, votre éducation, votre
intelligence et votre savoir vous n'ayez pas compris que le rôle de la
femme, de la fille surtout, n'est pas de courir le monde à la poursuite
d'idées chimériques, pour un apostolat quelconque, fût-ce l'apostolat de
toutes les revendications humaines et sociales. L'apostolat est le rôle
de l'homme, lui seul peut mener à bonne fin cette tâche écrasante. Pour
la femme, à moins que l'âge n'ait blanchi ses cheveux, à moins qu'elle
n'ait été sacrée par la maternité..., la calomnie, l'envie, la haine la poursuivent et elle laisse derrière elle, comme les encombrantes femmes de
lettres — car pour une de génie que de centaines de nullités pédantes! —
elle laisse — dis-je — une sorte de traînée de ridicule et de mauvais
renom. Un long exil, des malheurs inouïs vous ont sauvée de ce sort... et
votre réputation, votre noble caractère sont sortis intacts..., mais c'est
une exception.

— Ah! prince, n'allez pas plus loin... je vous comprends. Je sais
bien que le rôle de la femme est de servir de compagne à l'homme, de
lui donner des enfants, de les élever et de lui rendre agréable son foyer...
Oui, j'ai rêvé cela, moi aussi; j'ai rêvé de m'appuyer sur un bras fort,
de consacrer à un époux aimé ma vie entière... Mais ma destinée a été
telle que ma jeunesse s'est passée sans que j'aie pu consacrer une heure
à l'amour.

— Ainsi, vous n'avez jamais aimé?

— Je ne dis pas cela, prince. J'ai aimé comme toute jeune fille aime,
le beau passant inconnu qui vous a regardé d'un œil amoureux. J'ai aimé,
à quatorze ans, un bel officier français qui nous avait rendu visite dans
notre château de l'Ukraine, amour sans espoir puisqu'il aimait ma sœur.
Et ma haine pour lui, quand je l'ai frappé d'un coup de poignard, n'était,
je le sens bien maintenant, qu'un vieux levain d'amour. Qui expliquera
jamais le cœur des jeunes filles?

— Vous voulez parler du commandant Gayrouan, de celui qui a épousé
Marie Ivanoff et dont mon fils va épouser la fille?

— Oui, vous le voyez, prince, je vous parle franchement comme à un
père... non, plutôt comme à un ami.

— Et c'est là tout?

— Laissez-moi achever. Il n'a jamais rien su de ma passion profonde,
à peine faisait-il attention à moi... jugez donc, une gamine de quatorze

ans ; moi, je l'aimais et le détestais... Mais cet amour déçu a décidé de ma vie. J'aimais naturellement l'étude, je m'y suis livrée corps et âme. Aucune grave question ne m'est devenue étrangère. J'ai réagi de toutes mes forces contre l'état de choses qui tenait la femme russe comme l'orientale dans une ignorance absolue, déplorant sa situation sociale tellement éloignée de celle de l'homme que, dans les pratiques religieuses mêmes, elle se heurtait à certaines interdictions, ne pouvant communier, par exemple, qu'à une porte secondaire du sanctuaire.

— Je croyais que ces usages n'existaient plus.

— Ils existaient il y a deux ou trois lustres et existent encore dans nombre de bourgades.

— Soit, mais, dans les grands centres, la femme a depuis longtemps secoué le joug ; non seulement elle a conquis ses droits, mais elle peut lutter de liberté avec l'Américaine. Comme la fille des Etats-Unis, elle est devenue voyageuse et éprise du cosmopolitisme. Elle se venge même de son ignorance d'autrefois en abordant les professions qui exigent le plus de savoir, restées jusqu'ici l'apanage de l'homme.

— Une revanche éclatante, — fit Olga — Elle a en outre abordé toutes les branches de la littérature et c'est par centaines que l'on compte aujourd'hui dans l'Empire les femmes auteurs. Nous avons même des revues féminines où la collaboration des hommes n'est reçue à aucun titre[1].

— Nous nous sommes un peu éloignés de la question, — fit en souriant le prince, — nous étions, chère Olga, sur le terrain des amours, de vos amours... Vous avouerais-je ma faiblesse, je le préfère à celui de la littérature féminine.

— Mes amours ? — répliqua Olga — Ah ! prince, si les « bas-bleus », comme on les appelle en France, y trouveraient matière à longs bavardages, un auteur à imagination n'y découvrirait pas de quoi remplir dix pages. Après l'officier de marine, Jean Gayrouan, j'ai aimé un autre homme...

— Ah ! vraiment, — fit le vieux général — dont le sourcil se fronça — Et sérieusement ?

---

1. Il est vrai, comme le fait observer M. *Tikhomirov*, dans la *Russie politique et sociale*, que cette participation des femmes au mouvement littéraire est plus marquant au point de vue de la quantité que de la qualité. La participation de la femme à la vie intellectuelle étant encore de trop récente date pour qu'elle ait pu produire quelque chose de particulièrement remarquable.

Elle mérite d'attirer l'attention plutôt par le bien qu'elle a déjà pu faire au pays parce qu'elle relève la situation morale de la femme en habituant la société et le peuple à voir l'effort féminin, la pensée féminine sur la même ligne que l'effort et la pensée de l'homme.

... et lui a plongé la lame dans la poitrine.

— Je lui avais donné toute mon âme.

— Ce n'est sans doute pas cela qu'il désirait.

— Il ne désirait rien... du moins il ne m'a jamais témoigné le moindre désir et il a toujours ignoré que je l'aimais.

— Alors, dans ces conditions, il était difficile d'arriver à bonnes fins.

Liv. 308. — H. GEFFROY, éditeur. — Reproduction interdite.

Et quel est donc l'ingrat, l'aveugle, veux-je dire, resté froid devant vos charmes?

— Je ne l'ai jamais encouragé, prince, — fit en riant Olga, — et c'est là son excuse... J'avais un but et je poursuivais ce but. Pour rester fort et fécond, il faut savoir consacrer sa vie, ses pensées, tout son être en quelque sorte dans ce que l'on veut produire. Ne voir que l'objet à atteindre... ne pas se dépenser ailleurs... Et je n'avais qu'un but alors, l'émancipation de la Russie, à commencer par celle de la femme... Car il n'y a pas que l'instruction à donner à la femme, il faut lui assurer le pain, il faut qu'elle puisse gagner sa vie comme l'homme, si elle n'a pas dans l'homme le soutien légitime qu'elle devrait avoir... Tout entière à mes pensées, j'ai aimé sans espoir, malgré moi, parce qu'il est dans la nature de la femme d'aimer ; sans rien laisser paraître, je vous le répète, de mon amour.

— Et quel est cet homme — demanda le prince, — qui fut, tout en l'ignorant, si près du bonheur ?

— Vous le connaissez, je n'en ferai pas un mystère. Je confie mon secret à un homme de cœur... Vous avez présenté sa femme au Czar Alexandre, vous avez intercédé en son nom sa grâce...

— Ah! — fit le général avec un soupir de satisfaction. — C'est votre cousin, c'est Alexis Romanoff... Vous avez raison de dire que votre amour est sans espoir... à moins qu'il ne devienne veuf.

— Loin de moi cette pensée; je n'achèterais jamais le bonheur à un tel prix... D'ailleurs c'est fini, bien fini. J'ai passé une éponge sur mon cœur, j'y ai effacé ce nom et cette image de noble proscrit qui plus d'une fois hantait mes pensées... j'ai regardé depuis au dedans de moi-même il n'y a plus qu'un affectueux souvenir.

— Et après celui-là?...

— Après celui-là?... c'est tout.

— Plus d'amour?

— L'on m'a aimée, je le sais. Plusieurs m'ont aimée, et je leur ai été fatale.

— Je sais de qui vous voulez parler, Olga Ivanoff, et je ne veux pas réveiller leur ombre. Non, qu'elle ne jette pas un crêpe sur notre entretien... Je vous ai prévenu que je serais franc, franc comme un soldat doit l'être : « Vous êtes une malheureuse enfant qui avez manqué votre vie. »

— Je le sais, prince. Mais c'est la faute des circonstances plutôt que la mienne. Nous sommes le jouet du destin, peut-être d'un aveugle hasard.

— Il est parfois intelligent — répliqua le prince — ainsi je bénis celui qui m'a conduit sur votre chemin.

— C'est moi, prince, qui dois le bénir.

— Je vous disais : « Vous avez manqué votre vie ». Je me trompe :
« Vous avez perdu vos belles premières années de jeunesse. Que comptez-
vous faire maintenant que l'âge a mûri vos pensées? Vous avez trente-
deux ans, vous ne pouvez plus avoir les mêmes idées qu'à vingt. Vous
êtes, pour cela, trop intelligente. Tout se transforme, tout se métamorphose. Les imbéciles seuls ne changent pas, a dit un Français célèbre,
et il avait raison. Votre sœur est mariée, vos nièces vont bientôt chacune
prendre un époux, resterez-vous à côté du foyer des autres, solitaire et
pensive. Continuerez-vous à errer à la poursuite de chimères. Les *Vierges
Russes* n'ont plus de raison d'être. Leur nombre diminue chaque jour. Leur
mission est accomplie... Toutes demandent à devenir épouses et mères.
Resterez-vous le général d'une armée sans soldats?

— Où voulez-vous en venir, prince? — demanda Olga attachant ses
regards sur les yeux du général.

— Où je veux en venir, chère Olga...; ne l'avez-vous pas deviné depuis que je me suis fait votre compagnon de voyage, depuis que j'ai juré
de ne pas vous quitter et d'assister avec vous à la double noce qui va se
célébrer à Odessa. Je suis vieux, Olga, j'ai le double de votre âge, mais je
sens en moi tout l'amour d'un jeune.

— Prince!...

— Oh! je ne vous demande pas votre amour en échange... mais votre
amitié, simplement votre amitié.

— Vous l'avez, prince. Et depuis longtemps elles vous sont acquises
toutes deux, mon amitié et ma profonde gratitude.

— Alors, vous me laissez espérer, Olga Ivanoff, qu'au lieu de deux
mariages, il y en aura peut-être trois?

— Pourquoi vous laisser espérer, prince? — répondit Olga — J'aime
en vous l'homme de cœur, le vaillant soldat, l'esprit intelligent et cultivé,
le bienfaiteur dont la protection m'a sauvée de bien des angoisses... Ces
qualités, ces qualités inappréciables, vous les aurez toujours...

— Eh bien?

— Tandis que celles qui séduisent la jeune fille, qui font qu'elle se
jette sans rien savoir, quand on ne la jette pas par calcul, dans les bras
d'un époux qu'elle connaît à peine ou qu'elle ne connaît que sous de séduisants dehors, s'évanouissent au bout de quelques années, de quelques
mois souvent... Et il reste l'homme... l'homme seul, déshabillé de tout ce
dont il se pare, le maître parfois brutal et tyrannique, le mâle qui ne voit
plus en vous que la femelle... Et, conséquence naturelle entre les conjoints
unis pour la vie, l'indifférence, le dégoût quand ce n'est pas la haine... Je
raisonne, vous le voyez, prince, comme une femme mûre... J'ai trente-

deux ans sonnés, vous venez de me le rappeler, et les adversités ont fait
pour moi les années doubles.

— Je le sais, noble Olga, le sort a été pour vous cruel... Vous avez
acquis l'expérience qu'on n'acquiert qu'après une longue suite d'hivers,
et la sérénité de votre front resté pur sous les rudes épreuves donne un
attrait de plus à votre rayonnante beauté.

Elle continua doucement, presqu'à voix basse, comme si elle se parlait à elle-même :

— S'éveiller au milieu de rêves heureux où le soleil resplendissait sur
les grandes steppes que je franchissais sur mon beau cheval de l'Ukraine,
et se trouver dans une sombre cellule ; s'interdire la tendresse, quand on
a le cœur plein d'amour ; savoir qu'on possède un trésor et ne pouvoir
disposer d'un kopeck.

« Telles furent les plus belles années de ma vie.

— Mais la vie, la belle vie est encore toute grande ouverte devant
vous et vous pourrez jouir de tout ce qui vous a manqué. Le soleil brillera
encore dans les plaines de l'Ukraine ; grâce au Czar, le domaine des Ivanoff a été arraché aux mains friponnes de la juiverie, vous pourrez rentrer
en maîtresse dans le château de vos pères. Il n'y a que l'amour, hélas ! qu'il
ne m'est plus permis de vous inspirer... Mais, d'après les aveux que vous
venez de me faire, pourquoi ne me laissez-vous pas espérer... espérer
d'achever près de vous ma carrière... assis à votre foyer... comme un
père, comme un ami... le plus tendre des amis...

Elle sourit.

— Parce que, prince Demetrius Zowsky, — lui répondit-elle en mettant
sa main dans celle du vieux soldat qui tremblait d'émotion, — parce que
les espoirs sont souvent déçus et que je veux vous donner la certitude.

— Ah ! chère Olga, chère et adorable Olga... Vous acceptez... vous
voulez bien de moi comme compagnon !...

— Comme compagnon de ma vie, comme vous avez bien voulu l'être de
mon voyage... Oui, prince, je veux de vous... fière et heureuse d'appuyer
ma main sur votre bras vaillant, de reposer mon front meurtri sur votre poitrine de brave... En me passant au doigt l'anneau nuptial, vous pourrez vous
dire avec certitude que vous avez mon amitié, ma profonde gratitude, mon
respect et mon estime... Combien peu d'époux peuvent se flatter d'autant ?

Deux larmes de joie coulèrent lentement sur les joues de l'ancien gouverneur de Kharkow, du vieux soldat dont quarante années de guerre et
de vie au grand air avaient endurci le corps, aciéré les muscles et dont le
cœur gardait la tendresse de celui d'un enfant ; il porta la main d'Olga à
ses lèvres et la couvrit de baisers.

— Merci, chère Olga! merci!

— Enfin, — murmura-t-elle, — en regagnant la chambre qu'on lui avait préparée et où dormait déjà Teka Runoff — j'aurai au moins fait dans ma vie un heureux!

CCXX

LE COLPORTEUR

Le lendemain matin, comme ils se préparaient au départ, le *volosné* (maire) suivi d'un *ouriadnik* (agent de police rurale) entra précipitamment dans l'hôtellerie.

La salle commune était presque vide.

Deux moujiks buvaient de l'eau-de-vie et à moitié ivres tous les deux se raillaient eux-mêmes sur leur penchant à l'ivrognerie, sur leur commune bêtise de se laisser de père en fils exploiter par la race maudite d'Israël, car le Russe a ceci de particulier, ses moqueries ne s'adressent qu'à lui et jamais comme les nôtres aux autres peuples !

L'Allemand et l'Anglais nous semblent ridicules, nous les caricaturons sous les formes les plus grotesques et souvent les plus éloignées du type réel. — Il est vrai qu'ils nous le rendent bien. — Mais le pauvre moujik, comme s'il avait la conscience de l'infériorité où l'ont laissé des siècles d'oppression, ne raille que le moujik.

— Ah! le Juif! — défait l'un, — c'est là notre perte à tous.

— Non! — répondait sagement l'autre, — notre perte à tous c'est l'eau-de-vie.

— Encore un verre, compagnon?

— Après toi. Remplis ta coupe.

Et tous deux se regardaient en riant silencieusement près de la bouteille de vodka qu'ils venaient de vider.

— Heureusement que le Czar est pour nous. Vive le Czar !

Et, d'un air malicieux, clignant de l'œil, ils se montraient un vieux Juif solitaire dans un coin de la salle.

Habillé d'une *talare* (lévite) crasseuse, marmottant des prières avec un balancement de corps, qui, pensait-il sans doute, le rendait plus gracieux aux yeux de Jéhovah, il faisait mine de ne pas entendre.

Sa tête était recouverte du voile de prière dont s'affublent les fervents pour être moins distraits par les choses de ce monde, comme les dévots de la religion anglicane ferment les yeux en récitant leurs psaumes, aussi ne voyait-on que sa grande barbe d'un gris sale, dont l'extrémité disparaissait derrière un vieux livre aussi crasseux et aussi usé que sa lévite, et dans la lecture duquel il paraissait profondément absorbé.

Voyant qu'il ne prêtait nulle attention à leurs sarcasmes, les moujiks l'interpellèrent directement.

— Hé! vieux grigou, rogneur de kopecks, voleur de la veuve, que demandes-tu donc tant au Père Éternel?

— Qu'il enlève la bêtise aux moujiks — répondit le fils d'Abraham.

— Ah! tu pries contre toi-même, car si les moujiks devenaient sages, les Juifs de la Russie mendiraient sur les chemins.

— Alors, tais-toi, moujik, car tu ne seras jamais sage ; car tu ignores la première des conditions qui fait qu'un homme n'est pas un imbécile.

— Laquelle?

— Ne faire de questions que celles qui mènent à un but et ne pas interrompre quiconque est en prière.

— Cela dépend pour qui l'on prie. Si tu pries le diable, ton saint patron, il est bon de t'interrompre; si tu pries pour la santé du Czar?...

— Que peut vous faire la santé du Czar? — interrompit le Juif. — Un empereur mort, un autre le remplace et vous serez toujours ivrognes et misérables. J'ai dit!

— Dis encore, tu nous amuses et tu nous instruis.

— A quoi bon? Il y a quatre sortes de gens dans le monde :

« Celui qui apprend pour soi et n'en communique rien aux autres;

« Celui qui enseigne les autres mais n'apprend rien pour soi ;

« Celui qui apprend pour lui-même et pour les autres ;

« Celui qui n'apprend ni pour lui-même ni pour les autres.

« Vous êtes semblables à ce dernier.

« Mais on perd son temps à raisonner avec des simples. Faisons plutôt un peu de commerce.

— Qu'est-ce que tu vends?

— De tout.

— Tu ne vends pas le poisson qui est encore dans la mer?

— Non, mais je vends le moyen de le prendre.

— Puisque tu vends de tout, tu dois vendre aux jeunes épousées que poursuit la rage lubrique de leur beau-père le moyen de se défaire de lui à l'aide d'une petite poudre?

— Je ne comprends pas le langage des sots, — répliqua le Juif devenu soudainement pâle.

— Le vieux Vorontsoff, qui est subitement passé de vie à trépas —

continua imperturbablement l'un des moujiks avec l'entêtement de l'ivresse, — a dû goûter d'une de tes poudres.

— Chut! maudit moujik, chien de moujik, fils de cinquante boucs, tais-toi : ta langue te sera fatale !

— La petite Cricha, qui a fait le coup, a dit au juge qu'elle tenait sa poudre d'un vénérable patriarche à nez énorme, aux lèvres lippues et à barbe de bouc.

— J'aime mieux partir que d'entendre de pareilles choses, — fit le colporteur, rassemblant à la hâte quelques petits paquets étalés sur une table et qu'il empila dans un sac.

C'est à ce moment qu'entrèrent le maire et l'agent, arrivée soudaine qui fit tressaillir le Juif qui, néanmoins, continua à placer les uns après les autres ses paquets.

— Holà! Griboïedof, — dit le maire à l'hôtelier qui vint à sa rencontre — mauvaise nouvelle. Sa Majesté le czar est au plus mal, et l'on dit qu'il n'y a plus d'espoir.

— C'est un grand malheur, — répondit Griboïedof. — Un grand malheur pour tous les vrais Russes. Dieu sauve le Czar !

Le prince Démétrius Zowski, qui entendit ces paroles de la chambre voisine, entra dans la salle.

— D'où tenez-vous ces nouvelles? — demanda-t-il.

Il était en bourgeois, désirant garder l'incognito pendant son voyage; mais, à sa haute mine, le chef de la bourgade, qui, d'abord, avait levé la tête pour apostropher vertement le quidam qui l'interrogeait ainsi, répondit poliment :

— Je reçois à l'instant une dépêche qui m'annonce cette déplorable nouvelle.

— Ah! malheur! — s'écria l'un des moujiks, regardant avec tristesse la bouteille vide, — ce sont les Juifs qui l'ont empoisonné.

— Tais-toi, Peterhof, — dit sévèrement le maire, — ne dis pas de bêtises.

— C'est les Juifs, — répéta avec entêtement le moujik; — ils colportent du poison dans l'empire. Jamais on n'a vu tant de morts subites. Demandez à celui-là ce qu'il cache dans ces petits paquets. Le choléra, pour sûr!

— Je n'ai pas d'avis à recevoir de toi, Peterhof. Tu ferais mieux de rentrer chez toi avec ton camarade et de travailler au lieu de boire... et de crier misère après... Va, mon garçon, va et ne bats pas trop ta femme en rentrant... Ce n'est pas sa faute si tu es ivre... Hé! l'ami, où allez-vous?

C'est le Juif qui, profitant de la mercuriale adressée au moujik, se préparait à sortir, avec son sac sur le dos.

— Je pars, — répondit-il.

— Pas si vite! Avancez de ce côté. Quel est votre trafic? On dit qu'il consiste en petits paquets?

— De la bijouterie parisienne, — répondit le colporteur. — des objets de toilette pour les femmes.

— Ah! vous êtes le diable déguisé en Juif, le diable qui tente les pauvres petites filles en leur disant: Tiens, joli brin, voilà une belle bague, un beau collier, de beaux anneaux pour tes oreilles; ce sera pour toi si tu me donnes un baiser... et l'on sait où ça conduit, le baiser!

— Non, — répondit le Juif. — Je ne donne rien pour des baisers. Il me faut du plus solide... des kopecks et des roubles.

— Montre un peu... Vide ton sac sur la table.

Le Juif vida son sac avec précaution, comme s'il était plein de porcelaine fragile. Le maire prit un paquet au hasard.

— Ouvre celui-ci.

Le colporteur obéit avec empressement et sortit d'une petite boîte divers objets de cette bijouterie à bon marché, connue sous le nom de *doublé* dans le commerce.

Un second paquet pris au hasard fut ouvert également.

— Pendant ce temps, l'*ouriadnik* examinait le marchand avec une scrupuleuse attention, et prenant le chef de la bourgade à part lui dit quelques mots à l'oreille.

— D'où viens-tu? — demanda celui-ci au Juif.

— De Moscou.

— Comment t'appelles-tu?

— Aaron Mendésof.

— Montre ton passeport.

— Je l'ai déjà montré hier.

— Un second coup d'œil vaut mieux qu'un premier.

Le marchand tira de sa lévite un portefeuille crasseux comme tout le reste de sa personne, et en sortit un papier qu'il présenta au maire.

En même temps que le maire, l'agent de police rurale y jeta les yeux.

— Tenez, prenez, ouriadnik, — fit le Volosné lui tendant le passeport, c'est votre affaire plutôt que la mienne.

Et se tournant vers l'hôtelier:

— Griboïedof, je suis venu m'entendre avec toi, au cas de la catastrophe... Tu étais en fonctions à la mort d'Alexandre II...

— Oui, — répondit l'hôtelier — ce fut une terrible aventure. Les

Ce furent les grands-ducs qui enlevèrent le cercueil.

du régiment des gardes à cheval, un escadron de hussards, quatre compagnies des régiments de la garde, des officiers du palais, des coureurs et des pages.

Venaient ensuite cinquante et un étendards aux armes de la famille impériale et des diverses provinces de l'empire. Chaque étendard tenu par un officier et suivi par un cheval de l'empereur.

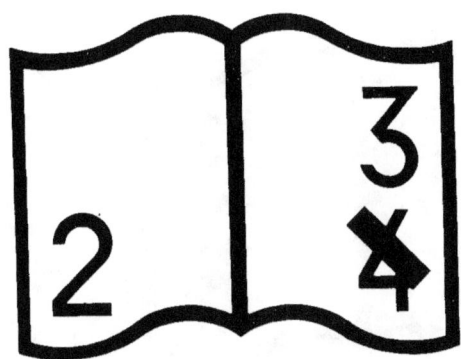

Pagination incorrecte — date incorrecte

NF Z 43-120-12

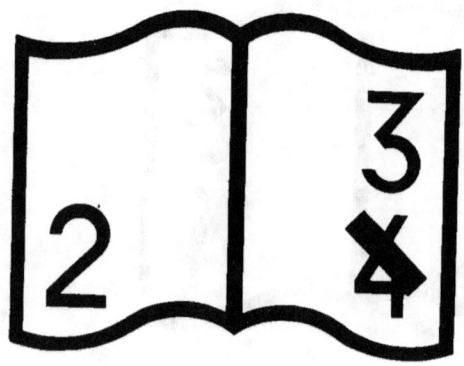

Pagination incorrecte — date incorrecte

NF Z 43-120-12

Deux hommes d'armes, revêtus, l'un d'une armure dorée, et monté
sur un cheval richement caparaçonné l'autre d'une armure noire, tenant
un glaive nu, la pointe tournée vers la terre, suivaient les étendards.

Derrière, des fonctionnaires et des généraux portaient les écussons
de la Tauride, de la Finlande, de la Sibérie, de la Pologne, d'Astrakan,
de Riazan, de Novgorod, de Vladimir, de Kiew et de Moscou, puis un
écusson plus grand aux armes de l'empire.

Les corporations de paysans, de bourgeois et de marchands, la muni-
cipalité de Pétersbourg, les maréchaux de la noblesse, les délégués des
administrations, les sociétés diverses officiellement reconnues, les élèves
des écoles dépendant de la chancellerie formaient les septième, huitième
et neuvième sections.

Puis venaient les ministres, avec les hauts fonctionnaires et les élèves
des écoles dépendant de ces ministères. Un escadron de cuirassiers ouvrait
la marche de la douzième section, entre deux files d'élèves de l'École
militaire.

Cette section est composée d'officiers et de fonctionnaires supérieurs
qui portent les cinquante décorations et les vingt et une médailles du Czar
défunt, avec les insignes impériaux : l'étendard, le bouclier, le glaive,
les couronnes des différents États annexés à la Russie, la Géorgie, la
Tauride, la Sibérie, la Pologne, Astrakan et Kazan, le globe, le sceptre
et la couronne impériale.

Enfin, précédant directement le char, les chantres de toutes les églises
et de tous les couvents de Saint-Pétersbourg suivis de tous les membres
du clergé portant des cierges, à l'exception de l'archiprêtre Yanischef,
confesseur d'Alexandre III, chargé d'une image sainte.

Au milieu d'un brillant état-major de généraux tenant les cordons du
poêle s'avance lentement le char funèbre attelé de huit chevaux conduits
par des piqueurs à pied, et flanqué de soixante pages, torches allumées
à la main.

A quelques mètres derrière, vient le nouvel empereur.

A l'encontre de la tradition qui voulait que les empereurs suivent à
cheval les funérailles, il est à pied comme le fut son père aux funérailles
d'Alexandre II, marque de déférence à celui qui n'est plus.

Les ministres de sa maison et celui de la guerre le suivent, suivis
eux-mêmes du roi de Grèce, du prince de Galles, du grand-duc d'Oldem-
bourg, de quatorze grands-ducs, et d'une foule de généraux, parmi lesquels
le prince Demetrius Zowsky.

La voiture de l'impératrice, traînée par huit chevaux caparaçonnés de
noir, et les voitures de deuil venaient après les généraux. Une compa-

gnie de grenadiers et un détachement de toutes armes de la garde
d'honneur fermaient le cortège.

Bien entendu les troupes formaient la haie sur tout le parcours rendant
les honneurs au passage. Les tambours, voilés de crêpe, battaient pendant
que la musique faisait entendre la *Prière de la retraite* et jouait l'*Apparition de la Vierge* devant le palais Anitchkof et devant les églises de Kazan
et d'Isaac.

Il était trois heures lorsque le char entra dans la Forteresse, par la
porte Pierre-le-Grand.

Huit généraux enlevèrent le cercueil, que l'empereur, les membres de
la famille impériale, les princes étrangers, les ministres de la cour et les
aides de camp portèrent sur le catafalque, et huit aides de camp ôtèrent le
couvercle.

Les ambassadeurs, les ministres et leurs femmes se trouvaient réunis
dans l'église, où un service funèbre avait été dit pendant la marche du
cortège. Après l'arrivée du corps, le métropolite récita l'office des morts
et lut les Évangiles.

La cérémonie était aussi imposante que magnifique par l'éclat des uniformes au milieu des draperies de deuil.

Le cercueil placé sur le catafalque domine toute l'église. L'empereur
est revêtu de l'uniforme bleu sombre de son régiment favori, le 1er Préobrajensky, les mains croisées sur le grand ruban de l'ordre de Saint-André.
Le visage très amaigri est calme avec cet aspect marmoréen que donne la
mort. La tête repose sur un coussin d'argent, et des glands d'or et de soie
blanche retombent des deux côtés du cercueil.

. . . .

Le *Messager du gouvernement* avait déjà publié le diagnostic de la maladie
de l'empereur Alexandre III, tel qu'il fut posé par ses médecins, et le
procès-verbal de l'autopsie pratiquée au moment de l'embaumement du
feu czar.

Le premier de ces documents concluait à une « néphrite interstitielle
chronique suivie de lésions du cœur et des vaisseaux, infractus hémorragique au poumon gauche suivi de pneumonie ».

Les médecins signataires du procès-verbal d'autopsie formulent que
S. M. l'empereur Alexandre Alexandrovitch a succombé à une paralysie
cardiaque précédée d'une dégénération de la musculature du cœur hypertrophié et d'une néphrite interstitielle (atrophie granuleuse des reins) ».
Mais la foule s'inquiète peu de ces diagnostics et, le jour même des funérailles, les élèves de l'Académie militaire de médecine et ceux de
l'Institut technologique de Saint-Pétersbourg firent une manifestation

hostile contre le docteur Zakharine. La police dispersa les manifestants, dont un grand nombre furent arrêtés et relâchés ensuite.

A Moscou, on dut prendre d'énergiques mesures pour protéger la maison du docteur. La foule s'y porta en masse pour la mettre à sac. L'on criait :

— A mort ! A mort ! le juif !

La maison fut préservée du pillage, mais la police ne put empêcher la population irritée de briser toutes les fenêtres à coups de pierres !

Vox populi ! Vox Dei !

CCXXIII

L'EXPIATION

Quand un temps décent se fut écoulé après les funérailles, de triples noces eurent lieu chez le brave et fidèle Verine qui faillit en étouffer de joie.

Inutile de dire qu'il se distingua et que l'on parle encore dans le quartier de la Neva et sur la perspective Newsky des somptuosités du mariage, d'Olga Ivanoff avec le prince Demetrius Zowsky et de celui des petites filles du comte Ivanoff.

Après deux semaines de réjouissances, les épousées demandèrent d'aller finir les fêtes nuptiales au château de l'Ukraine en la possession duquel, au nom de sa femme, venait de rentrer l'ancien gouverneur de Kharkow ; c'est là désormais que devait vivre celle qui s'était appelée, jusqu'ici, la *Vierge Russe !*

En dépit de l'hiver qui déjà étendait sur toute la Russie son blanc manteau de neige et de givre, il fut décidé à la demande et à la grande joie des épousées que l'on ferait le voyage en traîneau.

C'était une nouveauté pour Rita, Nadine et leur mère ; une nouveauté aussi pour Gayrouan et le brave Luc qui, bien entendu, avait été convié aux noces.

On s'était précautionné pour ce long voyage, les dames de grandes bottes en feutre remplies de foin, et de pelisses de deux peaux cousues peau contre peau, de façon à ce que le poil se trouve dessus et dessous, d'un bonnet de fourrure, et de châles de laine qui les enveloppaient de la tête aux pieds.

Chaque couple occupait un traîneau, et le dernier était occupé par Luc et la jolie Teka.

Le vieux loup de mer ne se plaignait pas du voisinage, et il faut rendre justice à la petite Russe qu'elle ne se déplaisait pas en la compagnie de son compagnon qui l'amusait par ses histoires racontées en une langue aussi fantaisiste que baroque, les gestes suppléant à l'insuffisance du vocabulaire, car les éclats de rire argentins de la jeune fille se mêlaient au bruit des grelots.

Une douzaine de serviteurs et de cosaques à cheval formaient l'escorte.

En avant! En avant! Oh! ce fut une joie pour tous que cette course rapide au travers des vastes plaines toutes blanches, ces passages dans les villages où l'on ne s'arrêtait que pour changer les chevaux, ces haltes dans les hôtelleries bien garnies et bien chaudes.

Un coureur précédait d'une journée et d'une nuit la petite et joyeuse caravane, commandant tout ce qui était nécessaire pour l'arrivée des voyageurs.

Chemin faisant, Gayrouan seul, avec sa femme, s'entretenait de la fuite et du dernier crime de Nicolaï.

Jusque-là il n'en avait rien dit encore, fidèle à sa résolution de ne jeter aucune ombre sur les fêtes, mais maintenant il ne pouvait plus longtemps garder le secret.

— Sans doute, il se sera noyé dans cette nuit orageuse, — disait Mᵐᵉ Gayrouan.

— Je le regrette, car c'est une mort trop douce pour un tel scélérat. Je lui réservais une longue expiation, si toutefois de tels crimes peuvent s'expier.

— Pardonnez! — disait la sainte femme. — Puisque nous sommes heureux, effaçons les heures noires du passé.

— Ah! douce créature! Je ne puis m'élever, moi, à cette sublimité de cœur. Je ne puis oublier combien nous avons souffert tous deux, vous surtout, noble et angélique femme ; je ne puis pardonner aux misérables qui ont empoisonné toute votre jeunesse, torturé votre cœur, étendu un crêpe sur l'enfance de nos chères enfants.

« J'oublie tout ce qui me touche, mais je n'oublie pas ce qui frappe les miens.

— S'il est mort, — répondait-elle, — à quoi bon garder des haines? S'il est mort, qu'il repose en paix!

Depuis plus d'une semaine ils étaient en route lorsque, par une belle matinée, l'attention des voyageurs fut attirée par un spectacle singulier.

A quelques verstes devant eux, une longue file noire s'avançait en ondoyant, semblable à un serpent sinistre et gigantesque.

Elle allait lentement, lentement, comme si, monstrueuse bête blessée, elle avait peine à se traîner sur la blanche nappe de neige, et par le fait on eût pu suivre, à mesure qu'elle avançait, des traînées de sang dans la boue glacée laissée par ses piétinements.

— Oh! qu'est cela? qu'est cela? — demandèrent les jeunes femmes.

— C'est la *katorga*, — répondit Olga d'une voix triste, — la chaîne de ceux qui ne reverront jamais plus leur foyer.

Tous les visages s'assombrirent, et, comme le long serpent approchait, les yeux des femmes s'emplirent de larmes.

C'était un convoi de condamnés de droit commun qui venait de Kiew et se dirigeait sur Tobolsk.

Ce voyage est un supplice tel que, quelle que soit l'effroyable vie qui les attend aux mines, les condamnés ont hâte d'atteindre leur horrible destination.

Ceux-ci étaient au nombre de deux cents environ et, par la force et les précautions de leur escorte, on pouvait juger qu'ils étaient signalés comme dangereux.

En tête du convoi chevauchaient huit ou dix cosaques, lance au poing et revolver à la ceinture.

Derrière, marchaient des hommes enchaînés, accouplés deux par deux, les uns par les mains, les autres par les pieds; dans la file quelques-uns, un très petit nombre, les fers aux pieds, marchaient seuls.

Puis venaient des séries de vingt ou trente attachés par les poignets, à droite et à gauche d'une longue barre de fer qu'ils soutenaient ainsi d'un effort commun; d'autres séries suivaient attachées de la même façon et traînant de plus les chaînes à leurs jambes.

On conçoit qu'avec de pareilles entraves la marche ne peut être que lente; aussi, rien que pour atteindre la capitale de la Russie occidentale, il faut près d'une année.

Si le convoi a une destination plus lointaine que Tobolsk, s'il est dirigé, par exemple, sur les mines de Nertchinsk dans le gouvernement d'Irkoustk, le trajet prend alors plus de deux ans!

Le convoi était encadré dans une double rangée de soldats à pied, et tout le long de la colonne cavalcadait un escadron de cosaques. Les femmes suivaient deux par deux, séparées des hommes par une escouade de fantassins.

Aucune de ces malheureuses n'était enchaînée.

Enfin, venaient les voitures.

Dans la première, enveloppé de fourrures et fumant une longue pipe, se tenait le commandant du convoi, officier de gendarmerie, à face dure et rébarbative ; les autres, des chariots, recouverts de bâches, portaient les bagages et les malades incapables de marcher, des femmes pour la plupart.

Un silence morne régnait dans la lugubre colonne. On n'entendait que le pas des chevaux assourdi par la neige, le cliquetis des sabres et des éperons des cosaques et l'horrible grincement des fers.

« La colonne marche deux jours de suite, — dit Rufin Piotrowski dans ses *Mémoires*, — et se repose le troisième, et à cet effet, dès Nijni-Novgorod, où les villages deviennent rares, on a construit exprès, et à des intervalles calculés, des maisons pour abriter les convois pendant les jours de repos ; ces bâtiments, longs, peu élevés, — ils n'ont qu'un étage, — s'étendant au milieu de plaines désertes et ne s'animant que lorsque passent les colonnes, produisent un étrange effet. Des corps de garde sont en outre établis à distances inégales dans tout le parcours, depuis Kiew et Smolensk, jusqu'au bagne de Nertchinsk dont nous avons parlé plus haut ; dans chacun de ces corps de garde se trouve un officier avec un nombre de soldats suffisant pour remplacer l'escorte qui arrive. L'officier est responsable des prisonniers et a sur eux un pouvoir discrétionnaire ; il peut les punir de la bastonnade, des verges et du plète ; les abus sont donc inévitables.

« Disons-le, cependant, à l'honneur de l'humanité, beaucoup de ces officiers, loin d'user avec cruauté de leur pouvoir dictatorial, se montrent souvent pleins de ménagements et de compassion pour les malheureux qu'ils sont chargés de conduire. »

Cet aveu d'un proscrit politique, échappé de Sibérie, après mille souffrances, méritait d'être cité.

Au moment où la joyeuse cavalcade des nouveaux mariés et de l'heureux père des jeunes épouses allait avec les traîneaux rencontrer la triste caravane, celle-ci venait, sur un commandement du chef, de faire halte.

— Il vient de se passer quelque chose de grave, — dit Olga consultant sa montre, — un acte d'insubordination, peut-être, car ce n'est pas l'heure où l'on prend les repas.

Les prisonniers s'étaient accroupis dans la neige, formant un large cercle dont les cosaques à cheval faisaient le tour pour se réchauffer, sans doute, car quelle possibilité pour un prisonnier de s'échapper dans cette grande plaine désolée et nue !

Cependant, à la vue des voyageurs et des traîneaux escortés d'une douzaine de cosaques, l'officier de gendarmerie, comprenant que de hauts personnages approchaient, s'avança de quelques pas en avant du cercle.

— Eh bien, capitaine, — lui dit le prince Demetrius Zowsky, — vous voilà au début d'un long et pénible voyage. Ce sont des condamnés de droit commun, je le suppose?

— Oui, Votre Excellence, — répondit le capitaine, — et de la pire espèce. Aussi suis-je obligé d'exercer une grande vigilance et de faire de temps en temps des exemples, sans quoi éclateraient des actes de rébellion dans la colonne.

— Mais, — demanda Mᵐᵉ Gayrouan, — que peuvent faire ces malheureux enchaînés et à moitié morts de fatigue?

— Tuer leurs gardiens à coups de chaîne, ou se tuer entre eux, c'est du moins ce que deux ont essayé de faire, voici le huitième jour; je les ai condamnés à cent coups de *plète*, en quatre parties, car je suis responsable de leur peau, et il faut qu'ils puissent achever le voyage. Ils en ont reçu vingt-cinq la semaine passée; j'ai examiné ce matin leur dos au départ; il est en assez bon état, ils peuvent recevoir la seconde partie de la première moitié.

— Pauvres gens! — dirent les femmes.

— Ah! barinas, vous ne les plaindriez pas, si vous saviez quels sont ces coquins! Vous voulez assister à la petite représentation?

— Dieu nous en garde! — s'écrièrent-elles tout d'une voix.

Et Olga Ivanoff s'adressant au prince :

— Mon ami, obtenez donc de cet officier qu'il fasse grâce à ces malheureux, à l'occasion de cette rencontre.

— Je n'ai rien à vous refuser, — répondit le général. — Vous avez entendu, capitaine? La princesse Olga Zowska, ma femme, se fait l'interprète de ces dames et vous demande qu'on épargne le dos de ces misérables.

— Général, vos désirs sont pour moi des ordres... Je veux au moins que les gredins viennent remercier Vos Excellences... Holà! Pissareff! — cria-t-il à un officier subalterne, — faites avancer ici les numéros 6462 et 7321.

Aussitôt, sur l'injonction de l'officier de cosaques, deux misérables se levèrent des rangs.

Malgré le froid vif, un cosaque arracha de leurs épaules une sorte de sac de laine brune qui les couvrait en attendant le supplice, laissant à nu leurs torses labourés des effroyables plaies encore sanguinolentes, dont le *plète* avait sillonné leur chair. Le plète — le lecteur s'en souvient — est une sorte de martinet formé de trois lanières de cuir terminées par des balles de plomb et pesant de cinq à six livres.

— Par grâce, noble dame, dites-moi ce qu'on a fait de Sidonie?

Chaque coup creuse donc trois sanglantes rayures.

Les deux condamnés frissonnants sous la bise glaciale, fers aux pieds et aux mains s'avançaient ou plutôt se traînaient péniblement vers les voyageurs qui, les femmes surtout, les contemplaient avec une compassion mêlée d'épouvante.

Tous deux étaient effrayants à voir.

Sur leur front et leurs joues à l'aide d'une estampille garnie de pointes de fer était marqué le mot *vor*, voleur. Stigmate ineffaçable, car, pendant que le sang coule, on enduit les piqûres d'une poudre noire et les condamnés ainsi tatoués gardent la marque infamante jusqu'à la mort. Le froid faisait ressortir en violet l'horrible tatouage.

L'un de ces condamnés avait dû être primitivement gros et vigoureux, car ses muscles maintenant flasques formaient sur tout son buste des replis épais et les bajoues de sa face retombaient de chaque côté au-dessous du menton.

L'autre ne présentait qu'une sorte de squelette.

Devant le groupe des cinq traîneaux alignés, ils levèrent, sur l'ordre du chef de la colonne, leur tête jusqu'ici baissée, et les femmes, devant ces sinistres figures, poussèrent un cri d'horreur.

— Belles têtes de chenapans, — s'exclama l'officier de gendarmerie, — et bien faites pour effrayer les dames, et même les voyageurs isolés. Cependant, ces deux gredins. ont occupé, — m'a-t-on dit — une belle position dans le monde. Celui-ci à bajoues est un baron... allemand, il est vrai, — il paraît qu'ils sont tous barons ou docteurs dans ce pays. — Mais, outre cela, il était gros banquier à Saint-Pétersbourg; l'autre, le maigre, était son associé... Ces deux voleurs ont mis plus de mille honnêtes familles sur la paille. Mais chaque chose a son temps. On dit que la Justice est boiteuse; si elle marche lentement, elle finit toujours par arriver. Maintenant ceux qui ont ruiné les autres n'ont même plus de paille pour y étendre leur carcasse... Je les avais d'abord accouplés; compagnons de joie, ils devaient être compagnons d'infortune..., mais j'ai dû les séparer... Chacun à coups de chaîne essayait de casser le crâne ou les dents de son vieux camarade. Pour mettre fin à ce petit jeu, il a fallu le bâton... Hé ! tête de porc, et toi, museau de renard, saluez ces nobles dames qui ont bien voulu intercéder pour vous. Sur leurs instances, je vous gracie de vingt-cinq coups de *plète*. Vous n'en aurez plus que cinquante à recevoir. Allons, remerciez, viande à corbeaux!... Dites à ces Excellences le nom que vous portiez, quand vous comptiez parmi les hommes.

Leurs noms! Ah! ils n'avaient nul besoin de dire leurs noms, les misérables!

Olga, la première, avait reconnu Karl Hauser, et Nadine et Rita reconnaissaient Nicolaï.

Leurs yeux s'agrandirent sous l'horreur et un cri s'échappa de leur poitrine.

— Dieu tout-puissant! Dieu de miséricorde!

Les misérables, eux aussi, avaient du premier coup reconnu leurs anciennes victimes!

Elles étaient là, toutes là, celles qu'ils avaient vouées à la misère et à la mort!

Là, devant eux, dans tout l'éclat de leur jeunesse et du bonheur, là, avec leurs époux, regagnant en fête le domaine de l'Ukraine, qu'ils avaient eu tant de mal à essayer de leur arracher! Et eux s'en allaient, humiliés, sanglants, meurtris, enchaînés et battus aux géhennes lointaines, aux mines profondes où l'on ne voit plus jamais le jour, d'où l'on ne sort plus que couché sur la civière des morts.

Le malheur avait tué en eux tout ressort, ils courbèrent la tête, n'entendant pas l'ordre impérieux du gendarme qui leur répétait plein de colère et la cravache levée :

— Vos noms, chiens, vos noms!

— Inutile, — dit le prince Démétrius Zowsky, — nous les connaissons. Cette scène afflige les dames. Assez, assez, renvoyez ces malheureux.

— Demi-tour! — commanda l'officier de cosaques.

— Oui, oui, — grommela maître Luc. — Fais-les virer de bord, gendarme! Oh! là! là! les vilains caïmans! J'en ai la soute toute bourlinguée.

Et il ajouta avec un soupir de regret :

— Ah! si les braves mathurins du *Tour-du-Monde* pouvaient voir en cet état leur damné pilote d'Arckangel!

Mais Nicolaï, avant d'obéir à l'ordre, souleva avec effort vers Rita ses mains suppliantes, ses poignets chargés de chaînes, tandis que de grosses larmes coulaient sur le parchemin de son visage ravagé.

— Où est Sidonie?... Par grâce, noble dame, dites-moi ce qu'on a fait de Sidonie?

— Sidonie est dans un pensionnat de Pétersbourg, — répondit Gayrouan. — Je m'occuperai d'elle.

— Oh! merci! merci! Et par pitié, je vous en conjure, ne lui dites pas ce que je suis devenu.

— Je ne le ferai pas pour toi, mais pour elle... Ainsi te voilà!... Était-il nécessaire pour en arriver où tu es de faire un nouveau cadavre!

Le scélérat voulut parler; ses lèvres tremblaient; il ne put articuler que des sons inintelligibles.

Un cosaque l'entraîna.

Il s'en alla en trébuchant comme un homme ivre, que les jambes flageolantes ont peine à supporter, et les spectateurs de cette pénible scène entendirent des sanglots rauques que le misérable essayait vainement d'étouffer.

Et en même temps éclata tout à coup un rire strident, saccadé, un de ces rires comme il en sort des cabanons de fous.

— Ah! ah! ah! Brute lascive! Je te l'avais bien dit qu'elle te perdrait, la femelle, la damnée, la sorcière. Elle t'a vendu! hé! hé! hé! elle t'a vendu, ta bohémienne de malheur! Tu gémis, vieille loque! Est-ce Luciana que tu pleures ou la petite Sidonie! Ah! ah! ah!

Ils avaient rejoint tous deux le groupe des forçats qu'on entendait encore, mêlés aux sanglots de Nicolaï, les sinistres éclats de rire de Karl Hauser.

— Le gros à tête de porc, — conclut le chef de la colonne en haussant les épaules, — sera fou à lier avant d'arriver à Tobolsk.

— Il me paraît, en effet, sur le chemin de la folie, — dit Gayrouan. — Je connais la fille dont il parle et qu'il accuse d'avoir livré son compagnon...

— C'est la vérité, — répondit l'officier.

— Comment? Expliquez-vous, capitaine.

— Je ne m'occupe guère d'ordinaire de la biographie des condamnés; je n'en sais que ce que l'administration m'en dit. On me les livre comme colis numérotés avec une indication très succincte : *dangereux*, *à surveiller* ou bien *inoffensif;* je me base là-dessus et mon devoir consiste à les rendre à destination en aussi bon état que possible, comme un convoyeur qui transporte des caisses de marchandises sans connaître leur contenu. Mais le cas de ces deux particuliers était différent. Outre qu'ils sont notés *dangereux*, *à surveiller étroitement*, la singulière aventure arrivée à l'un d'eux, au maigre à tête de fouine, m'a été relatée par la femme elle-même qui l'a livré à la justice.

— Comment, vous avez vu la femme dont ils parlent?

— Sans doute, je la vois tous les jours et plutôt deux fois qu'une... C'est une de mes prisonnières, et une de celles qui me donnent le plus de tintouin.

— O justice du ciel! — s'écria Olga,. — Luciana est ici!

— Une amusante histoire, — fit le capitaine de gendarmerie, — je ne puis vous en donner exactement tous les détails, mais vous les lirez tout au long dans les feuilles d'Odessa.

— Quel froid! — fit Saint-Aubin prenant dans le traîneau un flacon qu'il présenta avec un gobelet au capitaine. — C'est de l'eau-de-vie de France.

L'officier emplit le gobelet, qu'il vida d'un trait, à la russe.

— C'est bon, — dit-il, se frappant sur la poitrine. — Ça réchauffe! Ah! si j'en avais chaque matin deux ou trois lampées du pareil, cela me serait égal que le voyage durât dix ans!

Tous étaient sortis de leurs traîneaux pour se dégourdir les jambes, et le chef de la caravane des forçats raconta brièvement le peu qu'il savait de « l'histoire amusante » de Luciana et de celui qu'il appelait le « museau de fouine ».

Nous ne le suivrons pas en son récit très imparfait et en plusieurs points erronné comme tout ce qui passe de bouche en bouche, mais nous raconterons avec plus de détails comment le digne couple que nous avons connu sous le nom de comte et comtesse de Ladra se trouvait enfin sur la route du pays des épouvantes et commençait sa dure expiation...

CCXXIV

CONCLUSION

Aussitôt qu'il se fut jeté à la mer après son nouveau crime, Nicolaï fut emporté rapidement loin du *Tour-du-Monde* par un de ces courants fréquents dans les Cyclades.

Habile nageur et, de plus, soutenu par sa ceinture de sauvetage, il vogua ainsi jusqu'au matin.

Le brouillard était intense et loin de se rapprocher des côtes, comme il l'espérait, il s'en trouva au lever du soleil, lorsque le brouillard se fut dissipé, si éloigné qu'il désespéra de les atteindre, d'autant plus que le courant continuait à l'emporter.

Le froid le gagnait et il éprouva un moment de sérieuse détresse. Ses tempes battaient avec violence en même temps que s'affaiblissaient les mouvements de son cœur.

Tout à coup, ses yeux troublés distinguèrent à quelques brasses une grande masse noire.

Il fut saisi d'une effroyable peur.

Il crut que c'était le *Tour-du-Monde*, mais des cris, des appels poussés en allemand le rassurèrent.

On l'avait aperçu du bord et on lui jetait une bouée de sauvetage.

Le navire qui le recueillait était en effet un paquebot allemand, le *Prince-William* qui fait le service de la mer Baltique à la mer d'Azof, prenant à la fois, dans le trajet aux différents ports où il fait escale, des marchandises et des voyageurs.

Il transporte des eaux-de-vies allemandes de Dantzig à Taganrog, le port le plus important de la mer d'Azof, d'où il rapporte des blés de Russie.

Nicolaï raconta au capitaine qu'il se trouvait comme passager sur une des tartanes qui promènent les touristes dans les Cyclades, que la tartane avait été brisée contre un rocher dans la tempête et qu'il pensait être le seul survivant.

La version de Nicolaï était des plus plausibles et le capitaine n'avait nul motif de ne pas y ajouter foi, aussi fit-il donner une cabine à ce passager impromptu avec des vêtements en attendant que les siens fussent secs.

Il se félicitait déjà de l'aventure lorsque, montant sur le pont dans son nouvel accoutrement, il se trouva nez à nez avec Luciana.

A la vue de son ancien amant, qui tombait ainsi en quelque sorte des nues, car elle était couchée quand se fit le sauvetage d'ailleurs opéré sans bruit, l'ex « comtesse de Ladra » fut prise d'une terreur si violente qu'elle tomba dans une crise de nerfs.

Nicolaï n'était pas moins surpris et fort désagréablement de la rencontre, mais sa surprise augmenta lorsqu'il vit accourir de l'entrepont au secours de Luciana... son ex-associé en scélératesse, le misérable Guillaume Hermann, le chef de la section III.

Comment se trouvait-il avec Luciana sur ce navire? Le plus simplement du monde.

Après l'empoisonnement de Remy, empoisonnement accompli d'après ses instructions pour se défaire d'un complice dangereux, Luciana était venue le rejoindre à Gênes, où il lui avait donné rendez-vous, et où il attendait — lui avait-il dit — les événements ou de nouvelles instructions.

Officiellement, c'est-à-dire aux yeux de la police italienne, il était censé surveiller les agissements de plusieurs anarchistes allemands venus grossir le groupe où nous avons déjà introduit nos lecteurs.

Nombre de semaines se passèrent ainsi dans ce doux farniente où dispose tant le beau ciel d'Italie, et pendant lesquelles l'amoureux William Von Hermann parcourut avec sa maîtresse les bords enchantés de la Riviera.

Ce furent des semaines de délices où les amoureux s'en donnèrent à cœur joie.

Mais la vie ne peut être une fête continuelle, surtout quand on est fonctionnaire, et si l'on se doit à une belle et capiteuse maîtresse, qui dévore vos appointements, l'on se doit surtout au métier qui vous permet d'en avoir à laisser dévorer.

Or donc, un matin, le policier annonça à Luciana qu'il fallait plier bagage, car il venait de recevoir l'ordre de partir pour une nouvelle mission secrète.

Justement le *Prince-William*, en route pour la mer d'Azof, se trouvait dans le port.

— Comment, nous allons dans la mer d'Azof! — dit Luciana, — Mais c'est la Russie.

— Justement, — fit le chef de la section III. — Mon service m'appelle là-bas.

Luciana fit la moue. Retourner en Russie ne lui souriait guère, mais, affirmait son amant, ce ne serait que provisoirement et elle aurait bientôt une autre destination.

D'ailleurs, il n'y avait pas à hésiter. Ou il fallait partir, ou rester à Gênes sans le sou.

Elle suivit donc son nouvel amant sur le *Prince-William* ne s'attendant guère à rencontrer l'ancien sur la route.

L'entrevue des deux hommes fut pleine de courtoisie. Ils avaient trop à se ménager l'un l'autre pour soulever le moindre scandale, et quand Luciana recouvrit ses sens, elle vit au sourire mielleux du vieux bandit qu'elle n'avait pour le moment rien à redouter.

Faisant bon ménage à trois, ils achevèrent le voyage. Sans doute les deux rivaux se regardaient de temps à autre en chiens de faïence, mais Luciana, habile comédienne, se montrait également aimable pour tous deux.

On débarque à Taganrog. Le policier allemand paye le voyage de son *ami* si miraculeusement retrouvé, et ils descendent tous trois dans le même hôtel, où Nicolaï se fait inscrire sous le nom de comte Gobsky, bien certain que le vrai propriétaire du nom ne viendra jamais le chicaner sur cette usurpation de titre.

En sa qualité de « naufragé », il ne possède naturellement aucun papier, mais l'agent allemand exhibe sa carte et répond de l'honorabilité de son compagnon.

Luciana, dont le voyage a défraîchi les toilettes, sort pour quelques emplettes et rentre à l'heure du dîner, exacte par extraordinaire. On a demandé une petite salle à part pour causer plus à l'aise et s'entendre sur la prochaine conduite à tenir.

— Le plus sûr, dit Von Hermann, est de rentrer en Allemagne. Vous reprendrez le paquebot qui nous a conduits ici et qui vous ramènera à

Dantzig aussitôt qu'il aura fini son chargement. Rien de plus facile... le capitaine vous connaît, je vous paierai votre passage et je vous donnerai un mot pour que vous ne soyez pas inquiété au débarqué. C'est le plus simple, n'est-ce pas, Luciana?

— Parfaitement, répondit-elle.

C'était aussi l'avis de Nicolaï.

Mais voici qu'au dessert, deux messieurs se présentent. Quand je dis deux messieurs, c'est par politesse, car à leur uniforme il n'était pas possible de se tromper sur la nature de leurs fonctions.

Ils saluent poliment et l'un d'eux demande :

— M. Nicolaï, s'il vous plaît ?

Personne ne répond.

— C'est vous, monsieur ? — demande le même agent au policier allemand.

— Vous faites erreur, je m'appelle William Von Hermann.

— Alors, c'est vous ?

— Moi, — répond Nicolaï — je suis le comte Gobsky.

— Ah! ah! le comte Gobsky, dites-vous? Veuillez nous montrer vos papiers.

— Je n'ai malheureusement pas de papier, je suis un naufragé que le capitaine du *Prince-William* a recueilli... D'ailleurs vous n'avez qu'à interoger monsieur et madame qui me connaissent depuis longtemps.

— Justement, — dit le premier agent — c'est madame qui est venue...

Luciana se leva et l'œil flamboyant s'adressant à Nicolaï:

— En effet, je te connais depuis longtemps. Tu t'appelais d'abord Nicolaï, puis tu t'es appelé le comte de Ladra ; il paraît que maintenant tu t'appelles le comte de Gobsky... les titres ne te coûtent rien, pas plus que les millions que tu voles...

— Cette femme est folle ! — s'exclama Nicolaï — M. le baron Von Hermann, je vous prends à témoin, cette femme est folle.

— Folle ou non, nous t'arrêtons, mon ami — dirent les agents s'emparant de Nicolaï — tu t'expliqueras avec le chef de police.

— Ah! la misérable ! — hurla Nicolaï — baron Von Hermann, vous ne protestez pas, vous me laissez emmener sans protester contre les mensonges de cette hystérique?

Luciana ricanait.

— Un instant — dit le « baron » sortant son portefeuille. Messieurs, vous le voyez, je suis un fonctionnaire de la police allemande, et ma carte, comme vous pouvez vous en assurer, est visée par le consul général de l'empire russe, à Gênes.

— En effet — répondirent les agents — mais, vous le comprenez, nous ne pouvons relâcher cet homme... après les formelles déclarations qu'est venue faire madame...

— Quoi ! madame a fait des révélations ?

— Mais, certainement... C'est à cause de ses révélations que nous arrêtons votre convive.

— Ah ! diable !

— Vous ignoriez donc, monsieur l'inspecteur général, que vous aviez un voleur de marque à votre table ?

— Je l'ignorais, — répondit le policier allemand, — mais puisqu'il en est ainsi, je ne vous demande pas de le relâcher, je vous engage au contraire à lui adjoindre cette personne.

— Quoi ! — s'écria Luciana stupéfaite, n'en croyant pas ses oreilles. — Vous devenez fou, William ?

— Non, pas du tout, ma chère, je redeviens le policier que j'ai toujours été...

« Nous avons passé quelques bons moments ensemble, je vous ai fait faire un agréable séjour sur la *Rivièra* et un fort agréable voyage de la *Rivièra* ici...

Mais toute chose a une fin, j'étais chargé de vous remettre entre les mains de ces messieurs pour qu'ils vous arrêtent au nom de Sa Majesté le Czar !

— Est-ce possible ? Quoi, vous ?... Canaille ! Mais c'est vous qui... ah ! misérable ! Empoisonneur !...

— Messieurs, faites votre devoir.

Un instant, on crut qu'elle allait avoir une crise, mais, d'un mouvement si rapide que nul n'eût pu le prevenir, elle sortit de sa poche un petit revolver.

Et, presque à bout portant, elle en décharga trois coups sur la poitrine de William Von Hermann.

Elle allait tirer un quatrième coup, quand les agents lui arrachèrent l'arme, mais le traître tombait foudroyé.

. . . .

Ce ne fut, je le répète, qu'un récit très abrégé de ce que le capitaine de gendarmerie appelait « une bonne histoire » que les voyageurs entendirent de sa bouche.

— Et cette pieuvre est ici ? — demanda Gayrouan.

— Pour mon souci, oui...

« Elle a d'abord cherché à ensorceler mes hommes, mais comme j'ai menacé du knout quiconque lui adresserait la parole, voyant le vide se faire autour d'elle, elle est entrée en des accès de furie qui me font craindre qu'elle n'arrivera pas jusqu'aux mines pour y terminer sa carrière. Si Vos Excellences désirent la voir...

Par un sentiment de délicatesse et de pudeur, le prince Michel Zowsky, qui avait été l'hôte des salons de la courtisane à l'époque de sa splendeur, déclina l'offre.

Mais son père, Gayrouan et Saint-Aubin acceptèrent et Saint-Luc déclara qu'il emboîtait le pas à ses supérieurs.

Le général et les trois marins suivirent donc le chef de la caravane qui les conduisit à l'un des chariots.

Il fit signe à deux cosaques de soulever un des coins de la bâche, et l'on vit, étendue sur de la paille et des peaux de mouton, cinq ou six femmes serrées les unes contre les autres.

L'une d'elles, la seule du groupe, avait à l'un de ses poignets une chaîne qui l'attachait à une barre de fer fixée au milieu du chariot.

Assise, le dos appuyé contre la barre, elle regardait d'un air indifférent et farouche les visiteurs qu'elle ne reconnut pas d'abord à cause des bonnets et des manteaux de fourrure à cols relevés qui leur cachaient une partie du visage.

Eux non plus ne reconnaissaient pas, en cette lamentable épave, la jeune et séduisante femme qu'ils avaient vue jadis ; et quand l'officier l'appela par son numéro et qu'elle leva la tête, ils crurent qu'il s'adressait à une autre personne.

Le visage maigre et ravagé, les yeux creux et brillants de fièvre, les cheveux dépeignés s'échappant par mèches sous le capuchon, comme des touffes de chanvre, le nez pincé, les lèvres minces et décolorées, la belle fille d'autrefois offrait un aspect presque repoussant.

— Luciana, — dit Gayrouan d'une voix grave, — me reconnaissez-vous ?

Elle regarda, ses yeux s'arrondirent, s'arrêtant successivement sur le commandant, sur Saint-Aubin et sur Luc, puis, la main levée, elle fit un geste d'épouvante.

— Je rêve ! je rêve ! Chassez ces fantômes.

— Nous ne venons pas vous narguer dans votre infortune, Luciana, — reprit Gayrouan. — Vous avez été bien coupable, mais vous n'avez été qu'un instrument...

« D'ailleurs, en cette circonstance, vous vous êtes faite la justicière de deux scélérats... Si vous avez besoin de quelques secours pour adoucir votre misère...

Une main sur ses yeux, celle où pendait la chaîne, elle cria :

— Allez-vous-en, allez-vous-en... Je ne veux pas vous voir... Tout mon passé, tout mon passé se dresse... Oh! maudit, maudite que je suis !...

— Tu n'es pas polie, — fit l'officier de gendarmes, — c'est ainsi que tu reçois ces Excellences...

Mais elle se mit à pousser des cris d'hystérique, se débattant sous l'étreinte de quelque spectre que seule elle voyait, continuant à crier : « Allez-vous-en! allez-vous-en ! »

Ils la contemplèrent un moment en silence, vivement impressionnés.

Puis, après avoir laissé deux ou trois poignées de rouble au capitaine pour qu'il procurât quelques douceurs à la malheureuse, ils regagnèrent leurs traîneaux.

Dix minutes après, la colonne se remettait en marche, continuant au travers du blanc linceul de la plaine désolée et nue, fouettée par le vent glacial qui inflige d'aussi cruelles morsures que les aiguillons de la *plète*, à dérouler son sinistre ruban noir.

Elle va lentement, lentement, ne laissant d'autre trace de son passage — trace que va tout à l'heure effacer la première neige — qu'une traînée boueuse rougie çà et là de gouttelettes de sang...

Elle va lentement, lentement, se dirigeant là-bas, au nord, toujours au nord, vers la contrée maudite d'où chacun sait qu'il ne reviendra jamais plus.

Là-bas, les attend la mine profonde, la mine puante et noire, la longue nuit sans fin et le travail forcé, le corps plié en deux, sous le fouet de la chiourme.

Plus jamais l'air vivifiant de la plaine, plus jamais la vue de la nappe blanche, ni les éblouissements du printemps, plus jamais un doux rayon de soleil.

Même pas le jour terne de l'hiver qui, si terne et si gris qu'il soit, est encore le jour, même pas la lueur blafarde qui passe au travers du larmier des caveaux...

Mais la nuit où tremblote le lumignon funèbre de la lampe des sépulcres, rien que la funèbre nuit, où va s'ensevelir avec deux misérables le secret de la mort du Czar!........................

En avant! en avant vers le sud!

Emportés dans la course vertigineuse de leurs traîneaux, aux joyeux tintements des grelots, les voyageurs se retournent bien souvent pour suivre d'un regard triste la sinistre colonne des damnés.

Et quand ils la voient se fondre, s'effacer et disparaître dans le sombre horizon, l'horizon au ciel couleur du plomb que les misérables vont extraire, un soupir s'échappe de toutes les poitrines comme au sortir d'un cauchemar.

Et Olga crie joyeusement se tournant vers sa sœur Marie :

— En avant ! En avant !... A notre vieux domaine de l'Ukraine !... d'où nous sommes parties avec le malheur pesant sur nos têtes...

— Et où, — dit l'heureuse épouse de Jean Gayrouan, — nous allons retrouver le bonheur.

— Sans compter Alexis Roumanoff, — ajouta le prince Demétrius Zowsky, — dont vous ne parliez plus, ingrats ; l'empereur Nicolas II a signé sa grâce, et il nous attend avec son épouse, Charlotte Hendel, la noble fille de l'Alsace !

FIN

TABLE DES MATIÈRES

LA VIERGE RUSSE = 4 Z 2604

4 Z 2701 = DÉNOUEMENT

LA MORT DU CZAR

FIN DE LA TABLE DES MATIÈRES

SCEAUX. — IMPRIMERIE CHARAIRE ET Cⁱᵉ.